GOLDMANN

Buch

Die bildschöne Elene Larpent hat keine Augen für die exotische Traumlandschaft von Santo Domingo: Sie steht kurz vor der Hochzeit mit einem reichen Plantagenbesitzer, den sie verabscheut und fürchtet. Allein ihre treue Dienerin Devota, eine einheimische Sklavin, weiß um die Ängste ihrer Herrin. Um ihr über die ersten Klippen des Ehelebens zu helfen, schenkt sie Elene ein Fläschchen eines geheimnisvollen Voodoo-Parfüms, das den zukünftigen Ehemann verzaubern und zu einem hingebungsvollen Liebhaber machen soll. Doch die Hochzeitsvorbereitungen werden durch einen Sklavenaufstand gestört. Elene entkommt um Haaresbreite dem Tod – und wird von dem attraktiven amerikanischen Kapitän Ryan Bayard gerettet. Doch in Sicherheit ist sie noch lange nicht: In Erwartung der nahen Hochzeit hat sie nämlich bereits den geheimnisvollen Liebesduft aufgetragen...

Autorin

Jennifer Blake wurde in der Nähe von Goldonna, Louisiana, auf der Farm ihrer Großeltern geboren. Mit fünfzehn heiratete sie, mit zwanzig begann sie Romane zu schreiben. Seitdem hat sie über dreißig Bücher veröffentlicht, die sie zu einer der beliebtesten und erfolgreichsten Unterhaltungsautorinnen machten.

Im Goldmann Verlag liegen von Jennifer Blake folgende Titel vor:

Bitteres Paradies. Roman · 9812
Der Kreole. Roman · 9684
Mitternachtswalzer. Roman · 9675
Nacht über Louisiana. Roman · 9463
Strom der Sehnsucht. Roman · 9814
Träume des Südens. Roman · 9467

X

JENNIFER BLAKE

Ein Hauch von Paradies

Roman

Aus dem Amerikanischen
von Sabine Ivanovas

GOLDMANN VERLAG

Deutsche Erstveröffentlichung

Die Originalausgabe erschien unter dem Titel
»Perfume of Paradise«
bei Ballantine Books, New York.

Der Goldmann Verlag
ist ein Unternehmen der Verlagsgruppe Bertelsmann

Made in Germany · 11/90 · 1. Auflage

Umschlaggestaltung: Design Team München
Umschlagillustration: Daeni/Schlück, Garbsen
Satz: IBV Satz- und Datentechnik GmbH, Berlin
Druck: Elsnerdruck, Berlin
Verlagsnummer: 9752
Redaktion: Ursula Walther/SK
Herstellung: Sebastian Strohmaier
ISBN 3-442-09752-5

1. Kapitel

Die Sonne war jetzt ganz untergegangen, aber hinter den hohen, offenen Flügelfenstern lag noch die lange tropische Dämmerung. Es war drückend und warm in dem Schlafzimmer, in dem Elene Marie Larpent für ihre Hochzeit angekleidet wurde. Die Kerzen, die an beiden Seiten des Spiegels auf dem Ankleidetisch standen, verstärkten noch die Hitze des ausklingenden Tages und ließen dünne graue Rauchsäulen zu der hohen Decke hinaufsteigen. Elenes Wangen waren gerötet, und ihr Haar, das die Farbe von fein gesponnenem Gold hatte, wirkte am Ansatz dunkel vor Feuchtigkeit. Aber dennoch hatte der sorgenvolle Ausdruck, der in ihren klargrauen Augen stand, nichts mit der Temperatur zu tun.

»Ich kann es nicht tun, Devota«, rief sie mit verzweifelter Stimme aus, als sie dem Blick ihrer Zofe im Spiegel begegnete, »ich kann es einfach nicht.«

Devota unterbrach ihre Bemühungen, das lange, glatte Haar ihres Schützlings zu bürsten, keinen Augenblick. »Mach dir keine Sorgen, *chère*. Es wird bald vorüber sein. Und es ist auch gar nicht so schlimm – du wirst sehen.«

»Ich kann mir einfach nicht vorstellen, warum Papa jetzt so darauf drängt.«

»Es ist doch schon vor langer Zeit so beschlossen worden.«

»Das schon, aber nicht von mir.«

Die Zofe betrachtete das ansonsten blasse, ovale Gesicht der jüngeren Frau, auf dessen hohen Wangenknochen sich hektische Röte ausbreitete, die deutliche Anspannung der schwungvollen Lippen, die bedrückte Miene um ihre gerade Nase mit der leicht nach oben gewandten Spitze. Schließlich sagte sie: »Du hast doch keine Angst, oder, *chère?*«

»Natürlich habe ich Angst! In einer so schwierigen Zeit wie jetzt eine so große Hochzeit zu feiern, ist Wahnsinn. Warum können wir denn nicht in aller Stille heiraten, nur mit dir und Papa und einem oder zwei Freunden als Zeugen? Es ist doch wirklich absolut nicht nötig, unsere Extravaganz den Aufständischen so deutlich unter die Nase zu reiben.«

»Ich glaube, dein Vater hat endlich akzeptiert, daß die Dinge nie mehr so sein werden, wie sie einmal waren, und deswegen will er jetzt, zum letzten Mal, so tun, als hätte sich nichts verändert.«

»Und Durant unterstützt ihn auch noch dabei.« Der Ton, in dem Elene den Namen des Mannes aussprach, den sie heiraten würde, enthielt keine Spur von liebevoller Vorfreude und nur wenig Respekt.

»Sie sind eben beide gleich.«

Devotas ruhige Stimme tat ihr gut. Die Kritik, die sie in dem, was sie sagte, an ihrem Herrn und Elenes Bräutigam übte, war nichts Ungewöhnliches, denn eigentlich war die Zofe, eine Mulattin, Elenes Tante; sie war die jüngere Halbschwester von Elenes verstorbener Mutter. Ihre Verwandtschaft wurde allgemein anerkannt und entsprach auch durchaus dem Üblichen. Devota war eine große Frau mit goldbrauner Hautfarbe, einer Adlernase und kraus gelocktem, schwarzem Haar, das in ein für die Inseln typisches Kopftuch gehüllt war – sie nannten es Tignon. Ihre kultivierte Sprechweise zeugte klar von der Erziehung, die sie damals zusammen mit Elenes Mutter genossen hatte. Sie war seit Elenes Geburt ihre ständige Gefährtin gewesen, denn Elenes Mutter war im Kindbett gestorben.

Jetzt sagte Devota: »Aber ich habe nicht die Angst vor unserer Situation gemeint, sondern die Angst vor deinem Bräutigam. Du weißt ja, was heute nacht von dir erwartet wird, und du wirst Durant Gambiers Erfahrung nicht anzweifeln wollen. Fürchtest du dich nicht vor dem, was er vielleicht tun wird?«

»Nein, davor fürchte ich mich nicht oder nur wenig. Aber – ach, Devota, was ist, wenn er nicht – nicht nett zu mir ist?«

»Er ist ein Ehrenmann –«

»Das heißt überhaupt nichts!«

»Er wird dich als seine Frau verehren und als die Mutter der Kinder, die ihr in Zukunft miteinander haben werdet.«

»Ja, aber wird er auch zärtlich zu mir sein? Wird es ihn interessieren, ob er mir Schmerz oder Vergnügen bereitet? Wird er geduldig sein oder mich zwingen, zu tun, was er von mir verlangt?«

»Kurz gesagt: Wird er dich liebevoll behandeln? Möchtest du das wissen?«

»Ich denke ja«, sagte Elene mit leiser Stimme.

»Was wäre, wenn das ohne jeden Zweifel sichergestellt werden könnte? Was wäre, wenn wir erreichen könnten, daß er vor lauter Liebe so verrückt nach dir ist, daß er nur noch ein Sklave seines Verlangens nach dir wäre?«

Elene sah auf, und ein trauriges Lächeln erhellte ihre Augen, brachte die Pünktchen zum Vorschein, die wie Silberstaub ihre Pupillen umgaben. »Das kommt mir ziemlich unwahrscheinlich vor.«

»Warte einen Augenblick.« Die Zofe wandte sich mit entschlossen zusammengepreßten Lippen um und verließ das Zimmer.

Elene starrte mit einem verwirrten Stirnrunzeln hinter der Frau her. Was hatte Devota im Sinn? Es war nicht immer leicht, ihre Absichten zu erraten; sie konnte manchmal sehr seltsam sein. Aber es war gar nicht ihre Art, so heftig zu reagieren oder eine so wichtige Tätigkeit zu unterbrechen. Sie hatten nur wenig Zeit zu verlieren, wenn die Braut pünktlich erscheinen sollte.

Mit einem plötzlichen Gefühl von Ruhelosigkeit stand

Elene auf und ging zum Fenster. Der hintere Balkon, zu dem es sich öffnete, war verlassen. Die Dunkelheit, die jetzt draußen hereinbrach, war still – erfüllt von einer bedrückenden, erstickten Ruhe. Die Insekten und Nachtvögel, die sonst immer die Luft mit ihren vielfältigen Lauten erfüllten, schwiegen. Die einzigen Geräusche, die Elene hörte, stammten von Menschen, dem Knirschen von Kutschenrädern auf den Muschelschalen, die die Auffahrt zum Haus bedeckten, und Stimmen, die zum Gruß erhoben waren, als angekommene Gäste an der Tür begrüßt wurden. Von der Terrasse unter dem Balkon, wo die Zeremonie abgehalten werden sollte, konnte sie hören, wie das Trio von schwarzen Musikern, das für diese Gelegenheit gemietet worden war, seine Instrumente stimmte und kurze Passagen aus Melodien spielte. Und aus weiter Ferne – von den Hügeln – ertönte das dunkle Rollen eines Donners und das Schlagen von Trommeln. Elene schauderte.

Aus der Küche zog das würzige Aroma von gebratenem Fleisch herüber, mischte sich mit dem Duft von Blumen und Früchten und dem salzigen Tanggeruch vom Meer, der hier in Santo Domingo immer in der Luft lag. Elene atmete tief und bedächtig ein, versuchte, sich zu beruhigen. Dies waren die Düfte ihrer Kindheit, eine der Eigenheiten der Insel, die sie am meisten vermißt hatte, während sie in Frankreich gelebt hatte.

Während sie fort gewesen war, hatte ihr Vater diese Ehe arrangiert. Sie glaubte sogar, daß die Angelegenheit zwischen dem Vater des Bräutigams, M'sieur Gambier, und ihrem Vater schon besprochen worden war, als sie noch kein Jahr alt und Durant gerade sechs war. Die Ländereien der beiden Männer lagen nebeneinander, und es war ihnen als eine gute Sache erschienen, die beiden Besitzungen durch die Ehe ihrer Nachkommen zu vereinigen. Aber das war vor dreiundzwanzig Jahren gewesen. Damals war noch alles anders gewesen – damals, vor der Sklavenrevolte.

Elene war im Internat in Frankreich gewesen, als sich in Santo Domingo die Sklaven gegen ihre Herren erhoben hatten. Auch ihr Vater hatte sich damals nicht auf der Insel aufgehalten – er war auf dem Weg nach Frankreich gewesen, um seine Tochter von den Gefahren der blutigen Revolution fortzuholen, die dort gerade ausgebrochen war. Eine Zeitlang hatte es dann so ausgesehen, als ob alles zerstört werden würde, was sie gekannt hatten, und als ob es nirgendwo mehr einen sicheren Ort für sie geben könnte.

Aber trotz der Anzahl der Sklaven, die an der ersten Welle des Aufstands gegen die Pflanzer auf der Insel beteiligt gewesen waren, trotz der Grausamkeiten, die sie begingen, und der vielen Toten, die es gab, hatte niemand erwartet, daß sich die Sklavenrevolte halten könnte. Elenes Vater hatte sie aus dem Internat in der Nähe von Paris genommen und dafür gesorgt, daß sie bei entfernten Verwandten bleiben konnte – braven, bürgerlichen Händlern, die in der Nähe von Le Havre wohnten und sich den Streitigkeiten in Frankreich gegenüber betont neutral verhielten. Dann hatte er sich nach New Orleans eingeschifft, um sich der Gemeinde der Flüchtlinge in dieser Stadt anzuschließen und darauf zu warten, daß es möglich wurde, zur Insel zurückzukehren.

Elene hätte ihren Vater gern begleitet, als er schließlich nach Hause zurückkehrte, aber die Situation war zu unsicher gewesen. Es war tatsächlich besser gewesen, daß sie in Frankreich geblieben war, denn eine lange Zeit änderten die Leute ihre Einstellung ihren Herren gegenüber, und es herrschten unklare Verhältnisse, wobei es fast dauernd blutige Auseinandersetzungen gab.

Anfangs hatten sich die Schwarzen und die Mulatten, die Menschen mit halb schwarzem und halb weißem Blut, gemeinsam gegen die Weißen gestellt und sie vergewaltigt, verstümmelt, getötet und ausgeplündert, wo sich eine Gelegenheit dazu ergab. Der französischen Regierung, selbst in den Fängen des Volksaufstandes, war es nicht möglich gewesen, genügend Truppen zu schicken, die den Aufstand hätten niederschlagen können, deshalb hatten die Rebellen viel Erfolg. Aber da die Mulatten die Schwarzen als Tiere verachteten und die Schwarzen die Mulatten dafür haßten, daß sie sich für etwas Besseres hielten, wandte sich jedesmal, wenn eine der beiden Gruppen die Vorherrschaft zu gewinnen schien, die andere gegen sie. Als das republikanische Frankreich schließlich in der Lage war, eine Armee zu schikken, um seine Autorität wiederherzustellen, standen plötzlich die Mulatten gegen die Schwarzen auf der Seite der Armee. Daraufhin wandten sich die Schwarzen in einer widersinnigen Umkehr den königstreuen Pflanzern, ihren alten Herren, zu, um gegen diese neue Bedrohung zu kämpfen. Später dann, als die Spanier und Engländer den Krieg in Europa bis in die Karibik ausdehnten, verbündeten sich die Schwarzen unter ihren Anführern Toussaint L'Ouverture und Jean Jacques Dessalines mit diesen Feinden der Franzosen.

Die Briten wurden geschwächt durch die Seuchen, die in diesem Klima häufig vorkamen, und ihre überstrapazierten Versorgungstransporte. Da ihnen in Europa wichtigere Kämpfe drohten, hatten sie sich schließlich zurückgezogen. Toussaint L'Ouverture, der sich selbst auf Lebenszeit zum Gouverneur erklärt hatte, wandte sich dann gegen seine früheren spanischen Verbündeten und trieb sie aus dem Land. Er ordnete sich formal der französischen Herrschaft unter, war aber eigentlich der oberste Herrscher der Insel.

Mit dem Regime Toussaints hatte eine Zeit des Friedens begonnen. Der Generalgouverneur hatte versucht, den Zukker- und Baumwollhandel wiederzubeleben. Zu diesem Zweck hatte er die Pflanzer, die sich im Exil befanden, eingeladen zurückzukommen und die früheren Sklaven wieder auf die Felder getrieben. Zum ersten Mal seit über zehn Jahren waren die Verhältnisse in Santo Domingo endlich wieder stabil.

Das war vor etwas mehr als eineinhalb Jahren, 1801, gewesen. Elenes Vater hatte ein paar Monate gewartet, bis er sicher sein konnte, daß der Konflikt wirklich vorüber war, dann hatte er Elene nach Hause kommen lassen. Sie war angewiesen worden, all den Putz und Tand mitzubringen, den sie für ihre Hochzeit brauchen würde.

Elene hatte die Anordnung ihres Vaters befolgt, obwohl sich dadurch ihre Heimkehr noch weiter verzögert hatte. Als sie schließlich in Santo Domingo angekommen war, war die Armee Napoleons unter dem Befehl seines Schwagers, General Leclerc, in einer Stärke von 20000 Mann direkt hinter ihr gewesen – mit dem gleichen Ziel. Napoleon, der nämlich inzwischen seine Position als Konsul gefestigt hatte, hatte beschlossen, Frankreich die reichen Erzeugnisse des Inselparadieses zugute kommen zu lassen und nicht hinzunehmen, daß Generalgouverneur Toussaint das Versenden der Fracht kontrollierte. Die Kämpfe hatten wieder begonnen.

Nach Monaten voller heftiger Auseinandersetzungen hatte Toussaint die Friedensbedingungen angenommen, was nur dazu führte, daß er gefangen nach Frankreich geschickt worden war. Die aufständischen Schwarzen hatten in die Berge fliehen müssen, von wo aus sie blutige Überfälle auf einsam gelegene Plantagen unternahmen. General Leclerc hatte die unter Toussaint abgeschaffte Sklaverei wieder eingeführt und dazu auch noch den Mulatten viele Einschränkungen auferlegt.

Die Unruhe war spürbar, das dumpfe Grollen der Trommeln aus den Stützpunkten der Aufständischen in den Bergen – es waren Voodootrommeln, die zwischen den verstreuten Gruppen der Armee der Schwarzen Nachrichten weitergaben – klang beinahe ständig durch die Nacht. Es war unsicher, nachts ohne eine bewaffnete Eskorte auf den Straßen zu sein. Die Reihen der französischen Soldaten lichteten sich langsam ebenso wie die der Briten und Spanier vor ihnen, aber nicht so sehr durch das Werk der Rebellen, sondern durch die gefährlichen tropischen Krankheiten wie Gelbfieber und Cholera, Malaria und Typhus. Eines der letzten Opfer war General Leclerc selbst gewesen.

Unter den gefährlichen Umständen, die auf der Insel herrschten, war die Hochzeit eine Zeitlang immer wieder verschoben worden. Sowohl Elenes Vater als auch der zukünftige Bräutigam waren in der Miliz und dadurch in zahlreiche Scharmützel verwickelt gewesen. Die französische Armee stand, obwohl sie größer war als jede andere, die bislang gegen die Schwarzen ausgesandt worden war, immer noch in einem Verhältnis von beinahe eins zu zwanzig zu den Schwarzen. Wenn es den Schwarzen unter ihrem neuen Anführer Dessalines gelingen würde, ihre Kräfte zu koordinieren, oder falls sie einen Weg finden würden, sich zu versammeln, bestand die Gefahr, daß sie die Oberhand gewinnen würden. Die Weißen waren dann wirklich bedroht, denn Dessalines war als brutaler und rachsüchtiger Mann bekannt, der einen unbezähmbaren Haß gegen jeden Weißen hegte.

Elene war froh gewesen über die Verzögerung, selbst wenn man sie, nach so langer Zeit, irgendwann als alte Jungfer betrachten würde, die das eigentliche Heiratsalter schon überschritten hatte. So sehr es ihr Wunsch war, ihrem Vater den Gefallen zu tun, hatte sie es nicht eilig, sich zu verheiraten. Sie wollte Zeit gewinnen, den Vater wieder kennenzulernen, das Haus und die Ländereien zu erforschen, die sie schon verloren geglaubt hatte, und sich an die Unsicherheit zu gewöhnen, die es bedeutete, auf dieser Insel zu leben. Aber vor allem hatte sie Zeit gebraucht, um sich an den Mann zu gewöhnen, den sie heiraten sollte.

Das Warten hatte sich als lehrreich erwiesen. Ihr Vater hatte sich so sehr verändert, daß sie ihn kaum noch wiedererkannte; er war bitter und mißtrauisch geworden. In seinem Verhalten seinen Sklaven gegenüber war er so streng und hatte so viel Angst vor ihrem Verrat, daß er nicht einmal einen direkten Blick von einem von ihnen duldete, ohne ihn dafür auspeitschen zu lassen. Selbst Elene gegenüber schien er sich nicht mehr wie ein liebender Vater verhalten zu können; er reagierte sofort mit scharfem Zorn, wenn sie eine Meinung äußerte, die von der seinen abwich, oder wenn sie nicht sofort seinen Vorschlägen für das Vorgehen im Haushalt oder ihre eigenen Unternehmungen zustimmte. Es war, als könne er nicht die leiseste Einschränkung in Bereichen hinnehmen, die er als seiner Autorität unterstehend betrachtete.

Was Durant betraf, hatte Elene zugeben müssen, daß er charmant und ritterlich war und ziemlich nett sein konnte, wenn er sich einmal entspannte. Ganz bestimmt war er auf seine dunkle und satanische Art sehr gutaussehend. Trotzdem besaß er dasselbe Bedürfnis, seine Männlichkeit und Macht zu beweisen, wie ihr Vater. Es war seine Art, einfach mitzuteilen, wann er zu ihr zu Besuch kommen wollte, anstatt sie zu fragen, wann es ihr genehm sein würde, ihn zu empfangen; er wies sie auch an, wen sie besuchen und wohin sie gehen sollte, wenn sie unterwegs war. Er verkündete seine Vorlieben in einer Weise, daß sie wie Befehle klangen, selbst wenn es um ihre Kleider und Hüte ging und darum, wie sie ihr Haar tragen sollte – er wollte ihr sogar vorschreiben, welche Musik sie abends zu spielen hatte. Er hatte schon beschlossen, wann sie Kinder haben würden und wie viele, und hatte Namen für sie ausgesucht. Er hatte ihr deutlich zu verstehen gegeben, daß er einen gutorganisierten Haushalt und eine hervorragende Küche erwartete, die sich ganz auf seine Vorlieben und Abneigungen konzentrieren mußten.

Er konnte es nicht leiden, wenn Elene in seiner Gegenwart befangen war. Sie brauchte sich keine Sorgen zu machen, sagte er, daß er sie schlecht behandeln werde; er werde mit ihr umgehen wie mit einer zerbrechlichen Statuette.

Ein solches Versprechen hätte Elene höchstens dann getröstet, wenn Durant es nicht für nötig gehalten hätte, es ihr zu geben. Er war sich jedoch ebenso klar darüber wie sie, daß sein Ruf, was die Behandlung von Sklaven und Pferden betraf, nicht der beste war; man munkelte sogar, daß seine Geliebte Serephine manchmal blaue Flecke hatte.

Die Gefangennahme von Toussaint und sein Abtransport nach Frankreich hatten schließlich dazu geführt, daß das Datum für die Hochzeit endgültig festgelegt worden war. Aber Elene hielt es für Arroganz, daß ihr Vater und ihr Bräutigam ein so rauschendes Fest für die ganze Gegend daraus machen wollten. Sie wollten der Welt damit beweisen, daß sie keine Angst hatten, die Aufmerksamkeit auf sich zu ziehen, daß sie es verachteten, ihre traditionellen Gepflogenheiten nur aus Sicherheitsgründen zu ändern.

Elene kehrte zu ihrem Toilettentisch zurück, starrte ihr Spiegelbild an und war ein wenig wütend darüber, daß sie die Hochzeitspläne so gleichgültig hingenommen hatte. Es hätte doch irgendwie möglich sein müssen, ihrem Vater ihr Zögern verständlich zu machen, es hätte ihr etwas einfallen müssen, um den Fortgang der Vorbereitungen zu behindern. Ihre Kusinen in Frankreich hatten ihr oft vorgeworfen, daß sie zu energisch und kampflustig jede Einschränkung ihrer Handlungen ablehnte.

Aber als sie versucht hatte, mit ihrem Vater darüber zu sprechen, war er so zornig geworden, daß sie befürchtet hatte, er würde sie wie den niedersten seiner Sklaven auspeitschen lassen. Sie hätte weglaufen können, das stimmte schon, aber auf der Insel gab es nur wenige Stellen, wo sie sich hätte verstecken können, und sie hatte keine Mittel und keine eigenen Einkünfte. Und in diesen unruhigen Zeiten stürzte sich eine weiße Frau – auch eine Farbige – ins Unglück, wenn sie sich allein auf den Weg machte.

Aber das waren nicht die einzigen Gründe. Eigentlich wollte sie hauptsächlich ihrem Vater einen Gefallen tun, um wieder den warmen und liebevollen Menschen aus ihm zu machen, als den sie ihn als Kind gekannt hatte. Sie hatte ihn so unglaublich vermißt, während sie in Frankreich gewesen war, hatte sich so sehr danach gesehnt, bei ihm zu sein. Jetzt hatte sie nur noch die Möglichkeit, zu tun, was er von ihr verlangte, um seine Liebe und seine Zustimmung für sich zu gewinnen.

Elenes Träumerei wurde durch die Rückkehr von Devota unterbrochen, die schwungvoll ins Zimmer kam und sorg[illegible]tig die Tür hinter sich schloß. Elene drehte sich um. »Wo bist du gewesen? Wir müssen uns beeilen, sonst komme ich zu spät, und du weißt doch, wie Papa ist.«

»Das ist doch egal. Dies hier ist viel wichtiger, *chère*.«

»Was ist denn das?«

»Ein Geheimnis, das dich beschützen wird.«

Die Frau griff in die Tasche ihrer Schürze und holte eine kleine, jadegrüne Flasche heraus, die mit einem Korkstopfen verschlossen war. Sie löste den Korken mit einer kräftigen Drehung, und der Duft von Gardenien, Rosen, Jasmin, Frangipani und Sandelholz zog durch die ruhige, warme Luft, zusammen mit anderen zarten Düften, die Elene nicht erkennen konnte.

»Parfüm?« Elene sog genußvoll den Duft ein und schüttelte dann den Kopf. »Es ist wunderbar, aber ich bezweifle sehr, daß es Durant beeindrucken wird. Ich habe gehört, daß seine Geliebte sich jeden Tag in Duftwasser badet.«

»Aber nicht in einem Parfüm wie diesem.«

»Warum bist du so sicher?«

»So eines wie dieses gibt es nicht noch einmal.«

Es war wirklich ein wunderbarer Duft. Reizvoll in seiner Mischung aus Blüten- und Holznoten, war es sowohl zart als auch von exotischer Fülle, intensiv, aber frisch, und über den erkennbaren Essenzen gab es da noch eine Spitze von magischem, unausweichlichem Geheimnis. Es durchdrang die Luft und die Gedanken mit unglaublichem Nachdruck, mit weicher, bebender Gegenwärtigkeit.

Elene streckte die Hand aus. »Es kann ja nicht schaden, wenn ich es benutze.«

»Einen Augenblick, *chère*. Bitte, würdest du deinen Morgenrock öffnen?«

»Was?«

»Dies ist ein Öl, ein sehr leichtes Öl, und sollte in deine Schultern und Arme eingerieben werden. Es wird deine Haut weich und seidig für jede Berührung machen wie Satin, und es wird sie duften lassen.«

Elene wußte, daß Devota ihr nur helfen wollte, indem sie davon sprach, wie es Durant zum Sklaven und ihre Haut zart machen würde. Es wäre unhöflich gewesen, ihr deutliches Mißtrauen zu zeigen. Außerdem konnte Elene nicht leugnen, daß sie jede mögliche Hilfe brauchte, um ihre Stimmung zu heben und es ihr möglich zu machen, selbstbewußt zum Altar zu gehen, wo sie und Durant sich in kurzer Zeit die Ehe versprechen sollten.

Mit einer leichten Bewegung der Schulter ließ Elene ihren Morgenrock heruntergleiten und hielt ihre hohle Hand Devota entgegen, damit sie etwas Parfümöl hineingießen konnte. Nach den Anweisungen ihrer Zofe brachte sie vorsichtig einen Teil der duftenden Flüssigkeit in ihre andere Hand und ließ dann ihre Hände über ihre Schultern und die Vertiefung unter ihrem Hals gleiten, dann ihre Arme hinunter bis zu den Ellenbogen und Handgelenken. Aber das erschien Devota noch nicht genug. Die Frau gab ihr noch ein paar Tropfen und bestand darauf, daß Elene sie über die Wölbungen ihrer Brüste und ihren Bauch bis zu der Stelle strich, wo ihre Schenkel zusammenkamen.

Während Elene das Öl in ihre Haut rieb, begann Devota einen leisen, monotonen Gesang, der so ähnlich klang wie ein Gebet oder ein Segen. Dieser Gesang erinnerte Elene an Gerüchte, die sie vor Jahren gehört hatte, Gerüchte, die Devota mit Voodookulten in Zusammenhang brachten, der Verehrung der alten Götter aus Afrika, Gerüchte, die behaupteten,

Devota sei manchmal die Priesterin bei diesen heidnischen Riten. Es hieß, diese Priesterinnen hätten seltsame Kräfte, zum Beispiel die Fähigkeit, jemanden durch einen Fluch oder eine Puppe, die mit Nadeln besteckt war, sterben zu lassen, aber auch die Fähigkeit, Tränke zu brauen, die Liebe in Haß und Haß in Liebe verwandeln konnten. Es gab viele Leute, die daran glaubten, Schwarze wie Weiße.

Geschichten, nichts als Geschichten waren das. Devota sah so normal aus, wie sie im Licht der Kerzen dastand, mit ihrer sauberen, gestärkten, weißen Schürze, dem Tignon und ihren vor Zuneigung und Mitgefühl warm leuchtenden, dunklen braunen Augen. Die Gerüchte konnten einfach nicht wahr sein. Es war der pure Wahnsinn zu glauben, daß sich vielleicht ein Körnchen Wahrheit dahinter verbarg.

Der Duft des Öls hüllte Elene ein, stieg ihr einen Augenblick lang mit fast überwältigender Kraft zu Kopf, bevor er zu einer vollen und lieblichen Wolke wurde, die sie umgab.

»Gut, gut«, sagte die Zofe leise. »Wenn dich jetzt dein Mann beim Liebesakt an sich drückt, wird er das Parfüm, hundertfach verstärkt durch die zusätzliche Kraft deines Körpers, auf seiner eigenen Haut empfangen. Und wenn das geschehen ist, gibt es kein Entkommen mehr für ihn. Er wird dir verfallen sein und nur noch den Wunsch haben, dir in jeder Beziehung zu gefallen. Sein Verlangen nach dir wird unersättlich sein. Keine andere Frau wird ihn mehr anziehen können.«

»Das ist ja alles schön und gut«, sagte Elene mit einer Spur von Humor in der Stimme, »aber was passiert, wenn er badet? Oder wenn ich bade?«

Devota runzelte die Stirn. »Du darfst das nicht so auf die leichte Schulter nehmen, *chère*. Natürlich wird das Parfüm beim Baden verschwinden. Du brauchst es dann nur wieder aufzutragen, und die Wirkung wird dieselbe sein.«

»Angenommen, ich berühre einen anderen Mann? Wird er mir auch verfallen sein?«

»Du mußt aufpassen, daß das nicht geschieht – außer wenn du ganz sicher bist, daß du es wirklich willst.«

Die Dinge, die Devota sagte, klangen unwirklich. Aber Elene dachte trotzdem, daß sie das Spiel ruhig mitspielen könnte. Sie berührte leicht ihren Kopf. »Und was ist mit mir? Hat es auf mich überhaupt keine Wirkung?«

»Für dich ist es einfach nur ein Parfüm. Und natürlich ist es das beste, wenn eine Frau, die einen Mann halten will, sich nicht zu sehr in ihn verliebt.«

»Das klingt so berechnend.« Elene runzelte die Stirn.

»Das ist es auch. Ich meine, man sollte die Kontrolle behalten, die Kontrolle über das Leben mit einem Mann, ich spreche nicht vom vollendeten Glück. Wenn du das wirkliche Glück suchst, dann versuche, die Liebe ohne jede Hilfe außer deinem liebenden Herzen zu gewinnen.«

»Ich bin nicht so sicher, ob Durant wirklich Wert auf ein liebendes Herz legt«, entgegnete Elene. »Ich denke, es handelt sich wohl eher darum, daß er eine passende Ehefrau und Papas Besitzungen will.«

»Vertraue mir, *chère*. Und jetzt müssen wir uns beeilen, dich anzuziehen, sonst wird dein Papa böse.«

Die Mode wurde von Paris diktiert und war der Form der einfachen, drapierten Gewänder der alten Griechen und Römer nachempfunden, und das schon seit mehr als zehn Jahren. Elenes Hochzeitskleid war auch in dieser Form geschnitten und bestand aus cremefarbener Seide. Es hatte Puffärmel, einen fließend fallenden Rock, der direkt unter dem Busen ansetzte, und war am Saum und um den tiefen, viereckigen Ausschnitt verziert mit Stickereien aus Goldfäden in der Form von Ranken und Blättern. Ihr Haar wurde zu einem einzigen, dicken, mit einem Goldband durchwirkten Zopf geflochten, der auf ihrem Kopf zu einer schimmernden Krone gesteckt war. Ihr einziger Schmuck bestand aus einem Halsband mit einer wunderschönen Kamee, das ihrer Mutter gehört hatte, und einem Paar goldener Ohrringe in der Form von Blättern, die ihr, zusammen mit einem Kaschmirschal und einem elfenbeinernen Fächer, in dem *corbeille de noce*, dem Korb mit den Brautgeschenken vom Bräutigam, geschickt worden waren.

Normalerweise legte Elene keinen Wert auf Schminke, aber an diesem Abend sah sie so blaß aus, daß sie sich mit etwas karminfarbener Lippenpomade und einer leichten Tönung der Wangen mit rotem spanischem Papier einverstanden erklärte. Ihre Augenbrauen und Wimpern waren trotz ihrer hellen Haarfarbe von Natur aus dunkel, so daß sie nur eine Spur von Öl brauchten, um sie glänzen zu lassen.

Devota überschüttete sie mit Komplimenten, als sie schließlich fertig war. Elene dankte ihr, empfand aber keine wirkliche Dankbarkeit. Es war ihr egal, was andere Leute – einschließlich Durant – über ihr Äußeres dachten. Sie fühlte sich mehr wie ein Opfertier als wie eine Braut, und all die Schwärmereien und Allgemeinplätze, die üblicherweise ein solches Ereignis umgaben, würden das auch nicht ändern. Wenn diese Hochzeit schon sein mußte, dann wollte sie möglichst schnell alles hinter sich bringen.

Es ertönte ein leises Klopfen an der Tür. »Es ist Zeit, Mademoiselle«, rief der Butler auf der anderen Seite.

Devota sagte ihm, sie seien bereit. Plötzlich nervös geworden, sah sie sich nach Elenes Fächer um und holte den Strauß aus gelben Rosen und Farn, den sie tragen sollte. Sie gab Elene die Dinge in die Hand, drückte sie einmal kräftig an sich und öffnete ihr dann die Tür.

Die Musik, die das Kommen der Braut ankündigte, ertönte aus dem Erdgeschoß, klang über die Außentreppe herauf und über den Balkon bis zu der Stelle, an der Elene stand. Sie holte tief Atem und ging los.

»Denke daran«, sagte Devota mit leiser Stimme, »dein Mann wird dich mehr als sein Leben lieben. Er wird nicht anders können.«

»Ja«, flüsterte Elene und trat durch die Tür auf die obere Galerie hinaus.

Das Haus der Larpents war aus Sandstein gebaut, der in den Bergen der Insel gebrochen und mit viel Mühe hierhertransportiert worden war. Es war zwar in den Jahren, während Elenes Vater im Exil gewesen war, vom Feuer verschont geblieben, hatte aber doch einige Plünderungen und Zerstörungen erlebt. Der größte Teil der einst prächtigen Möbel war aus den Zimmern verschwunden, und der Boden der Galerie hatte tiefe Kratzer an den Stellen, wo bei Plünderungen schwere Gegenstände darüber hinweggezogen worden waren. Das Geländer der Galerie war ebenfalls aus dem weichen Sandstein gehauen und hatte Schrammen von Macheten und Bajonetten davongetragen, und einige der urnenförmigen Geländerstützen fehlten – sie waren zweifellos aus Unachtsamkeit herausgeschlagen oder zu anderweitigem Gebrauch davongeschleppt worden. Die aus Stein gehauene Ananas, die einst den Eckpfosten an der Steintreppe zur Terrasse geschmückt hatte, war fort. Um das häßliche Loch zu überdecken, das an ihrer Stelle entstanden war, hatten sie eine große Blumenschale aus Porzellan aufgestellt, die mit hängenden, leuchtend rosafarbenen Geranien bepflanzt war. Noch mehr von diesen Blumen standen auf einigen der Stufen nach unten und waren um den unteren Eckpfosten der Treppe gruppiert.

Elene blieb auf dem oberen Treppenabsatz stehen. Unter ihr saßen die Hochzeitsgäste auf kleinen, goldbemalten Stühlen in einem Halbkreis um den Altar. Zwischen ihnen saß in der ersten Reihe ihr Vater. Der Altar war mit goldenen und roten Tüchern bedeckt und mit Farn dekoriert. Der Priester in seiner Robe stand wartend davor und sah, wie alle anderen, ihrer Ankunft entgegen.

Das leise Murmeln der Leute erstarb, und man hörte das Rascheln von Kleidern, als die Versammlung unten ihre Anwesenheit bemerkte und die Leute sich auf ihren Stühlen umdrehten. Plötzlich, während sie noch dort stand, wurde Elene bewußt, daß sie das Rollen der Trommeln in den Hügeln nicht mehr hören konnte.

Die Musik der schwarzen Dreimannkapelle wurde lauter. Unten erhoben sich die Gäste als Geste der Ehrerbietung ihr gegenüber. Eine kleine Bewegung entstand, und Durant trat unter der Galerie hervor zum Eckpfosten des Geländers am unteren Ende der Treppe. Er stand da und wartete; er sah gut aus in seinem Hochzeitsanzug aus Goldsatin mit Schwalbenschwanz und weißen Kniehosen. Auf seinem Mund lag ein Lächeln der Zufriedenheit.

Elene starrte zu ihm hinunter, sah sein dickes, braunes Haar, das er ziemlich lang trug, und seine tiefliegenden schwarzen Augen. Sein Gesicht war kantig und hatte ein etwas vorspringendes Kinn, eine römische Nase und muskulöse Lippen. Er war zwar von durchschnittlicher Größe und etwas untersetzt gebaut, aber ihn umgab eine Aura von überlegener Selbstsicherheit, die manche Männer einschüchterte und andere wütend machte. Als Mann von Eleganz war er an das Beste gewöhnt und würde sich auch nicht weniger gefallen lassen, sei es bei einem Glas Wein oder einer Frau. Es würde nicht leicht werden, diesem Mann zu gefallen, dachte sie, obwohl andere Frauen sie vielleicht um ihn beneideten.

Durant stellte einen Fuß auf die unterste Stufe und legte seine Hand auf das steinerne Geländer, bereit, sie zu Elene auszustrecken und sie zum Altar zu führen. Elene ging eine Stufe hinunter, dann noch eine, bemühte sich um Fassung, versuchte, den steifen Widerwillen in ihren Muskeln nicht zur Kenntnis zu nehmen, der sie vielleicht zu Fall bringen könnte.

In diesem Augenblick schrie eine Frau auf.

Der Schrei, bebend mit einer scharfen Kante des Grauens und der Hysterie, erklang aus der hinteren Reihe der Gäste. Er wurde sofort von wilden Schreien und heulendem

Kriegsgebrüll erwidert, wie es sie sonst nur in Alpträumen gab. Es war ein Angriff der schwarzen Widerstandskämpfer.

Die Gäste sprangen auf und sahen sich furchtsam um, riefen einander voller entsetztem Unglauben einige Worte zu. Frauen begannen zu schreien. Dann ertönte rauhes Zischen, als die Männer ihre Schmuckdegen zogen, die sie an der Seite trugen. Andere rannten los, um ihre Pistolen und Musketen zu holen, die sie im Haus gelassen hatten. Schwarze Gestalten liefen über den Rasen und schwenkten ihre Waffen, die Zähne in wildem Blutdurst entblößt.

Einen Augenblick später war die Terrasse erfüllt von einer wirbelnden Masse kämpfender, aufeinander eindreschender Körper, von denen sich Grunzer und Flüche erhoben, verzweifelte Schreie und das ekelhafte Geräusch der Schneiden, die Fleisch bis zum Knochen durchtrennten. Leuchtendrote Blutstropfen spritzten auf das Steinpflaster.

Elene, die voller Entsetzen stehengeblieben war, sah, wie Durant sich von den Stufen wegbewegte und auf einen Schwarzen im Lendenschurz zustürzte, mit dem er rang. Ihr Bräutigam löste sich aus dem Griff des Mannes. Er hackte und schlug um sich und verlor sich in der Menge, während Elenes Blick ihren Vater suchte. Sie entdeckte ihn gerade in dem Augenblick, als er niedergeschlagen wurde, während sich eine Axt in seinen Hals grub und seinen Kopf halb vom Hals abtrennte.

Sie schrie auf, ein Schrei, der sich voller Entsetzen und Zorn ihrer Kehle entrang. Sie stolperte einen Schritt nach vorn, den Blick auf den Leichnam ihres Vaters gerichtet. Unter ihr drehte sich ein pockennarbiger Angreifer um und machte sich dann im Laufschritt auf den Weg die Treppe hinauf. Er hielt ein Messer mit der Schneide nach oben in der Faust, und seine Augen waren erfüllt von mörderischer Wut.

Elene bewarf ihn mit ihrem Strauß und ihrem Fächer, wirbelte herum, riß ihre Röcke hoch und rannte die Treppe wieder hinauf. Sie konnte das Klatschen der nackten Füße des

Mannes auf den Stufen hinter sich hören. Dieses Geräusch spornte sie an. Als sie beinahe oben war, ließ sie ihre Röcke fallen und griff nach der schweren Blumenschale auf dem Eckpfosten. Sie riß sie zu sich herüber, wandte sich um und warf sie ihrem Verfolger entgegen. Die Schale traf ihn in einer Wolke von Erde und Geranien. Er heulte auf und stolperte zwischen zerbrochenem Porzellan rückwärts die Treppe hinunter. Elene wartete nicht ab, um zu sehen, was sie erreicht hatte, sondern wirbelte wieder herum.

Über ihr war ein dunkles Gesicht. Ihr Herz tat einen schmerzhaften Satz, dann erkannte sie Devota. Die Zofe packte ihren Arm und zog an ihr.

»Hier entlang! Schnell!«

Sie stürmten über die Galerie und durch die Haupttüren des Hauses, bremsten schließlich rutschend im Treppenhaus ab. Vor ihnen lag die ganze Breite der großen Treppe, die zum Haupteingang hinunterführte, und rechts von ihnen befand sich die dunkle, gewundene Bedienstetentreppe. Sie wandten sich nach rechts und stürmten dann die schmalen Stufen hinunter, so schnell sie nur konnten, bis sie unten waren.

Dort befand sich eine kleine Tür, die das untere Ende der Treppe abgrenzte. Sie führte zum Anrichtezimmer, das wiederum verbunden war mit dem offiziellen Eßzimmer. Devota drehte den Türknopf und schob die Tür vorsichtig halb auf. Sie sah sich einen Augenblick lang um und horchte, dann nickte sie Elene auffordernd zu.

Und wieder rannten sie, durchquerten das Anrichtezimmer und stürmten durch die bis zum Boden reichenden Flügelfenster hinaus in einen abseits gelegenen kleinen Seitengarten. Sie liefen klappernd die Stufen der kleinen Terrasse hinunter, hasteten über ein schmales Stück Rasen und warfen sich zwischen die hohen Hibiskussträucher. Im Schutz des Gebüschs entfernten sie sich weiter vom Haus und bewegten sich auf die Zuckerrohrfelder zu, huschten wie gehetzte Tiere über Lichtungen, spähten über ihre Schulter zurück und rangen nach Atem. Dann tauchten sie zwischen die ersten hohen Zuckerrohrpflanzen und drängten sich in den Schutz ihrer hohen, in der Brise schwankenden Büschel.

Aber selbst da konnten sie noch nicht stehenbleiben. Sie stürmten durch die Reihen wie durch lange, grüne Tunnel, und die breiten, grasartigen Blätter des Zuckerrohrs wölbten sich über ihnen. Sie hielten ihre Arme vor das Gesicht, um sich vor den trockenen und scharfkantigen unteren Blättern zu schützen, und sprangen über die Pflanzen, die so dick und schwer von Saft waren, daß sie in die Reihen hineinhingen. Manchmal liefen sie etwas langsamer, um zu Atem zu kommen, aber bald rannten sie wieder weiter. Hinter ihnen wurden die Schreie und das Geheul, die Schüsse und das Klirren von zerbrechendem Glas langsam leiser. Es war sowohl eine Erleichterung als auch eine Qual, als sie schließlich keine Geräusche mehr hörten.

Die Felder schienen endlos zu sein, eine Meile nach der anderen. Sie lagen in verschiedenen Winkeln zueinander, je nachdem wie die Grenzen und die Bewässerungsgräben verliefen. Hier und da gab es ein Feld, das mit Unkraut zugewachsen war, auf dem das Zuckerrohr erstickt wurde von wilden Kaffeesträuchern und üppig gedeihenden Schlingpflanzen; es gab auch Felder, die seit der ersten Revolte nicht mehr bestellt worden waren und die der Wald langsam für sich zurückeroberte.

Nach einer Weile gingen die beiden Frauen langsamer – zum Teil, weil sie Angst hatten, einem Trupp der Angreifer oder irgendwelchen anderen Schwarzen zu begegnen. Als sie schon ein gutes Stück zwischen die Bäume gedrungen waren, blieben sie endlich stehen. Dieses Stück bewaldeten Landes war nicht mehr als ein Streifen von vielleicht eineinhalb Meilen Breite, auf dessen einer Seite die Zuckerrohrfelder lagen, durch die sie gerade gekommen waren, und auf dessen anderer Seite die Hauptstraße nach Port-au-Prince war.

Sie schoben sich durchs Unterholz weiter bis in ein möglichst dichtes Waldstück. Als sie nicht mehr weitergehen konnten, suchten sie sich einen großen Baum und ließen sich darunter auf den Boden fallen. Sie saßen da, den Rücken an den Stamm gelehnt, die Köpfe nach hinten gelegt und die Augen geschlossen, während sie sich bemühten, Luft in ihre Lungen zu saugen und den Schmerz in ihren Seiten loszuwerden. Es dauerte eine Weile, bevor sie sich wieder bewegen oder sprechen konnten.

Schließlich öffnete Elene die Augen. Als erstes fiel ihr auf, daß es ganz unbemerkt völlig dunkel geworden war. Und als nächstes sah sie den flackernden roten Schein am Himmel. Sie schnupperte die warme Luft und roch den unverwechselbaren Rauchgeruch.

»Das Haus, sie brennen das Haus nieder«, sagte sie mit matter Stimme.

»Ja«, antwortete Devota, ohne die Augen zu öffnen.

»Und schau, da drüben. Ist das – kann das vielleicht noch ein anderes brennendes Haus sein?«

Devota sah durch die dichten Blätter, die sie umgaben. »Wo?«

Elene deutete in eine Richtung. »Da drüben, man sieht den Widerschein in den Wolken.«

»Dann ist es wohl eine Revolte auf der ganzen Insel«, vermutete die Zofe. »Wie mag es dazu gekommen sein?«

Elene schüttelte den Kopf und schloß wieder ihre Augen. »Das ist doch eigentlich egal. Die Frage ist nur: was werden wir jetzt tun?«

Ihr Vater war tot. Sie hatte gesehen, wie er gestorben war. Sie hätte eigentlich einen schrecklichen Schmerz fühlen müssen, aber über jenen ersten Augenblick des Grauens hinaus empfand sie nichts als eine sie völlig erfüllende Taubheit. Sie schauderte, als sie an die Schlachtszenen dachte, die sie beobachtet hatte; trotzdem machten sie irgendwie einen unwirklichen Eindruck. In der Lethargie, die sie ergriffen hatte, schien sie nicht darüber nachdenken zu können, was jetzt der beste Weg zur Sicherheit war. Soweit sie verstehen konnte, gab es so etwas einfach nicht mehr.

»Wir könnten vielleicht zu den französischen Soldaten nach Port-au-Prince gehen.« Devotas Stimme klang zögernd.

Elene spürte die kurze Regung eines Gefühls, das sie nicht gekannt hatte, bevor sie erfahren hatte, daß sie verheiratet werden sollte. Es brauste durch ihre Adern und verschwand dann langsam wieder, aber in diesem kurzen Augenblick erkannte sie es mit ziemlichem Schrecken als Interesse an der Zukunft. Sie sagte langsam: »Ja, das könnten wir vielleicht.«

»Wir müßten sehr vorsichtig sein.«

»Ja«, stimmte Elene zu. »Der Weg über die Straße ist höchstwahrscheinlich zu gefährlich. Es wäre schon nützlich, wenn wir herausfinden könnten, was eigentlich wirklich los ist.«

»Ich könnte es vielleicht erfahren«, sagte Devota.

»Was meinst du damit?«

»Wenn ich ein paar von den Sklaven aus dem Haus finden könnte, würden sie mir vielleicht sagen, was Dessalines vorhat, oder mir wenigstens eine kleine Vorstellung davon vermitteln, warum diese Angriffe befohlen worden sind.«

»Das ist zu riskant«, wehrte Elene entschlossen ab. Sie wußte, daß einige Sklaven aus ihrem Haus auch an der Revolte beteiligt gewesen sein mußten – jene Leute, die sie mit ihren eigenen Händen gepflegt hatte, wenn sie krank gewesen waren, die Männer und Frauen, die das Haus saubergehalten und die Gärten bepflanzt und versorgt hatten, die Helfer, die in den Feldern gesungen hatten. Sie hatte es gewußt, aber nicht wahrhaben wollen.

»Das Risiko ist für jemanden mit meiner Hautfarbe nicht so besonders groß.«

Elene dachte eigentlich nur selten daran, daß Devota keine

Weiße war, genauso wie sie auch nur selten daran dachte, daß sie miteinander verwandt waren. Sie war eben einfach Devota, immer da, immer aufmerksam, immer klug. War es möglich, daß ihre Tante geahnt hatte, was heute nacht geschehen würde, daß sie ihren Vater und die anderen hätte warnen können? Nein, das konnte nicht sein. Es gab doch ein paar Dinge, die man einfach voraussetzen konnte.

»Und angenommen, man erkennt dich als meine Zofe? Das könnte doch schon genug sein, um dich in Gefahr zu bringen.«

»Das ist ein Risiko, das ich eingehen muß. Wir müssen etwas herausbekommen, und das bald. Wenn es wirklich einen allgemeinen Aufstand gibt, werden wir ein Versteck brauchen, und zwar bis spätestens morgen früh.«

Devota stand auf und glättete ihre Schürze und ihr Tignon. Elene beobachtete ihre schattenhaften Bewegungen im Dunkeln. Sie konnte Devota vielleicht befehlen, zu bleiben, so wie sie als Herrin ihrer Sklavin befehlen konnte, aber ein solches Verhältnis hatten sie nie zueinander gehabt. Auf jeden Fall war sich Elene absolut nicht sicher, ob Devota ihr gehorchen würde, besonders jetzt, oder ob sie überhaupt wollte, daß sie es tat.

»Wenn du schon gehen mußt, dann werde ich mit dir kommen, zumindest ein Stück weit.«

»Wozu soll das gut sein, *chère*? Nein, nein, es ist besser, du bleibst hier. Ich werde nicht lange fort sein.«

»Ich könnte doch Wache halten –«, fing Elene an und hielt dann plötzlich inne. An der Stelle, wo vor wenigen Sekunden Devota noch gestanden hatte, war plötzlich Dunkelheit. Sie war in der Nacht verschwunden.

Sie war es gewöhnt, sich in der Dunkelheit im Freien zu bewegen, sagte sich Elene. Als Anhängerin der Voodoo-Riten oder vielleicht sogar als ihre Führerin und Priesterin mußte sie oft das Haus mitten in der Nacht verlassen haben, um zu den Versammlungen in den Hügeln zu gehen. Devota würde schon zurechtkommen.

Die Zeit verging sehr langsam. Elene hörte bald ein leises Rascheln in ihrer Nähe. Es waren nur die Bewegungen von kleinen Nachttieren, vielleicht auch das Fallen eines trockenen Zweiges oder Ästchens durch den Hauch einer leichten Brise in den nächtlichen Blättern. Es gab eigentlich nichts, was sie beunruhigen konnte. Einmal hörte sie das Lärmen von Stimmen, die zu feiern schienen. Es war ein ganzes Stück entfernt, vielleicht auf der Hauptstraße jenseits des Waldes, in dem sie saß. Der Lärm wurde nicht lauter. Nach einer Weile verklang er in der Ferne.

Die Nacht war wolkenlos. Ein schwacher, silberner Schein erhellte den Horizont hinter den weitausgebreiteten Zuckerrohrfeldern. Schließlich stieg der Mond über die Baumwipfel und erhob sich langsam in den Himmel, von wo aus er seine Strahlen durch die Blätter zu ihr herunterschickte. Dadurch wirkten die Schatten unter den breiten Ästen noch dunkler, und kleine, bewegliche, seltsam geformte Tümpel aus silbernem Licht ergossen sich auf den Waldboden. Ein Fleck in der Größe einer Männerhand durchdrang die Blätter über Elenes Kopf. Sein heller Schein sammelte sich in ihrem cremefarbenen seidenen Schoß und verwandelte den Stoff ihres Rocks in schimmerndes Gold. Dieses Leuchten, so weich es auch sein mochte, blendete ihre Augen.

Das konnte sie verraten und die Widerstandskämpfer zu ihr locken. Elene rappelte sich auf und drängte sich in den Schatten. Selbst dort kam ihr der Stoff ihres Kleides hell wie ein Leuchtfeuer vor, und das Gold der Kette, an der die Kamee ihrer Mutter hing, glitzerte bei jedem ihrer Atemzüge und bei jeder anderen Bewegung. Sie nahm die Kamee ab und steckte sie schnell in die Tasche ihres Unterrocks. Sie dachte daran, das Kleid auszuziehen, aber ihre Unterröcke waren kaum weniger leuchtend. Sie wünschte, sie hätte daran gedacht, sich im Vorbeilaufen einen Umhang oder eine Decke zu greifen – oder sonst etwas, um den bleichen Glanz ihrer Kleidung zu verbergen.

Und wenn sie einfach ihr Kleid mit Erde einrieb? Unter den Blättern auf dem Waldboden war sie bestimmt feucht genug, aber würde das wohl reichen? Und ihre Haut mit dem ihr eigenen Perlglanz fing das Licht beinahe ebenso gut ein wie ihre Kleidung. Sie hatte auch eine Verdunkelung nötig.

Sie kniete sich auf den Boden, kratzte die Blätter um ihre Füße zur Seite und schob die Erde mit ihrer Hand zusammen. Ihr voller, fruchtbarer Duft füllte ihre Nase, und das Rascheln, das sie verursachte, kam ihr sehr laut vor. Sie griff sich eine Handvoll von der feuchten Erde und strich sie über ihren Arm. Ihre Feuchtigkeit verband sich mit dem parfümierten Öl, das sie aufgetragen hatte, und brachte den Duft wieder ganz deutlich zum Vorschein. Die schwarzen Krümel fielen wieder auf den Boden und hinterließen nur einen dunklen Streifen. Sie wollte noch mehr aufheben.

Ein kurzer, scharfer Ausruf ließ sie aufsehen. Keine zehn Meter von ihr entfernt standen zwei schwarze Männer, der eine gedrungen, der andere groß. Sie trugen nur grobe Kniehosen, ihre Oberkörper waren nackt. Die Zeichnungen in Orange und Weiß, mit denen sie Brust und Gesicht bemalt hatten, ließ sie grausam und unmenschlich wirken. Einer trug in seiner linken Hand einen silbernen Krug am Henkel und in der rechten Hand eine Machete. Der andere Mann hatte keine Beute, sondern nur eine schwere Axt mit einem kurzen Stiel.

Elene richtete sich langsam auf und trat einen Schritt zurück. Diese Bewegung brachte sie genau in einen breiten Mondstrahl. Sie spürte, wie er sie überströmte, wie das Licht in ihrem Haar glitzerte und schimmerte, auf ihrer Haut und auf ihrem Kleid. Sie stand da wie ein gestelltes Wild, hielt aber ihren Kopf hoch wie eine Königin, in dem Entschluß, nicht zu zeigen, welche Furcht sie erfüllte.

Die beiden Männer taten einen tiefen, rauhen Atemzug

vor Erstaunen, so als hätten sie eine Erscheinung gehabt. Der eine mit dem silbernen Krug murmelte etwas, das ein Gebet hätte sein können. Der andere mit der Axt warf ihm einen kurzen Blick zu. Er spuckte aus.

»Hol sie«, zischte er.

2. Kapitel

Elene blieb stehen, bis die Männer sie erreicht hatten. In dem Augenblick, als sie sie berührten, brach eine solche Wut aus ihr hervor, daß sie sich nicht länger beherrschen konnte. Sie schlug um sich, kratzte, trat und schrie in einem Widerstand, der so kraftvoll war, daß es ihr fast die Kehle versengte.

Das half aber nur wenig. Nach dem ersten Überraschungsmoment fanden die Männer ihre Wildheit amüsant. Der eine mit der Machete lachte, als er sich ihre Hände vom Gesicht zog, ihr das Handgelenk umdrehte und sie so auf die Knie zwang. Sie nannten sie Katze und Hündin und Schlimmeres und wickelten sich den hellen, goldenen Zopf wie einen Strick um das Handgelenk, als die Nadeln herausfielen, dann zerrten sie sie in die eine und die andere Richtung, bevor sie sie auf das Laub am Boden warfen.

Elene wehrte sich weiter, wand und drehte sich von einer Seite zur anderen, und ihr Atem kam nur noch in rauhen Stößen. Ihre Hand- und Fußgelenke schmerzten höllisch. Sie fragte sich, warum die Männer sie nicht mit dem Messer oder der Axt niederschlugen, warum sie sie nicht töteten, und sie kannte die Antwort schon, bevor sich die Frage richtig formuliert hatte. Sie hörte die Seide ihres Kleides an einem Ärmel reißen, spürte, wie es am Hals nachgab. In ihrem Kopf erhob sich ein roter Wirbel aus Verzweiflung und Unglauben. Dies konnte nicht geschehen, es durfte einfach nicht.

Der Mann, der neben ihren Füßen kniete, erstarrte plötzlich und stieß einen erstickten Schrei aus. Ihre Fußgelenke kamen frei. Der andere, der in der Nähe ihres Kopfes hockte, sah auf, fluchte und stieß sie von sich, so daß sie durch die raschelnden Blätter rollte. Sie drehte sich um und kam auf die Knie. Vor ihr stand ein dritter Mann in der mondhellen Dunkelheit der kleinen Lichtung – groß und breitschultrig, in dem fahlen Licht aber dennoch erkennbar als hellhäutige und schlanke Gestalt. Er stand dem gedrungenen Schwarzen, der bedrohlich sein Rohrmesser schwang, mit glitzernd gezogenem Degen gegenüber, den er in der Hand hielt, als wisse er, wie man damit umgeht. Ganz in Elenes Nähe lag der zweite Schwarze am Boden, seine Axt neben ihm. Er bewegte sich nicht mehr.

Ihr Angreifer und der Neuankömmling umrundeten einander. Ihre Bewegungen wirkten angespannt und vorsichtig. Der Atem des dicken, dunkelhäutigen Mannes tönte rauh durch die Stille der Nacht, und seine Füße verursachten ein Rascheln in den Blättern. Der andere war still, vorsichtig, seine Bewegungen voller Aufmerksamkeit. Der Schwarze stürzte sich auf ihn mit einem Schwung seiner Machete, die mit einem bösen, scharfen Zischen die Luft durchschnitt. Metall schlug klirrend auf Metall. Es gab ein Gewirr von Schlägen und Gegenschlägen, die zu schnell hintereinander folgten, als daß Elene sie in dem schwachen Licht hätte genau erkennen können. Der Mann mit dem Degen stieß plötzlich mit der ganzen Länge seines Arms vor und zog sich dann zurück. Seine Waffe glänzte. Der Angreifer schrie auf und stolperte. Die Machete fiel dumpf auf den Boden, und der Schwarze sank darüber zusammen.

Am Rand der kleinen Lichtung bewegte sich ein Schatten. Elene wandte sich entsetzt in die Richtung. Devota trat ins Mondlicht hinaus. Sie berührte den Mann mit dem Degen leicht anerkennend an der Schulter, ignorierte die Leichen der beiden anderen und kam direkt zu Elene. Sie kniete sich vor sie hin und ergriff ihre Arme, während sie voller Sorge fragte: »Geht es dir gut? Sag doch etwas, *chère*, sag mir, daß du unverletzt bist.«

»Ja, ja, laß mich aber jetzt aufstehen.« Wenn sie wieder auf die Füße kam, so schien es Elene, könnte das ihre Würde wiederherstellen, und vielleicht auch ihre Unverletzbarkeit.

»Natürlich, komm, ich helfe dir. Du hast ja lauter Blätter in den Haaren, und der eine Ärmel ist halb vom Kleid abgerissen. Mein Gott, was sind das für Tiere. Ich mag gar nicht daran denken, was ich vorgefunden hätte, wenn ich nur wenig später zurückgekommen wäre.«

»Ich auch nicht!« Elene trat einen Schritt von ihrer Zofe zurück, während diese über ihr Kleid strich und versuchte, Blätter und kleine Zweige aus ihren Haaren zu sammeln. »Bitte, Devota. Ich habe dich wirklich sehr lieb und danke Gott und allen Heiligen, daß du gekommen bist, aber könntest du bitte aufhören, mich zu säubern, damit ich mit diesem Gentleman sprechen kann?«

Ihr Retter hatte seinen Degen mit einer Handvoll Blättern abgewischt und ihn wieder in die Scheide an seiner Seite gesteckt. Er stand wartend da, eine Hand auf den Degenknauf gestützt und die Beine in einer Weise gespreizt, die zeigte, daß er nicht sehr viel Geduld zu haben schien.

»Ja, natürlich. *Chère*, dies ist M'sieur Ryan Bayard aus New Orleans. Ich traf ihn glücklicherweise gerade auf der Straße.«

Elene machte, so gut sie konnte, einen Knicks im Dunkeln als Antwort auf die Verbeugung. »Es freut mich, daß Devota Euch begegnet ist, M'sieur. Ich bin dankbarer, als ich sagen kann, für Eure – Euer Einschreiten gerade eben.«

»Ich freue mich, daß ich Euch helfen konnte«, antwortete er mit tiefer Stimme und mehr als nur kurz angebunden. »Jetzt, wo wir die Höflichkeiten endlich erledigt haben – könnten wir bitte gehen? Ich habe kein besonderes Verlangen danach, Dessalines' ganze Armee allein zu bekämpfen.«

»Verzeiht mir, wenn ich Euch aufgehalten habe –« begann Elene verwirrt.

»Das ist nicht besonders schlimm, wenn Ihr nicht damit weitermacht.« Er kam zu ihr und nahm ihren Arm. »Könnt Ihr gehen?«

»Natürlich kann ich gehen«, gab sie zurück und versuchte, sich seinem kräftigen Griff zu entwinden.

»Es würde mich nicht überraschen, wenn Ihr etwas wacklig auf den Beinen wäret. Ich könnte Euch tragen, wenn Ihr wollt.«

»Das will ich nicht! Wohin denn tragen, M'sieur?«

»Weg von hier.«

»Chère«, warf Devota ein.

Elene zog an ihrem Arm und versuchte sich zu befreien, allerdings ohne Erfolg. »Ihr seid mir absolut fremd, und obwohl die Tatsache, daß Ihr mich vor... vor Schlimmem bewahrt habt, Euch vielleicht zu einem gewissen Interesse an meinem Wohlergehen berechtigt, gibt Euch das doch noch nicht das Recht, meine Handlungen zu bestimmen oder mich herumzukommandieren.«

»Chère!« Der Tonfall der Zofe war ermahnend, allerdings nicht sehr hoffnungsvoll.

»Vergebt mir, Mademoiselle«, sagte Ryan Bayard mit erschrockener Höflichkeit, indem er seinen Griff wieder löste. »Ich hatte angenommen, daß Ihr mit mir gehen wolltet.«

»Ich kann mir nicht vorstellen, wie Ihr zu einem solchen Gedanken kommen konntet.«

»Nein, *chère!*« Devotas Protest klang besorgt.

»Ich mir eigentlich auch nicht. Ich wünsche Euch also eine gute Nacht.«

Elene richtete sich zu einer geraden Haltung auf. »Die wünsche ich Euch auch.«

»Er hat ein Pferd und eine Kutsche, *chère*«, rief Devota, »und auch einen Platz, an dem wir uns verstecken können!«

Elene drehte sich um und sah die ältere Frau an. Ein Versteck. Einen Moment lang wollte sie verleugnen, daß sie so etwas brauchte, dann kam ihr plötzlich die Wirklichkeit der

Ereignisse, die an diesem Abend geschehen waren, mit bedrohlicher Deutlichkeit zu Bewußtsein. Sie brauchte nicht Devotas Gesicht zu sehen, um zu verstehen, daß Devota meinte, sie sollten mit diesem Mann gehen und daß er ihre größte Hoffnung auf Sicherheit war. Das mochte schon so sein; es war ziemlich sicher so. Sie wandte sich wieder ihrem Retter zu. Er ging schon weg, eine hohe, gerade Gestalt in der Dunkelheit mit einem breiten Rücken, der zu seinen Hüften hinunter schmaler wurde, und mit einem weitausgreifenden Gang. Sie war wirklich zu voreilig gewesen. Das war ein Fehler, den sie sonst nicht sehr oft beging.

Sie trat einen Schritt vor und rief: »M'sieur!«

Er blieb stehen und sah sich um.

»Wartet, bitte, ich –« Das letzte Wort klang gepreßt und unsicher, dann verschloß sich ihre Kehle, und sie konnte nicht weitersprechen.

Er kam einen Schritt zurück, dann noch einen und starrte sie durch die Dunkelheit an. Ryan Bayard, der plötzlich ihre tapfere aufrechte Haltung, ihre leuchtende Gestalt sah und den erstickten Klang ihrer Stimme hörte, schämte sich plötzlich, daß ihm seine eigenen Angelegenheiten so bedeutsam erschienen waren.

Mit ruhiger Stimme sagte er: »Ich glaube, Mademoiselle, Ihr seid doch stärker erschüttert worden, als Euch klar ist; in dieser Nacht werden die Stärksten von uns erschüttert. Ich möchte mich bei Euch für mein Benehmen entschuldigen und hoffe, daß Ihr mir glaubt, daß ich mich geehrt fühle, wenn Ihr mir erlaubt, Euch zu helfen.«

Elene räusperte sich. »Noch einmal.«

»Wie bitte, Mademoiselle?«

»Ihr würdet mir noch einmal helfen?« Sie deutete kurz auf die unbeweglichen Gestalten auf dem Boden. »Wir – meine Zofe und ich – nehmen Euer Angebot dankbar an, M'sieur. Ihr seid – sehr freundlich.«

Ryan Bayard war in den letzten Jahren mit vielen Bezeichnungen belegt worden, aber keiner hatte ihm vorgeworfen, er sei freundlich. Er war sich nicht sicher, ob ihm das gefiel.

»Dann wollen wir jetzt gehen.«

Es war nicht annähernd so weit zur Hauptstraße, wie Elene gedacht hatte. Die Kutsche war am Rand der muschelbedeckten Straße versteckt, es war ein Einspänner, von einem glänzenden Fuchs gezogen. Für größere Geschwindigkeiten gebaut, bot das offene Fahrzeug nur wenig Komfort, es gab nur einen schmalen Sitz für den Fahrer und höchstens einen schlanken Passagier. Zu dritt hatten sie nur Platz, wenn Elene in der Mitte saß und sich dicht an Devota und M'sieur Bayard gedrückt hielt. Und selbst unter diesen Umständen dachte Elene jedesmal, wenn sie durch ein Schlagloch oder auf zwei Rädern um eine Kurve fuhren, sie würden gleich alle drei vom Sitz kippen oder in hohem Bogen über das Trittbrett der Kutsche vor ihren Füßen hinwegfliegen. Und schließlich war sie ziemlich sicher, daß das nur durch den eisernen Griff des Mannes neben ihr verhindert wurde.

Es war seltsam, daß es ihr auffiel, aber Elene glaubte nicht, daß sie in ihren dreiundzwanzig Lebensjahren je einem Mann, der nicht zur Familie gehörte, so nah gewesen war. Selbst Durant war ihr durch die Gegenwart ihres Vaters oder den Schutz Devotas immer ferngehalten worden. Der Körper dieses Mannes, der gerade für sie getötet hatte, war fest und straff von gespannten Muskeln. Er machte nicht den Eindruck, als hätte er einen leichten oder beiläufigen Lebensstil; sie hatte eher das Gefühl, daß er körperliche Arbeiten verrichtete. Seine Art zu sprechen und sein Benehmen waren jedoch sehr zuvorkommend ebenso wie seine Gewandtheit im Umgang mit dem Degen, die er gerade bewiesen hatte. Er war ein Rätsel, das sie vielleicht davon abhalten konnte, zu sehr über die unmittelbare Vergangenheit nachzudenken.

War Ryan Bayard vertrauenswürdig? Das war wirklich eine ernste Frage. Er hatte seine Kutsche für Devota angehalten, in einer Nacht, in der Menschen ihrer Hautfarbe Weiße massakrierten, in einem Augenblick also, wo er jedes Recht gehabt hätte, eine Falle zu vermuten. Das bewies entweder übergroßes Vertrauen in seine Fähigkeit, sich selbst zu schützen, oder überdurchschnittliches Mitgefühl für das Schicksal seiner Mitmenschen. Er war Elene zu Hilfe gekommen und hatte dabei sein eigenes Leben aufs Spiel gesetzt, ohne auch nur einen Moment zu zögern und ohne zu wissen, wer sie war, und sicher ohne Hoffnung auf Belohnung. Es war unmöglich, daß er einen niederen Beweggrund hatte, und es gab auch keinen Grund, anzunehmen, daß er die Situation ausnützen würde.

Und doch hatte dieser Mann etwas an sich, was Elene in Unruhe versetzte. Sie hatte das Gefühl, als hätte sie seinen Namen schon einmal gehört, und das nicht nur in einer Geschichte über die alte Familie Bayard, die sich in Frankreich durch ihre Tapferkeit in Kriegen ausgezeichnet hatte. Sie wünschte, sie hätte sein Gesicht sehen können, um nach irgendeiner Ähnlichkeit mit jemandem zu suchen, den sie womöglich kannte, aber auch um seine Absichten erkennen zu können.

Die Straße, über die sie fuhren, lag klar vom Mondlicht beschienen vor ihnen. Sie kamen an zwei oder drei Plantagenvillen vorüber, auf deren Galerien Licht brannte, so als wären ihre Besitzer damit beschäftigt, nach dem roten Schein der Feuer und den schwarzen Rauchwolken Ausschau zu halten, die in den Himmel aufstiegen. Hier gab es allerdings noch keine Anzeichen von Zerstörung oder von der Anwesenheit der Armee Dessalines'.

»Ist es noch weit?« fragte Elene.

»Drei oder vier Meilen. Wir verlassen die Hauptstraße bald.«

Sie vermutete, er bemühe sich deswegen, sie zu beruhigen, weil er gesehen hatte, daß sie sich nach den zwei oder drei kleinen Gruppen von Schwarzen umgedreht hatte, an denen sie vorüberfuhren – Menschen, die im Wald verschwanden, als sie vorbeigerast waren. Es hatte den Anschein, als sei die Revolte für den Augenblick nur auf einen kleinen Raum begrenzt, aber diejenigen, die nichts damit zu tun hatten, wanderten trotz der gesetzlichen Einschränkungen in dieser Nacht unruhig von einem Ort zum anderen.

»Es ist so still hier. Sollten wir nicht anhalten und die Menschen warnen, daß es bei uns einen Angriff gegeben hat?«

»Jeder, der die Feuer sieht, wird es wissen.«

Das war bestimmt richtig. Diejenigen, die immer noch auf der Insel lebten, waren nach den vergangenen zehn Jahren schon erfahren in solchen Übergriffen, die man eigentlich nur Bürgerkrieg nennen konnte.

»Haben sich die Rebellen für uns entschieden, weil bei uns eine Hochzeit gefeiert werden sollte oder warum wohl?«

Ryan hob eine Schulter, seine Aufmerksamkeit auf das Pferd gerichtet, das vor einer flink die Straße überfliegenden Fledermaus scheute. »Ich würde schon sagen, daß Ihr durch Eure Hochzeit die Aufmerksamkeit auf Euch gezogen habt, wenn ich Eure Zofe richtig verstanden habe. Aber das war sicher nur ein Vorwand, den Ort für ihren Angriff zu bestimmen.«

»Ihr meint –«

»Es sieht so aus, als ob nur ein paar Häuser, die drei oder vier in Eurer näheren Umgebung, betroffen wären. In der Nähe des Hauses, in dem ich zu Besuch war, ungefähr zwei Meilen von der Stelle, wo ich Euretwegen angehalten habe, war die Straße völlig frei, und ich habe keinerlei Anzeichen für eine größere Menschenansammlung gesehen. Ich wette, der Befehl, daß sich alle Sklaven zur Revolte erheben sollen, ist noch nicht ausgesprochen. Das wird wahrscheinlich erst am Morgen geschehen, vielleicht auch erst morgen abend.«

»In letzter Zeit war aber doch alles ruhig«, sagte Elene fast wie zu sich selbst. »Was ist denn geschehen, was hat dies alles ausgelöst?«

Ryan wandte den Kopf zu ihr hinüber. »Habt Ihr denn

nichts davon gehört? Gestern kam die Nachricht, daß Generalgouverneur Toussaint im Gefängnis in Joux gestorben ist.«

Toussaint war tot. An seiner Art zu regieren war etwas Väterliches und Staatsmännisches gewesen, und obwohl er besiegt worden war, hatte er doch in seiner kurzen Amtszeit viel für seine Leute erreicht. Er war respektiert, ja sogar geliebt worden. Unter all diesen Umständen, zusammen mit dem Verrat, der zu seiner Festnahme geführt hatte, war es eigentlich kein Wunder, daß sein Tod in einem französischen Gefängnis der Zunder war, der Santo Domingo wieder in Flammen setzte.

Die Revolte würde sich ausbreiten, darüber gab es nur wenig Zweifel. Was konnte sie dann tun? Sie hatte kein Heim mehr und keine Familie außer Devota; sie wußte auch nicht, ob ihr Verlobter noch am Leben war. Die einzigen Wertgegenstände, die sie besaß, waren die Ohrringe in ihren Ohrläppchen und die Kette mit der Kamee in ihrer Unterrocktasche.

»Wo sind Leclercs Soldaten?« fragte sie. »Wann werden sie in Marsch gesetzt?«

»Die Frage ist eher, ob sie überhaupt in Marsch gesetzt werden«, erwiderte Ryan, »denn ihre Reihen sind durch Darmkrankheiten und Gelbfieber so sehr gelichtet worden, daß sie von Glück sagen können, wenn sie es überhaupt noch schaffen, eine Kompanie zusammenzustellen, die sie losschicken könnten.«

»Aber es muß doch etwas unternommen werden, um Dessalines zu bremsen!« rief Elene.

»Schon möglich, aber nicht in der nächsten Zeit. Die beste Möglichkeit, die ich für Euch und alle anderen Weißen sehe, ist, die Insel so schnell wie möglich zu verlassen.«

Damit hatte er möglicherweise recht. Wenn die Dinge ein Ausmaß erreichten wie bei der ersten Revolte vor zwölf Jahren, dann bestand der einzig sichere Weg darin, von der Insel fortzugehen, bis sich die Lage beruhigt oder die französischen Armee die Dinge wieder unter Kontrolle hatte.

»Aber wie sollten wir das machen? Was ist mit unseren Besitzungen, der Ernte?«

»Sie werden Euch nicht viel nützen, wenn Ihr tot seid«, sagte Ryan einfach.

Bevor sich Elene eine Antwort zurechtgelegt hatte, schwenkte die Kutsche in eine Einfahrt und holperte bis zu einem dunklen Haus. Ryan ließ das Pferd nicht vor dem Haupteingang halten, sondern lenkte es sofort um das Haus herum zu den Ställen, wo er den Fuchs noch durch ein Rundbogentor laufen ließ, bevor er die Kutsche anhielt. Er schirrte das Tier selbst ab und stellte es in einen Stall, dann zog er die Kutsche in eine Ecke. Erst danach wandte er sich wieder den beiden Frauen zu.

Elene hatte, während sie darauf wartete, daß Ryan sich wieder an ihrer und die Gegenwart ihrer Zofe erinnerte, genug Zeit, zu Atem zu kommen und sich umzusehen. Das Haus lag nicht nur abseits der Straße, sondern auch auf einer Landzunge, die ins Meer hinausragte. Sie konnte das Geräusch der Wellen durch die klare Nacht hören und die salzige Luft schmecken. Die Ställe und Scheunen wirkten groß im Vergleich zu dem Haus, und in einer Ecke stand ein Wagen, der zu geräumig war, um ihn für etwas anderes als Fracht zu verwenden.

»Was tun wir hier?« fragte sie und sprach ganz leise, während sie schnell neben Ryan zum Haus ging.

»Dieses Anwesen gehört einem Geschäftsfreund. Ich halte mich für einige Tage bei ihm auf.«

Elene sah ihn kurz an. Sie hatte in den eineinhalb Jahren, die sie jetzt wieder auf der Insel war, genug erfahren, um zu wissen, daß das Haus einem Mulatten, einem Händler namens Favier, gehörte. Sie war dem Mann niemals begegnet. Die Mulatten bewegten sich nicht in denselben Gesellschaftskreisen, falls man in Santo Domingo und in Zeiten wie diesen von so etwas wie Gesellschaft überhaupt sprechen konnte. Auf jeden Fall stand Favier in dem Ruf, ein Einzelgänger zu sein. Man nahm allgemein an, daß er neben seinen legalen Geschäften auch noch mit Schmuggelwaren sein Geld verdiente.

Etwas bewegte sich in Elenes Gehirn, und mit plötzlicher Klarheit wußte sie, wo sie den Namen Bayard schon einmal gehört hatte. Es gab einen ziemlich bekannten Freibeuter – manche nannten ihn sogar einen Piraten –, der diesen Namen trug.

Die Hintertür des Hauses öffnete sich, bevor sie sie ganz erreicht hatten. Und es war kein Diener, der sie geöffnet hatte, sondern der Hausherr selbst. Er hielt eine Kerze mit einem Schirm in der Hand. Als sie bei ihm ankamen, zog er sie eilig ins Haus und schlug die Tür hinter ihnen zu.

Sie nannten ihn einen Mulatten, aber es schien ihr wahrscheinlich, daß Favier nur ein Viertel Negerblut hatte, denn seine Haut hatte die Farbe von altem Pergament. Er war klein und kräftig, schon beinahe korpulent, und sein Haar war mit der ganzen Sorgfalt des Lebemannes gelockt und mit Pomade versehen. Es war klar ersichtlich, daß er schreckliche Angst hatte, denn die Kerze zitterte in seiner Hand, und Schweißperlen standen auf seiner Oberlippe.

»Hat Euch irgend jemand hierherkommen sehen?« fragte er und richtete seinen feuchten braunen Blick auf Ryan.

»Nicht daß ich wüßte. Ich hoffe, es macht Euch nichts aus, daß ich zwei Gäste mitgebracht habe, Mademoiselle Larpent und ihre Zofe Devota.« Ryan wandte sich Elene zu. »Mademoiselle, erlaubt mir, daß ich Euch M'sieur Favier vorstelle.«

»M'sieur«, sagte Elene und machte einen höflichen Knicks.

»Mademoiselle.« Favier deutete eine ungeschickte Verbeugung an, und sein Blick glitt nur für einen Augenblick über den unordentlichen Zustand ihres Kleides und Haars. Er sagte keinen Willkommensgruß, sondern wandte sich wieder Ryan zu. »Ich hatte Euch schon vor Stunden zurückerwartet. Wo wart Ihr?«

»Es gab ein paar Unruhen weiter oben an der Straße. Ich mußte ein- oder zweimal einen kleineren Umweg machen, und dann war es auch notwendig, Mademoiselle Larpent aufzunehmen.«

»War das wirklich notwendig? Und seid Ihr Euch überhaupt der Gefahr bewußt, in die Ihr mich damit gebracht habt?«

»Euch?«

»Es ist mir bisher gelungen, mich aus den Auseinandersetzungen zwischen den Schwarzen und den Weißen herauszuhalten, und ich habe freundliche Beziehungen zu Dessalines, aber wenn er herausfindet, daß ich einen weißen Mann beherberge, ganz zu schweigen von dieser Larpent-Frau, dann wird er mein Haus dem Erdboden gleichmachen. Und mich mit ihm.«

»Dann werdet Ihr Euch vermutlich darum kümmern müssen, daß Dessalines es nicht herausfindet, nicht wahr?« entgegnete Ryan ruhig.

Elene beobachtete Ryan Bayard. Im Licht der Kerze sah sie, daß sein Haar dunkelnußbraun und glänzend und sein Gesicht von der Sonne so verbrannt war, daß es deutlich dunkler erschien als das des Mulatten. Seine Züge waren kantig, sein Mund fest und klar geschnitten, und seine Nase mußte in der Vergangenheit schon einmal gebrochen gewesen sein, was ihm das Profil eines Raubvogels gab. Seine Augen waren so blau wie das Meer um Mitternacht, überschattet von buschigen Augenbrauen und einer dichten Reihe dunkler Wimpern. Eigentlich konnte man ihn nicht direkt als gutaussehend bezeichnen, und doch lag etwas Zwingendes in der Form seiner Züge, das die Aufmerksamkeit auf sich zog und fesselte. Die Kraft, die sie bei ihm gespürt hatte, war auch jetzt noch deutlich erkennbar in der Art, wie er vor seinem Gastgeber stand. Es war nicht weiter erstaunlich, daß Favier diese Angelegenheit nervös machte, denn Bayard schien kein Mann zu sein, mit dem man es sich so einfach verderben durfte.

Aber die Furcht des Mulatten vor Dessalines war doch größer als seine Bedenken Ryan gegenüber, denn er leckte sich über die Lippen und sagte dann plötzlich: »Ihr könnt nicht hierbleiben.«

»Was würdet Ihr denn vorschlagen, wo wir hingehen sollen?« Ryans Blick war hart, aber seine Stimme hatte einen beinahe beiläufigen Gesprächston.

»In die Stadt. Zur französischen Armee.«

»Und soll ich meine Geschäfte ebenfalls mit der Armee abwickeln?«

Favier ächzte, als bereite ihm dieser Vorschlag körperliche Schmerzen. Er zog ein Taschentuch heraus und wischte sich über die Stirn. »Ihr versteht mich nicht.«

»Ich glaube doch, daß ich Euch verstehe. Ich riskiere mit jeder meiner Fahrten eine ganze Menge für Euch, aber Ihr lehnt es ab, diesen Gefallen zu erwidern, wenn es einmal nötig ist.«

»Die französischen Soldaten können Euch beschützen.«

»Schon möglich, wenn es der Dame und mir gelingen würde, sie zu erreichen«, sagte Ryan. »Aber Ihr könntet uns verstecken. Und die Leute auf meinem Schiff verständigen, so daß ich die Insel verlassen kann. So freundlich würden die Franzosen wohl nicht sein. Aus irgendeinem Grund scheinen sie mich nicht besonders zu schätzen.«

Sein Schiff. Also war Ryan Bayard tatsächlich der Freibeuter, und es war offensichtlich, daß Favier mit ihm Geschäfte machte, daß er die Waren erhielt und verkaufte, die Bayard zur Insel brachte. Elene hatte viel von diesen Abenteurern gehört, die mit ihrem Kaperbrief segelten, um die Kriegs- und Frachtschiffe zu erbeuten und ihre Beute dann demjenigen zu verkaufen, der am meisten dafür bot. Man sollte eigentlich annehmen, daß Franzosen nur britische Schiffe kaperten, aber es hieß, daß Bayard sich manchmal nicht so sehr um die Farbe der Flagge kümmerte, wenn der Preis, der ihm winkte, nur hoch genug zu sein schien.

Sie starrte ihn an, seinen Rock aus dunkelblauem Tuch und seine konservativ weiß in Weiß gestreifte Weste, sein Halstuch, das durch den Kampf mit den Schwarzen etwas in Unordnung geraten war, und seine enganliegenden Wildlederkniehosen oberhalb der glänzend polierten Stiefel. Selbst angesichts des Degens an seiner Seite, der etwas schwerer zu sein schien als die Schmuckdegen, die die meisten Männer trugen, sah er eigentlich nicht aus wie ein Seeräuber, ein Schrecken der Meere, sondern eher wie ein Pflanzer und ein Kavalier. Nur seine Hautfarbe zeigte, daß er ein wenig anders war. Kein Kavalier, den sie kannte, würde es zulassen, daß sein Gesicht so sehr der Sonne ausgesetzt war, genausowenig wie eine Frau. Denn so sonnengebräunte Haut konnte möglicherweise Gerüchte aufkommen lassen über einen Einschlag von etwas, das man gewöhnlich *café au lait*, Milchkaffee, nannte – eine Beimischung von afrikanischem Blut. Nicht daß sie diesem Mann so etwas unterstellte. Die Farbe seiner Haut war eigentlich nur ein Beweis für seine Tätigkeit.

Ryan sah Elene an und bemerkte die Kritik in ihrer Miene. Der Grund dafür war nicht schwer zu erraten. Ärger keimte in ihm auf. Sie hätte ihm wenigstens ein wenig Wohlwollen entgegenbringen können, wenn man die Schwierigkeiten bedachte, in die er sich ihretwegen gebracht hatte. Sie bewegte sich etwas unbehaglich unter seinem strengen Blick und wandte sich zur Seite, so daß sie ihre Zofe ansehen konnte. Ein Hauch von ihrem Parfüm wurde zu ihm herübergetragen. Es war ihm schon vorher aufgefallen, als sie eng an ihn gedrückt auf dem Kutschbock gesessen hatte – ein Duft wie von einem tropischen Garten im Mondschein. Es war absurd, aber er spürte das Bedürfnis, näher zu ihr hinüberzugehen, nur damit er ihren Duft besser riechen konnte.

Dieses Bedürfnis – und das obwohl die Frau ihn so offensichtlich mißbilligte – trug nicht dazu bei, seine Stimmung zu verbessern. Er wandte sich wieder Favier zu. »Nun, wie sollen wir es machen? Wollt Ihr Eure Profite aus lauter Angst um Eure gelbe Haut in den Wind schreiben, oder wollt Ihr Euch wie ein Mann benehmen? Entscheidet Euch. Ich kenne noch einen oder zwei andere Männer hier, die für einen solchen Gewinn möglicherweise das Risiko auf sich nehmen würden.«

Ein Zucken ging über Faviers Gesicht, dann hob er beschwichtigend seine Hände und sagte: »Schon gut, schon gut. Aber ich werde keine unnötigen Gefahren provozieren. Wenn Ihr wollt, daß ich Euch verstecke, dann werde ich genau das tun. Kommt schnell, hier entlang, bevor einer der Bediensteten etwas bemerkt und sich fragt, was das für ein Lärm ist.«

Das Haus war nicht so groß wie das Haus der Larpents und auch nicht so prächtig. Es bestand aus sechs Zimmern, drei im Erdgeschoß und drei im ersten Stock, die auf allen vier Seiten von Balkonen oder genauer gesagt von außen zugänglichen Galerien umgeben waren, um die inneren Wände vor der Hitze der Sonne und dem vom Wind getriebenen Regen zu schützen. Die Fenster reichten vom Boden bis zur Decke, damit die Luft besser zirkulieren konnte. Die Inneneinrichtung war mit Sinn für Komfort gestaltet, und hier und da gab es sogar ein wenig Luxus. In dem Eßzimmer, in das sie geführt wurden, lag ein Beauvaisteppich in Edelsteinfarben, auf dem ein langer Tisch und passende Stühle aus Rosenholz standen. Der Tisch war geschmückt von einer Obstschale aus Meißner Porzellan und einem Paar passender Kerzenhalter, während auf einer Anrichte eine Sammlung von silbernem Serviergeschirr und eine Reihe von Karaffen standen, in denen verschiedene Arten von Wein und Brandy aufbewahrt wurden.

Favier stellte die Kerze auf den Tisch und begann, die Stühle einen nach dem anderen zur Seite zu ziehen. Elene sah zu Devota hinüber, die in Unverständnis der Lage mit den Schultern zuckte.

Ryan war nicht so zurückhaltend. »Falls Ihr die Absicht haben solltet, uns die Gastfreundschaft Eurer Küche anzubieten, wissen wir das durchaus zu schätzen, aber ich persönlich bin nicht hungrig. Wir würden uns gern in zwei Eurer stillsten Zimmer zurückziehen. Gibt es denn keine Zimmer auf dem Dachboden oder Dienstbotenzimmer, die wir verwenden könnten?«

Favier betrachtete ihn feindselig. »Angesichts dessen, was Ihr verlangt, befindet sich das einzige, was ich in dieser Richtung zu bieten habe, hier. Alles andere ist viel zu sehr dem offenen Zugang ausgesetzt. Die alte Frau, die meinen Haushalt versorgt, schaut in jedes Zimmer; und wenn ich ihr auftragen würde, das nicht zu tun, würde sie erst recht versuchen herauszufinden, was ich vor ihr verstecken will.«

»Also schließt sie doch einfach für ein paar Tage ein oder schickt sie weg.«

»Das kann ich nicht«, gab Favier kurz zurück. »Sie ist meine Mutter.«

»In diesem Falle würde sie Euch wohl kaum verraten.«

»Ihr kennt sie nicht.« Favier zuckte verdrießlich mit den Schultern und zog weiter die Stühle zur Seite.

Als sie alle aus dem Weg geräumt waren, hob Favier eine Ecke des Tisches hoch und schob mit dem Fuß den Teppich zur Seite. Dann rollte er den Teppich zusammen, und eine Falltür kam zum Vorschein.

»Ich fange an zu verstehen«, sagte Ryan.

»Ich hoffe, es gefällt Euch hier«, antwortete Favier mit einer Spur von Bosheit in der Stimme. Ächzend vor Anstrengung hob er die Tür an einem darin eingelassenen Metallring hoch und klappte sie um.

Zuerst war nichts anderes zu erkennen als ein dunkles Loch. Dann griff Devota nach der Kerze und hielt sie tief unter den Tisch. Der Raum, der jetzt erleuchtet wurde, war zu klein, als daß man ihn einen Keller hätte nennen können, selbst zu klein, um ihn überhaupt als Zimmer zu bezeichnen. Aus dem Sandstein gehauen, auf den das Haus gebaut war, mußte er den Zweck gehabt haben, ab und zu Schmuggelwaren darin zu lagern, denn ein schwacher Geruch nach Wein, Tee und Gewürzen stieg daraus empor. Trotzdem sah dieses Loch eigentlich mehr wie ein großes Grab aus.

Ryan erhob sich von dem Knie, auf das er sich gestützt hatte, um hineinzuspähen. »Ihr müßt doch noch einen anderen Platz haben.«

»Keinen, an dem Ihr nicht entdeckt und dann vielleicht doch noch Dessalines gemeldet würdet.«

»Ihr wollt doch nicht behaupten«, entgegnete Elene streng, »daß Eure Mutter hiervon nichts weiß.«

»Sie kennt es schon, aber wir haben es in letzter Zeit nicht benutzt, und es gibt für sie keinen Grund anzunehmen, daß sich jemand hier unten aufhält.«

»Bringt uns woanders hin«, befahl Ryan mit harter Stimme.

»Es gibt keine andere Möglichkeit, ich schwöre es! Es gibt nur dies oder gar nichts.«

Elene sprach fast mit sich selbst. »Es gibt keinen Grund, warum Devota und ich nicht zu den Soldaten nach Port-au-Prince gehen sollten.«

»Oh, natürlich«, entgegnete Ryan und wandte sich zu ihr um. »So wie Ihr es auch gerade tun wolltet, als ich Euch vor einer oder zwei Stunden begegnet bin.«

Elene bedachte ihn mit einem kalten Blick, der jedoch im kerzenbeleuchteten Halbdunkel keine wesentliche Wirkung hatte.

Favier sah von einem zum anderen und wischte sich den Schweiß von der Stirn. »Jeden Augenblick, den wir hier mit Reden verbringen, wird die Lage gefährlicher. Es ist doch nur für ein paar Tage, drei, vier im höchsten Falle, bis ich Eure Leute informieren kann.«

»Ihr könnt eigentlich nicht mit Sicherheit sagen, daß die Lage so ernst ist«, meinte Elene. »Wir alle vermuten doch nur, daß Dessalines einen Generalangriff befehlen wird. Vielleicht könnten wir einfach abwarten und sehen, was geschieht.«

»Ja, und dann wird jeder Sklave in der Umgebung genau wissen, wo man Euch suchen muß, falls Dessalines wirklich eine Hetzjagd auf die Weißen veranstalten will. Wißt Ihr eigentlich, was er gewöhnlich mit weißen Frauen macht – wißt Ihr das?«

Devota stellte die Kerze auf dem Tisch ab und baute sich vor Elene auf. »Sie weiß es, Ihr Narr. Seht sie Euch doch nur an.«

Favier lächelte grimmig. »Sie ist nicht gefoltert worden, das sehe ich. Noch nicht.«

Die ältere Frau drehte ihm den Rücken zu und sprach mit Elene. »Vielleicht kannst du es ja für einen oder zwei Tage ertragen, *chère*. Wenn sich dann die Sachlage nicht so entwikkelt, wie wir es glauben, könnten wir nach Port-au-Prince gehen.«

»Und was dann?« fragte Ryan rauh. »Bei den Seeleuten heißt es, daß das Abkommen von Amiens fehlgeschlagen ist. Jeden Tag kann den Briten der Krieg erklärt werden, und ich habe keinen Zweifel, daß sie Dessalines diesmal gegen die Franzosen beistehen werden, indem sie eine Blockade um die Insel errichten. Das wird aus Santo Domingo ein Schlachthaus machen, aus dem es kein Entrinnen gibt. Dessalines kann mehr als hunderttausend Leute auf die Beine stellen, indem er die Trommeln schlägt. Von der schönen französischen Armee, die Napoleon ausgesandt hat, ist über ein Viertel am Fieber gestorben und ein zweites Viertel, vielleicht sogar noch mehr, ist zu krank zum Kämpfen. Das heißt, die Chancen für einen Sieg stehen in diesem Falle so ungefähr hundert zu eins. Was wollt Ihr tun, wenn es eine Meuterei gibt oder sie sich ergeben?«

Elene betrachtete ihn mit hartem Blick. »Das weiß ich nicht, M'sieur, aber welche Möglichkeit habe ich denn sonst noch? Ich habe keine Familie, keine Freunde, kein Geld. Auf mich wartet kein Schiff!«

»Ihr könntet mit mir kommen.«

Ryan hatte keine Ahnung, aus welchem Grund ihm dieser Vorschlag eingefallen war, er hatte ihn sicher nicht genau durchdacht. Er war ein Idiot. Diese Sache würde ihn in Schwierigkeiten bringen, aber er nahm an, er würde schon damit fertig werden, wenn der Aufstand kam. Jetzt wartete er erst einmal auf ihre Antwort.

»Mit Euch gehen?« Elenes Stimme klang verblüfft.

»Nach New Orleans.«

»Aber ich habe...«

»Um Himmels willen!« rief Favier. »Ihr werdet im Laufe der nächsten drei Tage genug Zeit haben, zu besprechen, wo Ihr hingehen und was Ihr später tun wollt. Werdet Ihr Euch jetzt bitte verstecken, bevor wir alle entdeckt und zu Dessalines' Vergnügen verstümmelt werden?«

Ryan fluchte leise, dann ging er mit plötzlicher Entschlossenheit in die Hocke und duckte sich unter den Tisch. Er sprang hinunter in das gähnende Loch und drehte sich wartend um, damit er Elene helfen konnte. Sie ging in die Knie und zögerte dann mit dem Blick auf die schwarze Öffnung, die ihn immerhin beinahe verschluckt hatte.

»Los doch«, murrte Favier verzweifelt.

Es schien keine andere Möglichkeit zu geben, außer vielleicht zu fluchen, wie Ryan Bayard es getan hatte. Elene drückte ihre Lippen fest aufeinander, rutschte am Rand der Öffnung und ließ ihre Beine hineinhängen. Ryan streckte die Arme nach ihr aus. Sie legte ihre Hände auf seine Schultern und spürte, wie sich sein fester Griff um ihre Taille schloß. Sie fiel gegen ihn, als sie sich abstieß, die weichen Wölbungen ihres Körpers drückten sich an seine lange Gestalt, ihre Gesichter waren nur Zentimeter voneinander entfernt. Dann stellte er sie vorsichtig auf die Füße, und sie wandten sich beide dem Licht zu.

Favier, der vor Eifer und Anstrengung schwer schnaufte, bückte sich unter den Tisch und griff wieder nach der Falltür.

»Wartet!« rief Elene. »Devota, komm.«

»Das wird zu eng«, protestierte Favier.

»Ja, aber –«

Devota schüttelte den in das Tignon gewickelten Kopf. »Mach dir keine Sorgen, *chère*, mir wird schon nichts passieren. Für eine Frau meiner Farbe ist es nicht nötig, daß sie sich versteckt. Und wenn ich hier oben bin, kann ich mich um Eure Bedürfnisse kümmern.« Das sagte sie mit einem herausfordernden Blick gegen Favier, als warne sie ihn, nicht versuchen zu wollen, sie daran zu hindern, oder als hielte sie es durchaus für möglich, daß Ryan und Elene da unten verhungern könnten, wenn sie sich nicht selbst darum kümmerte.

»Die Leute wissen, daß du aus dem Haus der Larpents kommst. Und sie fragen bestimmt, wer du bist«, sagte Elene. Sie machte sich Sorgen um Devotas Sicherheit, aber sie hatte auch das Gefühl, ihr würde ein lebenswichtiger Schutz entzogen.

»Ich werde mir schon etwas ausdenken, keine Sorge«, entgegnete Devota ruhig.

Favier schloß die Tür. Seine Stimme war voller falscher Herzlichkeit, als er sagte: »Es wird ihr gutgehen.«

Ryan hielt eine Hand hoch, um die sich schließende Tür aufzuhalten. »Laßt uns die Kerze da.«

Murrend reichte Favier sie ihm herunter. »Ihr dürft sie nur in Notfällen verwenden. Es gibt vielleicht Ritzen im Fußboden, durch die man das Licht sehen kann.«

»Wir sind doch keine Idioten«, antwortete der Freibeuter mit harter Stimme, dann mußte er schnell den Kopf senken, als die Falltür zufiel.

Draußen hörten sie Devota rufen: »Ich werde gleich etwas

zu essen und zu trinken und ein paar andere Dinge für Eure Bequemlichkeit bringen.«

Man hörte noch, daß Favier der Zofe befahl, leise zu sein, dann herrschte nur noch Stille.

Die Kerze flackerte in der Dunkelheit. Elene und Ryan sahen sie an und schätzten ihre Länge. Die Wände schienen näher zusammenzurücken. Elene, die nur die durchschnittliche Größe einer Frau hatte, konnte aufrecht stehen, obwohl ihr Scheitel die Falltür berührte. Ryan war gezwungen, den Kopf zu senken. Der Raum, in dem sie standen, war vielleicht drei Meter lang, aber nicht mehr als einen Meter zwanzig breit. Die Falltür war in die Decke über ihnen eingelassen, nicht direkt in den Stein, und daher gab es Raum in der Breite eines Bodensparrens, der unter das Haus führte. Das war gerade genug, um eine gewisse Luftzirkulation zu erlauben, schien aber auch Spinnen anzuziehen, denn die Holzbalken und Fußbodendielen über ihnen waren mit Girlanden staubbedeckter Spinnweben überzogen.

Der Raum war leer bis auf etwas, das aussah wie ein kleiner Stapel von Jutesäcken in einer Ecke. Ryan stellte die Kerze auf den Boden, ging zu den Säcken und schüttelte sie aus. Es waren fünf oder sechs. Er legte sie in zwei ordentlichen Stapeln an eine Wand und setzte sich dann auf den einen.

Mit von Ironie erfüllter Stimme sagte er: »Setzt Euch. Es sieht so aus, als könnten wir es uns genausogut bequem machen.«

»Das stimmt.« Elene bewegte sich mit ziemlich angespannten Muskeln und setzte sich auf den Sitz, den er ihr anbot.

Erst als sie nicht mehr auf den Beinen stand, wurde ihr klar, wie erschöpft sie war. Ihre Kraft schien sie zu verlassen, und zurück blieb ein fast unkontrollierbares Bedürfnis zu zittern. Sie lehnte den Kopf an die Steinwand und schloß die Augen. Sofort stiegen Bilder aus ihrer Erinnerung empor, die sie eigentlich lieber nicht sehen wollte. Sie öffnete schnell wieder die Augen. Direkt vor ihr stand die Kerze, ihr volles, gelbes Licht war ein Trost und ein Problem zugleich.

Elene befeuchtete sich die Lippen. »Glaubt Ihr, wir sollten das Licht ausmachen?«

»Wenn Eure Zofe zurückkommt.«

Sie war erleichtert über den Aufschub. Indem sie sich bemühte, ihre Gedanken frei von allen Bildern zu halten, saß sie da und betrachtete die schwankende Flamme, wunderte sich über die Farben, die sie enthielt, Blau und Orange und Gelb, die Schwärze des Dochtes, das Cremeweiß des Wachses, das Grau an der Stelle, wo der Rauch aufstieg. Die Schatten, die das bewegte Licht warf, flackerten über die Wand. Die aufsteigende Wärme ließ die Spinnenweben über ihnen mit sanfter Trägheit hin und her schaukeln.

Ryan betrachtete die Frau neben sich. Irgend etwas an ihrem Schweigen beunruhigte ihn. Er dachte an all das, was ihr in den letzten Stunden zugestoßen war, wovon er den größten Teil aus Devotas überstürzter Bitte um seine Hilfe erfahren hatte, und plötzlich wurde ihm klar, daß er es hier wohl nicht mit einer hysterischen Frau zu tun hatte. Es wäre aber doch erstaunlich, wenn sie nicht unter einer Art von Schock stünde. Dieser dumme Favier hätte ihnen wenigstens etwas zu trinken anbieten können. Ihm selbst würde jetzt ein Schluck Brandy auch guttun.

»Es tut mir leid«, sagte er. »Das hier ist eigentlich nicht das, was ich mir vorgestellt hatte, als ich Euch einen Unterschlupf anbot.«

Ihre Lippen verzogen sich zu einem müden Lächeln, dann entspannten sie sich wieder. »Es ist wesentlich besser als die andere Alternative.«

»Manche Menschen haben Angst vor engen Räumen. Wenn Ihr das auch so empfindet, braucht Ihr es nur zu sagen, und ich werde diesen Feigling Favier zwingen, uns einen anderen Platz zu suchen.«

Sie antwortete erst nach einer Pause. »Ich kann nicht behaupten, daß es mir gefällt, aber ich glaube, ich kann es ertragen. Und wir werden es vermutlich bald genau herausfinden, nicht wahr?«

Das entsprach so genau seiner Einschätzung der Situation, daß sie noch ein Stück in seiner Bewertung stieg. Sie hatte Mut. Er erinnerte sich plötzlich an den wilden Zorn, mit dem sie die Schwarzen bekämpft hatte, die sie festhielten.

»Ich habe das wirklich so gemeint, was ich über New Orleans gesagt habe«, fuhr er fort. »Ich habe Freunde dort, die Euch helfen können, eine Unterkunft zu finden. Ihr werdet sicher keine großen Schwierigkeiten haben, Euch zurechtzufinden.«

Im stillen dachte er, daß er eine ganze Menge Freunde hatte, die nichts lieber tun würden, als sich um eine Frau zu kümmern, die so aussah wie diese hier. Sie war wirklich eine Schönheit. Das Erstaunlichste war eigentlich nur, daß sie nicht schon vor Jahren geheiratet hatte.

Elene antwortete nicht, obwohl sie über das nachdachte, was er gesagt hatte. Ihr Vater hatte eine Zeitlang in New Orleans als Flüchtling gelebt. Es hatte ihm dort gut gefallen, solange er sich noch keine Sorgen über seine Rückkehr nach Santo Domingo zu machen brauchte. Er hätte dortbleiben sollen. Wenn er das getan hätte, wäre er jetzt vielleicht noch am Leben. Aber er hatte es nun einmal nicht getan, und so –

Die Falltür öffnete sich über ihnen. Ryan stand auf und nahm die Dinge entgegen, die ihm Devota herunterreichte – einen Armvoll mit Decken, einen Laib Brot, ein gebratenes Huhn und mehrere kleine Fruchtkuchen, die in eine Serviette gewickelt waren, dazu Flaschen mit Brandy und Wein, einen Krug mit Wasser und Gläser. Als er diese Dinge an Elene weitergegeben hatte, gab ihm die Zofe noch ein letztes nützliches Ding, einen Nachttopf aus Porzellan mit einem mit Rosen bemalten Deckel.

Devota rief leise herunter: »Fällt dir noch etwas anderes ein, was ihr braucht?«

Ryan sah zu Elene hinüber, die den Kopf schüttelte. Er gab die Antwort weiter.

»Und dann hat Favier mir aufgetragen, daß ich Euch sagen soll, Ihr sollt leiser sprechen. Er glaubt, er kann Euch reden hören.«

»Wir werden uns Mühe geben«, sagte Ryan mit grimmigem Ton.

»Es kann sein, daß ich Euch erst morgen abend wieder etwas bringen kann. Falls es wirklich so sein sollte, glaubt bitte nicht, daß ich Euch vergessen habe«, flüsterte Devota.

»Nein, das tun wir nicht.«

»Dann schlaft gut.«

Ryan machte ein Geräusch durch die Nase, das ein Schnauben hätte sein können. Die Falltür schloß sich wieder über ihnen.

Ryan stellte den Nachttopf in die entfernteste Ecke, kniete sich dann auf den Boden und begann, das Essen, die Getränke und die anderen Sachen in der anderen Ecke zu ordnen. »Möchtet Ihr etwas essen?«

»Nein, danke.«

Elene wandte ihm den Rücken zu und begann, die Decken über die Jutesäcke zu breiten. Es war einfach nicht mehr Platz, um etwas anderes als eine einzelne Unterlage aus ihnen zu machen. Sie mußten sich hinlegen, sie konnten nicht schlaflos drei Tage lang sitzen bleiben. Sie und der Freibeuter würden sich Seite an Seite nebeneinanderlegen müssen. Zusammen. Hier unten in diesem Loch. Sie ging in die Hocke und starrte die ausgebreiteten Decken an.

Hinter sich hörte sie das Klingen von Glas auf Glas, das Gluckern einer Flüssigkeit. »Hier«, sagte Ryan mit rauher Stimme. »Trinkt das.«

Sie drehte sich um und sah ihn an. Er kniete nah neben ihr. Sie begegnete seinem dunkelblauen Blick und sah die

Flamme der Kerze sich darin spiegeln. Seine Gegenwart, die offensichtliche Kraft dieses Mannes erschienen ihr plötzlich überwältigend. Sie schluckte schwer und griff mit zitternden Fingern nach dem Glas Brandy, das er ihr hinhielt.

Ihre Lippen fühlten die Kälte des Glasrandes. Die Dämpfe des Alkohols stiegen auf und reizten ihre Nase. Trotzdem verbreitete das Feuer des Brandy eine lebenspendende Wärme auf seinem Weg durch ihre Kehle in ihren Magen. Ein Zittern überrollte sie als Reaktion darauf. Sie trank noch einen Schluck, vorsichtig, und hielt dabei das Glas mit beiden Händen umschlossen.

Ryan nickte zufrieden ein wenig mit dem Kopf und erhob sein Glas.

»Auf New Orleans.«

Sie hatte nicht gesagt, daß sie mitkommen würde. Aber sie konnte ihm nicht abschlagen, auf seine Heimatstadt zu trinken. »Auf New Orleans«, erwiderte sie und trank noch einen kleinen Schluck.

Ryan bewegte sich etwas zur Seite und ließ sich dann auf die Unterlage sinken, die sie ausgebreitet hatte, saß aber noch genau wie vorher mit dem Rücken zur Steinwand. Er schwenkte den Brandy in seinem Glas, und seine dichten Wimpern überschatteten seine Augen, während er es betrachtete.

Elene sah ihn kurz aus einem Augenwinkel an und schaute dann schnell wieder weg. Die Situation, in der sie waren, würde mit ziemlicher Wahrscheinlichkeit noch äußerst peinlich werden. Es war jedoch nichts, was einer von ihnen beiden verursacht hatte oder wogegen sie etwas hätten unternehmen können. Und da es nun einmal so war, gab es keinen Grund, sich dumm anzustellen. Sie holte tief Luft und atmete dann wieder aus, schließlich bewegte sie sich zögernd in seine Richtung und setzte sich vorsichtig neben ihn.

»Ich nehme an«, sagte Ryan in neutralem Ton, »daß es

besser ist, wenn wir etwas mit der Kerze sparen. Es spricht nichts dafür, daß wir von Favier noch eine bekommen.«

»Ja, das scheint mir auch so«, antwortete sie.

Er streckte einen langen Arm aus und löschte die Flamme mit den Fingern. Dunkelheit senkte sich herab.

Sie waren allein im Dunkeln.

3. Kapitel

Die Wirkung des Brandy schien ohne Licht noch stärker zu sein. Elene empfand dankbar, wie sich ihre Gedanken lösten und die Muskeln entspannten. Sie war nicht beschwipst, es war ihr nur bewußt, daß sie es leicht werden konnte.

Sie machte Ryan Bayard nicht für ihre Lage verantwortlich. Es stimmte schon, er hatte ihr den Brandy gegeben, aber er hatte sie nicht gezwungen, ihn zu trinken, und sie glaubte wirklich nicht, daß er irgendwelche Hintergedanken gehabt hatte, als er ihn ihr angeboten hatte. Sie war ihm sogar dankbar für sein Angebot. Vielleicht hatte er es nicht gemerkt, daß sie schon ziemlich am Rande ihrer Beherrschung gewesen war.

Wahrscheinlich wußte er es aber. Ein Mann wie er mußte doch eine ganze Menge Erfahrung mit Frauen haben, und höchstwahrscheinlich auch mit Frauen, die ganz unter dem Einfluß ihrer Gefühle stehen. Darüber hinaus mußte er als Freibeuter oft Menschen beiderlei Geschlechts begegnet sein, die außer sich und nicht allzu begeistert davon waren, daß er ihnen ihre Wertsachen abnahm.

Aber Ryan Bayards Erfahrung mit Frauen oder sonst jemandem ging sie natürlich nichts an. Die drei Tage, die sie miteinander verbringen mußten, würden schnell vorübergehen. Es war unwahrscheinlich, daß sie sich danach je wieder trafen.

Sie billigte seine Art zu leben nicht und hoffte, daß sie diese Tatsache nicht zu deutlich gezeigt hatte, denn schließlich wäre es nicht sehr höflich, über einen Mann richten zu wollen, der ihr Leben und ihre Ehre gerettet hatte. Trotzdem konnte sie nicht anders empfinden. Ein Mann mußte einfach eine Verpflichtung gegenüber seinem Vaterland fühlen, etwas wie Treue gegenüber der Heimat seiner Ahnen, vielleicht sogar dem Land gegenüber, in dem er geboren war. Ryan Bayard war französischer Herkunft, das schloß sie aus seinem Namen und der Tatsache, daß er diese Sprache sprach, als hätte er sie schon in der Wiege gehört. Warum griff er französische Handelsschiffe an, wenn er eigentlich, falls überhaupt, Frankreichs Feinde hätte jagen sollen?

Es war natürlich in einer Zeit wie dieser nicht so einfach, sich zu entscheiden, auf welche Seite der französischen Regierung man sich stellen sollte. Ihr Vater war ein strenger Royalist gewesen, der den ersten Konsul Napoleon Bonaparte als machthungrigen korsischen Emporkömmling beschimpft hatte. Sie selbst hatte, nach ihrem Aufenthalt in Frankreich, eine gewisse Sympathie für *liberté, égalité, fraternité* empfunden, obwohl ihr die Exzesse der Revolution dort natürlich genauso zuwider gewesen waren wie die Revolte in Santo Domingo. Sie konnte jedoch niemals vergessen, daß sie Französin war. Egal, wer das Land regierte – das würde sich nicht ändern.

Neben ihr sagte Ryan mit ruhiger Stimme: »Kann man dieser Frau, Devota, trauen?«

»Natürlich!«

»In diesem Zusammenhang gibt es kein ›natürlich‹. Nur weil Ihr sie schon Euer ganzes Leben lang kennt, heißt das noch nicht, daß sie es nicht gern sähe, wenn man Euch die Kehle durchschneidet.«

»Wenn sie das hätte erreichen wollen, hätte sie mich nur heute abend alleinzulassen brauchen«, sagte Elene schaudernd. »Ich bezweifle, daß es mir ohne sie gelungen wäre, rechtzeitig das Haus auf der Plantage oder den Wald zu verlassen. Außerdem ist sie nicht einfach nur eine Sklavin.«

»Wenn Ihr damit sagen wollt, daß sie eine Verwandte ist, dann bedeutet das auch noch keine Garantie für liebevolle Zuneigung. Trotzdem werde ich Eurer Zusage glauben, daß sie ebenso hingebungsvoll ist, wie die Bedeutung ihres Namens unterstellt.«

»Angesichts unserer Lage hier«, sagte Elene mit etwas Schärfe, »werdet Ihr wohl kaum eine andere Wahl haben.«

»Im Gegenteil. Wenn man gewarnt ist, kann man eine ganze Menge tun, um Gefahren auszuweichen.«

Der ruhige Klang seiner Stimme deutete auf seine Gedanken hin. Sie wandte ihm im Dunkeln das Gesicht zu. »Wie könnt Ihr daran denken, Devota etwas zuleide zu tun, wo sie uns gerade etwas zu essen und alles andere gebracht hat, was wir brauchen?«

»Wie viele von denen, die sich an dem Angriff auf Euer Heim heute abend beteiligt haben, waren bisher mit genau solchen Aufgaben betraut?«

Sie wandte sich wieder ab und starrte ins Leere. »Ich . . . ich möchte daran lieber nicht denken.«

Er fluchte fast unhörbar. »Ich hatte auch nicht die Absicht, Euch daran zu erinnern.«

Der Duft ihres Parfüms wehte zu Ryan herüber. Er stieg ihm zusammen mit der Wirkung des Brandy zu Kopf, drang in seine Kehle und seine Lungen, beschäftigte seine Gedanken. Vor seinem inneren Auge entstand heimtückisch ein Bild von sich selbst, wie er das Oberteil von Elenes zerrissenem Kleid öffnete, sein Gesicht in dem weichen Tal zwischen ihren Brüsten begrub und den berauschenden Duft inhalierte, erforschte, woher er kam. Dieser Gedanke hatte eine erstaunliche Kraft, es war ihm noch nie etwas Ähnliches begegnet. Er wurde immer drängender und war schließlich so machtvoll, daß er sein Glas abstellen und die Hände zu Fäusten ballen mußte, um dem Drang zu widerstehen.

Nach einiger Zeit atmete er in stiller Erleichterung aus. Aber seine Stimme klang auch für seine Ohren noch angespannt, als er sprach. »Es wird etwas eng hier. Würde es Euch etwas ausmachen, wenn ich meinen Rock ausziehe?«

»Nein, gar nicht«, sagte sie, und eine Spur von Humor tönte ihre Stimme.

»Ist irgend etwas komisch?« fragte er in festem Ton.

»Nein, eigentlich nicht. Eure Frage klang nur... nur so förmlich und ernst angesichts der Tatsache, daß ich schon seit einer Stunde mit halb zerrissenem Kleid vor Euch stehe. Und das jetzt, wo wir zu drei Tagen, vielleicht auch mehr, einer so... so nahen Verbindung verdammt worden sind, wie sie von nur wenigen Menschen erwartet wird, nicht einmal von Mann und Frau.«

Der Humor verließ ihre Stimme, und sie klang nur noch rauh. »Und außerdem wurde mir klar, daß dies eigentlich meine Hochzeitsnacht hätte werden sollen, und jetzt bin ich hier mit Euch, einem Mann, den ich in meinem Leben noch nie gesehen habe, und Ihr –«

»Ich verstehe«, unterbrach er sie. »Ihr braucht nicht weiterzusprechen.«

Elene war nicht so sicher, daß er sie verstand; sie verstand es eigentlich selbst nicht so ganz. Auf eine seltsame Art war sie froh, daß sie dieses Gefängnis mit Ryan Bayard teilte und nicht ertragen mußte, in einem Schlafzimmer mit Durant eingesperrt zu sein. Wie sehr sie jenen Augenblick und Durants selbstgefällige und erfahrene Inbesitznahme ihres Körpers gefürchtet hatte! Sie hatte das Gefühl, als hätte sie noch einmal einen Aufschub bekommen, aber vielleicht einen, für den sie in irgendeiner schrecklichen Weise würde bezahlen müssen.

»Euer Bräutigam – ist er getötet worden?«

Sie hörte an einem leisen Rascheln, daß Ryan seinen Rock auszog. Sie hatte das Gefühl, daß er ihn zusammenfaltete oder -rollte und ans Kopfende ihrer Liegefläche legte, um ihn als Kissen zu benutzen. Das weitere Rascheln und Gleiten von Kleidung deutete darauf hin, daß er sein Halstuch löste und den obersten Hemdknopf öffnete.

Ihre Stimme klang gedrückt, als sie seine Frage beantwortete. »Ich weiß nicht, was aus Durant geworden ist. Ich habe ihn während des Kampfes aus den Augen verloren.«

»Es ist auf jeden Fall möglich, daß er überlebt hat.«

»Ja.«

»Ich bin sicher, er hat tapfer gekämpft.«

Das war sie auch. Es war schon möglich, daß Durant kaum einen anderen Sinn im Leben sah, als sich zu amüsieren und die Mittel dazu aus seiner Zuckerplantage herauszuholen, aber man konnte nicht leugnen, daß er Mut hatte.

Sie schloß die Augen und wiederholte leise: »Ja.«

Der Mann neben Elene griff nach seinem Glas. Als er sich wieder aufrichtete, berührte sein Ärmel ihren Arm. Der Stoff war warm von der Wärme seines Körpers, und darunter spürte sie seine festen Armmuskeln. Ein prickelndes Gefühl lief von ihrer Schulter bis zu ihren Fingerspitzen, und sie zuckte etwas zurück und warf einen schnellen Blick auf seine dunkle Gestalt. Einen Augenblick später wunderte sie sich über sich selbst. In der Kutsche war sie ihm noch viel näher gewesen, warum sollte sie jetzt vor ihm zurückschrecken?

Die Männer, die sie am besten kannte, Durant und ihr Vater und deren Freunde, empfanden die übliche Verachtung der Männer aus besserer Gesellschaft für ausgeprägte Muskeln – außer vielleicht im Fechtarm. Solche Kraftpakete waren eine Sache für Sklaven und die unteren Klassen, die für ihren Lebensunterhalt arbeiten mußten. Für einen Kavalier waren sie nicht nur nutzlos, sondern sie verhinderten angeblich auch den guten Sitz des Rockes an den Schultern. Elene war zwar nichts Ungewöhnliches am Sitz des Rockes über Ryans Schultern aufgefallen; aber trotzdem fand sie seine offensichtliche Stärke beunruhigend. Die einzigen Leute mit einer ähnlichen Körperform, die sie kannte, waren die schwarzen Schmiede auf der Plantage ihres Vaters oder auch die Seeleute und Fischer im Hafen von Le Havre. Zweifellos legte Ryan an Bord seines Schiffes auch selbst Hand an.

Der Gedanke an sein Schiff erinnerte sie an ihren Gastgeber und lenkte ihre Aufmerksamkeit zurück zu dem Ort, an dem sie saßen. »Was ist das hier für ein Platz? Kann es vielleicht einmal ein Tunnel gewesen sein?«

»Der Anfang für einen Tunnel vielleicht«, antwortete Ryan. »Ich glaube, er hätte auch den Felsen bis ganz zum Strand hinunterführen sollen, aber Favier bekam Angst, als die Franzosen auf die Insel zurückkehrten, und stellte deswegen die Arbeit daran ein.«

»Was ist mit Favier los? Soviel ich gehört habe, schätzt Dessalines Mulatten auch nicht viel höher ein als Weiße. Warum sollte er ihn verschonen, wenn es einen Massenangriff gibt?«

»Ich nehme an, wegen der kräftigen Bestechungssummen, die Favier bezahlt hat. Ich hoffe nur, daß er sich nicht entschließt, sich noch mehr bei Dessalines einzuschmeicheln und seine eigene gelbe Haut zu retten, indem er ihm zwei Weiße für sein Vergnügen ausliefert.«

»Uns? Ist es möglich, daß er das tut?« Ihre Stimme klang vor Schreck ganz leise.

»Es ist ohne weiteres möglich, wenn er unter Druck gesetzt wird. Das einzige, was ihn dazu bringen wird, die Sache noch einmal zu überdenken, ist seine Angst, daß ich ihn erwischen könnte, bevor Dessalines mich erwischt«, sagte Ryan.

»Ihr verlaßt Euch auf seine Angst, wenn es um die Sicherheit unseres Lebens geht?«

»Manchmal kann die Angst eines Mannes mehr wert sein als seine guten Absichten.«

»Charmant«, gab sie scharf zurück.

Ryan lachte und trank noch einen Schluck von seinem Brandy. Es gefiel ihm, daß sie so schlagfertig war. Er hatte schon gefürchtet, er hätte sie wieder beunruhigt. Vielleicht hätte er nicht erwähnen sollen, daß er Favier nicht traute, aber er wollte, daß sie gewarnt war, falls sie irgendwann schnell fort mußten.

»Ihr scheint den Mann gut zu kennen«, sprach sie weiter. »Er ist wohl schon seit langem Euer Geschäftspartner?«

»Lange genug.«

»Ich habe Gerüchte über seine Geschäfte gehört. Und, wenn ich das so sagen darf, über die Euren auch.«

»Ich fühle mich geschmeichelt.«

»Dazu gibt es keinen Grund. Die Gerüchte waren nicht allzu schmeichelhaft.«

Ein kurzes Schweigen entstand, dann sagte er: »Wenn ich Euch richtig verstehe, könnt Ihr seefahrende Händler wie mich nicht sehr gut leiden.«

»Ja, wenig. Ihr nennt Euch einen Freibeuter, scheint mir. Sagt mir, unter welcher Flagge segelt Ihr?«

»Mein Schiff ist, wie die meisten in diesem Gewerbe, in Cartagena registriert«, antwortete Ryan gleichmütig. »Ich besitze Kaperbriefe sowohl von England als auch von Frankreich, denn sie führen Krieg gegeneinander.«

»Ihr habt also in der Vergangenheit damit Geld verdient, spanische und französische Schiffe mit einem englischen und englische Schiffe mit einem französischen Kaperbrief anzugreifen, und trotzdem lebt Ihr in Louisiana in einer spanischen Kolonie? Ihr seht auf den armen Favier herab, weil er sich nur um seine eigenen Interessen kümmert, aber wenn ich das richtig verstehe, seid Ihr auch nicht viel besser!«

»Woher wißt Ihr, daß ich spanische Schiffe angegriffen habe?« fragte er sanft.

»Tun das denn nicht alle? Die Spanier sind so reich und so hochmütig mit ihren großen, plumpen Schiffen, daß sie eine Fundgrube für jeden Piraten geworden sind.«

»Freibeuter. Das ist ein Unterschied«, verbesserte sie Ryan.

»Ihr wollt doch nicht behaupten, daß Ihr Euch immer die

Mühe mit dem Kaperbrief und den Kriegen und Verträgen macht, wenn es im wesentlichen doch nur um die Beute geht?«

»Könnt Ihr Euch nicht vorstellen, daß es ein gefährliches, um nicht zu sagen, dummes Unternehmen sein könnte, wenn ich meinen guten König Carlos berauben würde, da ich ja schließlich in New Orleans unter seiner Herrschaft lebe?«

»Ich verstehe. Es ist also eine Entscheidung, die Ihr aus Angst trefft und nicht aus Treue, die spanischen Schiffe unbehelligt zu lassen?«

Sie drehte ihm die Worte im Munde herum, und das nach allem, was er für sie getan hatte. Ärger kochte in ihm auf. Er hätte sie am liebsten genommen und –

Ja. Er hätte das viel zu gern getan. Sein Ärger schwächte sich wieder zu einem leichten Köcheln ab. Ziemlich kurz angebunden sagte er: »Ihr wißt nicht, worum es geht.«

»Ich weiß, daß Ihr ein Franzose seid, der seine eigenen Landsleute bestohlen hat.«

»Ich bin kein Franzose.«

»Aber Eure Sprache –« fing Elene an.

»O ja, meine Sprache ist Französisch, und mein Blut ist französisch, allerdings leicht aufgelockert mit irischem durch einen Anhänger von Alexander O'Reilly, der sich in New Orleans aufhielt und den meine Großmutter anziehend fand. Dem Gesetz nach bin ich aber Spanier, denn Ludwig der XV. von Frankreich, dem mein Urgroßvater noch die Treue geschworen hatte, übergab meine Heimat seinem Vetter, dem König von Spanien, so wie man sich eine schwierige und ziemlich teure Geliebte vom Hals schafft. Einer meiner Großonkel wurde in New Orleans auf dem Place d'Armes erschossen, weil er sich gegen die spanische Herrschaft erhoben und damit gedroht hatte, in der Neuen Welt eine Republik gründen zu wollen. Der gebrechliche spanische Gouverneur in New Orleans, Salcedo, hat im vergangenen Oktober zusammen mit seinem Verwalter Morales für New Orleans das Lagerrecht für die Vereinigten Staaten aufgehoben, womit er direkt das Abkommen von 1793 verletzt hat. Da die Amerikaner ihre Waren nicht mehr im Hafen lagern dürfen, bevor sie sie verschiffen, war das Ergebnis eine Einschränkung des Handels und eine Bedrohung für den Lebensunterhalt der Händler der Stadt, ganz zu schweigen von der Verärgerung der Amerikaner, die so weit geht, daß sie kurz davor stehen, sich durch eine Invasion ihr Recht zu verschaffen. Warum sollte ich also die Spanier lieben? Und was bin ich denn nun?«

»Ihr seid Franzose, und ich bin sicher, Ihr wißt das genau, denn Carlos von Spanien gab Louisiana schon vor über zwei Jahren an Napoleon zurück.«

»Das schon, aber Carlos hat den Vertrag noch nicht unterzeichnet, der den Vorgang abschließt, und Bonaparte ist anderweitig beschäftigt, so daß er kein Interesse daran hat, die Sache zu beschleunigen. Da Frankreich noch nicht wieder Besitz von uns ergriffen hat, bieten uns die spanischen Alkalden weiterhin ihren gelegentlichen und manchmal teuren Schutz vor Verbrechen innerhalb der Kolonie an, und ein spanischer Gouverneur steht den sehr langweiligen und geordneten öffentlichen Versammlungen vor. Also bin ich Spanier, zumindest offiziell.«

»Das macht überhaupt keinen Unterschied«, behauptete Elene etwas hitzig. »Ihr könntet trotzdem etwas mehr für die Männer und Frauen des Landes übrig haben, aus dem Ihr stammt.«

»Oh, das habe ich. Ich bin Louisianer, und ich greife keine Schiffe an, die befreundeten Händlern gehören.«

»Das habe ich nicht gemeint.«

»Ihr meint also, ich sollte gegen die Feinde Frankreichs segeln? Aber das tue ich doch, wenn sie mit Waren und Gold beladen sind.«

Mit steigender Entrüstung gab Elene zurück: »Ihr dreht mir ständig die Worte im Munde herum. Sagt mir doch: Empfindet Ihr kein angenehmes Gefühl, keine Liebe Frankreich gegenüber?«

»Für welches Frankreich denn? Das Frankreich, das sich in Versailles amüsiert und Spiele gespielt hat, während es hier und da einmal ein Almosen nach Louisiana hinüberwarf, um zu verhindern, daß die Kolonisten verhungern, die sie ausgesandt hatten, um Reichtümer für die Schatzkammer des Königs zu finden? Oder vielleicht für das Frankreich, das die Gossen von Paris mit Blut füllte, bis es sogar den Ratten schlecht davon wurde, und das sich jetzt mit einer riesigen und siegreichen Militäraktion beschäftigt, die die Felder Europas mit der blühenden Jugend Frankreichs düngt? Nein, erspart mir Eure Tiraden über Loyalität. Meine große Hoffnung ist, daß Napoleon es irgendwann ausreichend leid ist, sein Gold loszuwerden, und er so viel Abscheu dagegen empfindet, Leute in die Neue Welt zu schaffen, damit sie da an irgendwelchen Fiebern sterben wie zum Beispiel in Santo Domingo, daß er Louisiana an die Repräsentanten der Vereinigten Staaten verkauft, so daß wir endlich zu einer Republik werden.«

»Ihr müßt verrückt sein! Das würde Napoleon niemals tun.«

»Weil er zu intelligent ist, um das beste Stück eines der fruchtbarsten Kontinente der Welt wegzuwerfen, damit er Kaiser von Frankreich werden kann? Er kennt Louisiana nicht. Und außerdem sieht er nur das Gold.«

Elene warf Ryan einen bedrohlichen Blick zu, und es war wirklich ein Jammer, daß er ihn nicht sehen konnte. »Napoleon ist kein Narr, er wird sich nicht zum Kaiser machen wollen. Das französische Volk wird das nicht zulassen.«

»Ja, wirklich? Selbst wenn es um den Ruhm geht? Ich habe den Eindruck, daß sie es leid sind, sich von blutleeren, keifenden Anwälten regieren zu lassen. Sie haben eine Schwäche für Monarchen, die den Hang zu großen Gesten haben.«

»Was könnt Ihr davon schon wissen?« fragte sie schnippisch. »Ihr seid nur zwischen New Orleans und Cartagena unterwegs und verlaßt nie diesen Mühlteich, den man Karibik nennt.«

»Die Karibik ist der verräterischste Mühlteich, den ein rachsüchtiger Gott je erschaffen hat, meine Liebe, aber ich war auch schon in Le Havre und Marseilles. Ich habe die Steine des Louvre-Palastes berührt und in Notre Dame gekniet, bin über die Pont Neuf an das linke Ufer der Seine gegangen und habe mich in den gewundenen Gassen auf dem Montmartre und in den Salons der Frauen von Napoleons Generälen herumgetrieben. Aber wie kommt Ihr denn zu Euren fundierten Ansichten, mein kleines Provinzfräulein?«

»Nicht indem ich mich herumtreibe!« gab sie hitzig zurück.

Er lachte leise. »Ja, wohl kaum.«

»Ihr braucht gar nicht so einen überlegenen Ton anzuschlagen! Ich war während der schrecklichen Zeit in Frankreich und auch danach. Ich bin erst vor weniger als zwei Jahren zurückgekommen.«

»Ihr seid was? Woran hat Euer Vater denn dabei nur gedacht?«

»An seine Besitzungen hauptsächlich. Das heißt –« Das hatte sie nicht sagen wollen, und bestimmt nicht mit einer solchen Bitterkeit. Es war ihr einfach so herausgerutscht. Wie konnte sie nur so treulos sein, jetzt, da ihr Vater tot war, vor ihren Augen ermordet? Ihre Stimme war belegt, und ihre Augen schwammen in Tränen, als sie weitersprach: »Das habe ich nicht so gemeint, nicht in dieser Form.«

»Wirklich nicht?« fragte er in grimmigem Ton. Die Verzweiflung in ihrer Stimme weckte in ihm das Bedürfnis, die Hand auszustrecken, sie in den Arm zu nehmen und ihren Schmerz zu lindern. Das durfte er aber nicht tun. Er hatte keine Ahnung, warum sein Bedürfnis danach so überwältigend war. Er kippte den Rest von seinem Brandy herunter und stellte das Glas mit einem scharfen Klacken auf den Steinboden neben der Decke. »Trinkt Euern Brandy. Und denkt nicht immer über Dinge nach, die Ihr doch nicht ändern könnt.«

»Ihr habt leicht reden!« fuhr sie ihn an und drehte sich zu ihm um. »Ihr habt schließlich nicht Euern Vater vor Euren Augen sterben sehen.«

»Meinen Vater nicht, aber einige gute Freunde. Ihr seid nicht die einzige, die leiden muß. Es erscheint Euch nur jetzt so.«

»Vielen Dank für diesen philosophischen Gedanken. Das hilft natürlich ungeheuer!«

Es war besser, wenn sie sich über ihn ärgerte und sich nicht in ihren Schmerz zurückzog. »Zumindest seid Ihr immer noch am Leben und könnt jetzt darüber reden«, sagte Ryan.

»Ihr seid der gefühlloseste, prinzipienloseste Rohling, dem ich je das Pech hatte zu begegnen!« flüsterte Elene wütend.

»Verstehe ich das richtig, daß Ihr nicht mit mir nach New Orleans gehen wollt?« fragte Ryan mit ruhiger Stimme.

»Daran würde ich nicht im Traum denken.«

»In diesem Fall ist da noch die kleine Angelegenheit mit den beiden Männern, die ich Euretwegen getötet habe. Ich bin sicher, Ihr habt die Absicht, Tränen über ihr Ableben zu weinen, werdet mich aber danach selbstverständlich in angemessener Form belohnen für den Dienst, den ich Euch erwiesen habe, indem ich Euch aus ihren Klauen befreite.«

Ein Schreck schoß durch ihre Adern. »Wovon sprecht Ihr?«

»Das könnt Ihr doch so schnell nicht vergessen haben. Ich meine die beiden Männer im Wald.«

»Natürlich habe ich die nicht vergessen.«

»Ihr wollt mir doch nicht sagen, daß Ihr es nicht sehr zu schätzen wißt, durch mich von ihnen befreit worden zu sein?«

»Ja, aber –«

»Habt Ihr denn gar kein Gefühl von Dankbarkeit? Steht Ihr

nicht in meiner Schuld? Ich war mir sicher, daß sich jemand mit so ausgeprägten Idealen wie Ihr schon Gedanken gemacht hat über die Möglichkeiten, wie Ihr mir eine angemessene Anerkennung für meine Bemühungen zukommen lassen könntet?«

»Ich habe nicht die leiseste Vorstellung, was Ihr meint. Ihr müßt doch wissen, daß ich nichts besitze außer den Kleidern, die ich anhabe.«

»Ihr habt ja immer noch Eure eigene süße und duftende Person.«

»Was – Ihr, Ihr – Ihr erwartet doch wohl nicht, daß ich – ich –«

»Ich sehe schon, Euch fehlen die Worte. Wollt Ihr damit sagen, daß ich nicht erwarten kann, daß Ihr mir dieselben Privilegien zugesteht, von denen Ihr angenommen hattet, sie heute nacht Eurem Bräutigam zugestehen zu müssen – oder besser gesagt, die er sich von Rechts wegen hätte nehmen dürfen? Aber natürlich kann ich das erwarten. Schließlich ist das doch keine so besondere Sache.«

Ihr wütendes Schnappen nach Luft war deutlich hörbar. »Vielleicht nicht für Euch! Zweifellos sind für einen Freidenker, wie Ihr einer seid, solche Dinge schon lange bedeutungslos geworden.«

»Nein, nein, das versichere ich Euch. Ich finde sie immer noch unglaublich angenehm, und das tun auch die Damen, die ich in dieser Weise beehre. Aber mir scheint, es gibt eine ganze Menge Getue über das erste Mal, die Initiation sozusagen, auf das man ruhig verzichten sollte. Dabei gehe ich natürlich davon aus, daß die Hochzeitsnacht für Euch eine Initiation gewesen wäre. Bitte korrigiert mich, wenn ich mich täusche.«

»Das werde ich nicht tun!« erklärte sie mit erhobener Stimme. »Laßt mich Euch mitteilen, daß die Tatsache, daß Ihr überhaupt etwas derartiges annehmt, daß diese unglaubliche Frechheit zum Himmel schreit. Ich schulde Euch gar nichts, ist das klar? Nichts! Und ich würde mich sehr freuen, wenn Ihr nicht mehr mit mir sprechen würdet.«

Er war vielleicht etwas zu weit gegangen, dachte Ryan, als er ihre haßerfüllte Stimme hörte.

Ihr Gastgeber schien das offensichtlich auch zu denken, denn über ihnen ertönte ein Stampfen, als ob jemand mit dem Fuß kräftig auf dem Boden aufträte. Eine Stimme zischte: »Ruhe da unten!«

Sie verstummten.

Es erstaunte Elene, daß sie sich in dem Streit mit Ryan Bayard so sehr engagiert hatte, daß sie die Gefahr vergessen hatte. Dafür gab es absolut keine Entschuldigung, außer daß Ryan eben ein wirklich unmöglicher Mann war. Als sie bemerkte, daß sie ihr Glas immer noch in der Hand hielt, trank sie einen ordentlichen Schluck Brandy und schnappte dann nach Luft. Er war wirklich stark, und sie kannte sich mit so etwas nicht aus; Damen tranken normalerweise keine so starken alkoholischen Getränke. Jetzt war ihr wirklich etwas schwindlig. Eigenartig. Aber wenn sie es sich genauer überlegte, hatte sie seit dem Morgen nichts gegessen, und da auch nur ein Brötchen und Kaffee. Am Mittag hatte sie keinen Bissen herunterbekommen, weil ihr die Erwartung des Abends und der Nacht den Magen zugeschnürt hatte. Devota hatte ihr am Abend, während sie sie ankleidete, etwas Fleisch und ein Brötchen angeboten, aber sie hatte es abgelehnt. Nach der Hochzeit war ein großes Bankett geplant gewesen. Zweifellos hatten die siegreichen Sklaven die Fülle von Delikatessen genossen, die schon seit ein paar Tagen vorbereitet worden waren.

Sie sollte wirklich nicht mehr von dem Brandy trinken, hatte aber Angst, sie würde den Rest verschütten, wenn sie das Glas abstellte. Sie trank ihn schnell aus, erhob sich dann auf die Knie und streckte die Hand aus, um das Glas etwas abseits zu den anderen Sachen zu stellen, die Devota mitgebracht hatte.

»Was tut Ihr?« fragte Ryan.

Seine Stimme, die plötzlich so nah klang, ließ sie zurückschrecken, und sie rückte ein wenig zur Seite. Dabei verlor sie im Dunkeln das Gleichgewicht. Da sie das Glas in der Hand hatte, konnte sie sich nicht wieder fangen. Mit ihrem ganzen Gewicht fiel sie auf einen Ellenbogen, und ein unterdrückter Schmerzensschrei entfuhr ihr, bevor sie sich wieder fassen konnte.

Warme, feste Hände schlossen sich um ihre Arme und zogen sie hoch. Sie wurde über einen straffen, muskulösen Schenkel gezogen, zwischen starken Beinen gehalten. »Geht es Euch gut?«

»Ja, sehr«, sagte sie, obwohl ihre Stimme ziemlich atemlos zu klingen schien. Diese Erkenntnis ärgerte sie. »Wenn Ihr mich loslaßt, wird es mir sicher noch bessergehen.«

»Auf jeden Fall.«

Sein Griff löste sich. Sie schob sich von ihm weg, stellte ihr Glas zur Seite und lehnte sich wieder in etwas größerem Abstand an die Wand. Lästiger, aufdringlicher Mann. Es würde ihm wirklich recht geschehen, wenn sie sich in seine Arme warf und ihn nach allen Regeln der Kunst leidenschaftlich und wild dazu verführte, sie zu lieben, um ihn sich zum Sklaven zu machen. Und dann müßte er vor Verlangen nach ihr langsam wahnsinnig werden, denn natürlich würde sie es ihm danach nicht mehr erlauben, sie je wieder zu berühren. Wie würde ihm das wohl gefallen, ihm, der er sich in den Salons herumzutreiben pflegte?

Ein weiches Lachen stieg in ihr auf, und sie legte sich schnell die Hand über den Mund, um zu verhindern, daß es hörbar wurde. Mein Gott, sie mußte wirklich beschwipster sein, als sie dachte. Selbst wenn Devotas ausgefallene Behauptungen in bezug auf das Parfüm stimmten und selbst wenn sie sich überwinden könnte, Ryan zu verführen, wußte sie doch ganz genau, daß es nicht zum Lachen sein würde, das Objekt der Begierde eines solchen Mannes zu sein.

»Weint Ihr?« fragte Ryan, und seine Stimme klang besorgt und ungeduldig zugleich.

Sie faßte sich sofort. »Nein, ich weine nicht.«

»Was ist dann mit Euch los?«

»Nichts! Gar nichts! Warum sollte etwas mit mir sein? Ich habe heute doch nur zugesehen, wie Dutzende von Menschen getötet wurden, die meisten meine Nachbarn und Freunde, ganz zu schweigen davon, daß ich meinen toten Vater unbeerdigt und unbetrauert zurücklassen mußte. Ich bin selbst dem Tode nur um Haaresbreite entkommen, nur um beinahe vergewaltigt zu werden. Jetzt bin ich mit einem fremden Mann in einer Art Grab eingesperrt – und das im Hause eines absolut unzuverlässigen Individuums, das mich möglicherweise – vielleicht aber auch nicht – einem Wahnsinnigen übergibt, dessen besonderes Vergnügen darin besteht, Frauen zu foltern. Nun, ich bin so glücklich wie eine Braut. In meinem Leben ging es mir noch nie besser. Ich gebe Euch mein Wort!«

»Na gut, es war eine dumme Frage.«

»Da sind wir uns einmal einig.«

»Vielleicht wäre es das beste, wenn Ihr versuchen würdet, Euch hinzulegen und etwas zu schlafen«, sagte Ryan weich.

»Nein, danke.«

»Gerade dachte ich, was für eine praktische und vernünftige Frau Ihr doch seid, kein Hang zu Ohnmachten oder hysterischen Gefühlsausbrüchen, ohne weiteres in der Lage, zu tun, was das Beste für Euch ist. Ich hätte wissen müssen, daß Ihr einfach nur zu verstört seid, um viel Theater zu machen.«

Elene wandte ihren Kopf zur Seite, um seine dunkle Gestalt anzustarren. »Wie bedauerlich für Euch, daß es im Augenblick so aussieht, als würde ich mich wieder erholen.«

»Ja«, sagte er und seufzte schwer.

Ein Verdacht kam in ihr auf. Sie schaute ihn böse an. »Ihr macht Euch über mich lustig.«

»Ach ja, wirklich?«

»Ich frage mich nur, warum?«

»Mein leichtsinniges Wesen.«

»Das glaube ich nicht«, sagte sie langsam. »Ich nehme eher an, daß Ihr diesmal nur an mein Bestes gedacht habt.«

Ryan nahm sich vor, mit dieser schlagfertigen Mademoiselle Larpent vorsichtiger umzugehen. Sie war auf Draht. Er antwortete ihr trocken: »Ihr tut mir unrecht.«

»Tue ich das?« fragte sie nachdenklich.

Schweigen, so schien es Ryan, wäre die beste Antwort. Die Minuten vergingen langsam. Von oben waren keine Geräusche mehr zu hören; vermutlich waren alle Hausbewohner zu Bett gegangen. Unter den Grundstützen des Hauses hindurch hörte man das ferne Rollen des Meeres, und dann und wann das Rascheln einer nächtlichen Brise durch die Blätter einer Palme oder eines Meertraubenbusches, die in der Nähe des Hauses wuchsen. Elene wandte den Kopf und horchte nach den fernen Geräuschen. Schließlich fragte sie: »Euer Schiff, zu dem Favier eine Botschaft schicken soll, wo ist es jetzt?«

»Irgendwo vor der Küste.«

»Irgendwo? Damit wollt Ihr sagen, Ihr wißt nicht, wo es ist? Das hätte ich wissen müssen.«

»Nun ja, es schien mir nicht besonders ratsam, am Cap Français zu ankern.«

»Ich könnte mir vorstellen, daß es überhaupt nicht besonders ratsam für Euch ist, auf diese Insel zu kommen, aber schließlich seid Ihr hier«, erwiderte Elene in ruhiger Strenge.

»Ich mußte eine Ladung ausliefern.«

»Die Ihr zweifellos irgendeinem braven französischen Händler abgenommen hattet.«

»Einem Engländer, in diesem Falle.«

»In Erwartung der Wiederaufnahme des Krieges zwischen England und Frankreich.«

»Genau.«

»Ich vermute, Ihr legt hier einfach in irgendeiner versteckten Bucht in der Nähe an und transportiert die Sachen zu Favier.«

»So ist es. In diesem Falle handelt es sich sogar um die Bucht direkt vor diesem Haus«, sagte Ryan.

»Und dann ist Euer Schiff wieder aufs Meer hinausgefahren, um darauf zu warten, daß Ihr Eure Geschäfte hier abschließt.«

»Ihr würdet einen hervorragenden Freibeuter abgeben!«

»Ihr braucht Euch gar nicht über mich lustig zu machen!« zischte Elene. »Ich versuche nur herauszufinden, wie es Favier möglich sein soll, Euren Leuten mitzuteilen, daß Ihr wieder an Bord gehen wollt.«

»Ein Licht von der Klippe aus wird reichen.«

»So ähnlich habe ich es mir auch vorgestellt. Das heißt, das mit dem Licht wird dann funktionieren, wenn Eure Mannschaft sich entschließt, nah genug ans Land zu kommen, um nach einem Licht Ausschau zu halten.«

»So ist es.«

»Daher also die drei Tage, denn erst nach dem Ablauf dieser Zeit werden sie vermutlich anfangen, auf Euer Signal zu achten.«

»Ich gratuliere Euch«, lachte Ryan.

»Es wäre einfacher gewesen, wenn Ihr mir die ganze Sache erklärt hättet.«

»Aber Ihr hattet so viel Spaß daran, selbst daraufzukommen.«

»Ich hätte auch Spaß daran, Euch als Pirat hängen zu sehen«, flötete Elene, »aber mein Glück hängt nicht davon ab.«

»Das ist ja erfreulich. Ihr seid alle so blutrünstige Wesen hier auf dieser Insel«, klagte Ryan in gespielter Ernsthaftigkeit. »Das muß wohl an der Luft liegen.«

»Schrecklicher Kerl.« Ihre Worte klangen müde, ohne Schwung.

»Zweifellos. Wenn ich Euch das letzte Wort lasse, werdet Ihr Euch dann schlafen legen?«

»Woher soll ich wissen, daß ich sicher bin?« fragte sie.

Die Spannung in der Luft war plötzlich schwer. »Sicher vor mir?« fragte er mit ruhiger Stimme. »Das könnt Ihr nicht wissen, aber das Risiko werdet Ihr wohl eingehen müssen, stimmt's?«

4. Kapitel

Elene erkannte sich selbst nicht wieder. Sie hatte sich über Ryan Bayard geärgert und ihn absichtlich beleidigt. Normalerweise war ihr Benehmen besser. Es stimmte schon, er hatte sie ganz klar herausgefordert, aber sie hätte doch auch daran denken sollen, was er heute abend für sie getan hatte.

Das Problem war: Sie wußte ganz genau, daß sie bei ihm sicher war. Sie wußte auch, daß es ihn durcheinanderbringen würde, wenn sie einen Zweifel daran äußerte. Genaugenommen setzte sie bei ihm die Eigenschaften und Verhaltensweisen eines Kavaliers voraus. Das war eigentlich nicht das, was man üblicherweise von einem Freibeuter erwartete.

Sie hatte keinerlei Absicht, sich bei ihm zu entschuldigen, das nicht. Er hatte sie genauso beleidigt und dazu auch noch bevormundet. Aber sie wünschte doch, sie hätte vorausgesehen, wie unbequem sich eine Mißstimmung zwischen ihnen auf so engem Raum auswirken würde. Die nächsten drei Tage in sitzender Stellung und schweigend zu verbringen, wäre unerträglich.

Neben ihr bewegte sich Ryan. Sie sah zu ihm hinüber, ohne den Kopf zu bewegen. Sie vermutete, daß er etwas sagen wollte, und wartete aufmerksam. Als die Sekunden vergingen, Ryan aber doch weiter schwieg, sah sie wieder zur Seite. Ihre Brust hob und senkte sich in einem geräuschlosen Seufzer.

Ryan konnte sich nicht daran erinnern, wann er sich das

letzte Mal so von einer Frau angezogen gefühlt hatte wie von dieser, die jetzt neben ihm saß. Er hatte nicht übel Lust, sie zu erwürgen für die Art und Weise, wie sie an seinem Charakter zweifelte, aber gleichzeitig empfand er das beinahe unkontrollierbare Bedürfnis, sie in die Arme zu nehmen und zu trösten – vor allem, sie in die Arme zu nehmen. Er hatte erwartet, daß er sich durch die Einschränkung seiner Bewegungsfähigkeit in diesem Loch und durch die Aussicht auf die vielen Stunden der Untätigkeit unbehaglich fühlen würde, aber er hatte zusehends mehr das Gefühl, daß er sie doch ganz gut ertragen konnte, und das nur, weil auch Elene Larpent hier war. Ihr schneller Verstand, ihre scharfe Zunge und ihre unerwartete Tapferkeit faszinierten ihn. Und außerdem machte ihr Parfüm ihn allmählich wahnsinnig.

Es lag nicht daran, daß er den Duft als bedrückend empfand, das überhaupt nicht. Wenn er das Bedürfnis nach einem Atemzug frischer Seeluft hatte, dann nicht deshalb, weil es ihm unangenehm war, sondern weil es ihm viel zu gut gefiel. Er hielt sich nicht für einen wirklichkeitsfremden Menschen, aber er hatte das Gefühl, daß er sich ohne weiteres darin verlieren konnte – und in der Frau, die es trug. Völliger Blödsinn natürlich. Vielleicht hatte ihm einer der Schwarzen heute abend einen Schlag auf den Kopf versetzt, den er zunächst nicht gespürt hatte.

Er streckte sich mit einer Bewegung, die er selbst als deutlichen Wink mit dem Zaunpfahl empfand. »Ich werde mich etwas schlafen legen«, sagte er zu der verkrampften Gestalt, die so nah neben ihm saß. »Ihr könnt das gleiche tun oder mir auch, angesichts der Enge, in der wir uns hier befinden, Euren weichen Schoß als Kissen zur Verfügung stellen.«

»Bestimmt nicht!« Kaum zu glauben, daß sie eben noch bereut hatte, was sie zu ihm gesagt hatte!

»Bestimmt nicht was? Ihr wollt Euch nicht hinlegen, oder Ihr wollt nicht mein Kissen sein? Angesichts des geringen

Platzes hier müßt Ihr Euch wohl oder übel für eins von beidem entscheiden.«

Bei dem Gedanken daran, daß sein Kopf auf ihren Schenkeln liegen könnte, sich an sie drückte, wurde sich Elene einer seltsamen Schwere in der unteren Hälfte ihres Körpers bewußt. Sie bildete sich nicht ein, daß er ihren Schoß nicht in Anspruch nehmen würde; sie nahm an, daß es ihm sogar Spaß machen würde. Und diese Möglichkeit würde sie ihm nicht geben.

Sie rutschte von der Decke und machte ihm so viel Platz, daß er sich ganz ausstrecken konnte. Und selbst jetzt reichte sein Kopf bis fast in ihre improvisierte Speisekammer, denn sie hörte das Klirren von Flaschen und Gläsern, als er daranstieß. Er schimpfte leise über ihr enges Quartier, als er sich zurechtlegte, dann war alles still.

Elene mußte sich ja nicht auf die gesteppte Decke neben Ryan legen. Statt dessen konnte sie auch den Rest der Nacht auf dem harten Steinboden sitzen. Stolz war ja eine gute Sache, aber sie war plötzlich grenzenlos erschöpft, und eigentlich sah sie keinen Grund, warum sie dem Freibeuter den alleinigen Besitz der Decken zugestehen sollte, die Devota für ihre Bequemlichkeit besorgt hatte. Vielleicht, wenn sie sich sachlich benahm, würde es keinen so gewagten Eindruck machen, wenn sie sich neben ihn legte.

Mit Bewegungen ohne übermäßiges Zögern, das ihren Widerwillen vielleicht deutlich gemacht hätte, setzte sich Elene auf den Rand der Decke. Sie zog die zerrissenen Satinschuhe aus und spürte, wo sie aufgerissen waren und wieviel Erde sich darin gesammelt hatte, als sie sie ordentlich nebeneinanderstellte. Bemüht, den Mann neben sich nicht zu berühren, legte sie sich langsam auf die weiche Unterlage und drehte ihm dabei den Rücken zu.

»Hier, nehmt das.«

Eine Hand schob sich unter ihren Nacken und hob ihren Kopf, und ein kleines Kissen wurde daruntergeschoben. Es war Ryans zusammengefalteter Rock. Sie hob ihre Hand, um danach zu greifen. »Er gehört Euch, behaltet ihn.«

»Um Himmels willen, keine Widerrede«, sagte er mit belegter Stimme, »oder ich lehne jede weitere Verantwortung ab.«

»Und Ihr?«

»Ich benutze nie ein Kopfkissen.«

Sie atmete zornerfüllt ein. »Dann war also diese Drohung vorher –«

»Ich benutze kein Kopfkissen«, unterbrach er sie, und ein Lachen erschütterte seine Brust. »Nur den Schoß von Frauen.«

»Abscheulich.« Sie schob den Rock mit einer kurzen, knappen Bewegung unter ihren Kopf, aber sie ärgerte sich hauptsächlich darüber, was für einen heftigen Satz ihre Sinne gemacht hatten, als sie sich vorstellte, er könne ihr vielleicht den Kopf auf die Schenkel drücken wollen.

»Das gebe ich zu«, antwortete er.

Sie nahm den kalten Ton in seiner Stimme wahr, hörte, wie er sich etwas bewegte, als suche er nach einer bequemen Stellung in diesem wirklich ziemlich harten Bett. Sie tat es ihm gleich. Dann schwiegen sie beide. Elenes Augen schlossen sich. Sie öffnete sie wieder. Sie hatte doch schon vorher beschlossen, daß das, was heute abend geschehen war, kein Grund für schlechtes Benehmen sein durfte. Ruhig sagte sie: »Ich danke Euch. Für das Kissen.«

Keine Antwort. Sie schlief ein.

Dunkle Gespenster schoben sich durch die Dämmerung. Mit schrecklichen Gesichtern und grinsend griffen sie die Unschuldigen an, zerstückelten und zerrissen sie. Elene versuchte zu schreien, brachte aber keinen Ton heraus, wollte losrennen, konnte sich aber nicht bewegen, griff nach einer Waffe, aber sie glitt ihr aus den Händen. Sie mußte stehenbleiben und dem Schlachten zusehen, ohne die Möglichkeit zu haben, etwas dagegen zu tun. Und die Gespenster wußten das. Sie quälten sie, grinsten sie höhnisch über ihre Schultern hinweg an, bis alle ihre Opfer tot waren, und dann wandten sie sich um und kamen auf sie zu. Sie hatte immer noch keine Möglichkeit, sich zu verteidigen, konnte sich nicht bewegen oder schreien.

Sie erwachte mit einem unterdrückten Schrei in der Kehle. Starke Bande hielten sie fest. Sie schlug mit geballten Fäusten um sich.

»Schht, ganz ruhig.« Ryans Stimme klang weich an ihrem Ohr, und er erfaßte ihre fliegenden Arme an den Handgelenken und hielt sie dicht an sich gedrückt. »Es war ein Traum, nur ein Traum.«

Elene stellte jede Bewegung ein und holte mit einem schweren, unterdrückten Ächzen Luft. Dann flossen die heißen, schweren Tränen, brannten in ihrer Nase, schienen sich siedend unter ihren fest geschlossenen Lidern hervorzudrücken. Sie liefen in scharfen, salzigen Rinnsalen über ihr Gesicht. Ihre Brust hob sich mit dem Atem und der Anstrengung, ihren Schmerz zu verstecken und unter Kontrolle zu bekommen. Aber sie schaffte es einfach nicht ganz, und ein Schluchzen drängte sich krächzend in ihre Kehle.

»Schht.« Ryan wiegte sie mit festem, aber sanftem Griff hin und her und starrte in die Dunkelheit über ihrem Kopf.

»Ich konnte ... einfach nichts tun.« Die schmerzlichen, gepreßt klingenden Worte schienen aus ihr herausgeschleudert zu werden, während sie vom Schluchzen erschüttert wurde.

»Nein, natürlich nicht.« Ryan zog sich etwas zurück und runzelte die Stirn, während er ihre Handgelenke wieder losließ.

»Es waren so viele. Und es war so schnell vorbei.«

»Jetzt seid Ihr in Sicherheit. Weint nicht.«

Sie wischte sich vergeblich mit dem Handrücken über die Augen. »Ich weiß nicht, warum ich leben soll, wenn so viele andere gestorben sind.«

Schuldgefühle dafür, daß sie am Leben war, daß sie das

Massaker überlebt hatte, überschwemmten Elene. Ryan kannte dieses Gefühl auch. Er hätte auch erraten können, daß eine solche Frau ebenso empfinden würde. Er räusperte sich, denn seine Kehle fühlte sich ungewöhnlich eng an.

»Keiner hätte etwas dagegen tun können. Ihr dürft jetzt nicht mehr daran denken.«

»Wie soll ich das denn machen?« rief sie, und ihre Stimme wurde lauter. »In meinem Kopf ist nichts anderes mehr. Es wird immer dasein. Immer!«

Er mußte sie beruhigen. Er könnte es mit noch mehr Brandy versuchen, aber das halbe Glas, das sie getrunken hatte, war offensichtlich nicht sehr wirksam gewesen, besonders wenn er bedachte, daß sie nur eine Stunde geschlafen hatte.

»Still. Ihr werdet es wieder vergessen, das verspreche ich Euch, wenn Ihr es zulaßt.«

»Was wißt Ihr denn schon davon? Ihr habt es doch nicht gesehen!« Der nächste Schluchzer schüttelte sie.

Es gab eine Möglichkeit, sie zum Schweigen zu bringen, auch wenn er ihren Zorn wecken mußte. Ryan umfaßte ihr Kinn mit seinen langen, harten Fingern und drehte ihr Gesicht zu sich herüber. Er senkte den Kopf und legte seine Lippen auf die ihren.

Erschreckt holte Elene Luft. Jeder ihrer Muskeln spannte sich. Sie konnte es nicht glauben, und gleichzeitig erhob sich in ihrem Gehirn eine grelle Wut, die den Tränenfluß zum Versiegen brachte. Sie versuchte, den Kopf abzuwenden.

Ryans Griff wurde fester. Irgendwo im Hinterkopf wußte er noch, warum er so gehandelt hatte, aber dieser Grund wurde immer undeutlicher, verdrängt von dem Gefühl der warmen und lebendigen Frau in seinen Armen. Er legte seine Lippen mit unendlicher Vorsicht auf ihre, berührte ihre zarte Oberfläche, bot ihr Trost, Vergessen, eine Ahnung von Verlangen. Er kostete die empfindlichen Ränder, wo sie aneinanderlagen, und ließ seine Zunge flatternd wie Flügel mit warmer, gedankenvoller Freude über die feuchte Linie wandern, wo sie aufeinandertrafen.

Elene preßte ihre Hände gegen seine Brust. Sie wollte ihn von sich stoßen, schien aber keine Kraft mehr zu haben, als die Spannung aus ihrem Körper schwand. Ihr Mund wurde weicher und begann zu beben. Der Kuß des Freibeuters war keine Bedrohung, sondern er bot ihr statt dessen ein paar Augenblicke Ablenkung und Vergessen. Und dies war wirklich eine Versuchung. Was machte es schon aus, wenn sie, verborgen in der Dunkelheit, sich forttragen ließ, nur für einen Moment?

Der Schlag ihres Herzens wurde schneller, und sie spürte das schnelle Rauschen des Bluts in ihren Adern. Sie erlaubte ihren fest zusammengedrückten Lippen, sich ein kleines bißchen zu lockern. Mit einem leisen Geräusch des Erstaunens nahm Ryan diese Kapitulation sofort an. Er versuchte den weichen und empfindlichen Rand ihres Mundes zu erforschen, kostete ihn, ließ seine Zunge über ihre glatten Zähne streichen. Er drang tiefer ein, bewegte seine Zunge in so verführerischem Rhythmus vor und zurück, daß in Elenes Innerem eine warme Erregung wuchs. Sie folgte seiner Anleitung und berührte seine Zunge mit der ihren. Er zog sie enger an sich, so daß ihr Busen fest gegen seine Brust gedrückt wurde, sie fühlte auch die harten Muskeln seiner Schenkel an ihren weichen Schenkeln liegen. Und sie spürte, durch das Mieder ihres Kleides, das dumpfe Pochen seines Herzens.

Dieser Beweis für seine Erregung bewegte sie eigenartig. Sie hatte geglaubt, er wäre innerlich gerüstet, immun gegen die Schwächen des Fleisches oder gegen jede Verlockung, die nichts mit Geld zu tun hatte. Sie hatte ihn falsch eingeschätzt. Daß sie seine Verletzlichkeit so deutlich spürte, ließ sie plötzlich etwas wie Zuneigung für ihn empfinden. Hier in diesem dunklen Loch waren sie beide der Gnade des Schicksals und ihren eigenen Bedürfnissen ausgeliefert.

Sie breitete die Finger und die Innenfläche einer Hand über

seine Schulter, genoß das Gefühl seiner harten Muskeln unter dem feinen Leinen seines Hemdes. Die letzten Reste des Schreckens von ihrem Alptraum lösten sich auf. An ihrer Stelle entstand so etwas wie Trägheit, die warme Zustimmung nach sich zog.

Sein Mund schmeckte nach Brandy und nach der Süße gedämpfter Leidenschaft. Seine Zunge war weich. Elene schwelgte in den erwachenden Reaktionen ihres Körpers, spürte, wie sich ihre Sinne weiteten, bis sie sich mit jeder Faser dieses Mannes bewußt war, der sie in den Armen hielt – der festen und kraftvollen Gestalt, seines erhitzten, männlichen Geruchs, der dichten Krause seines Haars, das bis weit in seinen Nacken herunterreichte, des straffen Widerstandes seiner Haut. Das Spiel seiner Schultermuskeln unter ihrer Hand faszinierte sie, bis sie bemerkte, daß er den Arm bewegt hatte, um seine Hand auf eine ihrer Brüste zu legen.

Protest erhob sich in ihr, wurde aber zum Schweigen gebracht von der Fülle der Empfindungen, die sich in ihr erhob, als er seine Hand um den weichen Hügel unter ihrem Mieder schloß und mit dem Daumen über die Spitze strich. Das Entzücken, das diese Berührung verursachte, bewegte sich in Spiralen durch sie hindurch und schickte ein Beben der Lust bis tief in die Tiefen ihres Körpers.

Diese Lust nährte der Freibeuter in ihr mit einer Vielzahl von Zärtlichkeiten. Er zog eine Spur feuriger Küsse von ihrem Mundwinkel bis zur Kante ihres Unterkiefers und über die Biegung ihrer Kehle bis zur Halsgrube hinunter. Dort verweilte er, tauchte mit der feuchten Wärme seiner Zunge in die kleine Mulde und kostete ihre Haut mit so vollendeter Kunst, daß sie viel zu bezaubert war, um zu merken, wie er ihr Kleid löste, bis sie den Hauch der kühlen Luft auf ihrer nackten Haut spürte.

Dann waren sein warmer Atem, seine Lippen und seine Zunge über den bebenden Halbkugeln ihrer Brüste. Versunken in ihrem Entzücken spürte sie das Rauschen ihres Bluts in den Adern, und mit ihm zusammen das Knospen einer Glut und eine wollüstige Mißachtung für Ursachen und Folgen, von der sie nicht gewußt hatte, daß sie sie empfinden konnte. Mit schneller Zunge und feuchtem Saugen schürte er diese Glut und ihre Gefährtin, die Wollust, bis sich ihre Bauchmuskeln in einem Schauern reinster Lust zusammenzogen.

Es hätte keinen Sinn, Desinteresse zu heucheln. Sie öffnete ihre Arme mit sehnsüchtiger Grazie und erlaubte ihm den Zugang zu ihrem Körper, half ihm, als er die raschelnde Seide ihres Kleides und ihre Unterwäsche über ihre Hüften zog. Sie griff nach seinem Hemd und zog es aus seiner Hose, ließ ihre Handfläche über seine gespannten Bauchmuskeln gleiten, während er sich seiner Kleider und Stiefel entledigte und sich ihr wieder zuwandte.

Die Nacht war lang und dunkel um sie her; es gab keinen Grund zur Eile. Mit eifrigen Mündern und suchenden Fingerspitzen, die Verlangen und wilde Einschränkung nach sich zogen, suchten sie den anderen zu erforschen. Sie folgten den Wölbungen und Mulden, der federnden Härte und feuchten Weichheit ihrer Körper, erkundeten, wie sich des andern Haut und Haar anfühlte, die Form der Knochen darunter, die Stellen der höchsten Empfindlichkeit, die bebenden Grenzen des Ertragbaren. Dabei sprachen sie nie laut, flüsterten einander nur einzelne Worte zu, seufzten oder schnauften überrascht. Sie wurden geführt von einem Instinkt, verfeinert durch sorgsam beachtete Zeichen, Großzügigkeit und die endlose Hingabe der Betroffenheit. Damit dehnten sie die Fasern ihres gegenseitigen Verlangens, bis es mit unerträglicher Straffheit zwischen ihnen zitterte, verfeinert und zart, und durch es hindurch schien das Licht eines Gefühls, das der Liebe so nah kam, daß es, für diesmal, als Ersatz hingehen mochte.

Schaudernd, nach Atem ringend, fanden sie schließlich zueinander. Er setzte sein Knie zwischen ihre glatten Schenkel, breitete sie auseinander, legte seine Härte an ihre Weichheit in fiebernder, unentrinnbarer Verbindung.

Elene spürte einen kurzen, brennenden Schmerz, aber er war fast schon wieder vergangen, als sie ihn in den glühenden Winkeln ihres Verstandes wahrgenommen hatte, verdrängt von lebendiger, umfassender Ekstase. Voller Kraft stieg sie empor, eingeschlossen im elementaren Tanz des Lebens, empfing die Erschütterungen von Ryans Stößen, spürte, wie ihr Inneres aufbrach und sie sich verwandelte in ein Wesen, das völlig seinem Verlangen ergeben war. Sie wollte ihn ganz tief im Innern spüren, und mit diesem Wunsch hob sie sich ihm in glühendem und bebendem Verlangen entgegen. Er empfing es mit freigebigem Bemühen, trug sie höher, weiter fort von ihrem Selbst, stieg mit ihr auf eine ungeahnte Ebene empor, von der es vielleicht kein Zurück gab.

Und da, an diesem fernen Ort, fanden sie, trotz des Todes, der jenseits ihres Schlupfwinkels drohte, zu jener widerhallenden Verklärung, die in ihrer Fülle die beste, vielleicht die einzig wirkliche Bestätigung des Lebens ist.

Sie sanken mit heiserem Atem und sich hebender und senkender Brust zusammen. Ihre Haut war heiß und mit Schweißperlen bedeckt, ihre Muskeln zitterten. Ihre Herzen hämmerten gegen die Rippen. Sie lagen mit fest geschlossenen Augen und leergefegten Gedanken da. Die Dichte der Luft in ihrem Loch war wie eine Hülle, in der der lebhafte Duft von Rosen und Gardenien und anderen Essenzen hing, die sich der Benennung entzogen.

Ryan, dessen Stirn zwischen den festen Zwillingshügeln von Elenes Brust lag, nahm einen Atemzug, der bis tief in seine Lungen drang. Indem er mit einem weichen, vollen Lachen ausatmete, sagte er: »O Himmel, du duftest so wunderbar.«

Was hatte sie getan?

Elenes Augen öffneten sich plötzlich, und sie starrte fest in die Dunkelheit. Sie hatte nicht ein einziges Mal an das Parfüm gedacht. Genaugenommen hatte sie an überhaupt sehr wenig gedacht außer an Ryans Küsse und seine Zärtlichkeiten. Sie hatte dabei völlig vergessen, die Wirkung zu bedenken, die sie vielleicht auf ihn haben würde.

Ach, aber das war doch alles nichtig, was Devota ihr da gesagt und wovor sie sie gewarnt hatte. Devota hatte nur versucht, ihr etwas Sicherheit zu geben, ihr zu helfen auf dem Weg in die Ehe mit einem Mann, den sie nicht liebte und dessen sie sich nicht sicher war. Devota hatte nur versucht, ihr bräutliches Nervenkostüm zu stärken. Das war alles. Das war doch bestimmt alles?

Elene hatte noch nie zuvor eine solche Wirkung auf einen Mann ausgeübt. Es hatte natürlich auch nie eine Gelegenheit dazu gegeben; sie war nie einem Mann so nah gekommen. Trotzdem hatte Durant nie den Eindruck gemacht, als befände er sich in Gefahr, von einem solchen Verlangen nach ihr übermannt zu werden. Und war da nicht von Anfang an etwas Besonderes gewesen in dem Blick, mit dem Ryan Bayard sie betrachtet hatte, ein besonders intensives Interesse? Er hatte ihr Leben gerettet, das war vielleicht der Grund. Und doch...

Sie wollte es nicht glauben, sie konnte es einfach nicht. Solche Sachen wie Voodoozauber und Magie waren nur Aberglaube. Sie funktionierten nur, weil dumme und leichtgläubige Menschen erwarteten, daß sie funktionierten, und deswegen ihre Gedanken beeinflussen ließen von jenen, die sie manipulieren wollten. Aber sie war weder dumm noch leichtgläubig. Was zwischen ihr und Ryan geschehen war, war nur die natürliche Folge dessen, daß ein Mann und eine Frau unter angespannten Umständen zusammen auf einen engen Raum beschränkt waren.

»Wie heißt es?« Ryans Stimme klang tief und entspannt.

»Was?«

»Dein Parfüm. Hat es einen Namen?«

»Ich glaube nicht.«

»Weißt du das denn nicht? Ich dachte, die meisten Frauen sind in solchen Dingen auf dem laufenden.«

Zögernd sagte sie: »Dieses hier ist... etwas Besonderes.«

»Ich hatte auch das Gefühl, daß ich es noch nie gerochen habe. Hast du es dir von einem Parfümeur machen lassen, als du in Frankreich warst?«

»Ist das wichtig?«

Er befreite sie von seinem Gewicht, drehte sich auf den Rücken und lehnte den Kopf an ihre Rippen. »Ich war nur neugierig. Parfümstoffe sind ein ziemlich großer Anteil der Ladungen, mit denen ich zu tun habe.«

»Besonders von französischen Schiffen?«

»So ist es. Ist das dein eigener Duft?«

Seine Neugierde war unglaublich. Vielleicht gab es aber auch nur wenig anderes, worüber er nachdenken oder reden wollte. Sie würde bestimmt kein anderes Thema finden, mit dem sie ihn ablenken konnte. »Genaugenommen hat es Devota für mich gemacht.«

»Ja, wirklich?« Er sprach mit einem Ton von Trauer weiter. »Ich nehme nicht an, daß man ihm sonst noch irgendwo begegnet, oder?«

»Das... ist unwahrscheinlich.«

Ihre Worte waren knapp, ihre Stimme angespannt, als sie sprach. Ryan wandte den Kopf und lauschte. Er runzelte die Stirn. »Stimmt etwas nicht?« Er rollte sich auf die Seite und streckte die Hand aus, um ihr Gesicht zu berühren. »Habe ich dir vielleicht weh getan? Ich habe gemerkt, daß du –«

»Nein, natürlich nicht.« Sie hatte keine Lust, mit ihm über ihre Unschuld zu reden.

»Ich würde mich ja gern in aller Form entschuldigen, wenn es einen Sinn hätte, aber dafür ist es jetzt wohl etwas zu spät.«

»Ja, bitte, laß es.«

»Ehrlich gesagt hatte ich eigentlich gar nicht vor, so weit zu gehen. Ich habe nur – du warst so weich und fühltest dich so gut an, und dein Parfüm schien mir zu Kopf zu steigen.«

»Es war eigentlich meine Schuld. Ich verstehe dich schon.«

»Das habe ich nicht gemeint.«

»Nein, aber ich.« Die Klarheit ihrer Worte resultierte aus der langsam emporsteigenden Erkenntnis, daß sie jetzt eigentlich ihre verlorene Jungfräulichkeit beklagen müßte. Es war nicht richtig von ihr gewesen, sie so leichtfertig zu verschenken, und es war auch falsch, daß sie sie mit Freuden gegeben hatte, so hatte man es sie wenigstens gelehrt. Zweifellos würde sie es am nächsten Morgen bereuen. Aber jetzt schien es ihr völlig richtig – unglaublich, aber richtig.

»Aber so ist es nicht«, sagte er mit härterem Ton. Er setzte sich hin. »Ich wollte dich trösten, und ich mußte dich zum Schweigen bringen.«

»Vielen Dank«, sagte sie übertrieben höflich. »Das ist dir beides hervorragend gelungen.«

Ryan schwieg einen Augenblick. Dann sprach er wieder, und seine Worte klangen gleichmäßig, deutlich und ohne Hitze. »Ich habe das nicht so gemeint, wie es sich anhört, keines von beidem. Ich habe keine Entschuldigung. Ich habe dich von Anfang an begehrt. Als ich einen Grund gefunden hatte, dich zu berühren, wurde mein Verlangen noch größer. Das ist alles.«

Diese Ehrlichkeit und Ritterlichkeit verdiente eine Antwort. »Also, du brauchst darüber nicht zum Märtyrer zu werden. Ich habe dich auch begehrt.«

»Ja, wirklich?« Das langsame Grinsen, das seinen Mund verzog, stahl sich satt und humorvoll auch in seine Stimme. »Und wie ist das jetzt?«

»Du meinst –«

»Ich meine«, antwortete er und legte sich wieder neben sie, drückte sich fest an ihren Schenkel, »empfindest du das jetzt immer noch so? Denn ich versichere dir, du kannst bestimmt alles von mir haben, was du willst.«

»Schon wieder?« Sie konnte ihre Überraschung nicht verbergen.

»Und noch einmal, und noch einmal.«

»Weil ich so wunderbar dufte?« Die Frage klang prüfend.

»Und weil du so köstlich schmeckst«, sagte er, senkte seinen Mund auf die Spitze ihrer Brust, ließ seine Hand über ihren Bauch gleiten bis zu der Stelle, wo sich ihre Schenkel trafen. »Und dich so köstlich anfühlst. Und die kleinen Geräusche, die du machst, sind auch köstlich.«

»Solange sie«, sagte sie mit plötzlich belegter Stimme, »nicht zu laut werden; die Geräusche?«

»Es ist mir egal, wieviel Lärm du machst«, flüsterte er.

Es war nicht das graue Licht des Morgens, das sie weckte, auch wenn sie es durch eine Ritze im Holzboden des Hauses sahen, als sie ihre Augen öffneten. Was sie geweckt hatte, war ein rumpelndes, kratzendes Geräusch über ihnen. Ryan hob den Kopf. Elene, die in seinen Armen lag, ihren Kopf in seine Schulterbeuge geschmiegt, tat dasselbe. Das Geräusch ertönte wieder.

»Devota«, flüsterte Elene. Wenn es Dessalines und seine Leute gewesen wären, hätte das Kratzen und Rumpeln bedeutend gewalttätiger geklungen. Plötzlich setzte sie sich auf. Sie war nackt. Und Ryan auch. Ein Schreck durchfuhr sie, dann erinnerte sie sich an alles. Hitze stieg in ihr Gesicht.

Wieder ertönte das Geräusch eines Stuhls, der über ihren Köpfen vom Tisch weggezogen wurde. Jeden Moment konnte sich die Falltür öffnen. Daß Devota sie unbekleidet sah, machte ihr nur wenig aus, aber es gab keinen Hinweis darauf, daß sie wirklich allein war. Favier trieb sich vielleicht auch in der Nähe herum und würde womöglich zu ihnen heruntersehen, um zu versuchen, sie noch einmal zum Aufbruch zu bewegen.

Elene sah sich nervös nach ihrem Kleid und ihren Unterröcken um – für Unterwäsche hatte sie keine Zeit. Sie warf sich die zerrissene Seide über den Kopf, stieß ihre Hände durch die Ärmel und ordnete den Stoff über ihrer Brust, bevor sie den Rock zurechtrückte. So konnte sie immer noch behaupten, falls es irgendwelche Kommentare dazu geben würde, daß sie das Unterzeug wegen der Hitze ausgezogen hatte.

Neben ihr schob Ryan seine langen Beine in seine Kniehosen und schloß die Knöpfe auf beiden Seiten des Vorderverschlusses. Er schenkte ihr ein verstohlenes Grinsen, als er sich mit der Hand durch sein Haar strich, dann griff er nach seinem Hemd. Er hatte es schon halb übergezogen, da hielt er plötzlich inne, riß es herunter, drehte es richtig herum und zog es wieder an.

Die Falltür quietschte, als sie hochgeklappt wurde. Trotz des schwachen Lichts, das mit dem beginnenden Tag die Dunkelheit um sie her etwas erhellt hatte, blinzelten sie und kniffen die Augen zusammen wie Maulwürfe angesichts der strahlenden Helle der Morgensonne, die durch die Fenster des Eßzimmers hereinschien. Sie war so grell, daß sie Devota einige Zeit nur wie eine Silhouette davor erkennen konnten.

»Nehmt dies, bitte«, sagte sie. »Seid vorsichtig, es ist heiß.«

Sie reichte ihnen eine Blechkanne mit Kaffee herunter. Ryan streckte die Hand aus, nahm den mit einem Tuch umwickelten Henkel der Kanne und stellte das volle Gefäß auf den Boden. Dann reichte ihm Devota ein paar Kaffeetassen, eine Schale mit Früchten und danach noch eine große Kanne mit heißem Wasser, ein Stück Seife und einen Waschlappen. Aus ihrer Schürze nahm sie einen kleinen Kamm, den sie zu Elene herunterwarf.

Elene dankte ihr herzlich, und Ryan schloß sich ihr an. Die Frau winkte ab. »Wenn ihr noch etwas anderes braucht, sagt es mir schnell.«

Elene sah ziemlich befangen zu Ryan, der den Kopf schüttelte. Devota erfaßte mit einem klugen Blick die Situation und stellte fest, daß die beiden nur unvollständig bekleidet waren. Ein leises Lächeln flog über ihre Lippen und verschwand. Sie betrachtete Elene.

»Dann muß ich jetzt gehen. Ich werde mich heute abend wieder um dich kümmern, *chère*, wenn alle im Bett sind. Seid vorsichtig.«

»Du auch.«

»Immer.«

Die Falltür wurde geschlossen. Die Stühle über ihnen kamen wieder an ihre Plätze, dann verklangen Devotas Schritte.

Elene konnte sich nur schwer entscheiden, was sie lieber wollte, den heißen Kaffee, um ihre Sinne wiederzubeleben, oder das heiße Wasser, um ihren Körper zu erfrischen. Da jedoch lauwarmer Kaffee schlimmer war als lauwarmes Wasser, setzte sie sich zuerst neben Ryan, um mit ihm zu frühstücken. Es gab Kaffee und Brötchen mit einer Banane und einem Flügel von dem gebratenen Huhn von gestern abend.

Dieses Essen weckte ihre Lebensgeister. Elene konnte sich nicht erinnern, wann ihr je etwas so gut geschmeckt hatte oder sie so ausgehungert gewesen war. Als sie das bemerkte, spürte sie, wie ihr Schuldgefühl wieder zunahm. Sie sollte sich eigentlich nicht an irgend etwas so sehr erfreuen, wo ihr Vater und die anderen tot waren. Und doch, was würde es nützen, wenn sie schmachtete und zu hungern versuchte? Das würde nichts ändern; und ganz sicher würde es die Toten auch nicht zurückholen.

Sie war jedoch etwas beherrschter, als sie den Waschlappen in das heiße Wasser tauchte und sich ihr Gesicht zu waschen begann. Aus dem Augenwinkel bemerkte sie, wie Ryan sie beobachtete. Auf seinem Gesicht lag ein abwesender Ausdruck, während er zurückgelehnt auf der Decke lag und seine Kaffeetasse noch in der Hand hielt.

»Was ist los?« fragte sie. »Hast du noch nie einer Frau bei der Morgentoilette zugesehen?«

»Manchmal. Aber noch nie einer Frau wie dir.«

»Du meinst mein Haar?« Sie hob den wirren goldenen Vorhang etwas und rieb sich mit dem Waschlappen über den Nacken.

»Die Farbe ist ungewöhnlich, das gebe ich zu, aber das ist es nicht. Es ist einfach nur, daß jede deiner Bewegungen anmutig wirkt.«

»Was ist das denn für eine Geschichte?« fragte sie ungläubig. »Du willst doch bestimmt etwas von mir.«

»Das hängt davon ab«, sagte er mit einem schelmischen Glanz in den Augen, »was du mir anzubieten hast.«

Sie ließ ihren Mund offenstehen in einem Ausdruck von demonstrativem Entsetzen. »Du bist doch unersättlich!«

»Wie kannst du das behaupten? Du weißt doch, daß ich mich an dir herrlich sättigen kann.«

Ein Anflug von Röte stieg in ihr Gesicht, obwohl sie sich Mühe gab, es nicht zur Kenntnis zu nehmen. »Das hatte ich noch nicht bemerkt – ich meine, daß du auch ohne mich satt sein kannst.«

»Kann ich etwas dafür, wenn du mir so herrlich Appetit auf dich machst?«

Ihre Bewegungen wurden langsamer. Sie senkte die Hände und hielt den Waschlappen fest, während sie sich die Finger damit rieb. Sie und dieser Mann hatten sich nach dem ersten Mal noch dreimal geliebt, zuletzt kurz vor Sonnenaufgang. Der Morgen hatte sowohl die Gewissensbisse mit sich gebracht als auch eine gewisse Überempfindlichkeit zwischen ihren Beinen, aber da sie keinem der beiden Probleme irgendwie abhelfen konnte, gab sie sich große Mühe, sie zu ignorieren und sich statt dessen auf ihr Empfinden von Wohlsein zu konzentrieren. Trotzdem hatte sie das deutliche Gefühl, daß die Dinge, die sie und Ryan miteinander gemacht hatten, schon an Übertreibung grenzten. Sie konnte zwar ihr eigenes Gesicht nicht sehen, aber unter Ryans Augen schienen Schatten zu liegen, die nicht nur auf den Mangel an Schlaf zurückzuführen waren.

Unersättlich. Das war das Wort, das Devota gebraucht hatte. *»Er wird dir verfallen sein – sein Verlangen nach dir wird unersättlich sein.«*

»Findest du mich wirklich so anziehend?« fragte sie und ließ ihren Blick etwas sinken. »Oder hast du einfach eine Zeitlang keine Frau gehabt?«

Er lachte, trank den Rest seines Kaffees aus und stellte die Tasse weg. Er erhob sich auf ein Knie und beugte sich zu ihr. »Vielleicht beides. Wir könnten es doch heute morgen ausprobieren, nur um sicherzugehen.«

Sie wehrte ihn mit einer Hand ab. »Es ist hellichter Tag!«

»Macht das etwas aus?«

Plötzlich wurde ihr klar, daß ihr Gebrauch von Wasser und Seife möglicherweise eine deutliche Wirkung auf seine Leidenschaft haben würde, falls Devota zu guter Letzt doch die Wahrheit gesagt hatte. »Und außerdem hast du dich nicht gewaschen.«

»Ich sehe nicht, was für einen Unterschied das machen könnte«, sagte er und grinste immer noch. »Ich rieche nur so wie du.«

»Ungefähr so wie mein Parfüm an einem Eber wirken würde«, entgegnete sie schnippisch, verwirrt durch seine mangelnde Kooperation.

Er verzog das Gesicht. »Also gut, wenn das so ist.«

Aber zweifellos war mehr nötig als ein kurzes Abwischen mit dem Waschlappen, um das Parfüm zu beseitigen, denn bei ihrem späteren Versuch war sein Verlangen nach ihr ungemindert. Wenn das überhaupt möglich war, schien es eher größer.

Als Zeitvertreib war die Liebe kaum zu übertreffen; dennoch war es angesichts gewisser körperlicher Grenzen nur möglich, ein paar Stunden auf diese Art zu verbringen. Der Tag verging ansonsten mit zäher Langsamkeit. Ein dutzendmal wünschten Ryan und Elene, sie hätten daran gedacht, Devota um ein Spiel Karten, ein Schachbrett oder irgendein anderes Spiel zu bitten, mit dem sie die Zeit hätten verbringen können. Die Möglichkeit, vielleicht ein oder zwei Bücher für die nächsten Tage zu besorgen, wurde besprochen, aber dann beschlossen sie, daß es einfach nicht hell genug war, um eine bedruckte Seite erkennen zu können. Immer wieder nickten sie ein und wurden beim leisesten Geräusch dann wieder wach. Wenn sie nicht schliefen, lauschten sie aufmerksam und versuchten anhand der Geräusche zu erraten, was oben gerade vorgehen mochte.

Und vor allem unterhielten sie sich leise. Sie erzählten sich Geschichten von ihrer Kinder- und Schulzeit: Elene von ihrem Internat und Ryan von seinem pockennarbigen, aber hochintelligenten Hauslehrer. Sie sprachen über Bücher und Theater- und Musikstücke, die sie gern hatten. Sie sprachen über Frankreich und den Mann, der es gerade personifizierte, Napoleon Bonaparte; von seiner Politik und seiner Stärke als erster Konsul auf Lebenszeit; von seinem Einfluß auf den Handel und die gesellschaftlichen Belange, und auch von den Skandalen, die sich um seine Frau Joséphine rankten. Im Geiste wanderten sie durch die Straßen von Paris und zeigten einander schöne Aussichten, schöne Häuser und Plätze, die sie mochten. Ryan war nicht sehr lange dort gewesen und Elene auch nicht, denn sie hatte nur einmal einen Besuch von ein paar Tagen mit ihrer Tante gemacht, aber das war genug.

»New Orleans wird dir gefallen«, sagte Ryan, als die Stunden wieder zur Dunkelheit des Abends zerrannen und sie darauf zu warten begannen, was für ein spätes Abendessen Devota ihnen bringen würde.

Elene zögerte, unerklärlicherweise wollte sie nur ungern etwas sagen, das vielleicht zu Unstimmigkeiten führen konnte. Aber es war nicht möglich, dem auszuweichen. »Aber ich komme nicht mit.«

»Nicht?« Die Frage wurde ganz sanft gestellt, aber noch während er das Wort aussprach, spürte Ryan, wie sich ein

Entschluß in ihm formte: Er mußte sie auf sein Schiff bringen, selbst wenn er sie persönlich hintragen mußte. Elene Larpent hatte etwas an sich, das ihn unwiderstehlich anzog, etwas, das ihn faszinierte. Sie war süß und warm und in Liebesdingen rührend unerfahren, aber es war mehr als nur das. Es war, als ob sie ein Geheimnis umgebe, als ob es einen Teil von ihr gebe, den sie nicht preisgeben wollte, außer vielleicht als Geschenk von unschätzbarem Wert an jemanden, der sich seiner würdig erwies.

Elene vollzog eine kurze, abweisende Geste. »Ich weiß nichts von dieser Stadt außer der Tatsache, daß die Einwohner trotz vierzig Jahren spanischer Herrschaft immer noch Französisch sprechen, daß es heiß und schlammig ist und voller Schlangen. Das schrieb mir mein Vater in seinen Briefen, während er dort war.«

»Die Schlangen sind nur schlimm, wenn es Hochwasser gibt«, antwortete Ryan. »Ansonsten ist es eine angenehme Stadt. Die Meeresbrise hält sie im Sommer recht frisch, und die Winter sind gerade kühl genug, um eine willkommene Abwechslung darzustellen. Irgendwie sieht es sowohl wie eine spanische als auch wie eine französische Stadt aus. Der Grund dafür sind die Feuer im Verlauf des spanischen Regimes, nach denen viele Häuser wiederaufgebaut werden mußten. Die Balkone, das Schmiedeeisen und die Innenhöfe geben ihr ein spanisches Aussehen, aber die Dachneigungen, die Formen und die Lage der Fenster und Türen und die abgerundeten Straßenecken werden dich an Paris erinnern.«

»Papa sagte, er sei vor Langeweile fast gestorben.«

»Er hat wahrscheinlich keinen Versuch gemacht, Menschen kennenzulernen. Es gibt immer Bälle und Tanzveranstaltungen, Kartenspiel-Begegnungen und Musikabende, Fahrten aufs Land und für die Männer Cafés, Hahnenkämpfe, Spielhallen und Bars aller Arten, in denen es sämtliche Getränke von Wein und Absinth bis zu Bier gibt. Dann gehen alle auf den Plätzen spazieren, besonders dem Place d'Armes, um abends etwas Luft zu schnappen und zu sehen und gesehen zu werden.«

»Du hast diese Stadt sehr gern, nicht wahr?« fragte Elene.

»Es ist meine Heimat«, antwortete er, als wäre keine andere Erklärung nötig.

Sie sah zur Seite. Sie wünschte, sie hätte ein solches Zugehörigkeitsgefühl. Als Kind mußte sie so etwas Ähnliches für die Insel empfunden haben, aber sie war so viele Jahre in Frankreich gewesen, daß dieses Gefühl verblaßt war. Und Frankreich wiederum war ihr nie wirklich wie eine Heimat vorgekommen, denn es hatte ja jederzeit die Möglichkeit gegeben, daß sie kurzfristig wieder zur Insel zurückgeholt wurde.

Ryan wartete auf einen Kommentar, aber da sie keinen abgab, sagte er: »New Orleans könnte auch deine Heimat werden.«

Elene hob das Kinn. »Santo Domingo ist der Ort, an dem ich geboren wurde.«

»Ich vermute, dir ist noch jemand eingefallen, der dir hier helfen kann, ein Freund deines Vaters oder ein Geschäftspartner?«

»Nein, niemand«, sagte sie, und ihre Stimme wurde kühler.

»Na ja, ich bin sicher, dir wird noch etwas einfallen.« Er streckte und entspannte sich und drehte sich so zur Seite, daß er sich der Länge nach auf die Decke legen konnte. »Zum Beispiel kannst du dich seit dem Tode von General Leclerc ja jederzeit an den zuständigen Offizier wenden.«

»General Rochambeau?«

»Glaubst du, es wäre sinnlos, ein so hohes Ziel ins Auge zu fassen? Das könnte möglich sein. Ich habe vor ein paar Tagen einen fetten Colonel getroffen, der wäre sicher genau der richtige Mann.«

Da sie seiner fröhlichen Hilfsbereitschaft mißtraute, fragte sie: »Wieso glaubst du das?«

»Er schien mir ein Herz zu haben, das ebenso weich war wie sein Verstand, und sein Blick wirkte sehr lüstern. Ich bin sicher, du könntest ihn dazu überreden, fast alles zu tun, was du von ihm verlangst. Du könntest ihn sogar heiraten.«

»Heiraten? Niemals!«

»Dann werde seine Geliebte.«

»Was?« rief sie zornig.

»Wie wäre es mit seiner Wäscherin? Allerdings solltest du wissen, daß von den Frauen, die sich so nennen, manchmal noch andere Dienste erwartet werden, wenn die Offiziere ihre Uniformen ausziehen.«

»Das weiß ich«, sagte sie mit belegter Stimme. »Aber ich dachte, du bist sicher, daß die Franzosen unter Rochambeau geschlagen werden.«

»In diesem Falle wird es dann ja statt dessen die fleischigen englischen Offiziere geben, die ihre Uniformen ausziehen.«

Sie schnappte sich seinen Rock und warf ihn im Halbdunkel in Richtung seines Kopfes.

Sein übertrieben erschöpfter Ächzer wurde durch den Stoff seines Rocks über seinem Gesicht gedämpft. »Manchen Leuten kann man eben einfach nicht helfen.«

5. Kapitel

»Mach die Kerze an«, flüsterte Elene.

Ryan wurde plötzlich wach, was auch nicht weiter erstaunlich war, denn sie hatte ihm in die Rippen geboxt. »Was ist los?«

»Irgend etwas ist hier bei uns. Zünde bitte die Kerze an.«

Ein trippelndes Geräusch ertönte, es hielt inne, fing wieder an – ein leises Knabbern aus der Ecke, in der ihre Vorräte standen.

»Das ist eine Ratte«, erklärte Ryan leise.

»Das weiß ich«, kam Elenes aufgeregte Antwort. »Zünde die Kerze an!«

Das Tier war zweifellos vom Geruch ihrer Vorräte angelockt worden, dann war es vermutlich unter der Grundkonstruktion des Hauses hindurchgekrabbelt und zu ihnen ins Loch heruntergerutscht. Nichts außer Vernichtung konnte es jetzt noch von ihnen fernhalten, und Elene hatte nicht die Absicht, ihren Unterschlupf oder ihr Essen mit ihm zu teilen. Solche Tiere konnten nicht nur Flöhe und Krankheiten weitergeben, es würde sich vielleicht auch, während sie schlief, in ihrem Haar verfangen.

Neben ihr hörte sie das Schaben des Feuersteines in der Zunderschachtel, als Ryan daranging, Licht zu machen. Vorsichtig streckte sie die Hand nach einem seiner Stiefel aus, um ihn als Waffe zu benutzen.

Sie berührte den Schwanz der Ratte. Er war nackt und kühl und zuckte unter ihren Fingern. Sie riß die Hand zurück und unterdrückte einen Schrei des Widerwillens.

»Was ist los?« Ryans Stimme klang besorgt.

»Ich habe sie angefaßt!« sagte sie und schauderte vor Ekel.

Sie glaubte, sie hätte die Andeutung eines Lachens gehört. Einen Augenblick später flammte ein gelbes Licht auf, als der Zunder Feuer fing. Ryan griff nach der Kerze und hielt den Docht in die kleine Flamme, und als die Kerze brannte, ließ er die Schachtel zuschnappen, um den brennenden Zunder zu löschen.

Elene fand den Stiefel, den sie gesucht hatte, und hob ihn hoch. Dann sah sie sich nach der Ratte um. Sie huschte gerade hinter den Wasserkrug. Elene setzte hinter ihr her und schlug auf den Boden, während die Ratte wegsprang und ihr auswich.

»Bring sie um«, sagte sie über die Schulter mit leidenschaftlichem Ton, »bring sie um.«

Ryan stellte die Kerze in eine Ecke, nahm einen Stiefel und half bei der Jagd. Er und Elene klopften und klatschten auf den Boden, sprangen in diese und jene Richtung, wichen einander und der Ratte aus, die mit wilden Sätzen von einer Seite des Loches zur anderen huschte. Ihre Schatten rasten in einem phantastischen Tanz über die Wände, stießen zusammen, trennten sich, verbanden sich und sprangen auseinander.

Es gab nie einen Zweifel, wer den Kampf gewinnen würde. Die Ratte war zwar leicht in das Loch hereingekommen, aber es gab keinen Ausweg für sie, und sie hatte zwei Menschen als Gegner, die beide mit absoluter Entschlossenheit gegen sie vorgingen. Innerhalb von wenigen Sekunden war alles vorbei. Ryan legte die Leiche auf die staubige Kante direkt unter der Falltür, wo sie ihnen nicht im Weg war, bis Devota sie beseitigen konnte. Dann setzten sich die beiden wieder hin, um wieder zu Atem zu kommen.

»Armes Tierchen«, sagte Ryan in mitleidigem Ton, »es wollte doch nur etwas zu essen.«

»Ja, und ich vermute, am liebsten ein Stück von deinem großen Zeh«, gab Elene zurück, ohne sich auf sein theatralisches Bedauern einzulassen.

»Was für eine hartherzige Frau du doch bist; ich hatte keine Ahnung, daß du auch so sein kannst.«

»Ich hasse Ratten.«

Sie wollte ihn nicht ansehen. Ihr eigener Eifer war ihr doch etwas peinlich, und das Geräusch, das es gegeben hatte, als Ryan der Ratte den Todesschlag versetzte, hatte ihrem Magen zugesetzt.

»So etwas Ähnliches hatte ich angenommen«, sagte Ryan mit trockener Stimme.

Sie sah ihn mit einem kleinen Stirnrunzeln an. »Ich habe nicht feststellen können, daß du besonders zimperlich warst.«

»Nein, das ist schon wahr«, stimmte er ihr zu. »Ich liebe sie auch nicht besonders. Und außerdem, wenn eine schöne Frau meine Dienste verlangt, leiste ich sie mit Freuden und setze alle meine Fähigkeiten ein.«

»Ist das jetzt auch so?«

»Ja. Besonders wenn die Möglichkeit besteht, daß die schöne Frau vielleicht in ihrer Dankbarkeit auch großzügig ist.«

»Du erwartest wirklich, daß ich dich dafür belohne?« fragte sie ungläubig.

»Nur wenn du es als angemessen empfindest.«

»Von allen unerträglichen, eingebildeten –«

»Also wie konnte ich denn ahnen, daß ich dir damit zu nahe treten würde? Du hattest doch auch die Möglichkeit ins Auge gefaßt, dich in die Hände eines fetten Colonels zu begeben, nur damit er dich beschützt. Wo ist denn da der Unterschied?«

»Ich hatte gar nichts derartiges ins Auge gefaßt! Du hast diesen widerlichen Vorschlag gemacht.«

»Du hattest keinen Gegenvorschlag parat, und es ist doch sonnenklar, daß du dich in der einen oder anderen Weise mit einem Mann wirst arrangieren müssen«, entgegnete Ryan sachlich.

»Das sehe ich überhaupt nicht so«, widersprach Elene und zeigte deutlich ihren Protest.

»Nicht? Die Sache ist aber so, daß dich in diesen unruhigen Zeiten nur ein Mann beschützen kann. Und darüber hinaus ist es auch eine Tatsache, daß du viel zu attraktiv, viel zu begehrenswert bist, als daß die Geier dich in Ruhe lassen würden.«

»Geier, zu denen du dich selbstverständlich nicht rechnest.«

»Oh, aber natürlich tue ich das. Ich bin der oberste von allen.«

»Wenigstens bist du ehrlich«, sagte sie. Sie wollte eigentlich, daß es sich nach kaltem Sarkasmus anhörte, statt dessen klang es aber ziemlich bedrückt.

»Was für ein Zugeständnis! Das ist doch wirklich ein deutlicher Fortschritt.«

Ryan saß da und betrachtete sie. Er sah, wie das Kerzenlicht einen Perlenschimmer auf ihre Haut zauberte, wie es die verschmutzte Pracht ihres zerrissenen Kleides veredelte. Es war wirklich absoluter Wahnsinn, aber er hatte kein Bedürfnis, dieses Gefängnis wieder zu verlassen. Wenn er nicht vorsichtig war, würde das Ende ihrer Gefangenschaft auch das Ende ihrer Bekanntschaft sein, das Ende von etwas, das in seinem Gehirn eine unterirdische Idylle zu werden begann.

Elene warf durch ihre Wimpern einen Blick auf den Mann, der neben ihr lehnte. Er machte Witze, dachte sie. Er wollte nicht wirklich von ihr belohnt werden dafür, daß er die Ratte umgebracht hatte, belohnt dadurch, daß sie ihm ihren Körper schenkte. Oder etwa doch? Es war schwer, diesen Mann zu verstehen oder ihm zu vertrauen. Er gab nur so wenig von sich preis. Trotz der Intimität, die sie miteinander geteilt, trotz der vielen Gespräche, die sie geführt hatten, gelang es ihr immer noch nicht, das Gefühl zu haben, daß sie Teil seines Wesens war. Nicht daß sie ihm das vorwerfen wollte, sie machte es ja auch so.

Verwirrung huschte über Ryans Gesicht und verschwand wieder. Er lachte kurz. »Mach es dir doch nicht so schwer. Ich verlange nichts von dir, was du mir nicht gern geben möchtest. Leg dich wieder hin und schlafe.«

Schon bevor er ganz zu Ende gesprochen hatte, beugte er sich vor und löschte die Kerze. Das Loch war wieder in Dunkelheit getaucht. Elene hörte das Rascheln seiner Kleidung, als er sich hinlegte. Sie machte ihm rasch Platz, indem sie sich auf der Decke ausstreckte. Sein Arm berührte ihren, und sie zuckte zurück, als hätte sie sich verbrannt. Sie versuchten, sich zurechtzurücken, um es sich bequem zu machen. Da ihnen das aber nicht gelang, gaben sie resigniert auf.

Die Augenblicke vergingen. Elene starrte ins Dunkel, ohne

zu blinzeln. Sie hätte gern noch eine andere Möglichkeit für ihre Sicherheit gefunden als die, die Ryan für sie aufgezählt hatte; einen Verwandten, an den sie bisher nicht gedacht hatte, einen Beamten der Regierung, der vielleicht in der Schuld ihres Vaters stand, einen Freund, der sie und Devota aufnehmen oder der ihnen die Überfahrt zu einem anderen Ort anbieten würde. Aber es gab niemanden.

Als sie eingeschlafen war, kam der Alptraum noch einmal wieder, doch dieses Mal wurde sie allein und geräuschlos damit fertig.

Elene und Ryan bemerkten es immer, wenn jemand in dem Zimmer über ihnen war. Schritte tönten laut und hohl durch die Fußbodendielen über ihren Köpfen und erzeugten ein rumpelndes Echo in ihrem engen Unterschlupf. Manchmal konnten sie Stimmen und Teile von Gesprächen hören, ein paar Dienstmädchen oder den quengelnden Ton einer alten Frau, die zweifellos Faviers Mutter war, denn sie ermahnte öfter jemanden und befahl, daß dieses oder jenes getan werden sollte.

Die Zeit des Abendessens war besonders schwer zu ertragen. Dann rieselte der Staub aus dem Teppich zu ihnen herunter, immer wenn ein Stuhl bewegt wurde. Der Duft von Essen und Wein drang in ihr Loch, und ihr eigenes spätes Abendessen ließ noch Stunden auf sich warten, bis es im Haus still wurde und Devota ihnen etwas bringen konnte. Aber vor allem zwang die Gegenwart Faviers, der einmal sogar ein paar Gäste hatte, Ryan und Elene, eine so lange Zeit über völlig lautlos zu verharren, daß es ihnen wie eine Ewigkeit vorkam. Sie waren schließlich sehr dankbar, daß die Mitglieder der Familie im Bett frühstückten und irgendwo draußen, vielleicht auf einem Balkon, zu Mittag aßen.

Die Gespräche, die sie während verschiedener Mahlzeiten hörten, erwiesen sich jedoch als interessant. Es sah so aus, als würde Dessalines versuchen, die französischen Truppen von der Insel zu vertreiben. Gleichzeitig hatte er seine Leute in alle Richtungen ausgesandt, damit sie die übrigen Sklaven aufwiegelten, die noch auf den Plantagen geblieben waren, und sie dazu drängten, ihre Herren umzubringen, um schließlich jeden weißen Mann, jede Frau und jedes Kind zu töten oder endgültig von der Insel zu vertreiben. Die Liste der abgebrannten Häuser und massakrierten Familien wurde jeden Tag länger. Es gab endlose Erzählungen über Leute, die in Zuckerrohrfeldern gefangen, manchmal auch in Scheunen und Ställen gefunden oder aufgegriffen worden waren, während sie versucht hatten, nach Port-au-Prince oder zum Cap Française zu fliehen. Sie endeten alle gleichermaßen mit dem Tode, allerdings meist erst nach den wüstesten Vergewaltigungen und Folterungen.

Manchmal hatten sie den Eindruck, daß es Favier Spaß machte, während des Essens von solchen Dingen zu sprechen, wobei er überlaut redete, damit sie ihn auch ganz bestimmt verstanden, so als würde er sie zwingen wollen, zuzuhören, wie er all die Beleidigungen und Schmähungen heimzuzahlen versuchte, die ihm im Laufe von Jahren von Menschen ihrer Rasse zugefügt worden waren. Nichtsdestoweniger war seine eigene Lage auch nicht allzu gut. Es war immer möglich, daß der blutrünstige Pöbel einen Fehler machte und sich während der Nacht für das falsche Haus entschied, sei es nun zufällig oder nicht.

Irgendwann im Laufe des Vormittags am dritten Tag – soweit Elene das sagen konnte – hörten sie zwei Stimmen, die fast genau über ihnen in einer Auseinandersetzung erhoben waren. Sie gehörten Devota und Faviers Mutter.

Ryan richtete sich so weit wie möglich auf und lehnte sich mit dem Rücken in einer Haltung an die Steinwand, als bereite er sich darauf vor, ihr Allerheiligstes zu verteidigen. Elene stand auch auf. Sie hörte genau zu, den Blick wie automatisch auf die hölzerne Falltür über ihrem Kopf gerichtet.

Was war geschehen? Hatte Favier etwas gesagt, das seine Mutter auf den Gedanken gebracht hatte, hier unten sei etwas Interessantes versteckt? Oder war die Frau vielleicht neugierig geworden, was Devota in ihrem Haus tat, und hatte sie sie beobachtet, wobei ihr Devotas Interesse am Eßzimmer übertrieben vorgekommen war?

Es konnte ja auch sein, daß sie und Ryan ein Geräusch gemacht hatten, das der alten Frau aufgefallen war; vielleicht hatten sie zum falschen Zeitpunkt ein zu lautes Wort gesagt. Sie hatten versucht, jede längere Diskussion auf die Nacht zu verschieben und immer auf Schritte zu horchen, bevor sie sich unterhielten; aber selbst dann bemühten sie sich noch, so leise wie möglich zu sprechen. Dennoch hatte es Gelegenheiten gegeben, wo sie das einfach vergessen hatten.

Nach ein paar Minuten wurde ihnen klar, daß Devota entdeckt worden war, als sie versuchte, ihnen ihr Frühstück zu bringen. Die alte Frau warf ihr vor, sie stehle Essen aus der Küche und wollte wissen, wohin sie damit ging. Devota hatte scheinbar gesagt, sie gehe zum Tisch, um dort zu essen, denn diese Erklärung bewirkte eine schrille Schimpftirade darüber, daß die Dienerschaft überheblich werde, weil sie glaube, sie könne die Möbel ihrer Herrschaft benutzen, wann sie wolle, indem sie im Bett liege bis weit in den Tag hinein und sich dann auch noch den Bauch mit den besten Sachen aus der Speisekammer der Herrschaft vollstopfe.

Devotas Antwort war anmaßend, anders konnte man sie nicht nennen. Sie bewirkte auch, daß sich Elenes Augen vor Schreck weiteten. Wenn Devotas Worte wirklich stimmten, mußten sie daraus schließen, daß sie Faviers Geliebte geworden war.

Das war natürlich eine hervorragende Erklärung dafür, warum sie sich im Haus aufhielt und nicht draußen in den Sklavengebäuden bei den anderen Sklaven, das konnte man nicht leugnen, aber war das nur eine Ausrede? Hatte Devota sich vielleicht tatsächlich Favier hingegeben, um Elene und Ryan betreuen zu können?

Devota wurde befohlen, zum Essen in die Küche zu gehen.

Die Stimmen verstummten. Nur der Duft von Kaffee und Speck, die Devota ihnen hatte bringen wollen, blieb verführerisch in der Luft hängen.

Elene sank langsam wieder auf die Decke zurück. »Ist dir klar«, flüsterte sie, »daß dieses Loch für uns genauso eine Falle ist wie für diese Ratte, die wir umgebracht haben?«

»Die ganze Insel ist eine Falle, das habe ich dir doch schon gesagt. Dies hier ist nur ein Teil davon.« Ryan setzte sich so dicht neben sie, daß sie sich fast lautlos unterhalten konnten.

»Was willst du tun, wenn sie uns entdecken?«

»Das einzige, was ich tun kann: kämpfen und hoffen, daß es nicht zu viele sind.«

»Und was, wenn uns Faviers Mutter findet? Er schien zu glauben, daß sie uns verraten würde.«

»Wenn sie diese Falltür aufmacht, wird sie uns hier wohl Gesellschaft leisten müssen, ob sie will oder nicht«, sagte Ryan und ballte die Hand zur Faust.

»Ja«, sagte Elene fast wie zu sich selbst. Das könnte vielleicht gehen. »Ja.«

Devota kam den ganzen Tag nicht mehr wieder. Sie kam auch nicht, als die Essenszeit vorüber war und das Haus mit fortschreitender Nacht still wurde. Elene machte sich Sorgen über die Abwesenheit ihrer Zofe, nicht nur weil sie hungrig war – sie hatten seit der vergangenen Nacht nur ein Stück Brot gegessen –, sondern weil sie sich Sorgen um die Frau machte, die ihre Tante war. Und wenn Faviers Mutter mißtrauisch geworden war und Devota irgendwo eingesperrt hatte, oder wenn sie sich entschlossen hatte, sich von der lästigen neuen Geliebten ihres Sohnes zu befreien? Was, wenn Devota aus irgendeinem Grunde das Haus verlassen hatte und erkannt und getötet worden war? Es gab viele Möglichkeiten, und eine war scheußlicher als die andere.

Ryan war auch nervös, er schimpfte über die Tatsache, daß er nicht gerade stehen konnte, daß er nicht wußte, was außerhalb des Hauses los war, daß er selbst nichts tun konnte, um ihre Lage zu verändern. Elene dachte, er traue wohl ihrem Gastgeber nicht, egal wie zuversichtlich er zu sein schien, wenn sie ihn dazu befragte. Dies war die Nacht, in der Ryans Schiff in Sichtweite erwartet wurde. Wenn Favier sich nicht entschloß, das Zeichen zu geben, wenn er sich als zu feige erwies, um aus dem Haus zu gehen und die Aufmerksamkeit auf sich zu lenken, indem er die Laterne schwenkte, dann würden sie vielleicht noch drei weitere Tage oder länger hier bleiben müssen. Elene konnte diesen Gedanken nicht ertragen, nicht, wenn die Gefahr, entdeckt zu werden, an jedem Tag, zu jeder Stunde größer wurde.

Elene ging barfuß in dem kleinen Raum hin und her. In ihrem Innern wurde das Bedürfnis immer größer, diesen dunklen Ort zu verlassen, wieder frische Luft zu atmen und freien Raum um sich zu haben, die Sonne und den Himmel, Bäume, Blumen und Gras wiederzusehen, in einem richtigen Stuhl zu sitzen und in einem richtigen Bett zu schlafen. Der Druck in ihr wurde immer größer, bis sie sich nicht mehr sicher war, wie lange sie es hier noch aushalten konnte. Und darüber hinaus wollte sie ebenso wie Ryan wissen, was über ihren Köpfen vor sich ging. Dieses Bedürfnis war so stark, daß es ihr jedes Risiko zu rechtfertigen schien, es zu befriedigen.

Ryan streckte die Hand aus und griff nach ihrem Rock, als sie wieder einmal vor ihm entlangging. Mit rauher Stimme sagte er: »Setz dich hin. Du machst mich wahnsinnig.«

Die niedrige Decke hinderte ihn daran, sich so frei zu bewegen wie sie, um seinen Gefühlen Luft zu machen. Sie zog eine bedauernde Grimasse, die er nicht sehen konnte, und kniete sich dann hin, um sich neben ihn zu setzen.

»Tut mir leid«, murmelte sie.

»Du kannst einfach nicht so weitermachen, verstehst du, und von einem Tag zum anderen so leben wie ein furchtsames Kaninchen in seinem Bau. Du mußt mit mir nach New Orleans kommen.«

»Das haben wir doch schon besprochen. Ich kann meinen Lebensunterhalt nicht bestreiten.«

»Ist es hier denn anders? Aber es gibt eine Möglichkeit. Du kannst bei mir leben.« Das war nicht so herausgekommen, wie Ryan es vorgehabt hatte; trotzdem kam es dem ziemlich nahe.

»Ich verstehe. Du stufst dich höher ein als einen fetten Colonel.«

»Ich möchte für dich sorgen. Bei mir wirst du nicht nur in Sicherheit sein, sondern auch jeden Komfort und jeden Luxus haben.«

»Was für eine reizende Aussicht. Ich empfinde das als große Versuchung, aber du mußt verstehen, daß ich etwas mehr Ansehen gewöhnt bin. Ich gehe natürlich davon aus, da du nichts davon erwähnst, daß die Ehe kein Teil deines freundlichen Angebots ist?«

»Ich möchte jetzt noch nicht heiraten«, gestand Ryan. »Es wäre nicht richtig, wenn ich mir eine Frau nehme, solange ich noch so oft unterwegs bin.«

»Und du denkst nicht daran, daß es einer Geliebten gegenüber auch nicht richtig wäre?« Elene wollte genausowenig heiraten wie er, aber wenn sie das jetzt aussprach, würde es ihre Position nur schwächen.

»Sie hätte keinen Grund zur Klage«, erwiderte er und hatte offensichtlich Mühe, seine Stimme leise zu halten. »Du verstehst überhaupt nicht, was ich sagen will, und du versuchst es auch gar nicht.«

»Ich verstehe, daß du keine Hemmungen hast, mir diese Beleidigung anzubieten, weil ich in einem Augenblick der Schwäche deinen Liebkosungen und meinem eigenen Bedürfnis nach Trost erlegen bin. Ich verstehe auch, daß du so etwas wie Verantwortung für mich empfindest – aber nicht genug, um mich für dein ganzes Leben bei dir zu behalten. Ich gestehe dir sogar zu, daß du ein gewisses Verlangen nach mir empfindest, aber ich bezweifle, daß unter anderen Umständen deine Einladung miteinbeziehen würde, daß ich deine Wohnung mit dir teile. Bitte versuche nicht, mich glauben zu machen, daß dein Interesse nur auf deiner Sorge für mein Wohlergehen beruht. Das glaube ich dir nicht.«

»Wirst du mir glauben«, sagte er freundlich, »daß ich dich mit meinen eigenen Händen auf mein Schiff trage, egal ob du trittst oder schreist, wenn du nicht freiwillig mit mir kommst?«

»Natürlich«, sagte sie, »ich traue dir alles zu.«

Er fluchte eine ganze Weile lang tonlos vor sich hin. Als er wieder mit ihr sprach, klang seine Stimme angespannt, aber ruhig. »Der Hauptgrund für unser Problem ist dein verdammtes Parfüm. Es hätte vielleicht keine Liebkosungen, wie du sie nennst, gegeben, wenn es nicht so verführerisch geduftet hätte. Aber egal. Du wirst in meinem Haus bleiben, und sei es nur so lange, bis du eine andere Unterkunft gefunden hast. Ich danke dir vielmals für alles, aber genaugenommen habe ich auch nicht mehr Bedürfnis danach, eine widerwillige Geliebte zu haben, als du es hast, eine zu sein.«

»Ach ja? Wie großzügig! Besonders, da ich keine Mittel besitze, eine andere Unterkunft zu finden.« Ihre Worte waren die reinste Herausforderung. Es war ihr gelungen, die Rolle zu vergessen, die das Parfüm bei ihrer Verführung gespielt hatte.

»Du kannst deinen Kopf in den letzten drei Tagen nicht benutzt haben. Du brauchst nur ein paar Portionen von diesem Duft zu mischen, und dein Glück ist gemacht.«

Er meinte es nicht ernst, er versuchte nur mit allen Mitteln, seine Absichten durchzusetzen. Trotzdem – war die Idee so weit hergeholt? Man konnte nicht leugnen, daß der Duft phantastisch war, mit oder ohne seine angeblich einzigartigen Fähigkeiten. Wenn es Devota möglich wäre, es in New Orleans zusammenzustellen, wenn sie die Zutaten, die wertvollen Öle und Essenzen dort kaufen konnten, dann würde es sich vielleicht verkaufen lassen. Natürlich mußten sie die

Zaubersprüche oder das besondere Kraut oder Öl, die es in ein starkes, langanhaltendes Aphrodisiakum verwandelten, weglassen, aber das dürfte seinen Duft eigentlich nicht beeinträchtigen.

»Oh, ich bin sicher, daß New Orleans genau so etwas braucht: einen neuen Duft.« Ihre Worte klangen höhnisch, aber trotzdem fühlte Elene in ihrem Innern eine gewisse Aufregung.

»Einen angenehmen auf jeden Fall. Alle Wohlgerüche Arabiens könnten kaum den Gestank der offenen Gossen und Hinterhoftoiletten überdecken. Und dann riecht es noch nach dem verderbenden Fisch und den faulenden Früchten vom alten französischen Markt, nach der gärenden Melasse in den Lagerhäusern, und schließlich sind da auch noch die Gerüche von den Friedhöfen, wo arme Leute einfach nur in einem Massengrab mit Erde bedeckt werden. Damit ist aber noch nichts gesagt von dem Moder und Schimmel, der überall gedeiht und den Auswirkungen des heißen Wetters. Manche Menschen dort baden auch sehr selten.«

»Du hast mich fast völlig davon überzeugt, daß New Orleans ein hervorragender Ort ist«, sagte sie trocken, »zumindest für einen Parfümeur.«

»Es ist die einzige Möglichkeit für dich.«

»Mag sein«, antwortete sie.

Sie ließ es zu, daß er ihre Worte als Zeichen für ihre Zustimmung wertete. Vielleicht war es wirklich dumm von ihr gewesen, seinen Vorschlag abzulehnen. Es war eigentlich offensichtlich, daß New Orleans als Ziel und als Zufluchtsort für den Anfang die beste Möglichkeit für sie darstellte. Sie konnte unter Menschen sein, die zu ihr paßten, die dieselbe Sprache sprachen wie sie und die dieselben Sitten hatten. Aber selbst dann war es nicht leicht für sie, so weit von allem entfernt zu sein, was sie kannte, sich eine Heimat unter Fremden zu suchen, dort anzukommen ohne auch nur ein Portemonnaie, geschweige denn etwas, das sie hätte hineintun können.

Ein Teil von ihr fand es entsetzlich, daß sie es in Erwägung zog, mit einem Mann zusammenzuleben, und sei es auch nur für eine kurze Zeit. Sie schloß die Augen davor. Sie wollte einfach nur selbst über ihr Leben bestimmen. Das war die einzige Sicherheit für sie. Wenn sie Ryan Bayard, oder auch nur ihr Parfüm, für diesen Zweck nutzen konnte, dann mußte sie es auch tun.

Elene war so beschäftigt mit Planen und Überlegen, daß ihr erst nach mehr als einer halben Stunde klarwurde, daß sie ihre genaue Funktion in Ryans Haus während ihres Aufenthalts dort noch nicht besprochen hatten. Sie öffnete den Mund und schloß ihn dann wieder.

Es kam jemand.

Zuerst sahen sie das Licht der Kerze. Es leuchtete durch die Ritzen zwischen den Fußbodendielen über ihnen und warf seltsame, bewegliche Streifen auf die Steinwände. Die Schritte, die es begleiteten, waren ganz leicht, fast schleichend. Ein kurzes Schweigen entstand, als ob derjenige, der über ihnen war, dastünde und horchte.

Die Stühle wurden verrutscht, fast ohne Geräusch. Staub rieselte herab, als der Teppich zurückgeschlagen wurde. Ryan stand bewegungslos da. Ebenso Elene, obwohl sie sich in dem schwachen Licht nach einer Waffe umsah. Ihre Hände ballten sich langsam zu Fäusten. Spannung schien ihre Adern zu erfüllen und umgab sie wie etwas Lebendiges.

Der eiserne Ring zum Heben der Falltür klapperte. Es ertönte ein leises, angestrengtes Ächzen. Mit quietschenden Scharnieren begann die schwere Tür sich zu heben. Sie sahen den Rock einer Frau. Neben ihr stand eine Laterne aus gelochtem Blech, deren Licht durch die Löcher fiel und in der Dunkelheit seltsame Muster erzeugte. Es gab kein Anzeichen dafür, daß sie ein Tablett bei sich hatte, keinen Essensgeruch. Die Tür wurde noch höher und noch höher gehoben. Schließlich wurde sie nach hinten gelegt.

Es war Devota.

Ein kleiner Laut der Erleichterung entschlüpfte Elene. Die Zofe lächelte sie kurz voller Zuneigung an, verschwendete aber keine Zeit für Grüße oder Erklärungen. »Kommt heraus, schnell«, sagte sie, und ihre Stimme war nur ein Hauch. »Das Schiff kommt.«

Sie brauchten kein weiteres Drängen. Ryan machte mit einem Schritt Anlauf einen Sprung, setzte seine Hände auf den Rand des Loches, und mit einer kraftvollen Bewegung seiner Schulter- und Armmuskeln zog er sich hinauf, griff nach der Kante des Fußbodens und stemmte sich aus dem Loch. Er drehte sich um und kniete sich hin, während er Elene seine Hand hinunterstreckte. Sie schlüpfte in ihre Schuhe und ergriff dann sein Handgelenk. Seine festen Finger schlossen sich um ihren Arm. Sie stieß sich vom Boden ab und wurde emporgezogen, bis ihre Taille in Höhe der Fußbodenkante war und sie auf die dicken Dielen klettern konnte.

Ryan half ihr beim Aufstehen und beugte sich dann vor, um die Falltür zu schließen. Sie legten den Teppich wieder an seinen Platz und stellten schnell die Stühle zurück. Dann drehte sich Devota um, nahm die Laterne am Henkel und flüsterte: »Hier entlang.«

»Favier?« fragte Ryan leise.

»Hat sich versteckt«, antwortete Devota voller Abscheu. »Ich habe die Laterne selbst geschwenkt.«

»Wir stehen in deiner Schuld. Aber das Licht werden wir nicht mehr brauchen. Mach es aus.«

Devota tat, worum Ryan sie gebeten hatte, stellte die Laterne mitten auf den Boden und führte sie aus dem Eßzimmer.

Sie sprachen nichts mehr. So leise wie Geister bewegten sie sich durch das Haus zur Hintertür und schlichen auf die

Veranda. Einen Augenblick später waren sie schon auf dem Rasen, der bis zum Rand der Landzunge reichte.

Die Luft war weich vor Feuchtigkeit, warm und schmeichelnd und so frisch vom Atem des nächtlichen Meeres, daß sie belebend wirkte. Elene spürte, wie ihre Sinne sich weiteten und bis in den endlosen Raum um sie herum dehnten, als wären sie verkrampft gewesen. Ein bleicher Mond schien über ihnen. Er sah genauso aus wie in der Nacht, als sie und Devota von ihrem brennenden Haus fortgelaufen waren, doch jetzt hatte sein Licht die Intensität einer Zärtlichkeit. Irgendwo in der Nähe raschelten Meerestrauben und Palmen in der Meeresbrise, ein beständiges, besänftigendes Geräusch.

Sie hatten den Rasen schon halb überquert, wobei ihre Schatten im Mondlicht vor ihnen herfielen, als Elene plötzlich das Gefühl hatte, es sei zuviel freier Raum um sie herum, als sei ihre Stellung zu exponiert, zu frei. Vielleicht war das eine Wirkung der Enge und ihrer Ängste. Dieser Gedanke beruhigte sie möglicherweise noch für einen oder zwei Schritte. Und dann wurde ihr das Unbehagen sofort wieder bewußt.

»Ryan?« flüsterte sie.

»Ich weiß«, sagte er. »Geh ruhig weiter. Nicht rennen, noch nicht.«

Sie verlängerten ihre Schritte, gingen noch einen und noch einen.

Ein Schrei, gellend vor Zorn, erscholl hinter ihnen. Er wurde erwidert von einer Menge von Stimmen und entwikkelte sich zu einem tiefen, rollenden Brüllen.

»Jetzt lauf!«

Elene hob ihre Röcke und lief, so schnell sie nur konnte. Es war unnötig, zurückzublicken; sie wußte, was sie dort sehen würde. Die Männer, die Macheten, die Gewehre. Ihre Augen verschwammen von Tränen der Anstrengung, ihre Brust fühlte sich rauh an von den heftigen Atemzügen. Steine und scharfe Muschelstücke in dem wilden Gras schnitten durch ihre dünnen Satinschuhe in ihre Füße, aber das fühlte sie nicht. Sie konnte Devota auf ihrer eigenen und Ryan auf der anderen Seite rennen hören. Ihre Alpträume waren zurückgekommen, ein Wettlauf mit dem Tod drohte, den sie nicht gewinnen konnte, nicht noch einmal.

Ein Schuß krachte. Sie hörten das Pfeifen der Kugel über ihren Köpfen. Das Geschrei und die blutrünstigen Rufe hinter ihnen schienen immer näher zu kommen. Der Rand der Landzunge ebenfalls. Noch ein Schuß durchschnitt die Luft. Ein Pfad, der aussah wie ein bleicher, sandiger Graben, und der abwärts und nach rechts führte, tauchte vor ihnen auf. Sie schwenkten im aufspritzenden Sand in seine Richtung ein. In großen Sätzen sprangen sie abwärts und rutschten über sandbedeckte Felsen.

Unter ihnen lag der mondhelle Abhang des Strandes mit den dunklen und schäumenden Wellen, die langsam vor und zurück rauschten. Die flache Form eines Bootes lag am Rand des Wassers. Daneben standen zwei Männer und sahen zum Land hinauf, die Musketen schußbereit in den Händen. Hinter ihnen in der Brandung lag ein zweimastiger Schoner mit den graziösen, windschnittigen Linien eines Schiffes, das für die Schnelligkeit gebaut ist. Es lag innerhalb des Schutzes der Bucht kaum erkennbar vor Anker, ohne das kleinste Licht oder Geräusch, das auf seine Anwesenheit hätte deuten können.

Die wilden Schwarzen liefen über den Rand des Abhanges hinter ihnen her und brachen durch das Gebüsch, das an der Kante wuchs. Sie schrien in gellendem Triumph, als sie ihre Beute ausmachten. Die Felsbrocken, die sie lostraten, prasselten den Hang hinunter. Der nächste Schuß krachte und zischte an Elenes Kopf vorbei. Eine mit unglaublicher Kraft geworfene Lanze rammte sich in den Sand rechts neben ihnen. Zwei andere trafen knapp hinter ihnen auf, und eine segelte über sie hinweg und klatschte ins Meer.

Vor ihnen lag die ebene Fläche des Strandes. Elene erreichte sie zuerst und hastete weiter, so daß der Sand von ihren Füßen hochspritzte. Ryan drehte sich um, um zurückzuschauen. Die dunklen Gestalten waren schon am Abhang der Landzunge. Er wandte sich wieder dem Boot zu und legte seine Hände um den Mund. »Feuer!« rief er. »Feuer!«

Das zweifache Krachen der beiden Musketen, die gleichzeitig losgingen, donnerte durch die Luft. Schreie des Schmerzes und Schreckens ertönten vom Abhang hinter ihnen. Die Verfolgung verzögerte sich. Die beiden Männer warfen ihre Musketen in das Boot und schoben es ins Wasser, wo sie es in den Wellen bereit hielten.

Noch zehn Meter, noch fünf und dann hatten sie das Boot erreicht und kletterten über den Rand. Ryan schnappte sich eine der Musketen, nahm Pulver und Kugeln, die ihm einer der Männer zuwarf, und begann nachzuladen, während die Männer naß und fluchend über das Dollbord ins Boot sprangen. Sie griffen sich die Ruder und fingen eilig an zu rudern. Ryan zielte mit der geladenen Muskete und drückte ab. Der Mann, der die Schwarzen anführte, die jetzt in Scharen über den Strand herangelaufen kamen, warf die Arme hoch und fiel nach hinten.

Es war keine Zeit für weitere Aktivitäten. Das Boot setzte in einem harten, stoßenden Rhythmus über die Wellen hinweg und ließ den Strand hinter sich. Noch ein oder zwei Schüsse krachten, aber die Kugeln erzeugten nur harmlose Spritzer in ihrem Kielwasser. Die Wasserfläche zwischen dem Boot und dem Sandstrand wurde breiter, lag sanft rollend und tanzend im Mondlicht. Ein paar der Verfolger wateten ins Meer, schrien und gestikulierten mit erhobenen Fäusten, aber sie waren kaum noch zu hören.

Elene drehte sich um, so daß sie nach vorn sehen konnte. Sie hielt sich mit beiden Händen an dem Brett fest, auf dem sie saß, und wandte ihre Aufmerksamkeit dem Schiff zu, das vor ihnen lag. Es war dunkelgrau gestrichen mit einem breiten weißen Streifen, der direkt unter dem Bugspriet entlanglief. Als Galionsfigur schien es die geschnitzte Gestalt einer Frau in fließenden Gewändern zu haben. Die schwarzen Buchstaben auf dem weißen Streifen waren im Mondlicht gestochen scharf zu erkennen und zeigten den Namen des Schiffes: *Meerfee*.

Eine Strickleiter hing an der Seite herunter. Am oberen Ende war eine ganze Anzahl von Menschen versammelt. Sie hatten ihnen ermutigend zugerufen, obwohl Elene ihre Rufe durch die Entfernung und den Wind auf dem Wasser für so etwas wie Vogelschreie gehalten hatte. Sie streckten Elene die Hände entgegen, als sie das obere Ende der schwankenden Leiter erreichte. Sie nahm die Unterstützung dankbar an, wandte sich aber sofort wieder um, damit sie Devota helfen konnte, die über den gefährlichen Aufstieg nicht sehr glücklich war.

Einen Augenblick später waren sie alle an Deck. Ein Mann trat vor, um Ryan die Hand zu schütteln und ihm zu gratulieren, ein Mann mit dunklen Locken und lachenden Augen, den Ryan als Jean ansprach, aber als Kapitän des Schiffes vorstellte. Die anderen versammelten sich um sie, Männer und Frauen, die scheinbar Abendkleidung trugen, alle riefen durcheinander, lachten aufgeregt und fragten mit lauter Stimme alles mögliche.

Elene war plötzlich so müde, daß sie kaum noch etwas sah. Die Muskeln ihrer Beine zitterten in schmerzendem Zucken. Aus Angst, daß sie umfallen würde, griff sie nach Ryans Arm. Er drehte sich um und sah sie an, spürte das Zittern in ihren Fingern und legte seinen Arm um ihre Taille, um sie an sich zu ziehen.

»Komm, wir gehen nach unten«, sagte er.

Auf wunderbare Weise wurde ihnen eine Gasse freigemacht. Die anderen gingen voraus, duckten sich durch Türöffnungen, stiegen über hohe Schwellen, bis sie eine Art kleinen Gemeinschaftsraum oder Offiziersmesse erreichten. Die

Männer ergriffen Gläser, die sie an verschiedenen Stellen stehengelassen hatten. Die Frauen nahmen Näh- oder Stickarbeiten oder ein Buch in die Hand. Trotzdem warteten sie alle angespannt, als Ryan und Elene hereinkamen, als hätten sie sich darauf gefreut, den berühmten Freibeuter Bayard kennenzulernen, den Mann, der zweifellos ihr Gastgeber war.

Wo wohl alle diese Menschen herkommen? fragte sich Elene. Ihr Denken war dumpf vor Erschöpfung, während sie die Leute im Schein einiger Lampen betrachtete, die in Kardanringen an den Seitenwänden hin- und herschwangen. Sie sahen in ihrer Kleidung und mit den bleichen, kränklichen Gesichtern nach Inselbewohnern aus, obwohl es ihr nicht sehr wahrscheinlich erschien, daß ein Freibeuter Passagiere transportierte.

Während sich noch die Idee einer Antwort in ihren Gedanken zu bilden begann, trat ein Mann aus ihrer Mitte hervor. Er war von mittlerer Größe und wirkte selbst mit dem wilden roten Schmiß auf seiner Wange und seinem verknitterten und fleckigen Anzug noch eingebildet. Er trat mit ausgestreckter Hand, sicher, daß er willkommen geheißen werden würde, auf Elene zu.

»Elene, meine Liebste, meine Braut«, sagte Durant Gambier mit deutlicher Freude. »Ich dachte, ich hätte Euch verloren, aber es ist nicht so. Durch die Gnade Gottes seid Ihr mir zurückgegeben worden.«

6. Kapitel

»Eher durch die Gnade von Ryan Bayard«, sagte Elene in sprödem Widerspruch und beobachtete, wie ihr Bräutigam sie mit schwindendem Lächeln anstarrte.

Woher diese Worte gekommen waren, wußte sie nicht. Sie hatte das undeutliche Gefühl, daß sie sich vielleicht noch als gefährlich erweisen konnten, aber das hielt sie nicht ab. Ihr einziges Ziel war es gewesen, Durant davon abzuhalten, sie in die Arme zu nehmen, sie wieder für sich zu beanspruchen. Ryan zu erwähnen, war eine zu offensichtliche Möglichkeit gewesen, um sie nicht wahrzunehmen. Wenn es irgendwelche Konsequenzen haben würde, daß sie seinen Namen genannt hatte, würde sie sich später damit befassen.

Das Schweigen, das jetzt eintrat, hatte etwas Gieriges, als wäre das kleine Drama, das sich hier abspielte, eine willkommene Ablenkung von Problemen, denen die Anwesenden am liebsten ausweichen wollten. Dunkles Zornrot stieg in Durants Gesicht auf. Er stemmte seine Hände in die Hüften, und mit stirnrunzelndem Unglauben ließ er seinen Blick auf Ryans Arm um Elenes Taille wandern, bevor er ihn zum Gesicht des Freibeuters erhob. Ryan erwiderte den Blick mit einem leisen Lächeln auf den Lippen und einer fragend erhobenen Augenbraue.

Hinter ihnen betrat der Kapitän des Schiffes den Raum und machte einen kleinen Bogen um Devota, die direkt bei der Tür stand. Es sah aus, als wollte er Ryan etwas fragen, da er jedoch die steife Konfrontation bemerkte, die hier gerade stattfand, zögerte er. Ryan wandte sich an ihn: »Sage mir bitte, Jean«, sagte er in lockerem Gesprächston, »wer sind all diese Leute?«

Der Kapitän wirkte, als sei ihm unbehaglich wie einem kleinen Jungen, der mit mehr Murmeln nach Hause kommt, als er vorher hatte. »Flüchtlinge, Ryan, Menschen, die Santo Domingo verlassen wollen. Sie kamen in kleinen Boote zu uns – einige gestern abend, einige vor zwei Nächten – immer wenn wir uns dem Land näherten. Ich konnte sie nicht abweisen.«

»Nein, das glaube ich dir.« Ryan wandte sich der Gruppe zu. »Vergebt mir, meine Damen und Herren, aber Mademoiselle Larpent und ich haben eine anstrengende Zeit hinter uns. Wir werden uns später in korrekter Form miteinander bekannt machen, aber im Augenblick brauchen wir ein Bad, etwas zu essen und ein Bett. Wollt Ihr uns bitte entschuldigen?«

»Aber ich bitte Euch –« begann Durant.

»Später.« Dieses eine Wort klang stahlhart.

Eine Frau trat vor und legte ihre Hand auf Durants Arm. Sie bewegte sich mit unbewußter Sicherheit, als erwarte sie, alle würden auf sie sehen. Sie war nicht schön im klassischen Sinne des Wortes: ihr Haar hatte einen rotbraunen Ton, der sehr wahrscheinlich nicht natürlich war, ihre Haut war blaß und ziemlich fahl und ihre Gesichtszüge ausgeprägt. Dennoch hatte ihre Stimme einen so schönen Klang, als sie sprach, war so voll und sinnlich, daß sie faszinierend wirkte.

»Lieber Durant«, sagte die Frau, »laßt sie gehen, wenn Ihr ein Herz habt. Denkt doch nur daran, welch großes Verlangen wir noch vor kurzer Zeit nach Nahrung und Ruhe hatten.«

Ryan beugte den Kopf vor der Rothaarigen und ging dann mit Elene neben sich zu einer Tür an der gegenüberliegenden Seite des Raums.

Der Kapitän des Schiffes räusperte sich, bevor er ihm nachrief: »Ryan? Wohin fahren wir?«

»New Orleans«, sagte Ryan über seine Schulter und fügte mit sanfter Ironie hinzu: »So schnell es geht, bitte. Ich glaube nicht, daß unser Abschiedskomitee gerade ein Boot greifbar hatte, aber vielleicht ist es für alle Fälle doch besser, wir machen uns auf den Weg.«

Die Kajüte des Schiffseigentümers war traditionellerweise auf einem Schoner die größte an Bord. Das bedeutete nicht sehr viel. Sie enthielt eine Koje von vernünftiger Breite mit einer Seemannskiste darunter, einem Klapptisch an der einen Wand, an dem ein Paar gerade Stühle standen, und einem Waschtisch, in dessen Oberfläche eine Porzellanschüssel eingelassen war. In der Mitte des Raums war kaum genug Platz für die Badewanne, die gebracht wurde.

Diese Wanne englischer Herkunft war aus bemaltem Zink, und für Elene sah sie aus wie ein großer Säuglingsschuh. Der Badende kletterte von oben hinein und streckte die Beine in den bedeckten Fußteil. Der Hauptvorteil dieser Form an Bord eines Schiffes war, daß das Wasser kaum herausschwappen konnte. Darüber hinaus war auch nur wenig der kostbaren Flüssigkeit nötig, um sie zu füllen, und wenn man darin saß, reichte das Wasser bis hinauf zu den Schultern.

Elene wusch sich den ganzen Schmutz von der Haut und den Haaren und saß dann lange im warmen Wasser, während sie die Angst und die Müdigkeit, die sie ergriffen hatten, langsam aus ihren Knochen sickern ließ. Ihre Gedanken wanderten. Ryan war, nachdem er das Bad und etwas zu essen bestellt hatte, hinausgegangen, um sie allein zu lassen. Das war sehr aufmerksam von ihm gewesen.

Die Bewegung des Schiffes änderte sich, es stieg höher hinauf und sank tiefer hinab. Also verließen sie die geschützte Bucht, in der das Schiff vor Anker gelegen hatte. Sie waren auf dem Weg nach New Orleans.

Eigentlich schien es ihr unglaublich. Noch vor einer Woche hätte sie nicht im Traum daran gedacht, daß sie jetzt hier auf diesem Schiff sein könnte – ohne auch noch ein einziges Teil von ihrem Besitz – und alles hinter sich lassen würde, was sie kannte.

Alles außer Durant.

Als sie ihn vorhin gesehen hatte – ihn, den Bräutigam, den ihr Vater für sie ausgesucht hatte –, war er einen Augenblick lang noch alles gewesen, was normal und richtig und in Ordnung zu sein schien. Sie hatte das Gefühl gehabt, zu ihm gehen zu müssen, als gebe es keine andere Möglichkeit. Dann hatte sich irgend etwas in ihr dagegen aufgelehnt. Nichts war mehr so wie zuvor. Es gab nur noch ihre eigenen Wünsche und Bedürfnisse, die sie dazu brachten, etwas zu tun. Und sie wollte es auch nicht anders.

Wie das mit Durant zu vereinbaren war, wußte sie nicht.

Sie mußte ihm zu verstehen geben, daß er nicht einfach dort weitermachen konnte, wo er aufgehört hatte. Sie würde sich nicht zu einer Ehe drängen lassen, die sie nicht wollte. Denn jetzt würde sie sich erst einmal umsehen müssen, um zu erfahren, was ihr dieses neue Leben, das ihr aufgedrängt worden war, zu bieten hatte. Sie brauchte Zeit, um nachzudenken, um zu planen, um herauszufinden, was sie wirklich wollte.

Welch ironischer Zufall, daß Durant auf Ryans Schiff war. Es war dazu gekommen, weil die *Meerfee* jetzt in Zeiten der Unruhe, wo der Handel fast zum Erliegen kam, eines der wenigen Schiffe in der Nähe von Santo Domingo war. Trotzdem wäre es ihr lieber gewesen, er hätte sich ein anderes Fahrzeug ausgesucht, egal welches, das ihn von der Insel wegbringen könnte. Wenn sie ihn nach mehreren Wochen dann wieder in New Orleans gesehen hätte, wenn nach den schrecklichen Erlebnissen genug Zeit vergangen wäre, so daß sie nur noch als schreckliche Erinnerung an ihr zurückblieben, dann hätte sie vielleicht eher das Bedürfnis gehabt, sich mit ihm abzugeben, und hätte auch eher gewußt, was sie sagen oder tun mußte. Unter den gegebenen Umständen würde sie sich einfach auf ihr Glück und ihren Instinkt verlassen müssen.

Sie saß immer noch in der Wanne, als es an der Tür klopfte. Devota war gerade hinausgegangen, um nachzusehen, warum das Essen so lange auf sich warten ließ. Elene rappelte sich nicht ohne einige Schwierigkeiten auf und griff nach dem Frottiertuch. Indem sie es um sich herumwickelte, stieg sie aus der Wanne und ging zur Tür.

»Wer ist da?«

»Hermine Bizet. Ich habe ein paar Dinge für Euch, denn ich habe gehört, daß Ihr nichts mitgebracht habt, und wir haben ungefähr die gleiche Größe.«

Das war zweifellos die schöne Stimme der Rothaarigen. Elene öffnete die Tür. »Das ist sehr freundlich von Euch, aber ich möchte Euch nicht des wenigen berauben, das Ihr retten konntet.«

»Macht Euch darüber keine Gedanken«, sagte die Frau mit schelmischem Lächeln. »Wir Theaterleute sind es gewöhnt, Orte kurzfristig zu verlassen. Wir haben immer gepackt und sind bereit.«

»Ihr seid Schauspielerin?« Das war gewiß das Geheimnis der bezaubernden Stimme.

»Ich sehe schon, Ihr seid keine meiner augenblicklichen Bewunderinnen. Ich trete mit Morven Ghent auf.« Sie machte eine erwartungsvolle Pause.

»Ah ja«, sagte Elene. Sie hatte noch eine Woche vor ihrer Hochzeit Gespräche über die Aufführungen des umschwärmten englischen Tragöden in Port-au-Prince gehört. Aber Elene war zu sehr mit den Vorbereitungen ihrer Hochzeit beschäftigt gewesen, als daß sie daran gedacht hätte, hinzugehen.

»Jeder erinnert sich an Morven, besonders die Damen«, sagte Hermine und verzog das Gesicht. »Nun, ich möchte Euch nicht hier an der Tür aufhalten, sonst wird bald jeder Seemann auf dem Schiff hier unten sein, um einen Blick auf Euch werfen zu können. Ich sehe Euch ja dann morgen früh.«

Hermine schob ein Bündel Kleidung unter Elenes einen Arm, den sie nicht brauchte, um das Handtuch festzuhalten, dann lächelte sie ihr freundlich zu und ging fort.

»Vielen Dank«, rief Elene hinter ihr her, während sie wieder hineinging.

Die Schauspielerin winkte nur und ging weiter.

Als sie das Bündel auseinanderrollte, kamen ein Nachthemd, ein Paar Strümpfe, weiche Ziegenlederschuhe mit Bändern als Verschluß und ein Tageskleid aus braunem Popeline, das mit einer goldgrünen Borte verziert war, zum Vorschein. Wie aufmerksam von der Schauspielerin, daß sie ihre zerrissenen Schuhe bemerkt hatte, obwohl sie beim zweiten Nachdenken meinte, daß die Blutspuren, die sie wegen der Risse in ihren Füßen auf dem Boden hinterlassen hatte, wahrscheinlich nicht zu übersehen gewesen waren. Im Augenblick tat ihr das Gehen nicht besonders weh, aber am nächsten Morgen würde sie Schmerzen empfinden, wenn die Schnitte sich entzündeten. Die neuen Schuhe konnten ein wenig Schutz bieten.

Elene warf ihr Handtuch neben die Wanne und zog sich das Nachthemd über den Kopf. Es war einfach geschnitten und hatte kleine Puffärmel und eine rüschenbesetzte Schulterpasse, von der aus der volle, bodenlange Rock herabfiel. Es schien jedoch kein Bändchen zu geben, um es zu schließen, denn vorn stand es bis fast zu ihrem Bauchnabel hinunter auf.

Elene sah auf, als sich die Tür öffnete und Devota mit einem Tablett hereinkam, das mit einem Tuch bedeckt war. »Sieh doch nur, was die Frau mit der schönen Stimme mir gebracht hat.«

»Die Schauspielerin?«

»Weißt du das schon? Ich dachte, ich könnte dir etwas Neues erzählen.« Devota hatte eine unheimliche Fähigkeit, Dinge in Erfahrung zu bringen. Sie stellte nur selten direkte Fragen, hörte aber allem aufmerksam zu.

»Es gibt zwei Schauspielerinnen«, antwortete sie, »und einen Schauspieler, der sich für etwas ganz Besonderes hält. Dann ist da noch ein erstaunlich fetter Plantagenbesitzer und seine Tochter, die so dünn wie eine Bohnenstange ist, und ihre Zofe, eine Viertelnegerin. Es gibt auch noch einen kleinen Beamten und seine Frau – eine Zunge wie eine Schlange hat sie, böse und ständig in Bewegung. Und Serephine ist auch da.«

Elenes und Devotas Blick trafen sich für eine ganze Weile. Serephine war Durants Geliebte, eine Achtelnegerin, die auf ihre sinnliche und lässige Art sehr hübsch war. Ihr Verhältnis dauerte schon über fünfzehn Jahre; Durants Vater hatte ihm

Serephine gekauft, als er sechzehn und sie gerade fünfzehn Jahre alt gewesen war. Sie war mit in sein Haus gezogen, da Durants Mutter nicht mehr am Leben gewesen war, die dagegen hätte protestieren können, und hatte die Aufgaben einer Haushälterin und manchmal auch der Gastgeberin für die Männergesellschaften erfüllt. Serephine und Durant hatten ein Kind, einen Sohn, der in Frankreich zur Schule ging.

»Er hätte sie auch nicht zurücklassen können«, sagte Elene. »Und außerdem ist es sowieso egal.«

»Du bist entschlossen, Durant nicht zu heiraten?«

Elene zuckte ungeduldig mit den Schultern. »Ich will überhaupt niemanden heiraten.«

»Dann ist es ja gut.«

Devota hatte recht. Es war gut. Elene hatte sich vor der Hochzeit oft gefragt, was sie mit Serephine machen würde. Denn sie war sich nicht sicher gewesen, ob Durant die Absicht gehabt hatte, sich von seiner Geliebten zu trennen. Über dieses Thema hatten sie nie gesprochen; die meisten weißen Frauen weigerten sich, es überhaupt zur Kenntnis zu nehmen, geschweige denn offen zur Sprache zu bringen. Es war auf jeden Fall denkbar gewesen, daß Durant erwartet hatte, daß sie beide zusammen unter einem Dach lebten. Dem hätte Elene natürlich nicht zugestimmt. Ihr Machtkampf wäre höchst unerfreulich geworden. Da sie keine wirkliche Macht gehabt hätte – denn es hätte ja keine Zuneigung zwischen ihr und Durant gegeben –, wäre Elene, das wußte sie, vielleicht auf unschöne Methoden angewiesen gewesen – wie zum Beispiel Serephine das Leben so schwer zu machen, daß sie froh gewesen wäre, wenn sie hätte umziehen können. Das wäre auf jeden Fall keine Prüfung geworden, auf die sie sich gefreut hätte.

Devota deckte mit den Sachen, die sie mitgebracht hatte, den Tisch. Die Portionen Schinken und Bohnen, Brot und Obsttorte waren mehr als reichlich für zwei Personen. Elene fragte: »Kommt Ryan auch zum Essen?«

»Er sagte, du solltest nicht auf ihn warten, er würde in der Kajüte des Kapitäns etwas essen. Ich glaube, Kapitän Jean hat ihn noch mit Fragen aufgehalten.«

»Dann setz dich und erzähl mir beim Essen, was du sonst noch über die anderen erfahren hast.«

Aber Devota weigerte sich wie immer, den Platz zu verlassen, den sie für sich als angemessen empfand. »Du vergißt, daß ich heute schon zu Abend gegessen habe, du aber nicht. Ich werde deine Unterwäsche im Badewasser waschen, während ich dir erzähle. Dann ist sie morgen früh wieder frisch.«

Als Elene fertiggegessen hatte, waren ihre Augenlider so schwer, daß sie sie kaum noch offenhalten konnte. Sie wollte Devota helfen, die Wanne aus der Kajüte zu ziehen, und dann aufräumen, konnte aber einfach nicht den Willen dazu aufbringen. Kein Bett war ihr je einladender erschienen als diese Koje an der Wand mit ihren festgesteckten Laken. Das einzige, was sie noch von diesem Bett fernhielt, war, daß sie nicht wußte, ob es für sie gedacht war. Niemand hatte eine andere Möglichkeit erwähnt, und doch: Wenn sie sich in diese Koje legte, was würde Ryan dann tun?

»Glaubst du«, fragte sie nach einer Weile, »daß ich hier schlafen soll?«

Devota sah sie an. »Ich glaube schon.«

»Was ist mit dir? Die Koje hier ist nicht sehr breit, aber es gibt genug Platz für zwei, wenn wir nah beieinander liegen.«

»Ich habe schon einen Platz gefunden, keine Sorge.« Aus der Stimme der Frau klang Zuneigung und eine eigenartige Heiterkeit. »Jetzt leg dich schon hin. Ich werde das Licht herunterdrehen.«

»Was ist mit –« Elene hielt inne, um zu gähnen, bevor sie weitersprach, »– mit Ryan?«

»Ich denke, er kann sich um sich selbst kümmern.«

»Ja.«

Devota stand neben der Waltranlampe in ihrer Doppelringaufhängung und wartete darauf, daß sie sie ausmachen konnte. In einer Hand hielt sie Elenes nasse Unterwäsche, gut ausgewrungen, aber immer noch etwas tropfend. Zweifellos würde sie sie mitnehmen und irgendwo aufhängen, in der Nähe einer Luke oder sogar an Deck, wo sie der Seewind trocknen konnte. Devota war immer beschäftigt, dachte immer an ihre Bequemlichkeit, war ihr immer zu Diensten. Elene stand mit beiden Händen auf die Tischkante gestützt auf. Sie zögerte einen Augenblick, ihr Blick war auf das vertraute braune Gesicht ihrer Zofe gerichtet, ihrer Tante, die mit vierunddreißig Jahren nicht so sehr viel älter war als sie. Schließlich sagte sie: »Würdest du mir etwas sagen, Devota?«

»Alles, *chère*.«

»Ich habe in Faviers Haus etwas gehört. Ist es wahr, daß du... meinetwegen mit einem Mann ins Bett gegangen bist?«

Devota schürzte die Lippen, in ihrem Blick lag etwas Schelmisches. »Muß es deinetwegen gewesen sein?«

»Was meinst du damit?«

»Ich bin eine Frau, und er ist ein Mann. Wir wurden vom Schicksal zusammengebracht. Solche Dinge kommen vor.«

Devota war keine einfache Persönlichkeit; sie war ohne weiteres in der Lage, Elene lächelnd eine Lüge zu erzählen, um ihr einen Gefallen zu tun. »So unglaublich männlich kann er ja nicht gewesen sein. Du mußtest trotzdem selbst dem Schiff das Signal geben.«

»Na ja, wir waren wenigstens zwei von der gleichen Art. Das kommt nicht so oft vor.«

Zwei von der gleichen Art. Devota meinte damit, daß sie und Favier beide Mulatten waren, von gemischtem Blut, weder schwarz noch weiß. Dieses Wissen lag in den feuchten braunen Augen der Zofe, mit einem Schimmer von schmerzlicher Bitterkeit, der sich langsam verlor. Elene wollte es nicht so genau sehen. »Ich wollte dich nicht aushorchen.«

»Das ist doch dein Recht, *chère*.«

»Nein, eigentlich nicht.«

Devota schüttelte den Kopf. »Du machst dir zuviel Sorgen. Hier, das hätte ich beinahe vergessen.«

Die Zofe steckte ihre Hand in ihre Schürzentasche und holte eine kleine Flasche heraus. Sie kam zu Elene und gab sie ihr, dann ging sie wieder zu der Lampe.

Elene betrachtete die Flasche. Ihre Finger schlossen sich darum. Es war die Flasche mit dem Parfüm, das Devota für sie gemischt hatte. Ihre Zofe mußte sie die ganze Zeit in der Schürzentasche gehabt haben. Elene wußte nicht so recht, ob sie das Parfüm wirklich noch einmal benutzen sollte. Aber Devota hatte sich solche Mühe gegeben, sie zu retten, daß sie sie nicht kränken wollte. Sie würde jetzt nur ein wenig davon verwenden, nur ein kleines bißchen.

Sie nahm den Stöpsel ab und strich schnell ein paar Tropfen in ihre Ellenbeugen, ihre Halsgrube und zwischen ihre Brüste. Sofort umgab sie der sinnenverwirrende Duft. Sie steckte den Stöpsel wieder an seinen Platz und stellte die Flasche auf den Tisch.

»Wunderbar«, sagte sie und zwang sich zu lächeln, als sie zum Bett hinüberging und sich daraufsetzte. »Gute Nacht.«

»Gute Nacht«, sagte Devota. Die Lampe machte ein leise glucksendes Geräusch, als sie verlosch. Die Tür schloß sich. Elene legte sich hin und schloß die Augen.

Langsam wurde sie wieder wach. Es war die Helligkeit, die sie gestört hatte. Sie betrachtete sie voller Staunen durch zu Schlitzen verengten Augen. Es war Sonnenlicht, das in die Kajüte strömte, lebendig leuchtend, und das glitzernde Wasser spiegelte es an die Wand und auf die Decke. Herrlich. Es schienen Jahre vergangen zu sein, seit sie die Sonne zuletzt gesehen hatte. Und sie hatte sie bis heute noch nie entsprechend gewürdigt.

Irgendwo hinter ihr direkt über der Koje mußte das Bullauge offen sein. Der warme, weiche Atem einer Meeresbrise bewegte sacht ihr Haar und brachte leise die Falten des Lakens, das sie bedeckte, zum Flattern. Sie konnte das Klatschen der Wellen und das stetige Rauschen des Kiels hören, der das Wasser durchschnitt. Als Begleitung zu diesen beständigen Geräuschen ertönte das Summen des Windes oben in der Takelung, das gelegentliche Klatschen eines Segels und das Knirschen des hölzernen Schiffsrumpfes, wenn das Schiff sich auf und nieder bewegte. Diese Bewegung war beruhigend und erschien ihr sogar so einschläfernd, daß sie einfach wieder eingedöst wäre, wenn sie die Augen geschlossen hätte.

Das wäre vielleicht schon möglich gewesen, aber irgend etwas war beunruhigend an ihrer Stellung in der Koje. Das Kissen, auf dem ihr Kopf lag, war zu fest und zu warm, um dasselbe zu sein, das sie am Abend vorher unter ihren Kopf gezogen hatte. Und außerdem spürte sie direkt unter der Stelle, wo ihre Hand lag, ein beständiges Pochen, genau wie ein Herzschlag.

Es war ein Herzschlag.

Diese Tatsache hätte sie eigentlich nicht überraschen dürfen. In einer ähnlichen Position wie dieser war sie auch an zwei der vergangenen drei Tage wachgeworden. Außer der Tatsache, daß ihr linker Arm, auf dem sie lag, eingeschlafen war, fand sie es nicht unbequem. Es gab ihr sogar ein unerwartetes Gefühl von Sicherheit. Die Muskeln, die unter ihren Fingern und ihrer Wange lagen, hatten trotz ihrer Entspannung im Schlaf einen Ausdruck von stiller Kraft, und der Schenkel, auf dem ihr gebeugtes Knie lag, stützte sie mühelos.

Mit einer langsamen Bewegung hob sie die Wimpern. Ryans Brust war nackt, das Laken lag dicht über die Taille auf seiner bronzenen Haut. Feine dunkle Haare waren darauf gekräuselt, ein weicher Pelz, der sich zu einer schmalen Linie verengte, wo er unter der leichten Bedeckung verschwand. In seiner Halsgrube sah sie den Pulsschlag und von dort aufwärts in einer Ader, die über die glatte Säule seines Halses bis hinauf zum Kinn stieg. Sein Unterkiefer und seine Wangen waren nur leicht von Bart beschattet – irgendwann in der vergangenen Nacht hatte er sich wohl noch die Zeit genommen, zu baden und den Dreitagebart abzurasieren, der während der Zeit in ihrem Versteck gewachsen war. Die Haut seines Gesichts war braun und glatt. Seine Nase war, wie sie schon am ersten Abend bemerkt hatte, einmal gebrochen gewesen, hatte aber immer noch eine ausgeprägte Form. Seine Augenbrauen waren genauso dicht wie seine Wimpern. Sein Mund hatte klare Umrisse mit vollen, gewölbten Lippen und kleinen Lachfältchen an den Mundwinkeln auf beiden Seiten. Auch in seinen Augenwinkeln gab es kleine strahlenförmige Linien, vielleicht vom Lachen, aber wahrscheinlich eher daher, daß er bei hellem Sonnenlicht über die endlosen Weiten des Wassers sah. Seine Augen waren genau so blau wie das tiefe Meer weit draußen vor dem Strand.

Er betrachtete sie, ließ sich ihre langsame Bestandsaufnahme mit Humor und Geduld gefallen. Als sie in seine Augen sah, sagte er: »Erzähle mir nicht, du hättest vergessen, wie ich aussehe.«

»Ich bin nicht sicher«, sagte sie ernst, »ob ich es schon jemals gewußt habe.«

»Ich habe es nicht nur gewußt, ich habe es auch genau in Erinnerung behalten.«

Seine Stimme war ruhig, sein Blick nur ein wenig neckend, als er eine blaßgoldene Strähne von ihrer Schulter hob und sie in glänzenden Fäden aus den Fingern rieseln ließ. Er glaubte nicht, daß er je wieder vergessen würde, wie sie ihn angesehen hatte, majestätisch wie eine Königin im Mondlicht, nachdem sie von den beiden Kerlen, die sie gefunden hatten, so grob behandelt worden war. Es hatte ungewöhnlicher innerer Kraft bedurft, den Schreck so schnell zu überwinden und sich der Gefangenschaft zu unterwerfen, die darauf gefolgt war. Es war unwahrscheinlich, daß sie sich seiner als Mann damals sehr bewußt gewesen war.

Sie sprach bedächtig: »Wenn du dich erinnerst, warum

dann dieser morgendliche Besuch? Neugierde kann es doch nicht gewesen sein.«

»Ich besuche dich auch gar nicht, wie du sehr genau weißt.«

»Nicht?«

Seine Mundwinkel zuckten leicht. »Elene, *ma chéri*, hast du wirklich geglaubt, daß ich dich jetzt allein schlafen lassen würde, nachdem ich drei Nächte lang dein Bett geteilt habe?«

Sie versuchte, von ihm abzurücken, aber sein Griff festigte sich und hielt sie eisern an Ort und Stelle fest. Aufbrausend sagte sie: »Du hättest mich ja fragen können!«

»Ich bin nicht davon ausgegangen, daß du gern geweckt werden wolltest.«

»Du bist davon ausgegangen, daß ich ablehnen würde, wenn du mich geweckt hättest.«

»Das stimmt ja auch, oder?« Er stützte sich auf einen Ellenbogen, sein Gesicht schwebte über ihr, und er betrachtete die silbrigen, wie Staubkörnchen wirkenden kleinen Flecken in ihren Augen, die ärgerlich blitzten.

»Allerdings.«

»Bist du denn dann nicht froh, daß ich es nicht getan habe?«

Er flüsterte diese Worte, während er seinen Mund langsam auf ihren senkte. Seine Hand hatte sich, während sie abgelenkt war, sanft um ihre Brust gelegt. Der Ansturm der Gefühle und das wirbelnde Verlangen, die seine Berührung bewirkten, erschienen ihr seltsam in dieser Umgebung, aber doch so durchdringend und wunderbar vertraut, daß ihre Verteidigungslinie durchbrochen war, bevor sie es recht gemerkt hatte.

Wie hatte das nur geschehen können, daß sie der Lust, die er in ihr entfachte, so verfallen war? So durfte es eigentlich nicht sein. Das Parfüm. Das Parfüm war schuld, sowohl an Ryans Gegenwart in ihrem Bett als auch an ihrer Reaktion auf ihn. Alles andere ergab keinen Sinn. Es war das Parfüm.

Ach, aber der Grund war belanglos. Es zählte nur der Zauber leiser Zärtlichkeiten und die Wonne, mit der sich ihrer beider Atem mischte; nur die Glut ihrer Verbindung und der Sturm und das Tosen, das sie im Blut erzeugten, hatten Bestand. Das Auf und Ab des Schiffes war ein Kontrapunkt der Lust zu ihren gemeinsamen Bewegungen. Das frische Strahlen des Tages, das ihre feuchten Körper im Sonnenschein vergoldete, schenkte ihnen eine reiche, neue Dimension. Sie kümmerten sich nicht um die Zeit und unbedeutende Verbote, sie ergötzten sich an der Freude ihrer neuen Hoffnung und fanden nicht nur Entzücken, sondern Glückseligkeit.

Als Elene einige Zeit später mit geschlossenen Augen in der Koje auf dem Bauch lag, dachte sie: Wenn die Dinge doch nur immer so einfach wären, wenn die Menschen sich einander doch nur genauso leicht mitteilen könnten, wie sie sich einander hingeben können, wie einfach wäre dann alles. Die Schwierigkeit war, daß sie ihre tiefsten Wünsche und Bedürfnisse ja sogar vor sich selbst versteckt hielten. Sie wußte das, denn bei ihr war es auch so.

Die Matratze der Koje kippte etwas zur Seite, als Ryan sich erhob. Sie hörte das leise Tappen seiner nackten Füße auf dem Fußboden, das sich in Richtung Tisch bewegte, aber bevor sie sich entschließen konnte, sich aufzusetzen, kam er schon wieder zu ihr zurück. Das Laken, das ihre Hüften bedeckte, wurde hochgeschlagen.

Sie rollte sich auf die Seite, aber er griff nach ihr und drehte sie wieder auf den Bauch. Sie wandte sich nach hinten, um über ihre Schulter zu sehen. »Was machst du?«

»Noch nichts, aber ich werde gleich etwas mit deinen Füßen machen. Halt still.«

»Mit meinen Füßen? Was denn?« Er schraubte den Deckel von einem Gefäß ab, in dem sich ein äußerst unheiliges Gebräu zu befinden schien. Sein Geruch, ganz ähnlich wie der von Huf-Fett bei Pferden, stieg in die Luft.

»Wir haben einen Mann an Bord, der die Grundlagen der Heilkunde sechs Monate lang bei einem berühmten Chirurgen in Edinburgh gelernt hat. Die Männer im Vorschiff nennen ihn einfach Doc. Er revanchiert sich dafür bei ihnen, indem er sich ab und zu um ihre Wunden kümmert. Da er nicht mehr von ihnen umbringt als seine ärztlichen Kollegen an Land, hat er einen ganz guten Ruf. Diese Salbe stammt von ihm.«

Elene zuckte zusammen, als die Salbe die Sohle ihres einen Fußes berührte. Sie erwartete einen ungeheuer stechenden Schmerz, aber statt dessen empfand sie nur beruhigende Wärme. Obwohl sie ganz still hielt, schloß Ryan seine Hand um ihren Knöchel und hielt ihn fest. Der durchdringende Geruch umströmte sie so intensiv, daß er sogar den Duft ihres Parfüms übertönte. Ihr Hals wurde langsam steif. Sie sah wieder nach unten und stützte sich auf den Ellenbogen. Mit mißtrauischem Ton fragte sie: »Bist du sicher, daß dieser Doc nicht in einem Stall gelernt hat?«

»Über diese Vermutung wäre er bestimmt äußerst beleidigt. Aber ich nehme an, die Muskeln und die Haut von Menschen und Pferden sind sich ziemlich ähnlich, wenn sie verletzt sind.«

Er ließ sich auf ein Knie hinunter, während er sprach. Mit etwas Unbehagen bemerkte Elene, daß der Anblick ihres Körpers ihm völlig ungehindert zugänglich war. Aber sie rührte keinen Muskel; es schien ihr nicht sinnvoll, damit auch noch auf ihre Lage hinzuweisen. Indem sie völlige Fassung vorgab, sagte sie: »Ich nehme zurück, was ich gerade gesagt habe. Es fühlt sich wirklich besser an als vorher, vielen Dank.«

»Doc wird sich freuen.«

Seine Stimme klang weich, zu weich, und der massierende Druck seiner Daumen auf der zerrissenen Haut ihrer Fußsohlen war hypnotisch, machte sie süchtig. »Es ... es muß schon spät sein. Ich frage mich, wo Devota ist.«

»Ich denke, sie wird sich ein wenig erholen. Außerdem hat sie zuviel Taktgefühl, um so früh schon zu dir zu kommen.«

»Wenn sie weiß, daß du hier bist, willst du wohl damit sagen?«

»Sie ist eine kluge Frau.« Er wandte sich jetzt ihrem anderen Fuß zu.

»Ich... frage mich, ob die anderen schon aufgestanden sind.«

»Ich will es nicht wissen«, antwortete er kurz. »Sie sind Fremde.«

»Es gefällt dir nicht, daß sie auf deinem Schiff sind, stimmt's?«

»Wir haben keine Zeit, uns um die Versorgung von Passagieren zu kümmern.«

»Du hättest sie ja einfach in Santo Domingo lassen können.«

»Dazu hätte ich sie einzeln über Bord werfen müssen. Ach so, ich verstehe. Das hast du von mir erwartet. Einen derartig schlechten Ruf habe ich ja wohl allgemein. Gambier gefällt er übrigens auch nicht.«

»Durant? Du hast mit ihm gesprochen?« Sie drehte sich noch einmal, so daß sie ihn über ihre Schulter ansehen konnte.

»Es wäre wohl richtiger zu sagen, daß er mit mir gesprochen hat. Er ist gestern abend noch zu mir gekommen, um eine Erklärung zu verlangen, warum genau und wie ich eigentlich dazu käme, mit seiner Braut hier aufzutauchen.«

»Was hast du ihm erzählt?«

»Die Wahrheit.«

»Was?«

»Bis zu einem gewissen Grade. Ich sah keinen Grund, auch auf seine offensichtliche Hauptsorge genauer einzugehen.«

»Als da wäre?« fragte sie mit einer leisen Vorahnung.

»Ob du immer noch Jungfrau bist.«

Sie versuchte abrupt, sich zum Sitzen aufzurichten, aber er verhinderte es, indem er jeden ihrer Knöchel mit einer Hand festhielt. »Laß mich los«, forderte sie.

»Nicht, bevor du mir nicht gesagt hast, warum du so betroffen bist.«

»Warum sollte ich betroffen sein? Ich finde die Idee einfach herrlich, wie ihr beide dasteht und über meine Jungfräulichkeit diskutiert. Was könnte denn schon schmeichelhafter sein?«

»Ich habe nicht davon gesprochen, sondern Gambier.«

»Nun, vielen Dank, so wird es gewesen sein. Könntest du mir dann jetzt bitte mitteilen, wie ihr euch am Ende dieses offenen Gespräches von Mann zu Mann geeinigt habt, was meine Gunst betrifft, oder kann ich das Ergebnis schon aus der Tatsache erraten, daß ich dich heute morgen in meinem Bett vorgefunden habe und nicht ihn?« Sie stieß mit dem Fuß nach ihm, weil es sie ärgerte, daß er sie festhielt, aber die Bewegung hatte keine Wirkung – er wollte sie nicht loslassen.

Er richtete sich mit einer weichen, kräftigen Bewegung auf, und einen Augenblick später lag sein Gesicht auf ihrem Körper, sein Becken drückte sich gegen die festen Rundungen ihrer Hüften, seine Arme waren auf beiden Seiten aufgestützt wie die Gitterstangen eines Gefängnisses. Er sagte leise in ihr Ohr: »Es gab keine Einigung. Hättest du jetzt lieber Durant hier bei dir?«

»Geh weg«, zischte sie aus zusammengebissenen Zähnen.

»Beantworte meine Frage.«

Seine Position war gefährlich. Ryan erkannte das mit finsterer Beherrschung, als er ihre Bewegungen unter sich spürte, während sie versuchte, ihn abzuwerfen und er in Reaktion darauf die Unruhe in seinen Lenden spürte. Aber er würde nicht nachgeben, bevor er eine Antwort bekommen hatte. Sie war einfach zu wichtig.

»Ich habe dir doch meine Gefühle zu meiner geplanten Ehe erklärt. Wie kannst du mich so etwas fragen? Oder willst du es aus Eitelkeit wissen?«

Er rollte sich sofort von ihr herunter und streckte sich neben sie auf der Koje aus. »Eitelkeit?« wiederholte er entsetzt.

»Was soll es denn sonst sein?«

Ja, was denn sonst? Er starrte sie an – ihr Haar verbarg halb das weiße Leuchten ihrer Schultern und Brüste und sammelte sich in einer glänzenden Welle in der Vertiefung ihrer Taille. Er betrachtete das reine, klare Licht ihrer grauen Augen, schnupperte den Duft, der ein Teil von ihr zu sein schien, und spürte plötzlich eine Sehnsucht, die ihn fast krank machte. Sein Herz tat ihm weh.

Bedächtig sagte er: »Ich habe nicht die Absicht, dich aufzugeben, nur weil ein reicher Zuckerplantagenbesitzer mit älteren Rechten auf dich seine Haut gerettet hat, indem er an Bord meines Schiffes geklettert ist. Andererseits hast du gestern am frühen Abend klargemacht, daß du viel Wert auf deinen guten Ruf legst, und ich wollte nicht die Ursache dafür sein, daß du ihn verlierst, jetzt, da dein Bräutigam wieder aus dem Grabe zurückgekehrt ist.«

»Ich verstehe«, sagte sie, und das Licht in ihren Augen war so kalt und gefährlich wie ein See im Sturm. »Deswegen hast du mich also in deiner Kajüte untergebracht und warst die Nacht über hier: damit Durant auch ganz sicher bemerkt, daß seine Ware jetzt verdorben ist. Und natürlich mußt du in diesem Fall nicht einmal unnötige Worte verlieren, um die Sachlage zu klären.«

»O nein«, sagte er mit ruhiger Sicherheit. »Das habe ich getan, weil ich es nicht anders ertragen hätte. Weil ich am Morgen hier sein wollte, um dich nackt im Sonnenlicht zu sehen.«

Sie holte überrascht tief Atem und spürte plötzlich einen rauhen Schmerz, als hätte er ihr eine tödliche Wunde geschlagen. Sie würde es sich nicht anmerken lassen. Sie hob ihr Kinn und fragte: »Und jetzt, wo du es gesehen hast?«

»Wenn dich Durant jetzt noch will, muß er dich mir mit Gewalt wegnehmen.«

»Mir scheint, ich sollte doch wohl selbst die Wahl haben?«

»Ich hatte eigentlich das Gefühl, du hättest sie schon getroffen.«

»Nur weil ich nicht gern von Durant zurückgeholt werden möchte wie ein verlorengegangenes Päckchen, heißt das noch lange nicht, daß ich statt dessen lieber von dir abhängig sein will. Du hast mir doch ganz klar zu verstehen gegeben, daß das nicht sehr vernünftig wäre.« Elene setzte sich hin, strich ihr Haar auf eine Seite und legte die Arme über die Brust.

»Das war dumm von mir.«

»Was soll das heißen?« fragte sie mißtrauisch.

»Nichts. Bist du eigentlich immer so biestig vor dem Frühstück?«

Sein Gesicht war verschlossen, höflich, aber undurchschaubar. Sie würde nichts mehr erfahren, auch wenn sie ihn weiter befragte. Dann eben nicht. Sie war sich auch nicht sicher, ob sie wirklich mehr wissen wollte, und der Grund dafür war ihr auch nicht ganz klar.

Sie hatten das Frühstück versäumt. Ryan öffnete die Tür und rief den Schiffsjungen. Er befahl ihm, ihnen Kaffee zu bringen, da es jedoch schon kurz vor der Zeit des Mittagessens war, entschlossen sie sich, mit dem Essen bis dahin zu warten. Als der Kaffee kam, trank Ryan ihn schnell, zog sich an und verließ die Kajüte. Er mußte wohl Devota begegnet sein, denn ein paar Minuten später kam sie zu Elene, um ihr beim Anziehen zu helfen.

Als Elene schließlich in dem mit goldgrünen Bändern verzierten Kleid dastand, mit Schuhen an den Füßen und das Haar ordentlich zu einer Zopfkrone hochgesteckt, fühlte sie sich zum ersten Mal seit Tagen wieder gesellschaftsfähig und eher so, wie sie sich kannte. Sie war nicht eingebildet, haßte aber den Gedanken daran, wie sie gestern abend ausgesehen haben mußte in ihrem unrettbar zerrissenen, schmutzigen Kleid, die Schuhe zerfetzt und verschmiert, das Haar in einem wirren Haufen über den Rücken hängend und die dunklen Schatten der Erschöpfung unter den Augen. Vielleicht konnte sie das wenigstens teilweise durch ihre heutige Gepflegtheit wiedergutmachen. Sie würde nicht vergessen, daß die Schauspielerin Hermine es gewesen war, die ihr das möglich gemacht hatte.

Sie hatte gefürchtet, Ryan wolle sie allein in den Gemeinschaftsraum gehen lassen. Dazu war sie ohne weiteres in der Lage, aber nach seinem Manöver mit der gemeinsamen Kajüte, das ihr Verhältnis zueinander vor jedermann effektvoll darstellte, sah sie keinen Grund, warum sie den anderen jetzt ohne seine Unterstützung entgegentreten sollte.

Sie hätte sich keine Sorgen zu machen brauchen. Ryan erschien mit dem Glockenzeichen, das an Bord den Mittag und den Wechsel der Schiffswache ankündigte. Er betrachtete sie mit ernster Aufmerksamkeit und schüttelte schließlich den Kopf.

»Deine Kleidung heute morgen hat mir besser gefallen«, sagte er.

»Aber ich hatte doch keine –« fing sie an und schwieg dann in verärgertem Verstehen.

»Genau«, murmelte er, nahm ihren Arm und zog ihn durch den seinen, während er die Farbe bewunderte, die die Blässe aus ihrem Gesicht verdrängt hatte. »Sollen wir jetzt gehen?«

Zum zweiten Mal warteten die anderen auf sie. Die Herren standen auf, als Elene und Ryan eintraten, die Damen starrten sie offen an. Eine junge Frau, die dünne Tochter des Plantagenbesitzers, kicherte nervös. Durant, der sich an die Wand lehnte, betrachtete beide mit vor Zorn glitzernden schwarzen Augen. Es war jedoch der Schauspieler Morven

Ghent, der sie schließlich ansprach. Er trat mit einem Glas bernsteinfarbener Flüssigkeit in der Hand und einer leichten Röte auf seinem aparten, melancholischen Gesicht vor.

»Wir sind sehr geehrt«, sagte er mit einer Stimme, die durch den Alkohol, den er getrunken hatte, mehr als nur ein bißchen breit klang, »und fühlen uns glücklich. Diese Mahlzeit kann nur an Aroma gewinnen durch die Anwesenheit unseres Gastgebers, des Freibeuters Bayard, und seiner schönen blonden Geliebten!«

7. Kapitel

»Morven!« rief Hermine. »Um Himmels willen, was ist das für ein Benehmen.«

Er sah sie an, immer noch in seiner theatralischen Pose, sein Grinsen wirkte bekümmert. »Bin ich aus der Rolle gefallen? Muß ich mich entschuldigen?«

»Sofort!«

»Meine Xanthippe spricht, und ich muß gehorchen, oder sie wird mich auf verschiedene Arten bestrafen, die meiner Selbstliebe unbequem sind.« Er wandte sich Ryan zu und verbeugte sich mit äußerster Anmut. »Ich bitte Euch darum, daß Ihr und Eure Dame meinen Fehler übersehen möget. Oder falls es Euch an derartiger Großzügigkeit gebrechen sollte, erwarte ich, wenn es Euch beliebt, in aller Bescheidenheit Eure Sekundanten.«

Ryan betrachtete den Mann ohne Wohlwollen. »Wenn Ihr mir einen Gefallen tun wollt, Morven, so bitte ich Euch, das Theater auf die Bühne zu beschränken.«

»Spielverderber«, sagte der Schauspieler. »Die Damen hatten erwartet, unser Blut vor ihnen über den Boden fließen zu sehen. Wollt Ihr ihnen das kleine Vergnügen versagen?«

»Es schmerzt mich wirklich, aber ich würde ungern das

Gejammere hören, daß Ihr veranstalten würdet, wenn ich Euch auch nur einen Kratzer am Arm beibrächte, ganz zu schweigen von den Sterbensmonologen, die Ihr über uns ergießen würdet.«

»Was meint Ihr nur damit? Ich bin der tapferste Mann, den man sich denken kann.«

»Ihr seid ein großer Schwindler wie alle Schauspieler.«

Morven ließ einen melancholischen Seufzer ertönen. »Da mögt Ihr recht haben, aber wie können wir das wirklich erfahren, wenn Ihr mir nicht Satisfaktion geben wollt?«

»Oh, das werde ich unter Umständen schon bald tun«, sagte Ryan weich, »beim nächsten Mal, wenn Ihr die Dame beleidigt.«

Die ausdrucksvollen Augenbrauen des Schauspielers schnellten in die Höhe. »So sieht es also aus? Ich bin gewarnt.« Er wandte sich Elene zu. »Und ebenso bin ich zerknirscht. Ich bin es wirklich.«

Aus der Art, wie sie miteinander sprachen, war klar, daß die beiden Männer sich kannten. Es war auch klar, daß Morven Ghent recht hatte damit, daß mehr als eine der anwesenden Damen enttäuscht waren, weil es kein Duell zwischen den beiden Männern geben würde. Einen Augenblick lang war Elene bereit gewesen, den Schauspieler ebenfalls zu beleidigen, aber nur so lange, bis sie das teuflische Glitzern in seinen grünen Augen bemerkte. Sie würde sich also wohl an seine spöttische Haltung gewöhnen müssen.

Morven Ghent sah auf eine dunkle und poetische Art unglaublich gut aus. Sein Haar war schwarz wie Ebenholz und so fein wie das einer Frau, seine Züge waren klassisch, seine Gestalt elegant. Sein einziger Fehler war, daß er sich seines guten Aussehens durchaus bewußt war und daß er die Wirkung, die es hervorbrachte, sehr genoß.

Sie streckte die Hand aus. »M'sieur Ghent, nehme ich an?«

»Zu Euren Diensten, schöne Dame. Ich vermute, Ihr habt Euch von Euren bösen Erfahrungen so gut erholt, wie Ihr erscheint. Ich denke, alle Damen sollten sich Gefahren herbeiwünschen, wenn es sie so schön macht wie Euch.«

Blühende Komplimente waren in manchen Kreisen Mode, das wußte Elene, sie waren nur bedeutungslose Höflichkeiten. Trotzdem hörten sie sich angenehm an. »Ihr seid zu großzügig.«

Eine korpulente Matrone, die direkt neben ihnen saß, sagte mit einsichtsvoller Aufrichtigkeit, noch während der Schauspieler Elene widersprach: »M'sieur Ghent hat sich die äußerste Mühe gegeben, die Laune aller Damen mit Komplimenten aufrechtzuerhalten, selbst wenn wir nicht in bester Verfassung waren. In Wahrheit, *chère*, seht Ihr ziemlich erschöpft aus. Kommt und erzählt uns von Euren bösen Erfahrungen.«

Morven Ghent trat zur Seite. »Erlaubt mir, Euch Madame Françoise Tusard vorzustellen, die Gattin eines Mitglieds der Verwaltung der Insel, die wir gerade hinter uns lassen, seine genauere Stellung ist mir gerade entfallen.«

»Er ist oder war Mitarbeiter des Regierungsvertreters«, erklärte die Dame, und ihr breites und ziemlich fleckiges Gesicht färbte sich rosa vor Verärgerung angesichts der geringschätzigen Vorstellung. Ihre Augen waren von einem schmutzigen Blau und standen etwas vor, ihre Nase war breit mit einer kugelrunden Spitze, ihr Mund klein und zusammengekniffen, und ihr dünnes Haar fing gerade an, auf eine ziemlich unattraktive Art grau zu werden. Ihr Kleid aus kirschfarbenem Musselin über einer undurchsichtigen Bluse war schon etwas abgetragen, aber immer noch auf der Höhe der Mode. An den Händen trug sie schmutzige Seidenhandschuhe in demselben Kirschton wie ihr Kleid, so als wolle sie selbst mitten im Chaos noch den Schein wahren.

»Madame«, sagte Elene in höflicher Begrüßung.

»Dieser Herr hinter mir ist mein Gatte, M'sieur Claude Tusard«, verkündete die Frau des Mitarbeiters des Regierungsvertreters und deutete auf einen rundlichen und mit einem

Schnurrbart gezierten Mann in mitgenommenen Kniehosen, Rock und Weste und einem Hemd, dessen hoher Kragen ihm das Drehen des Kopfes schwer gemacht hätte, wenn er nicht so geknickt gewesen wäre. Der Herr starrte Elene bewundernd an und verbeugte sich. Bevor sie als Erwiderung mehr als einen Knicks machen konnte, sprach seine Frau weiter: »Setzt Euch doch bitte und erzählt uns alles.«

»Nein, nein«, protestierte Morven, »Ihr dürft die Dame nicht einfach mit Beschlag belegen.«

Madame Tusard schien zu schwellen. »Das, so wollt Ihr wohl sagen, ist Euer Privileg?«

»Wie könnt Ihr das behaupten, wenn unser Gastgeber in der Nähe ist? Wollt Ihr doch noch die Farbe meines Blutes kennenlernen? Es ist einfach nur so, daß hier noch andere Herrschaften sind, die ihr und Bayard vorgestellt werden müssen.«

Es erschien Elene, als sei sie gerade Zeugin eines dieser kleinen Kämpfe um die Vorherrschaft geworden, die immer stattfinden, wo mehrere Leute in einer Gruppe zusammenkommen. Morven Ghent hatte eine natürliche Tendenz, die Mitte der Bühne einzunehmen, egal bei welcher Gelegenheit, während Madame Tusard wohl eine Frau mit einem beherrschenden Wesen sein mußte, die es gewöhnt war, sich auf die Position ihres Mannes zu verlassen, um ihren Status zu erhöhen. Im Augenblick jedoch war die Frau des Beamten außer Gefecht gesetzt.

Elene wurde, mit Morven an einer und Ryan an der anderen Seite, respektvoll vorgestellt. Zuerst kam das dritte Mitglied der Schauspieltruppe, eine junge Frau aus Martinique, die sich Joséphine Jocelyn nannte und sich die ziemlich leidenschaftlichen Verhaltensweisen von Napoleons Frau zu eigen gemacht hatte, der sie offensichtlich einen Teil ihres Künstlernamens verdankte. Sie saß locker in ihrem Stuhl und drehte eine dunkle Locke um den Finger, ließ ihre Wimpern flattern und machte einen Schmollmund in Ryans Richtung, während sie Elene ignorierte. »Man nennt mich Josie«, sagte sie zu ihm. »Ich habe nichts dagegen, wenn Ihr das auch tut.«

Das nächste Mädchen, Flora Mazent, hätte kaum unterschiedlicher sein können. Sie war so schüchtern, daß sie nicht einmal den Kopf hob und ihre gelbliche, von blauen Adern durchzogene Haut wurde in Erdbeerröte getaucht, als sie bemerkte, daß sie im Mittelpunkt der Aufmerksamkeit stand. Ihre Wimpern und Augenbrauen waren so fein, daß sie fast unsichtbar schienen, und sie war dünn wie eine Bohnenstange und flachbrüstig. Sie äußerte ihren Gruß mit tonloser Stimme und hob dazu nur kurz ihren Blick aus ziemlich engstehenden, haselnußbraunen Augen.

»Sprich lauter, Flora«, befahl ihr in der Nähe stehender Vater, aber seine Worte klangen müde, als wüßte er, daß sie keine Wirkung haben würden.

Es schien, daß M'sieur Mazent Witwer war, ein stämmiger Mann in Grau mit schütterem Haar, den gleichen haselnußbraunen Augen wie seine Tochter und der Gewohnheit, während er dastand, eine Hand auf den Bauch zu drücken. Er war Plantagenbesitzer gewesen, aber auch sein Haus war abgebrannt. Er hatte noch andere Besitzungen in Louisiana, sagte er, war also nicht vollständig ruiniert worden.

»Da wir das jetzt hinter uns gebracht haben«, sagte Madame Tusard in der ersten Pause, »könnten wir ja vielleicht essen. Ich sehe, daß aufgetragen worden ist, und der Kapitän kommt auch gerade, um uns Gesellschaft zu leisten.«

Sie waren elf Personen, die sich jetzt zum Essen setzten – sechs Männer und fünf Frauen nahmen ihre Plätze an drei Tischen ein. Es gab keine besondere Tischordnung. Ryan und Elene saßen zusammen mit Morven Ghent und Hermine. Der Kapitän saß neben Joséphine an einem Tisch mit M'sieur Mazent und seiner Tochter Flora, und Durant blieben nur noch M'sieur und Madame Tusard. Die Tische standen in dem kleinen Raum allerdings so nah beieinander, daß es kein

Problem war, sich auch in andere Richtungen zu unterhalten.

Das Essen war einfach, ein herzhafter Eintopf mit Meeresfrüchten, genannt Gumbo: eine dicke Okrasuppe mit Krabben und Wurst auf Reis angerichtet. Sie wurden von einem Steward bedient, der den Gumbo aus einem Topf schöpfte, den er am Henkel hielt. Er kam noch einmal und brachte eine Weinflasche und kleine, knusprige Brotlaibe für jeden Tisch. Der Mann hielt sich nicht lange auf, sondern ging danach wieder hinaus und überließ alles weitere ihnen.

Elene wollte wissen, wo Devota war, und fragte Ryan danach. Sie erfuhr, daß sie zusammen mit der Zofe von Mazents Tochter in einem kleinen Raum neben der Küche aß. Durants Geliebte, Serephine, war auch nicht hier. Es war unwahrscheinlich, daß die Frau mit den Bediensteten essen wollte, und doch war es sicher, daß Madame Tusard sich strikt weigern würde, wenn die von Durant ausgehaltene Achtelnegerin versuchen würde, den freien Stuhl an ihrem Tisch einzunehmen. So enge Verhältnsse wie hier brachten Probleme mit sich, wenn es um eine Frau ging, die weder zur einen noch zur anderen Welt gehörte. Es war wahrscheinlich, daß Serephine allein aß – wo auch immer man Platz für sie gefunden haben mochte.

Nicht alle hatten das Glück, eine solche Kajüte zu bewohnen, wie sie Elene mit Ryan teilte. Devota hatte ihr erzählt, daß die anderen Frauen in zwei Räumen zusammengepfercht waren, während die Männer unten bei der Mannschaft schliefen. Kapitän Jean hatte sich große Mühe gegeben, daß Madame Tusard nichts von der bequemen Kajüte erfuhr, deren sich der Schiffsbesitzer erfreute. Er hatte befürchtet, sie hätte sie sonst für sich und ihren Mann in Anspruch nehmen wollen.

Das Gespräch an Ryans Tisch war lebhaft. Hermine trug mit Scherzen und Seitenhieben zu seinem Fortgang bei. Ihr Sinn für Humor war scharf, und sie verschonte niemanden mit ihrem Spott, vor allem sich selbst nicht. Morven gegenüber benahm sie sich so zwanglos, daß schon ziemlich bald offensichtlich war, daß die beiden mehr verband als nur eine Neigung zum Theater. Nichtsdestotrotz schreckte Morven nicht davor zurück, Elene nach allen Regeln der Kunst den Hof zu machen, mit Blinzeln und sehnsüchtigen Seufzern – immer wenn Ryans Aufmerksamkeit gerade abgelenkt war.

Hermine, die den kurzen, stirnrunzelnden Blick Elenes zwischen dem Schauspieler und sich bemerkte, ließ ein wunderschönes, kehliges Lachen hören. »Der Trick besteht darin, daß man lernen muß, Morven nicht zur Kenntnis zu nehmen. Das heißt nicht, daß er es nicht ernst meint. Er hat einfach keine Kontrolle über sich, was Frauen betrifft, besonders nicht bei denjenigen, von denen er weiß, daß er sie nicht bekommen kann.«

Morven wandte sich ihr mit verwundertem Blick zu. »Engel, wie kannst du das sagen?«

»Ganz leicht, denn es ist wahr. Ich hielt es für das beste, Elene zu warnen, mein Liebster, damit sie dir keine Ohrfeige versetzen muß.«

Morven schüttelte den Kopf und richtete einen seelenvollen Blick auf Elene. »Sie ist eine eifersüchtige Hexe.«

»Ach, wirklich?« Elene mußte über diesen Unsinn einfach lächeln.

»Ich weiß nicht, warum ich mich überhaupt mit ihr abgebe.«

»Ich vermute, daß es wohl eher umgekehrt ist.«

»*Et tu, Brute*? Wollt Ihr Euch etwa meinen Feinden anschließen, indem Ihr mich ebenfalls lächerlich macht?«

»Frauen sind so herzlos«, stimmte sie ihm in seinem Leid bei. »Wir können eben einfach nicht anders.«

»Ich hasse kluge Frauen.«

»O Gott, dann habe ich mich wohl jetzt in Euren Augen auf ewig unmöglich gemacht.«

»Ziemlich.«

»Angenommen, ich verspreche, in New Orleans in Eure Vorstellung zu kommen – Ihr werdet doch in New Orleans spielen, oder?«

»Aber natürlich! In diesem Falle werde ich Euch wahnsinnig und für immer lieben.«

»Wirklich klug«, sagte Hermine.

Ryan schaltete sich ein. »Das wollen wir hoffen. Elene, ich glaube, Madame Tusard versucht, dich auf sich aufmerksam zu machen.«

Die Frau des Beamten beugte sich über den Platz zwischen den Tischen hinweg zu ihr. »Mademoiselle Larpent, ich glaube, ich erinnere mich gehört zu haben, daß das Haus Eures Vaters eines der ersten war, die vor ein paar Tagen niedergebrannt wurden. Ich habe mich gefragt, wie es Euch gelingen konnte, bis gestern abend zu überleben.«

Die Frage der Frau hätte an Elene gestellt sein können, aber ihr Blick bewegte sich mit deutlichem Argwohn zwischen ihr und Ryan hin und her. Elene zwang sich zu lächeln. »Ohne die Hilfe meiner Zofe hätte ich nicht überlebt. Nach kurzer Zeit haben wir dann das Glück gehabt, jemanden zu finden, der uns bei sich aufgenommen hat.«

»Wirklich ein Glück. Wer ist das denn gewesen?«

Elene sagte es ihr.

»Das ist wohl ein Bekannter von Euch, M'sieur Bayard, oder nicht?«

»Zufällig, ja.«

»Daraus läßt sich schließen, daß dieser Favier wohl Euch beiden Unterschlupf gewährt hat.« Die Augen von Françoise Tusard waren voller Gier, sie hielt ihren Löffel so fest, daß ihre Fingerspitzen weiß wurden.

»Ja«, stimmte ihr Elene zu und fügte in einem Versuch, das Thema zu wechseln hinzu: »Aber wie war das bei Euch und Eurem Gatten?«

»Das ist beinahe zu schrecklich, um es zu erzählen. Wir haben uns stundenlang in leeren Salzfässern in einem Lagerschuppen versteckt. Ich war sicher, ich würde ersticken, aber Gott sei Dank haben sich die Wilden dann entschlossen, weiterzuziehen und ein anderes Haus niederzubrennen und zu plündern. So war es doch, Claude.«

»Ja, *chère*«, krächzte ihr Mann, sobald er seinen Bissen hinuntergeschluckt hatte.

»Ich danke natürlich Gott nicht dafür, daß jemand anderes angegriffen wurde, nur dafür, daß wir unverletzt geblieben sind, versteht mich da recht. Ich möchte niemandem wünschen, daß er so leiden muß wie unsere Nachbarn, die armen Seelen. Das waren die Witwe Clemenceau und ihre drei Töchter. Ihr würdet nicht glauben, was man mit ihnen gemacht hat! Man fand ihre Leichen am nächsten Morgen – sie waren auf schreckliche Weise mißbraucht worden.«

Die Einzelheiten waren häßlich, und die Frau hatte keine Hemmungen, sie zu beschreiben. Sie beendete ihre Erzählung mit einem Schaudern. »Das war natürlich absolut nicht der einzige derartige Vorfall. Ich hoffe, daß Euch ein solcher Mißbrauch erspart geblieben ist.«

»Das ist kein Thema, von dem ich gern sprechen würde, falls es so gewesen wäre«, entgegnete Elene mit kühler Stimme.

»Das ist sehr klug, da bin ich sicher«, sagte die Frau und lehnte sich noch weiter mit ihrem Stuhl zurück, so daß sie Gefahr lief, damit umzufallen, »aber war es so?«

»Nein.«

»Dann hattet Ihr Glück, wirklich Glück«, sagte Madame Tusard mit matter Stimme und wandte sich wieder um.

Elene musterte Durant, der dem Gespräch mit gespanntem Interesse gefolgt war, dann sah sie zu den anderen am nächsten Tisch hinüber, an dem Kapitän Jean und die junge Schauspielerin Joséphine Jocelyne mit den Mazents saß. Sie schaute genau im richtigen Augenblick hinüber, um zu sehen, wie sich Josie in ihrem Stuhl zurücklehnte und in einer unanständigen Bewegung ihre Brüste so weit vorwölbte, daß ihre Brustwarzen sich deutlich unter dem dünnen Stoff ihres Kleides abzeichneten. M'sieur Tusard beobachtete die Schauspielerin, ohne einen Blick abzuwenden, aber Josie bedachte Ryan mit ihrem Lächeln.

Hermine, die Elenes Blick gefolgt war, schüttelte den Kopf. »Josie hat sich auch nicht unter Kontrolle.«

Ryan ignorierte die Bemühungen der jungen Schauspielerin und riß ein Stück Brot von dem Laib neben seiner Suppenschüssel. Er betrachtete Elene, und Heiterkeit blitzte hell in seinen blauen Augen auf. Sie wußte plötzlich, daß es ihm durchaus möglich gewesen wäre, Schritte zu unternehmen, um Morvens Eifer zu bremsen und Madame Tusards Neugierde zu unterbrechen, wenn er es gewollt hätte. Statt dessen erlaubte er ihr, für sich selbst zu kämpfen. Zweifellos erwartete er, daß sie entdecken würde, wie wertvoll sein Schutz war, jetzt nachdem er ihn ihr entzogen hatte.

Es war aber durchaus möglich, daß er selbst bald etwas entdecken würde. Elene wandte den Kopf und lehnte sich gerade so weit vor, daß sie den Blick der dunkelhaarigen Schauspielerin abfing. Sie sah Josie in die Augen und warf der jungen Frau einen langen, kalten Blick zu, wobei sie eine Augenbraue hochzog. Josie richtete sich in ihrem Stuhl wieder auf und schaute dann zu den Bullaugen an der Wand, bevor sie ihre Suppenschüssel plötzlich wieder hochinteressant fand. Sie nahm ihren Löffel in die Hand und begann zu essen.

Elene wandte sich wieder Ryan zu. »Dieser Gumbo ist wirklich ganz köstlich –«

Die Worte blieben ihr fast in der Kehle stecken. Der Blick aus Ryans Augen war so voller lebhaftem Verstehen und schmelzendem Verlangen, daß sie spürte, wie ihr Herz einen plötzlichen Satz machte.

Schließlich rettete sie M'sieur Mazent. »Das Aroma des Gumbo ist gut, das gebe ich zu, aber ich finde ihn etwas stark gewürzt, besonders mit Pfeffer. Das wird meinem Magen schwer zu schaffen machen.«

»Ich bitte dich, Papa«, murmelte seine Tochter.

Der Kapitän bot voller Besorgtheit an, man könne auch ein Omelett für den Plantagenbesitzer machen lassen. Es wurde mit äußerster Höflichkeit zurückgewiesen. Als der junge Mann darauf bestehen wollte, schüttelte Flora Mazent mit einem fast unhörbaren Dankeschön den Kopf, indem sie ihn nur für den Bruchteil einer Sekunde ansah. Als Kapitän Jean jedoch seine Aufmerksamkeit wieder seinem eigenen Teller zuwandte, spähte sie mit einem seltsam befriedigten Lächeln auf ihren farblosen Lippen aus dem Augenwinkel zu ihm hinüber.

Als der Brotauflauf, der den Nachtisch bildete, bis auf den letzten butterigen Krümel verzehrt worden war, wanderten sie aus dem Gemeinschaftsraum auf das Deck. Dort hatte man aus einem Segel eine Markise errichtet, um die Haut der Damen vor der Sonne zu schützen, und ein paar Stühle herausgebracht und darunter gestellt. Strohmatratzen, wie sie die Seeleute als Bett verwendeten, waren als zusätzliche Sitzgelegenheiten in der Nähe verteilt.

Für Elene war die Sonne etwas Herrliches. Sie konnte nach ihrem Aufenthalt in der unterirdischen Dunkelheit einfach nicht genug davon bekommen. Sie setzte sich auf einen der Strohsäcke und betrachtete das diamantene Glitzern auf den Wellen, das silberne Leuchten auf den geblähten weißen Segeln über ihnen, die glänzenden Reflexe auf den Messingteilen und der Mahagonireling des Schiffes. Plötzlich spürte sie den wilden Wunsch, ihre Kleider abzuwerfen und sich in ganzer Länge in die herrliche Flut aus Licht und Wärme zu legen. Statt dessen saß sie brav mit nebeneinanderstehenden Füßen da und legte ihre Hände um die Knie, um zu verhindern, daß ihre Röcke vom Wind gebauscht wurden.

Madame Tusard erzählte der ganzen Runde eine Geschichte von einer Frau, die von den Aufständischen enthauptet worden war, und es klang, als hätten die schrecklichen Dinge, die in Santo Domingo geschehen waren, eine besondere Faszination für sie. »Was ich nicht verstehe«, sagte sie, als sie die letzte grausige Einzelheit erzählt hatte, »ist, warum das alles geschehen mußte. Warum haben sich unsere Neger mit einer solchen Wildheit gegen uns gewandt, das haben sie doch sonst nirgendwo getan.«

»Die Revolution in Frankreich«, erklärte ihr Mann.

»Ja, vielleicht war das das Vorbild für den ganzen Schrekken.« Es war Hermine, die den ersten Vorschlag in dieser Richtung ergänzte.

»Aber vielleicht war es auch unser eigenes Vorbild«, sagte Elene wie zu sich selbst.

Madame Tusard wandte sich ihr mit vor Beleidigung unbeweglichem Gesicht zu. »Was meint Ihr nur damit?«

Elene wünschte, sie hätte nichts gesagt, aber da sie es doch getan hatte, wollte sie sich jetzt nicht drücken. »Ich erinnere mich, als Kind von Dingen gehört zu haben, die die etwas abgelegen wohnenden Plantagenbesitzer mit ihren Sklaven machten: Sie begruben sie lebendig für kleine Vergehen, durchschnitten die Sehnen in den Beinen von Geflohenen, um sie zu Krüppeln zu machen, zwangen die Frauen schon weniger als eine Stunde nach dem Gebären, wieder auf den Feldern zu arbeiten, ganz zu schweigen von der Art, wie sie ausgepeitscht und gebrandmarkt wurden.«

»Es mag vielleicht ein paar Wahnsinnige gegeben haben, die solche Dinge taten«, gestand der Plantagenbesitzer Mazent zu, »aber welcher Narr würde denn einen wertvollen Sklaven eher verletzen als ein schönes Pferd oder ein gutes Arbeitsmaultier?«

»Leute, die Angst haben. Die Insel war immer schon so abgelegen, war so fern von jeder Art von staatlicher Autorität oder Unterstützung, und auf jeden Weißen kamen zwanzig Sklaven. Es war schon lange vor den ersten Aufständen klar, daß die Weißen, wenn die Sklaven ihre Stärke erst einmal erkennen würden, ungeheuerliche Schrecken erleiden würden. Die Plantagenbesitzer glaubten, sie könnten sie mit ihrer Gewalttätigkeit unter Kontrolle halten.« Sie hatte diese Einstellung ganz deutlich an ihrem eigenen Vater gesehen. Sie war ihm so tief in Fleisch und Blut übergegangen, daß er nichts dagegen tun konnte, nicht einmal im Zusammenleben mit seiner eigenen Tochter.

»Die Sklaven haben sich ihre Freiheit vielleicht mit Blut erkauft, aber was haben sie jetzt davon? Noch mehr Kämpfe, und immer mehr.«

»Unter Toussaint –«

Madame Tusard schnaubte voller Widerspruch. »Von diesem Mann möchte ich lieber nicht sprechen! Wer hat denn je von einem Schwarzen gehört, der regiert? Das ist doch lächerlich.«

»Er hat sich gut gehalten angesichts der Umstände, unter denen er anfing.«

»Er mußte selbst die Peitsche gebrauchen, um seine geliebten Anhänger dazu zu bringen, daß sie wieder auf die Felder gingen, damit sie genug verdienten und nicht verhungerten. Das stimmt doch, Claude, oder?«

»Ja, *chère*.«

Elene bekam schließlich Unterstützung aus einer unerwarteten Ecke. Ryan sagte: »Wenn sie Toussaint in Ruhe gelassen hätten, könnte Ihr Gatte jetzt seinen Posten vielleicht immer noch haben – und die anderen ihre Häuser, ihren Lebensunterhalt, ihr Leben. Napoleon und sein Schwager Leclerc sind dafür verantwortlich, daß es zu diesem letzten Massaker gekommen ist, weil sie die Sklaverei wiederhergestellt und Toussaint in Gefangenschaft gesteckt haben, wo er starb.«

»Ihr habt leicht reden. Ihr habt kein Geld in Santo Domingo investiert. Ihr habt nicht mehr verloren als vielleicht ein paar Livres Profit auf Eure letzte Ladung, wenn überhaupt.«

»Genau aus diesem Grunde kann ich objektiver sein als Ihr.«

»Objektiver?« rief Madame Tusard ärgerlich. »Claude und ich haben fünfundzwanzig Jahre in Santo Domingo verbracht bis auf ein oder zwei Jahre während der schlimmsten Kämpfe. Wir haben zwei liebe kleine Buben verloren, die wir im Sand der Insel begraben mußten. Wir haben ihr unsere Jugend, unsere Hoffnungen und unsere Träume geschenkt. Und was ist uns geblieben? Nichts. Nicht einmal die Gräber unserer Kinder.«

Die Frau begann zu weinen, wobei sie sich langsam hin und her wiegte. Ihr Mann Claude klopfte ihr auf die Schulter und sprach leise auf sie ein, was sie mit Schluchzern beantwortete. Die andern waren still und hingen ihren eigenen Gedanken nach.

Einige Zeit später kamen Devota und die anderen zu ihnen an Deck. Sie kamen in einer schwatzenden Gruppe unter der Führung von Serephine, die über ihre Schulter etwas Komisches zu Devota und Germaine, der Zofe von Flora Mazent, sagte.

Die Frau des Beamten starrte mit rotgeränderten Augen die Achtelnegerin an, die auf Durant zuging. Einen Augenblick später erhob sich Madame Tusard mit demonstrativer Bedächtigkeit, indem sie sich offensichtlich aus der Gegenwart der Farbigen entfernte. Mit konspirativer Stimme sagte sie: »Hat eine der Damen vielleicht Lust, mich auf einem Spaziergang über das Deck zu begleiten?«

Hermine und Joséphine schienen sie nicht zu hören. Flora Mazent winkte ihrer Zofe und rief ihr zu, daß sie ein Band brauche, um ihren Hut festzuhalten. Elene, die sich schuldbewußt fühlte, weil sie die Ursache von Madame Tusards Kummer gewesen war und weil sie auch keine Lust hatte, zu bleiben und den anderen Gelegenheit zu geben, ihre Reaktion auf die Ankunft von Durants Geliebter zu beobachten, zwang sich, die Frau des Beamten zu begleiten.

Sie hätte wissen müssen, daß das ein Fehler war. Kaum waren sie außer Hörweite, drückte sich die Frau an sie und flüsterte: »Diese Serephine ist Gambiers Maîtresse, das wißt Ihr ja sicherlich. Was für eine Idee, uns auf dieser Reise mit ihrer Gegenwart zu belästigen! Sie wäre nicht in Gefahr gewesen, wenn er sie zurückgelassen hätte.«

»Doch, vielleicht schon, denn sie ist ja beinahe weiß«, legte ihr Elene in wildem Widerspruch dar.

»Und aus diesem Grunde bildet sie sich auch eine ganze Menge ein. Ich weiß nicht, wie Ihr das ertragen könnt, die beiden zusammen zu sehen, wenn Ihr wißt, was sie füreinander empfinden, selbst noch zu einem Zeitpunkt, als Eure Ehe geplant wurde. Ich bewundere Euch, daß Ihr das so kühl hinnehmen könnt. Eine Frau muß eben den Kopf hochhalten und so tun, als würden ihr diese Dinge nichts ausmachen.«

»Wißt Ihr, mir machen sie tatsächlich nichts aus.«

Françoise Tusard sprach weiter, als hätte Elene nichts gesagt. »Andererseits ist es ja auch wirklich eine gute Rache, einen anderen Mann in Euer Bett zu lassen, obwohl es mich wundert, daß Ihr es so offen zur Schau stellt. In Paris kann man so etwas vielleicht tun, aber auf den Inseln sind die Moralbegriffe doch ganz anders und soviel ich weiß, auch in der Kolonie Louisiana unter den Spaniern. Ihr werdet womöglich feststellen, daß Ihr Durant Gambier damit einen Grund gegeben habt, seinen Antrag zurückzuziehen. Das kann doch wohl nicht Eure Absicht sein.«

»Kann es das nicht?«

»Nun ja, ich gebe zu, es gibt vieles, was für Ryan Bayard als Mann spricht – selbst in meinem Alter sehe ich noch, wie reizvoll er ist –, aber er kann sich doch nicht mit einem reichen Plantagenbesitzer wie Gambier vergleichen, nicht wahr?«

»Durant ist jetzt gar nicht mehr so reich.«

»Es freut mich zu sehen, daß Ihr realistisch seid, aber ich bitte Euch dringend, geht vorsichtig vor, sonst könnte es vielleicht zu spät sein, wenn wir New Orleans erreichen. Eine weiße Frau kann ganz leicht in eine Stellung wie die dieser Serephine abrutschen oder gar die von dieser Germaine bei den Mazents. Wißt Ihr, sie ist Mazents Maîtresse, schon seit Jahren.«

»Ach wirklich?«

»Ihr könnt Euch das nicht vorstellen? Das ist doch skandalös – in Gegenwart seiner Tochter, das arme Ding. Aber ich versichere Euch, daß es die Wahrheit ist. Diese Germaine ist erstaunlich anmaßend. Sie ist eine freigelassene Farbige, und das wird sie Euch auch erzählen, wenn Ihr sie eine Sklavin nennt. Ich persönlich würde empfehlen, Ihr solltet Euch lieber von ihr fernhalten. Sie war sehr unhöflich, als ich sie einfach nur fragte, wie lange sie schon bei Flora und ihrem Vater sei.«

»Aha.«

Die mangelnde Ermutigung hatte keinen Einfluß auf diese nicht enden wollenden Tiraden der üblen Nachrede. Von Serephine und Germaine ging Madame Tusard dazu über, die Farbe von Hermines Haar und den Klang ihrer Stimme zu kritisieren, von der sie meinte, sie enthielte Töne, die eigentlich auf das Schlafzimmer begrenzt sein sollten. Josies Gang kam ebenfalls zur Sprache, ebenso wie ihre Art, die Herren anzulächeln.

»Es ist nicht zu glauben, ich habe sie sogar dabei erwischt, wie sie meinem Claude schöne Augen machte! Aber was kann man von einer Schauspielerin schon anderes erwarten?«

Elene zögerte, als sie am Bug des Schiffes angekommen waren. Als die andere Frau weitergehen wollte, blieb sie stehen.

»Kommt Ihr nicht mit?« fragte Françoise Tusard ungeduldig. »Wenn Ihr dort stehen bleibt, wird der Wind Eure Frisur zerstören, und jeder einfache Matrose auf dem Schiff wird bald mit Euch liebäugeln.«

Elene betastete ihre geflochtene Haarkrone, die mit Nadeln hochgesteckt war, die Devota für sie besorgt hatte. »Ich glaube, das Risiko werde ich eingehen.«

»Nun, es ist gut, ich werde Euch Durant schicken. Das wird das Problem lösen.«

»Nein!« rief Elene, aber es war zu spät. Die Frau war schon unterwegs.

Elene dachte daran, sich in Ryans Kajüte zurückzuziehen, aber sich so zu verstecken schien ihr eine feige Flucht zu sein. Es war ihr egal, ob Durant dachte, daß sie entweder Angst vor ihm hatte oder versuchte, ihm aus dem Wege zu gehen. Vielleicht wäre es sogar das beste, hier mit ihm unter etwas privateren Bedingungen zu sprechen, um ihm klarzumachen, daß er keinen weiteren Anspruch auf sie hatte.

Sie stand da, ihr Gesicht zu Sonne und Wind emporgehoben und den Blick auf den Horizont in der Ferne gerichtet, als sie Durants Schritte hinter sich hörte. Das schemenhafte Gefühl von Frieden, das sie zu empfinden begonnen hatte, verschwand, und die Enge in ihrer Brust wurde beinahe schmerzhaft.

»Es war richtig, daß Ihr nach mir geschickt habt«, sagte er an ihrer Schulter. »Einige Zeit später wäre ich vielleicht gezwungen gewesen, Dinge vor anderen Leuten zu sagen, die Euch möglicherweise peinlich sind.«

»Ich habe nicht nach Euch geschickt.« Sie antwortete, ohne sich umzudrehen.

Er trat neben sie und sah sie an, den Rücken der Reling zugewandt. Der Wind wehte sein Haar nach vorn auf seine Stirn und ließ sein Halstuch flattern. Er kniff wegen des Windes die Augen zusammen, die vor Ärger ganz dunkel wirkten. »Ich verstehe Euch nicht, Elene. Vor vier Tagen hätten wir heiraten sollen. In ein paar wenigen Minuten wären wir Mann und Frau gewesen. Wie könnt Ihr das so einfach ignorieren? Habt Ihr Euch keine Sorgen gemacht, und interessiert es Euch gar nicht, was mit mir geschehen ist?«

Das sah ihm wieder wirklich ähnlich: zu erwarten, daß sie nur an sein Schicksal dachte. Sie warf einen Blick auf den Schmiß in seinem Gesicht. »Ihr seid verletzt worden, das sehe ich. Und da Ihr hier seid, nehme ich an, Ihr habt Euch den Weg freigekämpft. Was war denn sonst noch?«

»Ich wurde von hinten angegriffen, an der gleichen Stelle, an der ich auch dieses hier empfing – einfach niedergeschlagen.« Er berührte sein Gesicht mit den Fingerspitzen. »Wenn ich Ringe getragen hätte, würden mir jetzt vielleicht ein paar Finger fehlen. Unter den gegebenen Umständen wurde ich nur entkleidet und in der Annahme, ich sei tot, unter einem Haufen von Leichen liegen gelassen. Wenn Serephine nicht gewesen wäre, läge ich vielleicht immer noch dort.«

»Serephine«, sagte sie trocken.

»Sie hat nach mir gesucht. Soweit ich das beurteilen kann, habt Ihr nichts getan, um herauszufinden, ob ich tot oder lebendig war.«

»Ich konnte mir nicht vorstellen, daß Ihr noch am Leben sein könntet«, protestierte sie. »Außerdem befand ich mich nicht in einer Lage, in der ich mich um irgend jemanden hätte kümmern können.«

»Ihr hättet gestern abend erfreuter aussehen können, als Ihr mich lebend wiederfandet.«

»Ich wußte kaum, wo ich war und was ich tat.«

»Und was ist Eure Entschuldigung für heute morgen? Ich empfand Eure Begrüßung nicht als die einer liebenden Verlobten!«

»Ich bin nicht mehr das Mädchen, das ich war, und auch nicht mehr Eure Braut«, rief sie und sah ihn kühl an. »Alles ist jetzt anders, seht Ihr das nicht?«

»Oh, natürlich sehe ich das.« Seine Stimme klang rauh vor unterdrücktem Zorn. »Und ich höre es auch. Ihr habt die Absicht, unsere Verlobung einfach zu ignorieren. Ihr habt etwas gefunden, was Eurem Geschmack mehr entspricht, und deswegen wollt Ihr Euch nicht mehr verheiraten.«

»Ihr wißt genau, daß diese Hochzeit nie meinem Wunsch entsprochen hat.«

»Mädchenhaftes Geziere. In unserer Hochzeitsnacht hätte sich das schon geändert.«

Sie sah ihn gelassen an. »Ihr seid Eurer selbst ja unglaublich sicher. Und warum auch nicht? Ich nehme nicht an, daß Serephine sich je beklagt.«

Sein Gesicht bekam einen leeren Ausdruck. »Serephine hat damit doch gar nichts zu tun.«

»Nein, jetzt nicht mehr.«

»Das war auch vorher nicht so. Sie wird keinen Einfluß auf den Respekt und die Liebe haben, die meine Frau von mir erfahren wird.«

»Aber Ihr habt nicht die Absicht, Euch von ihr zu trennen, noch hattet Ihr sie jemals.«

»Wo sollte sie denn hin? Wovon sollte sie leben? Ich habe eine Verantwortung ihr gegenüber.«

»Wie bequem.«

Seine dunklen Augenbrauen zogen sich zusammen. »Ich habe nicht die Absicht, darüber mit Euch zu diskutieren. Eine solche Angelegenheit hat mit der Ehefrau überhaupt nichts zu tun. Sie sollte nicht einmal wissen, daß es sie gibt, und noch weniger das Bedürfnis haben, sich dazu zu äußern.«

»Ihr meint, die Ehefrau sollte nicht zu erkennen geben, daß sie etwas weiß. Noch eine recht bequeme Sache.«

»Elene, ich begehe weder hier einen Fehler, noch ist meine Lebensweise insgesamt falsch. Ihr seid diejenige, die eine unpassende Beziehung eingegangen ist. Ihr solltet froh sein, daß ich überhaupt noch in Betracht ziehe, Euch zu heiraten – nach dem, wie Ihr Euch benommen habt.«

»Nun, das bin ich nicht«, erklärte sie und hob das Kinn. »Ich will nicht geheiratet werden. Ich will vor allem nicht Euch heiraten.«

Ein mörderisches Glitzern erschien in seinen schwarzen

Augen. »Wie unangenehm, angesichts der Tatsache, daß Ihr den Ehevertrag unterzeichnet habt.«

»Eine unbedeutsame Angelegenheit. Ich habe nichts geschworen und nichts in der Kirche versprochen.«

»Unbedeutend für Euch vielleicht, aber das gibt mir das Recht, Eure Ehre zu verteidigen wie die meine. Ich frage mich, wie es Euch wohl gefallen würde, Euren Retter auf meinen Degen gespießt zu sehen.«

Sie starrte ihn verblüfft an. »Das würdet Ihr nicht tun.«

»Zweifelt Ihr daran?« fragte er mit schleppender Ironie.

»Das wäre ja wohl die himmelschreiendste Undankbarkeit, die man sich vorstellen kann, denn Ryan gibt Euch die Möglichkeit, die Insel zu verlassen.«

»Die Beleidigung, die er mir beigebracht hat, ist größer als diese Wohltat.«

»Unmöglich«, sagte sie hitzig. »Ich verstehe nicht, warum Ihr mich immer noch heiraten wollt. Ich weiß doch genau, daß Ihr mich nicht liebt und auch nie geliebt habt.«

»Seid Ihr da so sicher? Aber darum geht es jetzt gar nicht. Es ist eine Frage der Ehre, das müßt Ihr Euch klarmachen. Vielleicht hat der Schauspieler recht, vielleicht wollt Ihr wirklich sehen, wie zwei Männer um Euch kämpfen.«

»Natürlich nicht! Schon der Gedanke daran bereitet mir Übelkeit.«

»So ein Pech. Ich habe große Lust, Bayard zu lehren, daß es eine gefährliche Sache ist, die Braut eines anderen zu entjungfern.«

»Er hat mir das Leben gerettet.«

»Aha, Ihr bestreitet also die Entjungferung nicht. Das dachte ich mir.«

Sie starrte ihn verzweifelt an angesichts der Sinnlosigkeit, von ihm so etwas wie Verständnis zu erwarten. »Es war nicht so, wie Ihr glaubt. Das war es wirklich nicht.«

»Es mag schon sein, daß es nicht seine Schuld war, aber darum werde ich mich kümmern müssen, wenn ich ihn einige der Feinheiten eines Ehrenmann-Daseins gelehrt habe. Vielleicht werde ich dann seine Kajüte mit Euch teilen. Ich denke, Euch dazu überreden zu können, daß Ihr mir die Antworten gebt, die ich hören möchte.«

Er wollte ihr angst machen. Das war ein Fehler. In den letzten paar Tagen hatte sie wirkliche Furcht kennengelernt und auch überlebt. Ihre Augen verengten sich zu einem grauen Glitzern, und sie sagte: »Ihr solltet Euch vorsehen. Ihr habt einen guten Ruf als Fechter, aber den hat Ryan Bayard auch.«

Er machte eine herabsetzende Bewegung. »Hauen und Um-sich-Schlagen beim Fechten wie ein ordinärer Pirat. Das ist ja keine Kunst.«

»Dabei geht es wohl eher um Kraft und Ausdauer und eine gewisse Fähigkeit, am Leben zu bleiben.«

Er wollte ihr gerade antworten, aber seine Worte gingen unter in einem Ruf aus dem Mastkorb über den Segeln.

»Segel voraus! Backbord vor dem Bug!«

Durant und Elene wandten sich um und schauten in die Richtung. Durants Blick weitete sich, dann lächelte er langsam mit einer Spur von Bosheit. »Vielleicht werde ich mir mit Bayard gar nicht erst die Hände schmutzig machen müssen.«

»Was sagt Ihr?«

»Es sieht so aus, als ob er sich noch einen Feind machen wollte.«

Elene erriet, was er meinte, denn plötzlich herrschte eine lebhafte Bewegung an Bord der *Meerfee*, Befehle wurden gerufen, und Männer eilten in alle Richtungen. An Backbord segelte ein voll aufgetakeltes Handelsschiff mit der gedrungenen Form der englischen Schiffe. Die *Meerfee* wendete und schickte sich an, dem Engländer den Weg abzuschneiden. An Deck, wo die Frauen saßen, begann Madame Tusard in plötzlicher Hysterie zu schreien.

»Das kann er nicht machen, nicht mit uns allen an Bord«, flüsterte Elene fast unhörbar.

»Kann er nicht? Er ist Freibeuter, und das Schiff dort ist

eine gute Prise. Warum sollte er es sich nicht holen? Prisen der einen oder anderen Art, seien sie fair oder nicht, scheinen sein größtes Interesse zu sein.«

Sie warf ihm einen funkelnden Blick zu. »Falls Ihr damit andeuten wollt, daß ich so etwas wie eine Beute für ihn bin, betrachte ich das als Beleidigung.«

»Ich hasse den Gedanken, daß Ihr Euch ihm freiwillig ergeben habt«, sagte Durant weich.

Der Klang seiner Stimme ließ ihr einen Schauer über den Rücken laufen, aber sie weigerte sich, sich davon einschüchtern zu lassen. Sie hob ihre Röcke und entfernte sich von ihm. »Denkt, wie es Euch gefällt!«

Er packte sie mit einer plötzlichen Handbewegung am Arm und hielt sie fest. »Oh, das werde ich. Und wenn ich den Beweis dafür bekomme, wird es nicht nur Eurem Freibeuter leid tun.«

8. Kapitel

Ryan übernahm das Kommando auf dem Achterdeck, als sich der Abstand zwischen den beiden Schiffen zusehends verringerte. Elene sagte sich, daß sie das eigentlich hätte wissen müssen; er war Bayard der Freibeuter, nicht nur einfach der Eigentümer des Schiffes. Irgendwie hatte sie es geschafft, nicht genauer darüber nachzudenken, was das auf See bedeutete. Sie hatte erwartet, Kapitän Jean würde weiterhin das Segelsetzen und die Aktionen der Mannschaft befehligen, wie er es schon den ganzen Morgen getan hatte. Ryan so ohne Rock und Halstuch über das Deck gehen zu sehen, die Ärmel bis zu den Ellenbogen hochgekrempelt, damit er mehr Bewegungsfreiheit hatte, und den Degen glänzend an seiner Seite, verursachte ihr ein flaues Gefühl im Magen.

Sie hatte gewußt, daß Ryan ein entschlossener Mann war,

der zu plötzlichen Bewegungen und gewaltsamen Handlungen fähig war. Trotzdem empfand sie es als beunruhigend, ja fast beängstigend, ihm zuzusehen, wie er die *Meerfee* mit entschlossener Genauigkeit auf ihr Ziel zudirigierte. Das schwerfällige Schiff, dem sie sich beständig weiter näherten, schien zu sehr im Nachteil zu sein. Sie empfand ein starkes Bedürfnis, die Menschen an Bord des Handelsschiffes vor der Gefahr zu warnen, so wie man einen Vogel verscheucht, der in der Nähe einer jagenden Katze sitzt.

Es war der Befehl gegeben worden, daß die Passagiere der *Meerfee* unter Deck gehen sollten. Morven und M'sieur Tusard blieben noch, aber die Frauen waren fast alle hinuntergegangen, ohne noch einmal zurückzuschauen. Elene zögerte. Sie konnte den Gedanken nicht ertragen, unter Deck eingesperrt zu sein, wenn es Geschützfeuer geben würde, hilflos und ohne zu wissen, wohin der nächste Schuß treffen konnte – und nicht in der Lage, das Schiff zu verlassen, wenn es getroffen wurde und sank.

Die Gefahr war gering, das wußte sie. Die meisten Handelsschiffe waren so gebaut, daß sie die größtmögliche Ladung mit der kleinstmöglichen Mannschaft transportieren konnten, so daß es nur wenig Platz für Geschütze gab. Es gab nur ein paar solcher Schiffe, die überhaupt Geschütze besaßen. Auf jeden Fall gehörten die Waren, die das Schiff geladen hatte, Männern, die Geld investiert hatten, selbst aber sicher an Land geblieben waren. Der Kapitän und die Mannschaft würden wohl kaum ihr Leben aufs Spiel setzen, um den Profit eines anderen zu retten. Dennoch gab es auch Kapitäne, die selbst in die Ladung investiert hatten, die sie transportierten, Männer, die ihre Schiffe mit Buggeschützen ausrüsteten, aus denen sie streuende Schrapnellgeschosse abfeuerten, die eine Entertruppe in Stücke reißen konnten.

Ryans Stimme ertönte klar in einem harten Befehl. Eines der Geschütze der *Meerfee*, das aus seiner Stückpforte ausgefahren worden war, feuerte einen donnernden Schuß ab. Die

Kugel flog in einem Bogen über den Bug des Handelsschiffes, nicht so nah, um wirklich eine Gefahr darzustellen, aber doch nah genug, um keinerlei Vorstellungen von Milde aufkommen zu lassen. Die Mannschaft von Ryans Schiff verstummte und wartete auf ein Zeichen von Flucht oder Ergebung von seiten des englischen Schiffes.

Elene sah noch einmal zu Ryan hinüber, der mit in die Hüften gestemmten Händen dastand und in müheloser Leichtigkeit das Heben und Senken des Schiffes ausglich. Der Wind ließ die Ärmel seines Hemdes flattern und zerzauste sein nußbraunes Haar. Er schien ihr vertraut und doch fern, eine Gestalt voller Autorität und unnachgiebiger Entschlossenheit mit nur wenig Aufmerksamkeit für etwas anderes als die gerade anstehende Aufgabe.

Was hatte dieser Freibeuter mit ihr zu tun oder sie mit ihm?

Die Zerstörung des Lebens, wie sie es gekannt hatte, war so plötzlich, so vollständig gewesen. Sie empfand ein Gefühl von Verlorenheit. Sie wußte nicht, ob es wirklich richtig gewesen war, Ryan Bayard zu vertrauen, nach New Orleans zu fahren und sogar Durants Anspruch auf sie für ungültig zu erklären. Nur eines wußte sie sicher: Sie hatte nicht den Wunsch, daß Durant Ryan ihretwegen forderte. Was immer der Freibeuter sonst auch getan haben mochte, er hatte ihr das Leben gerettet. Er verdiente eine bessere Entschädigung.

Ein rauher Schrei ertönte rings um sie her. Das englische Schiff verlor an Fahrt und holte die Flagge ein. Es hatte den Anschein, als wäre die Eroberung ohne den Verlust eines einzigen Lebens, sogar ohne Kampf gelungen.

Bayard ging an Bord des gekaperten Schiffes, um mit dem Kapitän zu reden. Er kehrte mit einer Reihe von Kisten und Truhen zurück und entsandte dann eine Prisenmannschaft, die das Handelsschiff nach Cartagena bringen sollte. In diesem Hafen für Piraten und Freibeuter würde es dann zu Ryans Gewinn verkauft werden.

Schon nach erstaunlich kurzer Zeit verschwand das englische Schiff jenseits des Horizonts. Die *Meerfee* nahm ihren Kurs wieder auf und glitt mit voll gesetzten Segeln über das Wasser dahin.

In der Luft hing ein Gefühl von Ernüchterung. Das sollte nicht heißen, daß irgend jemand enttäuscht war, weil es keinen wilden Kampf zwischen dem Schoner und dem Handelsschiff gegeben hatte. Trotzdem hatten sie sich alle innerlich darauf vorbereitet, und die Wirkung dieser sinnlos gesammelten Energie wurde auf unterschiedliche Arten spürbar. Hermine war euphorisch, sie hätte Lust gehabt, zu tanzen, zu singen und Wein zu trinken, und auf Josies Wangen hatten sich vor Aufregung hochrote Flecken gebildet. Madame Tusard war so reizbar, als hätte sie sich für einen Ball fertig gemacht, der dann abgesagt worden war, und ihr Mann war, vielleicht in Folge ihrer Stimmung, mürrisch. Der Plantagenbesitzer Mazent schien lebhafter geworden zu sein, denn das Geschehene hatte ihn intensiv an ein Ereignis seiner Jugend erinnert, das er jetzt jedem erzählte, der es hören wollte, wo er auf einem Schiff dabei geholfen hatte, einen Piratenangriff abzuwehren. Seine Tochter Flora versuchte kurz, den Fluß der Erinnerungen ihres Vaters zu unterbrechen, aber da hörten schon alle mit gespannter Aufmerksamkeit zu, wie Morven, seinen Schmuckdegen in der Hand, in einem Dialog und mit wilden Bewegungen darstellte, wie er in irgendeinem Melodram die Rolle eines Kapitäns zur See gespielt hatte, der sein Schiff verteidigte.

Josie, die ihm ebenfalls zusah, klatschte mit einem koketten Zurückwerfen ihrer dunklen Locken in die Hände und rief: »Ist Morven nicht wunderbar?«

»Ja, nicht wahr?« sagte Hermine in komischem Tonfall. Auf Morvens verletzten Blick in ihre Richtung reagierte sie nur, indem sie das Gesicht verzog.

Josies Aufmerksamkeit wandte sich Ryan zu, der gerade hereintrat. »Hier ist unser tapferer Freibeuter! Sagt mir doch, Sir, was habt Ihr bekommen? Welche Ladung hatte das englische Schiff? Vielleicht Juwelen? Oder waren es Truhen voll Silber und Gold?«

»Nichts derartiges«, entgegnete Ryan locker, sein Ausdruck harter Autorität war fort, als hätte es ihn nie gegeben. »Die Tage der spanischen Schiffe, die mit Schätzen beladen waren, sind unglücklicherweise vorüber.«

»Was war es dann? Sagt es uns bitte!«

»Hauptsächlich eine Ladung Rum und Zucker aus Jamaica, dazu noch etwas Rosenholz und Mahagoni aus Südamerika, das für einen Möbelschreiner gedacht war.«

»Oh, aber das erklärt doch nicht die Truhen und Kisten, die Ihr an Bord gebracht habt.«

»Das waren Bücher, *chère*. Seid Ihr immer noch interessiert?«

Josie zuckte verdrießlich mit den Schultern. »Wie langweilig.«

»Nicht wahr?« sagte Ryan voller Mitgefühl, obwohl in seinen Augen ein Glitzern von unterdrückter Heiterkeit stand, als er zu Elene hinübersah.

Durant, der neben Elenes Stuhl unter dem Sonnensegel stand, wo sie sich alle versammelt hatten, sagte: »Man kann gut verstehen, warum der englische Kapitän kein Interesse hatte, für seine Ladung zu sterben. Was für ein Segen für Euch, Bayard, daß er ein Feigling war.«

»Der Mann war Realist.« Ryans Gesichtsausdruck zeigte plötzlich eine besondere Aufmerksamkeit, aber seine Worte waren kühl. Er ließ seinen Blick zu Durants Fingerspitzen sinken, die er auf Elenes Schulter gelegt hatte, und seine Augen verengten sich.

»Ich frage mich, ob Ihr wohl auch so eifrig angegriffen hättet, wenn er ein Mann mit festeren Prinzipien und sein Schiff besser bewaffnet gewesen wäre.«

Eine spürbare Spannung stand zwischen den beiden Männern. Elene fühlte sie auch, und voller Sorgen, was sie bedeuten konnte, riß sie Durants Hand von ihrer Schulter. Bevor sie sie losließ, sah sie ihren früheren Bräutigam an. Mit leiser Stimme sagte sie: »Bitte nicht.«

Ryan hörte diese Bitte. Sie erzeugte ein hohles Gefühl in seinem Innern, das er beunruhigender empfand als die ganze Angelegenheit mit dem Handelsschiff. Bedächtig sagte er: »Es ist schwer zu sagen, wie ein Schiff – oder ein Mann – bewaffnet ist, solange man sie nicht herausfordert.«

»Trotzdem ist es ja immer noch möglich, sich schnell zurückzuziehen, falls sich der Gegner als zu stark für Euch erweist.«

»Manchmal folgen die Ereignisse zu schnell aufeinander und gehen zu weit.«

Falls eine Warnung in Ryans Worten lag, wollte Durant allerdings darauf auch nicht mehr hören als auf Elenes Blick. »Alles in allem denke ich, Ihr zieht einen hilflosen Gegner vor, nicht wahr, Bayard? Sie machen einem einfach weniger Schwierigkeiten, fast so wie eine wehrlose Frau.«

Die anderen, die um sie herumstanden, waren verstummt. Jetzt ertönte angesichts dieser klaren Beleidigung leise ein tiefer Atemzug von den Frauen.

»Ist es mein Charakter oder mein Mangel an Mut, für den Ihr mich zur Verantwortung ziehen wollt? Oder ist es vielleicht etwas ganz anderes?«

Der harte, beißende Klang von Ryans Stimme zerrte an Elenes Nerven. Die Drohung, die darin enthalten war, galt nicht nur Durant. Der Blick des Freibeuters versprach eine Abrechnung, als er über sie hinwegstrich. Ihre Augen weiteten sich, als sie seine Bedeutung spürte und seine Ursache begriff. Er glaubte, sie hätte sich bei Durant über sein Benehmen ihr gegenüber beschwert, dachte, sie wäre für diese Auseinandersetzung verantwortlich. Sie wollte protestieren, ihm versichern, daß es nicht so war, aber ihr fiel keine Möglichkeit ein, das zu tun, ohne Durant noch mehr zu verärgern oder ihn noch weiter in seinen Absichten zu bestärken.

Durant richtete sich ganz gerade auf, als er antwortete. »Was Euch lieber ist.«

»Ich möchte Euch ungern enttäuschen«, sagte Ryan weich. »Gehe ich recht in der Annahme, daß wir mit Degen kämpfen werden?«

Hinter ihnen ertönte ein scharfer Ausruf und das Geräusch von schnellen Schritten. Elene wandte noch rechtzeitig den Kopf, um Durants Geliebte, Serephine, mit wirbelnden Röcken die Versammlung verlassen zu sehen, den Kopf gebeugt, um ihr Gesicht zu verstecken. Devota erhob sich sofort und ging hinter ihr her.

In dem kurzen Zeitraum, der dazu nötig gewesen war, diesem kleinen Randereignis zuzusehen, hatten Durant und Ryan ihre Degen gezogen und auf ihre Länge hin verglichen. Jetzt wurden die Stühle und das Sonnensegel aus dem Weg geschoben, und jeder stellte sich so weit wie möglich an die Seite, um den Kämpfenden Platz zu machen. Die zwei Männer stellten sich einander gegenüber auf, Durant zog seinen Rock und sein Halstuch aus, und Ryan, der sich noch nicht wieder angezogen hatte, schob seine Ärmel etwas höher, während er wartend dastand.

Schließlich war Durant bereit. Er hielt seinen Degen aufrecht zum Gruß, sein Lächeln war gespannt vor angenehmer Vorfreude. Ryan wiederholte die Geste mit ausdrucksloser Miene. »*En garde*«, sagte er.

Durant griff in einer wilden Darstellung seiner Fähigkeiten an. Er hatte offensichtlich die Absicht, die Auseinandersetzung kurz zu machen und Ryans Verteidigung mit plötzlicher und vernichtender Kunstfertigkeit zu durchbrechen.

Das gelang ihm nicht.

Ryan schien sein Handgelenk kaum zu bewegen, aber die Klinge des anderen Mannes wurde leicht und mühelos zur Seite geschoben – immer wieder. Eine ganze Weile zwang Durant Ryan durch zahllose Paraden, Schritt für Schritt zurückzuweichen, dann übernahm der Freibeuter mit einem brillanten Gegenstoß die Initiative, so daß Durant ihn schnell *en seconde* parieren mußte, um sich zu schützen. Die beiden Männer trennten sich für die Dauer eines Atemzuges so weit, daß sich ihre Degenspitzen kaum noch berührten.

Ryan hob eine Augenbraue, als er Durants zornerfülltem schwarzem Blick begegnete. Aus seinem Gesicht war nicht nur klar zu erkennen, daß er wußte, daß Durant erwartet hatte, ihn mit ein paar einfachen Bewegungen zu besiegen, sondern daß er sich auch nicht allzu viele Gedanken darüber machte, welche Verletzungen er im Kampf verursachte. Durants Gesicht wurde härter. Sie begannen wieder zu kämpfen.

Das Tempo des Kampfes wurde langsamer, bekam einen gleichmäßigen, prüfenden Rhythmus, in dem jeder die Kraft und den Willen des anderen kennenzulernen versuchte, aber auch seine Kenntnisse vom Fechten und seine Erfahrung im Umgang mit dem Gegner. Ihre Konzentration wurde größer, schloß die Zuschauer aus, genauso wie die Bewegung des Schiffes und das Zerren und die Anspannung in den Muskeln. Schweißperlen standen auf ihren Stirnen und glitzerten auf ihren Unterarmen. Ihr Atem wurde tiefer, tönte rauh durch die Stille, die nur unterbrochen war von den Geräuschen, die das Schiff auf seiner Fahrt durch die Wellen verursachte, aber auch ihrer Füße, die sich auf dem Deck vor und zurück bewegten. Zwischen ihnen entstand eine Art Respekt, der bisher gefehlt hatte, obwohl dadurch ihr Ärger und ihre Entschlossenheit absolut nicht geringer wurden.

Elene stand in bewegungsloser Anspannung an der Reling. Neben ihr war Hermine. »Wunderbar«, murmelte die Schauspielerin, als ihr Blick auf den breiten Schultern und Muskeln der beiden Männer lag.

Elene war nicht blind für die herrlichen männlichen Formen vor ihr, aber ihre Aufmerksamkeit konzentrierte sich auf die tödlichen Waffen in den Händen der Männer. Sie wollte den Blick abwenden von den Klingen, die wie silberne

Bänder im Sonnenlicht glitzerten und blinkten, aber sie konnte es nicht. Ihre Zähne waren fest aufeinandergepreßt, und ihr Herz schien gegen die Rippen zu hämmern. Ihre Gedanken waren sowohl voller Zorn darüber, daß sie zur Ursache dieser Auseinandersetzung zwischen den beiden Männern gemacht wurde, als auch verzweifelt, weil sie nichts tun konnte, um das zu verhindern. Wilde Impulse wühlten in ihr. Sie wollte sie anschreien, daß sie beide Narren seien, wollte sich am liebsten zwischen sie werfen. Das einzige, was sie davon abhielt, war das sichere Wissen, daß, wie sehr die Männer auch vorgeben mochten, ihretwegen zu kämpfen, die eigentliche Ursache ihre Ehre war, ihr lächerlicher männlicher Stolz. Dagegen hatte sie kein Mittel anzubieten, und es gab keine andere Lösung als das Vergießen von Blut.

Durant vollzog mit einem Satz nach vorn einen Scheinangriff. Ryan parierte *en quatre* und trat einen Schritt zurück, wobei er durch die Bewegung des Schiffes etwas das Gleichgewicht zu verlieren schien. Durant versuchte zu hastig, diesen Augenblick der Unsicherheit auszunutzen. Ryan stand in einem mühelosen Anspannen von festen Muskeln wieder aufrecht und führte den nächsten Hieb mit klarer Genauigkeit. Es gab ein kurzes Wirbeln der Klingen, ein fürchterliches Knirschen von Stahl auf Stahl. Plötzlich fiel Durants Degen auf das Deck, und er stand da, eine Hand fest um seinen Oberarm gelegt, und zwischen seinen Fingern sickerte das Blut hervor.

Ryan trat sofort einen Schritt zurück und entspannte sich, seine Brust hob und senkte sich von tiefen Atemzügen. Durant starrte auf das Blut an seiner Hand, dann wieder zu dem anderen Mann, und seine Augen waren weit vor Erstaunen. Ryans Blick war fest, ohne Triumph, aber auch ohne Mitgefühl.

Morven trat einen Schritt vor und stellte sich zwischen sie. »Nun gut«, sagte er in kurzem, sachlichem Ton. »Ist die Ehre wiederhergestellt?«

Ryan beugte den Kopf in einer kleinen, anmutigen Bewegung. Für den Zeitraum eines langen Atemzuges sagte Durant nichts. Schließlich nickte er langsam. »Ich glaube, das muß sie wohl sein.«

Die erleichterten Seufzer in Elenes Umgebung waren kurz und heftig, als ob alle den Atem angehalten hätten und würden plötzlich wieder ausatmen. Sie schloß die Augen und lehnte sich dann in einem Gefühl unerwarteter Schwäche gegen die Reling.

»Armer M'sieur Gambier«, sagte Hermine, die neben ihr stand, mit tiefer, melodischer Stimme. »Jemand sollte sich um seinen Arm kümmern.«

Elene sah sich nach Devota um, die ziemlich geschickt war in der Behandlung von Wunden und Krankheiten, aber die Zofe war nicht hier. Zweifellos war sie immer noch bei Serephine. Elene löste sich von der Reling und bewegte sich auf die beiden Duellanten zu. Sie hatte Devota in den vergangenen Monaten, seit sie aus Frankreich zurückgekommen war, schon mehrere Male dabei geholfen, Wunden und Krankheiten bei den Sklaven zu versorgen. Vielleicht konnte sie etwas tun.

Plötzlich wurde ihr der Weg von einer glänzenden, rot gefleckten Klinge versperrt. Sie wandte den Kopf, um den Mann anzustarren, der sie hielt. Ryan sagte mit weicher Stimme: »Nein.«

Sie gab nicht vor, ihn nicht zu verstehen. »Er braucht Hilfe.«

»Nicht von dir.«

Die Sorge um den anderen Mann, die Ryan in ihrem Gesicht sah, war bitter. Er hatte sie schon beim Kämpfen bemerkt. Sie erweckte in ihm ein Gefühl, das er kaum erkannte und verleugnet hätte, wenn er es hätte deuten können. Es war Eifersucht, und sie machte ihn nicht geneigt für Vernunft.

Blut rötete Durants Ärmel und rann über seine Finger. Die

Blutung mußte sofort gestillt werden, das wußte Elene. »Wen würdest du dann vorschlagen? Dich?«

»Doc wird sich um ihn kümmern«, sagte Ryan. »Wir haben etwas zu besprechen, du und ich.«

Doc war der Seemann, der die Salbe für Elenes Füße hergestellt hatte. Der kleine, verhutzelte Mann hastete schon mit einem Kästchen herbei, das wohl die Utensilien seines angenommenen Gewerbes enthielt. Auch die anderen Mitglieder der kleinen Gruppe versammelten sich um sie, die beiden Schauspielerinnen gaben ihr Mitgefühl zu erkennen, indem sie mit den Händen über Durants Schultern strichen, während Flora Mazent seinen Degen aufhob, als ob er eine heilige Reliquie wäre.

Elene blieb fest. »Ich... ich denke, ich sollte mich darum kümmern, daß der Verband richtig angelegt wird, ich fühle mich verantwortlich.«

»Es mag schon sein, daß du verantwortlich bist«, sagte Ryan mit verärgerter Stimme. »Das ist einer der Punkte, über die wir uns unterhalten werden.«

Er senkte die Spitze seines Degens und griff mit der freien Hand nach ihrem Arm, dann zog er sie in Richtung Kajüte. Sie wehrte sich gegen seinen Griff. »Es gibt nichts, worüber ich mit dir zu reden habe.«

»Du irrst dich, *chère*. Kommst du freiwillig, oder soll ich dich auf der Schulter davontragen?«

»Glaubst du, die anderen würden das zulassen?«

»Ich halte es für ziemlich wahrscheinlich – solange ich dies hier habe.« Er wog seinen Degen in der Hand.

Elene sah von der dunklen Härte in seinem Gesicht zu der Klinge, die er hielt. »Wie bezaubernd«, sagte sie mit gezwungenem Sarkasmus. »Der Eroberer erhebt Anspruch auf seine Beute. Zum zweiten Mal.«

»Wenn du so willst.«

Es war nicht seine Drohung, die ihre Entscheidung herbeiführte. Es war eher der finstere Ausdruck auf seinem Gesicht, mit dem er ihren Tadel annahm. Er war ihretwegen zu einem Kampf um sein Leben gezwungen worden. Möglicherweise schuldete sie ihm eine Erklärung. Mit einem letzten scharfen Blick wandte sie sich von ihm ab und ging in die Richtung, die er vorgeschrieben hatte.

Sie spürte ganz genau, daß er hinter ihr ging, war sich seiner Größe und Breite und rauhen männlichen Kraft bewußt, die er vor so kurzer Zeit erst bewiesen hatte. Ihre Schritte waren leicht, als sie durch den Gemeinschaftsraum und dahinter in die Kajüte ging, die sie miteinander teilten. In diesem kleinen, beengten Raum stieg sie über die Kisten und Koffer seiner gekaperten Beute, bevor sie sich wieder zu ihm umdrehte. Er stieß mit dem Fuß die Tür zu und ging zum Tisch, auf den er seinen Degen warf, der mit einem mißtönenden Klirren darauf landete. Dann drehte er sich um, verschränkte die Arme vor der Brust, lehnte sich mit einer Hüfte an den Tisch und sah sie direkt an.

»Also, wie ist es bitte dazu gekommen«, fragte er mit trügerisch ruhiger Stimme, »daß ich beschuldigt werde, eine wehrlose Frau ausgenutzt zu haben?«

Sie unterdrückte ein Schaudern und zwang sich, in seine kalten blauen Augen zu sehen. »Das war Durants Vorwurf, nicht meiner.«

»Er muß aber doch irgendwie auf die Idee gekommen, von irgend jemandem darauf gebracht worden sein. Wer sollte das sein außer dir?«

»Das war seine eigene Idee. Er findet es einfach unvorstellbar, daß ich, seine Braut, in wenigen Tagen deine Geliebte werden kann, ohne dazu gezwungen worden zu sein. Ich selbst finde es genaugenommen auch unvorstellbar.«

»Wärest du lieber wieder seine Braut, rein und unbefleckt?«

»Du brauchst dich nicht über mich lustig zu machen!«

»Das ist keine Antwort. Hat er dir vorgeschlagen, dich trotz allem zu heiraten?«

Sie sah über seine Schulter zur Seite. »Und wenn er es getan hat? Es ist unmöglich, das sehe ich. Die Dinge wären nie mehr, wie sie waren.«

»Aber das wäre dir am liebsten.« Diese Anschuldigung war wie ein Peitschenhieb. Er hatte etwas Geheimnisvolles an ihr gespürt, etwas, das Tag für Tag stärker wurde. Das war die Erklärung dafür, er war davon überzeugt.

Sie wollte ihm nicht die Befriedigung zugestehen, zu hören, wie sie es bestritt. »Ich hätte gern Sicherheit. Nicht mehr und nicht weniger.«

»Die einzigen Menschen, die wirklich in Sicherheit sind, sind die Toten.«

Wut stieg in ihr auf. »Was weißt du denn schon davon?« fragte sie. »Du bist ein Mann, kannst deiner eigenen Wege gehen, ein schrecklicher, furchterregender Freibeuter, der Frauen, Kindern und Seeleuten angst macht. Du bist stark genug, dir zu nehmen, was du willst, und wehe dem, der es wagt, dich daran zu hindern.«

Ein hartes Licht erschien in seinen Augen. »Kann es sein, daß du mir vielleicht vorwirfst, ich sei ein Dieb?«

»Wie willst du das hier alles nennen«, fragte sie und deutete auf die Kisten um sie herum, »wenn nicht Diebesgut?«

»Handelswaren.« Das eine einzige Wort hatte ein Gewicht wie ein Stein.

»Bücher, nicht wahr? Wenn du glaubst, du könntest mich auf den Arm nehmen wie die arme Josie, dann wirst du dir etwas mehr Mühe geben müssen.«

»Ich bin Händler. Ich kaufe und verkaufe und handele. In New Orleans habe ich ein Lagerhaus –«

»Voller gestohlener Waren!«

»Gefüllt mit Waren, die ich durch Kaperbriefe bekommen habe, und außerdem Felle und Weizen aus dem Land Illinois«, sagte er mit beherrschtem Zorn. »Es würde mehr davon geben und weniger Freibeuterei, wenn die Spanier sich nicht immer in unseren ehrlichen Handel einmischen würden. Aber egal. Das englische Schiff war ehrlich gewonnen.«

»Und wenn es ein französisches Schiff gewesen wäre? Hättest du es auch gekapert?«

Sein Schweigen war ihr Antwort genug.

»Na siehst du? Du hast keine Treue zu deinem Vaterland.«

»Ich bin mir selbst treu, meinen Freunden und meinem Land –«

»Land? Du? Daß ich nicht lache!«

»Meinem Land, ja; ich habe auch eine Plantage, wenn ich dir damit meine Ehrbarkeit beweisen muß. Aber ich spreche von dem einzigen Land, dem gegenüber ich so etwas wie Pflichtgefühl oder Treue empfinde, und das ist Louisiana.«

»Ja, natürlich. Und ich bin sicher, daß es die Spanier sehr beeindruckt, wenn du das falsche Schiff kaperst und sie sich entscheiden, dich aufzuhängen.«

»Die Spanier in New Orleans haben kein Interesse am Wohlergehen ihrer Kolonie Louisiana, sie haben an nichts Interesse außer an dem, was vielleicht Spanien einen Nutzen bringt, das am anderen Ende der Welt liegt.«

»Das alles ist nicht von Belang, wenn du tot bist!«

Er stand da und beobachtete sie, bewunderte die Farbe, die der Zorn auf ihr Gesicht gezaubert hatte, und die Art und Weise, wie sich ihre Brüste unter ihrem Kleid hoben und senkten, während er den Nachklang ihrer Worte noch im Sinn hatte. Ein Lächeln bewegte seine Mundwinkel, weil sie ein so schönes Bild abgab und weil sie, ohne es zu merken, ihre Sorge um ihn gezeigt hatte. »Ich bin aber noch nicht tot. Ich bin sehr lebendig. Lebendiger, als es mir im Augenblick lieb ist.«

Sie konnte durch den engen Sitz seiner von der Mode so vorgeschriebenen Kniehosen genau sehen, was er damit meinte. Sie schaute von diesem Beweis für seine Worte zu dem feuchten Hemd hinauf, das an seinen Schultern und den Muskeln seiner Oberarme klebte, zu seinen sehnigen Unterarmen, dort, wo die Ärmel seines Hemds noch hochgekrempelt waren und Schweißperlen seine Haut vergoldeten. Die ungeheure Männlichkeit, die er ausstrahlte, das Gefühl von Kraft, das von ihm auszugehen schien, eine Kraft, die sie erst vor so kurzer Zeit deutlich gesehen hatte, das alles wirkte plötzlich überwältigend auf sie in der Enge der Kajüte.

»Ich sehne mich nach dir«, sagte er mit ruhigen, nachdenklichen Worten.

Sie bewirkten in ihrem Innern eine hitzige Reaktion, die irgendwo in Elenes Brust begann und sich schnell nach unten ausbreitete, obwohl sie sich gleichzeitig in wirren Wirbeln hinauf bis in ihr Gehirn drängte. Sie sah in seine Augen und war gefangen in ihrem unnachgiebigen blauen Licht.

Er wandte sich in einer plötzlichen Bewegung von ihr ab und ging in die Knie, um den Deckel einer der Kisten aufzumachen. »Möchtest du vielleicht meine erbärmliche Beute hier sehen? Soll ich dich in ihre Fülle und ihr Glitzern einhüllen, bevor ich dich schände und in mein Heim entführe?«

»Das wird nicht nötig sein –« begann sie in kühler Überlegenheit und verstummte dann.

Der Koffer war gefüllt mit Büchern in allen Größenordnungen, angefangen von dem kleinsten Band, der in eine Tasche gepaßt hätte, bis hin zu großen Folianten mit seltsamen Abbildungen. Sie lagen dicht bei dicht, so daß möglichst viele hineinpaßten, eine Sammlung von faszinierendem Alter und erstaunlicher Vielfalt, eine ganze herrliche Bibliothek. Ein Kenner solcher Werke wäre herb enttäuscht, wenn sie verlorengingen.

Elene wies auf die anderen Kisten und Koffer um sie herum. »Sind das alles Bücher?«

»In New Orleans sind sie zur Zeit knapp.«

»Ein Bedürfnis, das du zu befriedigen gedenkst?«

»Wenn ich meine Auswahl getroffen habe.«

Sie ging zur Koje und ließ sich darauf fallen. Sie sah ihm zu, wie er einen Band Gedichte in die Hand nahm und dann vorsichtig, mit Wertschätzung und fast zögernd wieder zurücklegte. Wieder einmal wurde ihr mit erstaunlicher Wirkung klar, wie wenig sie ihn doch kannte, wie unmöglich es war, ihn zu beurteilen.

Er schloß den Deckel der Kiste, kam zu ihr herüber und setzte sich neben sie. »Wären dir Perlenschnüre und Saphire in der Größe von Rotkehlcheneiern lieber gewesen?«

Wären sie ihr lieber gewesen? Sie schüttelte den Kopf, ohne ihn anzusehen.

»Mir schon«, flüsterte er und griff nach ihr. »Ich würde dich gern nur damit bekleidet sehen und dann unter den kühlen, glatten Steinen, die nach nichts schmecken, deine Süße und Wärme suchen. Aber ohne Schmuck verlangt mich auch nach dir.«

Es war wirklich eine Entführung, allerdings nur der Sinne. Ihr Körper reagierte in einer wilden Inbrunst, der von ihrem Willen völlig unabhängig war. Die Wellen der Lust, die sie überfielen, als er sie berührte, waren sowohl herrlich als auch quälend. Sie gab sich ihm gedankenlos hin und nahm von ihm die Freude und die überwältigende Kraft, die wilde Glut und das quecksilbrige Glück, das er ihr geben konnte, war aber doch, als sie Gelegenheit hatte, es wahrzunehmen, in den äußeren Bereichen ihres Denkens erstaunt, daß sie ihm bei diesem Austausch gleich viel schenkte.

9. Kapitel

Sie sichteten die Küste Louisianas nach einer guten Woche als flache, blaue Linie über dem Horizont, die sich bei ihrer Annäherung langsam grün und braun färbte. Es war eine langweilige Überfahrt gewesen, immer wieder von Flauten verzögert, besonders auf der langen Strecke, als sie an der Küste der Insel Kuba entlangsegelten. Sie versuchten jedoch nicht sofort, das Land zu erreichen, sondern wandten sich noch etwas weiter westlich. Sie segelten an den zahllosen Mündungsarmen des Mississippi vorbei, wo das schlammgelbe Wasser in den grünen Golf strömte und ihn braun färbte, darunter auch die Ostpassage, die zum Inspektionsposten von La Balise hineinführte und von dort aus über einhundert Meilen den Hauptarm des Mississippi hinauf bis nach New Orleans.

Es hatte den Anschein, daß Ryan trotz seiner Versicherung, ein respektabler Händler zu sein, doch nicht einfach am Ende seiner Fahrt dreist vor der spanischen Stadt ankerte. Statt dessen war es seine Gewohnheit, so sagte er, in eine etwas abgelegene Bucht namens Barataria Bay einzufahren und von dort aus durch das verworrene Netz von Bayous, den sumpfigen Nebenarmen mit fast stehendem Wasser, und andere Wasserstraßen des Deltas hinaufzufahren und dann dort sozusagen an der Hintertür von New Orleans zu landen. Seine Ladung wurde in einem Behelfslagerhaus am Strand untergebracht, bis er sie holen lassen oder an seine Geschäftspartner verkaufen konnte, die sich dann selbst um den Transport in die Stadt kümmern würden. Dieses Manöver, behauptete er, hätte den Zweck, den endlosen Verzögerungen der spanischen Bürokratie aus dem Wege zu gehen, ganz zu schweigen von den Bestechungsgeldern, die die korrupten Hafenbeamten verlangten. Er lehnte beides aus Prinzip ab, da der Gouverneur Salcedo versuchte, den Handel mit den Amerikanern zu unterbinden.

Ryan erwähnte auch, daß er nicht der einzige war, der die Bucht in dieser Weise verwendete. Sie war ein formloser Einfuhrhafen auch für andere sogenannte Freibeuter geworden. Es gab allerdings keine formale Organisation, die sie verwaltete. Sie kamen und gingen, wie sie wollten, und sie respektierten den Besitz der anderen – zum Teil, weil das auf See so üblich war, und zum Teil, weil es sich als außerordentlich gefährlich erweisen konnte, sich anders zu verhalten.

Die Flüchtlinge aus Santo Domingo hatten sich an der Reling aufgestellt, um das Land näher kommen zu sehen. Sie waren glücklich, daß die Reise jetzt zu Ende ging, aber trotzdem auch ein wenig bedrückt. Es gab keinerlei Möglichkeit herauszufinden, was sie an Land erwartete, wo sie leben, womit sie sich beschäftigen oder – bei manchen von ihnen auch – womit sie sich von nun an ihren Lebensunterhalt verdienen konnten. Die Zeit, die sie damit verbracht hatten, durch die Karibik und den Golf von Mexiko zu segeln, war so etwas wie eine Erholungspause gewesen, eine Reise, die zwischen ihrer Rettung und ihrer Zukunft lag. Sie hatten nur an weniges gedacht außer an Dinge, mit denen sie die beinahe endlos erscheinenden sonnenerfüllten Tage und sternklaren Nächte hinter sich bringen konnten. Jetzt lag ihre Zukunft direkt vor ihnen.

Elene war sich einer gewissen Verzagtheit bewußt, entdeckte in ihrem Innern aber auch eine langsam wachsende Freude. Vor ihr lag ein neues Land, ein neuer Anfang. Alles würde anders werden, das, was sie sah, roch, die Sitten, die Menschen. Es war nun ihr selbst überlassen, was sie daraus machte.

Über ihren Köpfen kreisten große Scharen von Möwen, ihre Flügel schimmerten weiß vor einer grauen Wolkenbank. Ihre durchdringenden Schreie klangen wie eine Mischung aus verärgertem Schimpfen und verzweifeltem Bitten. Näher am Ufer flog mit ruhigen Flügelschlägen ein großer, brauner Pelikan in bedächtiger Würde am schmalen Strand entlang. Das tiefliegende Land verströmte den Geruch nach Schlamm, modernden Sumpfpflanzen und Fisch, ein reiches und fruchtbares Aroma, das lockend und abstoßend zugleich war.

»Puhh«, rief Hermine, die neben Elene stand, mit einer komischen Grimasse aus, »was für ein Gestank.«

»Ich finde ihn nicht so schlimm.«

Der Geruch vom Land kam und ging, je nachdem, wie die wechselhaften Böen des aufkommenden Windes ihn trieben.

Über ihren Köpfen klatschten und blähten sich die Segel in heftigen Schlägen. Die Kleider der beiden Frauen wurden flach an ihre Körper gedrückt, und ihre Röcke flatterten hinter ihnen.

Hermine streckte die Hand aus, um ihr hennagefärbtes Haar, das im Nacken zu einem Knoten gesteckt war, festzuhalten. »Ranzige Schminke ist mir lieber, und billige Zimmer, und von mir aus jeden Tag die Pferdeäpfel auf der Straße. Diese Wildnis macht mir aber auch ebenso angst, wie sie meine empfindliche Nase beleidigt.«

»Unsinn«, neckte sie Elene. »Das ist nicht die Wildnis, die Ihr hier riecht, das ist unser Abendessen, das in der Kombüse gekocht wird.«

»Laßt das nicht den Koch hören, sonst kocht er von jetzt an bei jeder Mahlzeit Fisch, bis wir das Schiff verlassen. Da ich aber nun einmal atmen muß, laßt mich so nah neben Euch stehen, daß ich den Duft Eures Parfüms riechen kann. Ich wollte Euch schon seit Tagen sagen, wie herrlich es duftet.«

Elene dankte ihr. Das war nicht die erste Bemerkung, die zu ihrem Parfüm gemacht worden war, aber vielleicht die offenste. Wenn davon gesprochen wurde, fühlte sie sich immer noch etwas unbehaglich, als sei sie bei einer Missetat ertappt worden.

»Ich hätte furchtbar gern auch etwas davon, falls es Euch nichts ausmacht, mir zu sagen, wie es heißt und wo man es bekommt.«

»Ich fürchte, es ist nicht zu kaufen.«

Hermine zuckte mit den Schultern. »Na gut, wenn Ihr es lieber nicht verraten wollt – das ist Euer gutes Recht.«

»Nein, so ist es nicht«, erwiderte Elene in entschuldigendem Ton.

»Also wenn Ihr mir einfach sagen würdet, welcher Parfümeur in Paris es herstellt, dann werde ich mir, wenn ich das nächste Mal dort bin –«

»Es kommt nicht aus Paris.«

»Seid Ihr sicher?« meinte Hermine mit gerunzelter Stirn. »Aber es ist genauso voll, genauso klar wie die Parfüms aus Paris.«

»Ich bin wirklich ganz sicher«, antwortete Elene und erzählte der Schauspielerin, wie sie darangekommen war. Spontan setzte sie hinzu: »Ich habe schon den Gedanken gehabt, es zum Verkauf herzustellen, natürlich mit Devotas Hilfe, wenn ich mich in New Orleans etwas zurechtgefunden habe.«

»Ja, wirklich? Phantastisch! Werdet Ihr eine *parfumerie* eröffnen? Falls ja, werde ich bestimmt Eure erste Kundin sein.«

Elene lachte kurz über die spontane Begeisterung. »Ihr gebt mir beinahe das Gefühl, daß der Versuch ein Erfolg werden könnte.«

»Natürlich wird er das. Wie könnte er mit einem solchen Duft mißlingen?«

Elene sah die andere Frau kurz an, aber in ihrem interessanten Gesicht deutete nichts darauf hin, daß sie mehr meinte als nur ein Kompliment an den Duft. Sie entspannte sich wieder. »Die erste Flasche, die ich herstelle, soll für Euch sein.«

Die Schauspielerin wandte sich Flora Mazent zu, die mit ihrer Zofe Germaine in der Nähe saß. »Habt Ihr gehört? Elene will bald ihr Parfüm zum Verkauf herstellen!«

»Das ist schön.« Flora sah mit einem kurzen Lächeln auf. Sie starrte sie mit einem Ausdruck von Unentschlossenheit im Gesicht an, als müßte sie überlegen, ob sie sich zu ihnen an die Reling stellen sollte. Nach einem Augenblick senkte sie die Wimpern und wandte sich wieder der Näharbeit auf ihrem Schoß zu.

Hermine sah Elene mit einer hochgezogenen Braue und einem Kopfschütteln an. Floras Haltung hatte etwas an sich, das an Hochmut erinnerte, als wäre sie lieber allein, hielte es vielleicht sogar für besser – vermutlich war sie gar nicht nur schüchtern. Es hatte fast den Anschein, als würde sie Hermine und Josie und vielleicht sogar Elene von oben herab behandeln. Da sie allerdings auch die Versuche von Madame Tusard abwies, konnte man nicht ganz sicher sein. Es war auch nicht möglich, sie durch Schmeichelei aus ihrer selbstgewählten Einsamkeit zu locken, und die meisten der Passagiere hatten aufgegeben, es zu versuchen.

Die Flüchtlinge hatten sich in der Zwischenzeit sehr gut kennengelernt. Da sie unter so gefährlichen Umständen zusammengekommen waren und dann ausreichend Zeit füreinander gehabt hatten, hatten sie sich einander zugewandt, sowohl um sich zu trösten als auch um sich abzulenken. Sie hatten geredet, geredet und noch mehr geredet. Sie alle kannten die Einzelheiten von M'sieur Mazents Magenverstimmungen und die schrecklichen Erfahrungen seiner Tochter Flora im Internat in Martinique, wo man sie gezwungen hatte, stundenlang auf Erbsen zu knien, und sie mit einem Lineal auf die Hände geschlagen hatte, weil sie immer nur flüsterte und nicht lauter sprach. Madame Tusard hatte sie mit einer lebhaften Schilderung ihrer weiblichen Unpäßlichkeiten unterhalten, und sie hatten alle ihr Erstaunen über einen Vorfall geäußert, bei dem man M'sieur Tusard, natürlich ungerechtfertigterweise, verdächtigt hatte, Berichte gefälscht und Gelder veruntreut zu haben. Josie hatte ihre Unzufriedenheit mit den naiven Rollen, die sie immer auf der Bühne spielen mußte, allen mitgeteilt, und sie waren bei verschiedenen Gelegenheiten Zeugen der flammenden Auseinandersetzungen – die dann von privaten Versöhnungen gefolgt wurden – zwischen Morven und Hermine gewesen.

Aber keines der Themen war von so großem Interesse wie das im Augenblick gerade stattfindende Drama des Verhältnisses zwischen Elene und Bayard. Es hatte darüber viele Spekulationen gegeben, das wußte Elene; sie erkannte es auch an dem lebhaften Interesse, das sich immer dann erhob, wenn Durant und sie beide in demselben Raum erschienen. Durant hatte das Interesse jedoch etwas gemildert, indem er

Elene keinerlei Aufmerksamkeit mehr schenkte. Entweder konzentrierte er sich auf Serephine, die ihn während der ersten Tage nach seiner Verletzung betreut hatte, oder er suchte die Gesellschaft der Herren der Gruppe. Während sein Arm zusammen mit dem Schmiß in seinem Gesicht in der wohltuenden Meeresluft gut heilten, hatte er sich besonders mit Mazent angefreundet, der, da er ebenfalls ein Plantagenbesitzer war, vermutlich einiges mit ihm gemeinsam hatte. Es war nicht ungewöhnlich, die beiden auf Deck in vertieftem Gespräch miteinander zu sehen, während Flora hinter ihnen herging, Durant hier und da einen Blick zuwarf und, immer wenn er ihr Vorhandensein wahrnahm, eine fleckige Röte im Gesicht bekam und schweigend ihre Erscheinung in Ordnung brachte.

Die Beziehungen innerhalb der Gruppe waren nicht immer herzlich. Morven und Madame Tusard setzten ihren Krieg mit Worten in jedem möglichen Zusammenhang fort, angefangen davon, wer der Gruppe auf dem Weg zum Essen vorangehen durfte, bis zu der Entscheidung, welche Lieder bei Sternenlicht gesungen werden sollten. Josie war beleidigt über eine Bemerkung der Frau des Inselbeamten und stritt ständig mit Madame Tusard um die Position, die ihr und des großen Morvens Stuhl unter dem Sonnensegel bekamen. Madame Tusard war eifersüchtig darauf, wieviel Aufmerksamkeit ihr Claude Josie und jeder anderen Frau – auch Serephine – entgegenbrachte, und der schrille Klang ihrer Verärgerung war bei mehr als einer Gelegenheit durch das ganze Schiff gedrungen. Devota und die Zofe der Mazents, Germaine, hatten Auseinandersetzungen um den Gebrauch der englischen Badewanne und auch um das einzige Bügeleisen auf dem Schiff, das Hermine gehörte. Flora hatte mit niemandem Schwierigkeiten, war aber eines Nachmittags sehr betroffen, als der Matrose, den sie einige Zeit lang beobachtet hatte, es wagte, ihr zuzuzwinkern.

Diese kleinen Schwierigkeiten waren eigentlich nicht

schlimmer, als angesichts der engen Unterbringung und ihrer beanspruchten Nerven zu erwarten gewesen wäre. Die Einigkeit im gemeinsamen Unglück nach zusammen erlebten Schrecken war jedoch stärker und dauerhafter. Als sich das Schiff der Bucht näherte, in der sie es verlassen sollten, wurden viele Versprechungen gemacht, daß man in Kontakt bleiben und sich bald wieder treffen wolle. Sie waren ernst gemeint, selbst wenn es unwahrscheinlich war, daß man sie auch einhalten würde.

Sie glitten in die Barataria Bay, als das drohende Gewitter schon ganz nah war. Das Schiff ankerte, die vielen Quadratmeter Segel wurden eilig eingeholt, die Passagiere verließen die Decks und schlossen die Luken, um abzuwarten, bis das Unwetter vorbei war.

Der Schoner schwankte und schaukelte in Wind und Wellen. Über ihren Köpfen rollte der Donner und klang noch zehnmal bedrohlicher, weil sie unter Deck eingesperrt waren. Ein Blitz zischte herunter und schlug ins Wasser ein. Die Ankerketten sangen durch die Spannung, unter der sie standen. Das Holz des Schiffes knirschte und ächzte, als ob etwas Lebendes auseinandergerissen würde. Als der Regen dann kam, fiel er in von Wind getriebenen Massen und klatschte auf die Decks wie riesige, nasse Peitschen.

Elene und die anderen hatten früh gegessen und zogen sich in ihre Kojen zurück. Die Bewegung des Schiffes war so wild, daß das der sicherste Aufenthaltsort war. Ryan ging über das Schiff und untersuchte es auf Schäden, die entstanden sein könnten, linderte Ängste und kam ab und an zurück, um nach Elene zu sehen. Als der schlimmste Wind langsam abflaute, äußerte er sich zufrieden über die Art, in der die *Meerfee* sich an ihrem geschützten Ankerplatz hielt. Als er wieder in der Kajüte war, zog er seine nassen Kleider aus und warf sie in eine Ecke. Dann kletterte er zu Elene in die Koje.

Er fror, seine Haut war rauh vor Gänsehaut. Elene drückte

ihn in einer Welle von Mitgefühl und Zärtlichkeit ganz fest an sich und zog ihr Nachthemd hoch, um ein Bein über seines zu legen. Mit einem Zittern als Reaktion auf ihre Wärme küßte er sie leicht auf die Stirn, bevor er sich an ihrer Seite entspannte. Sie legte ihre Schläfe an sein Kinn und starrte blind in das Dunkel, während ab und zu von blauweißen Blitzen gefärbtes Licht durch die Bullaugen zuckte. Der Regen trommelte auf das Deck über ihren Köpfen und lief in plätschernden kleinen Bächen von den Decks in das Wasser der Bucht.

In den Tagen seit dem Fechtkampf zwischen Ryan und Durant hatten Elene und der Freibeuter diese Kajüte und die Koje, in der sie lagen, geteilt. Sie schliefen zusammen, aßen zusammen, gingen nebeneinander her und unterhielten sich, liebten sich, aber sie hatten außer in ganz allgemeinen Worten nicht mehr über New Orleans gesprochen. Elene ging davon aus, daß er immer noch wollte, daß sie in seinem Haus in New Orleans weiter auf dieselbe Art mit ihm lebte. Und ganz eindeutig zeigte sein Verlangen nach ihr keine Spur von Ermüdung.

Wenn er es wollte, war er ein sehr interessanter Gesellschafter. Die beiden hatten einige Abende damit verbracht, in den Büchern aus seiner gekaperten Bibliothek zu lesen und die Ideen zu diskutieren, die ihnen dabei begegnet waren. Manchmal hatten sie Karten gespielt und dabei Kleidungsstücke als Preis ausgezogen, aber er hatte gemogelt, wenn der Preis interessant genug war, um für ihn unwiderstehlich zu werden. Im Bett erwies er sich als starker und rücksichtsvoller Liebhaber, der sie auch mit vielen Worten ermutigte und voller Anerkennung ihre Vorzüge pries. Er versäumte es nie, sie vor den anderen in Schutz zu nehmen, und vernachlässigte sie nicht trotz seiner Verantwortung für das Geschehen auf dem Schiff. Er tröstete sie, wenn sie Alpträume hatte, und kümmerte sich um ihre wunden Füße. Er liebte ihr Parfüm immer noch und reagierte auch nach wie vor heftig darauf. Dennoch sprach er nie von Liebe.

Elene erwartete das auch eigentlich nicht von ihm. Trotz all der Dinge, die sie miteinander ausgestanden hatten, waren sie sich doch noch ziemlich fremd. Er schuldete ihr keine Versprechungen oder Schwüre – nichts; wenn überhaupt, dann stand sie in seiner Schuld. Die warme Beziehung zwischen ihnen war rein fleischlicher Natur, ihre Gefühle waren nicht darin verwickelt.

Sie fragte sich, ob Ryan sich wohl anders verhalten würde, wenn sie New Orleans erreicht hatten. Vielleicht würde er dort, wenn er wieder unter seinen alten Freunden und Bekannten war, feststellen, daß sie ihm hinderlich war, nur eine Erinnerung an eine Zeit, die er lieber vergessen wollte. Er würde vielleicht eine andere Frau finden und sie und Devota vor die Tür setzen, und dann wären sie gezwungen, sich allein durchzuschlagen.

Wenn er das tat, würde sie auf jeden Fall ein für allemal wissen, ob es doch nur das Parfüm war, das ihn an sie band. Sie konnte das natürlich jederzeit auch dadurch herauszufinden versuchen, daß sie aufhörte, es zu verwenden. Aber solange sie noch auf dem Schiff waren, konnte das Ergebnis noch nicht sehr viel aussagen. Sie konnte an keiner anderen Stelle schlafen, wenn er sie nicht neben sich haben wollte, und ihre einfache körperliche Nähe würde ihn vermutlich dazu bringen, sich ihr wieder zuzuwenden. Auf jeden Fall wagte sie es eigentlich nicht, es darauf ankommen zu lassen. Im Augenblick war sie nicht in einer Lage, in der sie riskieren durfte, seine Unterstützung zu verlieren.

Ryan, der spürte, daß sie angespannt nachdachte, ließ seine Hände über ihren Rücken gleiten. Er beugte den Kopf vor, und sein warmer Atem bewegte ihr Haar. »Was ist los, *chéri*? Ist etwas nicht in Ordnung?«

Sie seufzte tonlos. »Nein, nichts.«

Ein Stirnrunzeln legte die Haut zwischen Ryans Brauen in

Falten, aber er wollte nicht weiter in sie dringen. Er dachte, daß er sie ohnehin an einer sehr gespannten Schnur hielt. Wenn er sie noch weiter belastete, konnte sie ohne weiteres in seinen Händen reißen. Er würde noch genug Zeit haben, die Sache voranzutreiben, wenn sie New Orleans erreicht hatten und er ihr zeigen konnte, was sie verlieren würde, wenn sie nicht bei ihm blieb. Bis dahin wollte er warten.

Im Augenblick war sie warm und nachgiebig und unglaublich verführerisch unter der Baumwolle ihres Nachthemdes. Die Bewegungen des Schiffes drückten sie sanft gegen ihn, und der Donner des Gewitters rollte noch in seinem Blut. Er küßte ihre Lider im Dunkeln, um sie zu verschließen. Er fand ihre Lippen, neckte sie, bis sie sich für ihn öffneten, bis er die Honigsüße ihrer Erwiderung schmeckte und unter seiner Hand das Echo des Donners auch in ihrem heftigen Herzschlag spürte. Das war für den Augenblick genug.

Am nächsten Morgen, als die Sonne klar, heiß und hell aufging, sahen sie, daß die Batataria Bay eine große Wasserfläche war, wie ein Brackwassersee umgeben von Marschland. Der schmale Strand war gesäumt von spitzem, schwankendem Gras und Zwergpalmen und übersät mit vom Wasser geschwärzten Holzstücken in grotesken Formen, zwischen denen auch der faulende Leichnam eines Tümmlers lag. Vögel schrien und wirbelten durch die Luft, dann stürzten sie sich auf ihre Beute im Wasser. Ihre Rufe drangen in dünnem, schrillem Ton bis zum Schiff. Frösche quakten, Mücken sirrten in einer Ausdauer, die einen verrückt machen konnte, und dann und wann hörten sie das tiefe Brüllen eines Alligators. Die Männer und Frauen auf der *Meerfee* standen an der Reling und zeigten auf die Holzbalken ähnelnden Formen der urigen Tiere, die ab und zu in Sicht kamen, und beobachteten sie bei ihrer planlosen Suche nach einer Fischmahlzeit.

Während sie die Zeit mit solchen Beschäftigungen verbrachten, beaufsichtigte Ryan das Entladen des Schiffes. Das

Beiboot machte einige Fahrten zu dem baufälligen Lagerhaus, das vom Ufer etwas zurückgesetzt stand. In der Nähe gab es noch ein paar andere provisorische, aus Treibholz, Zwergpalmwedeln und Stücken gewobener Jute gebaute Lagerschuppen. Eine dünne Rauchsäule erhob sich dicht neben einem dieser Schuppen und verschmutzte mit ihrem Grau den Morgenhimmel; aber eine ganze Zeit lang war kein Zeichen irgendeiner Bewegung zu sehen.

Schließlich, als sie fast fertig waren mit dem Entladen, kam ein Mann aus dem größten der rohen Gebäude. Er stand da und streckte und kratzte sich, während er sich langsam so drehte, daß er das vor Anker liegende Schiff betrachten konnte. Er rief etwas. Eine indianische Frau duckte sich unter einer Türöffnung hindurch, die von einer herunterhängenden Tierhaut bedeckt war. Sie betrachtete das Schiff und ihren Mann, dann drehte sie sich um und ging wieder hinein. Das war die vollständigste Zurückweisung, die Elene je gesehen hatte.

Es hatte den Anschein, als ob die Bewohner der Hütten Flüchtlinge vor dem Gesetz wären, Diebe, Mörder und Gelegenheitspiraten. Zwischen Barataria und New Orleans lagen nur endlose Meilen Wasser und Schlamm und feuchtes Marschland. Im Spätherbst und im Winter kamen manchmal Männer hierher, um die Enten und Gänse zu jagen, die in großen Scharen aus dem Norden herunterflogen; manchmal kamen sie auch zum Fischen, aber im Sommer war die Bucht gewöhnlich verlassen.

Die Männer kannten Ryan gut; das wurde ganz klar ersichtlich aus der Art, in der sie ihn begrüßten, als er sich ans Ufer rudern ließ. Sie waren mehr als einverstanden damit, daß er ihre Pirogen, eine hier übliche Art von flachem Kanu, verwendete, um seine Passagiere nach New Orleans zu transportieren – natürlich gegen ein kleines Entgelt. Falls sie jedoch so etwas wie Sympathie für die Flüchtlinge an Bord empfanden, ließen sie es sich nicht anmerken; sie saßen nur da und sahen zu, wie sie in die Boote kletterten, versuchten, hier und da einen Blick auf einen Knöchel oder eine wohlgerundete Wade zu werfen, und dabei johlten und lachten sie und machten anzügliche Witze. Es war nicht mehr als eine vernünftige Vorsichtsmaßnahme, daß Kapitän Jean an Bord der *Meerfee* zurückblieb, und mit ihm eine kleine Mannschaft, die das Schiff beschützen konnte.

Die Fahrt durch den Irrgarten der Wasserwege nach New Orleans war nicht so, daß Elene sich später gern daran erinnerte. Als sie das Wasser der Bucht verließen, flaute der Wind ab, und die heiße Junisonne und die weiten Wasserflächen verbanden sich zu einer dampfigen Hitze, die den Schweiß in Strömen fließen ließ und das Atmen schwer machte. Mücken und andere Insekten erhoben sich in schwarzen Wolken aus dem Gras und den Ufergewächsen und stachen sie, bis jeder Quadratzentimeter unbedeckter Haut übersät war mit roten, erhabenen Flecken und verschmiert mit einer schwarzen, klebrigen Schicht toter Insekten und Schweiß. Es blieb natürlich nicht sehr viel Haut unbedeckt, nicht nur wegen der Stiche, sondern auch als Schutz gegen die brennenden Sonnenstrahlen.

Stunde um Stunde durchfuhren sie die Wasserläufe, wobei sie sich immer Richtung Nordosten hielten; die Männer bewegten die Paddel, tauchten sie ein und zogen die Boote weiter fast ohne Spritzer. Schlangen erzeugten pfeilförmige Muster im Wasser, wenn sie in der Nähe der Boote waren. Alligatoren lagen halb im Schlamm vergraben und sahen ihrem Vorbeifahren in ungerührter Haltung zu. Am Morgen stimmte noch ab und zu jemand ein Lied an, um den Rhythmus der Paddel aufzunehmen und ihnen die Zeit zu vertreiben, aber als die Stunden dahingingen, versanken sie im Schweigen des geduldigen Ausharrens.

Hier und da machten sie Rast, um sich auszuruhen und sich zu erfrischen, allerdings wateten sie nicht allzuweit ins kühlende Wasser hinaus wegen der Egel, die vielleicht Lust auf ihr Blut bekommen könnten. Sie verbrachten eine Nacht versteckt vor den Mücken und erwachten immer wieder durch das Brüllen der Alligatoren und einmal durch den Schrei eines jagenden Sumpfpanthers. Mit dem Morgengrauen waren sie wieder in den Pirogen. Und schließlich erreichten sie, nachdem sie noch ein Stück Wegs im Wagen hinter sich gebracht hatten, die Tore von New Orleans.

Elene, die die Wachen auf ihrem Posten sah, erwartete, daß es Schwierigkeiten geben würde. Aber es gab keine. Ryan klopfte den Männern auf den Rücken und fragte nach ihren Familien oder ihren Frauen. Glitzerndes Gold wanderte von einer Hand in die andere, und ein Fäßchen Rum wurde ausgeladen. Das Tor öffnete sich, und sie waren in New Orleans.

Es war im wesentlichen eine neue Stadt. In den vergangenen fünfzehn Jahren hatte es drei Feuersbrünste gegeben, zwei davon waren absolut vernichtend gewesen. Die letzte vor nur neun Jahren hatte mehr als zweihundert Gebäude zerstört und zu Verlusten geführt, die höher waren als acht Millionen Piaster. Aufgrund dieser Gefahr und auch der ungeheuren Kosten, die diese Feuer verursachten, war eine Bauvorschrift erlassen worden, die verlangte, daß jedes Gebäude von mehr als einem Stockwerk Höhe aus Ziegeln oder Luftziegeln gebaut und auch mit Ziegeln gedeckt sein mußte und daß Dächer von bestehenden Gebäuden, die erneuert wurden, ebenfalls mit Ziegeln gedeckt werden mußten. Das Ergebnis war eine Stadt, in deren Zentrum viele spanische Formen vorherrschten wie zum Beispiel Innenhöfe, Balkone, vergitterte Fenster, Türen und Toreinfahrten oder Öffnungen unter dem oberen Stockwerk, durch die Kutschen und Fußgänger in die inneren Höfe gelangten. Die Ziegel waren so weich, daß es nötig gewesen war, sie zu verputzen. Dieser Putz war weiß oder gelb getüncht, aber die Wirkung der Sonne und des Regens, die die Farbe vom Lehm der Ziegel ausbleichten und dazu führten, daß überall Flechten, Moder und Schimmel gediehen, hatte Hunderte von Grün- und Grauschattierungen, gemischt mit Rost, Gold und Pfirsichrosa, entstehen lassen.

New Orleans war keine große Stadt, hier wohnten nicht mehr als zehntausend Menschen. Das erdige Ufergelände am Fluß mit der zwei Meter hohen Palisade, die es umschloß, umgab ein Gebiet von einem Kilometer Länge und etwas mehr als einem halben Kilometer Breite. An jeder der vier Ecken der Palisaden stand ein Befestigungsturm und einer zusätzlich an der hinteren Wand, und Batterien und bewachte Tore waren in die Abschnitte dazwischen eingebaut. Als zusätzlicher Schutz lag außerhalb der Palisade ein Graben von sieben Metern Breite und eineinhalb Metern Tiefe. Diese Befestigungen waren im Jahr 1796 errichtet worden, als die Kolonisten in Louisiana gefürchtet hatten, daß ihre Sklaven, von denen viele aus Santo Domingo gekommen waren, es ihren Inselbrüdern nachtun und einen Aufstand anzetteln würden. Die Holzwände der Palisaden waren nicht dazu gedacht, eine bewaffnete Armee abzuhalten – dazu reichten sie eindeutig nicht aus –, sondern sie sollten nur Schutz vor einem möglichen Aufstand bieten.

Innerhalb der Palisaden bestanden die Straßen aus einfachen ungepflasterten Wegen zwischen den Häusern, die allerdings relativ breit und gerade waren und in deren Mitte eine Gosse lag. Man hatte Entwässerungsgräben, die jetzt oft gefüllt waren mit Unkraut und Abfall, um jeden Häuserblock gegraben, so daß sich jeder dieser Blocks bei nassem Wetter in eine Insel verwandelte. Diese Gräben und Gossen entließen ihr Wasser in den Carondelet-Kanal auf der Rückseite der Stadt. Trotzdem stand in den Straßen der Schlamm oft knöchelhoch.

Die Häuser in der Nähe der Palisade wirkten am meisten vernachlässigt. Hier standen die einstöckigen hölzernen Gebäude aus den Zeiten der Franzosen, die von den Feuersbrünsten verschont worden waren, aber viele von ihnen litten unter den Auswirkungen des feuchten Klimas, das schon zuviel Zerstörung bewirkt hatte, als daß es sich noch gelohnt hätte, die Reparaturen durchzuführen.

Die Stadt war erfüllt von einem eindeutigen Gestank, allerdings nicht mehr als die meisten anderen tropischen Häfen. Pferde- und Maultiermist wurde in den Schlamm der Straßen getreten. Küchenabfälle – von Gemüseresten bis zu Fischköpfen –, aber auch Stücke von Lumpen und verrottendem Leder und hier und da ein totes Tier trieben entweder in dem mit grünen Algen bedeckten Wasser in den Gräben oder lagen vor den Hintertüren der Häuser aufgehäuft. Das alles reifte stetig in der Hitze der Sonne vor sich hin.

Manche der Frauen unter den Flüchtlingen verzogen die Gesichter und bedeckten ihre Nasen. Elene atmete ganz flach und vorsichtig und dachte an Parfüm.

Ryan wohnte auf der Royal Street, die sowohl die Hauptgeschäftsstraße als auch die belebteste Wohngegend der Stadt bildete. Von zwei- bis manchmal sogar dreistöckigen Häusern umsäumt, von denen die meisten Balkone mit filigranem Schmiedeeisengeländer wie Spitzen an einem Kleid hatten, war diese Durchfahrtsstraße wichtig genug, um mit Straßenlaternen beleuchtet zu werden, die an Seilen diagonal von einer Hausecke zur anderen aufgehängt waren. Die Wohnhäuser und Läden wechselten sich nach europäischem Vorbild ab, das heißt die Geschäftsräume bildeten das Erdgeschoß, und die Eigentümer lebten entweder selbst in den Stockwerken darüber oder vermieteten sie als Wohnungen an andere Leute.

Das Erdgeschoß von Ryans Haus war mit Fensterläden verschlossen, es gab auch kein Aushängeschild, das den Verkauf von Wein oder Kerzen, Stoffen oder Hüten anzeigte. Er sagte, die Räume würden während der meisten Zeit als Lagerräume genutzt, stünden im Augenblick aber leer. Da der Abend näher kam, bot er den erschöpften Reisenden zunächst die Gastfreundschaft seines Hauses an.

Das Angebot wurde dankbar angenommen. Sie stiegen alle aus dem Wagen, den Ryan von einem Bauern am Bayou Saint John außerhalb der Stadt geliehen hatte, bei dem die Boote gelandet waren. Sie gingen zusammen durch den Torweg und in den mit Steinen gepflasterten Innenhof, kamen an einem mit Geranien und Farnen umwachsenen Springbrunnen vorbei und stiegen dann eine Treppe hinauf, die zu einer Galerie führte, die den Innenhof auf drei Seiten umgab. Bevor sie noch ganz oben waren, trat ein Schwarzer mit graziöser und würdevoller Bewegung heraus, um sie zu begrüßen.

Der Bedienstete, dessen Haut blaubraun gefärbt war und der schon einige graue Stellen in seinen dunklen Locken hatte, war zwischen fünfunddreißig und fünfzig Jahre alt. Sein Name war Benedikt, und er diente als Ryans Haushofmeister. Er kümmerte sich um sie, klatschte in die Hände, um Diener und Hausmädchen auf Trab zu bringen, bot ihnen Erfrischungen an und wies ihnen Zimmer zu. Er übersah nichts. Er brachte nicht nur die Mazents und Germaine in angrenzenden Zimmern unter, sondern wies auch nach irgendeiner seltsamen Art von Verständigung mit seinem Herrn ein Hausmädchen an, Elene und Devota in die Räume zu führen, die zweifellos dem Hausherrn gehörten.

Es gab keine Unklarheit darüber, wer das Zimmer bewohnte, weil Ryans kleine Schiffskiste hereingebracht wurde, kurz nachdem Elene und ihre Zofe eingetreten waren. Sie wurde auf den Boden neben einen Tisch mit einer Marmorplatte und vergoldeten Tischbeinen gestellt, auf dem ein Tablett mit an Ryan Bayard gerichteten Einladungen stand. Darunter war besonders eine bemerkenswert, die um seine Anwesenheit bei einem Diner am heutigen Abend ersuchte, das Pierre Clement de Laussat, der Kolonialpräfekt von Frankreich, gab, also jener Mann, der Gouverneur sein würde, wenn Frankreich Louisiana zurückerhielt.

Bei Sonnenuntergang waren die Passagiere der *Meerfee* bequem untergebracht. Sie hatten gebadet und ihre Kleider gegen andere vertauscht, die für sie gefunden worden waren, man hatte ihre Insektenstiche und ihren Sonnenbrand versorgt und ihnen etwas zu essen bereitet. Ihr Gastgeber entschuldigte sich für den Abend. Er hatte das Gefühl, daß ein Essen bei dem zukünftigen Gouverneur, einem Mann, der erst aus Frankreich in New Orleans angekommen war, als Ryan schon in die Karibik aufgebrochen war, eine zu gute Gelegenheit war, die neuesten Nachrichten zu erfahren, als daß er die Einladung ablehnen konnte. Er würde nicht vor dem Morgen wiederkommen. Die Stadttore wurden um neun Uhr geschlossen, und das Haus, in dem die Laussats wohnten, lag außerhalb der Tore. Ryan würde bei Freunden schlafen, die in der Nähe lebten.

Elene fragte sich, woher Ryan die Energie nahm, nach den vergangenen zwei Tagen noch einen Besuch zu machen. Sie war völlig erschöpft und wollte nichts anderes mehr tun, als ins Bett gehen, die verdammten Mücken mit einem schönen dichten Moskitonetz aussperren und mindestens eine Woche lang schlafen. Die anderen schienen ähnliche Absichten zu haben. Schon nach kurzer Zeit wünschte Elene allen eine gute Nacht und ging in das Schlafzimmer, das ihr zugewiesen worden war.

Devota war nicht da. So gern Elene ihre Zofe auch hatte, das Alleinsein war ihr angenehm. Sie stand kurz da und sah sich im Zimmer um, betrachtete den dunklen, vierschrötigen, schweren englischen Eichenschrank, den Waschtisch, der dem auf dem Schiff ziemlich ähnlich war, und auch den Rasiertisch französischer Herkunft und den flämischen Teppich, der gut zu den Wandteppichen paßte. Es war ein großes Zimmer, das die ganze Breite des Hauses einnahm. An einer Seite waren zwei Fenstertüren, die auf die umlaufende Galerie zum Innenhof führten, und auf der anderen Seite waren noch zwei solcher Türen, die Zugang zu einem Balkon über der Straße boten.

Elenes Blick blieb an dem Bett hängen, das die wichtigste Rolle im Zimmer spielte. Der Kühle wegen lag es etwas erhöht auf einem Podest, sein geschnitztes Kopf- und Fußende war mit Blattgold verziert. Darüber hing die weiße Wolke eines Moskitonetzes, cremefarbene Laken bedeckten die mit spanischem Moos gefüllte Matratze und die dick mit Gänsedaunen gefüllten Kissen. Sie dachte daran, wie es sein würde, mit Ryan in diesem Bett zu liegen, dann sah sie schnell zur Seite und ging zu einer der Glastüren an der vorderen Seite des Hauses, die offenstanden, um die Abendluft hereinzulassen.

Die Tür führte auf einen Balkon, von dem aus man die Straße überblicken konnte. Draußen im Freien, wo die Brise vom Fluß über die ziegelgedeckten Dächer wehte, war es kühler. Das Abendlicht verschwand, verblaßte langsam zu einem matten und melancholischen Purpurton, der Farbe der Halbtrauer. Elene dachte an ihren Vater, der jetzt unter den Ruinen des Larpent-Hauses lag, das er so geliebt hatte. Irgendwie paßte es, daß seine Knochen unter der Asche des Hauses verstreut waren. Ein harter Kloß bildete sich unter ihrem Brustbein und drückte mit schmerzender Kraft dagegen, aber sie weigerte sich zu weinen. Sie hatte in Frankreich, als ihr Vater sie zurückgelassen hatte, herausgefunden, daß weinen nichts half.

Statt dessen dachte sie an Ryan und seine Abwesenheit an diesem Abend. Stimmte es, daß die Tore geschlossen wurden? Sicherlich konnten die Wachen, die schon einmal für Geld weggesehen hatten, das auch noch einmal tun. Vielleicht war die Ausgangssperre nichts anderes als eine Entschuldigung, den Abend auswärts zu verbringen. Vielleicht gab es eine Frau, die er sehen mußte, vielleicht eine Frau, der er die Gegenwart seiner neuen Geliebten erklären wollte. Sie hatte eigentlich kein Recht, sich zu beklagen, wenn er sich entschloß, für die Nacht fortzubleiben. Keinerlei Recht.

Die Straße hinauf und hinunter sah sie Leute, die das

Nachlassen der Hitze des Tages genossen. Ältere Paare, Liebespaare, Familien mit Großeltern, Mütter, Väter, Kinder aller Altersstufen von Säuglingen bis zu Jugendlichen säumten die Balkone, die geschmückt waren mit Farnen und degenblättrigen Yuccas in Tontöpfen, und manche saßen in Stühlen auf ihren Vortreppen. Sie riefen einander zu, tauschten Grüße und Klatsch und hier und da ein freundliches Winken aus. Irgendwo in der Nähe spielte ein Verehrer seiner Liebsten ein süßes Lied auf einer Gitarre. Ein junges Mädchen lachte voller Freude und Aufregung. Alle bildeten eine große Gemeinschaft.

Elene gehörte nicht dazu. Sie fragte sich, wie lange es wohl dauern würde, bis sie sich nicht mehr desorientiert und entwurzelt fühlen würde. Sie war eine Fremde an einem fremden Ort. Sie besaß nichts außer ihrer eigenen Intelligenz und Willensstärke. Vielleicht gab es Menschen, die ihr halfen, Devota und vielleicht sogar Ryan, wenn er Zeit dazu hatte, aber der einzige Mensch, auf den sie sich verlassen konnte, war sie selbst. Und sie würde es schaffen. Sie würde es bestimmt schaffen.

Hinter ihr hörte sie eine Bewegung. Es war Devota, die das Bett aufdeckte. Elene blieb noch kurze Zeit draußen und kam dann wieder ins Zimmer.

Devota sah auf, während sie angesichts der hereinbrechenden Dunkelheit eine Kerze anzündete. Elene sah ihr einen Augenblick direkt in die Augen und sagte dann plötzlich: »Nun, was denkst du? Meinst du, wir sollten hierbleiben?«

»Wohin könnten wir sonst gehen?«

»Ich meine nicht heute abend. Aber vielleicht morgen?«

»Da ist das kleine Problem mit dem Geld.«

»Ich habe noch die Ohrringe von Durant und das Halsband von meiner Mutter. Dafür müßten wir einiges bekommen.«

»Ja, aber wäre es klug, zu riskieren, daß du sie verlierst? Ist es klug, fortzugehen, wenn du hier alles hast, was du brauchst – etwas zu essen, ein Bett, Sicherheit?«

»Und eine gute Stellung als Ryans Geliebte. Was hilft das schon?«

»Schon andere Frauen haben diese Position genutzt, um zu Geld und Macht zu kommen.«

»Frauen wie die Pompadour, und Joséphine, bevor der Erste Konsul sie überredete, sie zu heiraten? Ja vielleicht, aber manche haben sie auch Parasiten genannt. Und Schlimmeres.«

Devota runzelte die Stirn. »Ja, aber eigentlich verstehe ich nicht, warum ein Mann seine Kraft verkaufen darf, während eine Frau ihre Macht zu trösten nicht verkaufen darf. Trotzdem wäre es dumm, nur aus Stolz abzulehnen, was dir angeboten wird.«

»Stolz ist nichts Schlimmes«, protestierte Elene.

»Nein, natürlich nicht, aber du solltest nachdenken. Ryan kann dich verschiedenen Leuten vorstellen, und er hat auch die Mittel, die teuren Öle und Essenzen zu besorgen, die man für Parfüm braucht – entweder indem er sie dir selbst beschafft oder indem er seine Freunde unter den anderen Freibeutern und Kapitänen bittet, es für ihn zu tun. Hier wirst du Entspannung und genügend Platz haben, und vielleicht sogar einen Laden, wenn wir M'sieur Bayard überreden können, uns dafür einen Teil seiner Lagerräume zu überlassen.«

»Warum sollte er so etwas tun? Er hat kein Interesse an mir, das meine Gegenwart in seinem Bett übersteigt.«

»Ich glaube, du unterschätzt ihn.«

»Ja? Ich glaube, er zieht es vor, mich von sich abhängig sein zu lassen. Papa hätte das auch an seiner Stelle getan – oder Durant.«

»Nicht alle Männer sind gleich.«

»Nein, das stimmt«, sagte Elene ironisch. »Denke nur daran, was er erwartet, was ich tun soll, solange ich unter seinem Schutz hier in New Orleans lebe.«

»Ist das denn so hart? Ist es denn ausschließlich seine Schuld? Bedenke die Wahrheit, *chère*.«

Elene wandte sich ab, ohne zu antworten. Nach einiger Zeit sagte sie beinahe wie zu sich selbst: »Es gefällt mir nicht, wenn ich Ryan ausnutze.«

»Es scheint eine schwierige Frage zu sein, wer hier wen ausnutzt.«

»Ja.« Elene verstummte wieder. Dann hob sie die Hände zu ihrem Haar hinauf und nahm die Nadeln heraus, die es zusammenhielten.

»Bleiben wir also?« fragte Devota leise.

Elene hielt inne und seufzte leise. Dann sagte sie über ihre Schulter hinweg: »Wir bleiben.«

Einige Zeit später erwachte Elene aus einem tiefen Schlaf. Das Zimmer war dunkel, und nur ein schwaches Leuchten von den Straßenlaternen drang durch die offene Tür herein. Die nächtliche Brise hob den weichen Musselinvorhang, der von den Glasscheiben weggezogen wurde und sich sanft bewegte, als wäre gerade jemand hindurchgegangen. Elene lag still und wartete mit aufs äußerste angespannten Nerven, um herauszufinden, was sie wohl geweckt haben mochte.

Sie hörte das weiche, gleitende Geräusch von Stoff auf Stoff. Ein Fußbodenbrett knirschte. Sie warf sich im Bett herum. Dort hinter dem Moskitonetz stand ein dunkler Schatten, die Gestalt eines Mannes. Sie holte tief Luft, um zu schreien.

Das Netz wurde zur Seite gestoßen. Der Mann warf sich über sie und drückte fest die Hand auf ihren Mund, fing sie in dem harten Griff seines Arms ein. Seine Brust lag nackt und warm an ihrem Busen, sein Geruch, gemischt mit Wein, war ihr vertraut – angenehm vertraut. Als sich seine Hand um eine ihrer Brüste legte, ihre Fülle umschließend, wußte sie, wer er war.

»Ryan –«

Er hob die Hand von ihrem Mund, die das Wort gedämpft

hatte. Er lachte – ein volles, zufriedenes Geräusch –, dann beugte er sich plötzlich zu ihr herab und drückte in einem schnellen, festen Gruß seine Lippen auf die ihren. Der Kuß veränderte sich bald und wurde tiefer, suchender, unendlich vielversprechend. Sie atmeten beide in schnellen Zügen, als er ihre Lippen freigab.

»Ich dachte, du könntest nicht zurückkommen.« Das Pochen ihres Herzens ließ Elenes Stimme beben. Er hatte keine andere Frau besucht. Er war zurückgekommen, zu ihr.

»Es gibt immer Möglichkeiten.«

»Eine Wache zu bestechen, nehme ich an.«

Er schüttelte den Kopf, eine kaum sichtbare Bewegung im Dunkeln. »Sie schliefen zu fest, um mein Angebot hören zu können.«

»Aber wie –«

»Die Palisaden sind nicht im besten Zustand, besonders auf der Rückseite. Ich bin hindurchgekrochen.«

»Man hätte dich erwischen können.«

»Ich dachte daran, wie du hier weich und warm in meinem Bett liegst, und beschloß, daß es eine Nacht oder zwei im Kerker wert war.«

»Sehr schmeichelhaft«, sagte sie und versuchte nicht allzu erfolgreich, den Ton ihrer Stimme ungläubig klingen zu lassen.

»Und was noch?« fragte er, während er in verlockender Langsamkeit den offenen Ausschnitt ihres Nachthemds über die Halbkugel einer ihrer Brüste zu ziehen begann.

»Beängstigend. Du hast mir angst gemacht«, sagte sie atemlos.

»Vergib mir. Und was noch?« Sein warmer Atem strich wie eine Feder über ihre nackte Haut, ließ auf seinem Weg eine Gänsehaut entstehen und bewirkte, daß die Spitze ihrer Brust sich zu einer Beere verfestigte.

»Beunruhigend. Ich habe geschlafen.« Sie kämpfte gegen

das Bedürfnis, ihre Brust seinen Lippen entgegenzuheben. Mein Gott, wie liederlich sie doch war!

»Arme Kleine. Ich werde dich wieder in den Schlaf wiegen. Und was noch?«

Sie schnappte nach Luft, als sich sein Mund heiß und saugend um ihre Brustwarzen schloß. »Ich ... ich weigere mich, dir noch weiter mit ... irgendwelchen Worten gefällig zu sein.«

»Dann werde ich dir gefällig sein mit Worten und Taten und mit jeder List, die ich kenne, bis ich dich überredet habe«, murmelte er an ihrer Haut. »Bis du ganz genau weißt, wie glücklich du bist, daß ich hier bin.«

10. Kapitel

Die Männer aus der Gruppe verschwanden gleich nach dem Frühstück am nächsten Morgen, unter ihnen auch Ryan, der sich um seine Geschäfte kümmern mußte, die er im Laufe seiner Zeit auf See vernachlässigt hatte. Die Frauen blieben noch, bis ihre Männer einen Platz gefunden hatten, an dem sie längere Zeit bleiben konnten. Sie versammelten sich auf der Galerie über dem Innenhof und sprachen mit Verwunderung und verblüfften Ausrufen über den erstaunlichen Luxus in Ryans Haus. Sie schwärmten von den Möglichkeiten, die ihnen New Orleans für Wohnung und Vergnügen bieten konnte, und sprachen über die Schritte, die sie unternehmen mußten, bevor sie sich dem neuen Leben hier überlassen konnten. Trotz ihrer Vertrautheit miteinander stand ein Gefühl von Anspannung zwischen ihnen, so ähnlich wie es Gäste empfinden, die nach dem Fest auf der Vortreppe stehen und auf ihre Kutsche warten.

Zur Mittagszeit waren sie jedoch alle fort, die Mazents im besten Gasthaus, das es in New Orleans gab, wo auch Durant wohnen würde; Morvens Truppe in einem Zimmer über einer Schenke am Nordende der Bourbon Street; und die Tusards im Haus eines Freundes, der ein ehemaliges Mitglied des französischen Kolonialdienstes war und sich in New Orleans zur Ruhe gesetzt hatte.

Elene blieb allein zurück. Sie saß auf der schattigen Seite der Galerie, sah dem plätschernden Wasser des Springbrunnens und dem Spiel des Sonnenlichts zu, das durch die Blätter der großen virginischen Eiche im Hof auf die Pflastersteine darunter fiel. Sie hörte leise Schritte hinter sich. Als sie sich umdrehte, sah sie Ryans Majordomus näher kommen. Der Mann verbeugte sich mit Ehrerbietung vor ihr.

»Es tut mir leid, wenn ich Euch störe, Mademoiselle. M'sieur Ryan hat mir aufgetragen, Euch als Dame des Hauses zu behandeln. Wenn es irgend etwas gibt, was Ihr erledigt haben möchtet, wenn Ihr irgendwelche Wünsche in bezug auf Euer Schlafzimmer oder Euer Mittagessen habt, braucht Ihr es mir nur zu sagen.«

Das war eine höchst kunstvolle Rede, informativ und in respektvollem Ton vorgebracht, die aber dennoch ganz klar zu verstehen gab, daß Benedikt zwar bereit war, den Anordnungen seines Herrn zu folgen, sich aber ansonsten als zuständig und verantwortlich für häusliche Angelegenheiten betrachtete. Die Leitung des Haushaltes, falls sie sich die Mühe machen wollte, etwas derartiges anzustreben, würde er nicht aus der Hand geben. Natürlich mußte er versuchen, sie in dieser Absicht zu bremsen, wie er es für nötig hielt.

Devota kam aus dem Schlafzimmer direkt hinter Elenes Platz, als sie die Stimme des Majordomus hörte. Sie zeigte die Zähne, als sie verstand, was er sagen wollte. »Mademoiselle Elene«, sagte die Zofe mit schrecklicher Klarheit, »hat schon einen deutlich größeren Haushalt als diesen geführt, bevor sie sich die Haare hochgesteckt hat. Sie braucht niemanden, der ihre Anordnungen übermittelt. Und sie hat auch nicht den Bedarf nach Vorschlägen, worin diese Anordnungen bestehen könnten, das versichere ich Euch!«

In diesem Augenblick wurden die Fronten im Kampf der beiden Bediensteten abgesteckt. Elene wußte das und erhob sich, wodurch sie jede Antwort abschnitt, die Benedikt hätte geben wollen. Sie betrachtete den Majordomus und ihre Zofe, die sich mit zusammengekniffenen Lippen und harten Augen anstarrten. Mit einem warnenden Blick auf Devota wandte sie sich Benedikt zu. Ihre Stimme klang, als ob ihr nichts Ungewöhnliches aufgefallen wäre, und sie sagte: »Ich bin fremd in New Orleans und kenne mich in den hiesigen Gepflogenheiten nicht aus. Ich habe auch keine Erfahrung, was es auf dem Markt an Nahrungsmitteln gibt. Im Augenblick möchte ich das alles dir überlassen, Benedikt. Ich würde mich jedoch freuen, wenn du mir das Haus zeigen und mir erklären könntest, wie du das eine oder andere organisierst.«

Die Zofe und der Diener sahen einander triumphierend an, Devota, weil ihre Herrin geschickt die ihr zugedachte Aufgabe angenommen hatte, indem sie eine Anordnung erteilte, die als Bitte getarnt war, und Benedikt, weil seine Position und seine Wichtigkeit bestätigt worden waren. Elene wandte sich von ihnen ab und stand wartend da, bis der Majordomus sich zu ihr gesellte.

Er sah sie an; offensichtlich wollte er einen so vielversprechenden Streit nur ungern aufgeben. »Jetzt gleich, Mademoiselle?«

»Ich bitte darum.« Die Antwort war freundlich, aber bestimmt.

Sie begannen im Salon, dem größten und formellsten Zimmer des Hauses. Obwohl es zu dieser Tageszeit im Halbdunkel lag, weil die Fensterläden geschlossen waren, um die noch vorhandene Kühle der Nacht zu erhalten und die Sonne auszusperren, war es doch ein recht eleganter Raum. Wie das große Schlafzimmer war er mit englischen Sitzmöbeln und Sekretären ausgestattet, aber mit französischen Tischen, Spiegeln, Kronleuchtern und Tapete, die letztere war lebhaft weiß und rot gemustert. Das Eßzimmer schloß daran an, ebenso ausgestattet waren auch die verschiedenen anderen Schlafzimmer im Hauptgebäude und die *garçonnières*, die den Hof auf beiden Seiten umgaben.

Elene zählte dreißig Zimmer im Haus und in den *garçonnières* – das waren Seitengebäude, die gewöhnlich für die Unterbringung der unverheirateten Söhne in großen Familien gedacht waren. Außer dem Salon, dem Eßzimmer plus Anrichte und Ryans Schlafzimmer, die im ersten Stock des Hauptgebäudes lagen, gab es noch sechs Schlafzimmer in den oberen Stockwerken jeder der *garçonnières*. Im unteren Stockwerk lagen zur Straße hin die Lagerräume und um den Hof herum die Küche, die Wäscherei, ein Billardzimmer und Räume für die Bediensteten. Alle Zimmer jedes Stockwerks waren innen durch Türen miteinander verbunden und außen durch die umlaufende Galerie, die als eine Art Flur diente. Der Innenhof in der Mitte bot Kühle und Ruhe, eine Oase abgewandt von dem unruhigen Straßenleben. Diese Art von Anlage, die vieles gemeinsam hatte mit den Häusern der Inseln, die auch so gebaut waren, daß das tropische Klima durch sie gemildert wurde, trug viel dazu bei, das Leben in der Stadt angenehm zu machen.

Da Elenes Verhalten nicht den Anschein erweckte, daß sie die Führung des Haushalts irgendwann an sich reißen wolle, wurde der Majordomus im Laufe ihrer Besichtigung freundlicher, erklärte ihr Zeiten und Umstände für Mahlzeiten und Einkäufe, Waschen und Reparaturen. Er versammelte alle Bediensteten des Hauses im Hof, um ihr die Hausmädchen und Diener namentlich vorstellen zu können; die Köchin jedoch, die eine Person von größerer Bedeutung war und außerdem sehr beschäftigt mit der Vorbereitung des Mittagessens, wurde in ihrer Küche besucht. Man zeigte Elene das Weißzeug und die Tischwäsche und die Vorräte an Seife, Zahnpulver und Haarpomade. Die Lagerräume wurden zur

Besichtigung geöffnet, auch wenn sie leer waren. Mit großem Stolz zählte ihr Benedikt die Dinge auf, die Ryan manchmal für seinen und den Gebrauch anderer hier lagerte: Kisten mit Kerzen, Fäßchen mit Malaga, Bordeaux, Madeira und Schnäpsen, Tonflaschen mit Olivenöl, in Brandy eingelegte Früchte, Kisten mit Rosinen und Trockenpflaumen, Essig, Nüsse und Käse; die Fässer mit Mehl und ungemahlenem Getreide, große Oxhoftfässer mit Tabak und Tee, Kaffee und Kakao sowie die Ballen von Musselin und einfachem Wäschestoff für den Hausgebrauch.

Elene zeigte angemessenes Interesse dafür, aber ihre Aufmerksamkeit wurde besonders durch einen kleinen Raum am Ende des Hauptgebäudes gefesselt – einen Raum, der der Straße zugewandt war. Er war lang und schmal, hatte auf der einen Seite eine niedrige, hölzerne Theke und an der gegenüberliegenden Wand Regale, an seiner Rückseite lag eine kleine Nische. Obwohl er im Augenblick noch nach Tee und Kaffee roch, würde er ein hervorragendes Parfümgeschäft abgeben.

Ryan kam nach Hause, um mit ihr zu Mittag zu essen. Sie aßen auf der Galerie an einem kleinen Tisch, der in den Schatten neben einem schmiedeeisernen Pfosten aufgestellt worden war, um den sich ein üppiger gelber Jasmin rankte. Er war schon längst verblüht, aber sein Blätterwerk war die Heimat von einem Chamäleon-Paar, das den Fortgang von Ryans und Elenes Mahlzeit mit aufmerksamen, glänzenden Knopfaugen verfolgte, während es auf seine eigene, geflügelte Nahrung wartete.

Schon vorher beim Frühstück hatte Ryan die neuesten Ereignisse der Stadt erzählt, die er am vergangenen Abend beim Diner des Kolonialpräfekten erfahren hatte. Es hatte den Anschein, daß der amerikanische Präsident Jefferson zusammen mit dem Kongreß und seinen Landsleuten einen solchen Zorn über die Rücknahme des Lagerrechtes in New Orleans und die daraus folgenden Schwierigkeiten für den amerikanischen Handel geäußert hatte, daß es das spanische Parlament mit der Angst zu tun bekommen hatte. Da sie befürchteten, die amerikanische Armee könne nach New Orleans einmarschieren und die Stadt erobern, hatten sie kürzlich angeordnet, daß die Stadt wieder zum zollfreien Lagerhafen für amerikanische Seeleute erklärt wurde. Eine Proklamation dieses Inhalts war in New Orleans angeschlagen worden, als Ryan mit seinem Schiff unterwegs war. Jetzt gab es also keine Hindernisse mehr für den Handel – eine große Erleichterung. Ryan konnte sich wieder seiner Hauptbeschäftigung widmen und eher ein Händler als ein Freibeuter sein.

Es hatte auch eine Bestätigung für das Gerücht gegeben, daß die Feindseligkeiten zwischen England und Frankreich wieder aufgeflackert waren. England hatte vor einem Monat Frankreich den Krieg erklärt, so daß das Schiff, das Ryan auf ihrer Fahrt nach New Orleans gekapert hatte, als legale Kriegsprise bestätigt wurde.

Während seiner Abwesenheit hatte es noch aus einem anderen Grund große Unruhe gegeben, weil Anfang Juni, vor etwas mehr als einer Woche, ein Schiff angekommen war, das Gerüchte mitgebracht hatte, Napoleon habe Louisiana für eine märchenhafte Summe an die Vereinigten Staaten abgetreten. Kolonialpräfekt Laussat hatte sich über diese Idee lustig gemacht und erklärt, er habe noch keinen Hinweis auf eine solche Transaktion erhalten.

Elene und Ryan aßen eine Weile schweigend und genossen eine aromatische Mahlzeit aus Reis und Kräutern mit Stücken von Meeresfrüchten und Schinken. Schließlich sagte Elene: »Hast du heute morgen noch etwas über die Abtretung der Kolonie gehört?«

»Nichts Bestimmtes, obwohl die Amerikaner sie schon als bestehende Tatsache feiern. Soviel ich mitbekommen habe, haben sie Feste gefeiert mit Feuerwerk und Trinksprüchen auf den neuesten Teil von Amerika. Sie gehen tatsächlich durch die Straßen, als ob sie ihnen gehörten. Ein paar betrunkene Leute aus Kentucky hätten mich fast von der *banquette* gestoßen.«

Die *banquette* waren die Bretter, ähnlich einem erhabenen Gehweg, die an den Seiten der Straßen angelegt waren, damit die Fußgänger nicht durch den Schlamm gehen mußten. Elene konnte sich vorstellen, daß es schwierig war, Ryan von seinem Weg abzubringen. Sie überlegte sich, ob die beiden anderen schließlich auf der schlammigen Straße gelandet waren, hatte aber keine Lust, Ryan zu fragen. »Ich dachte, die Möglichkeit, ein guter Amerikaner zu werden, gefiele dir.«

Er verzog das Gesicht. »Es wäre wirklich viel angenehmer, wenn das auch ohne diese *Kaintucks* ginge.«

Sie wußte, was er damit meinte. Sie hatte am Morgen ein paar dieser Männer aus Kentucky vom Balkon aus gesehen. Große Kerle, in gegerbte Häute gekleidet und mit langen, ungekämmten Haaren, die von randlosen Hüten bedeckt waren, an denen noch die Tierhaare standen und von denen die Tierschwänze über den Rücken hinunterhingen. Sie waren betrunken und rüpelhaft gewesen, waren übereinander gestolpert, hatten unanständige Lieder gesungen und als Komplimente getarnte Beleidigungen zu ihr hinaufgerufen, als sie sie entdeckt hatten. Sie war dann ins Haus gegangen und hatte die Tür zugemacht.

»Aber sie sind doch bestimmt nicht alle so in den Vereinigten Staaten?«

»Nein. Manche sind von ihrer Erscheinung und ihren Reden her Gentlemen, aber extrem gerissene Händler – zu gerissen. Es gibt auch welche, die edlere Gefühle haben – das muß wohl so sein, da das Land solche Männer wie Washington und Jefferson hervorgebracht hat, aber von ihnen kommen nur wenige nach New Orleans. Das ist aber egal. Wie auch immer die Amerikaner sein mögen – sie sind auf jeden Fall besser als die Spanier.«

»Ich kann immer noch nicht glauben, daß Napoleon Louisiana verkauft hat.«

»Der Grund dafür, so soll er gesagt haben, war, den Engländern für die Zukunft einen Feind zu schaffen, indem aus den jungen Vereinigten Staaten ein Riese wird.«

»Das ist aber doch ziemlich langfristig gedacht, oder?« Elene machte kein Geheimnis aus ihrem Mißtrauen in die Lage.

»Napoleon ist ein Mann, der weit in die Zukunft plant. Aber die Wahrheit ist wahrscheinlich die, daß er keine Möglichkeit gesehen hat, die Kolonie zu halten, angesichts der Entfernung und der Verluste von so vielen Soldaten in Santo Domingo zusammen mit den ungeheuren Kosten, die er dort zu tragen hatte. Es ist auch gut möglich, daß er nicht nur einen Feind für die Engländer, sondern auch einen Verbündeten für die Franzosen gewinnen wollte. Frankreich hat sich ja auch schon während der Revolution mit den Amerikanern gegen die Engländer verbündet.«

»Ich frage mich, wie wohl die Spanier darauf reagieren werden«, sagte Elene.

»Wenn das wahr ist, werden sie bestimmt protestieren. Louisiana abzutreten war im Abkommen von San Ildefonso eindeutig verboten. Die spanischen Minister hatten es sich als großen Landpuffer zwischen den Vereinigten Staaten und ihren Besitzungen in Mexiko und Zentralamerika vorgestellt. Ich fürchte, Napoleon hat die Spanier in Schwierigkeiten gebracht.«

»Wie ist das denn möglich, wenn es doch verboten ist?«

»Der erste Konsul von Frankreich kümmert sich nicht besonders um irgendwelche Verbote von anderen.«

»Du sprichst, als ob du glauben würdest, daß die Abtretung tatsächlich stattgefunden hat. Aber wenn es so wäre, würde doch sicherlich Kolonialpräfekt Laussat davon wissen, oder?«

»Nicht notwendigerweise. Die Mitteilung muß offiziell geschehen, bevor sie anerkannt werden kann, und alles, was offiziell ist, braucht lange. Viele bürokratische Tätigkeiten sind notwendig, viele Papiere müssen gelesen und kopiert, überbracht und unterschrieben werden. Das braucht alles Zeit.«

»Und inzwischen sitzen wir hier und raten, ohne etwas zu wissen. Das ist wirklich ärgerlich!«

Ryan stimmte ihr zu und wechselte dann das Thema. Er fragte sie, was sie im Laufe des Morgens getan hatte. Sie erzählte es ihm, besonders die komische Geschichte zwischen Devota und Benedikt und die ermüdende Gründlichkeit, mit der ihr der Majordomus alles gezeigt hatte.

Ryan saß da und beobachtete sie. Er hatte eine Ausgabe des neuesten *Le Moniteur de la Louisiane* mitgebracht, der Zeitung, die in New Orleans erschien, aber sie lag vergessen neben seinem Teller. Diese Frau war so anmutig – die Art, wie sie ihre Gabel hob, wie sie ihren Kopf bewegte! Die Zerbrechlichkeit ihrer mit blauen Adern durchzogenen Handgelenke erzeugte in seinem Innern einen seltsamen Schmerz. Die Heiterkeit in ihren Augen, die kam und ging, faszinierte ihn ebenso wie die Reflexion des Lichts aus dem Innenhof auf ihrer Wange und in den golden glänzenden Locken an ihrer Schläfe.

Die Farbe erinnerte ihn an das Glitzern von Goldmünzen. Er nahm eine Börse aus seiner Rocktasche und legte sie vor sie. Sie war dick und schwer und machte ein klingendes Geräusch, als sie auf dem Tisch auftraf.

»Geld? Du willst mir Geld geben?«

»Da du offensichtlich keines hast und bestimmt einen Besuch bei verschiedenen Schneiderinnen und Putzmacherinnen machen willst.«

»Ich werde dich mit den Kosten für meine Kleidung nicht belasten.«

Ryan bemühte sich, Geduld aufzubringen, obwohl es ihn eigentlich nicht hätte überraschen dürfen, daß sie sich weigerte, sein Geld zu nehmen. »Es ist doch nichts anderes, wenn ich das bezahle, was du bei mir ißt, und für deine Unterkunft sorge, also kann ich auch für deine Kleidung bezahlen!«

»Es ist eben so, und das weißt du auch.« Sie preßte mit einem aufrührerischen Stirnrunzeln und einem mißachtenden Blick auf die Börse die Lippen aufeinander.

»Das Kleid, das Hermine dir gegeben hat, ist hübsch, aber ich werde langsam müde, es immer zu sehen. Und auch wenn das Nachthemd, das du vergangene Nacht anhattest, wirklich reizvoll war, glaube ich kaum, daß du es auch außerhalb des Hauses tragen willst. Komm, sei vernünftig. Nimm das Geld.«

»Das kann ich nicht.«

Ryan lehnte sich zurück, sein Blick lag scharf auf Elene. Das Licht aus dem Innenhof traf auf die Kante ihres Unterkiefers, als sie das Kinn hob, und ließ ihre Haut durchsichtig erscheinen – wie feine Seide. Es glitzerte auch auf der Kette, die um ihren Hals lag mit der schönen Kamee daran. Er starrte das Halsband an und hatte plötzlich eine Idee.

»Also machen wir eben ein Geschäft. Du gibst mir eine ausreichend wertvolle Sicherheit, und dafür bekommst du von mir einen Geldbetrag.«

In mattem Ton fragte sie: »Woran denkst du dabei zum Beispiel?«

»Nicht an deinen reizenden Körper, außer natürlich, du ziehst das vor.«

Elene starrte ihn mit erwartungsvollem Blick und nachdenklich an.

Er zuckte mit den Schultern. »Wie wäre es also mit dem Schmuckstück an deinem Hals?«

»Die Kamee meiner Mutter?« Sie hob die Hand, um sie mit einer beschützenden Geste zu erfassen.

»Ich würde sie nur als Pfand behalten, bis du sie wieder auslösen kannst. Es geht um ein Darlehen, verstehst du?«

Sie verstand, aber sie sah auch, daß er nicht erwartete, sein Geld je zurückzubekommen. Dieser Handel war nur ein Vorwand, sie mit seinem Geld einzukleiden. Er würde sich noch wundern. Sie hatte vor, es ihm zurückzuzahlen. Und zwar mit dem Geld, das sie für den Verkauf ihres Parfüms bekommen würde. Sie hatte sich ja schon einmal überlegt, ob sie sich nicht von dem Halsband trennen sollte, um ihr Anfangskapital zu bekommen, aber der Gedanke war ihr sehr unangenehm gewesen. Es war viel besser, wenn sie Ryan erlaubte, es solange zu verwahren. Er freute sich vielleicht nicht besonders über den Gebrauch, den sie von seinem Darlehen machen wollte, aber damit mußte sie sich erst später auseinandersetzen.

»Also gut.« Sie neigte den Kopf und zog die Kette darüber.

Ryan hatte erwartet, daß sie mehr Widerstand leisten würde. Während er sie beobachtete, fragte er sich im stillen, warum sie wohl so schnell kapituliert hatte. Er schmeichelte sich nicht mit dem Gedanken, daß er sie überzeugt haben könnte: er hatte erwartet, sie würden eine jener künstlichen Vereinbarungen treffen, bei der jeder so tun konnte, als handele er aus den lautersten Motiven. Er hätte wissen müssen, daß sie das Spiel nicht mitspielte, das zwischen den Männern und Frauen der Welt üblicherweise gespielt wurde. Er war so sehr in Gedanken versunken, daß er sie wie mechanisch annahm, als sie ihm Kette und Anhänger hinhielt. Sein erster Instinkt war, es ihr zurückzugeben, aber irgend etwas hinderte ihn daran, eine gewisse Würde in ihrem Verhalten oder der feste Blick in ihren Augen. Die Kette in seiner Hand war noch warm von ihrer Haut. Das bewirkte ein ganz besonderes Gefühl in seinem Innern, aber sein Unbehagen verschwand dadurch nicht.

Elene und Devota gingen einkaufen. Sie entdeckten nicht ohne Erstaunen, daß es in New Orleans keinen Mangel an Dingen gab, die man für elegante Kleidung brauchte. In den Läden gab es alle möglichen Arten von Musselinen, Spitzen, Seiden- und Samtstoffen, Taft und bestickte Stoffe. Auf den Regalen fanden sich auch Straußen- und Reiherfedern, Perlen zum Besticken und Knöpfe, Bänder, Schleier mit Spitzen am Rand und eine Fülle an Schmuck. Darüber hinaus gab es auch eine große Vielzahl an Cremes, Pudern und Schminken, aber auch eine ganze Menge Parfüms, die meisten aus Frankreich importiert. Devota, die sie mit etwas Mißbehagen betrachtete, bezeichnete sie als vor Alter dunkel geworden und nicht mehr frisch.

Auch die Straßen waren nicht leer. Sie begegneten gutgekleideten Matronen mit Mantillas über dem Haar und jungen Mädchen mit Basthüten, die nickten, wenn eilige junge Gekken mit Schmuckdegen an der Seite und parfümierten Taschentüchern in den Ärmelaufschlägen stehenblieben, um sich zu verbeugen. Nonnen in schwarzen Habits und weißen Hauben lächelten, als sie vorbeigingen. Spanische Soldaten in roten Uniformen und mit weißen Kokarden auf ihren zweigespitzten Hüten starrten hinter ihnen her.

Elene und Devota kauften einige Stücke gemusterten und gestreiften indischen Musselin für ein paar Tageskleider und einen rosa Seidenstoff für ein Abendkleid, falls es einmal nötig werden sollte, eines zu tragen. Sie kauften auch feinen Batist für Unterwäsche und einige Bänder und Spitzen zur Verzierung. Strümpfe waren noch wichtig, ebenso Hausschuhe und Schuhe, Handschuhe und eine oder zwei Hauben zum Schutz gegen die Sonne. Aber für Näherinnen und Putzmacherinnen gaben sie kein Geld aus. Mit Devotas Hilfe war Elene ganz gut in der Lage, ihre Kleider in der gegenwärtigen einfachen Mode selbst zu nähen und auch ihre Hauben und Hüte selbst mit Bändern zu verzieren.

Als sie dann den letzten Kauf getätigt und die Waren von den Ladenjungen in Ryans Haus hatten bringen lassen, war noch eine ganze Menge Geld in ihrer Börse übrig. Also konnten sie eigentlich ihre Arbeit mit dem Parfüm sofort anfangen, denn in der Flasche waren nur noch ein oder zwei Tropfen. Bis sie das neue gemischt hatten, war das alte sicher verbraucht. Elene und Devota fragten nach dem nächstgelegenen Parfümladen und machten sich dann sofort auf den Weg.

Das Geschäft lag an einer schlammigen Straße, in der die Häuser noch aus der französischen Zeit stammten. Es beherbergte keine sehr eindrucksvolle Einrichtung, denn es bestand nur aus ein paar Regalen hinten in der Ecke einer Apotheke. Der Apotheker war ein einfacher Pillenmacher. Der Mann, von dem er im vergangenen Jahr den Laden gekauft hatte, war zufällig im Besitz eines kleinen Lagers von reinen Blumen-, Hölzer- und Blätteressenzen in Form von Ölen und pulverisierten Pudern gewesen, und deshalb hatte er dann dafür gesorgt, daß die Regale weiterhin gefüllt blieben. Obwohl er auch Alkohol hatte, machte er keinen Versuch, Parfümmischungen selbst herzustellen.

Elene ging zu den Regalen und starrte die verschiedenen bernsteinfarbenen, orangenen und klaren Flüssigkeiten an. Dort standen sie, die Zutaten aus Blüten und Kräutern, Hölzern und Tieren in ihren Flakons und Flaschen, Phiolen und Schachteln, die Duftstoffe, die ihr Sicherheit und Unabhängigkeit bringen konnten.

Sie und Devota beurteilten die Qualität der Ambra- und Civetgebinde, der fernöstlichen Wachse mit dem Duft von Myrrhe und Weihrauch, und die Stückchen von Sandel- und Zedernholz. Sie schnupperten an den Ölen aus Jasmin und Frangipani und der zähflüssigen Rosenessenz, an den gemahlenen italienischen Veilchenwurzeln, der zerstoßenen Schale von Zitronen und Orangen, den Pulvern aus Minze, Anis, Rosmarin und Zimt und den Ölen aus Nelken, Narzissen und Geranien. Sie kauften, was sie bekommen konnten, in den vorhandenen Mengen, allerdings gab es ein oder zwei Dinge, die Devota brauchte und die der Apotheker nicht vorrätig hatte. Der Mann hinter der Theke stellte ihre Einkäufe in einen Korb, da Devota sie nicht dem Lieferjungen anvertrauen wollte. Sie hängte die klingelnde Last über ihren Arm, und sie und Elene verließen den Laden.

Der Himmel wurde im Südwesten grau, als sie herauskamen, und die Luft war heiß und unbeweglich. Ein Mann eilte an ihnen vorbei, und auf der anderen Straßenseite zog eine Frau mit einem Bündel Kleider auf der Hüfte in großer Hast ein jammerndes Kind am Arm mit sich, während sie beunruhigte Blicke zum Himmel warf. Ein Donnerrollen ertönte, und Wind kam auf. Elene sah Devota an. Es würde Regen geben. Ein Schauer am Nachmittag war in New Orleans während der Sommermonate ganz normal, das hatte man ihnen wenigstens gesagt. Sie gingen schneller. Vor sich sahen sie ein zweistöckiges Haus mit einem vorstehenden Balkon, der ihnen etwas Schutz gewähren konnte.

Noch einmal grollte dumpf der Donner, als wäre die Luft zu dick, um einen härteren Klang durchkommen zu lassen. Ein unglaublich warmer, dicker Regentropfen traf auf Elenes Gesicht. Noch drei weitere fielen mit vollem, klatschendem Geräusch vor ihr auf die Erde und befeuchteten den Boden mit Flecken so groß wie eine kleine Tasse. Noch mehr kamen in ungeordnetem, klatschendem Rhythmus herunter. Elene begann zu laufen. Devota blieb direkt hinter ihr, die mit Korken verschlossenen Flaschen und Phiolen in ihrem Korb verursachten ein zartes, klingelndes Geräusch.

Plötzlich riß der schmutziggraue Himmel auf, und der Regen kam in Strömen herunter. Den letzten schnellen Satz in den Schutz des Balkons machten sie durch eine immer dikker werdende Wand aus Wasser.

Dann standen sie unter dem Balkon, lachten und wischten sich mit den Händen das Wasser aus dem Gesicht. Ein Windstoß wehte einen wabernden Wasserteppich von dem Vorsprung über ihnen auf sie zu. Sie traten zurück und suchten Schutz in dem offenen Eingang zum Laden einer Modistin.

Ein kleines Mädchen, das dem Regen zugesehen hatte, lief zurück in den Laden zu seiner Gouvernante, seinen beiden älteren Schwestern und seiner Mutter, die mit der Besitzerin des Hutladens sprach. Als das Kind sich an ein Knie seiner Mutter hängte, sah sie zu ihm hinunter.

»Also Zoe, sei doch nicht so schüchtern«, sagte sie in weichem, elegantem Ton und schob sie sacht zu der Gouvernante. Elene lächelte das Kind an, bevor sie noch etwas weiter in den Laden trat. Sie sah noch einmal interessiert die Mutter an. Die Frau stand in der vollen Blüte ihrer reifen Schönheit und hatte einen Ausdruck von charmantem Selbstvertrauen. Ihr Verhalten gegenüber der Modistin war etwas distanziert, ohne jedoch herablassend zu wirken. Sie war in hellblaues Leinen gekleidet mit einem Brusttuch aus feinstem Musselin, gesäumt mit alter Spitze. Das Kleid war von so vorzüglichem Schnitt und guter Qualität, daß es nur aus Paris stammen konnte.

Die Modistin hatte einen Hut aus feinem Stroh in der Hand, das in demselben Hellblau gefärbt war wie das Tageskleid der Kundin. Sie nahm ein Sträußchen weißseidener Tausendschönchen mit gelben Samtstaubblättern aus einem Korb mit Schmuckblumen auf dem Ladentisch neben sich. »Vielleicht noch diese Blüten, Madame Laussat?« meinte sie und hielt sie auf die Krempe des Huts. »Sie würden ihm noch etwas mehr Frische geben.«

»Ich glaube nicht«, antwortete die Frau des Kolonialpräfekten und legte den Kopf etwas schief. »Ich möchte nicht so aussehen, als würde ich die arme Marie Antoinette nachäffen, indem ich mich in ein Milchmädchen mit Gänseblümchen auf dem Kopf verwandle.«

»Für einen solchen Strohhut braucht man aber etwas Einfachheit, Madame.« Die Modistin machte den Eindruck, als wollte sie unfreundlich werden. Offenbar konnte sie es nicht vertragen, wenn jemand ihre Vorschläge nicht würdigte oder eine Kundin nicht auf ihren Rat hören wollte. Sie legte die Tausendschönchen weg und strich mit zitternden Fingern das Stroh des Hutes glatt.

»Einfachheit, ja, das gefällt mir schon«, sagte Madame

Laussat sehr diplomatisch. »Vielleicht Wicken? Oder einen Kranz Blätter rings um die Krempe?« Sie wandte sich an Elene. »Was meint Ihr dazu, Mademoiselle?«

Elene trat einen Schritt vor. »Ist der Hut als Ergänzung zur Tageskleidung gedacht?«

»Um mit meinem Mann in einer offenen Kutsche zu fahren. Er hat eine Leidenschaft dafür, aufs Land hinauszufahren, um es zu erkunden, und ich habe das Gefühl, man braucht einfach mehr Schutz vor der Sonne hier in Louisiana als durch eine Haube.«

»Dann könnte vielleicht, da Euer Brusttuch weiß ist, eine Verzierung mit einem einfachen weißen Band genügen. Nichts wirkt so kühl wie Weiß, und Ihr könntet lange Bänder zusätzlich daran befestigen, die sich im Wind bewegen, wenn Ihr fahrt.«

»Außerdem sind sie sehr nützlich, um den Hut damit festzubinden. Das ist wirklich sehr passend und schick. Ich danke Euch vielmals für diesen Vorschlag, Mademoiselle...«

Als die andere Frau wartend schwieg, nannte ihr Elene ihren Namen. Gleichzeitig starrte die Modistin sie böse an, weil sie sich eingemischt hatte.

»Ah ja, Mademoiselle Larpent.« Madame Laussat stellte sich ihr vor und fügte mit einer kleinen Handbewegung auf ihre Kinder hinzu: »Und dieses sind meine Töchter Zoe, Sophie und Camille. Macht einen Knicks, Mädchen.«

Elene und die Kinder verbeugten sich ernsthaft voreinander, und dann sprach die Mutter weiter: »Ich habe von Euren schweren Prüfungen in Santo Domingo gehört, Mademoiselle. Und ich spreche Euch mein herzliches Beileid zum Tode Eures Vaters aus.«

»Vielen Dank«, sagte Elene verwirrt. »Es ist sehr nett von Euch, daß Ihr an mich denkt, aber ich verstehe nicht, wie Ihr...«

»Wie ich davon erfahren habe? Von M'sieur Bayard natürlich. Es gibt schon bemerkenswerte Männer hier, nicht wahr? So galant in ihren Handlungen und auch so gutaussehend.«

»Ja, ich glaube wohl«, erwiderte Elene spröde.

»Dieser Aufstand ist ja wirklich ein Unglück; Santo Domingo ist im Augenblick ein schrecklicher Ort. Mein Mann und ich haben im Februar dort haltgemacht, als wir hierherkamen. Die Situation war so bedenklich, daß wir das Schiff nicht verlassen haben.«

»Es war... wirklich schlimm«, stimmte ihr Elene leise zu.

»Ja, so ist es. Ihr habt mein ganzes Mitgefühl, aber es ist natürlich viel leichter, Mitgefühl zu haben, wenn ein Mann wie M'sieur Bayard die Geschichte der traurigen Erlebnisse und mutigen Flucht einer Frau erzählt.«

Elene hatte keine Möglichkeit, darauf zu antworten, selbst wenn ihr etwas eingefallen wäre. Denn jetzt sprach die Modistin. »Ja, es gibt viele Flüchtlinge aus Santo Domingo zur Zeit, wirklich viele«, sagte sie gelangweilt und mit vorwurfsvollem Ton. »Keiner von denen, die ich gesehen habe, war besonders mutig. Sie tun nichts außer spielen. Die Frauen sind noch schlimmer, sie kleiden sich trotz der augenblicklichen Mode in grelle Farben und tragen schockierend tief ausgeschnittene Kleider. Und sie sind von den Sklaven, die versucht haben, sie zu ermorden, so abhängig, daß sie überhaupt nichts für sich selbst tun können.«

Ein solcher Angriff konnte nicht ohne Erwiderung hingenommen werden. Elene sah die Modistin mit einem ruhigen Blick an. Mit ausgeglichener Stimme sagte sie: »Ich bin sicher, die Frauen von meiner Insel unterscheiden sich kaum von anderen Frauen, sie sind nicht besser – und nicht schlechter.«

»Ja, ja, und wie ist es mit denen, die ihre Sklaven mitgebracht haben, jene stolzen Wesen, die ihre Tücher um den Kopf gebunden tragen, Tignon heißen sie wohl, und die die

Gedanken unserer Bediensteten mit ihrer Verehrung des schrecklichen Schlangengottes des Voodoo und ihren Todesverwünschungen verderben?«

»Sie sind ebenfalls ganz normal, wie Ihr ganz leicht bemerken werdet, wenn Ihr einen Blick auf meine Zofe Devota neben mir werft.«

Die Besitzerin des Hutladens trat hastig einen Schritt zurück. Sie schloß den Mund und öffnete ihn nicht noch einmal, während sie sich um die Bedienung der Frau des Kolonialpräfekten kümmerte.

Der Regen hörte so plötzlich wieder auf, wie er begonnen hatte. Die Sonne kam genauso hell und heiß wie zuvor wieder heraus, und deshalb stieg der Dampf in langsamen Schwaden von den ziegelgedeckten Dächern zum Himmel.

Elene und Devota verabschiedeten sich von Madame Laussat und ihren Töchtern. Auf ihrem Weg zurück zu Ryans Haus fiel Elene auf, daß sie instinktiv zur Verteidigung der Leute aus Santo Domingo eingetreten war. Sie hatte das Gefühl gehabt, als sei es die Insel selbst, die sie verteidigte und damit auch den Lebensstil, den sie dort alle gehabt hatten. War es möglich, daß sie sich vielleicht auch – wie Ryan – mehr als Bürgerin ihres Geburtslandes empfand als ihres Adoptivlandes Frankreich?

Bevor sie die Arbeit an dem Parfüm anfangen konnten, mußten sie erst noch die Substanzen finden, die der Apotheker nicht anbieten konnte. Als sie wieder im Haus waren, fragte Devota Benedikt nach einem geeigneten Laden – eine delikate Angelegenheit, die von der einen Seite mit Stolz und von der anderen mit einfacher Höflichkeit verhandelt wurde. Danach nahm sie einen Korb und ging noch einmal aus. Sie sagte nicht, wohin sie gehen wollte, und Elene fragte auch nicht. Die Zofe ging in Richtung Damm, wo die Schiffe vor Anker lagen – mehrere hundert, deren Masten ein Muster verwirrter Linien auf den Himmel zeichneten.

Es dauerte noch über eine Woche, bevor sie alle Essenzen

zusammengetragen hatten, die sie für das Parfüm brauchten. Viel von dieser Zeit verbrachte Elene mit Nähen, wobei sie das Abendkleid, die Tageskleider, aber auch Ausgehkombinationen und andere Dinge anfertigte, um ihre Garderobe zu vervollständigen. Sie und Devota nähten dazu auch ein paar Sachen für die Zofe. Trotzdem hatten sie noch genug Zeit, den Lagerraum sauberzumachen, den sie sich als Arbeitsraum ausgesucht hatten. Sie besorgten sich für ihre Arbeit Gerätschaften wie eine große Glasballonflasche, in der sie die ganzen Öle und Pulver mit Alkohol mischen wollten, ein Porzellanmeßgefäß, dessen Einteilung mit schwarzen Markierungen bezeichnet war, eine Reihe von kleinen Flaschen aus dunkelblauem Glas, in die das fertige Parfüm abgefüllt werden sollte, und winzige Korkverschlüsse. Während sie arbeiteten, suchten Elene und Devota gemeinsam nach einem Namen für das Parfüm, aber alles, was ihnen einfiel, erschien ihnen entweder zu zahm oder zu erotisch, nichts gefiel ihnen so recht.

Der Morgen kam, an dem sie alles zusammengetragen hatten. Elene und Devota warteten, bis Ryan für den Rest des Tages zu seinen Lagerhäusern verschwunden war und Benedikt seinen üblichen Morgenbesuch auf dem Mark machte, um frisches Obst und Gemüse einzukaufen. Als es endlich soweit war, machten sie sich gemeinsam auf den Weg in ihren Arbeitsraum.

Dann brachte Elene ein Stück Papier, Feder und Tinte, um die Bestandteile und die jeweiligen Mengen aufzuschreiben, während sie sie mischten, denn im Augenblick existierte das Rezept ja nur in Devotas Kopf. Die beiden Frauen öffneten die Fensterläden, um das Morgenlicht hereinzulassen. Dann stellten sie sich an die Theke. Devota nahm die erste Phiole in die Hand. Elene ergriff ihre Feder und schrieb *Jasmin* auf und die entsprechende Menge dahinter, dann *Bergamotte*.

Schritt für Schritt und eine nach der anderen mischten sie die wertvollen Flüssigkeiten und gossen sie zusammen. Devota hob die große Flasche mit den gemischten Düften und schwenkte vorsichtig den bernsteinfarbenen Inhalt. Dann setzte sie sie ab. Sie trat einen Schritt zurück und vollzog eine kurze Geste.

Elene zögerte, dann legte sie ihre Feder und das Papier beiseite und nahm ein frisches Leinentuch in die Hand, das bereitlag. Sie kippte die Flasche, um das Tuch mit ein paar Tropfen anzufeuchten. Dann stellte sie sie wieder ab und wartete einen Augenblick, während sie das Tuch sacht schüttelte. Schließlich hielt sie es sich unter die Nase und atmete den Duft ein.

Dann runzelte sie die Stirn und schnupperte noch einmal vorsichtig. Sie wandte sich mit enttäuschtem Blick zu Devota. »Es stimmt nicht.«

»Was?«

Devota nahm das Tuch aus Elenes Hand und atmete tief ein. Dann legte sie es weg und befeuchtete ihr Handgelenk mit einem Tropfen aus der großen Flasche, wartete, bis der Alkohol verdunstet war und schnupperte dann noch einmal an dem von der Haut erwärmten Duft. Sie machte ein ratloses Geräusch. Fast wie zu sich selbst sagte sie: »Was kann denn nur fehlen?«

»Vielleicht sind die Blumen hier anders«, vermutete Elene.

»Daran liegt es nicht.«

»Bist du sicher, daß du auch alles hast, was du in Santo Domingo verwendet hast?«

»Fast alles.«

Sie starrten sich eine ganze Weile an. Elene erriet, was fehlte. Es war der wichtige Bestandteil, der nach Devotas Aussage dem Parfüm die Macht über die Männer gab. Was das wohl sein mochte, wußte sie nicht. Vielleicht war es eine der Flüssigkeiten oder eines der Pulver, die dort so unschuldig vor ihr auf der Theke standen, vielleicht handelte es sich nur um eine kleine Veränderung in der Art der Mischung oder sogar in Ort und Zeit, wo sie vollzogen wurde. Das Parfüm war ohne diese Zutat einfach anders, das stand eindeutig fest.

»Der Duft ist trotzdem gut«, meinte Elene langsam. »Vielleicht geht es auch so?«

»Möglicherweise«, stimmte ihr Devota zu und hob ihr Handgelenk, um noch einmal daran zu schnuppern.

Es klopfte an der Tür zu ihrem Arbeitszimmer. Sie waren so in ihre Aufgabe vertieft, daß sie beide erschreckt zusammenfuhren. Sie wandten sich um, als der Majordomus eintrat.

»Ja, Benedikt?« Elenes Stimme klang schärfer, als sie beabsichtigt hatte.

»Eine Besucherin, Mademoiselle«, brachte der Mann mit steifer Würde vor. »Mademoiselle Bizet.«

»Hermine, jetzt?« Elene riß sich die Schürze ab, die sie zum Mischen des Parfüms angezogen hatte, und strich sich mit einer Hand über das Haar. Zu Devota sagte sie: »Wir überlegen uns das mit dem Duft später, wenn wir genug Zeit haben, darüber nachzudenken.«

Benedikt ging vor Elene her zu der Treppe, die auf die obere Galerie führte. Dann machte er eine geschmeidige Bewegung in Richtung Galerie und trat zur Seite. »Ich habe Ihren Gast dorthinauf gebeten. Soll ich eine Kanne Schokolade und etwas Gebäck bringen?«

»Ja, bitte«, sagte Elene mit warmer Stimme, um den scharfen Ton von vorher wiedergutzumachen. »Das heißt: bring der Dame Schokolade, ich hätte lieber Kaffee.«

Benedikt verbeugte sich mit einem kleinen Lächeln. Elene drehte sich um und ging die Treppe hinauf.

»Elene, *chère!* Ich mußte einfach kommen, um Euch zu sehen, zu fragen, wie es Euch geht, und Euch ein paar Neuigkeiten zu berichten.« Hermine erhob sich, um sie zu begrüßen und tat das mit einer schnellen, leichten Umarmung. Elene hieß die Schauspielerin willkommen und bedeutete ihr, wieder Platz zu nehmen, während sie sich ihr gegenüber auf einen Stuhl setzte. Sie tauschten die üblichen Höflichkeiten aus.

Mit vergnügt strahlendem Gesicht erzählte Hermine: »Ihr werdet es nicht glauben, es gibt kein richtiges Theater in New Orleans. Nicht ein einziges!«

»Das ist nicht Euer Ernst.«

»Doch, natürlich. Oh, es gibt allerdings ab und zu eine Laienaufführung in einem provisorischen Theater, das *Spectacle de la Rue Pierre* heißt und dann noch etwas Ähnliches, das sie *La Salle de Comédie* nennen – vielleicht ist das auch dasselbe, ich weiß es nicht. Auf jeden Fall kommen diese beiden natürlich kaum in Frage. Was sind die Spanier nur für Leute, daß sie ohne Theater auskommen konnten?«

»Vielleicht ist ihre übertriebene Frömmigkeit daran schuld. Aber vermutlich kannten sie einfach keine talentierte Truppe wie die Eure, die ihnen die Anregung zu einem Theaterleben gab.«

»Dieser Grund gefällt mir«, sagte Hermine mit einem Augenzwinkern. »Aber Ihr werdet Euch freuen, zu erfahren, daß sich diese Situation bald ändern wird. Morven hat eine Möglichkeit für uns gefunden.«

»Ein Theater, wo es keines gibt?« Elene bemühte sich, wirkliches Interesse zu zeigen, trotz ihrer eigenen Probleme mit dem Parfüm.

»Nichts so Übernatürliches. Es ist eine Vauxhall-Bühne.«

Elene wußte, daß Vauxhall-Bühnen ihren Namen von einem Vergnügungspark in London hatten. In solchen Vergnügungsparks gab es meistens auch eine Bühne für kleine Vorführungen wie zum Beispiel von Komikern, die Sketche vortrugen und amüsante Lieder sangen, und wo auch Musik zum Tanzen gespielt wurde. Das Publikum saß normalerweise in Logen und aß zu Abend, trank, lachte und unterhielt sich, wobei den Vorführungen nur gelegentlich Interesse entgegengebracht wurde, wenn sie sehr komisch oder aber gewagt genug waren, um auf sich aufmerksam zu machen.

»Schaut doch nicht so schockiert, meine Liebe. Wir sind schon auf schlimmeren Bühnen aufgetreten, das versichere ich Euch. Aber unsere Gönnerin hat nun einmal ein klares finanzielles Interesse an dieser Vauxhall-Bühne außerhalb der Stadt, am Ende des Kanals.«

»Ich verstehe.«

Hermine grinste. »Das bezweifle ich. Diese Gönnerin ist eine Witwe im mittleren Alter, die nicht nur reich und liebestoll ist, sondern auch völlig hingerissen von Morven. Und Witwen sind sozusagen seine Spezialität.«

»Ihr meint, daß er –«

»Daß er sie ausnutzt? Er kann eben einfach nicht anders, der Arme. Und die Witwen schätzen das wirklich sehr. Dadurch erleben sie Dinge, an die sie sich dann mit einem Lächeln erinnern können, wenn sie alt sind.«

»Macht Euch das denn gar nichts aus?«

Hermine zuckte kurz mit den Schultern. »Nur wenig. Es bedeutet ihm nicht wirklich etwas, und wir müssen ja leben.«

»Das kann ich mir vorstellen.« Aber Elene hatte doch das Gefühl, diese Erklärung der Schauspielerin klänge entschieden zu locker. Sie paßte nicht zu der Verzweiflung in ihren Augen. Es machte Hermine, trotz all ihres ausgeprägten Verständnisses, wohl doch etwas aus. Eine ganze Menge sogar.

»Na ja, auf jeden Fall werden wir am Ende der Woche eine Vorstellung geben, und Ihr und Ryan müßt auch kommen. Wir würden uns nicht nur sehr freuen, Euch im Publikum zu sehen, wir brauchen auch Euren Beifall!«

Elene erklärte sich einverstanden. Sie nahm nicht an, daß Ryan etwas dagegen haben würde, denn Morven war ja ein alter Freund von ihm.

Die Schokolade und der Kaffee wurden in zwei Kannen gebracht, beide aus zartem Sèvresporzellan und mit Rosen bemalt. Benedikt schenkte ein und zog sich dann ebenso still zurück, wie er gekommen war.

Hermine nippte an ihrer Tasse, sagte, ihre Schokolade sei wunderbar, und legte dann fragend den Kopf etwas zur Seite. »Habt Ihr etwas von den anderen Leuten aus unserer Gruppe gehört? M'sieur Mazent ist aufs Land gefahren, um die Plantage in Augenschein zu nehmen, die er hier vor einigen Jahren in weiser Voraussicht gekauft hat. Kurz nachdem er sie kaufte, haben sie sie auf Zuckerproduktion umgestellt, und so ist er jetzt immer noch ein wohlhabender Mann, obwohl er auf Santo Domingo ein Vermögen verloren hat. Er überlegt, ob er sich nicht ein schönes neues Haus auf seinem Land bauen lassen soll, hat sich aber noch nicht endgültig entschieden, weil Flora das Stadtleben eigentlich bevorzugt.«

»Und die Tusards?«

»Als ich Madame Tusard besucht habe, war sie verärgert. M'sieur Claude verbringt seine ganze Zeit im *Café des Réfugiés* in der St. Philip-Straße mit den anderen Männern aus Santo Domingo, trinkt Absinth und unterhält sich mit ihnen über die Zeiten, als sie noch wichtige Persönlichkeiten waren. Die Freunde, bei denen sie bis jetzt gewohnt haben, machen schon ab und zu Andeutungen, daß sie sich woanders eine Wohnung suchen sollen. Madame fürchtet, daß sie sich mit einem jämmerlichen Häuschen und einer mageren Rente von der französischen Regierung abfinden muß – falls der Erste Konsul sich überhaupt dazu bereit findet, ihnen eine kleine Pension zuzugestehen. Es sieht so aus, als wäre Napoleon es leid, sich immer die Klagen und Schreckensberichte der Überlebenden von der Insel anzuhören. Und so geht es auch den Leuten in New Orleans.«

»Ich weiß, was Ihr meint. Ich habe auch schon etwas Ähnliches bemerkt«, erwiderte Elene und dachte an die Schimpfrede der Hutmacherin gegen die Frauen aus Santo Domingo.

»Madame Tusard ist wirklich bemitleidenswert, aber sie kann ziemlich anstrengend sein. Sie kam gestern und besuchte mich. Aus irgendeinem Grund schien sie überzeugt davon zu sein, daß ihr Claude bei mir sein könnte anstatt im Café. Sie scheint anzunehmen, daß ich die Schauspielerin bin, die ihren Mann vor ein paar Jahren verführt und dazu gebracht hat, sich vorübergehend mit Regierungsgeldern davonzumachen.«

»Ich wußte gar nicht, daß auch eine Schauspielerin in diesen Skandal verwickelt war. Ich glaube, auf dem Schiff hat niemand etwas davon erwähnt.«

»Ich glaube das auch. Auf jeden Fall war ich froh, daß ich die Dame von der Idee abbringen konnte, daß ich irgend etwas damit zu tun haben könnte. Das ist wirklich zu abwegig – ich war zu jener Zeit in Paris, das schwöre ich! Aber vermutlich haben die Tragödien, die diese Frau miterlebt hat, dazu geführt, daß sie jetzt überall Feinde und Verrat wittert.«

Elene nickte. »So etwas gibt es.«

»Und ich vermute, Ihr habt von Durant gehört?«

»Nein, nichts.« Elene konnte sich nicht vorstellen, warum die andere Frau annahm, daß es so sein könnte. Er hatte sie genaugenommen sogar vollständig ignoriert, als gäbe es sie gar nicht, und das war ihr auch ganz recht. Ryan war in den vergangenen Tagen wegen seiner Geschäfte sehr viel unterwegs gewesen, aber sie vermutete, daß es ihm wohl kaum recht wäre, wenn Durant sich frei in seinem Hause bewegte, während er selbst abwesend war.

Die Schauspielerin trank den Rest ihrer Schokolade und stellte die Tasse ab. Dann fuhr sie mit ihrer klingenden Stimme fort: »Durant scheint Mittel zu besitzen, die er auf dem Schiff nicht erwähnt hat. Er hat sich seit seiner Ankunft hier nicht nur beim teuersten Schneider der Stadt eingekleidet, sondern hat sich auch die eleganteste Kutsche gekauft, die Ihr je gesehen habt, einen leichten Zweispänner in schwarzem Lack mit leuchtend blauer Ausstattung, gezogen von einem Paar Braunen, wie es sie in der ganzen Kolonie nicht noch einmal gibt.«

»Es hat Durant immer schon gefallen, sich mit dem Besten zu umgeben.«

»Was mich daran erinnert, daß seine Maîtresse mit einem Kleid in dem gleichen Blau wie die Innenausstattung seiner Kutsche versehen worden ist, dazu ein blauer Hut mit schwarzen Straußenfedern. Serephines wegen hat er auch das obere Stockwerk eines Hauses gemietet, es liegt in einer ziemlich vornehmen Gegend. Es stellte sich nämlich heraus, daß der Eigentümer des Gasthauses, in dem Durant und die Mazents wohnten, etwas dagegen hatte, daß seine Maîtresse seine Zimmer mit ihm teilte und mit den anderen Gästen zusammen im Gemeinschaftsraum aß. Durant ist mit ihr ausgezogen, und seitdem stellt er sie ständig zur Schau.«

»Das sieht ihm ähnlich.«

»Ich nehme an, daß das überhaupt der Anlaß für den Kauf der Kutsche war, damit er sich mit seiner Maîtresse im Freien zeigen kann, wie sie auf der Dammstraße auf und ab fahren. Es hat auf jeden Fall nicht den Grund, daß er seine Pflanzungen außerhalb der Stadt inspizieren oder Verwandte auf dem Land besuchen will, was normalerweise der einzige Grund ist, warum sich die Leute hier normalerweise ein Fahrzeug zulegen. Es wirkt ziemlich übertrieben.«

»Das gefällt Durant ja gerade.«

»Das dachte ich mir auch schon. Aber es ist ja immerhin möglich, daß er Euch so sehr vermißt und sich alle Mühe gibt, zu beweisen, daß es nicht so ist.«

Elene schüttelte mit einem gezwungenen Lächeln den Kopf. »Eine wirklich sehr zweifelhafte Vermutung.«

»Wie bedauerlich. Ich hatte gehofft, daß es vielleicht Durants Glück sein könnte, etwas Liebeskummer zu haben!«

Sie sprachen noch eine Weile von anderen Dingen, dann stand Hermine auf, um zu gehen. Elene begleitete sie die Treppe hinunter und durch den Innenhof bis zu dem Torbogen, der zur Straße hinausführte. Gleich am Anfang des dunklen Durchgangs blieb die Schauspielerin stehen.

»Wir, das heißt die Truppe, sind übrigens aus dem Gasthaus ausgezogen, in dem wir gewohnt haben, und sind bei der Witwe eingezogen, in deren Garten wir jetzt proben können. Ihr müßt uns unbedingt besuchen kommen, wenn Ihr Zeit habt.«

»Hat die Witwe denn nichts dagegen?«

»Nein, nein, sie liebt Besuch.«

Die Schauspielerin erklärte Elene ganz sorgfältig, wie sie zu dem Haus finden konnte. Elene wiederholte die Beschreibung, und in diesem Augenblick öffnete sich in der Wand direkt hinter ihr die Tür zu dem kleinen Zimmer, das sie und Devota als Arbeitszimmer benutzten.

Devota kam heraus. »Ich habe es, *chère!*« rief sie, als sie Elene sah. »Jetzt stimmt es.«

»Hast du es ohne mich fertig gemacht?« fragte Elene, ohne zu versuchen, ihre Enttäuschung zu verbergen.

»Mir ist wieder eingefallen, was noch fehlte. Jetzt schnuppere einmal –« Devota drückte Elene die Flasche in die Hand und dazu das Stück Leinen. Erst da entdeckte sie die Schauspielerin. »Mademoiselle Hermine, ich habe Euch erst gar nicht gesehen. Meine Augen – hier draußen ist es so hell, wenn man aus dem Arbeitsraum kommt.«

»Guten Morgen, Devota«, grüßte die Schauspielerin einfach. »Du willst doch damit nicht sagen, daß du jetzt schon etwas von dem wunderbaren Parfüm hergestellt hast?«

Devota nickte widerwillig.

»Eine faszinierende Sache, die Herstellung eines neuen Duftes. Wenn man ihn riecht, kommen die Erinnerungen an die Blumen wieder. Wenn man ihn trägt, bedeutet das, eigene Erinnerungen entstehen zu lassen.« Hermines Blick wanderte zu der blauen Flasche in Elenes Hand. Sie beobachtete Elene genau, als diese den Stopfen herauszog und in förmlicher Weise den Duft einatmete.

»Nun?« fragte die Schauspielerin.

»Nun?« fragte die Zofe.

Elene schenkte den beiden Frauen nacheinander langsam ein breites Lächeln. »Herrlich«, schwärmte sie. »Perfekt.«

Hermine seufzte. »Wunderbar. Darf ich auch einmal kurz schnuppern? Ich kann es nicht erwarten, herauszufinden, ob es dasselbe wie Eures ist. Das war ein so phantastischer Duft.«

Elene bemerkte, daß sie kurz zögerte. Ihr gefiel der Gedanke nicht, das Parfüm aus der Hand zu geben. Der Triumph des Erfolges, es richtig gemischt zu haben, sei eben noch so neu, sagte sie sich. Es war unmöglich, sich so absurd zu verhalten. Sie gab die Parfümprobe aus der Hand und wartete auf die Reaktion der Schauspielerin.

»Ach, es ist herrlich«, seufzte Hermine verzückt. »Nichts, aber auch gar nichts könnte so himmlisch duften. Es ist wirklich wie ein Hauch von Paradies. Ihr habt doch wohl nicht nur dieses kleine Fläschchen gemacht, oder? Ich bitte Euch, ich muß etwas davon haben. Ich muß einfach.«

Elene hatte es versprochen. Sie konnte jetzt nichts anderes tun, als das Versprechen zu halten. Elene zwang sich zu lächeln und übergab der Schauspielerin den kleinen Stopfen für die Flasche. »Nehmt sie, es ist die allererste Flasche. Sie gehört Euch, genau wie ich es versprochen habe. Noch dazu habt Ihr uns auch den Namen für das Parfüm genannt. Ich glaube, wir werden es einfach *Paradies* nennen.«

Devota machte eine kleine Geste, als wolle sie die Flasche zurücknehmen, dann zog sie schnell die Hand zurück. Die Bewegung blieb unbemerkt, da Hermine Elene die Arme um den Hals warf und sich ausführlich bedankte. Als die Schauspielerin fort war und ihr Parfüm mitgenommen hatte, sah sich Elene um. Devota war fort – wieder im Arbeitsraum verschwunden.

11. Kapitel

Elene stand da in einer unsichtbaren Wolke aus Parfüm. Sein Duft umgab sie wie eine Aura, erinnerte an tropische Nächte mit Blumen, die bleich im Mondlicht stehen, an eine warme Brise, die das Aroma von Gewürzen mit sich bringt, an von der Sonne beschienene weiße Sandstrände und rollende, türkis leuchtende Wellen, an überhängende Palmen und feuchte Farnwedel. Ohne sich dieser unberührbaren Aura bewußt zu werden, die sie um sich geschaffen hatte, stand sie und füllte winzige Mengen Parfüm in kleine blaue Fläschchen, die mit grünen und lavendelfarbenen Bändern verziert waren. Jede Flasche wurde fest mit einem Stopfen verschlossen und zur Seite gestellt.

Ryan stand, die Schulter an den Türrahmen gelehnt, in der Tür und sah ihr zu. Das Gold ihrer Haare schien in dem Halbdunkel des Zimmers zu leuchten, das nun von den letzten Strahlen des Sonnenuntergangs hinter den Fenstern erhellt wurde. Ihr Gesichtsausdruck war abwesend, fast ernst, und doch wirkten die Linien ihres Mundes zart und weich vor Freude. Sie bewegte sich mit flinker Selbstsicherheit, ihre Finger glitten sachte über die kleinen Flaschen. In ihrer Tätigkeit war absolut nichts Verführerisches; trotzdem begehrte er sie plötzlich mit heftiger, beinahe furchterregender Intensität.

Er hatte sich heute mit seiner Arbeit beschäftigt wie immer in den vergangenen paar Tagen, aber im Grunde seines Herzens war er nicht bei der Sache gewesen. In den unpassendsten Augenblicken waren seine Gedanken zu Elene zurückgekehrt, die sich hier in seinem Haus aufhielt. Er hatte sie jede Nacht geliebt, hatte sie in den Armen gehalten, während sie schlief, war ihr am Kopfende seines Tisches gegenübergesessen, hatte sie jeden Morgen zum Abschied geküßt, bevor er fortging – und trotzdem entzog sie sich ihm.

Besessenheit. Er fing an, von ihr besessen zu sein. Es kostete ihn die größte Mühe, nicht ein dutzendmal am Tag zu seinem Haus zurückzugehen, um nachzusehen, ob sie noch da war. Sein Verlangen nach ihr schien nur zuzunehmen, obwohl es doch durch dauernde Befriedigung eigentlich hätte abflauen müssen. Sie erfüllte seine Gedanken und verließ sie nie wirklich, genau wie der Duft ihres Parfüms an seinem Körper haftete und auch in den unterschiedlichsten Winkeln seines Hauses spukte. Sein Leben war völlig von ihr durchdrungen, während er den Eindruck hatte, daß sie seine Existenz eigentlich kaum wahrnahm, außer wenn sie in seinen Armen lag. Es war unerträglich. Und es war auch unerträglich, daß sie weiterarbeitete, ohne zu wissen, daß er da war.

Er löste sich vom Türrahmen und trat ins Zimmer. Dann stellte er sich hinter sie und umfaßte ihre Taille mit den Armen, um sie an sich zu ziehen.

Elene erstarrte vor Schreck. Die leere Flasche in ihrer Hand fiel klirrend auf den Tisch. Sie wirbelte herum und trat einen Schritt zurück.

»Was tust du hier?« Ihre Worte klangen hart, und ihr Gesicht rötete sich vor schlechtem Gewissen.

»Ich lebe hier, daran wirst du dich doch sicher erinnern.«

»Aber du bist weggegangen –«

»Ich hatte plötzlich das Bedürfnis, einfach so zurückzukommen, vor allem weil Benedikt heute morgen angedeutet hat, daß das möglicherweise interessant sein könnte.«

»Benedikt«, wiederholte sie mit hohler Stimme.

»Du wirst ihm verzeihen müssen. Es ist sein Beruf, sich um mein Wohlergehen zu kümmern.« Er stemmte eine Faust in die Hüfte und deutete mit einer ausladenden Bewegung der anderen Hand auf die Flaschen, die hinter ihr standen. »Du hast wohl kaum geglaubt, dies alles längere Zeit vor mir geheimhalten zu können, oder? Schon der Geruch hätte dich verraten.« Außerdem wäre Benedikts Hinweis auch gar nicht nötig gewesen. Ihre Bemühungen, ihn loszuwerden, und ihre Befangenheit in letzter Zeit hatten eine so deutliche Sprache gesprochen, daß sein Verdacht schon geweckt war.

»Wir haben aber doch immer die Fenster und Türen aufgemacht und möglichst nur eine oder zwei Stunden hintereinander gearbeitet.« Sie hob das Kinn. »Wir haben bestimmt nichts an deinem Haus oder deinem Lagerraum kaputtgemacht.«

»Das habe ich auch keinen Augenblick geglaubt.« Ein Stirnrunzeln zog seine Augenbrauen zusammen, als er ihre verteidigende Haltung bemerkte. »Ich frage mich eigentlich nur, warum du geglaubt hast, das alles hinter meinem Rükken tun zu müssen.«

»Um genau eine solche Szene wie diese hier zu verhindern: Der Zorn des Hausherrn bricht aus, nur weil eine Frau es gewagt hat, ihrer eigenen Tätigkeit nachzugehen. Warum sollte ich dich um Erlaubnis fragen? Um dir die Freude zu machen, sie mir verweigern zu können?«

Daß sie ihn so völlig falsch einschätzen konnte, verärgerte ihn wirklich. »Was, im Namen aller Götter, kümmert es mich denn, was du hier drinnen tust? Es macht mir überhaupt nichts aus, wenn du deine Zeit damit verbringen möchtest, Parfüms zusammenzubrauen. Ich habe dir sogar den Vorschlag gemacht, falls du dich daran erinnerst. Aber du hättest so viel Vertrauen zu mir haben können, die Angelegenheit mit mir zu besprechen, als du damit angefangen hast.«

»Zusammenbrauen! Für dich ist das alles ein Witz, genau wie damals, als du zum ersten Mal davon gesprochen hast. Du nimmst mich überhaupt nicht ernst.« Sie funkelte ihn wütend an, ein wütender goldener Engel im Halbdunkel.

»Leg mir nicht irgendwelche Dinge in den Mund. Du weißt doch überhaupt nicht, was ich denke, was ich will oder was ich tun werde.«

»Schön gesagt, aber du hättest mir trotzdem nicht erlaubt, dies hier zu tun, genau wie mir mein Vater immer alles verboten hat – einfach um seine Macht über mich zu beweisen.«

»Ich bin nicht dein Vater. Ich brauche überhaupt nichts zu beweisen!«

Elenes Aufmerksamkeit wurde plötzlich durch den überzeugten Ton geweckt. Sie starrte ihn an, sah die dunklen Schatten in seinen Augen und die strengen Flächen seines Gesichts, während seine Worte langsam in ihr Bewußtsein drangen. Bevor sie etwas sagen konnte, sprach er weiter: »Ich werde dir jetzt eines ganz klar sagen: Du kannst tun und lassen, was du willst, hier drinnen oder sonstwo, aber versuche nicht noch einmal, mich für dumm zu verkaufen. Das werde ich mir nicht gefallen lassen.«

»Du... hast wirklich nichts gegen meine Tätigkeit?« Ihre Frage klang zögernd, und sie deutete auf den Lagerraum um sie herum, als glaube sie ihm immer noch nicht ganz.

»Warum sollte ich etwas dagegen haben? Ich benutze den Raum doch nicht.«

»Aber vielleicht brauchst du ihn später wieder.«

Er bemühte sich, sich zu beherrschen und sah sie mit verwundertem Stirnrunzeln an. »Willst du das Zimmer oder willst du es nicht?«

»Natürlich will ich es.«

»Also nimm es.«

Er hatte recht, sie kannte ihn nicht. Und einer der Gründe dafür war die dicke Verteidigungsmauer, die er um sich errichtet hatte. Aber auch ihr Bedürfnis, selbständig zu sein, hinderte sie daran, ihn besser kennenzulernen. Wenn sie sich nicht erlaubte, zu nah an ihn heranzukommen, dann würde es sie auch nicht verletzen, wenn sie wieder getrennter Wege gingen. Und dann war da noch ihr Schuldgefühl, das magische Parfüm bei ihm benutzt zu haben. Und ein schlechtes Gewissen war nicht gerade eine Ermutigung für persönliche Nähe.

Und jetzt war da noch diese zusätzliche Erwartung: Wenn er so verärgert darüber war, nicht informiert worden zu sein, was sie in seinem Lagerraum machte, was würde er dann erst empfinden, wenn er von dem Zauber des Parfüms erfuhr?

Sie hob das Kinn, um ihm in die Augen zu sehen. »Entschuldige, aber wenn ich es mir genau überlege, wäre es vielleicht besser, wenn ich diesen Raum doch nicht benutze. Genaugenommen wäre es vielleicht sogar das beste, wenn ich dein Haus ganz verließe.«

»Nein.« Das Wort klang rauh, und er versuchte ihre Arme zu ergreifen. »Ich werde dich nicht fortlassen.«

»Du kannst mich aber nicht gegen meinen Willen hier festhalten.«

»Willst du es darauf ankommen lassen?«

In seinem Griff lag die Festigkeit beherrschter Kraft. Es wäre schwierig, wenn nicht sogar unmöglich, ihm zu entkommen. Sie versuchte es nicht. Mit klarem Blick sagte sie: »Und dir damit die Möglichkeit geben, doch noch deine Macht zu beweisen?«

Er erkannte ihre Erwiderung mit einem Zucken der Lippen an. »Warum sollte ich dich freigeben? Damit du zu einem anderen Mann gehen kannst?«

»Damit du deine Ruhe hast.«

»Ich will gar keine Ruhe, und ich will auch kein Haus, in dem du nicht bist, du und dein verdammtes Parfüm.«

Sie drehte den Kopf zur Seite, die Augen voller Schatten. »Also ist es das Parfüm, das dich anzieht?«

»Du weißt, daß es nicht so ist.«

»Weiß ich das?«

»Ich könnte es dir ja beweisen«, sagte er mit grimmigem Vergnügen. »Bist du je leidenschaftlich auf einem Fußboden geliebt worden?«

»Du weißt doch genau –«

»Ja, schon, das ist eine meiner liebsten Erinnerungen. Weißt du, manchmal sehne ich mich zurück zu jenem schwarzen Loch unter Faviers Haus.«

Sie starrte ihn verwirrt an. »Aber warum?«

Ryan dachte daran, daß er an diesem dunklen Ort die Zurückhaltung in ihren Augen nicht hatte sehen können und daß es damals sehr wahrscheinlich gewesen war, daß ihr Bräutigam, Durant Gambier, tot war. Diese wenigen Tage hatte ihm Elene Larpent ganz allein gehört und ihm nicht entkommen können.

»Heirate mich«, sagte er.

Elene stockte der Atem in der Brust. Sie wünschte sich plötzlich verzweifelt, nie etwas von Parfüm gehört zu haben. Zuerst hatte sie nicht an seine Macht geglaubt, hatte nicht daran glauben wollen. Aber jeden Tag spürte sie, daß Ryan sie mehr begehrte, und sie glaubte, daß ein so machtvolles Gefühl nicht anders als durch Devotas Hilfe hatte entstehen können. Es wäre ihm gegenüber nicht fair, seinen Antrag anzunehmen, den er möglicherweise nur aufgrund der ungewöhnlichen Umstände gemacht hatte. Die Frage nach ihrem eigenen Willen in dieser Angelegenheit war nicht von Bedeutung. Sie wollte keinen Ehemann, der auf irgendeine Weise zu seinem Heiratsantrag gezwungen worden war.

»Warum?«

Ihre Stimme war so leise, daß er sich vorbeugen mußte, um sie zu verstehen. Und darin klang, unerklärbar, eine Warnung.

»Sagen wir, es ist einfach eine Eingebung.«

»Was gefällt dir nicht mehr an unserem jetzigen Lebensstil?«

Sein Griff lockerte sich. »Du bist vielleicht damit zufrieden, aber ich will mehr.«

»Was könnte es denn noch mehr für uns geben?«

»Eine gemeinsame Zukunft. Kinder.« Seine Stimme war weich und klang warm und eindringlich. Das Blau seiner Augen schimmerte dunkel und klar.

Irgend etwas zog sich in Elenes Brust in der Nähe des Herzens zusammen, langsam und fest, bis das Atmen weh tat. Wie leicht wäre es, einfach ja zu sagen, sein Angebot anzunehmen und nie wieder zurückzusehen. Aber wenn er doch einmal herausfand, was sie ihm unabsichtlich angetan hatte? Die Ehe war eine Verbindung für immer, und das war eine lange Zeit, wenn man sie mit einem Mann verbrachte, der sie verachtete.

Daß seine Worte eine so starke Wirkung auf sie haben konnten, war wie ein Verrat, und das führte zu einem Widerwillen, der sie stärkte. »Das kann ich dir nicht geben. Bitte verlange das nicht von mir.«

Er erkannte die ärgerliche Verzweiflung in ihrem Gesicht und konnte sie nicht verstehen – vielleicht trauerte sie um den Verlust ihrer Zukunft mit Gambier. Er verfluchte den Tag, an dem Jean den Plantagenbesitzer an Bord der *Meerfee* aufgenommen hatte. Warum hatte der Mann nicht auf der Insel bleiben und sein Glück dort versuchen können? Trotzdem gab es noch etwas, was er nicht verstand. Er hätte schwören können, daß er und die Dinge, die er gesagt hatte, ihr nicht gleichgültig waren.

»Jetzt bin ich dran mit der Frage: warum?«

Sie schüttelte leicht den Kopf. »Du meinst es doch gar nicht ernst. Das ist nur eine Laune, die vorübergehen wird, die du hast, weil du mir zufällig begegnet bist, mir und meinem Parfüm.«

»Zur Hölle mit dem Parfüm!« rief er aufgebracht. »Ich weiß, was ich –«

»Es ist aber wichtig, daß du verstehst, daß es etwas Besonderes ist«, unterbrach sie ihn, getrieben von dem zwingenden Bedürfnis, ihr Gewissen zu erleichtern und ihm alles zu offenbaren. »Es hat eine seltsame und machtvolle Wirkung auf Männer. Du weißt nicht –«

»Ich weiß genausoviel davon, wie ich wissen will«, gab er mit scharfer Ungeduld zurück. »Aber was mich im Augenblick interessiert, ist, warum du mir nicht die Antwort geben willst, die ich gern hören möchte.«

Sie hatte versucht, es ihm zu erklären. Vielleicht war es

auch ganz gut, daß er ihr nicht zuhören wollte. Sie wich seinem intensiven Blick aus, durchsuchte ihre Gedanken nach etwas, das sie sagen konnte, um ihn zufriedenzustellen. »Wir hatten doch besprochen, daß unser Zusammensein hier nur eine vorübergehende Angelegenheit sein kann und nicht mehr.«

»Und das gefällt dir so?«

»Ich muß meinen eigenen Weg finden, selbst entscheiden, wann ich komme und gehe, und das nicht jemand anderen für mich tun lassen.«

»Ich will dich nicht beherrschen oder kontrollieren, Elene, ich möchte dich nur sicher an meiner Seite haben.«

»Ja, das sagst du jetzt, aber du wirst mich verlassen, wenn du kannst – sobald du es kannst.«

Das letzte hatte sie eigentlich nicht sagen wollen. Es war sozusagen aus ihrem Inneren hervorgebrochen, weil sie sich plötzlich daran erinnerte, wie oft ihr Vater sie alleingelassen hatte, um sich um andere Dinge zu kümmern – in Frankreich, das von der Revolution erschüttert worden war, und auch schon in den Jahren zuvor. Und nun war er – wie auch ihre Mutter – für immer von ihr gegangen. Sie hätte es nicht ertragen können, noch einmal verlassen zu werden.

Vielleicht war das auch der Grund, warum es ihr so schwergefallen war, zu bedenken, ob sie nicht aufhören sollte, das Parfüm zu verwenden – und sei es auch nur, um herauszufinden, was dann geschah. Sie brauchte es einfach, um sich diese Sicherheit, die sie jetzt bei Ryan gefunden hatte, bewahren zu können, um ihn daran zu hindern, sie zu verlassen, bevor sie dazu bereit war.

Ein schiefes Lächeln legte sich auf Ryans Mund. »Ich werde dich nur verlassen, wenn du mich dazu zwingst. Laß dich nicht verunsichern. Wie du schon gesagt hast, war mein Heiratsantrag nur ein Vorschlag. Vergiß ihn, vergiß, daß du fortgehen wolltest, ich mache dir einen ganz anderen Vorschlag. Wir sind in drei Tagen zusammen mit den Mazents eingeladen zu der Vorstellung, die Morvens Truppe auf der Vauxhall-Bühne gibt. M'sieur Mazent hat eine Loge und ein Boot gemietet und möchte ein kleines Fest geben für die Leute, die zusammen aus Santo Domingo entkommen sind. Was hältst du davon?«

Seine Worte klangen leicht, aber Elene spürte, daß er versuchte, kühl zu sein, sich zurückzog und eine abwartende Haltung einnahm. Er hatte sogar seine Arme von ihr genommen und eine Hand auf den Tisch neben ihr gestützt. Wenn sie seinen Vorschlag annahm, das war ihr klar, würde das bedeuten, daß sie wieder zu der Art Beziehung zurückkehrten, in der sie bisher gewesen war. Das wäre am besten, ohne Versprechungen oder tiefe Gefühle, und ihre Geheimnisse könnten gewahrt bleiben. So war es bestimmt am vorteilhaftesten. Sie schluckte, denn sie spürte, wie sich die Tränen in ihrer Kehle zusammenballten. Mit zuviel Fröhlichkeit in der Stimme sagte sie: »Ja, warum nicht?«

»Ja, warum eigentlich nicht?« wiederholte Ryan und fragte sich, ob sie wohl schon wußte, daß Gambier auch bei dem Fest sein würde.

Die Vauxhall-Bühne lag zwischen einer Ansammlung von mehreren Gastwirtschaften, Spielsalons, Kneipen und Tanzlokalen, die dort gebaut worden waren, wo der von dem spanischen Gouverneur Carondelet entworfene Kanal auf den Bayou St. John, einen Seitenarm des Mississippi mit fast stehendem Wasser, traf. Der Kanal begann an den äußeren Umfriedungen der Stadt und führte zum Pontchartrain-See, so daß er in Zeiten des Hochwassers die Stadt entwässerte. Die Gruppe, die Mazent eingeladen hatte, konnte ganz in der Nähe des hinteren Tors in der Palisade das einer Barke ähnelnde Boot besteigen, das für diesen Zweck gemietet worden war.

Sie fuhren kurz nach Sonnenuntergang los und gesellten sich zu einer Reihe anderer Barken, die auf dem Weg zum

Bayou waren. Eine Brise war aufgekommen, die die Luft etwas abkühlte und die Gesichter der Anwesenden fächelte. Der Mann, der ihre Barke stakte, sang bei seiner Arbeit. Der Kanal, der einst in gutem Zustand gehalten worden war, war schon seit mehreren Jahren nicht mehr gereinigt worden, und so hatte er sich an manchen Stellen fast bis einen Meter unter der Oberfläche mit Schlamm gefüllt. Weiden und Zypressen standen dicht an seinem Ufer und neigten sich blaßgrün und kühl über das Wasser. Die Zapfen der Zypressen hingen wie kleine, behauene, grüne Steine schwer zwischen den zerbrechlich zarten Nadeln. Wenn das Boot die Weiden streifte, erhoben sich Wolken von Mücken. Alle möglichen Arten stechender und fliegender Insekten tanzten vor ihnen über dem Wasser, und die auf der Wasseroberfläche lebenden, sich wie schwebend bewegenden Käfer glitten vor ihnen davon, als würden sie mit dem plumpen Boot um die Wette laufen. Der letzte rosa und lavendelfarbene Farbstreifen am westlichen Himmel spiegelte sich im Wasser und verwandelte es in flüssigen Opal.

Es hätte friedlich sein müssen – das war es aber nicht. Ryan war in einer eigenartigen Stimmung. Er benahm sich höflich, aber distanziert, und hatte Elene scheinbar nicht viel zu sagen, obwohl er oft genug mit den anderen sprach. Er war nicht mehr so wie früher, seit sie sich entschlossen hatte, seinen Heiratsantrag zurückzuweisen. Nicht, daß er unfreundlich oder schlecht gelaunt gewesen wäre, er wirkte eher, als hätte er irgend etwas vor.

In den vergangenen drei Nächten hatte er sich ihr allerdings nicht genähert. Und sie hatte in diesen drei Tagen auch das Parfüm aus der ursprünglichen Flasche, die Devota aus Santo Domingo mitgebracht hatte, nicht mehr verwendet, denn sie war leer. Genaugenommen hatte sie überhaupt kein Parfüm benutzt. Wenn sie einen Beweis für seine Wirksamkeit brauchte, hatte sie ihn jetzt scheinbar bekommen, so sehr es auch schmerzen mochte, zu sehen, wie stark Ryans

Zuneigung davon abhängig war. Um die weitere Wirkung zu prüfen, hatte sie sich großzügig mit dem neuen Duft eingerieben, als sie sich heute abend angekleidet hatte. Bis jetzt hatte es allerdings keinerlei Eindruck auf Ryan gemacht, oder zumindest keinen, den sie bemerkt hätte. Sie hätte sich eigentlich darüber freuen sollen, und dazu wollte sie sich auch zwingen.

Flackernde Fackeln erhellten den Bereich der Logen und die Gartenpfade um die Vauxhall-Bühne herum, nicht nur wegen des Lichtes, sondern auch um die Mücken davon abzuhalten, sich auf die Zuschauer zu stürzen. Der Rauch von den Flammen zog zwischen den Orangenbäumen hindurch, die auf beiden Seiten der mit Muschelschalen bestreuten Pfade wuchsen, und sein scharfer Geruch mischte sich mit dem süßen Duft der Orangenblüten. Die Nacht wirkte wie Balsam nach der Hitze des Tages und wurde durch die Brise vom See herüber noch schöner, die auch die Löckchen der Damen bewegte und die Säume ihrer Kleider leise flattern ließ. Mit dem Luftzug wehte das Aroma von in der Nähe gekochtem Essen herüber, aber auch der milchig-volle Duft der Pralinen und der *tout chard calas,* der heißen Reiskuchen der *marchandes* oder Händlerinnen, jener freien farbigen Frauen in den weißen Schürzen, die ihre Waren in flachen Körben anboten, die sie auf ihre breiten Hüften stützten. Das frische Aroma der Orangen und der volle Duft der rosapurpurnen Rosen und der cremeweißen wilden Gardenien, die von munteren jungen Mädchen verkauft wurden, drang gelegentlich herüber, und manchmal auch der intensive süße Geruch des Geißblatts, das sich durchs Gebüsch wand.

Die Mazent-Gruppe schlenderte durch die parkähnliche Anlage, genoß die Luft und erfreute sich an dem leichten Wind, während sie auf das Essen wartete und darauf, daß die Vorstellung begann. Elenes Kleid aus blauem Musselin war verziert mit langen Streifen von gerippten Seidenbändern, die aus einem Liebesknoten herabfielen, der in der hochsitzenden Taille direkt unter ihren Brüsten saß. Die Bänder flatterten so sehr in der Abendbrise, daß sie sie schließlich einfing und festhielt und sie dann beim Gehen spielerisch zwischen den Fingern hindurchzog.

Sie war nicht die einzige in einem neuen Kleid. Madame Tusard trug eine Robe aus lavendelfarbener Seide mit schwarzen Spitzen, in der Hand hielt sie den dazu passenden Spitzenfächer. Flora Mazent war viel eleganter in blaßgelber Seide. Allerdings paßte die Farbe nicht besonders gut zu ihrer fahlen Hautfarbe, und die Raffungen und Falten an ihren Schultern und um die Knie, die sie weniger dünn wirken lassen sollten, verliehen ihr eine Gestalt, die eigentlich am ehesten einer Getreidegarbe glich.

Die Mazent-Tochter ging neben Durant her. Auf ihren Wangen waren rote Flecken vor Aufregung angesichts dieser Position, und ihr fester Griff auf Durants Arm verfärbte ihre Fingerspitzen weiß. Eine Orangenverkäuferin ging vorbei, und das junge Mädchen betrachtete hungrig die Früchte.

»Würdet Ihr mir eine kaufen, M'sieur Durant?« fragte sie, und in ihrer Stimme schwang so etwas wie eine Herausforderung mit, während sie zu ihm hinaufstarrte.

Madame Tusard antwortete ziemlich bevormundend auf diese Frage: »Das wäre äußerst unklug, meine Liebe. Der Saft würde auf Euer wunderbares neues Kleid tropfen.«

»Das ist mir egal.«

»Aber Seide ist doch hier in New Orleans so unglaublich teuer.«

»Das ist mir egal«, sagte Flora noch einmal mit einem Ausdruck von Furcht in den Augen, angesichts ihrer eigenen Dreistigkeit. »Papa, kann ich bitte eine Orange haben?«

»Was mein Kätzchen will, muß sie auch bekommen«, sagte M'sieur Mazent mit entschuldigender und doch vor Stolz erfüllter Stimme zu der älteren Frau. Er zog seine Börse heraus und winkte die Orangenverkäuferin, ein grinsendes schwarzes Mädchen von höchstens dreizehn Jahren, zu sich heran.

Da er ein Mann von etwas großspurigem Gehabe war, bot er auch allen anderen eine Orange an. Sie lehnten ab. Da Flora unbehaglich zumute war, weil sie als einzige die den um sie herum feilgebotenen Waren Interesse schenkte, bat Elene um ein Stück Konfekt. Ihr Lob der cremigen Praline, die aus Milch, Zucker und Pekannüssen gemacht war, kam so spontan, daß plötzlich auch Madame Tusard unbedingt ein Stück probieren wollte und ihren Claude losschickte, der schnaufend hinter der Verkäuferin hereilte.

Durant zog mit leicht ungeduldigem, aber resigniertem Gesichtsausdruck sein Taschenmesser hervor, um Floras Orange zu schälen, und danach sein Taschentuch, um von seinen und Floras Händen den Saft abzuwischen. M'sieur Mazent betrachtete die beiden mit einem Blick voller Zuneigung, lehnte allerdings ein Stück von der Orange genauso ab wie ein Stück Konfekt, an dem jetzt alle knabberten. Die Säure und der Zucker würden ihm nicht guttun, sagte er, und eine seiner Hände bewegte sich unbewußt zu seinem Magen; was er brauchte, war ein kräftiges Abendessen.

Das Essen wurde kurze Zeit später serviert. Sie setzten sich alle um den Tisch in ihrer Loge, die eine sehr gute Lage hatte: genau gegenüber der Mitte der etwas höher gelegenen, offenen Bühne. Das Essen war erstaunlich schmackhaft – ein Coq au Vin, serviert mit bunt angerichteten, mit etwas Honig gewürzten Gemüsesorten und dazu ein paar Laibe heißes Brot. Die Butter schmolz in der Wärme, und der Wein war nur mäßig, aber das Dessert, eine Karamelcreme mit frischen Brombeeren darauf, war köstlich.

Die Darbietung war von ähnlicher Qualität – eine Mischung von Gutem mit nur Mäßigem. Das Paar Komiker, das die Vorführungen eröffnete, war unglaublich witzig, und die Jongleure, die ihnen folgten, waren hervorragend, wirklich erstaunlich. Ein Sketch, eine ziemlich gewagte Farce, deren Handlungsort ein Schlafzimmer mit vier Türen war, durch die drei Männer, zwei Frauen und eine Dienerin in rascher

Folge ein und aus gingen, war ein wenig geschmacklos, was jedoch dazu führte, daß das Erscheinen von Morvens Truppe mit noch mehr Enthusiasmus begrüßt wurde.

Niemand applaudierte lauter als die Frau in der Loge links neben der von Mazent. Sie war eine Dame von ungefähr vierzig, mit einer großen Fülle seidiger schwarzer Locken, in denen noch keine silbrige Strähne zu sehen war, und sie trug ein Kleid aus violetter Seide mit einem erstaunlich tief ausgeschnittenen Mieder und ein herrliches Diamantkollier. Passende Ohrringe und Armbänder erhöhten noch das Glitzern, aber die intensivsten Funken sprühten von einem riesigen, mit Diamanten umgebenen Amethyst, der an einer Kette mitten auf ihrer Stirn hing. Als Elene ihre Begeisterung und auch den wollüstigen Blick bemerkte, den sie Morvan zuwarf, als er sich vor ihr noch einmal extra verbeugte, war sie sich ziemlich sicher, daß dies die Gönnerin war, von der Hermine ihr erzählt hatte. Aber solche Gedanken wurden verdrängt, als Morven über die Bühne schritt und seinen ersten Monolog begann.

Im Gegensatz zu dem leichten Ton der anderen Vorführungen hatte sich Morven für eine Tragödie entschieden, bei diesem ersten Auftritt seiner Truppe in New Orleans. Es war eine Geschichte, die er selbst verfaßt hatte, in der es um einen Adligen ging, der zwei Frauen liebte – die eine jung und lustvoll, die sein körperliches Verlangen anspricht, die andere reifer und klüger, die eher seinen geistigen Ansprüchen entspricht. Da er nicht in der Lage ist, sich zwischen den beiden zu entscheiden, zwingt er sie, die Entscheidung für ihn zu treffen. Dieser Zwang bringt die Frauen dazu, ihre Eigenschaften noch stärker zu zeigen. Das Ergebnis ist tragisch, denn die kluge Frau zieht sich schließlich von ihm zurück – sie beurteilt ihn als wertlos, weil er zuwenig Geisteskraft besitzt. Sie stößt sich einen Dolch ins Herz, da sie nicht aufhören kann, einen Mann zu lieben, den sie nicht mehr respektieren kann. Der Adlige, dem klar wird, daß er die Frau, die er wirklich liebt, in den Tod getrieben hat, ersticht sich mit demselben Dolch.

Morven war großartig als der von Liebe und Reue geplagte Adlige, und Hermine spielte perfekt die kluge Frau mit feiner, scharfer Ironie und doch so schmerzvollem Mitgefühl für die Stimmungen, die Leidenschaft und die wahren Bedürfnisse des Mannes, den sie liebt. Josie, obwohl sie die kleinere Rolle der offensichtlich promiskuitiven Frau spielte, war mehr als passend dafür, denn sie strahlte förmlich ihre gefühllose, sinnliche Energie aus.

Der Applaus rollte in Wogen auf die Bühne zu, als der letzte Vorhang fiel. Allen dreien wurden Blumen zugeworfen, doch besonders Morven und der für ihre Rolle angemessen gekleideten Josie. Das Trio bekam vier Vorhänge und lief dann von der Bühne, um sie wieder den Komikern zu überlassen.

Immer noch im Kostüm gingen Morven und die beiden Frauen zuerst in die Loge der mit Diamanten geschmückten Dame. Es wurden kurz Komplimente ausgetauscht, dann kam die Truppe, mit ihrer Gönnerin in ihrer Mitte, in die Loge der Mazents.

Die Frau wurde ihnen als Madame Rachel Pitot vorgestellt. Bei genauerer Betrachtung wirkte sie, als habe sie selbst schon einmal in ihrem Leben engeren Kontakt mit dem Theater gehabt, sie bewegte sich mit Beherrschung und dem typischen Selbstbewußtsein, und ihr Make-up war übertrieben. Sie hieß sie bei der Vauxhall-Bühne willkommen. Dennoch war es völlig klar, daß sie nicht das geringste Interesse daran hatte, ob sie selbst oder die Bühne ihnen zusagten, solange nur Morven an ihrer Seite war.

M'sieur Mazent bestand mit einer gastfreundlichen Geste darauf, daß Madame Pitot und die Schauspieler an ihrem kleinen Fest teilnahmen. Sie stimmten sofort zu, als ob die Truppe nichts anderes erwartet hätte. Madame Pitot erhob eine Hand, und sofort kam ein Ober herbei, um die Bestellung der Schauspieler für ihr Abendessen entgegenzunehmen, da sie vor der Vorstellung nichts zu sich genommen hatten. Stühle wurden zur Seite geschoben, um Platz zu schaffen, und neue Stühle wurde dazugestellt. Gleichzeitig kamen auch verschiedene Frauen und Männer aus dem Publikum herüber und sammelten sich um sie her, um den Schauspielern die Hand zu schütteln und zu ihrer Vorstellung zu gratulieren. Es gab kurzfristig ein ziemliches Durcheinander, als Leute versuchten, über die Sitzenden hinweg an die Schauspieler zu kommen. Schließlich zogen sich die Gratulanten wieder auf ihre Plätze zurück, und die Ordnung wurde wiederhergestellt.

Elene, die jetzt endlich mit Hermine und den anderen sprechen konnte, lehnte sich über den Tisch. »Ein wirklich sehr eindrucksvolles Stück! Ihr wart alle wunderbar. Ich war wirklich fasziniert.«

Ein Chor von Zustimmungen folgte ihren Worten. Morven, dem in seinem Triumph und der auf die Vorstellung folgenden Euphorie die Röte ins Gesicht gestiegen war, verbeugte sich. »Ich schmeichele mir, daß dies kein schlechtes Debut für uns in dieser Stadt war.«

»Schmeichele dir ruhig«, sagte Hermine, »aber in der letzten Szene bist du mir auf die Zehen getreten!«

»Du hast einfach nicht genug Leid gezeigt«, erwiderte Morven mit einem selbstgefälligen Lächeln.

»Du hast das auch noch absichtlich gemacht!«

Angesichts ihres Zornes hob Morven die Hände: »Nein, nein, meine Süße. Ich bin ein plumper Tölpel.«

Madame Pitot widersprach ihm in leisen, schmeichelnden Tönen: »Ihr seid ein so gewandter Mann, lieber Morven. Ihr könntet selbst dann nicht plump sein, wenn Ihr es darauf anlegen würdet.«

Hermine starrte sie an und sah dann mit grimmigem Gesicht zur Seite.

Flora, die bis jetzt geschwiegen hatte, warf mit atemloser

Stimme ein: »Ihr wart wirklich sehr gut. Ich habe geweint, als Ihr Euch erstochen habt, Hermine. Aber Ihr alle seid blaß wie der Tod.«

»Das kommt von der Farbe, die wir verwenden«, erklärte Hermine und wischte sich mit der Hand übers Gesicht, dann zeigte sie ihre weißen Fingerspitzen. »Genauer gesagt ist es das Mehl. Viele Schauspieler und Schauspielerinnen benutzen weißes Bleipulver, aber das ist sehr ungesund, außerdem entzündet sich davon die Haut.«

»Ich verwende Bleiweiß, und ich habe keine Entzündungen«, meinte Josie etwas zu schwungvoll, vielleicht weil sie sich durch Komplimente nicht angesprochen fühlte.

»Das wird schon noch kommen«, prophezeite Hermine und schüttelte bedauernd den Kopf, als die andere Schauspielerin nur mit den Schultern zuckte.

Flora zog die Augenbrauen zusammen. »Aber Hermine, Ihr habt doch schon so blasse Haut, daß ich gar nicht verstehe, warum Ihr Mehl oder sonst etwas brauchen solltet.«

»Es ist wegen der Lampen und den Reflektoren, die vorn an der Bühne angebracht sind. Sie sind so hell, daß man aussieht wie ein grauer Geist, wenn man keine Farbe aufträgt. Und was meine Haut betrifft, muß ich zugeben, daß ich da nicht ganz so vernünftig bin. Ich stamme aus einer Familie von Fischern aus der Bretagne und sehe oft aus wie ein Fischer, der gerade aus dem Nordwind kommt. Wenn ich nicht aufpasse, ist mein Gesicht rot. Ich trinke manchmal einen Kräuterlikör gewürzt mit ein paar Körnchen Arsen, damit die Farbe nicht so intensiv ist.«

»Das ist genauso verrückt«, sagte Morven, »was ich dir auch schon öfter gesagt habe.«

»Das stimmt«, nickte Hermine, sah aber den Schauspieler nicht an, während sie sprach, sondern fuhr mit einem warmen Lächeln zu dem jungen Mädchen gewandt fort: »Ich bin sicher, wir Frauen haben alle solche kleinen Geheimnisse wie dieses.«

»Ich habe keines«, entgegnete Flora.

Da dies aus ihrem etwas leeren, reizlosen Gesicht ganz klar zu erkennen war, folgte ein kurzer Augenblick des Schweigens. Elene brach es. »Meine Mutter hat sich noch ganz offensichtlich geschminkt, aber man tut das doch jetzt immer seltener. Heutzutage muß Schönheit natürlich sein.«

»Oder so wirken«, stimmte ihr Hermine mit etwas verzogenen Lippen zu.

»Ich zum Beispiel bin froh darüber«, sagte Madame Tusard, und ihr Blick lag auf der Schauspielerin mit einem kleinen bißchen Bosheit, mit der sie sie verdammte. »Wenn die Männer mit nackten Gesichtern herumlaufen, warum sollten wir Frauen das dann nicht auch tun?«

»Meine Liebe«, widersprach Claude Tusard und berührte mit einer bewußten Geste seinen Schnurrbart, »nackt ja wohl kaum, höchstens teilweise rasiert. Ohne künstlichen Zusatz, das mag sein, aber nackt wohl kaum.«

»Nackt, Claude. Bitte streite nicht mit mir.«

»Ja, *chère.*«

Josie kicherte. »Ich verstehe sowieso nicht, warum wir nicht alle völlig nackt herumlaufen. Wozu sind Kleider schon gut?«

»Sie verkleinern die Fläche, auf die die Mücken sich setzen können«, gab Ryan zu bedenken und schlug nach einem Insekt auf seinem Gesicht.

»Das ist wahr«, sagte Josie, als sei sie mit einer völlig neuen und fesselnden Beobachtung konfrontiert worden. »Was für gemeine kleine Biester sie doch sind.«

»Erlaubt mir«, sagte Claude Tusard zu der jüngeren Schauspielerin, streckte die Hand aus und zerdrückte ein Insekt, das auf ihrer nackten Schulter saß.

Josie bedachte ihn mit einem geneigten Lächeln. »Danke sehr, M'sieur.«

Ein Lächeln zuckte über den Schnurrbart, der Claude

Tusards Oberlippe schmückte, und ein Leuchten glimmte in seinen Augen.

Madame Tusard zog scharf den Atem ein. »Claude!«

»Ja, *chère.*« Das Leuchten erlosch, und Madame Tusards Gatte trug einen leidenden Ausdruck auf seinem scharf gezeichneten Gesicht zur Schau.

Flora, die sich gar nicht um diese Nebenhandlung kümmerte, hatte ihre Aufmerksamkeit der Loge rechts von ihr zugewandt, in der gerade zwei Männer, Amerikaner, soweit man aus dem geraden Schnitt ihrer Röcke und ihren einfachen Halstüchern schließen konnte, ihr Abendessen beendeten. Ihre Stimmen waren ziemlich laut, und sie hatten sich in ihren Stühlen zurückgelehnt, als gehöre ihnen alles, was sie sehen konnten. Elene bemerkte, wie das junge Mädchen übertrieben schauderte, während sie sich Durant zuwandte.

»Diese Männer da – einer von denen starrt mich dauernd an«, sagte sie mit einem seltsamen Unterton.

»Macht Euch keine Sorgen«, erwiderte Durant mit einem kurzen Blick in die Richtung, in die Flora deutete. »Diese Bauerntölpel.«

»Mir gefällt das nicht. Mich fröstelt richtig davon.«

»Dann seht doch einfach nicht zu ihnen hin.«

»Wie soll ich das denn machen? O bitte, könnt Ihr nichts tun, damit sie aufhören?« In ihrer Erregung klammerte sie sich an seinen Arm.

Durant zog ihre Finger weg, damit sie seinen Ärmel nicht zerknitterte. »Beruhigt Euch, Mademoiselle.«

»Ja, ja, beruhigt Euch!« spottete Madame Tusard mit schwellender Brust, indem sie Floras Partei ergriff. »Ich hasse es auch, wenn man mich anstarrt. Es ist so vulgär, und außerdem kann es auch gefährlich sein. Was ist, wenn diese beiden Rohlinge uns auf unserem Heimweg folgen und uns angreifen?«

Flora gab einen kleinen, entsetzten Quietscher von sich. Ryan lehnte sich in seinem Stuhl zurück, nahm sein Weinglas in die Hand und schaute von Flora zu Madame Tusard und dann hinüber zu den beiden Amerikanern. »Es mag schon sein, daß sie vulgär sind, aber in meinen Augen sind sie ziemlich harmlos.«

»Der eine sieht sogar recht nett aus«, verkündete Josie. »Ich glaube, er hat mir gerade vorher einen Blumenstrauß zugeworfen. Es würde mich nicht allzusehr überraschen, wenn er überhaupt nicht Euch beobachtet, Flora.« Die Schauspielerin in ihrem tief ausgeschnittenen Kleid strich sich mit höchst selbstzufriedenem Gesichtsausdruck über ihre Brüste, ohne darauf zu achten, welche Wirkung ihre Worte auf ihre Zuschauer hatten.

»Luder!« zischte Flora Mazent. Sie nahm ihr Weinglas und kippte schwungvoll seinen Inhalt in den Ausschnitt von Josies Kleid.

Josie schrie und sprang auf. Mit einem Fluch, der direkt aus den Hinterhöfen von Paris kam, stürzte sie sich auf das andere junge Mädchen. Flora stieß einen kleinen, furchtsamen Schrei aus und sprang auf, um sich in Sicherheit zu bringen. M'sieur Tusard und Ryan hielten Josie fest, bevor sie Flora nachsetzen konnte. M'sieur Mazent erhob sich und rang die Hände. »Aber, aber«, sagte er immer wieder, »aber, aber.«

Hermine lachte auf. Elene traf den Blick der Schauspielerin. Ihre Lippen zuckten, und einen Augenblick später stimmte sie in das Gelächter ein. Um sie herum brach auch das ganze Publikum in brüllendes Gelächter aus.

Für einen Augenblick wurde Flora blaß. Elene, die ihre Verzweiflung bemerkte, schwieg sofort. Als die Lachsalven nicht endeten, sah sie, wie Flora klarwurde, daß die allgemeine Heiterkeit auf die Handlung der Komiker auf der Bühne zurückzuführen war. Sie seufzte erleichtert. Zitternd erlaubte sie Durant, sie zu ihrem Stuhl zurückzubegleiten, aber erst nachdem auch Josie ihren Sitz wieder eingenommen hatte.

Hermines Blick begegnete dem von Elene, und sie zog eine Augenbraue hoch als Ausdruck gespielter Verstörung. Das Vergnügen der Schauspielerin erstarb jedoch, als sie bemerkte, daß Morven und seine Gönnerin, die Witwe, flüsternd die Köpfe zusammengesteckt und dabei alles andere um sich herum vergessen hatten.

Der Ober blieb an ihrem Tisch stehen und balancierte ein Tablett hoch über seinem Kopf. Elene, die direkt am Eingang der Loge saß, lehnte sich vor, so daß der Mann in die Loge kommen und hinter ihr vorbeigehen konnte. Ihr Blick begegnete dem Blick von Durant, der immer noch hinter Floras Stuhl stand. Er starrte sie mit einem angespannten, brütenden Ausdruck in seinen schwarzen Augen an, der so etwas wie einen Vorwurf zu beinhalten schien. Er war von seinem Schneider hervorragend eingekleidet worden, wie Hermine ihr ja schon erzählt hatte, aber das Schwarz seines Abendanzugs verlieh ihm ein finsteres Aussehen, das irgendwie bedrohlich wirkte. Der Schmiß auf seiner Wange war zwar gut verheilt, leuchtete aber immer noch grauviolett.

Neben ihr entstand ein knirschendes Geräusch, als Ryan aufstand. Elene spürte plötzlich ihre Nerven direkt unter ihrer Haut, als er sich vorbeugte, um etwas in ihr Ohr zu flüstern. Seine Stimme war nun ein leises Murmeln, als er sprach. »Sollen wir ein bißchen spazierengehen, während Morven und die Damen essen?«

Sie stimmte ihm erfreut zu. Sie hatte plötzlich ein ganz intensives Bedürfnis, den beunruhigenden Strömungen zu entkommen, die gerade in der Gruppe vorherrschten. Sie würden bestimmt alle bald neue Freunde in New Orleans finden, aber im Augenblick sah es so aus, als ob sie zueinandergezogen würden, nicht nur durch das Schicksal, das sie miteinander verband, und die Einstellung, die die Leute in New Orleans ihnen gegenüber in letzter Zeit eingenommen hatten, da sie die letzten und am wenigsten erwünschten Flüchtlinge waren, sondern auch durch eine Verflechtung gefühlsmäßiger Verbindungen, die jeden Tag komplizierter wurde.

Sie wanderten schweigend einher, Elene hatte ihre Hand unter Ryans Ellenbogen geschoben. Sie hatten ziemlich viel Gesellschaft auf den Pfaden in der Nähe der Bühne, denn auch andere machten hier ihren Verdauungsspaziergang. Je weiter sie sich jedoch von der Mitte entfernten, um so weniger Leuten begegneten sie und um so mehr versank das Geräusch von klirrendem Besteck und Geschirr, Gelächter und erhobenen Stimmen im Hintergrund.

Die Nacht war hereingebrochen, während sie gegessen hatten. Viele der Fackeln, die die Pfade erleuchtet hatten, waren heruntergebrannt. Hier und da ertönte ein Kichern oder ein weiches Murmeln aus einem der gewundenen Seitenwege oder der mit Ranken bewachsenen Lauben zwischen den Bäumen, wo Liebespaare sich die Dunkelheit und Abgeschiedenheit zunutze machten. Von ferne, von der Bühne, drang der Klang von Musik herüber, als der Tanz begann.

Elene sah den Mann an ihrer Seite an. »Gibt es etwas, worüber du mit mir reden willst?«

»Eigentlich nicht. Wärst du, wenn du das gewußt hättest, nicht mit mir gegangen?«

»Das ist doch Unsinn.« Elene war etwas beunruhigt durch den angespannten Unterton, der in seiner Stimme mitschwang.

»Gambier hat dich heute abend beobachtet wie eine Katze ein Schüsselchen mit Sahne, an das sie nicht drankommt.« Eigentlich hatte Ryan nicht so etwas sagen wollen, aber etwas trieb ihn dazu.

»Vielleicht macht er sich Gedanken um mein Wohlergehen. Unsere Familien waren seit Jahren befreundet.«

Er fragte sich, ob sie das wirklich glaubte oder ob sie es nur sagte, um ihn zu beruhigen. »Als nächstes wirst du sagen, daß er dich liebt.«

Ob Durant sie wohl liebte? Elene hatte keinen Grund, das

anzunehmen. »Das ist eigentlich egal, denn wir werden nicht heiraten.«

»Was du sehr bedauerst.«

»Ich bedauere überhaupt nichts«, erwiderte sie scharf.

Ryan blieb stehen und wandte sich ihr zu. »Du willst mich nicht heiraten, und du willst Gambier nicht heiraten, oder wenigstens behauptest du das. Was willst du denn dann?«

»Muß ich denn etwas wollen?«

»Normalerweise ist das so.«

Sie wollte ihr Parfüm verkaufen, Geld verdienen, um für sich und Devota den Lebensunterhalt bestreiten zu können. Sie wollte, daß das Unbehagen zwischen ihr und Ryan verschwand, damit sie ruhig schlafen konnte. Sie hätte gern das Vermögen zurückgehabt, das ihr Vater in all den Jahren in seine Besitzungen in Santo Domingo investiert hatte, aber sie glaubte nicht, daß sie je wieder etwas davon sehen würde. Was gab es sonst noch?

Da war noch eines.

Sie wollte, daß Ryan sie um ihrer selbst willen begehrte, nicht weil irgendeine Voodoo-Magie ihn dazu zwang. Dieser Gedanke schickte ein Gefühl der reinsten Freude durch ihre Adern. Sie spürte, wie die Röte bis zu ihrem Haaransatz stieg und war wirklich froh, daß er das nicht sehen konnte. Ihr Herz pochte mit einer Kraft, die ihre ganze Brust erfüllte und sie zu ersticken drohte.

»Was ist los?« fragte er. Sie war so still, und doch hatte er gehört, daß sie tief eingeatmet hatte wie von einem plötzlichen Schmerz oder plötzlicher Freude übermannt. Er streckte seine Hand aus, um ihren Arm zu berühren.

Ihre Haut war weich und doch fest und straff über den zarten Knochen. Ryan spürte plötzlich den Drang, sie festzuhalten, sie zu beschützen, sie hier in der nach Orangenblüten duftenden Dunkelheit zu lieben. Es war schon so lange her. Drei Tage und drei Nächte ohne sie. Stolz – das war der Grund gewesen. Er hatte geglaubt, sie würde ihm vielleicht ihren Körper verweigern, so wie sie ihm ihre Hand verweigert hatte. Aus Angst, noch einmal zurückgewiesen zu werden, hatte er auf ein Zeichen gewartet, das ihre Wünsche erkennen ließ. Es war keines gekommen, und er wollte sich keiner Frau aufdrängen.

Jetzt spürte er das Zittern in ihr, und das tat im Innern weh. Er hatte ihr keinen Schmerz bereiten wollen.

»Elene – Liebste«, flüsterte er.

Sie holte tief Atem. »Was ich wirklich will«, sagte sie mit einem deutlichen Beben in der Stimme, die so leise war, daß man sie kaum hören konnte, »ist, daß du mich willst.«

Er spürte ihre Worte wie einen Schlag gegen sein Herz. Noch bevor sie ganz verklungen waren, zog er sie in seine Arme, drückte sie ganz fest an sich. Neben der Seide ihres Haars sagte er: »Immer.«

Sie breitete ihre Hände auf seiner muskulösen Brust aus und hob ihren Mund als zarte Einladung. Die Schnelligkeit seiner Erwiderung erzeugte ein schweres, freudiges Gefühl in ihrer Brust. Er wollte sie. Sie hatte ihn angezogen ohne die Magie des Parfüms.

Sein Mund auf ihrem war warm und süß, unendlich zärtlich, sanft streichelnd und doch fest und besitzergreifend. Er strich mit seiner Zunge über die Rundungen ihrer Lippen, zart und rauh auf ihrer Glätte, kostend, Einlaß suchend. Sie ließ es zu, er atmete kurz und heftig ein und drückte sie noch fester an sich.

Sie ließ ihre Hände nach oben gleiten, über seinen starken Hals bis zu den dichten Locken, die lang in seinem Nacken wuchsen. Sie wand sie sich um die Finger, griff fest hinein und preßte mit einem tonlosen Murmeln ihren Mund noch stärker auf seinen. Sie spürte, wie sich die Knöpfe ihres Rokkes und seiner Weste in ihr Fleisch bohrten, fühlte, wie sein Verlangen nach ihr wuchs. Eine süße Schwere ergoß sich durch ihre Adern. Sie umschlang in spielerischer Leichtigkeit seine Zunge mit der ihren, züngelte über die harten und glatten Kanten seiner Zähne, zog sie schließlich mit exquisiter verführerischer Einladung zurück, was er sofort beantwortete. Seine Bewegungen, das heiße Gefühl seines Eindringens, als er die feuchten und empfindlichen Innenseiten ihres Mundes eroberte, stürzte sie in einen wirbelnden Strudel von Verlangen. Ihr Atem wurde schneller. Die Kleiderschichten, die sie voneinander trennten, waren unerträglich. Sie mußte seine nackte Haut spüren.

Plötzlich ertönte das Knirschen von Schritten. Ryan fluchte leise und drehte sich zur Seite, um Elene mit seinem Körper zu verbergen, während sie ihr Gleichgewicht wiedererlangte. Die Eindringlinge, ein junges Paar, wanderten Arm in Arm an ihnen vorbei, ohne sie recht zu bemerken.

Ryan lachte kurz. »Gut, daß sie gekommen sind.«

»Ja, findest du?« Elene rückte sich mit zitternden Händen ihr Haar zurecht.

Ryan hörte den Schatten der Enttäuschung in ihrer Stimme und spürte das Echo auch in seinem Innern. »Ja, wirklich. Die Muscheln auf den Wegen hier sind zu scharf für deine zarte Haut, und der Boden daneben ist zu schlammig für dein Kleid. Und außerdem besteht hier ein ernsthafter Mangel an Privatsphäre. Laß uns nach Hause gehen.«

»Die anderen –« begann sie mit ziemlich schwachem Protest.

Ryans Lächeln klang aus seiner Stimme, als er sagte: »Die anderen können leider nicht mitkommen.«

M'sieur Mazent war ebenfalls bereit, zur Stadt zurückzufahren und hatte genaugenommen eigentlich nur darauf gewartet, daß Elene und Ryan zurückkamen, um losfahren zu können.

Die Heimfahrt ging in fast völliger Stille vonstatten. Es wurden nur ein paar kurze Bemerkungen über die Vorstellungen gemacht, und ansonsten schien sich niemand unterhalten zu wollen. Der Bootsmann schien keine neuen Lieder mehr zu kennen und wollte wahrscheinlich gern in sein Bett kommen, denn er stakte mit einem derartigen Eifer, daß sie schon bald das Stadttor erreichten.

Dort trennte sich die Gruppe, und jeder ging in eine andere Richtung davon, rief den anderen die letzten Gutenachtgrüße und Versprechungen, sich wieder zu treffen, zu und suchte sich dabei vorsichtig einen Weg durch den Schlamm. Schon nach ein paar Minuten traten Elene und Ryan in den Torbogen seines Hauses, an dessen anderem Ende die Laterne hing, die sie willkommen hieß.

Als sie in den Hof kamen, hörten sie Stimmen in leichtem, fließendem Gelächter. Sie blieben stehen. Von der Galerie über ihnen rief Devota herunter: »Bist du das, *chère?*«

Elene antwortete ihr. Einen Augenblick später kam Devota die Treppe herunter, und die Schattengestalten von zwei anderen Frauen huschten hinter ihr her. Als sie in das Licht der Lampe traten, erkannte sie sie als Germaine und Serephine.

»Guten Abend, Mademoiselle, M'sieur«, grüßte Serephine in ihrer weichen und ein wenig schläfrig klingenden Stimme. Die Bedienstete der Mazents, Germaine, war etwas zurückhaltender und nickte als Begrüßung nur mit dem Kopf.

»Guten Abend.« Elene ließ ihre Stimme freundlich klingen. Sie hatte nie etwas gegen die junge Frau gehabt, die Durants Maîtresse war, und jetzt gab es sogar noch weniger Grund, abweisend zu sein.

Serephine wandte sich Devota zu und drückte sie kurz an sich – offensichtlich ein anerkennender Dank für die kleine blaue Flasche, die sie in der Hand hielt. Auch Germaine hatte eine. Die drei farbigen Frauen tauschten noch ein paar Worte aus. Dann drehten sich Serephine und Germaine um und traten schnell in das große Tor, wo sie bald in der Dunkelheit verschwanden.

Elene sah Devota an. Die Zofe zuckte kurz mit den Schultern. »Serephine kam wegen des Parfüms. Sie hatte gehört, daß wir es herstellen. Germaine hat sie unterwegs getroffen.«

Das Lachen der drei Frauen hatte geklungen, als teilten sie ein Geheimnis und eine Blutsverwandtschaft, die Weißen einfach unbekannt war und die Elene einen kleinen prickelnden Schauder über den Rücken laufen ließ. Sie fragte sich, ob auch Serephine und Germaine so wie Devota Anhängerinnen des Voodookultes waren. Aber es war unmöglich, das in Erfahrung zu bringen oder Devota so unauffällig dazu zu befragen, daß es nicht klang, als verdächtige sie die beiden anderen oder hege einen Groll gegen die Maîtresse ihres ehemaligen Bräutigams.

»Ich bin sehr müde«, sagte sie schließlich mit einem kurzen Lächeln zu Ryan hinüber. »Ich glaube, ich werde ins Bett gehen.«

»Ich komme auch gleich«, meinte er.

Devota fragte: »Braucht Ihr noch irgend etwas, M'sieur?«

»Benedikt wird sich darum kümmern.«

Der Majordomus war aus seinen Zimmern unter der *Garçonnière* herausgekommen und stand in schweigendem Warten am Rand des Lichtkegels der Laterne. Jetzt verbeugte er sich, zum Teil als Gruß und zum Teil als Zustimmung. Er schlug in leisem Ton vor: »Vielleicht einen Cognac?«

Ryan nickte. Elene wandte sich ab und ging langsam die Treppe hinauf. Sie hatte gedacht, Ryan würde vielleicht mit ihr kommen, so daß sie sich ausziehen und gleich ins Bett fallen konnten. Hier schien es auch nicht viel leichter zu sein, eine Privatsphäre zu finden als bei der Vauxhall-Bühne.

Devota zog Elene aus und legte ihr dann ein feines Baumwollnachthemd zurecht, das mit Biesen verziert und am Rand des Ausschnitts und der Puffärmel mit einer kleinen gehäkelten Spitze geschmückt war. Die Zofe schüttete warmes Wasser in das Becken, damit sie sich kurz waschen konnte, zog ihr danach das Nachthemd an und bürstete ihr Haar zu einem glänzenden goldenen Vorhang. Sie räumte Elenes Abendkleid weg, um es waschen zu lassen. Dann löschte sie die Kerzen, die in den Leuchtern brannten, und ließ nur eine Kerze in einem Silberständer neben dem Bett brennen, dann ging sie zur Tür.

Die Zofe wandte sich noch einmal um. »Wir haben unser erstes Parfüm verkauft, *chère*.«

»Ja, das haben wir.« Ein langsames Lächeln zog über Elenes Mund, und ihre Augen leuchteten. »Das heißt, du hast es verkauft.«

»Es werden noch andere kommen, um es zu kaufen, viele andere.«

»Da bin ich auch sicher.«

Devota nickte zufrieden, und ihr Blick lag ruhig auf Elenes Gesicht. Dann wünschte sie ihr eine gute Nacht und ging fort.

Elene dachte an das Parfüm und ihre erste Kundin, während sie auf Ryan wartete. Wer hätte gedacht, daß das Serephine sein würde? Warum konnte sie den Wunsch haben, dasselbe Parfüm zu benutzen wie die Frau, die Durants Ehefrau geworden wäre? Es erschien ihr sinnlos. Aber eigentlich war es ja auch egal. Das Parfüm war verkauft, sie hatten das Geld dafür bekommen. Und es würde noch mehr werden.

Sie mußte in Zukunft vorsichtig sein, wie oft sie das Parfüm selbst benutzte. Sie durfte den Lagerbestand nicht selbst verringern. Mit einem kleinen Lächeln griff sie nach ihrer eigenen Flasche aus dem neuen Bestand und frischte den Duft auf.

Wo war Ryan? Er hätte doch eigentlich sehen müssen, daß Devota das Licht ausgemacht hatte und fortgegangen war. Also mußte er jeden Augenblick kommen. Sicherheitshalber stand Elene auf und ging hinüber, um die Fenstertür zur Galerie weiter zu öffnen.

Sie stand da, die Hand auf den Griff gelegt, horchte nach einem Geräusch, hielt Ausschau nach einer Bewegung. Sie hörte nichts außer dem leisen Rascheln der Brise in den obersten Zweigen der Eiche und sah nur das schwache Spiel der Schatten, die ihre großen, dunklen Äste auf das Pflaster im Hof unter ihnen warfen.

»Ryan?« rief sie.

Das Wort schien in einen weichen und tödlichen Teich der Stille zu fallen.

Ein Gefühl von Verlassenheit sammelte sich in ihrer Brust. Er kam nicht. Vielleicht war er sogar fortgegangen. Zorn, genährt von unbefriedigtem Verlangen, stieg in ihr auf und zerrann zu trauriger Verzweiflung. Sie zwang sich, ihr Schlafzimmer zu verlassen und auf die Galerie hinauszutreten. Es war schon spät. Die Mondsichel war untergegangen, und nur noch die Sterne erhellten den Nachthimmel, der sich über dem Dach wölbte. Sie stand einen Augenblick da und versuchte, die Schatten auf dem Hof mit dem Blick zu durchdringen, fragte sich, ob Ryan vielleicht zuviel Cognac nach dem Wein beim Abendessen getrunken hatte und eingeschlafen war. Aber das schien ihr unwahrscheinlich. Sie hatte noch nie gesehen, daß er wirklich betrunken war.

Ein schwacher Lichtschein drang unter der Galerie hervor, auf der sie stand. Sie dachte zuerst, es sei eine Reflexion aus einem der Bedienstetenzimmer auf der niedrigen gegenüberliegenden Seite des viereckigen Hofes, aber die waren alle dunkel, selbst die von Devota und Benedikt. Das Licht kam aus den Lagerräumen, aus ihrem Arbeitszimmer, wo das Parfüm in seinen zerbrechlichen Flaschen auf der Theke stand.

Sie wandte sich der Treppe zu. Am oberen Treppenabsatz blieb sie stehen und begann die Stufen dann leise auf ihren nackten Füßen hinunterzugehen. Plötzlich erstarrte sie, und ein angstvolles Zittern lief über ihr Rückgrat. Sie hörte das Knirschen von Schritten, ein leises, stetiges Geräusch.

Der Mann kam ihr von unterhalb der offenen Treppe entgegen, bewegte sich mit der Geschwindigkeit eines Blitzes. Ein Arm griff sie um die Taille und die andere unter die Kniekehlen. Sie wurde hochgehoben gegen seine Brust, die sich anfühlte wie ein Brustpanzer aus gehämmertem Stahl, und wurde so fest dagegengedrückt, daß sie sich nicht mehr rühren konnte. Ihre Gedanken erstarrten in der Verwirrung ihrer Furcht, obwohl sie gleichzeitig eine Mischung von Gerüchen und Gefühlen spürte, die sie mit Erleichterung und Hochgefühl erfüllten. Ihre Sinne wirbelten wie schwindlig herum, als der Mann sich mit ihr umdrehte und sie mit wenigen langen Schritten zu den dunkelsten Tiefen des Innenhofs trug, unter die ausgebreiteten Äste der großen Eiche.

Er blieb stehen. Sie spürte das kräftige Schlagen seines Herzens an ihrer Seite. Über ihren Köpfen flüsterte der Wind in den Blättern der Eiche, die da oben im Sternenschein schwankten wie große Schwärme von Fischen, die durch tief dunkelblaues Wasser davonstieben. Als der Wind schwieg, hörten sie nur noch das musikalische Klingen des Wassers in dem Springbrunnen mitten im Hof. Um sie herum sammelte sich dicht und schützend die Nacht.

Elene löste die Finger ihrer Hand, mit denen sie sich an den Kragen des Rockes geklammert hatte. Ihre Stimme klang kaum lauter als ein Atemzug, als sie flüsterte: »Ryan?«

»Hier gibt es keine scharfen Muscheln und keinen Schlamm.«

»Nein«, stimmte sie ihm vorsichtig zu, als ihr klarwurde, was er meinte. »Aber was ist mit den anderen, mit deinen Dienern, mit Benedikt?«

»Benedikt hält auf meinen Befehl für uns Wache, obwohl hier jeder die Augen einer Katze brauchen würde, um etwas zu sehen.«

»Das kann schon sein, aber –«

»Ich glaube, ich habe schon seit Stunden davon geträumt, dich unter dem Nachthimmel zu lieben, seit wir dort in dem Garten bei der Vauxhall-Bühne waren. Willst du mir das abschlagen?«

Wie konnte sie das tun, wenn er sie so einfach und mit so

bebenden Verlangen in der Stimme darum bat? Die Antwort war ganz einfach: Sie konnte es nicht.

Zärtlich sagte sie: »Nein, auf keinen Fall.«

12. Kapitel

Er stellte sie auf ihre Füße und strich mit den Lippen über ihre Stirn. Dann wand er sich schnell aus seinem Rock, breitete ihn auf dem Pflaster aus und ließ sich auf ein Knie herunter. Er nahm ihre Hand und zog sie zu sich herab, so daß sie vor ihm kniete. Darauf nahm er noch ihre andere Hand und drückte auf beide seine Lippen. Sein warmer Atem fächelte ihre Handrücken, als er ruhig sagte: *»Je t'adore.* Ich bete dich an, nicht nur weil du großzügiger bist als jede andere Frau, die ich je gekannt habe, sondern weil du ehrlicher bist.«

Elenes Brust schwoll, weil sie vor Schmerz den Atem anhielt. Das war wirklich beinahe eine Liebeserklärung gewesen, aber eine, die er ihr aus dem falschen Grund gemacht hatte. Sie war nicht ehrlich, war es noch nie gewesen, von Anfang an nicht. Aber sie konnte es ihm nicht sagen, nicht jetzt, da sie sich so nah waren in den schützenden Schatten der weichen Sommernacht. Aber sie konnte sich entschuldigen mit einer Zärtlichkeit, einer Geste, die ihr Unbehagen besänftigen würde, wenn sie es schon nicht ganz beseitigen konnte.

Sanft entzog sie ihm ihre Hände. Mit unsicheren Fingern berührte sie seine Brust, glitt über das Leinen, das die muskulöse Fläche bedeckte. Sein Halstuch saß schon ganz locker, und sie öffnete es und ließ es fallen. Dann fand sie den Kragenknopf oben an seinem Hemd, löste ihn aus dem Loch und spürte gleichzeitig seine Hände auf ihrem Rücken, die ihren Linien unter dem Nachthemd folgten. Als sie den Kragenknopf gelöst hatte, öffnete sie den Kragen und breitete sein

Hemd auseinander, so daß seine Brust bis unter dem Brustbein freilag.

Ryan hielt die Luft an, als sie den Kopf senkte, um die dunklen, lockigen Haare um seine Brustwarzen mit der Zunge zur Seite zu schieben. Ihr Haar floß um ihre Schultern und fiel in einer weichen Woge herab auf seine Schenkel, wo er sein warmes Gewicht spüren konnte. Fasziniert davon streckte er die Hand aus und ließ seine Finger durch die schimmernden Strähnen gleiten, in denen sich mit silbriggoldenem Glanz das Sternenlicht fing.

Ein seltsamer Rausch floß wie Wein durch Elenes Adern. Er verlangte nach ihr, brauchte sie, empfand ein intensives Gefühl für sie, so flüchtig es auch sein mochte, das er Anbetung nannte. Diesmal gab es nichts, was ihn zwang. In diesem Wissen lag für sie so etwas wie eine herrliche Freiheit, als sei ein Hindernis zwischen ihnen gefallen. Sie konnte Freude geben und auch empfangen, und dieses Bewußtsein machte sie mutig.

Sie ließ ihre Zunge über die feste, straffe Knospe seiner Brustwarze gleiten. Als sie das Schaudern der Lust spürte, das über seine Haut wanderte, lächelte sie voller Glück. Gleichzeitig ließ sie ihre Hand auf langsame Entdeckungsreise über die harten, muskelbedeckten Seiten seines Brustkastens wandern bis hinunter zu seiner Taille und begann, das Hemd aus seiner Kniehose zu ziehen.

Er half ihr, befreite das Hemd und zog es sich in einer einzigen sicheren Bewegung über den Kopf. Das gestärkte Leinen raschelte leise, als es hinter ihm landete. Jetzt griff er wieder nach ihr, umfaßte ihre runden Schultern mit den Handflächen, während seine Daumen zärtlich über ihre unter der dünnen Haut zerbrechlich wirkenden Schlüsselbeine strichen. Sanft schob er den Puffärmel des Nachthemds von ihrer Schulter, beugte den Kopf und drückte seine Lippen auf ihre glatte, runde Oberfläche. Er folgte mit einer Reihe feuriger Küsse ihrer Schulter bis zu ihrer Halsbeuge und der zarten Höhlung unter ihrem Ohr, während er gleichzeitig das Nachthemd weiter und weiter herunterschob, bis es oben an den Rundungen ihrer Brüste lag.

Elene machte eine Bewegung, als wolle sie die Hand ausstrecken und das Band um den Ausschnitt lösen. Aber er hatte es vor ihr gefunden, zog die Schleife auf und weitete die Öffnung, bis der weiche Batist über ihre Brustspitzen glitt und in weichen Falten um ihre Taille landete.

»Wie schön sie sind«, flüsterte er, als er die Zwillingshügel, die er freigelegt hatte, mit seiner rauhen Zunge kostete und mit vorsichtiger Aufmerksamkeit über die empfindlichen Brustwarzen strich, während er ihr Gewicht in den hohlen Händen wog.

Ein herrliches Gefühl wie eine sich öffnende Blüte durchfloß Elene in lebhaften Wellen, strömte bis hinunter in ihr Becken. Sie holte so voller Freude Atem, daß ihre Brüste dadurch in einer wollüstigen Bewegung der Ermutigung gehoben wurden. Ihr Nachthemd, das durch diese Bewegung gelöst worden war, glitt noch weiter herab, bis es in einem Kreis um ihre Knie liegenblieb.

Ryan ließ sie los und legte eine Hand auf das Taillenband seiner Hose. Sie kam ihm zuvor und schob seine Finger zur Seite, um die Befestigung und dazu gleich die der Unterhose zu lösen. Sie schob ihre Finger in die Öffnung und dehnte sie weit über die eisenharte Oberfläche seines Bauches, erfreute sich an dem rauhen Gefühl, das durch den schmalen Streifen von Haaren, die dort wuchsen, erzeugt wurde. Sie berührte die heiße Spannkraft seiner Männlichkeit, die gegen den Stoff seiner Hose drückte, umfaßte sie mit einem Daumen auf jeder Seite. Als sie das weiche Pfeifen seines Atems zwischen seinen Zähnen hindurch hörte, wuchs in ihr ein Gefühl von Macht und herrlicher, hingerissener Verzückung.

Mit einer plötzlichen Bewegung strich sie ihm seine Hose und Unterwäsche von den Hüften. Er bewegte sich, um ihr zu helfen, zog sich die Abendschuhe aus und glitt schließlich auch aus dem letzten Kleidungsstück.

Elene zog ihr Nachthemd unter ihren Knien hervor und legte es zu Ryans Rock. Dann ließ sie sich seitlich auf dieser improvisierten Matratze nieder. Ryan beugte sich zu ihr herunter, streichelte über die Wölbung ihres Beins, streifte die Rundung ihrer Hüfte mit den Lippen und der Zunge, streckte sich dann der Länge nach neben ihr aus und zog sie zu sich heran. Er hielt sie ganz eng an sich gedrückt, und sie genossen, Herzschlag an Herzschlag, das wunderbare Gefühl von Haut auf warmer Haut, mit allen ihren Wölbungen und Höhlungen, den festen und den weichen Stellen, die so genau zueinanderpaßten – beinahe vollendet. Aber noch nicht ganz.

Der wachsende Druck der Lust durchzog sie schaudernd. Sie bewegten sich, ihre Zärtlichkeiten wurden hitziger, weniger beherrscht. Elenes Herz pochte heftig gegen ihre Rippen und ließ ihr Blut in wirbelndem Rasen durch die Adern rauschen. Ihre Haut glühte und ihre Oberfläche glänzte feucht, so daß Ryans suchende Hände ganz leicht über sie hinwegglitten auf dem Weg zu jener verborgenen Öffnung, jenem geheimen Winkel, der den Zugang zu ihrem Innersten bildete. Als er gefunden hatte, was er suchte, entstand noch mehr Feuchtigkeit. Verloren in unendlichem Glücksgefühl erwiderte sie seine Zärtlichkeit.

Eintauchend, sich windend in dem uralten Tanz, der zur Liebe führt, gebrauchten sie ihre Hände und Lippen wie rücksichtslose Plünderer, um die schmerzende Ekstase höher und höher hinaufzutreiben, bis sie beide glatt und feucht waren vom Tau ihrer Körper und umgeben von einer Wolke von Parfüm, das gespenstische Illusionen von einem flüchtigen Paradies erzeugte. Sie schenkten sich Freude, bis es so mühsam und beinahe quälend war, die letzte Erlösung zurückzuhalten, daß dieses Gefühl stärker wurde als die Freude.

Ryan legte sich auf den Rücken und zog sie mit sich, so daß sie auf ihm lag, drängte sie mit festen Händen, ihn in sich aufzunehmen. Sie brauchte keine zweite Aufforderung. Ihr leises Stöhnen der Dankbarkeit kam ganz tief aus ihrem Innern, als sie ihn in sich aufnahm. Die Muskeln ihrer Schenkel bebten, als sie sich weiter und weiter auf ihn herabsenkte, bis er sie in die hintersten Tiefen erfüllte. Dann begann sie sich in einem herrlichen, schaukelnden Rhythmus zu bewegen, stürzte sich in die glanzvolle, lockende Erfüllung. Sie spürte sie so nah, so unglaublich nah. Sie wirbelte in Spiralen durch sie hindurch, wurde heller, breitete sich aus, wuchs, und als sie schließlich über ihr explodierte, schrie sie auf und bewegte sich nicht mehr.

Ryan zog sie wieder ganz eng an sich, so daß ihre Stirnen aneinanderlagen und ihr Atem sich vermischte, während ihre Brust stieg und fiel. Eine Mücke sirrte um ihre Köpfe. Er murmelte einen leisen Fluch und strich mit den Händen über ihren Rücken und ihre Hüften, als wolle er jedes blutsaugende Insekt vertreiben, dann drückte er ihr linkes Knie herunter, um das Bein zu strecken, und drehte sich mit einer kraftvollen Bewegung seiner Muskeln zusammen mit ihr um, so daß sie auf dem Rücken lag und die langen Strähnen ihres Haars herumwirbelten und sich an ihren Körpern verfingen. Gleichzeitig hob er sich damit so über sie, daß er ihren Körper mit dem seinen beschützte. Und dann schob er sich wieder in ihre nachgiebige Weichheit, drang tief in sie ein. Und noch einmal sammelte sich das Strahlen um sie her.

Ihre Sinne dehnten sich aus, stiegen hinauf. Ihre Muskeln zogen sich zusammen, alle Sehnen waren straff gespannt. Die Dunkelheit um sie erweiterte sich zu einem grenzenlosen Universum, in dem nichts mehr zählte, nur noch ihre wunderbare Vereinigung. Sie hob die Hände und schloß sie um die von der Anstrengung verhärteten Muskeln seiner Arme und Schultern. Sie hielt sich dort fest, so daß sie sich mit ihm bewegen konnte, sich an ihn klammern und die harten Erschütterungen seiner Stöße empfangen konnte, die sie immer höher und höher hinauftrieben in ihrem energischen Drang zur Erfüllung ihrer Lust.

Und dann brach sie in wilder Macht über sie herein, eine bewegte und doch schweigende Explosion ihres innersten Selbst. Magisch drückte diese innere Gewalt ihr ganzes Sein um den Mann, der sie festhielt, so daß sich Bewegung, Gedanken und jedes Gefühl in diesem herrlichen Strom verlor. Sie stöhnte seinen Namen. Als er diesen weichen Laut hörte, der klang wie ein Dank und eine Bitte, als er den samtigen Druck in ihrem heißen Innern spürte, schloß er sie fest in seine Arme und ließ sich in einem letzten stürmischen Aufbäumen jetzt auch in den Rausch der Erfüllung fallen.

Der Wind strich leise durch die Blätter der Eiche. Die Schatten in den Ecken des Hofes bewegten sich, während das Sternenlicht durch die Zweige herunterdrang. Irgendwo zirpte eine Grille mit monotoner Regelmäßigkeit. Der Springbrunnen lachte in sich hinein. Ein paar Mücken umsangen sie kreisend, dann plötzlich war alles verdächtig still.

Ryan bewegte sich. Er hatte sein Gewicht immer noch auf seine Ellenbogen gestützt und strich mit einer Hand die feinen Haare aus Elenes Gesicht. Er küßte sie zärtlich und innig in einem warmen Gefühl von Dankbarkeit und Anerkennung. Dann gab er sich offensichtlich mit einer Art von Bedauern einen Ruck, rollte von ihr herunter zur Seite und richtete sich auf die Knie auf.

»So schön das hier auch sein mag«, sagte er voller Humor, »wäre es doch reiner Wahnsinn, den Insekten jetzt noch mehr Blut zu opfern, als wir schon getan haben.«

Elene schien nicht aufstehen zu wollen. »Ich dachte schon, es gefiele dir, dich bei lebendigem Leibe fressen zu lassen.«

»Das hat mir dabei nicht am besten gefallen.«

»Nein? War es dann vielleicht das Dunkel und das harte Bett? Du scheinst auch so etwas zu schätzen.«

»Was ich am meisten schätze, ist dein erfreulicher Körper,

wie du ja sehr wohl weißt. Also, wirst du jetzt mit mir kommen, bevor ich deinen Körper mit dem tiefsten Bedauern, aber kaum eingeschränkter Entschlossenheit den Mücken überlasse?«

»Ich bin direkt hinter dir«, stöhnte sie, als sie wieder das Sirren einer Mücke hörte und den Stich an ihrem Knöchel spürte.

»Von allen Positionen, die ich mir für dich ausdenken könnte, ist das die unbefriedigendste.« Ryan streckte die Arme aus, um sie an sich zu ziehen. Dann hob er sie wieder hoch an seine Brust, stand auf und ging mit ihr auf die Treppe zu.

Am Fuß der Treppe verschmolz die Gestalt des Majordomus mit der Dunkelheit. Hinter ihm, in der Nähe der Tür zum Arbeitsraum, stand noch eine Wächterin: Devota.

Elenes Griff an Ryans Schulter wurde fester, und sie biß sich auf die Unterlippe. Als sie die Galerie erreicht hatten, sagte sie mit unterdrückter Stimme: »Ich weiß nicht, was die beiden wohl von uns denken.«

Ryan lachte atemlos. »Weißt du das wirklich nicht?«

»Mach du ruhig deine Witze«, erwiderte sie bissig. »Ich frage mich, warum du nicht gleich Eintrittskarten verkauft hast.«

Er trat durch die Fenstertür in sein Schlafzimmer. Dort schob er das Moskitonetz mit einer Schulter zur Seite und legte Elene nicht allzu sanft auf die kühle Oberfläche der moosgefüllten Matratze. Über sie gebeugt in dem schwachen goldenen Schein der einzelnen Kerze, sagte er: »Das hätte ich vielleicht sogar getan, wenn ich in dem Augenblick nicht so sehr damit beschäftigt gewesen wäre, an etwas anderes zu denken.«

»Hmm«, machte sie und drehte sich um. »Und ich nehme an, der ganze Haushalt wird morgen früh etwas zu lachen haben, wenn sie unsere Kleider finden.«

»Benedikt und Devota werden sich darum kümmern und

um uns, wie immer. Was ist los mit dir? War es so schlimm, wie du jetzt tust?«

Sie sah weg von ihm. Das Problem war: Es war absolut nicht schlimm gewesen. Sie hatte eher Angst, sie hätte zu viel von sich gezeigt, zu viel von sich in seine Hände gegeben. Und wenn es so war, wußte sie nicht, wie sie überleben sollte, wenn er sie eines Tages verließ.

Aber da war noch mehr als nur das. Ehrlich hatte er sie genannt. Was würde er wohl von ihr denken, wenn er die Wahrheit kannte? Sie sollte sie ihm sagen. Es wäre das beste, wenn sie ihm alles gestand, jetzt, in diesem Augenblick. Sie mußte versuchen, ihm verständlich zu machen, wie sie ihn hereingelegt, verführt hatte. Nein, natürlich nicht absichtlich, aber das Ergebnis war ja dasselbe.

Sie konnte es nicht tun. Das wäre das Ende, daran zweifelte sie nicht. Er hatte selbst gesagt, daß er sich nicht gefallen lassen würde, wenn ihn jemand hinterging. Er würde der Frau, die es doch getan hatte, niemals erlauben, weiter unter seinem Dach zu leben, in seinem Bett zu liegen, an seiner Seite.

»Elene«, flüsterte er fragend, als er sich zu ihr auf das Bett legte. Er streckte den Arm aus, um ihr die Hand auf die Schulter zu legen, und drehte sie zu sich herum.

Sie sah in das dunkle Blau seiner Augen mit dem weichen Glanz der Besorgtheit, der einen so klaren Gegensatz zu der habichtartigen Strenge seiner Züge bildete, und sie wußte, daß sie es ihm nicht verraten konnte. Es war doch eigentlich auch nicht wirklich nötig. Er war zu ihr gekommen, ohne von Voodoo-Magie gezwungen worden zu sein, oder? Und würde es vielleicht auch wieder tun.

Sie zwang ein Lächeln auf ihre Lippen, obwohl ihre Kehle brannte und ihre Stimme gedämpft klang von nicht geweinten Tränen, als sie sprach. »Du weißt doch ganz genau, daß es absolut nicht schlimm war, daß es unglaublich schön war.«

»Ja, weiß ich das?«

Sie schmiegte sich an ihn und verbarg ihr Gesicht an seinem starken Hals, während sich seine Arme um sie schlossen. »Das müßtest du zumindest, denn schließlich hast du in Form von Mückenstichen dafür bezahlt.«

»Ein paar Stiche sind ein geringer Preis«, sagte er und strich über ihr Haar. Aber zwischen seinen dichten Augenbrauen war seine Stirn gerunzelt, und er starrte die Schnitzerei am Kopfende des Bettes an. Er konnte spüren, daß Elene ein wenig zitterte, er fühlte die Verstörung, deretwegen sie ihn so fest umarmte. Aber es fiel ihm einfach kein möglicher Grund dafür ein. Er wünschte, er würde sie verstehen, fürchtete sich aber gleichzeitig davor, was geschehen konnte, wenn er zuviel erfuhr. Ihm gefiel diese Lage gar nicht, und er konnte auch nichts damit anfangen. Genaugenommen haßte er diese Situation, und er haßte auch die Feigheit, die ihn davon abhielt, weiter in die Sache einzudringen und die Wahrheit in Erfahrung zu bringen.

Der Morgen kam schon zu bald. Das Klopfen, das Benedikts Ankunft mit Kaffee und Brötchen verkündete, bewirkte, daß Elene sich eilig unter dem Laken versteckte. Der Majordomus war jedoch die Diskretion selbst; er begrüßte sie nicht, sondern stellte das Tablett auf einen Beistelltisch und ging mit fast geräuschlosem Schritt wieder hinaus, wobei er die Tür sacht hinter sich schloß.

Das Aroma der heißen, nach Hefe duftenden Brioches und des Kaffees und der Milch für *café au lait* durchströmte die Luft. Elene nahm es nicht zur Kenntnis und klammerte sich an den letzten Rest des Schlafs. Wenn sie dabei blieb, brauchte sie sich nicht mit den kommenden Schwierigkeiten auseinanderzusetzen.

Neben ihr bewegte sich Ryan. Sein rauhes, behaartes Bein berührte ihres, und sein Arm legte sich um ihre Taille, um sie zu sich heranzuziehen, so daß ihre Hüften an seinem Bauch lagen und an noch etwas anderem, das genauso fest war, aber noch viel wärmer. Er pustete leise gegen ihren Nacken, so daß ihr eine Gänsehaut über den Rücken lief. Ganz weich sagte er neben ihrem Ohr: »Hast du irgendwelche Stiche heute morgen, die ich für dich kratzen soll?«

Sie warf sich auf den Rücken und starrte zu ihm auf, wie er auf einen Ellenbogen gestützt dalag. »Du bist unmöglich!«

»Fast, aber nicht ganz.«

»Ich habe nicht deine Fähigkeiten im Bett gemeint.«

Er sah sie mit gespielter Unschuld an: »Wer sagt denn, daß ich sie gemeint habe?«

In seinen Augen glänzte ein so schelmisches Licht, daß ihr Herz anzuschwellen und schmerzlich zu pulsieren schien. Dunkle Bartstoppeln waren auf den bronzenen Flächen seines Gesichtes erschienen und verliehen ihm ein schurkisches Aussehen, das irgendwie seltsam rührend wirkte. Sie räusperte sich. »Unsinn. Dein Kaffee wird kalt.«

»Das macht mir gar nichts.«

»Es ist schon heller Tag.«

»Stimmt«, sagte er, nachdem er kurz zum Fenster gesehen hatte.

»Die Dienerschaft wird allen Leuten erzählen, daß wir uns mit nichts anderem beschäftigen.«

»Das ist doch nur eine harmlose Zerstreuung.«

»Was, der Klatsch? Oder –«

»Oder was?«

»Oder die Spielerei im Bett«, entgegnete sie, ohne sich einschüchtern zu lassen.

Er küßte ihre Schulter, ohne den Blick von der sachten Röte in ihrem Gesicht abzuwenden. »Ist es das?«

»Du weißt ganz genau –«

»Ja, natürlich. Aber jetzt, wo wir schon angefangen haben, können wir doch eigentlich auch weitermachen.«

»Wir haben nicht angefangen!«

»Wirklich schändlich.« Er faßte den oberen Saum des

Bettbezugs und zog ihn langsam herunter, bis er eine aprikosenfarbene Brustspitze freigelegt hatte.

»Ein Begriff, den du ansonsten ja wohl überhaupt nicht auf dich beziehst, nicht wahr?« erklärte sie, obwohl ihre Worte nicht so ärgerlich klangen, wie sie es sich gewünscht hätte, weil sie gerade Gefallen an den warmen Kreisen zu finden begann, die er mit der Zunge auf ihrer bloßen Haut beschrieb.

»Was dich betrifft, finde ich eigentlich sonst nichts schändlich. Aber du könntest mich ja eines Besseren belehren.«

Das könnte sie wirklich einmal tun, dachte sie, sagte es aber nicht. Statt dessen schüttelte sie den Kopf, streckte die Hände aus und schob ihre Finger in die Wirbel von glänzendem, nußbraunem Haar, die in seinem Nacken wuchsen. »Ich habe gerade etwas anderes vor.«

Sie tranken an diesem Morgen kalten Kaffee. Danach schlug Ryan die Laken zurück und glitt aus dem Bett. Heute morgen sollte ein Schiff von Balise ankommen, an dessen Ladung er interessiert war, und er mußte sich um das Entladen und die Lagerung kümmern.

Elene lag da und sah zu, wie sich Ryan, der in herrlicher Nacktheit durchs Zimmer ging, rasierte und für den Tag anzog. Er klingelte nicht nach seinem Majordomus, obwohl das eigentlich nichts Ungewöhnliches war. Er sagte, an Bord eines Schiffes habe er keine Verwendung für einen Burschen, und die Tatsache, daß er an Land war, machte ihn nicht plötzlich hilflos.

Als er fertig war zum Gehen, kam er noch einmal zum Bett. Er beugte sich über sie und drückte seine warmen Lippen auf ihre Stirn, dann noch einmal kurz auf ihren Mund. Er roch nach der Frische von Seife, gestärktem Leinen und Lederfett von seinen Stiefeln, dazu ein Hauch von Gewürzen aus einer Mischung, die er als Heilmittel für Verletzungen vom Rasieren gebrauchte, und schließlich noch nach seinem eigenen männlichen Duft.

Er ging nicht sofort weg, sondern stand da, den Hut in einer Hand, den Blick suchend auf ihr Gesicht gerichtet. Mit leiser Stimme fragte er: »Geht's dir gut?«

»Ja, prima«, antwortete sie, und ihr Lächeln wirkte deutlich schläfrig von Befriedigung. »Wann kommst du zurück?«

Sein Mund zuckte auf einer Seite. »Bevor du richtig Zeit hast, mich zu vermissen.«

»Na gut, das kann ja nicht allzu lange dauern.«

»Spätestens am Mittag.« Mit einem Blick, der mehr als nur einen kleinen Hinweis auf eine liebevolle Drohung enthielt, wandte er sich ab und ging aus dem Zimmer.

Elenes Lächeln verschwand. Ryans fortgesetztes Verlangen nach ihr sollte ihr eigentlich angenehm sein. Sie hätte sich auch gern darüber gefreut und gern genossen, daß die Scherze zwischen ihnen aufrichtig und ungezwungen waren. Aber irgendwie war das nicht möglich. War in seinem beständigen Verlangen nach ihr nicht doch noch etwas Unnatürliches? War es überhaupt möglich, daß ein Mann eine Frau so sehr begehrte, daß schon die leiseste Berührung sofort die Lust in ihm weckte, sie zu besitzen?

Irgend etwas stimmte nicht; sie wußte es.

Sie hatte einen Verdacht, was das sein könnte, wollte es aber nicht glauben. Eine kurze Zeit war noch Hoffnung möglich gewesen. Wenn ihr Verdacht sich bestätigte, dann war diese Hoffnung unberechtigt. Und diesmal war sie genauso unschuldig betroffen wie Ryan.

Es gab nur eine Möglichkeit, ganz sicher zu sein. Elene zögerte, ob sie sie ergreifen sollte, nicht nur weil dadurch ihr Betrug vielleicht aufgedeckt würde, sondern weil sie, solange die Antwort noch unklar war, nicht bei der Illusion bleiben konnte, Ryan würde aus freiem Willen etwas für sie empfinden. Und die Illusion war tröstlich.

Sie traf keine klare Entscheidung und wollte das Problem noch einmal überschlafen. Elene schloß die Augen, und ihre Sorgen und ihre Erschöpfung besorgten den Rest. Die Hitze des Spätnachmittags lag im Zimmer, als sie erwachte. Niemand war inzwischen hiergewesen, das Frühstückstablett stand immer noch auf dem Beistelltischchen, und die Flügeltüren waren nicht wie sonst geschlossen worden, um die Kühle des Morgens im Haus zu bewahren, sondern standen offen für die heiße Luft, die sich im Innenhof sammelte.

Ein Klopfen hatte sie geweckt. Direkt danach trat Devota ins Zimmer und schloß die Tür hinter sich. Sie hatte eine Messingkanne mit heißem Wasser dabei. Damit ging sie zum Waschbecken in der Zimmerecke, füllte es aus der Kanne und begann, frische Handtücher auszulegen.

Die Zofe sah über ihre Schulter: »M'sieur Ryan ist auf dem Weg hierher, und eine Mahlzeit wird ihm in der Küche aufgewärmt. Ich dachte, du hättest vielleicht Lust, sie mit ihm zusammen einzunehmen.«

Elene setzte sich auf und fuhr sich mit den Fingern durch das Haar, um ein paar Schlingen darin zu lösen und es sich über die Schultern zu legen. Mit erschöpfter Stimme fragte sie: »Wie spät ist es?«

»Spät genug, aber das macht nichts. Wir haben vorher eine Nachricht bekommen, daß M'sieur leider noch nicht zur Mittagszeit zu Hause sein könnte. Ich habe keinen Grund gesehen, dich deswegen aufzuwecken.«

»Nein«, seufzte Elene.

»Ich habe es sogar für möglich gehalten, daß du jetzt auch noch keine Lust zum Aufstehen haben könntest.«

Der beißende Ton der älteren Frau kam Elene schließlich zu Bewußtsein. Sie starrte sie an. »Was meinst du denn damit?«

»Wenn man den Heiratsantrag eines Mannes ablehnt, würden die meisten Leute doch annehmen, daß man sich nicht für ihn interessiert.«

»Ach ja? Und wer hat dir gesagt, daß ich einen Heiratsantrag abgelehnt habe?«

»Benedikt hat es mir erzählt, und er behauptete oder gab

mir zumindest zu verstehen, daß er es direkt von seinem Herrn erfahren hat.«

»Sprichst du denn jetzt mit ihm?«

»Gestern abend, während wir gewartet haben, mußten wir uns ja irgendwie die Zeit vertreiben.«

Während sie darauf wartete, daß im Hof das Stelldichein zwischen Herrn und Geliebter beendet war. Elene räusperte sich. »Ich verstehe. In diesem Fall hat Benedikt übrigens recht.«

Devota stellte die Kanne mit einem lauten Knall ab und drehte sich zu Elene um. »Ich konnte es einfach nicht glauben. Ich dachte, daß er sich geirrt haben mußte. Wie konntest du ihn zurückweisen, wo du doch allein hier in dieser Stadt bist – ohne alles? Wie konntest du das nur tun?«

»Du solltest doch eigentlich vor allen anderen Menschen meine Gründe verstehen.«

»Ich verstehe überhaupt nichts! Was könnte denn verkehrt daran sein, Ryan Bayard zu heiraten? Er ist jung und gutaussehend und wohlhabend, und er möchte Tisch und Bett mit dir teilen. Was kannst du mehr erwarten?«

»Du hast dasselbe über Durant gesagt.«

»Und?«

»Findest du denn, daß es egal ist, wer mein Mann wird? Glaubst du, jeder beliebige Mann wäre geeignet?«

»Bayard ist nicht jeder beliebige Mann«, erwiderte Devota streng.

»Nein. Aber wie wäre es mit Liebe?«

»Er liebt dich.«

»Weil er nach mir verlangt und das nur, weil er nicht anders kann? Das ist doch keine Liebe.«

»Aber zwischen euch beiden ist mehr als nur das.«

Diese Worte hätten überzeugender gewirkt, dachte Elene, wenn Devota nicht zur Seite gesehen hätte, als sie sie sagte. »Glaubst du? Glaubst du das wirklich? Was soll das denn wohl sein, sag mir das.«

Devota antwortete nicht. Ihr weiches, braunes Gesicht wirkte plötzlich traurig. »Es tut mir leid, *chère*. Ich wollte nicht, daß du an dir selbst zweifelst. Das habe ich wirklich niemals beabsichtigt.«

Hatte sie Zweifel? Natürlich hatte sie welche, obwohl das im Augenblick eigentlich egal war. Elene machte eine ungeduldige Bewegung. »Darum geht es doch nicht.«

»Doch, genau darum. Wenn dir das Parfüm am Anfang geholfen hat, bedeutet das doch nicht, daß dein Mann ohne diesen Duft nichts für dich empfindet.«

»Nein? Und wenn es doch so wäre? Und wenn sein Interesse schwindet, während ich mich verliebe?«

»Ach, *chère*, besteht denn die Gefahr, daß das passiert?«

»Was macht das denn schon?« rief sie. »Was ich wissen will, ist –«

Sie wurden unterbrochen, als die Tür sich öffnete. Ryan kam herein. Er sah von Elenes gerötetem Gesicht zu Devota. Er fragte die Zofe: »Hast du es ihr erzählt?«

Devota runzelte die Stirn. »Ihr was erzählt, M'sieur?«

»Ich dachte, die Nachricht könnte vielleicht vor mir bis hierher gedrungen sein, obwohl ich sofort gekommen bin, nachdem ich davon gehört habe.«

Elene fiel ein: »Ich habe von nichts gehört. Was ist geschehen?«

»Gerade ist eine Nachricht von Morven gekommen.« Er hielt inne, als wolle er nur ungern fortfahren.

»Ja? Was hat er gesagt?«

»Es geht um Hermine. Sie ist... tot.«

Ein Schreck durchfuhr Elene. Sie starrte ihn an, während der Gedanke an Hermine durch ihren Kopf schwirrte – Hermine mit ihren Scherzen und ihrer unnachahmlichen Stimme, ihrem großzügigen Verständnis für andere und dem Strom von vibrierendem Leben in ihr, der in jeder ihrer Bewegungen erkennbar war. Es war einfach unmöglich, daß sie tot war. Sie flüsterte. »Nein.«

Ryan schüttelte mit ernstem Gesicht den Kopf. »Es scheint unglaublich, ist aber wahr.«

»Aber... was ist geschehen?«

»Sie wissen im Moment noch nicht sehr viel, weil sie sie erst vor ungefähr einer Stunde gefunden haben. Morven denkt, daß es wohl ein Unfall gewesen sein muß. Der Doktor, den sie gerufen haben, hat es für Selbstmord erklärt.«

»Selbstmord!«

»Durch eine Überdosis Arsen.«

Morven Ghent war, trotz all der wunderbaren Verzweiflung, mit der er auf der Vauxhall-Bühne seinen tragischen Edelmann gespielt hatte, nicht der Mann, der aus Kummer um seine Liebste starb. Das soll nicht heißen, daß er nicht um Hermine trauerte. Seine Augen waren rotgerändert, und dann und wann hielt er mitten im Wort inne und sah mit einem Blick ins Leere, der in seinen starken, klassischen Gesichtszügen so viel unauslöschlichen Schmerz zum Ausdruck brachte, daß jede Frau, die ihn sah, sich danach sehnte, ihn trösten zu dürfen. Aber ansonsten sprach er mühelos und sicher darüber, welche Chancen ein Theater in New Orleans haben könnte und welche Stücke dazu beitragen würden, die erste Saison erfolgreich zu gestalten. Er sprach auch davon, wohin er gehen wollte, wenn er New Orleans wieder verließ, und wie die Zukunft des Theaters im Frankreich unter Napoleon aussehen könnte.

Der Empfang, wenn man ihn so nennen konnte, nach Hermines Beerdigung, fand im Hause von Rachel Pitot statt, einer eleganten Villa im westindischen Stil, die außerhalb der Stadttore lag. Normalerweise hätte man Kondolenzbesuche erst frühestens nach einer Woche erwartet, aber da Hermine erst so kurze Zeit in der Stadt gewesen war und die Schauspieltruppe nur so wenige Bekannte hatte, schien es am sinnvollsten zu sein, Morven und Josie Gesellschaft zu leisten. Die anderen Mitglieder der Gruppe, die auf dem Schiff von

Santo Domingo zusammengekommen war, hatten wohl dasselbe empfunden, denn sie waren alle gekommen.

Falls Morven weibliche Unterstützung gebraucht hätte, wäre davon genug verfügbar gewesen. Auf seiner einen Seite saß Josie, gekleidet in Schwarz mit weißem Kragen und weißen Manschetten, und auf seiner anderen Seite saß die Witwe Pitot in lavendelgrauem Satin mit einem kurzen Umhang aus schwarzer Spitze darüber und, was ziemlich geschmacklos wirkte, um ihren Hals eine silberne Kette, die als Anhänger eine angreifende Kobra hatte.

Als Elene zu ihm kam, um mit ihm zu sprechen, erhob sich der Schauspieler. Er nahm die Hand, die sie ihm gab, und seine grünen Augen wirkten dunkel, als er sie anlächelte, dann zog er sie in seine Arme. Die Umarmung war eng, und er preßte sie dicht an sich. Er streifte ihre Wange mit den Lippen und hätte sie auch auf den Mund geküßt, wenn sie nicht, um das zu verhindern, den Kopf schnell abgewandt hätte.

Völlig überrascht durch diese Umarmung wartete Elene darauf, wie ihr Körper auf seine Berührung reagieren würde. Aber sie spürte nichts außer der Verwirrung, daß er die Gelegenheit so ausnutzte. Ihn zurückzustoßen hätte ausgesehen wie ein Mangel an Mitgefühl für seinen Verlust. Und dennoch, als seine Arme sie noch fester an sich preßten, hielt nur die Bemerkung, die Hermine vor einigen Wochen auf dem Schiff gemacht hatte: *»Was Frauen betrifft, hat er sich einfach nicht unter Kontrolle«*, Elene davon ab, einen Ellenbogen einzusetzen, um seinen Griff zu lösen. Aber Hermine hatte es damals in humorvollem Dulden gesagt, und vielleicht hatte sie ja recht.

Hinter Elene räusperte sich Ryan mit einem leisen, warnenden Geräusch. Morven gab sie ohne Eile frei. Sein Blick, mit dem er seinen Freund ansah, brachte keine Reue zum Ausdruck. »Du hast doch nichts gegen ein kräftiges Drükken, oder, alter Freund? Manche Beileidsbezeugungen sind einfach viel wirksamer als andere.«

»Sie können eventuell auch viel gefährlicher sein«, antwortete Ryan, und die Kühle seines Lächelns brachte deutlich eine Warnung zum Ausdruck.

Ryan war ebenso beim Gottesdienst gewesen wie die Herren Mazent und Tusard und auch Durant. In New Orleans gingen Frauen nicht zu solchen Zeremonien, da man ihnen die schmerzliche Erfahrung ersparen wollte. Und in diesem Falle war es bestimmt kein feierliches Ereignis gewesen, da Hermine nicht in geweihtem Boden beerdigt werden konnte.

Im weiteren Verlauf des Abends beklagte sich Morven bitter über diese Tatsache. Hermine habe nicht die leiseste Absicht oder irgendeinen Grund dafür gehabt, sich selbst das Leben zu nehmen, erklärte er immer wieder. Doch die Kirche war in solchen Fällen unerbittlich; die Ärzte nannten es Selbstmord, und da es keinen klaren Beweis für irgend etwas anderes gab, mußte der Fall als solcher behandelt werden.

»Ich sage nur«, flüsterte Madame Tusard Elene zu und lehnte sich dabei vor, so daß ihr Atem heiß an Elenes Ohr drang, »daß Morven Ghent gern möchte, daß wir glauben, der Tod der armen Hermine sei ein Unfall gewesen. Ansonsten müßte nämlich dieser prahlerische Gockel vielleicht zugeben – wenn sie überhaupt einen Grund hatte, sich das Leben zu nehmen –, daß dann er derjenige war, der ihn ihr gegeben hat!«

»Ihr glaubt doch wohl nicht im Ernst, daß Hermine so etwas tun würde?« protestierte Elene.

»Möglicherweise schon, wenn sie Morven zum Beispiel an diese Frau da drüben verloren hätte.« Die Frau des ehemaligen Beamten wies mit einem Nicken auf Rachel Pitot. »Hermine war einer schwarzen Witwe wie dieser hier nach allem, was man hört, einfach nicht gewachsen.«

»Hermine war vielleicht nicht gerade glücklich über Morvens Flirt mit Madame Pitot, aber das war ja nichts Ungewöhnliches.«

Madame Tusard schüttelte in entschiedenem Widerspruch

den Kopf. »Man behauptet, daß diese Frau eine Schwarzmagierin ist. Manche meinen sogar, ihr Mann sei vielleicht auch auf seltsame Art gestorben.«

»Ist das wahr?« Elene konnte nicht verbergen, wie solch bösartiger und grundloser Klatsch sie verärgerte.

»Ihr glaubt das ja vielleicht nicht, aber solche Dinge kommen vor«, beharrte Madame Tusard, und ihr Gesicht bekam einen etwas beleidigten Ausdruck.

»Ich bin überrascht«, erwiderte Elene, »daß Ihr auf den Gedanken kommt, Hermine zu verteidigen. Ich habe gedacht, daß Ihr erst vor ein paar Tagen eine Auseinandersetzung mit ihr hattet.«

Die andere Frau betrachtete sie mit einem bösen Stirnrunzeln. »Wollt Ihr damit andeuten, daß irgend etwas, was ich gesagt oder getan habe, dazu geführt haben könnte, daß diese billige Schauspielerin Gift genommen hat? Ich versichere Euch: Das ist bestimmt nicht der Fall!«

»Ich dachte, ich hätte schon ganz deutlich gesagt, daß ich nicht glauben kann, daß Hermine sich selbst und freiwillig das Leben genommen hat, nicht einmal Morvens wegen.«

»Was wolltet Ihr denn dann sagen?« fragte Madame Tusard, und ihre kleinen Augen verengten sich zu schmalen Schlitzen.

Zwischen ihnen beiden herrschte einen Augenblick lang etwas so Kaltes, Feindseliges, daß Elene entsetzt war. Dieser Eindruck verschwand jedoch, als Josie herüberkam, um sich zu ihnen zu gesellen, und sich auf die Kante eines Stuhls neben dem Sofa setzte, auf dem Elene und Madame Tusard saßen.

Das junge Mädchen betrachtete sie mit deutlichem Interesse. »Worüber sprecht Ihr gerade? Ich wette, es ist etwas Pikantes. Wußtet Ihr, daß ich von jetzt an Hermines Rollen auf der Bühne spielen werde? Morven hat es mir versprochen. Wir werden eine andere suchen, die die Naive spielt, eine Junge, Unerfahrene, die keine großen Anforderungen stellt.«

Madame Tusard wandte ihren Groll gegen die Neuangekommene. »Einige von Hermines Rollen waren aber ziemlich anspruchsvoll.«

Josie zuckte mit den Schultern. »Ich werde sie mit meinem persönlichen Stil spielen, oder Morven kann sie verändern. Ihr könnt Euch gar nicht vorstellen, wie leid ich es schon war, die dummen Frauen zu spielen und immer ausgeschlossen zu sein, wenn Morven und Hermine darüber sprachen, wie sie ihre Rollen mit Tiefe spielen könnten, was immer das auch bedeuten mag.«

»Vielleicht hat Madame Pitot auch etwas dazu zu sagen, wer auf ihrer Vauxhall-Bühne was spielt«, entgegnete die ältere Frau.

Josies Augen verdunkelten sich, und sie runzelte die Stirn. »Wenn es nach mir geht, verlassen wir New Orleans und Madame Pitot so bald wie möglich.«

Elene sah zur anderen Seite des Zimmers, wo Rachel Pitot Morvens Arm hielt und sich an ihn lehnte. »Sie macht einen ziemlich besitzergreifenden Eindruck.«

»Sie ist entsetzlich! Wißt Ihr, sie kommt zu jeder Zeit in unsere Zimmer hier im Haus, als hätten wir nicht den geringsten Anspruch auf ein Privatleben, als wären wir nichts anderes als ihre Sklaven.«

»Das kommt davon, wenn man sich von anderen aushalten läßt«, schoß Madame Tusard spitz zurück.

»Wir haben für ihre Unterstützung bezahlt, das könnt Ihr mir glauben«, meinte Josie finster. »Morven natürlich am meisten. Aber – Ihr erinnert Euch an das Parfüm, das Ihr Hermine gegeben habt, Elene? Die Witwe schnupperte daran und beschloß, daß sie es haben müsse. Hermine versuchte ihr klarzumachen, daß es etwas Besonderes sei, aber sie wollte nichts davon hören. Es gab keine andere Möglichkeit, als es ihr zu geben.«

Hermines Parfüm. Elene verspürte selbst auch Ärger, weil die Schauspielerin es nicht hatte behalten dürfen. Es wäre nicht so schlimm gewesen, wenn sie ihr einfach eine andere Flasche hätte geben können, aber dazu war es jetzt zu spät. Zu spät. Hermine war nicht mehr da, und mit ihr war auch ihre wunderbare Fähigkeit verschwunden, über sich selbst und die Welt zu lachen, aber auch der volle und hypnotische Klang ihrer Stimme. Fort.

Madame Tusard wechselte das Thema und sprach von dem Gerücht, daß im Krankenhaus der Charité zwei Matrosen mit Gelbfieber lagen, die vor kurzem aus Havanna gekommen waren. Diese Krankheit war auf den Inseln eine beständige Bedrohung und eine typische Sommerseuche in New Orleans. Sie schien vor allem immer die zuletzt gekommenen Einwohner der Stadt zu treffen, so als zöge sie frisches Blut vor.

Aber noch während die Frau des ehemaligen Beamten sprach, sah sie eifrig um sich, auf der Suche nach neuem Gesprächsstoff. Als Flora Mazent ins Zimmer kam, direkt gefolgt von ihrer Zofe Germaine, rief sie gleich zu ihr hinüber.

»Ach Flora, kommt herüber und sprecht mit uns. Wie hübsch Ihr heute abend seid. Sagt mir, ist es wahr, daß Euer Vater bald eine interessante Neuigkeit zu verkünden haben wird, die Euch betrifft?«

Das junge Mädchen wurde tiefrot. Ob diese Röte ein Ausdruck von Beschämung oder Ärger war, konnte man nicht erkennen. »Wo, um Himmels willen, habt Ihr das gehört?«

»Man hört eben so alles mögliche. Aber ist es denn wahr?«

»Es ist noch nichts entschieden«, lautete die vorsichtige Antwort.

»Also ist es wahr. Ist er gutaussehend, dieser zukünftige Bräutigam?«

Das junge Mädchen bedachte sie mit einem kurzen, beinahe schüchternen Blick. »Manche Leute behaupten das.«

»Wer ist er?«

Germaine beugte sich vor, um dem jungen Mädchen etwas ins Ohr zu flüstern. Flora nickte. Mit kaum hörbarer Stimme sagte sie: »Darüber möchte ich lieber nicht sprechen. Entschuldigt mich jetzt, ich glaube, mein Vater wünscht etwas von mir.«

Josie sah hinter ihr her – mit einem Blick, der sowohl Erstaunen als auch Unglauben zum Ausdruck brachte. »Wie kann eine Frau wie sie einen Mann zum Heiraten finden, und das schon so bald?«

Madame Tusard lachte rauh. »Ihr wäret erstaunt, wenn Ihr wüßtet, eine wie starke Waffe der Verführung Reichtum sein kann.«

»Also so ist das bei ihr?«

»Das sollte man wohl annehmen.«

Elene spürte plötzlich etwas wie ein erstickendes Gefühl in ihrem Innern. Sie stand hastig auf und ging weg, weg von dem herzlosen Geschwätz, weg von diesen Frauen, die immer an das Schlimmste glaubten und scheinbar nicht in der Lage waren, etwas Gutes anzunehmen.

13. Kapitel

Es war doch eigenartig, daß ein Mensch an einem Tag noch lebte, lachte, sprach, aß, atmete und am nächsten schon tot war. Es war etwas so Endgültiges, und doch änderte sich eigentlich nichts. Man vermißte ihn, spürte den Verlust und den Schmerz, aber das Leben ging genauso weiter wie bisher. Die Sonne ging auf und unter, der Regen fiel, die Jahreszeiten änderten sich genau wie sonst. Der Tod eines einzelnen menschlichen Wesens machte eigentlich fast nichts aus. Aber vielleicht war es ja auch nur egoistisch, zu erwarten, daß es das tun müßte – und doch hätte eigentlich irgendein Zeichen bleiben müssen, das mehr war als nur ein steinernes Mal auf einem schlammigen Feld.

Der Stoff, aus dem das Leben der Flüchtlinge in New Orleans gewoben war, schloß sich über dem Tod Hermines ohne Riß oder Knitterfalte. Die Behörden unternahmen keinen Versuch, die Angelegenheit zu untersuchen. Ihrer Meinung nach war die Schauspielerin nur auf der Durchreise gewesen und kein Mitglied der Gemeinde, um deren Schutz sie sich zu kümmern hatten. Und darüber hinaus war sie auch noch eine Frau vom Theater gewesen, was sie in ihren Augen auf die gleiche Stufe stellte wie die Frauen, die in der Nähe der Stadtgrenze ihre Körper verkauften. Solche Frauen nahmen sich ständig das Leben oder wurden durch einen Unfall oder im Auftrag ihrer Liebhaber getötet. Der Tod einer weiteren war keine Sache, die großes Aufsehen erregte.

Die Tage vergingen, der Sommer kam näher. Elene begann sich in den Straßen der Stadt auszukennen, so daß sie selbstsicher entweder mit Devota oder mit Benedikt hinter sich mit ihrem Einkaufskorb unterwegs war. Sie fand heraus, welche Händler zu leicht wogen und welche immer noch ein kleines bißchen dazugaben, um die Kunden für sich einzunehmen. Sie stellte auch fest, zu welchen Zeiten es am sinnvollsten war, zum Markt auf dem Damm zu gehen, wenn sie frisches Gemüse und Fleisch brauchte, und welche Zeiten sie besser mied wegen der Schwärme von Mücken und Schmeißfliegen, die dann überreife Bananen, stinkende Fischhaufen und das aufgehängte Fleisch umschwärmten. Sie verbesserte auch ihre Kunst zu handeln mit Witz und Festigkeit und plötzlichem Lächeln oder auch mit verwirrenden Bitten um etwas mehr von diesem oder jenem, so daß die Summen wieder neu berechnet werden mußten. Und sie lernte auch, den Blicken von Männern auf der Straße auszuweichen, so daß sie keine Möglichkeit bekamen, sie anzuhalten, um mit ihr zu reden, oder ihre Verbeugungen mit einem einzigen, kühlen Nicken zu erwidern, das sie nicht ermutigte, ihr zu folgen.

Es wurde ihr auch langsam klar, daß die Hutmacherin zum Teil recht gehabt hatte mit dem, was sie über die Frauen aus Santo Domingo sagte. Man erkannte sie sofort auf der Straße oder wenn sie auf den Balkonen von Häusern saßen. Es lag ein besonderer Schwung darin, wie sie ihre Sonnenschirme drehten oder sich die Schultertücher umlegten. Sie trugen nur selten Hüte oder Hauben, aber wenn sie es taten, dann mit einer gewissen frechen Schamlosigkeit. Die Farbtöne und -kombinationen, die sie für ihre Kleidung wählten, ließen die helleren Farben an den Damen von New Orleans, wenn nicht langweilig, so doch ziemlich fahl wirken. Und sie waren die achtbaren Damen.

Die Viertelnegerinnen und Achtelnegerinnen waren sogar noch auffälliger. Sie banden ihr Haar zusammen mit Tignons aus schillernder Seide, die von goldenen und silbernen Fäden durchzogen war, schminkten sich die Augen mit Khol und hängten sich glitzernden Schmuck an die Ohren. Die Mieder ihrer Kleider – sowohl der Tageskleider als auch der Abendkleider – waren so tief ausgeschnitten, daß die zunehmende Hitze des Sommers nur selten ein Problem war, und falls doch, lösten sie es, indem sie ihre Unterröcke anfeuchteten, so daß ihre Röcke an ihren sinnlichen Formen klebten. Sie gingen mit einer Zofe hinter sich spazieren, trugen manchmal ein Schoßhündchen oder vielleicht einen Pomander – ein duftendes Beutelchen – gegen die Gerüche in den Straßen, dazu einen Fächer oder Sonnenschirm oder Fliegenwedel aus Pfauenfedern, die mit Bändern und Troddeln zusammengebunden waren. Sie waren, so sah es fast aus, eine eigene Rasse und erfreuten sich außerordentlich ihres besonderen Standes.

Ab und an sah Elene Frauen, die sie aus Santo Domingo kannte oder an die sie sich aus der Kindheit erinnerte. Sie versuchte nicht, sie anzusprechen, und die anderen Frauen gaben sich auch keine Mühe, mit ihr zu reden, obwohl sie dachte, daß sie manchmal ein Flackern des Erkennens in ihren Augen bemerkte. Ihre Position war nicht achtbar, und es hatte den Anschein, daß Achtbarkeit in New Orleans von großer Bedeutung war.

An einem Abend hatte Ryan ein Diner in seinem Haus organisiert. Auf seine besondere Bitte hin sollte Elene als Gastgeberin auftreten, einige der Händler, die in der gleichen Straße lebten, willkommen heißen und dazu einige Plantagenbesitzer aus dem Umland der Stadt. Unter den letzten würde auch Etienne de Bore sein, ein charmanter, kleiner Mann, der das Verfahren des Körnens von Zucker in Louisiana verbessert hatte, und auch der gutaussehende und reiche junge Bernard de Marigny de Mandeville, der schon mit achtzehn Jahren ein Lebemann gewesen war und der sich dadurch einen Namen gemacht hatte, daß er im vergangenen Frühling das Crapsspiel aus Paris in der Stadt eingeführt hatte. Er hatte seinem Vater geholfen, die königlich bourbonischen Prinzen bei sich zu beherbergen, die sich vor fünf Jahren während ihres Exils in der Kolonie aufgehalten hatten. Darüber hinaus war Marigny auch ein Helfer des illustren Kolonialpräfekten und Vertreters Frankreichs in Louisiana, Laussat. Und dieser Laussat persönlich sollte der Ehrengast sein.

Elene war nervös. Sie wußte eigentlich nicht, welchen Grund das haben könnte, denn sie hatte im Laufe des Abends vermutlich nur wenig zu tun. Sie hatte mit Benedikt, Devota und der Köchin das Essen besprochen, das den Gästen serviert werden sollte, angefangen von Schildkrötensuppe über Rotbarsch pochiert in einer weißen Sauce mit Krabben und Krebsen, mit Schalotten und rotem Paprika gewürzt, bis hin zu gebratenem Schweinefleisch mit neuen Kartoffeln und grünen Bohnen, gekocht mit Wurststückchen, danach schließlich ein Dessert aus frischen Pfirsichtörtchen. Und trotzdem, obwohl sie selbst anordnen konnte, wann die einzelnen Gänge serviert wurden, würde doch die Verantwortung dafür, daß die verschiedenen Gerichte in der vorgesehenen Reihenfolge und der korrekten Form serviert wurden, nicht nur auf ihr allein lasten. Sie könnte auch, falls das Gespräch je zum Erliegen kam, ein oder zwei Themen in die Konversation einbringen, aber der glatte Ablauf des Abends würde eher von Ryan und seinen Bediensteten abhängen.

Sie dachte, es wäre wohl hauptsächlich ihre Aufgabe, einen beruhigenden Einfluß zu haben, falls es zu hitzigen Wortwechseln kommen sollte, aber natürlich auch, einen Schmuck für Ryans Haus darzustellen. Aber sie hielt es für fraglich, ob sie diese beiden Aufgaben auch erfüllen konnte.

Sie gab sich große Mühe mit ihrer Erscheinung und zog das festlichste ihrer Kleider an, das einzige, das man wirklich Abendkleid nennen konnte. Es bestand aus dunkelrosa Seide und war über den Brüsten aufwendig drapiert und gefältelt, direkt darunter fiel ein in tiefe Falten gelegter voller Rock bis zum Boden, der hinten in eine kurze Schleppe auslief. Ihre Handschuhe und Schuhe dazu waren aus hellrosa Seide, und in ihrem hochaufgetürmten lockigen Haar trug sie ein Gesteck aus mehreren rosa Rosenknospen. Um ihr Selbstbewußtsein zu verbessern, trug sie auch ihr Parfüm, das ihr inzwischen schon so zur zweiten Natur geworden war, daß sie sich ohne es nackt fühlte.

Die Gäste kamen etwas früher als zur üblichen Essenszeit. Die Männer, die außerhalb der Stadt wohnten, konnten nicht allzu lange bleiben, sonst würden sie bis zum Morgen innerhalb der Stadtmauern bleiben müssen. Über diese Möglichkeit schien sich aber keiner allzu große Sorgen zu machen, außer vielleicht Laussat, von dem man nicht erwarten konnte, daß er eine so lockere Einstellung dazu hatte, die spanischen Wachen zu bestechen wie die anderen. Es wäre nicht sinnvoll, es womöglich aus diesem Grunde zu einem Eklat zwischen den beiden Ländern kommen zu lassen, besonders angesichts der augenblicklichen unklaren Lage.

Bernard Marigny kam zu spät und brachte noch einen Bekannten mit, für den er ebenfalls um einen Platz bat. Die Gastfreundschaft in der Kolonie war groß, und ein zusätzlicher Gast war immer willkommen und wurde aufgenommen. Angesichts des schon bestehenden Geschlechterverhältnisses von einer Frau gegenüber zwölf Männern, stellte sich die Frage nach einem Ungleichgewicht, das dadurch in einer sorgfältig arrangierten Sitzordnung entstehen konnte, sowieso nicht.

Während sich ein Diener um den Hut und den Stock von Marignys Begleiter kümmerte, wandte sich Elene dem Majordomus zu, um ihm zu bedeuten, er solle noch ein Gedeck auflegen. Als Benedikt sich kurz und ein wenig verärgert verbeugte, so als brauche er ihre Anweisungen nicht, wandte sie sich wieder um. Der Gedanke schoß ihr durch den Kopf, daß sich jetzt dreizehn Personen zum Essen begeben würden, aber eigentlich durfte das nichts ausmachen. Sie selbst war nicht abergläubisch, sie hatte aber entdeckt, daß es in New Orleans viele Leute waren.

Einen Augenblick später war sie nicht mehr so fröhlich. Der dreizehnte Gast, den sie bisher noch nicht gesehen hatte, war Durant Gambier. Sein Lächeln wirkte etwas ironisch, als er sich über ihre Hand beugte, um sie zu küssen, während er irgendwelche Entschuldigungen murmelte. Sie gab sich Mühe, die Fassung zu bewahren, hieß ihn in Ryans Namen willkommen und wandte sich dann ab, um mit M'sieur de Bore zu sprechen.

Das Gespräch am Tisch war lebhaft, bei manchen Gelegenheiten sogar etwas hitzig. Die Frage, wie sich die Angelegenheit bezüglich der Abtretung der Kolonie inzwischen entwikkelt hatte, stand bei allen an vorderster Stelle: Wurde sie nun tatsächlich abgetreten oder nicht? Die Amerikaner legten sich schon einen Weinvorrat an, um damit an ihrem Nationalfeiertag, dem vierten Juli, darauf trinken zu können. Die Menschen auf den Straßen murrten vor Unzufriedenheit und meinten, wenn es tatsächlich zu einer derartigen Entscheidung kommen sollte, müßte man sie doch zumindest vorher nach ihrer Meinung fragen. Laussat war besorgt, hatte jedoch immer noch keine offizielle Nachricht über eine derartige Transaktion bekommen, so daß er in der Öffentlichkeit seinen Unglauben zum Ausdruck bringen mußte.

Er war ein nicht unattraktiver Mann in seinen später Vierzigern, dieser Kolonialpräfekt Laussat. Er hatte eine üppige Haarfülle, hatte Augen mit schweren Lidern und voller Weltschmerz, einen festen Mund und ein tief eingekerbtes Kinn. Er war sehr interessiert an den Speisen, besonders an den Gängen, die Spezialitäten dieser Kolonie enthielten. Er schien nur ungern über seine Position sprechen zu wollen, möglicherweise aus der typischen Angst der Politiker heraus, daß er etwas sagen könnte, was dann von anderen falsch ausgelegt würde.

Er machte jedoch eine kleine Bemerkung. Indem er mit einer ablehnenden Bewegung eine Hand schwenkte, sagte er: »Die Gerüchte von der Abtretung werden immer bestimmter, das ist mir klar. Die Bewegungen auf dem politischen Barometer in dieser Beziehung zeigen sich besonders daran, wie oft und wie nachdrücklich Leute sich um mich bemühen. Als ich anfangs hier war, war der Nachdruck noch sehr groß, jetzt läßt er deutlich nach.«

»Nach meinem Verständnis«, sagte Durant in die respektvolle Stille, die den Worten des Kolonialpräfekten folgte, »werden sich doch einige wirklich große Veränderungen ergeben, wenn die Abtretung sich bestätigen sollte. Die Handelsgrundlagen werden dadurch deutlich verbessert, und auch die Wahrscheinlichkeit für gute Profite bei denjenigen, die in diesem Bereich arbeiten.«

Der Tonfall machte deutlich, daß er eine solche Arbeit für unter seiner Würde als Gentleman hielt. Und es war ebenfalls eindeutig, daß die Bemerkung als Seitenhieb auf Ryan gedacht war.

»Der freie Zugang zu den Weltmeeren wird vor allem den

Handel fördern, unabhängig davon, wer gerade regiert«, erwiderte Ryan.

»Aber ist es nicht so, daß Ihr das Gefühl habt, Eure Möglichkeiten seien unter der Herrschaft der Vereinigten Staaten größer als unter der Herrschaft von Spanien – oder Frankreich?« Das Lächeln, mit dem sich Durant Ryan zuwandte, wirkte herausfordernd. Er kannt Ryans Ansichten zu diesem Thema sehr genau. Mit diesem angeblich höflichen Kommentar wollte er Ryan zwingen, sich in eine Position zu begeben, die zum jetzigen Zeitpunkt den Kolonialpräfekten verärgern und sich in der Zukunft als extrem peinlich erweisen konnte, falls die Gerüchte von der Abtretung doch auf einem Irrtum beruhten.

Ryan lehnte sich in seinem Stuhl zurück, sein Lächeln war höflich und sein Verhalten entspannt. »Die besten Profite wird immer das Land machen, das den besten Zugang zu diesen Profiten hat. Ich bin sicher, daß Napoleon in der Lage wäre, das Wasser des Mississippi in reines Gold zu verwandeln – wenn die großen Ländereien und Nebenflüsse, die zu ihm führen, nur ein wenig näher an Paris liegen würden.«

Der Kolonialpräfekt nickte. »Entfernung kann eine hervorragende Angelegenheit sein. Aber wenn Frankreich dieses Land verliert, verliert es eine Kolonie mit einer sehr vielversprechenden Zukunft. Ein so großes Gebiet wird sowieso im Laufe der Zeit unabhängig werden müssen, aber solange es noch uns gehört, wird es eine Quelle des Reichtums und ein wertvoller Handelspartner für das Mutterland sein. Hier können wir ein neues Frankreich aufbauen. Ich habe viele Pläne, um die Erzeugnisse der Landwirtschaft zu verdoppeln und die des Handels zu verdrei- und -vierfachen, wodurch ich ein dauerhaftes und mir zur Ehre gereichendes Denkmal an meine Zeit hier zurücklassen werde. Falls mir das nicht gelingen sollte, wenn ich hier nicht in dieser förderlichen Weise wirken kann, werde ich das Land mit tiefem Bedauern verlassen.«

Durant war zum Schweigen gebracht. Es gab einige Gespräche zum Bowles-Fall, einer Angelegenheit, in der es um einen dynamischen amerikanischen Glücksritter namens William Augustine Bowles ging, der sein Glück darauf gesetzt hatte, daß er mit Hilfe der Creek-Indianer die Spanier aus Amerika vertreiben könne, dann aber in die Hände der spanischen Regierung gefallen war. Man hatte ihn gefangengenommen und von Mobile nach Havanna und von Havanna auf die Philippinen, von dort aus dann weiter nach Afrika geschickt wie ein Paket, das niemand wollte, und schließlich war er entkommen und wieder zu den Creeks zurückgekehrt, die ihren Freund dann prompt für eine Summe von viertausend Piaster verrieten. Man hatte ihn erst kürzlich durch New Orleans geführt, als er auf dem Weg ins Gefängnis in Havanna gewesen war.

Von Bowles bewegte sich das Gespräch zu den verschiedenen Arten von wilden Vögeln, von Kiebitzen über Lerchen bis zu Rebhühnern, die in Louisiana jagbar und eßbar waren, dann sprach man über die unglaubliche Hitze, deretwegen man Geflügel auf dem Markt kaum kaufen konnte. Der Kolonialpräfekt selbst gab zu, er habe unter seiner Galerie einen kleinen Geflügelhof angelegt, wo er Hühner, Gänse, Enten und Pfauen für seine Küche hielt. Darüber hinaus besaß er einen kleinen Zoo, bestehend aus ein paar Schafen, einem oder zwei zahmen Hirschen und einem halben Dutzend Waschbären.

Während die Mahlzeit weiter fortschritt, wurde Elene einiges an Aufmerksamkeit zuteil, allerdings unter Ryans prüfenden Blicken nicht allzu offensichtlich. Falls die Herren neugierig waren, was ihre Gegenwart oder ihre Funktion im Haus betraf, brachten sie diese Neugierde auf jeden Fall nicht zur Sprache. Bernard Marigny warf ihr ein paarmal schmachtende Blicke zu und machte ihr einige artige Komplimente – er war auch als galant bekannt –, aber er sagte nichts, wogegen selbst eine Duenna etwas hätte haben können.

Doch wegen Durant fühlte sie sich äußerst unwohl. Er starrte sie an, wie er es nicht mehr getan hatte, seit sie auf dem Schiff waren, so wie ein Verhungernder, der etwas Eßbares betrachtet, was ihm durch ein Gitter ferngehalten wird. Ihr war wirklich sehr unbehaglich zumute.

Sei es von dem Druck, ständig freundlich sein und den verschiedenen Gesprächen aufmerksam lauschen zu müssen, oder sei es, weil die Weingläser ständig nachgefüllt wurden, sie fühlte sich plötzlich immer unwirklicher. Ihr Kopf begann zu schmerzen, und die Stimmen der Männer schienen in Wellen um sie herum zu steigen und zu fallen. Ihr war heiß und ihr Gesicht fühlte sich an, als ob es gerötet wäre, aber gleichzeitig schien ein leises Zittern, beinahe wie ein Frösteln, über ihre Haut zu laufen.

Es war eine ungewöhnlich heiße Nacht, und die Luft war so still, daß das Sirren der Mücken, die durch die geöffneten Türen hereingeisterten und sich dann unter dem Tisch an ihren Knöcheln schadlos hielten, ein herbes, bedrohliches Geräusch zu sein schien. Dann und wann ertönte das ferne Rollen eines Donners. Elene sah in die Runde und bemerkte, daß auch ein paar der Männer gerötete Gesichter hatten, besonders Laussat, der an eine derartig schwächende Hitze nicht gewöhnt war.

Sie war erleichtert, als Laussat am Ende der Mahlzeit erklärte, er fühle sich nicht ganz wohl und würde gern sein Haus erreichen, bevor der Regen, der schon bald zu kommen drohte, anfangen würde. Verschiedene andere folgten dem Beispiel Laussats, unter ihnen Bernard Marigny und Durant. Elene mußte neben Ryan an der Tür stehen und es über sich ergehen lassen, wie sie ihr die Hand küßten und ihr ausführliche Komplimente über die köstliche Mahlzeit machten, bis die meisten der anderen ebenfalls gegangen waren.

Schließlich blieben nur drei oder vier Männer zurück, unter ihnen auch Mazent, der meinte, er müsse mit Ryan über ein Geschäft sprechen, das ihnen beiden Vorteile bringen könnte. Sie ließen Madeira und einen Teller mit Gebäck in den Salon bringen, in dem sich die Männer, die noch geblieben waren, versammelt hatten. Ryan streifte Elenes Wange mit den Lippen und schlug ihr vor, zu Bett zu gehen, da er nicht wisse, wie lange ihre Besprechung dauern würde. Sie war wirklich froh über diesen Vorschlag und stimmte sofort zu.

Devota war nicht im Schlafzimmer, als Elene es erreichte. Nach ihr zu klingeln schien ihr im Augenblick zuviel Aufwand zu sein. Ihr Kopf platzte fast. Es war furchtbar heiß. Sie zog die Rosen aus ihrem Haar und sah sich suchend nach einem Platz um, an den sie sie legen konnte. Der Tisch war irgendwie so weit weg. Sie schloß schwankend die Augen. Die Rosen fielen ihr aus der Hand. Das Bett. So weich. Es war kühl auf der Moosmatratze. Sie mußte es erreichen.

Ihre Knie versagten. Fallen, fallen.

Seltsam, daß es nicht weh tat, als sie auf den Boden aufschlug.

Erst später, viel später, hörte sie Devotas erschreckten Ausruf, spürte, wie die Hände der Zofe ihr die Kleider auszogen. Ein Tuch wurde auf ihr Gesicht gelegt, und sie schauderte zurück, weil das Schmerzen verursachte. Warum weinte Devota?

Starke Arme hoben sie hoch. Fließend. Sie erinnerte sich an einen dunklen Innenhof und lächelte. Nein. Ein anderes Mal.

Endlich das Bett. So weich. So heiß. Dunkelheit und das Geräusch von Regen. Licht und das Geräusch von Regen. Tröstlich. Jemand hielt sie fest, hielt sie immer fest.

Tücher glitten über ihren Körper, kühlend, und Dampf stieg von ihrer heißen Haut auf. Etwas Bitteres, sehr Bitteres auf der Zunge. Sie würgte, und eine schwarze Flüssigkeit strömte aus ihrem Mund. Sie hatte sich nicht übergeben wollen, es war so peinlich. Sie kannte diesen Anblick von Santo Domingo. Schwarzes Blut. Gelbfieber. Irgendwo schrie eine Zofe. Dummes Mädchen.

Eine feste Stimme erteilte Befehle. Ryan. Liebster Ryan. Stille, gesegnete Stille in ihrem Kopf. Immer noch hielt sie jemand im Arm.

Die Zeit wurde größer und brach dann zusammen. Es gab weder Nacht noch Tag, nur den schmerzenden, knochenbrechenden Griff des Fiebers und die Gesichter über ihr, die kamen und gingen. Sie versuchte zu reagieren, ihnen zu helfen, aber schließlich konnte sie nichts anderes tun, als sich irgendwo ganz tief in ihr Inneres zurückzuziehen, wo alles grau und still und keine Anstrengung mehr nötig war. Dort blieb sie, so wie ein Kind beim Versteckenspielen in seinem Versteck bleibt, bis es wieder zu Atem kommt oder die Suchenden sich nähern. Und das Graue breitete sich um sie aus, bedeckte sie mit immer dicker werdenden Schichten.

Aus einem Teich aus Schwärze und Stille erhob sich Elene langsam, trieb schwebend auf den Klang von Stimmen zu, die flehend und ärgerlich neben ihr ertönten. Auf ihrer Zunge spürte sie den Geschmack von einem der vielen Kräutertees von Devota, einen Geschmack, den sie aus ihrer Kindheit kannte. Er war unangenehm, aber doch tröstlich. Sie öffnete die Augen.

Um ihr Bett herum brannten Kerzen, und auf dem Teppich war ein Ring aus weißem Sand gestreut. Neben ihr stand Devota. Die Zofe murmelte eine weiche Beschwörung und besprenkelte ihren Körper mit einer Flüssigkeit aus einer ausgehöhlten Kalebasse, die sie in der Hand hielt.

Gleichzeitig ging ein ordentlich gekleideter Mann mit hoher Stirn und einem Zwicker auf der Nase aufgeregt hin und her, schimpfte in der Sprache der Akademiker auf eine derartige heidnische Zeremonie, wo es doch eigentlich die Wissenschaft der Chemie und die Lösungen aus Chinin waren, die die arme Mademoiselle retten konnten. Er, Dr. Blanquet Ducaila, Professor der Chemie, hatte die Ehre gehabt, den

Kolonialpräfekten Laussat in seiner schrecklichen Erkrankung mit Gelbfieber behandeln zu dürfen, und er hatte ihn über die Krise gebracht. Er würde für Mademoiselle Larpent dasselbe tun, wenn man ihn nur ließe. Er habe es versucht, er habe es wirklich versucht. Aber er habe noch nie eine solche Unkenntnis gesehen wie hier bei den Ärzten mit ihren Abführtropfen und Brechmitteln und Aderlässen, und jetzt müsse er sich auch noch mit diesen unglaublichen, wilden Riten auseinandersetzen! Er war erstaunt! Er war schockiert! Wenn er das bei seiner Rückkehr nach Frankreich seinen Kollegen erzählte, würden sie es ihm nicht glauben. Wenn das Fräulein starb, müsse M'sieur Bayard von diesem Voodoo-Wesen hier Rechenschaft verlangen. Er würde unter diesen Umständen dem Händler-Freibeuter nicht unter die Augen treten wollen, er nicht!

Unter ihren Wimpern hervor betrachtete Elene ihre Hände. Sie waren gelb und dünn, so dünn. Ihr Körper war feucht, weil Devota sie aus der Kalebasse besprengt hatte, und eine feuchte Hitze überflutete sie. Ihr war so heiß, daß ihr Haar in ihrem Nacken zu brennen schien und das Gewicht des Lakens auf ihr fast unerträglich wirkte. Es war kaum Luft im Zimmer, denn jede Tür und jedes Fenster war geschlossen. Die Kerzenflammen erschienen ihr wie riesige, lodernde Feuer. Sie konnte sie brennen hören, ihre verzehrende Hitze spüren. Und die Stimmen der beiden Menschen sprachen immer weiter und weiter, trommelten in ihrem Kopf, erfüllten ihn, rasselten und rumpelten, bis der Sinn der Worte verlorenging und das Geräusch nur noch Lärm war, der sie wahnsinnig machte und dem sie nicht entkommen konnte.

Die Tür öffnete sich plötzlich. Ryan trat ins Zimmer. Er trug einen Morgenrock, und sein Haar war verwirrt, so als sei er gerade aus einem Bett aufgestanden. Unter seinen Augen waren dunkle Schatten, und die Bartstoppeln um sein Kinn schienen mit silbernen Haaren durchsetzt, als würden sie grau werden. Er sah mit Stirnrunzeln und Ärger in der Stimme Devota und den Arzt an, als er fragte: »Was ist das für ein Lärm?«

Sie fingen an, ihm zu erklären, sprachen beide gleichzeitig. Ihre Stimmen brüllten schmerzhaft in Elenes Ohren. Sie schloß die Augen mit einem leisen Jammerlaut in der Kehle.

»Genug!« forderte Ryan.

Ihre Stimmen verstummten. Ryans Schritte näherten sich dem Bett mit langsamer Vorsicht. *»Chère?«*

Sie öffnete die Augen so langsam, als müsse sie Gewichte von ungeheurer Schwere heben. Sie richtete ihren Blick mühsam auf den des Mannes über ihr. »So heiß«, flüsterte sie.

»Ich weiß. Versuche nicht zu sprechen.«

Ryan starrte auf sie herab, und sein Herz zog sich zusammen. Sie starb, er wußte es, sie starb, weil er sie nach New Orleans gebracht hatte. Wenn er sie in Santo Domingo gelassen hätte... Aber daran zu denken half jetzt auch nicht. Wie sehr wünschte er, er könne ihr seine Kraft geben, könne ihren Schmerz auf sich nehmen. Warum mußte sie es sein, warum?

Sie hätte eigentlich häßlich aussehen müssen mit der gelbsüchtigen Haut und dem Fieber, das das wenige Fleisch an ihren Knochen fortzubrennen schien. Statt dessen sah sie fein und erhaben aus, wie sie so im Kerzenlicht dalag, das in den Wellen ihres Haars glänzte, die Augen riesig und strahlend vor Fieber, wie eine Heilige in den Fängen der religiösen Leidenschaft. Zweifellos war es blasphemisch, so etwas zu denken, wenn er eigentlich für sie hätte beten sollen, aber er konnte nicht anders.

Lieber Gott, wie hilflos er sich fühlte. Vielleicht sollte er den Aderlaß erlauben; alle sagten, es sei ein spontanes Nasenbluten vor zwei Tagen gewesen, das Laussat gerettet hatte. Aber es hätte ihn auch beinahe getötet. Der Präfekt hatte stundenlang bewußtlos gelegen, bis der Chemieprofessor, der mit ihm aus Frankreich gekommen war, verkündet hatte, er sei außer Gefahr.

Vielleicht sollten sie Elene noch einmal mit dem Schwamm abwaschen, das schien genausogut zu helfen wie alles andere. Ryan sah Devota an und wollte gerade den Vorschlag machen, aber die Frau stand mit geschlossenen Augen und sich stumm bewegenden Lippen da und war mit ihrer Beschwörung beschäftigt. Der Professor zupfte an seiner Lippe, seine Augen voller Zweifel, während er die Frau auf dem Bett betrachtete. Ryan wandte sich wieder Elene zu.

Sie starrte ihn mit einem Flehen in den Augen an. Ihre Stimme war nicht mehr als ein Hauch, als sie sprach. »Nach draußen?«

»Das würde ich nicht empfehlen«, sagte Doktor Ducaila entschieden. »Die Nachtluft ist ziemlich schädlich.«

Devota öffnete die Augen. »Ihr dürft den Zauber nicht durchbrechen. Innerhalb des Sandkreises ist sie geschützt.«

Elenes Hand zuckte und bewegte sich langsam auf Ryan zu. Mehr brauchte er nicht. Er trat zum Bett und warf das Laken mit einer einzigen Bewegung ans Fußende zurück.

»Ich warne Euch, M'sieur«, rief der Doktor. »Ihr riskiert, Euch selbst anzustecken, wenn Ihr ihre Haut länger berührt.«

Ryan sah den Mann mit einem vorwurfsvollen Blick an. Er schob seine Hände unter Elene, hob sie hoch und wandte sich zu der Tür um, die zur Galerie führte.

Devota trat vor ihn. Ryans blaue Augen glitzerten hart, aber er sprach mit Rücksicht auf die Kranke in seinen Armen nur leise. »Aufmachen«, befahl er.

Die Zofe sah lange forschend in sein Gesicht. Was sie dort sah, schien ihre Entscheidung zu beeinflussen. Sie trat plötzlich zurück, drehte sich um und öffnete die Tür.

Ryan ging mit Elene hindurch und die Galerie entlang. Die Nacht war dunkel und warm. Er ging weiter bis zu den

Stufen und stieg dann in den Hof hinunter. Dort stand er einen Augenblick still und ging dann unter die Eiche.

Schritte ertönten hinter ihm. Es war Devota, die eine Holzbank mitbrachte und sie an den Stamm des Baumes stellte. Ryan setzte sich darauf und benutzte den Stamm als Rückenlehne, während er Elene auf seinen Schoß bettete. Er strich ihr Haar zurück und ordnete die langen Strähnen, die sich an der Stickerei auf seinem Morgenrock verhakt hatten. Er fühlte an ihrer Wange und war verzweifelt, als er sie unverändert heiß fand. Er beugte sich vor und drückte seine Lippen auf ihre Stirn.

Die Erleichterung, endlich im Freien zu sein, und die Freude über die zärtliche Berührung war so groß, daß Elene seufzte und sich dichter an den Mann drückte, der sie hielt. Sie wußte, daß sie so in den vergangenen Tagen zahllose Stunden verbracht hatte. Es war ihr alles egal, solange sie nur hierbleiben konnte.

Von ihrer heißen Haut stieg der Duft auf, der schon ein Teil von ihr geworden zu sein schien und der ihr sogar während ihrer Krankheit von Devota auf die Haut gerieben wurde. Die Luft um Ryan war davon durchdrungen, eine verführerische Mischung, die sein Gehirn mit tausend halbvergessenen Erinnerungen an tausend leidenschaftliche, lustvolle Stunden erfüllte.

»Elene, meine Liebste, ich liebe dich«, sagte er, und die Worte waren so leise geflüstert, daß sie beinahe verlorengingen in dem Rascheln, das eine kleine Brise in den Blättern über ihren Köpfen verursachte.

Aber sie hörte sie und war erstaunt, daß er diese Worte, die sie mehr als alles andere hören wollte, für sie sagte. Sie seufzte und schloß die Augen.

Vielleicht eine Stunde später, während sie schlief, wurde ihre Haut plötzlich naß von Schweißtropfen, als das Fieber brach. Der Schweiß durchtränkte zusammen mit ihrem Duft das dünne Nachthemd, das sie trug, und auch Ryans Morgenrock, bis er völlig durchnäßt war. Als er diese süße, feuchte Wärme spürte, erfüllte ihn Erstaunen und eine seltsame Freude.

Die Hundstage des Sommers, die Fiebertage, gingen weiter. Der tägliche Regen, der pünktlich jeden Nachmittag kam, hörte nicht auf, bis die Vorhänge graue Stockflecken bekamen und jedes Stück Leder, das nicht an der Luft war, sich sofort mit Schimmel bedeckte. Elenes Rekonvaleszenz ging langsam voran angesichts der gnadenlosen Hitze und Feuchtigkeit. Der Juli war vorüber und der August hatte schon angefangen, als Ryan entschied, daß sie jetzt wieder kräftig genug war, um Besuch zu empfangen.

Die erste, die kam, war Madame Tusard. Ryan ließ die Frau nicht mit Elene allein, sondern stand wie ein Wächter da, als hätte er nichts Besseres zu tun. Elene schlug ihm vor, sich um seine Geschäfte zu kümmern, denn sie war sicher, daß er sie vernachlässigte, aber er wollte nichts davon hören. Der Grund war möglicherweise der, daß er schon die Neuigkeiten kannte, die Madame Tusard ihr unbedingt mitteilen wollte.

Aber zuerst mußten die üblichen Höflichkeiten ausgetauscht werden, mußte sie sich nach Elenes Gesundheitszustand erkundigen und zum Ausdruck bringen, daß die Gruppe ihre Abwesenheit bedauerte. Sie erwähnte auch, daß sich der Kolonialpräfekt ebenfalls langsam erholte, aber noch niemanden empfing. Sie sprachen auch über das Fortschreiten der Fieberepidemie, die bis jetzt schon eine große Anzahl von Menschen zur Flucht zu Freunden und Verwandten veranlaßt hatte, wo sie warten wollten, bis die Gefahr vorüber war.

Madame Tusard und ihr Mann hatten auch daran gedacht, fortzugehen, aber die Ausgaben dafür wären zu hoch geworden und die Reise sehr unbequem, denn da es kaum Gasthäuser unterwegs gab, wären sie gezwungen gewesen, die Gastfreundschaft von Landbesitzern in Anspruch zu nehmen, die an ihrem Weg wohnten. Es war ein Jammer mit Mazent; es hieß, er und seine Tochter hätten auch davon gesprochen, die Stadt zu verlassen, bevor er gestorben war.

Es dauerte einen Augenblick, bevor die Worte, die die Frau so dahingesagt hatte, in Elenes Bewußtsein drangen. Elene fragte: »Ihr meint – M'sieur Mazent ist tot? Floras Vater?«

»Ich fürchte ja. Wirklich eine Tragödie.«

»Starb er auch am Fieber?«

»Nein, nein. Ich wollte Euch nichts Falsches sagen. Die Mediziner waren sich anfangs nicht ganz sicher, ob es vielleicht Gelbfieber war oder möglicherweise eine Kolik infolge seiner Magenbeschwerden. Aber dann sah zufällig dieser Arzt und Doktor der Chemie, den der Kolonialpräfekt aus Frankreich mitgebracht hat, den Toten. Er sagte sofort, die Ursache für seinen Tod seien weder Fieber noch Kolik. Ihr würdet sie niemals erraten!«

Da Madame Tusard erwartungsvoll schwieg, schüttelte Elene den Kopf. »Ich werde es bestimmt nicht erraten. Welche Ursache war es?«

»Arsen, *chère*. Könnt Ihr Euch das vorstellen?«

Arsen. Erst Hermine und jetzt Mazent. Elene fröstelte. »Oh, aber wie? Warum?«

»Das weiß niemand. Es scheint keinen Grund dafür zu geben, obwohl manche die Zofe Germaine im Verdacht haben. Flora, das arme Kind, ist natürlich verzweifelt. Außerdem hätte bald ihre Verlobung bekanntgegeben werden sollen. Es wird angenommen, daß das jetzt bis nach der Trauerzeit verschoben wird.«

»Das klingt einfach unglaublich. Seid Ihr wirklich sicher?« Ein zweiter Todesfall durch Gift war wirklich außergewöhnlich. Welche Verbindung konnte es wohl zwischen diesen beiden Todesfällen geben, dem einer Schauspielerin und dem eines Plantagenbesitzers im mittleren Alter?

»Aber Mazents Arzt und der Professor von Laussat sind sich nicht ganz einig. Der Arzt aus Paris soll gesagt haben, daß ein Knoblauchgeruch den Hinweis auf das Gift gebe, aber Knoblauch ist ja in dieser Gegend ein ganz geläufiges Gewürz.«

»Dann war es vielleicht doch ein natürlicher Tod«, seufzte Elene erleichtert.

»Möglicherweise. Aber da sind natürlich immer noch diejenigen, die hinter vorgehaltener Hand lachen und sagen, daß ein Mann in Mazents Alter, der sich noch eine Maîtresse hält, vielleicht auch an etwas stirbt, das man als übermäßige körperliche Erregung bezeichnet.« Die Augen der Frau glitzerten, als sie diese Meinung äußerte.

»Ihr meint –«

»Genau.«

»M'sieur Mazent und Germaine – nach all der Zeit. Das finde ich unwahrscheinlich.«

»Ich versichere Euch, daß solche Dinge tatsächlich vorkommen.«

Elene suchte nach einer Möglichkeit, Madame Tusards Gedanken auf ein anderes Thema zu bringen. »Flora wird verloren sein ohne ihren Vater.«

»Ja, wahrscheinlich. Das Vermögen, das sie erbt, wird ihren Verlust nicht ausgleichen, obgleich ich annehme, ihr Bräutigam wird sie möglicherweise unterstützen; ich nehme kaum an, daß er so verrückt sein wird, sich in dieser Beziehung zurückzuhalten. Zweifellos entsprach der Mann dem Willen ihres Vaters. Flora braucht ihn jetzt natürlich nicht mehr zu nehmen, aber ich kann mir nicht vorstellen, daß sie etwas anderes tun wird.«

»Nein, ich eigentlich auch nicht«, antwortete Elene, obwohl sie in Gedanken nicht bei Floras möglicher Reaktion auf ihre Heiratspläne war. »Was glaubt Ihr wohl, wer dieser Bräutigam sein könnte?«

Ein Ausdruck von Verärgerung erschien auf Madame Tusards Gesicht. »Das freche Ding will es nicht sagen; sie war sogar ziemlich stur dabei, den Namen des Herrn geheimzuhalten. Den Grund dafür könnte ich nur erraten – vielleicht herrschte Uneinigkeit zwischen ihr und ihrem Vater – und aus diesem Grunde frage ich mich, ob sie jetzt noch bei der Wahl ihres Vaters bleibt.« Das Glitzern eines bissigen Lächelns erschien kurz in den Augen der Frau. »Ich wage trotzdem zu raten, denn ich erinnere mich recht genau daran, daß es Durant Gambier war, der Flora an dem Abend zur Vauxhall-Bühne begleitet hat.«

Genau das gleiche hatte Elene auch gerade gedacht. Beinahe wie zu sich selbst sagte sie dann: »Aber irgendwie kann ich mir die beiden nicht so recht zusammen vorstellen.«

Madame Tusard lachte mit einem Laut, der in seiner bitteren Ironie erschreckend klang. »Ich eigentlich auch nicht, aber man hat schon seltsamere Verbindungen gesehen, wenn das Geld den Ton angab.«

Elene dachte an das Geld, das Durant ausgegeben hatte, und an den Tod von Mazent, durch den seine Tochter jetzt zu seiner Erbin geworden war, und ein leichtes Schaudern durchlief sie.

Aus dem Augenwinkel sah sie, wie Ryan plötzlich vortrat. Das Gesicht zu einer harten Maske erstarrt, sagte er: »Ich glaube, das ist genug für heute. Ich bin sicher, daß Elene sich über Euren Besuch gefreut hat, Madame, aber sie darf sich nicht überanstrengen.«

»Oh, aber ich habe doch noch so viele andere Dinge zu erzählen –«

»Ein anderes Mal.«

Seine kurzen Worte setzten sie sozusagen vor die Tür. Madame Tusard verabschiedete sich, allerdings mit einer ganzen Reihe von entrüsteten Blicken in seine Richtung. Ryan nahm sie nicht im mindesten zur Kenntnis und richtete Elenes Kissen, damit sie sich ausruhen konnte. Vielleicht bildete sie es sich ein, aber Elene hatte das Gefühl, daß seine Hände nicht ganz so zärtlich wie sonst waren und sein Rat, jetzt zu schlafen, nicht ganz so besorgt klang. Darüber hinaus verließ er, während sie schlief, zum ersten Mal seit Wochen das Haus.

Josie kam am nächsten Morgen, als Ryan unterwegs war. Sie war in einer Weise gekleidet, die mehr als nur ein wenig an Hermine erinnerte, und deshalb war sie auch weniger aufgetakelt als sonst. Dadurch bekam sie eine recht reizvolle Ausstrahlung und sogar ein kleines bißchen mehr Würde. Sie konnte jedoch Hermines Stimme nicht so imitieren wie ihre Art, sich zu benehmen, und ihre Kleidung, und obwohl es recht unterhaltsam war, mit Josie von Theaterstücken und Mode und kleinen Skandalen zu plaudern, kam sie doch nicht im mindesten an Hermines ätzenden Witz heran.

»Wie geht es Morven?« fragte Elene.

»Weitgehend so wie sonst. Er hat die Witwe mit Beschlag belegt und flirtet gleichzeitig mit allen anderen. Ich weiß gar nicht, was sie alle so aufregend an ihm finden. Er hat sich eines Abends dazu herabgelassen, Notiz von mir zu nehmen, als die Witwe gerade nicht zu Hause war, und ehrlich gesagt fand ich ihn als Liebhaber nicht so besonders berühmt.«

Elene verschluckte sich beinahe an ihrem Kaffee. »Ihr meint, Ihr und er –«

»Es war schon vorbei, bevor ich es recht gemerkt hatte. Ich war noch nie in meinem Leben so enttäuscht. Männer sind ja so seltsam. Die besten sind diejenigen, von denen man es nie erwarten würde.«

»Wobei Ihr aus Eurer großen Erfahrung sprecht?«

Josie grinste. »Ich hatte schon einige; mehr als Ihr, das bezweifle ich nicht. Nun, also mein neuer Liebhaber ist nicht besonders bemerkenswert von seinem Aussehen her, aber er weiß mit dem umzugehen, was er hat, und der Gute ist so dankbar dafür, daß ich mich herablasse, mich mit ihm zu beschäftigen. Er ist auch viel großzügiger, als Ihr glauben würdet. Nichts könnte perfekter sein.«

»Ihr wollt ihn heiraten?«

»Warum kommt Ihr auf den Gedanken? Nein, nein, ich

habe nicht den Wunsch, an irgendeinen Mann gebunden zu sein. Außerdem ist er schon verheiratet.«

»Ich verstehe.«

»Ja wirklich?« fragte Josie und schaute etwas eingebildet, wobei sie den Rücken durchbog, um die Brust etwas vorzustrecken, während sie Elene von der Seite her ansah. »Mir scheint, Ihr habt auch nicht gerade die Absicht, Ryan zu heiraten. Madame Tusard hat mir erzählt, daß er sich sehr intensiv um Euch kümmert und Eure Gesundheit und Bequemlichkeit mit der Untergebenheit eines beschützenden Ritters bewacht.«

»Sie übertreibt«, entgegnete Elene und versuchte zu lachen.

»Ja, findet Ihr? Wo er Euch doch wochenlang nicht von der Seite gewichen ist? Diese Aufopferung übersteigt den Einsatz der meisten Liebhaber – übrigens sogar den Einsatz der meisten Ehemänner. Ihr tut sicher gut daran, ihn Euch zu angeln, solange Ihr es noch könnt.«

»Meint Ihr?«

»Ihr braucht Euch gar nicht über mich lustig zu machen; Ihr habt schließlich keinen Beruf, mit dem Ihr Euch selbst versorgen könnt.«

»Doch, ich habe mein Parfüm«, widersprach Elene mit einer Spur von Sturheit.

»Das ist wahr, und das erinnert mich auch daran, daß ich unbedingt auch eine Flasche davon brauche. Ich habe mit – mit meinem Liebhaber darüber gesprochen, und er hat mir das Geld gegeben. Er gibt mir wirklich alles, was ich will.«

Elene sah sich nach Devota um, aber irgendwann im Laufe des Gesprächs war die Zofe aus dem Zimmer geschlüpft. Josie sprach immer weiter von anderen Dingen; vom Tode Mazents und Floras Suche nach Trauerkleidung, die mehrere Bekleidungsläden reich gemacht hatte, ging sie über zu einem Bootsfest, das Bernard Marigny für einige seiner männlichen Freunde und zwei oder drei sorgfältig ausgewählte

Frauen gegeben hatte, von denen eine Flora gewesen war. Irgendwie vergaßen sie dann das Parfüm.

Elene dachte, etwa eine halbe Stunde nachdem Josie gegangen war, wieder daran. Sie wandte sich sofort an Devota und erzählte ihr davon. »Kannst du nicht Josie eine Flasche bringen?«

Devota hielt inne in ihrer Beschäftigung, die Kaffeetassen, aus denen Elene und ihr Gast getrunken hatten, zusammen mit den krümelbedeckten Kuchentellern auf ein Tablett zu stellen. Sie zögerte nur kurz, trotzdem schien es eine besondere Bedeutung zu haben, denn Elene sah das ernste Gesicht der Zofe und bemerkte, daß sie versuchte, ihrem Blick auszuweichen.

»Stimmt etwas nicht?«

»Nein, es ist nichts, *chère*. Jetzt, wo es dir wieder besser geht, ist alles wieder in Ordnung.«

»Es ist etwas mit dem Parfüm, oder?«

Durch Elenes Gedanken lief plötzlich eine ganze Reihe von Erinnerungen. Wie Devota das neue Parfüm hereingebracht hatte, als sie mit Hermine sprach. Wie Ryan sie drei Tage lang im Bett nicht angerührt hatte, als sie keinen Duft benutzte; wie er zu ihr zurückgekommen war wie ein Magnet zum Eisen, sobald sie das neue Parfüm verwendet hatte. Josies Worte klangen noch in ihren Ohren. *Untergebenheit. Ist Euch wochenlang nicht von der Seite gewichen. Aufopferung.*

Devotas Schweigen kam einer Zustimmung gleich.

»Es ist wieder dasselbe. Du hast noch hinzugefügt, was in dem Rezept gefehlt hat.«

»Anders hat es einfach nicht gestimmt.«

»Jetzt stimmt es auch nicht! Wir können doch nicht einfach allen möglichen Frauen eine solche Macht verleihen!«

»Ich dachte, du glaubst nicht daran.«

»Wie könnte ich nicht daran glauben?« fragte Elene in einem verzweifelten Ausruf.

»Die Macht ist da am größten, wo jemand an sie glaubt und davon weiß.«

»Aber das bedeutet ja nicht, daß es ansonsten nicht funktioniert, oder?«

»Nein, *chère*.«

»Wissen die anderen, ich meine Serephine und Germaine, was sie gekauft haben?« fragte Elene langsam.

»Sie wissen es.«

Natürlich wußten sie es, denn sie stammten ja auch aus Santo Domingo. Höchstwahrscheinlich gehörten sie auch dem Voodookult an und waren mit seinen Geheimnissen vertraut. Hermine hatte es nicht gewußt, und Hermine war tot.

Laut sagte sie: »Ihnen hast du es gesagt, aber mir nicht.«

»Ich wollte deine Zukunft damit sichern! Du hättest Ryan heiraten sollen, dann wäre das alles ganz egal.«

Elene starrte ihre Zofe an, und ihre Augen waren dunkel, weil sie betrogen worden war. Sie hatte geglaubt, Ryans Untergebenheit und seine Liebe gehörten ihr um ihrer selbst willen. »Es wäre nicht egal.«

»Ich habe es für dich getan, nur für dich.« Die Worte der Zofe hingen in der Luft, obwohl sie sie ganz leise ausgesprochen hatte.

Elene schloß die Augen, weil sie plötzlich unendlich müde war. Nach einer Weile hörte sie das leise Klappern von Geschirr und Devotas weiche Schritte, als sie fortging.

Elene versuchte, sich darüber klarzuwerden, was es bedeutete, daß das Parfüm doch nicht so war, wie sie angenommen hatte, und sich daran zu erinnern, wie viele Frauen es jetzt hatten und was das für Folgen haben könnte.

Sie mußte auch daran denken, welche Folgen es bei ihr selbst gehabt hatte. Anfangs war sie fasziniert gewesen von dem Zauber. Jetzt hatte sie das Gefühl, als ob sie sein sicherster Sklave war, denn niemand war abhängiger von seiner Macht als sie.

14. Kapitel

Am ersten Tag, als sich Elene endlich wieder kräftig genug fühlte, um ihr Nachthemd und Umschlagtuch gegen ein Tageskleid aus gelbem Batist, bestickt mit grünen Blättern und Ranken, zu vertauschen und ihre Kissen und das Sofa zu verlassen, ging sie die Treppen zum Arbeitszimmer hinunter. Sie bewegte sich vorsichtig, nicht nur weil sie noch ein wenig schwach war, sondern weil sie Devotas Aufmerksamkeit nicht erregen wollte. Die Zofe würde sicher gegen das, was sie vorhatte, Einwände erheben. Also war es das beste, wenn sie damit fertig war, bevor sie es merkte.

Elene fand einen leeren Olivenölkrug, ein irdenes Gefäß in der Form einer riesigen Schnecke. Ein Kübel wäre ihr lieber gewesen, aber da keiner in der Nähe stand, mußte sie auch so zurechtkommen. Sie stellte den Krug auf die Arbeitsbank und nahm die Flasche herunter, in der sich der Rest des Parfüms befand. Sie zog den Stöpsel ab und goß den Inhalt in den Olivenölkrug. Dann stellte sie die leere Flasche weg und griff nach den kleinen, mit einem Band umwickelten blauen Fläschchen, die sie für den Verkauf gefüllt hatte. Sie hielt eine in der Hand, spürte ihr geringes Gewicht, strich vorsichtig mit dem Daumen über das Glas.

Sie dachte an den Stolz und die Hoffnung, mit denen sie sie gefüllt hatte, an die Träume von der Unabhängigkeit und die Sicherheit, mit der sie gewußt hatte, daß sie hiermit etwas tat, um ihre Zukunft zu sichern. Es steckte so viel Mühe und Fleiß in diesen Flaschen – sowohl von Devota als auch von ihr selbst –, so viele Pläne und so viel Vorfreude auf ihren Erfolg. Vergeblich, es war alles vergeblich gewesen.

Tränen quollen hervor, brannten ihr in der Kehle, rollten über ihre Wangen. Ihre Finger schlossen sich immer fester um die kleine Flasche, bis sie weiß waren.

Macht, das war das Wesentlichste, was das kleine Ding in

ihrer Hand darstellte, die Fähigkeit, Männer zu beherrschen und damit auch die Freuden und Genüsse des Lebens. Macht nicht nur für sie selbst, sondern auch für zahlreiche andere Frauen. Was könnte das für ein Segen für sie alle bedeuten, wenn man ihnen die Mittel in die Hand gab, ihr Leben so zu arrangieren, wie sie es wollten, ohne auf das Diktat der Männer Rücksicht nehmen zu müssen. Es war ein atemberaubender Gedanke.

Aber es war auch eine Macht, deren Gebrauch einen Ausdruck von niederer Gesinnung bedeuten würde – und möglicherweise auch eine Gefahr. Sie konnte es nicht tun, durfte es einfach nicht zulassen.

Mit einer plötzlichen Bewegung zog sie den Stöpsel aus dem Flaschenhals und goß die kleine Portion Parfüm in den Olivenölkrug. Der Duft stieg auf, übersättigte sie mit seiner Fülle, erstickte sie mit den nicht eingehaltenen Versprechungen und der Abhängigkeit, die er auf einmal für sie bedeutete. Elene ließ den letzten Tropfen hineinfallen und stellte dann die Flasche weg. Das Parfüm tropfte auf ihre Finger und die raschelnden, lavendelfarbenen und grünen Bänder um den Flaschenhals, aber sie achtete nicht darauf. Sie griff nach der nächsten Flasche und wieder nach der nächsten.

»Was tust du da?«

Devota stand vor ihr und äußerte die Frage in einem Ton, der schon beinahe ein Schrei war – so hatte Elene sie noch nie gehört. Elene sah nicht auf, als sie ihr antwortete: »Ich beseitige einen ungerechten Vorteil.«

»Das ist doch Wahnsinn!«

»Seltsam, aber mir scheint es das einzig Richtige zu sein.« Elene stellte die Flasche in ihrer Hand weg und wischte mit einer ungeduldigen Bewegung Tränen von ihrem Gesicht, bevor sie die nächste nahm. Es waren noch drei übrig.

Devotas Blick wanderte von den restlichen Flaschen zu dem irdenen Krug. »Was wirst du damit machen?«

»Es vernichten.«

»Indem du es nach draußen schüttest? Ist das nicht ein Risiko?«

»Ein Risiko, daß es irgend jemand vielleicht aufheben oder zusammenklauben will, mit dem Schlamm und allem? Das glaube ich kaum. Aber ich hatte vor, es in den Fluß zu gießen. Das wird die Wirkung abschwächen.«

»Das kann ich nicht zulassen.«

»Du wirst mich nicht daran hindern können.« Elenes Stimme klang rauh vor Entschlossenheit.

»Denk doch an das Halsband deiner Mutter. Wie willst du es zurückkaufen, wenn du zerstörst, was du von seinem Wert gekauft hast? Du wirst es verlieren.«

»Das kann ich nicht ändern.«

Als Elene nach der nächsten Flasche griff, streckte Devota plötzlich die Hand aus und ergriff die beiden übrigen, die sie fest an ihre Brust drückte. »Diese beiden verlange ich für mich, für meine Arbeit daran.«

Elene hatte das Gefühl, daß es ihr wohl kaum gelingen würde, Devota die beiden Flaschen mit Gewalt abzunehmen, selbst wenn sie es wollte. Aber sie wollte es nicht. Es gab mehr als nur eine Möglichkeit, die Wirkung des Parfüms zu neutralisieren. Sie begegnete dem betroffenen Blick der Zofe mit unerbittlichem Gesichtsausdruck. »Trage den Duft selbst, wenn du möchtest, aber du darfst ihn nicht verkaufen.«

»Nein, *chère*.«

»Versprichst du es mir?«

Devota vollzog eine knappe Geste, die für jeden, der sie kannte, genauso bindend war wie der Eid eines Christen.

»Also gut. Gibt es noch irgend jemand anderen, dem du es verkauft oder geschenkt hast und von dem ich nichts weiß – irgend jemanden außer Hermine und Germaine und Serephine?«

»Niemanden.«

»Gut. Dann dürfte das Ganze einfacher werden.«

Devota musterte sie, und ihre dunklen Augen wirkten nachdenklich. »Was hast du vor?«

»Ich will das verkaufte Parfüm zurückholen.«

»Das ist nicht so einfach.«

Das wußte Elene natürlich, aber davon durfte sie sich nicht abhalten lassen. Sie mußte es tun, um sich innerlich wieder frei fühlen zu können. Sie mußte es wenigstens versuchen.

Zuerst ging sie zu Madame Rachel Pitot. Dafür gab es keinen besonderen Grund, außer daß sie vielleicht annahm, die Frau könnte leichter dazu zu überreden sein, das Parfüm zurückzugeben, weil sie sich ja nicht genau vorstellen konnte, was es darstellte. Um sie zu überreden, dachte sich Elene eine Geschichte aus von einem verdorbenen Inhaltsstoff, der einen Hautausschlag bewirken konnte. Sie hatte ihr restliches Geld mitgenommen, um es ihr anzubieten, damit sie sich dafür ein anderes Parfüm kaufen konnte. Sie hoffte aber, daß sie es behalten konnte, da Madame Pitot eine wohlhabende Frau war und außerdem ja auch von Anfang an nicht dafür bezahlt hatte. Aber sie wußte auch, daß die wohlhabenden Menschen meistens ausgesprochen geizig sind, was kleine Dinge betrifft.

Ihr Tageskleid aus blauem Popeline war dieser Art von Besuch sehr angemessen, und ihr kleiner Strohhut mit dem Schleier als Schutz vor der Sonne war sowohl stilvoll als auch praktisch. Sie nahm sich die Zeit, sich etwas Farbe in die Wangen zu kneifen, die infolge der Krankheit immer noch sehr blaß waren, und half sogar mit ein wenig Rouge nach. Als sie das Ergebnis im Spiegel betrachtete, nachdem sie fertig war, schwor sie sich auch, daß sie sich in Zukunft bei jeder Mahlzeit vollstopfen würde, bis sie rund war wie ein Faß, denn obwohl sie wieder etwas von dem verlorenen Gewicht zugenommen hatte, war sie nach wie vor zu dünn.

Sie hatte kein Fahrzeug, um zum Haus der Witwe zu gelangen. Der Weg war nicht allzu weit; trotzdem mußte sie zweimal stehen bleiben, um sich auszuruhen, wobei sie sich jedesmal auf eine der Bänke setzte, die vor vielen der Läden und Häuser standen. Die Sonne wurde heiß, während der Vormittag verging; außerhalb der Palisaden flimmerte die Hitze in kleinen Wellen über dem Straßenschlamm, und die frischen Fußspuren trockneten fast augenblicklich. Elene spürte, wie ihr der Schweiß unter dem Mieder über den Rükken floß, und sie behielt ihr Taschentuch in der Hand, um es ab und zu unter den Schleier zu schieben und die Schweißtropfen von ihrem Gesicht zu wischen.

Schließlich stand sie vor dem Haus der Witwe. Als Elene die Stufen hinaufstieg und dann unter dem kühlen Schatten der Galerie entlangging, wurde ihr klar, daß sie ihr Kommen eigentlich hätte ankündigen müssen. Möglicherweise hatte die Dame einen Besuchstag, an dem sie für Besucher zu Hause blieb, während sie andere Vormittage damit verbrachte, selbst Besuche zu machen.

Die Haustür stand jedoch offen, damit auch jede noch so kleine Brise, wie es sie im Augenblick nur selten gab, etwas Frische hereinbringen könnte. Bei Elenes leichtem Klopfen erschien ein Diener und bat sie mit einer Verbeugung, hereinzukommen und im Salon Platz zu nehmen, während er ging, um zu sehen, ob seine Herrin Besuch empfangen wolle.

Rachel Pitot empfing Elene in ihrem Boudoir, das mit befeuchteter, schmeichelnder, pfirsichfarbener Seide ausgekleidet und großzügig mit satinbezogenen, vergoldeten Stühlen aus einem opulenteren Zeitalter ausgestattet war. Sie sah so aus, als wäre sie gerade erst aufgestanden. Ihr Haar hing ihr wirr über den Rücken, und ihr Nachthemd und Umschlagtuch waren auf eine Weise verknittert, die erkennbar machte, daß sie darauf gelegen hatte. Sie lehnte auf einer Chaiselongue, die großzügig mit Spitzenkissen belegt war, neben ihr auf einem kleinen Tischchen standen eine Schale mit Bonbons und eine Kanne Schokolade. Gott sei Dank hatte Elene keine Lust auf das Getränk, denn es wurde ihr auch keines angeboten. Der Duft der Schokolade, die in einer kleinen Porzellantasse abkühlte, hing in der Luft, gemischt mit einer Spur von schlampiger Dekadenz, aber sonst nichts, nicht einmal ein Hauch von Parfüm.

Rachel Pitot streckte gelassen eine Hand aus und nahm ein Bonbon. »Es ist ja wirklich mutig von Euch, hierherzukommen, denn ich habe gehört, daß Ihr krank gewesen seid, Mademoiselle Larpent. Ich hoffe, Ihr habt Euch nicht zuviel zugemutet.«

»Das habe ich sicher nicht«, entgegnete Elene mit spröder Stimme, während sie zusah, wie die Frau das Bonbon aus ihrer Hand in den Mund beförderte. Wenn die Witwe Pitot auch nur eine Spur von Interesse an ihr gehabt hätte, hätte sie ihr eine Erfrischung angeboten. Aber so war das, was sie gesagt hatte, nichts anderes als leere Worte.

»Seid Ihr vielleicht gekommen, um Morven zu besuchen? Ich glaube, er amüsiert sich gerade damit, im Sommerhaus im Garten mit einer neuen jungen Schauspielerin zu proben. Falls Ihr es wünscht, kann ich nach einem Diener klingeln, um ihn holen zu lassen, aber ich bezweifle, daß ihn das sehr freuen würde; das Mädchen ist ja so empfänglich.«

»Nein!« sagte Elene hastig und fügte dann etwas ruhiger hinzu: »Ich bin nicht gekommen, um Morven zu besuchen.«

»Also wegen Joséphine? Sie ist heute morgen schon früh in die Stadt gegangen, bevor die Hitze zu groß wird, hat sie gesagt, aber ich erwarte sie, an welchem Ort auch immer sie jetzt sein mag, frühestens heute abend zurück.«

Elene verzichtete auf einen Kommentar. »Ich habe Josie erst vor zwei Tagen gesehen, und obwohl ich nichts dagegen hätte, sie auch kurz zu begrüßen, bin ich nicht ihretwegen hergekommen.«

»Ich bin sicher, daß Ihr mir bald sagen werdet, warum Ihr hier seid.«

In den scharfen Worten der Frau, ihrer schludrigen Erscheinung und dem kühlen Empfang, den sie Elene bereitete, lag eine absichtliche Beleidigung, so als betrachte sie es als unter ihrer Würde, sie gastfreundlich zu behandeln. Elene spürte es, auch wenn sie sich nicht denken konnte, welchen Grund es dafür gab. Trotzdem konnte ihr das eigentlich nichts ausmachen.

»Ja, wirklich«, sagte sie kurz, den Rücken so aufrecht wie ein Brett. »Ich bin wegen des Parfüms gekommen.«

Rachel Pitot hörte ihr mit gerunzelter Stirn zu, die sie ab und zu mit einem Zeigefinger rieb, damit sie keine Falten bekam. Als Elene zu Ende gesprochen hatte, sagte sie: »Ich hatte das Parfüm, ja, das stimmt, aber jetzt ist es weg, also braucht Ihr Euch darüber keine Sorgen zu machen.«

»Weg?« Das Wort klang leer. Elene hatte eine ganze Menge Dinge erwartet, aber nicht so etwas.

»Offen gesagt glaube ich, daß es mir gestohlen wurde. Wenn ich jemanden nennen sollte, der mir verdächtig erscheint, würde ich sagen, es war Joséphine, obwohl sie den Diebstahl abstritt, als ich sie dazu befragt habe. Sie hatte die Unverschämtheit zu vermuten, meine Zofe habe es genommen.«

»Gibt es eine Möglichkeit, daß das doch stimmt?«

»Nein, das ist unmöglich. Meine Diener würden es nicht wagen, denn sie wissen, daß ich ihnen dafür die Haut vom Rücken peitschen lassen würde.«

»Eine starke Methode der Abschreckung.«

»Sie hat sich als effektiv erwiesen. Aber ich muß gestehen, ich bin überrascht, daß Ihr Euch so viel Mühe macht, nur weil vielleicht jemand einen Ausschlag davon bekommt. Manche Frauen sind empfindlich in solchen Dingen, andere nicht. Auf jeden Fall würde nicht so schnell jemand auf den Gedanken kommen, so etwas mit Eurem Parfüm in Verbindung zu bringen.«

»Möglicherweise, aber dessen kann ich nicht sicher sein.«

»Aber ich bitte Euch, so naiv bin ich doch nicht! Ich glaube, dies hat etwas zu tun mit dem Gerücht zwischen den Viertelnegerinnen und Achtelnegerinnen über ein Parfüm mit besonders starken Eigenschaften. Ich hatte es für reinen Aberglauben gehalten, aber mir scheint, ich hätte den Duft mit mehr Sorgfalt aufbewahren müssen.«

»Ich kann mir nicht vorstellen, was das für ein Gerücht ist, von dem Ihr da gehört habt, aber Ihr werdet wohl kaum annehmen –«

Die andere Frau nahm Elenes Versuch, alles abzustreiten, gar nicht zur Kenntnis. »Es gibt Dinge, die wir nicht verstehen, Dinge, die die Afrikaner vor uns verbergen. Ich habe selbst etwas davon gesehen, bei den Ritualen, die sie in den Sümpfen zelebrieren. Solche Darstellungen können äußerst anregend sein. Aber trotzdem – wenn es wahr ist, was man sagt, dann ist doch auch ganz klar, was Joséphine mit dem Parfüm wollte.«

Elenes Protest erstarb auf ihren Lippen. »Was meint Ihr damit?«

»Nun ja, Joséphine hatte eine große Leidenschaft für Morven, wußtet Ihr das nicht? Und als sie sich als enttäuschend erwies, gab es da noch den anderen Mann, den sie sich seit einiger Zeit warm hielt und den sie auch gern für sich einnehmen wollte.«

»Ihr Liebhaber.«

»Wenn Ihr ihn so nennen wollt, ich würde das allerdings nicht tun. M'sieur Tusard entspricht ja wohl kaum der Vorstellung einer Frau vom schönen, idealen Geliebten.«

»Tusard?« Elenes Stimme war flach.

»Überrascht? Man sagt, er habe eine Schwäche für Schauspielerinnen. Selbst Hermine –«

Elene, der es übel wurde von der herzlosen und beiläufigen Art, mit der diese Frau Dinge enthüllte, die eigentlich niemand hätte erfahren sollen, sprang auf. »Verzeiht, aber ich muß gehen. Es war nett von Euch, daß Ihr mich empfangen habt, und ich weiß Eure – Offenheit zu schätzen. Ihr habt mir sehr geholfen. Guten Tag.«

»Ich würde mich freuen, wenn Ihr einmal wiederkommt«,

sagte Madame Pitot, aber Elene hatte das Gefühl, daß diese Worte auch nicht ernster gemeint waren als das Interesse der Frau an ihrer Gesundheit.

Elene beeilte sich, das Haus der Witwe so weit wie möglich hinter sich zu lassen. Ein Grund dafür war ihre Abneigung gegen diese Frau, aber ein anderer war, daß sie befürchtete, Morven könne zurückkommen, solange sie noch im Haus war, und sie dazu zwingen, ihre Lügen über das Parfüm zu wiederholen.

Sie war noch nicht so kräftig, wie sie angenommen hatte, obwohl sie zum Teil deshalb so erschöpft und außer Atem war, weil sie versuchte, ihren eigenen Gedanken davonzulaufen. Sie ging langsamer und sah sich um, dann verließ sie die Straße, die zurück zur Stadt führte, von deren Dächern und Palisaden sie nicht mehr weit entfernt war, und setzte sich in den Schatten einer Buche. Sie lehnte ihren Kopf gegen ihren festen Stamm, wobei sie ihren Hut abnahm, um ihn nicht zu zerdrücken. Dann schloß sie die Augen und wartete ruhig darauf, daß ihr Herz wieder langsamer schlug und die Hitze aus ihrem Gesicht wich.

Josie und M'sieur Tusard. Ihre Affäre hatte so etwas wie eine seltsame Logik an sich, wenn man die grundsätzliche Schwäche dieses Mannes für Frauen vom Theater bedachte. War es möglich, daß die Faszination des ehemaligen Beamten an ihr durch das Parfüm begründet worden war? Und hatte Josie es tatsächlich gestohlen, wie Rachel Pitot behauptet hatte?

Und vorher? Während der Duft im Besitz von Madame Pitot gewesen war, hatte sich Morven in sie verliebt? Aber inzwischen verschenkte er ja wohl, soweit man das aus den giftigen Bemerkungen der Witwe schließen konnte, seinen beträchtlichen Charme an seine neue Naive. Was für ein Durcheinander!

Aber es gab noch eine andere Möglichkeit, die langsam in den Vordergrund trat und die Elene gar nicht gefiel, ein Gedanke, der schon länger drohend in ihrem Gehirn gewachsen war, seit sie erfahren hatte, daß Hermine ihr Parfüm verschenkt hatte. Die Flasche mit dem Duft, die Elene Hermine gegeben hatte, war von der Witwe eingesetzt worden, um Morvens Zuneigung zu gewinnen. Hermine war genau zu der Zeit gestorben, als er mit Madame Pitot liiert gewesen war. Konnte es möglich sein, daß die Frau, die Morven wirklich geliebt hatte, so verzweifelt gewesen war über die Intensität seiner neuen Liebschaft, daß sie sich selbst mit einer Überdosis Arsen das Leben genommen hatte?

War es möglich, daß sie, Elene Larpent, Hermines Tod verschuldet hatte?

Sicher war der Grund nicht der, den sie vermutete, und trotzdem hatten die Ärzte ihren Tod als Selbstmord bezeichnet, und Elene hatte auch selbst erlebt, wie unglücklich Hermine über Morvens Seitensprung gewesen war. Es schien einfach unwahrscheinlich, daß eine Frau wie Hermine, die seit Jahren ihrer Haut wegen Arsen genommen hatte, zufällig und aus Unachtsamkeit zuviel davon hätte einnehmen sollen. Wenn aber keine der beiden Erklärungen stimmte, was für eine konnte es wohl noch geben?

Mord war noch eine Möglichkeit. Wenn die tote Frau Josie und nicht Hermine gewesen wäre und ihr Tod ein paar Wochen später eingetreten wäre, dann hätte man vermuten können, die betrogene Frau, Madame Tusard, wäre es vielleicht gewesen. Schließlich war bekannt, daß Gift die typische Mordwaffe von Frauen war, und Ehemänner und Ehefrauen waren immer die ersten, die bei einem Mord in einer Dreiecksbeziehung verdächtigt wurden. Andererseits hatte Hermine M'sieur Tusard auch nicht besser gekannt als sie selbst. Zugegebenermaßen war da die seltsame Anschuldigung von Madame Tusard gewesen, daß Hermine die Schauspielerin wäre, die ihr Mann vor vielen Jahren gekannt hatte, aber dieser kleine Irrtum war doch in recht befriedigender Weise bereinigt worden.

Aber welche Ursache auch immer Hermines Tod haben mochte, es schien keine Verbindung zum Tod von M'sieur Mazent zu geben. Oder war es vielleicht doch irgendwie möglich? Immerhin hatte es im Haushalt der Mazents auch ein Fläschchen Parfüm gegeben, nämlich das von Germaine. Und falls Mazents Tod nicht durch eine Kolik oder das Fieber oder Gift eingetreten war, vielleicht war er dann auf einen Schlaganfall durch übermäßige Erregung als Wirkung auf das Parfüm am Körper seiner Geliebten zurückzuführen, so ähnlich wie Madame Tusard vermutet hatte?

Nein, nein, ihre Phantasie war einfach zu lebhaft. Sie schrieb dem Parfüm eine zu starke Wirkung zu und gab sich selbst zuviel Mitschuld. Für den Tod von Mazent konnte sie nicht verantwortlich sein.

Wenn es einen gnädigen Himmel gab, würde sie feststellen, daß sie hier eingeschlafen war und diese ganzen schrecklichen Dinge nur geträumt hatte. Wenn sie wach würde, würde sie feststellen, daß das Parfüm keinerlei magische Wirkung hatte. Sie würde auf wundersame Weise verstehen, daß sie keine Rolle bei den Todesfällen in ihrer Umgebung gespielt hatte, daß es irgend etwas Böses war, das sich seine Opfer zufällig aussuchte. Aber so sehr sie sich auch nach dem Trost dieser beiden Lösungen sehnte, konnte sie doch keine davon annehmen. Unfähig, sich wirklich auszuruhen, stand sie auf und ging weiter auf die Stadttore zu.

Ihr Ausflug zur Witwe Pitot war so ermüdend gewesen, daß es mehr als drei Tage dauerte, bis sie die Energie fand, Ryans Haus wieder zu verlassen. Und selbst da war ihr Antrieb nicht so sehr ihr Pflichtgefühl als eher die Angst davor, was wohl geschehen mochte, wenn sie das Parfüm nicht zurückholte.

Trotzdem hatte sie die Befürchtung, daß sie nicht viel Erfolg haben würde. Aber das war egal.

Es gab keine Möglichkeit, mit Germaine zu sprechen, ohne daß Flora dabei war, denn das junge Mädchen saß im Empfangsraum, der zu dem Gasthaus gehörte, in dem sie wohnte. Flora Mazent hielt es für selbstverständlich, daß Elene gekommen war, um sie zu besuchen. Sie schien sehr erfreut, daß sie eine Besucherin hatte, die sie bewirten konnte, denn sie war mit vor Aufregung rot gefleckten Wangen und wehenden schwarzen Röcken plötzlich voller Bewegung.

»Möchtet Ihr eine heiße Schokolade? Nein, das ist nicht das Richtige für Euch, Ihr mögt keine Schokolade, nicht wahr? Ich hätte das fast vergessen. Also werde ich Kaffee und Gebäck bestellen, ja?«

»Bitte, macht Euch keine Mühe.«

»Es ist überhaupt keine Mühe, das versichere ich Euch.«

Sie gab einen Befehl an Germaine, die im angrenzenden Schlafzimmer beschäftigt war; auf ihrem Weg zur Küche des Gasthauses mußte sie wohl durch eine andere Tür nach draußen gelangt sein, denn sie kam nicht durch den Empfangsraum. Nach kurzer Zeit kehrte Flora dann wieder zurück.

Elene, die Mühe hatte, einen Grund für ihr Kommen zu erfinden, während sie über eine Möglichkeit nachdachte, mit der Zofe der jungen Frau zu sprechen, sagte plötzlich: »Es tut mir leid, daß ich nicht in der Lage war, Euch bisher einen Kondolenzbesuch wegen des Todes Eures Vaters zu machen.«

Flora wurde plötzlich ernst und lehnte sich auf dem düsteren und schweren Sofa zurück, das ein typischer Einrichtungsgegenstand der Empfangsräume vieler Gasthäuser war. »Vielen Dank, aber ich kann Euch verstehen. Geht es Euch denn jetzt wieder gut?«

Elene antwortete ihr, und dann sprachen sie von dem Fortschreiten der Epidemie, von der Hitze und den täglichen Regenfällen, die sie besonders schwer zu ertragen machten. Sie sprachen auch über die Ankunft eines Schiffes aus Frankreich, das bedauerlicherweise keine Neuigkeiten über die Abtretung Louisianas mitgebracht hatte, auf die alle warteten. Insgesamt war Elene beeindruckt, wie gefaßt Flora sich benahm. Wenn sie es sich genau überlegte, konnte sie sich nicht daran erinnern, daß sie je so viel zu sagen gehabt hatte, wahrscheinlich, weil sie sich in der Vergangenheit immer darauf verlassen hatte, daß ihr Vater alle Fragen für sie beantworten würde.

Aber es ergab sich keine Gelegenheit, mit Germaine zu sprechen, obwohl die Frau den Kaffee brachte und auch für sie eingoß, woraufhin sie sich wieder in das Schlafzimmer der Suite zurückzog. Es gab keine andere Möglichkeit, als offen über die Angelegenheit zu sprechen.

»Ach ja, ich hätte es beinahe vergessen«, sagte Elene zu Flora, »meine Zofe bat mich, Eurer Dienerin etwas auszurichten, wenn Ihr nichts dagegen habt.«

»Aber warum, überhaupt nicht.« Flora rief nach Germaine und schon nach wenigen Sekunden kam sie und stand vor ihnen. In ihrem Benehmen lag nichts Unterwürfiges.

Sie sagte: »Braucht Ihr etwas, *chère*?«

Flora zeigte auf Elene, die ihre vorbereitete Rede über den Ausschlag vorbrachte. Als letztes fragte sie direkt danach, wo das Parfüm sei, das ihn angeblich verursachte.

»Mein Parfüm?« fragte Germaine, und ihr glattes, cremefarbenes Gesicht war so ausdruckslos wie das der großen Sphinx, die Napoleons Soldaten auf ihrem Ägyptenfeldzug aus ihrem jahrhundertelangen Schlaf im Sand gegraben hatten. »Oh, ich habe es vor ein paar Tagen verschüttet.«

Das war eine Lüge, darüber gab es keinen Zweifel. Daß Flora das auch wußte, kam ganz klar darin zum Ausdruck, wie sich die Farbe ihrer bleichen Haut plötzlich veränderte. Welchen Grund die Frau haben mochte, sie anzulügen, war im Prinzip egal, sei es nun die Art von Geschichte, die ein Farbiger gewöhnlich zur Beruhigung erzählte, oder sei es, daß sie einfach nicht die Absicht hatte, eine so mächtige Waffe aus der Hand zu geben. Es stand auf jeden Fall fest, daß sie Germaine das Parfüm nicht abnehmen konnte.

Außer wenn sie Flora dazu bringen konnte, ihr dabei zu helfen.

Indem sie ihre Worte auf die junge Frau münzte, während sie weiter zu Germaine sprach, sagte Elene: »Du weißt wahrscheinlich, daß die Leute in der Stadt ein Gerücht verbreiten, das mit dem Tod von M'sieur Mazent zu tun hat, in dem es heißt, er sei – sozusagen – in deinen Armen gestorben?«

»Nein, Mademoiselle, das wußte ich nicht.«

»Ich versichere dir, daß es so ist. Ich fürchte, daß man mir die Schuld geben wird, wenn Gerüchte in bezug auf das Parfüm entstehen. Es könnte einen offenen Skandal geben, etwas, das wir doch sicher alle vermeiden wollen.«

»Ich würde Euch gern helfen, wenn ich könnte«, entgegnete Germaine mit einer solchen Würde, daß Elene sich schämte, etwas von dem Gerücht erwähnt zu haben.

Jetzt wandte sie sich Flora zu. »Das ist eine schwierige Angelegenheit für Euch. Es wäre doch unangenehm, wenn Euer zukünftiger Bräutigam Eure Verbindung plötzlich nicht mehr so gern sähe, nur weil ein paar Leute sich das Maul zerreißen. Ich persönlich habe auch nicht den Wunsch, davon betroffen zu werden, deshalb möchte ich gern jeglichen Hinweis darauf beseitigen, daß mein Parfüm irgend etwas mit dieser Tragödie zu tun gehabt haben könnte.«

»Ich verstehe«, sagte Flora langsam und mit umwölkter Miene, »obwohl ich mir nicht vorstellen kann, wie ich Euch dabei helfen könnte. Mein Vater starb an seiner Magenkrankheit, die ihn schon seit einer ziemlich langen Zeit gequält hat – fast so lange, wie ich mich erinnern kann. Darüber gibt es keinen Zweifel, was auch immer dumme Gerüchte behaupten mögen. Ich fürchte, ich habe dem nichts hinzuzufügen, selbst wenn ich den Gedanken hasse, daß es Leute gibt, die häßliche Dinge über meinen Vater verbreiten.«

Elene konnte nichts weiter dazu sagen, und es hatte auch nicht den Anschein, daß noch etwas dadurch zu erreichen sein könnte, wenn sie länger mit Flora Mazent und ihrer Zofe sprach. Elene verabschiedete sich.

Sie hatte auch wenig Hoffnung, das Parfüm, das Serephine gekauft hatte, zurückzubekommen nach ihrem Mißerfolg mit den anderen Flaschen. Aber das war eigentlich egal. Serephine machte keine Ausflüchte und dachte sich keine Geschichte aus darüber, wie sie ihr Parfüm verloren oder daß es ihr jemand gestohlen hatte. Sie war nicht unhöflich, aber sie gab ganz deutlich zu verstehen, daß sie das Parfüm und die Vorzüge, die ihm zugeschrieben wurden, sehr zu schätzen wußte und daß sie nicht die Absicht hatte, sich das bißchen, das sie noch besaß, wegnehmen zu lassen. Sie weigerte sich ganz einfach, sich davon zu trennen. Und Elene wollte auch nicht mehr darauf bestehen, als sie ihr die Begründung dafür sagte. Durant, so sagte die Viertelnegerin, liebe es, wenn sie es trage. Und der Grund dafür war, daß seine Geliebte dann genauso duftete wie Elene.

Ryan erwartete Elene schon, als sie zu Hause ankam. Er erhob sich von einem Stuhl auf der Galerie und ging zum oberen Ende der Treppe, um sie in Empfang zu nehmen. Er warf nur einen kurzen Blick auf ihr blasses Gesicht und die Schatten der Erschöpfung, die wie blaue Flecken unter ihren Augen lagen, und sein Ausdruck verhärtete sich und wurde streng. Er nahm ihren Arm und bugsierte sie zum nächsten Stuhl.

»Was, in drei Teufels Namen, hast du gemacht?«

»Nichts. Das heißt –«

»Du warst den ganzen Vormittag fort, und das ohne Devota oder Benedikt auch nur ein Wort zu sagen. Warum?«

Er beugte sich über sie und hatte auf jede Armlehne ihres Stuhls eine Hand gelegt. Die Unnachgiebigkeit seiner Stimme und das harte Glitzern seiner Augen bewirkten bei ihr eine eigenartige Mischung aus Ärger und extremer Erschöpfung, Verzweiflung und Schuldgefühlen. Das Schlimmste war, daß sie wußte, daß sein Zorn angetrieben war von einer Sorge und Betroffenheit, die ihre Ursache in seinem unnormalen Verlangen nach ihr hatten. Wie anders alles wäre, wenn sie das Gefühl haben könnte, daß er nur um ihrer selbst willen so empfand, ohne Zauber und Magie. Aber es war nicht so. Es hatte keinen Sinn, sich etwas zu wünschen, was einfach nicht möglich war. Also mußte sie ihm irgendeine Antwort geben, ohne ihm wirklich genau zu sagen, was sie gemacht hatte.

Oder war es nicht so?

Sie war die Lüge so leid. Sie war wie eine Last, die sie in sich trug, eine Last, die immer schwerer wurde, je länger sie sie ertrug. Ihr wurde plötzlich klar, daß es vielleicht nur ihre Schwäche und die Enttäuschung war, weil es ihr nicht gelungen war, das Parfüm zurückzuholen, was ihr den Impuls, sich ihrer Schuld zu entledigen, so verführerisch erscheinen ließ. Trotzdem war dieser Drang unwiderstehlich.

»Bitte setz dich«, flehte sie leise. »Dann werde ich dir alles erzählen.«

Ryan starrte sie eine ganze Weile an. In ihrer Stimme und in ihrem Gesicht war etwas, was ihm nicht gefiel. Es erzeugte ein seltsames Gefühl unter seinem Brustbein. Nicht weit entfernt stand noch ein Stuhl, aber er nahm ihn nicht. Statt dessen richtete er sich auf und trat langsam zurück zum Geländer der Galerie. Er lehnte sich daran, kreuzte die Hände über der Brust und wartete.

Elene holte tief Luft und atmete langsam wieder aus. Sie hatte schon einmal versucht, ihm alles zu gestehen, und es war ihr nicht gelungen. Es war unwahrscheinlich, daß er auch diesmal so abgelenkt war, daß er es nicht verstand. Sie wünschte, sie hätte noch mehr Zeit, um darüber nachzudenken, um zu entscheiden, ob sie wirklich das Richtige tat. Sie hätte gern genau geplant, was sie ihm sagen mußte und wie sie es ausdrücken konnte. Devota würde das nicht verstehen, das war sicher. Aber es handelte sich nun mal nicht um Devotas Problem. Es war ausschließlich ihr Problem, und es war in der Zwischenzeit einfach untragbar geworden.

Ihre Stimme zitterte, als sie zu sprechen begann. Sie versuchte zu erklären, was das Parfüm war und wozu es am Anfang hatte dienen sollen, obwohl sie nicht sicher war, ob sie sich verständlich ausdrückte. Der Ausdruck auf Ryans Gesicht wirkte abwartend und verschlossen. Ohne Rücksicht darauf sprach sie weiter und erklärte, wie alles gekommen war in jener ersten Nacht in Santo Domingo und wie wenig sie an die Wirkung des Duftes gedacht hatte, weil sie nicht an seine Kraft geglaubt hatte.

Als sie schließlich verstummte, war Ryan verwirrt. Er sah ihr fest in die Augen und sagte ganz bedachtsam: »Du glaubst, daß ich dich hier behalte wegen deines Parfüms?«

»Ich glaube es nicht, ich weiß es. Ich wollte es zuerst nicht wahrhaben, aber die Beweise dafür, daß es wirklich so ist, sind einfach zu sicher, um es abzustreiten.«

»Weil ich mit dir schlafe, wenn du dich parfümiert hast, und weil ich es nicht tue, wenn du es nicht tust?«

Sie schluckte und sah hinter ihm über das Geländer hinweg auf die Blätter der Eiche. »So ähnlich.«

»Und ich kann dich nie mehr verlassen?«

»Nein.«

Ein Lächeln entstand auf seinem Gesicht und stieg in klarem, glänzendem Vergnügen in seine Augen hinauf. »Das ist doch lächerlich!«

»Nein, ist es nicht.« Ihre Worte klangen sehr ernst, als sie auf die Stuhlkante rutschte.

»Du sagst das so, als hätte ich keinen freien Willen mehr.«

»Hast du auch nicht.«

Sein Grinsen wurde noch breiter. »Ich glaube nicht an Voodoozauber.«

»Das ist völlig unwichtig! Ich glaube auch nicht daran, aber ich habe immer und immer wieder gesehen, was es bewirken kann: Leute gesund machen, Leute krank machen, selbst den Tod herbeiführen. Das ist keine Sache zum Lachen!«

Er versuchte, seinen Gesichtsausdruck auf Nüchternheit zu beschränken, aber es gelang ihm nicht. »Es tut mir leid. Ich denke immer wieder an dich in diesem Loch unter Faviers Haus. Die ganze Zeit, während ich dich ohne jede Scham ausgenutzt habe, hast du geglaubt, daß du dasselbe mit mir tust.«

»Das habe ich auch!«

»Dann hoffe ich, daß du es noch länger tun wirst – und möglichst oft.«

Sie erhob sich wütend, und ihre Röcke wirbelten um ihre Knöchel. »Du verstehst das einfach nicht, du willst es nicht verstehen.«

Er löste sich von dem Geländer, kam zu ihr und legte ihr die Hände auf die Schultern. »Doch, ich verstehe dich genau. Ich versuche dir nur klarzumachen, daß an dem, was du mir da gesagt hast, kein Körnchen Wahrheit ist, was auch immer Devota dir gesagt haben mag.«

»Und was ist mit Rachel Pitot und Morven? Oder Morven und Josie? Oder Josie und M'sieur Tusard? Wie ist es mit Hermines Tod und dem von M'sieur Mazent? Beweist das alles denn nichts?«

»Das sind Zufälle, sonst nichts. Genauso wie es Zufall war, daß ich dich nicht berührt habe, als du diesen verdammten Duft nicht getragen hast. Der Grund war ganz sicher nicht der, daß ich dich während der ganzen Zeit nicht gewollt hätte. Ich dachte nur – egal, was ich gedacht habe. Glaube mir einfach, daß es nichts gibt, weswegen du dich schuldig fühlen müßtest. Die ganze Angelegenheit ist ein Witz.«

»Nein! Ich kann so nicht mehr weiterleben. Ich werde so nicht mehr weiterleben!«

»Wenn ich dich richtig verstehe, brauchst du doch nur damit aufzuhören, das Parfüm zu benutzen. Also höre auf damit, dann wirst du ja sehen.«

Sie löste sich abrupt aus seinem Griff und trat einen Schritt zurück. »Du bist derjenige, der schon sehen wird. Es sei denn, du überschüttest mich mit Zuneigung, nur um zu beweisen, daß ich unrecht habe.«

Ungeduld machte seine Stimme hart. »Also trag das Zeug und vergiß es. Es macht keinen Unterschied. Es macht wirklich keinen Unterschied.«

»Und wenn es dir irgend etwas zuleide tut? Wenn noch einmal jemand deswegen sterben muß, vielleicht sogar du?«

»Das wird nicht geschehen. Und wie auch immer – du kannst jetzt nichts daran ändern!« Seine Stimme wurde lauter und klang barsch.

Die Fenstertür zum Schlafzimmer an der Galerie hinter ihr stand offen. Sie wandte sich ihr zu. »Doch, ich kann etwas daran ändern. Ich kann fortgehen von hier. Ich kann dich verlassen.«

Er betrachtete die Tür, durch die sie verschwunden war, einen Augenblick lang voller Verblüffung. Sie konnte offensichtlich nicht mehr vernünftig denken, was die Angelegenheit mit diesem Parfüm betraf. Es mußte wohl an ihrer Krankheit liegen, daß sie so redete; es gab einfach keine andere Erklärung. Mit geballten Fäusten trat er hinter ihr ins Schlafzimmer.

Sie öffnete den Schrank, um ihre Kleider herauszunehmen. Er legte seine Hand auf die Tür und schlug sie knallend wieder zu. »Du wirst nirgendwo hingehen.«

»Das tue ich wohl.«

»Du bist noch nicht wieder kräftig genug. Was willst du tun? Wo willst du wohnen?«

»Ich werde schon etwas zu tun finden und einen Ort, an dem ich bleiben kann.« Sie versuchte noch einmal, die Schranktür zu öffnen, während er sie mit einem gestreckten Arm fest zuhielt. Sie drehte sich um und sah ihn voller Wut an.

Er betrachtete sie, und etwas Schwarzes, Unnachgiebiges

stieg in ihm auf. »Du gehst nirgendwo hin«, wiederholte er noch schärfer. »Ich werde es nicht zulassen. Du wirst hier bei mir bleiben, bis die Hölle abgekühlt ist und unsere kleine Erde in der unendlichen Dunkelheit versinkt. Nichts wird meine Meinung ändern. Nichts wird dich mir wegnehmen können, weder irgendein Duft noch die Abwesenheit dieses Duftes, weder eine Horde von Viertelnegerinnen, die sich nach Liebe sehnen, noch der Tod selbst. Ich werde dich niemals fortlassen.«

Ihre Augen weiteten sich und ihre Lippen öffneten sich, als sie ihn anstarrte. Ryan, der die Verwirrung und die Frage in den Tiefen ihrer Augen erkannte, hörte in seinem Innern noch das Echo dessen, was er gerade gesagt hatte. Und plötzlich kam ihm beunruhigenderweise das erste noch ungewohnte Aufflackern eines Zweifels.

15. Kapitel

Napoleons Abtretung der Kolonie Louisiana an die Vereinigten Staaten wurde am 18. August in Form eines Briefes an Laussat von dem französischen Beauftragten M'sieur Pichon in Washington City, der Hauptstadt der jungen Nation, bestätigt. Die Angelegenheit war mit Kosten von fünfundsiebzig Millionen Francs oder fünfzehn Millionen Dollar für die Amerikaner verbunden gewesen. Französischen und spanischen Schiffen wurde der Status der bevorzugtesten Nationen zugestanden, aber das war das einzige Zugeständnis an die ehemaligen Besitzer. In dem Brief wurde ebenfalls mitgeteilt, daß König Carlos IV. von Spanien endlich, und zwar im vergangenen Mai, das Dokument unterzeichnet hatte, das Louisiana offiziell an Frankreich abtrat. Die Dinge bekamen langsam ein solideres Aussehen.

Die offiziellen Übergabezeremonien der Regierungsgewalt, sowohl diejenige von Spanien an Frankreich als auch diejenige von Frankreich an die Vereinigten Staaten, konnten jedoch nicht vorgenommen werden, solange nicht die Dekrete, die sie anordneten, über Washington City aus Paris angekommen waren. Deshalb ging das Leben den gleichen langsamen Trott weiter wie vorher, indem die Spanier die offizielle Regierungsgewalt ausübten und der französische Kolonialpräfekt unter der ihm aufgezwungenen Handlungsunfähigkeit litt.

Laussat, so sagte Ryan, sei doch etwas verbittert über den Aufwand und die Zeit, die er mit seiner vergeblichen Reise nach Louisiana verloren hatte. Seine Absicht war es gewesen, für Frankreich eine reiche Kolonie aufzubauen, er war voller Pläne und Ideen gewesen, aber jetzt waren sie sinnlos geworden. Große Geldsummen waren dafür aufgewendet worden, seinen Haushalt in Frankreich aufzulösen und seine Familie an einen Ort zu bringen, an dem er einen angeblich einflußreichen und angesehenen Posten bekommen sollte. Er hatte seine Gesundheit gefährdet, ganz zu schweigen von der Gesundheit seiner Familie, dazu aber auch noch seine Karriere geopfert, und das alles für eine sinnlose Sache. Und jetzt mußte er noch hierbleiben, während die langsamen Mühlen der Bürokratie träge vor sich hin mahlten, bis die notwendigen Papiere fertig waren, die dann schließlich alles rechtens zum Abschluß bringen würden. Er wurde allmählich ungeduldig. Ein Teil seiner Reizbarkeit konnte auf die Hitze des Sommers zurückgeführt werden, aber ansonsten war er auch deswegen unruhig, weil seine Frau unter Beweis gestellt hatte, was die Einwohner der Stadt behaupteten in bezug auf die Fruchtbarkeit des Mississippi-Wassers. Madame Laussat war schwanger. Der Präfekt und seine Frau hatten noch drei oder vier Monate Zeit, bis eine längere Seereise zu gefährlich wurde; spätestens dann mußte sie die Kolonie verlassen, wenn sie nicht hier festgehalten werden wollten bis nach der Entbindung.

Irgendwann in den ersten Septembertagen faßte Ryan die Möglichkeit ins Auge, daß er nach Washington City fahren könnte. Der Vorschlag war von Laussat gekommen. Er hatte erwartet, daß die für die doppelte Regierungsübergabe so wichtigen Papiere kurz nach dem Brief eintreffen würden, der den Verkauf der Kolonie bestätigte. Die Tatsache, daß sie nicht kamen, weckte in ihm die Befürchtung, daß es irgendwo unterwegs auf dem langen und gefährlichen Weg zwischen Washington City und New Orleans einen Unfall gegeben hatte. Die Liste der Katastrophen, die dem Überbringer der Papiere zugestoßen sein konnten, war endlos lang, angefangen davon, daß er von Indianern oder wilden Tieren angegriffen worden war, bis zu der Möglichkeit, daß er während einer der vielen notwendigen Flußüberquerungen vom Wasser fortgerissen worden war. Die Amerikaner behaupteten, eine der ersten Reformen der Vereinigten Staaten nach der Regierungsübergabe müßte die Einrichtung fester Poststationen an dieser Strecke sein, wo auch die Pferde gewechselt werden konnten, so daß dann jederzeit bekannt war, an welcher Stelle sich die Postreiter gerade befanden. Die Zeit, die gewöhnlich für diese Reise nötig war, nämlich vierzig Tage für eine Strecke, würde dann ebenfalls verkürzt, ungefähr auf eine Zeit von zwanzig bis fünfundzwanzig Tagen.

»Aber warum kommt Laussat auf den Gedanken, daß du die Papiere holen könntest?« fragte Elene. »Du bist doch kein Postreiter.«

Ryan lehnte sich zurück, als sie nach einem leichten Abendessen bei ihrem Nachtisch und ihrem Kaffee saßen. Sein Lächeln wirkte etwas bekümmert, als er antwortete: »Laussat scheint anzunehmen, daß ich eine besondere Fähigkeit habe, am Leben zu bleiben.«

Was er damit meinte, war natürlich, daß Laussat für diese Aufgabe einen mutigen und unternehmungslustigen Mann brauchte, der nicht nur mit einer Waffe umgehen konnte, sei es nun ein Messer, ein Degen oder eine Pistole, sondern der auch etwas davon verstand, sich aus schwierigen Situationen zu befreien. »Ja, aber warum gerade du? Er muß wohl gewußt haben, daß du von Anfang an eine positive Einstellung zur Abtretung Louisianas gehabt hast.«

»Ein Grund mehr, um anzunehmen, daß ich alles tun werde, was in meiner Macht steht, um mit den Papieren zurückzukommen.«

»Du hast also zugestimmt?«

Ryan zuckte mit den Schultern. »Es scheint ein Ausflug zu sein, der es wert ist.«

»Es ist kein Ausflug«, widersprach Elene mit leiser und nachdrücklicher Stimme, während ihre Finger sich fest um die Armlehnen ihres Stuhls schlossen. »Du wirst vielleicht dabei getötet.«

»Das wäre allerdings unangenehm.«

»Ich finde das nicht besonders komisch!«

»Aber, aber, *chère*, man könnte ja beinahe glauben, daß du dir Sorgen um mich machst.« Seine Stimme klang zwar leicht, aber der Blick in seinen Augen war ernst.

Sie wich seinem Blick aus. »Ich habe nicht den Wunsch, dich tot zu sehen.«

»Das tröstet mich. Ich habe in letzter Zeit ein- oder zweimal das Gefühl gehabt, es könnte vielleicht anders sein.«

»Wovon sprichst du?« fragte sie und sah ihn mit einem leichten Stirnrunzeln an.

Er antwortete erst nach einer kleinen Pause. »Du machst keinen allzu glücklichen Eindruck.«

»Ich bin ... nicht unglücklich. Es ist nur so viel geschehen. Ich habe jetzt schon so lange gebraucht, um meine Kräfte wiederzugewinnen. Und während der ganzen Zeit bin ich dir zur Last gefallen.«

»Habe ich mich beklagt?«

Ihre Lippen wurden schmal. »Nein, aber mir gefällt es so nicht.«

»Unser Zusammenleben scheint mir doch auf einer ganz natürlichen Grundlage zu beruhen.«

»Das heißt noch lange nicht, daß es so in Ordnung ist. Ich gehe lieber meiner eigenen Wege.«

Ryan wußte das recht gut und respektierte sie aus diesem Grunde. An dem Abend, als sie ihm von dem Parfüm erzählt hatte, hatte er sie durch reine Körperkraft, Logik und Zärtlichkeiten daran gehindert, ihn zu verlassen; trotzdem wußte er, daß er sie nicht für immer durch eine solche Taktik halten konnte. Manchmal wünschte er sich, sie wäre wie andere Frauen, voller Tränen und Hilflosigkeit, aber dann wäre sie eben nicht mehr seine Elene.

Sie waren sich seit ihrer Krankheit sehr nahe gekommen, näher, als er einer anderen Frau je gewesen war. Und doch lag zwischen ihnen so etwas wie Vorsicht. Der Grund dafür war zum Teil ihre Weigerung, sich in ihre Rolle als seine Geliebte zu fügen, aber auch etwas anderes, das er in seinem Innern als wachsendes Mißtrauen erkannte.

Er traute sich selbst nicht, was sie betraf.

Als sie ihm zum ersten Mal von dem Parfüm erzählt hatte, hatte er nur gelacht. Aber je mehr er darüber nachdachte, desto weniger komisch erschien ihm die Angelegenheit. Er hatte immer gewußt, daß sein Verlangen nach ihr übermäßig war, stärker als alles, was er in dieser Richtung je erfahren hatte. Es überfiel ihn zu den unpassendsten Gelegenheiten, während einer Geschäftsbesprechung oder wenn er seine Lagerräume inspizierte. Es kostete ihn keinerlei Anstrengung, für sie bereit zu sein, wenn er mit ihr zusammen war: Das Trillern eines Lachens oder die Bewegung ihres Haars, wenn sie den Kopf drehte, ein Hauch von ihrem Duft.

Ihr Duft, das war das Problem. Die Art, wie der ihn faszinierte, war nicht normal. Er versuchte sich einzureden, daß das daher kam, daß sie in der Nacht, als sie sich zum ersten Mal geliebt hatten, so völlig davon eingehüllt gewesen war, aber diese Tatsache war eigentlich nicht Grund genug dafür, daß er zwei- oder dreimal am Tag nach Hause ging, nur um festzustellen, ob sie immer noch da war. Ein Parfüm durfte eigentlich nicht bewirken, daß sein Herz ihm bis zum Hals schlug, wenn er das Schlafzimmer leer fand. Es durfte auch nicht bewirken, daß plötzlich das Bild ihres Gesichts vor seinen Augen stand, wann immer er von weitem eine hübsche Haube auf einer fremden Frau sah oder wenn er eine schöne Melodie hörte. Eine Zeitlang hatte er geglaubt, daß er sich nur verliebt hätte, aber seine Gefühle waren so verzehrend, daß er dem Gedanken nicht ausweichen konnte, ob dabei vielleicht doch Magie oder Zauberei eine Rolle spielte.

Elene spürte, wie Ryan sich zurückzog. Der Grund dafür war nicht schwer zu erraten. Wenn Devota recht hatte, war sie verrückt, weil sie ihm von dem Parfüm erzählt hatte. Das war durchaus möglich. Er hatte, so schien es, angefangen, seine Gefühle für sie in Frage zu stellen. Sie sollte eigentlich froh darüber sein; sie hatte sich so unwohl gefühlt mit dem Wissen, daß vielleicht jedes Gefühl, das er ihr entgegenbrachte, nur von etwas bewirkt worden war, was nicht in ihm selbst lag. Sie hatte allerdings nicht daran gedacht, daß er möglicherweise ohne das Parfüm einfach nur noch das Mitleid empfinden würde, das er jeder Frau entgegenbringen könnte, die eben einen Platz zum Wohnen brauchte.

Oh, er wandte sich ihr nachts immer noch mit Verlangen zu, auch seit sie sich nicht mehr parfümierte. Immerhin war sie ja da und diente als bequemes Objekt für seine männlichen Bedürfnisse. Warum sollte er sich nicht ihrer bedienen, da er ja für das bezahlte, was sie aß und auch für das Dach über ihrem Kopf. Aber er hatte zu ihr nicht mehr von Liebe gesprochen, es hatte keine Begegnungen im dunklen Hof mehr gegeben. Es war, als hätte sie ein schützendes Gewand mit ihrem Parfüm abgelegt, so daß sie jetzt verletzlich war und empfänglich für Schmerz und Verlustgefühle. Der Gedanke, daß er vielleicht eine neue Frau finden, sich eine neue Geliebte nehmen könnte, verfolgte sie. Sie wußte nicht, was sie tun würde oder wohin sie gehen sollte, wenn es dazu kam. Sie hatte nur so wenige Möglichkeiten.

Sie hatte sich das Gehirn zermartert, wie sie noch auf eine andere Art zu Geld kommen könnte, um Parfümstoffe zu kaufen, diesmal für eine Mischung, die wirklich nichts anderes sein sollte als eben nur ein lieblicher Duft. Sie war sicher, daß sie trotzdem damit Gewinne machen konnte. Darüber hinaus hatte sie entdeckt, daß sie sich sehr wohl und ausgefüllt fühlte, wenn sie mit Essenzen arbeitete, sie in den jeweiligen Mengen abfüllte und mischte und die Ergebnisse beschnupperte. Aber bis jetzt hatte sie noch keine Möglichkeit gefunden, sich die Mittel für die Zutaten zu beschaffen. Sie konnte noch ihre goldenen Ohrringe verkaufen, aber sie würden auf dem Markt augenblicklich nur sehr wenig bringen, denn der war schon überschwemmt mit dem Schmuck der anderen Flüchtlinge, die nach wie vor in Scharen aus Santo Domingo kamen, wo sich die Engländer und die Franzosen mit den ihnen zugehörigen Parteien der Schwarzen gegenseitig über die ganze Insel jagten. Diese Lage machte auch die Wahrscheinlichkeit, daß sie je einen Penny aus den Besitzungen ihres Vaters bekommen würde, jeden Tag geringer. Ihre einzige Möglichkeit war, Ryan um das Geld zu bitten, und das weigerte sie sich zu tun.

»Wie auch immer«, sagte Ryan schließlich, »es ist sehr wahrscheinlich, daß jetzt jeden Tag die Papiere kommen, die Laussat erwartet, und daß er deswegen auch keinen Sonderkurier mehr brauchen wird. Er ist auf seine eigene Art schon ein guter Mann, aber er ist auch noch viel zu sehr Europäer, um sich wirklich über die Entfernung oder die Schwierigkeiten klarzuwerden, die mit der Reise durch dieses riesige Land verbunden sind. Wir müssen alle Geduld haben.«

Sie bemühten sich wirklich, geduldig zu sein, aber es kam immer noch kein Kurier aus Washington. Die Tage waren weiter heiß und feucht. Das Fieber wütete so sehr in der Stadt, daß öffentliche Veranstaltungen nicht mehr stattfinden durften und es nur noch wenige Feste oder Besuche gab, weil alle Angst hatten, sich anzustecken. Feierliche Beerdigungszüge wurden zum alltäglichen Anblick, sie zogen langsam durch die Straßen, voran der Sarg auf einem Wagen, gefolgt von männlichen Trauernden ohne Hut. Viele Leute auf der Straße trugen Schwarz, denn die Trauernden in den kompliziert miteinander verflochtenen Familien beklagten entfernte Tanten und Onkel und Vettern. Die scharlachroten Uniformen der spanischen Soldaten, so verblichen und abgetragen sie im allgemeinen auch waren, wurden zu grellen Farbtupfern zwischen so vielen düsteren Kleidungsstücken.

Elene verließ das Haus nur selten. Das tägliche Einkaufen der Nahrungsmittel war inzwischen wieder in Benedikts Verantwortung übergegangen, auch wenn Devota manchmal mit ihm ging, um etwas Spezielles für Elene zu besorgen oder weil es ihr einfach Spaß machte. Dann und wann jedoch gesellten sich Elene und Ryan zu den wenigen Mutigen, die der Bedrohung durch die schreckliche Krankheit trotzten und in der Kühle des Abends auf dem Flußdeich spazierengingen.

Eines Abends gegen Mitte des Monats drehten die beiden eine Runde um die Promenade am Place d'Armes und wandten sich dann dem Fluß zu. Der Tag war nicht so furchtbar heiß gewesen, es schien, als würde der feste Griff des Sommers langsam nachlassen. Es waren mehr Menschen unterwegs, als es in letzter Zeit üblich gewesen war.

Die Brise vom Wasser her wirkte angenehm erfrischend. Die Wasseroberfläche bildete einen gewellten, opalisierenden Spiegel für den Sonnenuntergang, der von Orange und Blau und Gold zu Dunkelrosa und Lila verblaßte. Das lange Zwielicht wirkte so ruhig, daß die Bewegungen der Menschen langsamer wurden und die Stimmen zu leisem Geflüster abflauten. Raubvögel schwebten in flachen, weitausholenden Kreisen über ihren Köpfen, und Tauben aus den vielen Taubenschlägen der Stadt wirbelten in Gruppen durch die Luft, bevor sie zu Boden sanken wie eine Handvoll achtlos hingeworfener Kieselsteine. Dann und wann bellte ein Hund oder wieherte ein Pferd. Das Geräusch des südwärts fließenden Wassers klang wie weiche Musik – ein bezaubernder und tröstlicher Refrain.

Vor ihnen, aus der entgegengesetzten Richtung kommend, sah Elene Flora Mazent mit Germaine wie einem grauen Schatten hinter sich. Das junge Mädchen nickte und sprach Elene nur kurz und ohne die Augen zu heben an, als sie auf ihre Höhe gekommen war, machte aber nicht den Eindruck, als würde sie stehenbleiben wollen. Sie ging dann mit ihrer Zofe weiter, bis sie außer Hörweite waren.

Ryan sah über seine Schulter hinter ihnen her. Der Schmerz der Zurückweisung traf Elene, während gleichzeitig ein giftiges Gefühl in ihr aufstieg. »Was ist los?« fragte sie Ryan. »Bist du es nicht gewöhnt, daß dich eine Frau einfach schneidet?«

Ryan hob eine Augenbraue, während er sich ihr zuwandte und sagte: »Doch, das ist schon ein paarmal passiert. Aber ich hatte das Gefühl, daß die Flora Mazent irgendwie betroffen aussah.«

»Zweifellos war das der Zwang, mir begegnen und mich wahrnehmen zu müssen.«

Er schwieg eine ganze Weile und dachte nach. »Tut es so furchtbar weh, ein gefallenes Mädchen zu sein?«

»Ich bin kein gefallenes Mädchen!« entgegnete sie scharf.

»Also von mir aus, meine Gefährtin zu sein, oder wie immer du das nennen möchtest.« Die Ungeduld in seiner Stimme war deutlich hörbar.

»Ich achte nicht darauf.«

»Ja, wenn du es weiterhin nicht beachtest, wirst du dir noch einmal ein Fieber einhandeln.«

Sie sah ihn kalt an. »Nein, ich kann einfach Unhöflichkeit nicht leiden. Wenn du nicht gewesen wärst, wäre diese junge Frau höchstwahrscheinlich jetzt nicht mehr am Leben.«

»Das bedeutet ja nicht, daß sie mich mögen muß oder daß es mich auch nur die Bohne interessiert, ob sie es tut oder nicht.«

»Es geht hier um eine Frage des guten Benehmens, der angemessenen Dankbarkeit.«

»Ich lege keinen Wert auf ihre Dankbarkeit.«

»Ich auch nicht«, sagte sie erschöpft, »aber das heißt nicht, daß sie nicht eine gewisse Verpflichtung empfinden sollte, sich anständig zu benehmen, vielleicht einfach nur als Zeitvertreib.«

Elene wußte nicht, warum sie es zuließ, daß sie sich so in eine Sache hineinsteigerte, die keinerlei Bedeutung hatte. Aber in letzter Zeit war sie einfach reizbar, und ihre gewöhnliche Ruhe war etwas fadenscheinig geworden wegen der Dinge, die geschehen waren, während sie auch noch durch das Fieber geschwächt worden war.

»Da gebe ich dir recht«, sagte Ryan.

Elene, die voller Bereitschaft war, ihren Standpunkt weiter zu verteidigen, starrte ihn an. »Stimmt das?«

»Natürlich. Sie hätte etwas freundlicher sein können. Aber da sie es nicht war, gewinnst du nichts dadurch, wenn du dich selbst dafür verantwortlich machst. Egal, aus welchem Grund: Sie war unhöflich, also fällt es auch auf sie zurück. Das hat doch nichts mit dir zu tun.«

Ihre Augen verengten sich. »Du brauchst mich nicht zu belehren. Ich weiß, daß es nicht meine Schuld war, aber das heißt noch lange nicht, daß ich die ganze Sache einfach nicht zur Kenntnis nehmen kann.«

»Auf keinen Fall«, erwiderte er mit plötzlichem Ärger. »Aber bitte nimm folgendes auch zur Kenntnis: Da ich es dir nicht recht machen kann, egal, was ich auch sage, werde ich dich jetzt dir selbst überlassen.«

Sie sah seinem geraden Rücken und der schwingenden Bewegung seiner breiten Schultern und schmalen Hüften nach, als er davonging. Verzweiflung kam in ihr auf. Sie öffnete den Mund, um ihn zurückzurufen, und schloß ihn dann wieder. Was würde das schon bringen? Sie hatte nichts gesagt, wofür sie sich entschuldigen wollte oder mußte. Wenn er nicht verstand, wie problematisch sie ihre Lebenssituation fand, dann gab es auch keine Möglichkeit, es ihm zu erklären.

Elene drehte sich um und ging über den Deich zurück in der gleichen Richtung, aus der sie und Ryan gekommen waren. Trotz des reizvollen Anblicks, den das Ufer jetzt bot, sah sie weder zum Fluß hinüber noch auf die Häuser von New Orleans und die Palisaden, die auf der dem Deich zugewandten Seiten offen waren, und auch nicht auf die Durchgangsstraße und die Marigny-Pflanzungen. Ihr Blick war auf den getrockneten Schlamm gerichtet und auf das von der Sonne gebleichte Gras des Weges, über den sie ging. Ihre Gedanken drehten sich im Kreis.

»Elene? Mademoiselle Larpent? Könnte ich bitte mit Euch reden?«

Sie sah erschreckt auf. Es war Flora Mazent, die vor ihr stand. Die bleichen, rotgeränderten Augen der jungen Frau wirkten besorgt, und sie warf einen Blick über ihre Schulter wie ein gejagtes Kaninchen, bevor sie sich Elene wieder zuwandte.

»Stimmt etwas nicht?« fragte Elene.

»Ich habe nur einen Augenblick Zeit. Ich habe Germaine zum Einkaufen geschickt, aber sie wird bald wieder zurückkommen.«

»Vielleicht möchtet Ihr mich zu Hause besuchen?«

»Nein, nein, Germaine würde mit mir schimpfen; Ihr wißt ja, wie Zofen sind. Sie glaubt, daß ich eigentlich überhaupt nicht mit Euch reden sollte.«

Elene wußte aus ihren vielen Jahren Erfahrung mit Devota wirklich genau, wie Zofen sein konnten. Sie identifizierten sich so vollständig mit den Personen, denen sie dienten, daß sie manchmal die Neigung hatten zu vergessen, wer Herrin und wer Dienerin war. Wenn ihr Arbeitsverhältnis lange dauerte, konnte es sogar schwierig werden, die Autorität ohne Streit wiederherzustellen.

»Was kann ich für Euch tun?« fragte sie.

»Es ist wegen des Parfüms. Ich hätte gern gewußt, ob ich noch etwas davon bekommen könnte.«

Elene blinzelte. Sie hätte nicht sagen können, was sie eigentlich erwartet hatte, aber nach ihrem Versuch, das Parfüm von Germaine zurückzubekommen, hatte sie diese Frage bestimmt nicht erwartet. Trotzdem sprach aus ihrer Stimme sowohl Wärme als auch Vernunft, als sie sagte: »Ich glaube, Ihr wißt nicht, was Ihr da von mir verlangt.«

»Ich weiß es sogar ganz genau. Ich muß das Parfüm haben, ich muß einfach!«

»Ich stelle es nicht mehr her, wie ich Euch kürzlich schon erzählt habe. Es war etwas darin, das einen Hautausschlag –«

»Oh, erzählt mir doch nicht so etwas! Ich weiß, was es bewirken kann, und genau das brauche ich jetzt. Ich bezahle, was immer Ihr dafür verlangt, jeden Preis. Aber ich muß es haben. Ich muß es jetzt sofort haben!«

»Das ist unmöglich –«

Das Gesicht des jungen Mädchens verzerrte sich und sie rang die Hände vor ihrer Brust. »Schlagt es mir nicht ab! Ihr wißt nicht, wie wichtig es für mich ist.«

Elene legte ihre Hand auf den Arm des jungen Mädchens. »Bitte beruhigt Euch, Flora. Ich weiß nicht, was Ihr glaubt, was das Parfüm bewirken kann, aber ich versichere Euch, ich habe keins mehr, das ich Euch geben könnte.«

»Ihr habt doch selbst welches, müßt es haben, denn sonst wäret ihr nicht mehr mit Bayard zusammen!«

Elene holte tief Luft wegen des plötzlichen Schmerzes, den diese Worte bewirkten, und hob das Kinn, als sie wieder ausatmete. »Es tut mir leid.«

»Sagt das nicht. Ihr dürft das nicht zu mir sagen, denn es tut Euch überhaupt nicht leid. Wenn Ihr mir das Parfüm nicht gebt, wird der Mann, den ich liebe, mich nicht heiraten. Er hat zwar behauptet, er würde es tun, bevor mein Vater starb, aber jetzt versucht er, die Abmachung zu ignorieren. Ich kann es nicht ertragen, wenn er mich zurückweist. Ich kann es wirklich nicht ertragen.«

»Ich bin nicht sicher, ob das Parfüm dabei helfen kann.«

»Ich weiß, daß es das kann. Ich habe es früher schon einmal benutzt, aber jetzt ist alles weg, und mein Bräutigam will mich nicht mehr heiraten.«

Flora hatte das Parfüm benutzt, nicht Germaine. Wie eigenartig. »Ich würde Euch ja helfen, wenn ich könnte, ich würde es bestimmt tun.«

»Das glaube ich Euch nicht. Ich weiß, daß Ihr noch etwas von dem Parfüm habt, ich weiß es!«

»Nein, wirklich nicht.«

»Ihr lügt. Ihr seid –« Flora Mazent verstummte plötzlich, als Ihr Blick hinter Elene fiel. Ihr Gesichtsausdruck änderte sich. Sie drehte sich um und sah den Deich hinunter in die Richtung, in der Germaine sich aus der Menge gelöst hatte, die um eine Verkäuferin mit kandierten Veilchen herumstand. Plötzlich sagte sie: »Es ist auch egal. Vergeßt, daß ich mit Euch gesprochen habe. Vergeßt das alles. Ich ... ich bin einfach ziemlich aus dem Gleichgewicht geraten. Der Schock, wißt Ihr, nach Papas ... Vergeßt es einfach.«

Sie wirbelte herum und ging mit schnellen Schritten weg. Elene starrte hinter ihr her, bis das junge Mädchen wieder bei ihrer Zofe angekommen war und die zwei Frauen den Deich verließen.

Ryan sagte direkt hinter Elene: »Was wollte sie von dir?«

Elene wollte nicht, daß er noch einmal über ihr Parfüm lachte. »Nichts«, sagte sie abwesend. »Sie war nur ein wenig durcheinander. Der Tod ihres Vaters, weißt du.«

Ryan wußte, daß es mehr als nur das gewesen war, aber er

fragte nicht weiter nach. Er mußte sich darüber klarwerden, daß er Elene nicht besaß, sie nicht beherrschte, kein Recht hatte, ihr Fragen zu stellen. Wenn er sie bei sich behalten wollte, mußte er sich diese Dinge immer wieder in Erinnerung rufen. Das Problem war, daß er bisher noch nie das Bedürfnis gehabt hatte, eine Frau zu besitzen, er hatte so ein Gefühl einfach noch bei keiner anderen gehabt. Er war sich auch durchaus bewußt, daß das vielleicht auch ein Symptom des Zaubers war, den sie über ihn verhängt hatte.

Mit oder ohne Parfüm – er war wie verzaubert. Er hatte vorgehabt, sie allein nach Hause gehen zu lassen – aber nur so lange, bis ihm der Gedanke kam, daß sie sich vielleicht entscheiden würde, nicht zurückzukommen. Dieser Gedanke war ihm unerträglich. Und deshalb war er jetzt wieder da; er, Bayard der Freibeuter, der den Begleiter einer Frau spielte, der es zuließ, daß sie ihn wie ein gekapertes Schiff im Schlepptau hatte, anstatt daß er sich seine Beute schnappte und damit das Weite suchte. Sein einziger Trost war, daß sie ihre eigene Macht nicht zu kennen schien oder wenigstens genügend Skrupel hatte, sie zu gebrauchen. Aber er wußte nicht genau, ob er über diese Gnade froh sein oder sie bedauern sollte.

Madame Tusard war eine jener Frauen, die die Besuche zählte, die sie ihren Freunden und Bekannten abstattete, und die dann darauf achtete, daß sie auch im korrekten Verhältnis zu den Besuchen standen, die sie selbst empfing. Wenn das Verhältnis nicht mehr stimmte, war sie beleidigt und verletzt. Und wenn über längere Zeit hinaus jemand den Ausgleich nicht wiederherstellte, verwandelte sich ihre Kränkung in Wut. Sie neigte dazu, sich dann ohne allzu viel Milde zu rächen, indem sie dem Betreffenden auf ihren Besuchen bei anderen, mit denen sie noch verkehrte, übel mitspielte.

Elene schuldete Madame Tusard einen Besuch. Eigentlich mochte sie sie nicht allzu gern, aber sie bemitleidete sie für ihre verlorenen Kinder und verschwundenen Träume, für ihre so extrem veränderte Situation und ihre begrenzten gesellschaftlichen Möglichkeiten in New Orleans. Sie konnte auch Mitgefühl mit ihr als betrogene Ehefrau haben, ob Madame Tusard nun von dem Betrug wußte oder nicht. Und weil Josie Elene von ihrem Ehebruch erzählt hatte, fühlte sie sich selbst etwas mitschuldig, da sie ihn geheimhielt. Elene hatte selbst auch nicht so viele gesellschaftliche Beziehungen, daß sie sich erlauben konnte, auf irgendeine Art von Freundschaft zu verzichten. Wegen all dieser Gründe machte sie sich ein paar Tage nach der Begegnung mit Flora auf den Weg, um Madame Tusard einen Besuch abzustatten.

Sie traf die Frau mit einem Turban auf dem Kopf und einem Staubwedel in der Hand an, als sie gerade dabei war, das kleine Zimmer zu putzen, das in dem Häuschen, in dem sie und ihr Mann in der Dumaine Street wohnten, als Salon diente. Die Frau schreckte auf, als Elene klopfte und wandte sich der offenstehenden Haustür zu, die direkt in den Salon führte und durch die die Morgenluft hereinwehte. Sie hielt Elenes Blick nur ganz kurz stand, riß sich dann sofort den Turban vom Kopf und warf den Staubwedel auf einen Tisch. Beschämt und mit scharlachrot getönten Wangen kam sie zur Tür.

»Vergebt den Schmutz hier«, sagte sie mit ungewöhnlich hoher Stimme. »Ich habe heute morgen meine Dienerin auf den Markt geschickt, bevor mir die Staubschicht aufgefallen ist, die sie in diesem Zimmer hat entstehen lassen. So ein unachtsames Wesen! Ich weiß eigentlich nicht, warum ich sie noch bei mir behalte.«

Elene murmelte als Antwort ein paar tröstende Worte und trat ein. Sie wünschte, sie wäre nicht gekommen, aber jetzt war es schon zu spät, um sich noch zurückzuziehen. Es war ganz offensichtlich, daß es überhaupt keine Dienerin gab. Françoise Tusard war schon so viele Jahre, während ihr Mann den Posten auf der Insel gehabt hatte, von Dienern umgeben gewesen, daß es für sie eine größere Demütigung war, gezwungen zu sein, die Arbeit selbst zu verrichten, als ihre heimatliche Umgebung verloren zu haben. Madame Tusard setzte sich in einen Sessel, der mit sattblauem Samt bezogen und mit einem goldenen Rand versehen war und der als Beine Krokodilfüße und als Armlehnen Kopf und Schwanz dieses Reptils hatte. Elene setzte sich in einen Sessel auf der gegenüberliegenden Seite eines kleinen Tischchens neben dem einzigen Fenster des Zimmers. Es folgte der übliche Austausch von Komplimenten und nichtssagenden Bemerkungen. Elene antwortete nur mit halber Aufmerksamkeit, während sie sich umsah.

Das Häuschen hatte sechs Zimmer, die alle untereinander verbunden waren. Die Wände, die direkt auf der Erde errichtet waren, bestanden aus *bousillage*, einer Fachwerkkonstruktion aus groben Holzbalken, ausgefüllt mit einer Mörtelmischung aus Lehm, Moos und Hirschhaaren. Die Fenster waren durch Läden verschlossen, die Böden bestanden aus rauhen Dielen, belebt mit ausgebleichten Teppichen von zweifelhafter Qualität. Die inneren Wände und Decken waren mit Kalkmörtel verputzt und weiß gestrichen.

Trotzdem hing in diesem Salon ein Kronleuchter aus Kristall mit teuren Bienenwachskerzen, Figürchen aus Sèvresporzellan standen auf dem Kaminsims, und über dem Kamin hing ein Rokokospiegel, der mit Blattgold belegt war. Die restlichen Möbel waren, passend zu den Sesseln, auf denen sie saßen, nach der neuesten Mode entworfen, die durch Napoleons Ägyptenfeldzug inspiriert worden war. Sie konnte leicht erraten, daß Madame Tusards Bemühen, den Schein zu wahren, den modischen Stil der Möbel in diesem sozusagen der Öffentlichkeit zugänglichen Zimmer bestimmt hatte, was sich aber sicher nicht auf ihre privaten Räume ausdehnte.

Das Haus ließ so eindeutig den Eindruck entstehen, daß die Tusards mit den geringstmöglichen Ausgaben zurechtkommen mußten, daß die Behauptung, M'sieur Tusard sei

Josies gegenwärtiger Liebhaber und Beschützer, ziemlich fragwürdig klang. Es war ziemlich unwahrscheinlich, daß Josie sich dem Mann in die Arme warf, nur weil er so schöne Augen hatte; vermutlich gab er ziemliche Summen dafür aus, damit er in den Genuß ihrer Gesellschaft kam. Es schien auch nicht sehr plausibel, daß Madame Tusard ihrem Claude erlaubte, Geld für eine Geliebte auszugeben, solange sie selbst putzen und kochen mußte. Doch möglicherweise hatte M'sieur Tusard Mittel, von denen seine Frau nichts wußte; aber wenn das so war, woher bekam er sie dann? Und wie war es ihm gelungen, diese Tatsache geheimzuhalten?

Laut sagte sie: »Ich hoffe, Eurem Mann geht es gut?«

»Ja, hervorragend. Ihr müßt wissen, er hat eine neue Stellung beim Kolonialpräfekten bekommen. Es ist bedauerlich, daß er sie nur vorübergehend wahrnehmen kann – das Bekanntwerden der Abtretung war natürlich ein schwerer Schlag für uns. Wir hoffen jedoch, daß es möglich sein wird, daß Claude Präfekt Laussat begleiten kann, wenn er einen neuen Posten bekommt.«

»Das wäre wirklich eine gute Sache.«

»Mir kann es gar nicht schnell genug gehen, ich hasse diese Stadt.«

»Ja wirklich? Ich persönlich mag sie recht gern.«

»Das kann ich mir nach Eurem schlimmen Fieber eigentlich gar nicht vorstellen. Ich lebe ständig in der Angst, daß Claude oder ich es auch noch bekommen. Ich möchte hier nicht einmal begraben sein. Sie sagen, die Totengräber schlagen mit einer Axt Löcher in die Särge, damit sie nicht bei Hochwasser aus den Gräbern schwimmen. Manchmal werden die Särge auch in Ziegelwänden eingemauert, bis sie zerfallen, dann werden die Knochen entfernt und der nächste Sarg kommt an dieselbe Stelle. Schrecklich, wirklich schrecklich. Die arme Flora Mazent tut mir so leid, wenn man bedenkt, daß sie die sterbliche Hülle ihres Vaters unter solchen Umständen beerdigen mußte.«

Um das Thema zu wechseln, sagte Elene: »Flora sieht in letzter Zeit wirklich nicht sehr gut aus.«

»Nein. Ich habe gehört, daß ihre Verlobung gelöst worden ist. Aber ich bin nicht ganz sicher, ob das nicht einfach nur ein böses Gerücht ist, denn ich habe Flora erst gestern im Laden der Schneiderin gesehen, wo sie sich die Art von Leinen und Batist ansah, die für ein Brautkleid besonders gut geeignet sind.«

Elene war erleichtert. »Vielleicht ist das Problem, wenn es eines gegeben hat, gelöst worden. Habt Ihr schon gehört, wer der Glückliche ist?«

Madame Tusard machte ein wissendes Gesicht. »Ich dachte eigentlich, es wäre Gambier gewesen, wißt Ihr, aber man hat ihn erst vor drei Tagen mit diesem Flittchen Joséphine Jocelyn am Arm gesehen. Und dann ließ mein Claude eine interessante Bemerkung fallen, daß Mazent vor seinem Tod einen anderen Mann getroffen hat.«

»Ihr meint ein Treffen, bei dem vielleicht die Heiratspläne gemacht wurden?«

»Das würde mir Claude natürlich nicht verraten! Ihr wißt ja, wie Männer sind, wenn sie glauben, sie hätten schon zuviel verraten. Trotzdem könnte man annehmen, daß das der Grund gewesen ist.«

»Wer war denn der Mann?«

»Ich zögere, es Euch zu sagen, meine Liebe, denn Ihr scheint ja wirklich nichts davon zu wissen.«

In den kleinen Augen der Frau schimmerte tatsächlich eine gewisse Besorgnis, aber damit verbunden war auch lüsterne Erwartung. Die Sorgfalt, mit der Madame Tusard sie beobachtete, die schwerfällige Höflichkeit, mit der sie sprach, waren eine Warnung zur Wachsamkeit. Elene erinnerte sich plötzlich an die Begegnung zwischen Ryan und Mazent am Abend ihres Festes. Es stimmte schon, ihr Treffen schien einen privaten Charakter gehabt zu haben, aber es konnte sich doch bestimmt nicht um die Angelegenheit handeln, auf die Madame Tusard so deutlich hinzuweisen schien?

»Eine Ahnung wovon?« fragte sie geradeheraus.

»Nun, daß Mazent die Absicht hatte, Bayard dazu zu überreden, seine Tochter zu heiraten.«

»Das glaube ich nicht.«

»Wie ihr meint, *chère*, aber Claude hat ganz bestimmt gehört, daß einige Leute darüber gesprochen haben. Es tut mir leid, wenn ich Euch damit in Verwirrung stürze, das war bestimmt nicht meine Absicht. Nichtsdestotrotz konnte ich es nicht einfach geschehen lassen, ohne Euch zu warnen. Männer können zu Frauen in Eurer Lage so unglaublich ungerecht sein.«

Dieses Mitgefühl war so deutlich vorgetäuscht, daß Elene sich fragte, ob die beunruhigende Theorie, die Françoise Tusard gerade geäußert hatte, vielleicht eine Art von Rache war. Elene hatte die Frau in Verlegenheit gebracht, und sie hatte zurückgeschlagen und Elenes verletzlichste Stelle getroffen.

So gemein konnte sie doch nicht sein, oder vielleicht doch? Elene hatte sie ja schließlich nur rein zufällig beim Putzen überrascht. Ach ja, aber Menschen konnten eben schon sehr niederträchtig sein, wenn es um ihren Stolz ging.

Aber Sturheit war auch eine weitverbreitete menschliche Eigenschaft. Elene stand nicht auf, wie sie es eigentlich am liebsten getan hätte. Um zu beweisen, daß sie nicht im geringsten beunruhigt war, blieb sie sitzen und unterhielt sich noch eine gute halbe Stunde weiter mit Madame Tusard. Genaugenommen blieb sie sogar so lange, bis es schon beinahe eine Frechheit war, daß ihr noch keine Erfrischungen angeboten worden war, ein Versäumnis, das nur allzu offensichtlich auf die Tatsache zurückzuführen war, daß es in diesem Haushalt keine Dienerin gab, die etwas hätte zubereiten und hereinbringen können. Erst als Madame Tusard ihr verzweifelt ein Glas Orangenblütenwasser anbot und ihr eigenhändig ein Stück Kuchen abschneiden wollte, lehnte Elene mit aller Höflichkeit ab und ging.

Aber dieser kleine Sieg verbesserte ihre Stimmung nicht. Ihre Schritte wurden immer langsamer, als sie auf dem Weg zurück zu Ryans Haus war. Immer wieder dachte sie an den Abend, an dem Mazent und Ryan zusammengesessen hatten, aber sie konnte zu keinem Schluß kommen. Das war der Abend gewesen, an dem das Fieber angefangen hatte, und sie konnte sich an nichts mehr deutlich erinnern.

Sie könnte natürlich Ryan fragen. Sie hätte es tun können, wenn die Distanz zwischen ihnen nicht so groß gewesen wäre. Aber was für einen Sinn hätte das schon? Zur Zeit, als das Gespräch stattfand, falls es wirklich so gewesen war, hatte sie noch ihr Parfüm benutzt, und es war unmöglich, daß er damals einer Heirat zugestimmt hätte. Kurze Zeit später war Mazent gestorben. Wenn die Frage bis dahin noch ungeklärt gewesen wäre, was sie bezweifelte, dann hätte Ryan es erwähnt, wenn er sich entschlossen hätte, diese Ehe einzugehen.

Oder nicht?

Ryan und Flora.

Nein, das konnte nicht sein. Es hatte keinerlei Hinweis auf ein solches Arrangement gegeben. Nichts außer vielleicht, daß ihm das junge Mädchen leid getan hatte und daß er eine Schwäche für leicht zu erlangende Reichtümer hatte – und Flora war zweifellos eine wohlhabende Erbin.

Aber bestimmt hätte Flora Elene nicht in dieser Art um ein Fläschchen von dem Parfüm gebeten, wenn sie damit genau den Mann hätte verführen wollen, mit dem Elene zusammenlebte. Das wäre eine zu große Unverschämtheit und würde ein ungeheures Selbstgefühl erfordern, das die Bedürfnisse und Gefühle keines anderen Menschen außer sich selbst mehr zur Kenntnis nahm.

Nein. Es war einfach nicht möglich. Es war undenkbar.

Ende September gab es einen Sturm. Der Himmel wurde gelb und trübe. Der Wind jagte die Wolken vor sich her. Die Bäume ächzten und bogen sich. Die Seevögel kamen auf der Flucht aus den Marschen im Süden und setzten ihren Flug ins Landesinnere ohne Pause fort. Der Fluß stieg und die See auch. Der Wind drehte und blies jetzt von Norden, verjagte die schwere Hitze, die sie den ganzen Sommer über bedrückt hatte, und plötzlich wurde es ungewöhnlich kalt. Langsam verdunkelte sich der Himmel immer mehr.

Der Regen begann als feiner Nebel, der nach Salz schmeckte. Von Stunde zu Stunde wurde er heftiger, trommelte auf die Dächer, schoß in Strömen aus den Dachrinnen, sammelte sich in den Straßen, bis sie sich von einem Gehweg bis zum anderen mit Wasser gefüllt hatten. Und er fiel immer noch weiter.

Der Wind wurde stärker, peitschte den dichten Regen vor sich her und verwandelte ihn in sprühende Flächen, die aussahen wie Wäsche auf einer Leine. Fensterläden klapperten unter dem Ansturm, und Dachziegel wurden losgerissen und fielen erst Meter entfernt auf die Erde. Rindenstücke und Blätter wirbelten durch die Luft. Dicke Äste von Bäumen krachten gegen Hauswände oder fielen mit donnerndem Gerumpel in die Innenhöfe. Der Regen wurde noch stärker und fiel so schwer und dick wie Blei aus einem stahlfarbenen Himmel.

Als der Sturm am wildesten war, lag Elene in Ryans Armen, erfüllt von Liebe, die irgendwie den Charakter des elementaren, rasenden Sturmes angenommen hatte. Sie hörte dem Regen zu und dem Klopfen von Ryans Herz unter ihrer Wange, und sie fühlte sich sicher und war zufrieden. Ryan strich zärtlich über ihr Haar und die Rundungen ihrer Schultern, umfaßte ihre Brüste, kostete sie eine nach der anderen und hielt mit festem Griff ihre Hüften, um sie gegen seine wieder erwachende, harte Männlichkeit zu ziehen. Im sicheren Gefühl der Wiederkehr seines Verlangens und auch ihres eigenen, voller gesättigter und doch unstillbarer Liebe, war sie entsetzt, daß sie je an ihm gezweifelt hatte.

Als es an diesem endlosen Tag auf Mitternacht zuging, schlief sie in Ryans Armen ein, erschöpft vor Liebe und ohne die Ängste, die sie bedrückt hatten, eingelullt vom endlosen Lied des Regens.

Als sie erwachte, war der Sturm vorüber.

Und Serephine war tot.

16. Kapitel

Es war eine lärmende Versammlung, unglaublich hell von den vielen brennenden Kerzen, zu warm von der allzu großen Menge von Leuten, die auf zu engem Raum zusammen saßen. Bei dem Essen, das dem Tanz voranging, hatte es eine übertriebene Anzahl schwerer Gerichte gegeben, die ohne Stil serviert worden waren. Der Wein floß zwar in Mengen, war aber billig, und das Orangenblütenwasser und der Tafia, die dazu gereicht wurden, waren sowohl zu dünn als auch zu süß. Die Musik war viel lauter als nötig. Der Fußboden war nicht gewachst, so daß die Schmutzkörnchen unter den Schuhen der Tanzenden knirschten. Die Kleidung der Männer war zu dunkel und viel zu schwer für das Klima, während die der Frauen wenig ansprechend, stillos und in manchen Fällen sogar ziemlich gewagt war.

Es war ein amerikanisches Fest, bei dem die Bestätigung der Abtretung Louisianas an die Vereinigten Staaten gefeiert wurde, auch wenn die Papiere immer noch nicht angekommen waren. Zweifellos hätten alle diese Dinge unter anderen Umständen und an einem anderen Ort auch elegant wirken können, aber Elene war nicht in der Stimmung, angenehme Gefühle zu empfinden.

Elene hatte eigentlich gar nicht kommen wollen, aber Ryan

hatte darauf bestanden. Der Gastgeber war einer seiner Geschäftspartner, der aus Boston in den Vereinigten Staaten stammte, ein wohlhabender und einflußreicher Mann, der auch mit ihm befreundet war. Es wäre nichts dadurch zu gewinnen, wenn man solche Leute ignorierte, sagte er, außer dem Ruf, ein unhöflicher Snob zu sein, der immer unter den gleichen Leuten bleibt. Die Amerikaner würden hierbleiben, und bald würde es auch noch mehr von ihnen geben. Sie gehörten jetzt zu ihrem Leben, und sie mußten sich daran gewöhnen, mit ihnen auszukommen, ob sie wollten oder nicht. Ein neues Zeitalter stehe an seinem Anfang, eines, das Wohlstand zu bringen versprach. Die Franzosen konnten entweder daran teilhaben, oder sie würden überholt werden. Die Entscheidung war ganz einfach.

Es war eine Entscheidung, die Ryan ohne Bedauern getroffen hatte, zumindest schien es so zu sein. Er bewegte sich ganz selbstverständlich unter den Amerikanern, den Spaniern und den Franzosen, wurde von allen respektiert. Was auch immer in der Vergangenheit gewesen sein mochte, es war ganz offensichtlich, daß er jetzt hier in New Orleans ein angesehener Mann war. Die Stadt, die einst ein Provinznest gewesen war, stand jetzt am Rande einer neuen Grenze und vor einer großen Zukunft. Um sie zum Wohlstand zu bringen, wurden jetzt mutige und weitblickende Männer gebraucht. Und es hatte den Anschein, als ob Ryan genau ein solcher Mann wäre.

Die Versammlung hatte die Ehre der Anwesenheit des Kolonialpräfekten und seiner schönen Frau, deren Zustand angesichts der im Augenblick herrschenden Kleidermode mit den hohen Taillen kaum zu erkennen war. Ebenfalls anwesend waren Bernard Marigny und Etienne de Bore, wobei es das Gerücht gab, der letztere sei Laussats Favorit als Kandidat für den Posten des Bürgermeisters von New Orleans gewesen, wenn die französische Regierung je zustande gekommen wäre; aber es war noch eine ganze Anzahl anderer prominenter Geschäftsleute der französischen Gemeinde anwesend. In einer Ecke saß Madame Tusard, die sich flüsternd mit ihrem Mann unterhielt, wobei ihr scharfer Blick durch den Raum schoß. Claude Tusard nickte pflichtbewußt, während er schlückchenweise seinen Wein trank, aber auf seinem Gesicht lag der düstere Ausdruck von einem Gefangenen. In der Nähe stand Rachel Pitot, in schwarzen Satin gekleidet, der mutig mit rubinroter Seide abgesetzt war, eine Farbe, die mit dem Teufel in Verbindung gebracht wurde, in ihrem hochaufgetürmten Haar steckte eine rotgefärbte Reiherfeder. Sie war umgeben von einem Schwarm junger Männer, obwohl sie immer noch die Menge mit scharfem Blick nach weiteren absuchte.

Das einzige sonstige Mitglied ihrer Gruppe aus Santo Domingo in Sichtweite war Durant. Er lehnte mit einer Schulter an der gegenüberliegenden Wand, eine elegante und ferne Gestalt, bekleidet mit weißen Kniehosen, grauer, schwarzbestickter Satinweste und einem grauen Satinrock. Sein Gesicht wirkte jedoch verschlosen, was genausosehr eine Erinnerung an den Verlust war, den er erst vor kurzem erlitten hatte, wie auch die schwarze Armbinde an seinem Ärmel.

Als könnte er ihren prüfenden Blick spüren, drehte sich Durant zur Seite und sah in Elenes Richtung. Einen Augenblick lang begegneten sich ihre Blicke in grauschwarzem Aufeinandertreffen. Sein Ausdruck war voller Trauer und Schmerz und enthielt auch einen ganz kleinen Anflug von Sehnsucht. Einen Augenblick später wandte er sich wieder ab.

Elene tanzte mit Ryan und mit ihrem Gastgeber und wieder mit Ryan. Erfreut stellte sie fest, daß sie der Anstrengung wieder gewachsen war, selbst als es spät wurde. Sie hatte Ryan schon seit Tagen – seit das Wetter nach dem Sturm kühler geworden war – gesagt, sie habe sich wieder völlig erholt; vielleicht würde er ihr jetzt glauben.

Das Haus des Amerikaners hatte eine sehr begehrte Lage,

denn es gehörte zu den wenigen Häusern neben dem Deich, von denen aus man auf den Fluß sehen konnte. Die Brise vom Wasser wehte durch die Räume, und man hatte einen schönen Blick auf die weite Biegung des Mississippi direkt vor der Stadt. Als gegen Mitternacht der Tanz seinen Reiz verlor, wurden die Gäste eingeladen, zu einer besonderen Vorführung nach draußen zu kommen.

Ein erwartungsvolles Murmeln lief durchs Zimmer. Die Leute begannen, sich in Scharen auf die Fenstertüren zuzubewegen, die sich zu der mit einem Geländer versehenen Galerie hin öffneten. Falls der Amerikaner jedoch die Absicht gehabt haben sollte, seine Gäste zu überraschen, hätte er sich etwas anderes ausdenken müssen, denn schon während sie auf dem Weg nach draußen waren, gab es ein Geflüster über »Pyrotechnik«. Sie reckten alle erwartungsvoll die Hälse, als der erste Knall zu hören war.

Die Feuerkugeln zischten von einer Stelle unter dem Haus her über das Wasser, es waren glühende, knallende Kugeln in blau und grün, gelb und rot, die einander in den dunklen, sternenübersäten Himmel hinauf folgten. Die Farben erhellten die Nacht, färbten auch die nach oben gewandten Gesichter der Zuschauer bunt und spiegelten sich in der glatten Oberfläche des Flusses. Die knallenden, puffenden, zischenden Geräusche erfüllten die Luft, und die donnernden Explosionen der Raketen hallten vom weit entfernten anderen Ufer wider. Unbewegliche Feuerwerkskörper, die auf Barken im Fluß befestigt worden waren, wurden angezündet – große, flatternde, funkensprühende Springbrunnen und Bäume, Drachen und Sonnenräder aus Feuer. Kaum war eins dieser feurigen Wunderwerke unter den erstaunten Ausrufen und dem Beifall der Menge versprüht, da zischten noch mehr Raketen in den Himmel, stiegen immer höher und ließen noch mehr feurige Funken herunterregnen.

Elene, die in der Nähe des Geländers ganz vorn stand,

spürte die Bewegung neben sich, noch bevor Durant sie ansprach. »Ein ordinäres Schauspiel, aber eindrucksvoll.«

»Ja.«

»So wird vermutlich in Zukunft alles sein. Die Amerikaner haben viel Energie, aber wenig Stil.« Als sie nicht antwortete, sagte er plötzlich: »Ihr hättet mir wenigstens einen Kondolenzbesuch machen können, Mademoiselle Larpent.«

Sie sah ihn mit einem kurzen Blick an. Das Licht eines blaugelben Feuerballs ließ sein Gesicht aussehen, als hätte er viele blaue Flecken. »Es tut mir leid wegen Serephine, wirklich. Ich hätte Euch auch besucht, wenn ich geglaubt hätte, Euch damit helfen zu können, aber die Situation war doch etwas... unangenehm.«

Er atmete tief ein und seufzte dann. »Ja, das stimmt allerdings.«

»Es muß doch ein ziemlicher Schock für Euch gewesen sein.«

»Ja.«

Eine unbehagliche Stille trat ein. Elene fühlte sich versucht, irgendeine Entschuldigung vorzubringen und fortzugehen, vielleicht zu Ryan hinüber, der bei ihrem Gastgeber in der Nähe stand. Aber Durant wirkte so mutlos, fast verzweifelt, daß sie ihn nicht stehen lassen wollte.

Indem sie die Hand ausstreckte und seine Armbinde berührte sagte sie: »Das hier finde ich eine sehr schöne Geste.«

»Unter den gegebenen Umständen, meint Ihr? Weil Serephine ja nur meine Maîtresse war und dazu noch eine Viertelnegerin?«

»Es tut mir leid«, sagte sie und zog die Hand zurück.

»Nein, bitte, ich weiß, daß Ihr es nicht so gemeint habt. Ich weiß auch nicht, was mit mir los ist.«

»Ihr habt sie geliebt, das ist alles.«

Er lachte hohl. »Das könnt Ihr verstehen, nicht wahr? Es ist doch seltsam, aber ich glaube wirklich, daß Ihr eigentlich der einzige Mensch auf der Welt sein müßtet, der das versteht.«

»Ihr braucht nicht darüber zu sprechen, wenn es Euch lieber ist, aber wir haben so wenig über ihren Tod gehört. War sie lange krank?«

»Krank? Sie war überhaupt nicht krank.«

Sie sah ihm in die Augen. »Ihr meint – es war nicht das Fieber?«

»Auf keinen Fall. Die Polizei hat sich in der Angelegenheit nicht allzuviel Mühe gegeben angesichts von Serephines Stellung, aber sie schienen anzunehmen, daß ich sie vielleicht getötet haben könnte.«

»Ihr?«

In ihrer näheren Umgebung drehten sich die Leute um und starrten sie an. Auch Ryan sah in ihre Richtung und runzelte die Stirn. Durant sagte schnell: »Ich kann das hier nicht erklären. Aber ich würde gern darüber sprechen, wenn Ihr mir erlaubt, Euch zu besuchen.«

Was konnte sie schon dazu sagen? Ihre gemeinsame Vergangenheit verpflichtete sie eigentlich dazu, ihn anzuhören, selbst wenn ihr Mitgefühl und ihre Neugier keine Rolle gespielt hätten. Elene erklärte sich einverstanden, und zusammen wandten sie sich wieder dem Feuerwerk zu, wobei sich ihre Schultern berührten.

Am folgenden Morgen sprach Durant bei ihr vor, nachdem Ryan fortgegangen war, aber noch bevor Elene sich angezogen hatte. Auch wenn es bei manchen Damen, wie zum Beispiel Napoleons Schwester Pauline, üblich war, Männer in ihrem Boudoir zu empfangen, während sie badeten und sich ankleideten, hatte Elene keinerlei Absicht, ihrem Beispiel zu folgen. Es war schon schlimm genug, wenn sie einen Mann empfing, ohne daß Ryan im Haus war, da brauchte sie die Situation nicht noch übermäßig zu verschlimmern. Sie wies Benedikt an, Durant im Salon Kaffee und Gebäck zu servieren, und ließ ihm ausrichten, daß sie zu ihm kommen würde, sobald sie fertig war.

Es war ein grauer Tag, und hinter den Fenstern fiel ein

dünner Regen, die Luft war für die Jahreszeit ungewöhnlich kühl. Elene trug über ihrem Tageskleid aus gelbem Musselin ein Umschlagtuch mit Paisleymuster, obwohl sie sicher war, daß sie es nicht mehr brauchen würde, sobald die Sonne herauskam. Sie hielt mit einer Hand die Fransen des Tuches zurück, während sie Durant die andere gab, als er aufstand, um sie zu begrüßen. Als er die glatte Oberseite ihrer Finger küßte, die er dann noch weiter festhielt, während er auf sie herabsah, spürte sie kurz eine ungewöhnliche Vertrautheit zwischen ihnen. Sie waren sich oft in dieser Weise begegnet, während er noch ihr Bräutigam gewesen war. Vielleicht erwies es sich als ein Fehler, daß sie ihm erlaubt hatte, sie zu besuchen.

Sie setzten sich einander gegenüber. Durant lächelte ihr zu, als er sich zurücklehnte, wobei er einen Ellenbogen auf der Armlehne des Sessels aufstützte und sein Kinn zwischen Daumen und Zeigefinger hielt. »Wenn ich nicht in Eurer Nähe bin, vergesse ich immer, wie schön Ihr seid. Wißt Ihr, ich habe damals geglaubt, mein Leben wäre perfekt mit den vielen Zuckerrohrfeldern am Meer, einem schönen Heim, Bediensteten, die meine Aufträge ausführen, den Vergnügungen der Stadt, falls das Landleben langweilig werden sollte, einer bereitwilligen Geliebten und der Aussicht auf eine schöne und kluge Frau.«

»Ich kam also an letzter Stelle«, sagte sie in einem Versuch, etwas Humorvolles zu äußern.

»Nur weil Ihr die schönste und vollendetste Ergänzung gewesen wärt.«

Schmeichelei oder Wahrheit? Sie konnte es unmöglich sagen, und außerdem war es sowieso egal. Sie sah ihn direkt an. »Das Schicksal hat anders entschieden.«

»Ja, und jetzt ist alles weg, absolut alles.«

Sie schwieg einen Augenblick respektvoll und sagte dann: »Aber das mit Serephine verstehe ich nicht. Warum sollten die Behörden denken, daß Ihr sie getötet habt?«

»Ich glaube nicht, daß sie es wirklich tun, denn sonst säße ich hinter Gittern und würde zuhören, wie sie draußen den Galgen aufbauen. Das war nur eine Möglichkeit, an die sie einige Zeit gedacht haben. Sie schienen zu glauben, ich hätte sie möglicherweise loswerden wollen und mich dann entschlossen, daß es leichter wäre, sie zu vergiften als sie zu versorgen.«

»Gift«, sagte Elene langsam, »aber doch nicht... Arsen?«

»Genau.«

Eine Menge von Fragen bestürmten ihr Gehirn, zu viele, als daß sie sie zu schlüssigen Gedanken hätte zusammenfassen können. Sie runzelte nachdenklich die Stirn und griff sich eines der Dinge heraus, die er gesagt hatte: »Warum sollte irgend jemand annehmen, Ihr hättet sie loswerden wollen?«

»Ich habe keine Ahnung.« Er vollzog eine kurze Geste mit einer Hand, ohne sie dabei anzusehen.

»Wirklich nicht?«

»Na gut, wir hatten einen Streit, einen ziemlich lauten Streit über eine Kiste voller neuer Kleider, die sie bestellt hatte. Aber das war kein Grund, sie umzubringen.«

Elene konnte sich nicht vorstellen, wie es aussah, wenn Serephine mit Durant stritt. Sie war immer so – wie war noch das Wort gewesen, das er gebraucht hatte? Bereitwillig. Genau das war es. Serephine hatte immer gelächelt und zugestimmt, gelächelt und gehorcht. Aber die Menschen verhielten sich in ihrer privaten Umgebung nicht immer so wie in der Öffentlichkeit; trotzdem, die Geschichte mit dem Streit klang irgendwie, als wäre sie nicht wahr. Es war eher wahrscheinlich, daß Durant übertrieben und seine Geliebte wegen ihrer Extravaganz geschlagen hatte.

Laut sagte sie: »Ich dachte, Ihr hättet genug von Eurem Besitz von den Inseln mitgebracht, um Euch nicht um ein paar Kleider sorgen zu müssen.«

»Das dachten ziemlich viele Leute«, entgegnete er mit einem Schulterzucken. »Aber Geld leihen kann man nur für eine gewisse Zeit.«

»Leihen?«

»Schneider und Kutschenmacher haben die unangenehme Eigenschaft, bezahlt werden zu wollen. Geld zu leihen ist eine gute Methode, sie zufriedenzustellen.«

Sie nahm an, er hätte seine Besitzungen auf den Inseln als Sicherheit angeboten; es war denkbar, daß es einen Verleiher gab, der damit gerechnet hatte, daß er sie möglicherweise zurückbekommen würde. Aber es hätte von schlechten Manieren gezeugt, wenn sie noch weitergefragt hätte. »War Serephine traurig? Ich meine, war sie verwirrt genug, um sich...«

»Ihr meint, ob ich sie dazu getrieben habe, selbst Gift zu nehmen? Ich weiß es nicht.«

Seine Worte klangen hart, weil er seinen Schmerz und sein Schuldgefühl, die in seinem Inneren wühlten, verbergen wollte. Ja, deshalb war er so hohläugig. Es war das Schuldgefühl.

»Ich glaube das nicht.«

Die Hoffnung, die in seinem Gesicht erkennbar wurde, war ein trauriger Anblick. »Wirklich?«

»Sie lebte und sie liebte zu gern. Vielleicht hat sie nicht über die Zukunft und ihre Probleme nachgedacht; ihr Interesse war auf das Heute und die Vergnügungen gerichtet. Ein solcher Mensch nimmt sich nicht selbst das Leben.«

In Elenes Gedanken klang plötzlich ein seltsames Echo. Sie hatte doch so ziemlich dasselbe über Hermine gesagt, oder?

Durant nickte hart. »Ich weiß, daß sie so war, aber ich scheine niemanden sonst davon überzeugen zu können. Wenn es nicht um den sensationellen Mord eines Mannes an seiner Geliebten geht, sind sie nicht interessiert. Die Beamten schreiben alles sorgfältig auf, dann gehen sie weg, schieben das Geschriebene irgendwo in eine Schublade und vergessen es. Sie sehen mich an, und ich sehe, was sie denken.

Sie gestehen mir vielleicht zu, daß ich sie nicht selbst mit einer Portion Arsen umgebracht habe, aber sie vermuten, ich hätte sie mit Worten so sehr in die Verzweiflung getrieben, daß sie ihr Leben nicht mehr ertragen konnte.«

»Es gab ein Gerücht«, sagte Elene vorsichtig, »daß Ihr die Absicht hattet, eine vielversprechende Ehe einzugehen.«

Er starrte sie an. »Wo habt Ihr das denn gehört? Aber das ist eigentlich egal. Es ist nicht wahr. Ich verspreche Euch, daß nichts Wahres daran ist.«

Sie sprachen noch von diesem und jenem, von Morven, von dem es hieß, er habe zur Zeit eine Affäre mit der Frau eines hohen spanischen Beamten, obwohl er immer noch bei seiner Witwe und der neuen Naiven wohnte; und sie sprachen auch von M'sieur Tusard, der nach Durants Aussage öfter in den Spielhallen jenseits der Stadtgrenze gesehen wurde. Dann kam schließlich der Augenblick, in dem Durant seinen Besuch nicht länger ausdehnen konnte, ohne das Mittagessen zu behindern. Elene ging mit ihm zur Salontür, wo Benedikt mit seinem Hut und Stock erschien.

Mit diesen Gegenständen in der Hand verbeugte sich Durant noch einmal. »Ich habe mich wirklich sehr gefreut. Es war nett von Euch, mich zu empfangen, das hatte ich eigentlich nicht erwartet.«

»Ich habe nicht so viele Freunde und Bekannte in New Orleans, daß ich mir leisten könnte, einen davon zu vernachlässigen.«

»Das stellt mich in eine Reihe mit allen anderen«, sagte er mit einem traurigen Lächeln. »Ich hoffe, das bedeutet auch, daß ich noch einmal wiederkommen darf?«

»Natürlich. Allerdings bitte nicht mehr, wenn Ryan nicht zu Hause ist.«

Er lächelte noch einmal, ohne zu antworten, ließ dann ihre Hand los und drehte sich um, um zu gehen. Nach zwei Schritten wandte er sich noch einmal zurück. »Ich möchte Euch nicht beunruhigen, Elene, aber ich kann nicht gehen, ohne Euch zu fragen –«

»Was?« meinte sie, als er verstummte.

»Ich wollte nur fragen: seid Ihr sicher, daß Eure Krankheit wirklich Gelbfieber war?«

»Ziemlich sicher. Warum?«

»Ach, nichts«, murmelte er und schüttelte den Kopf. »Gar nichts.« Er wandte sich wieder um und ging die Treppe endgültig hinunter.

Gelbfieber oder Gift?

Diese Frage und noch tausend andere verfolgten Elene tagelang.

Sie glaubte, sie hätte Gelbfieber gehabt, man hatte ihr gesagt, das sei ihre Krankheit gewesen, aber war das wirklich so? Es mußte so sein. Alle Symptome waren dagewesen, das Fieber, die roten Lippen, die schwarze Flüssigkeit, die sie erbrochen hatte, und dann noch die gelbe Haut. Was hätte es sonst schon sein können?«

Höchstens Arsen, das, in kleinen Dosen gegeben, ähnliche Symptome erzeugen konnte.

Nein, es war einfach unmöglich. Ihre Haut war so gelb wie Sonnenblumen gewesen.

Aber es gab noch andere Stoffe, die man jemandem eingeben konnte, damit er eine Gelbsucht bekam.

Sie konnte es einfach nicht glauben. Der Kolonialpräfekt und hundert andere Leute hatten zur selben Zeit mit Gelbfieber darniedergelegen. Es war eine Epidemie gewesen, wie sie mehr oder weniger jeden Sommer in den meisten südlichen Häfen auftrat. Sie war von demselben Arzt behandelt worden wie Laussat, von einem Heilkundigen aus Paris, der doch eigentlich eine Arsenvergiftung erkennen mußte, wenn er sie sah, und der bestimmt auch zwei Fälle von Gelbfieber miteinander vergleichen konnte. Sie hatte die Tropenkrankheit genauso überlebt wie der Kolonialpräfekt, womit sie zu den wenigen Glücklichen gehörte, denen es so erging. Anstatt sich mit selbsterfundenen Gespenstern zu erschrekken, sollte sie lieber darüber nachdenken, wer Serephine getötet hatte.

Das Probleme war: Es gab niemanden, der dafür in Frage gekommen wäre. Serephine hatte keine Feinde gehabt, war für keinen Menschen eine Bedrohung gewesen. Selbst wenn Durant sich hätte verheiraten wollen, was er ja bestritt, wäre Serephine kein Hinderungsgrund gewesen. Sie war völlig harmlos gewesen, eine liebe und großzügige Spielgefährtin, deren einziger Lebenszweck es war, Durant glücklich zu machen. Vielleicht – aber das war fast abwegig – hatte sie jemand umgebracht, der sich an Durant rächen wollte?

Es gab natürlich eine gewisse Ähnlichkeit zwischen Serephine und Hermine. Das Leben der Schauspielerin hatte den Zweck gehabt, auf der Bühne vielen Menschen Freude zu machen und im Privatleben Morven Ghent, sie war aber auch für niemanden gefährlich gewesen. Jeder hatte sie gern gehabt.

Und doch – stimmte das eigentlich? Madame Tusard hatte ihr vorgeworfen, sie hätte ihren Ehemann verführt. Es hatte zwar nicht gestimmt, aber beschuldigt worden war sie. Wie die folgenden Ereignisse gezeigt hatten, waren die Rollen der erfahreneren Schauspielerin dann von Josie übernommen worden – und auch Morvens Zärtlichkeiten. Rachel Pitot hatte vielleicht sogar das Gefühl gehabt, daß Hermine ihr bei der endgültigen Eroberung des gutaussehenden Schauspielers im Wege stand.

Gift, so sagte man, sei die Waffe einer Frau.

Aber welche Verbindung konnte es zwischen Hermine und Serephine geben? Elene schien keine Antwort zu finden. Sie hatten einander kaum gekannt, nur selten miteinander gesprochen. Sie waren zufällig auf demselben Schiff gefahren, sonst nichts. Nichts.

Auch M'sieur Mazent war auf dem Schiff gewesen, und er

war vermutlich ebenfalls an Arsen gestorben. Aber trotzdem – selbst wenn es möglich gewesen wäre, irgendeine Verbindung zwischen den beiden Frauen herzustellen – schien es äußerst unwahrscheinlich, daß beide irgend etwas gemeinsam hatten mit dem Plantagenbesitzer.

Aber es mußte etwas geben. Es mußte einfach so sein.

Es gab auch etwas.

Es war Parfüm.

Hermine hatte eine kleine Flasche ›Paradies‹ besessen und Serephine auch. Mazent hatte zwar selbst keine gehabt, aber seine Maîtresse Germaine, und sie hatte sie mit seiner Tochter geteilt.

Ob es möglich war, daß etwas in dem Parfüm war, das töten konnte? Vielleicht derselbe Stoff, der auch Männer zu Sklaven der Liebe machte?

Nein, nein, das schien keinen Sinn zu ergeben. Elene selbst hatte es länger als alle anderen benutzt, und sie war nicht tot.

Sie war krank gewesen.

Fieber, sie hatte Gelbfieber gehabt.

Und angenommen, es war doch keines gewesen? Angenommen, es war nur einfach so, daß manche Leute schwächer oder einfach empfänglicher für den tödlichen Inhaltsstoff waren als andere? Oder daß in manchen Flaschen mehr davon gewesen war – was immer es auch sein mochte?

Angenommen, das Parfüm, das Devota in Santo Domingo für sie gemischt hatte, war anders gewesen als das, das sie in New Orleans zusammen hergestellt hatten? Da war noch dieser Zusatz gewesen, den Devota in die Mischung getan hatte, als sie selbst nicht im Zimmer gewesen war.

Sie war verrückt. Hermine und Mazent und Serephine waren durch Arsen umgekommen, nicht durch irgendeine geheime Voodoomischung. Alle waren sich einig, daß das die Todesursache gewesen war.

Und wenn sie sich täuschten?

Und wenn Gift in dem Parfüm gewesen war, eine Mischung, die Arsen enthielt, das dann in tödlicher Dosis durch die Haut aufgenommen wurde wie das Blei in den Gesichtspudern der Schauspielerinnen? Wenn das möglich war, könnten vielleicht noch andere Menschen sterben. Und wenn Germaine nicht die Wahrheit gesagt hatte, als sie behauptete, die Flasche verschüttet zu haben, würde sie vielleicht als nächste sterben. Oder derjenige, der Madame Pitots Flasche gestohlen hatte.

Und wenn das möglich war, lastete die ganze Schuld für so viele Todesfälle auf Elenes Schultern, denn sie war diejenige gewesen, die unbedingt den unglücklichen Duft hatte herstellen wollen.

Aber was für einen Grund könnte Devota schon haben, etwas Giftiges in das Parfüm zu mischen? Angesichts ihrer Kenntnisse von Pflanzen und Kräutern war es ja wohl kaum ein Zufall gewesen.

Es war natürlich möglich, daß irgendeines der Gefäße entweder aus der Apotheke, oder wo sonst immer Devota ihre Zutaten herbekommen haben mochte, ein falsches Etikett gehabt hatte. Das konnte jedem passieren. Devota hatte keinen Grund, irgend jemanden umzubringen, am wenigsten Elene selbst.

Stimmte das?

In den Sklavenquartieren von Santo Domingo hatte es viele Mulatten gegeben, die sich erhoben hatten, um jene Leute aus den Herrenhäusern zu töten, mit denen sie verwandt waren. Devota war halb weiß, halb schwarz, eine Tatsache, die sie nicht vergessen würde, so sehr sie es auch versuchte. Wegen ihrer Hautfarbe war sie auf ewig dazu verdammt, das Leben einer Dienerin zu führen. Nein, nicht das einer Dienerin, das war ein höflicher Euphemismus. Devota war Elenes Sklavin.

Wenn Elene starb, hatte Devota keine Herrin mehr. Elene hatte keine Erben, die ihren Besitz übernehmen könnten, besaß kein rechtsgültiges Dokument, das über dessen Verwaltung verfügte, und da die Kolonie Louisiana augenblicklich in unsicheren Verhältnissen schwebte, würde die Regierung möglicherweise vergessen, ihren Besitz zu übernehmen, der zur Zeit ausschließlich aus einer Sklavin bestand, Devota. In Santo Domingo waren Tausende ums Leben gekommen, weil die Sklaven frei sein wollten.

Aber selbst dann: welchen möglichen Grund konnte Devota haben, Hermine zu töten? Oder Mazent zum Beispiel?

Aber mußte es einen anderen Grund geben als die Farbe ihrer Haut? Konnte es das womöglich gewesen sein? Doch andererseits war Serephine so wie sie gewesen. Ihr hätte sie doch bestimmt nichts getan.

Es war wirklich schrecklich, so furchtbare Verdächtigungen im Sinn zu haben, und das alles wegen eines bemerkenswerten Parfüms. Das war schon beinahe genug, um Elene wünschen zu lassen, daß sie nie in ihrem Leben wieder etwas riechen konnte.

Sie mußte einen Entschluß fassen. Elene konnte zwar nichts tun und nur hoffen, daß sie sich täuschte und die Todesfälle, die es gegeben hatte, überhaupt nichts mit ihr oder ihrem Parfüm zu tun hatten. Aber sie konnte auch versuchen, herauszufinden, was Devota in die Mischung getan hatte, um in Erfahrung zu bringen, welche Schuld Devota hatte und wie groß ihre eigene Verantwortung war. Wenn sie den Tod von unschuldigen Menschen verursacht hatte, glaubte sie kaum, es ertragen zu können. Trotzdem – sie mußte es herausfinden. Die Möglichkeit, daß sie möglicherweise andere dadurch retten konnte, erforderte es einfach.

Elene ging auf der Suche nach Devota über die Galerie. Sie konnte sie irgendwo summen hören, eine schöne, klangvolle Melodie mit einer Spur von Melancholie darin. Sie folgte den Tönen bis zum Ankleidezimmer neben Ryans Schlafzimmer.

Die Zofe saß auf einem Hocker und flickte einen kleinen Riß in einem von Ryans Hemden. Ihr Kopf war über ihre Arbeit gebeugt, ihre Nadel huschte über den Stoff, und ihr weiches, braunes Gesicht hatte einen konzentrierten Ausdruck. Ihr Tignon war schneeweiß und mit blauen Seidenfäden durchzogen, und ihr Kleid aus blauem Chambray war sorgfältig gestärkt und gebügelt. Ordentlich, geschickt und fleißig – das Bild einer perfekten Dienerin.

»Devota?«

Die Frau sah erschreckt auf. »*Chère!* Ich bekomme noch einen Herzschlag, wenn du dich so anschleichst. Warum hast du nicht gerufen, wenn du mich brauchst, oder diesen nichtsnutzigen Benedikt geschickt?«

»Ich wollte dich ganz privat etwas fragen.«

Das Lächeln auf Devotas Gesicht verschwand, als sie Elenes Züge betrachtete. Sie machte einen Knoten in den Faden und riß den Rest ab, dann schüttelte sie das Hemd aus und legte es weg. Sie stand auf. »Ja, *chère?*«

»Es geht um das Parfüm.« Ein enger Knoten schien sich in Elenes Hals zu bilden, der ihr das Sprechen erschwerte. Sie sah die Frau an, die sie schon ihr ganzes Leben lang kannte, und die Frage, die sie ihr stellen wollte, erschien ihr so verletzend und beleidigend, daß sie es nicht über sich brachte, sie auszusprechen.

Devota nickte langsam. »Ich habe schon darauf gewartet und mich gefragt, wann du wohl darüber sprechen willst.«

»Wirklich? Dann hast du also nichts hineingetan, das töten kann? Ich wußte ja, daß es so ist.«

Die Augen der Zofe weiteten sich vor Schreck. »Töten!«

»Ich dachte, du hättest erwartet –«

»Niemals! Niemals hätte ich gedacht, daß du so etwas fragen könntest!«

»Ich mußte es tun. Menschen, die in Kontakt mit unserem Parfüm gekommen sind, kommen ums Leben. Das kann ich doch nicht einfach ignorieren.«

»Du glaubst, ich hätte sie umgebracht? Ich? Warum hätte ich das tun sollen? Sag mir, warum!«

Elene konnte sich nicht erinnern, daß Devota je so feindselig geklungen hatte. Sie hatte noch nie ihre Stimme so sehr erhoben, und noch nie hatte ein solcher Zorn in ihren Augen gefunkelt. Ausweichend sagte Elene: »Ich weiß nicht, warum.«

»Ich glaube aber schon. Ich glaube, daß du dir, wie alle Weißen zur Zeit, die Farbe meiner Haut ansiehst und einen Feind in mir vermutest. Du vergißt, was vorher gewesen ist, all die Jahre der Zuneigung. Du siehst nur eins: schwarz, schwarz, schwarz!«

»Drei Menschen sind gestorben! Ich will nur wissen, wie das kam und wer dafür verantwortlich gewesen ist. Verstehst du das nicht? Wenn irgendein Zusatz des Parfüms todbringend ist, muß ich es wissen, denn wenn es so war, bin ich schuldig. Dann habe ich geholfen, sie zu töten.«

Devota starrte sie an, und ihr Gesicht entspannte sich. »O Gott, *chère*. O großer Gott.«

Sie waren so sehr miteinander beschäftigt, daß sie die leisen Schritte nicht hörten, als Benedikt hereinkam. Sein Räuspern klang wie ein Donner. Er sagte: »Es war nichts in dem Parfüm.«

Elene wandte sich mit straff gespannten Nerven zu ihm um. »Was weißt du davon?«

»Überhaupt nichts, außer daß ich Tag und Nacht den Duft hier im Haus gerochen habe. Ich weiß, daß Eure Dienerin kein Mensch ist, der heimlich töten könnte, sei das Opfer nun schuldig oder unschuldig. Sie hat keinen Haß in sich. Sie könnte vielleicht im Zorn töten, aber sonst nicht.«

Devota sah den großen, schmalen Mann mit dem leidenschaftslosen Gesicht durch schmale Augenschlitze an. »Ich danke dir.«

Benedikt verbeugte sich.

Einen Augenblick war etwas Lebendiges fast spürbar in der Luft zwischen den beiden. Dann wandte sich Devota Elene zu.

»Ich werde dir bringen, was von dem Parfüm noch übrig ist. Du kannst damit tun, was du willst. Prüfe es. Probiere es. Benutze es. Schütte es weg. Es ist mir egal. Ich habe es für dich gemacht, zu deiner Freude und Hilfe. Es hat nichts mit mir zu tun.«

Devota verließ das Zimmer, und Benedikt verschwand schweigend hinter ihr. Elene ging ebenfalls, obwohl sie kaum bemerkte, was sie tat.

In der Mitte des danebenliegenden Schlafzimmers blieb sie stehen. Sie stand da und starrte blicklos auf das blaue, rote und goldene Blumenmuster des flämischen Teppichs. Es half nichts. Außer Devota kam noch Madame Tusard als Verdächtige in Frage, die diese schrecklichen Dinge hätte tun können, und außer ihr niemand mehr.

Devota kam mit den restlichen Parfümflaschen in der Hand ins Zimmer. Sie stellte sie auf den Tisch neben Elene und wandte sich dann ab.

»Warte«, rief Elene. »Ich möchte dich nicht beleidigen oder kränken, aber eins muß ich noch wissen.«

»Ja?« Ihre Gefühle waren verletzt.

»Gibt es keine Möglichkeit, daß zufällig oder absichtlich irgend etwas Gefährliches in das Parfüm gelangt sein könnte, ohne daß du es gemerkt hast?«

»Parfüm besteht nur aus Duft, es ist eine Mischung aus starken und schwachen Essenzen und sonst nichts. Für diejenigen, die eine empfindliche Nase haben, würde auch die kleinste Zutat, die weggelassen oder noch hinzugefügt wird, den Duft mehr oder weniger stark verändern. Es kann kein Arsen in diesem Duft sein, denn das riecht nach Knoblauch und würde alle anderen Düfte übertönen. Und so ähnlich ist es bei den meisten anderen Dingen, die ich kenne und mit denen man jemandem Schaden zufügen könnte. Also ist es nicht möglich. Hör auf, dich zu quälen, *chère,* du hast keine Schuld.«

»Was ist los? Worum geht es?«

Das hatte Ryan gefragt, der genau in dem Augenblick ins Zimmer gekommen war, als Devota die letzten Worte gesprochen hatte. Elene hob den Kopf, wandte sich um und erklärte: »Es war nichts.«

»Das glaube ich nicht. Was ist diesmal mit dem Parfüm? Hat es plötzlich die Macht bekommen, die Bürokraten in Paris zur Eile zu treiben? Oder hat es Salcedo und Morales dazu überredet, die Amerikaner so sehr zu lieben, daß sie sich für ihr Verhalten entschuldigen wollen?«

Sein Ton war scherzhaft, aber hart vor Ungeduld. Elene ärgerte sich. »Nichts so Angenehmes«, gab sie in ätzendem Ton zurück. »Ich habe nur versucht, mein Gewissen zu beruhigen, was seine Rolle bei diesen Morden betrifft.«

Ryan vollzog eine kurze, entlassende Handbewegung. Devota ging hinaus und schloß die Tür. Dann trat er auf Elene zu bis zum Bett, wo er sich gegen die Wand lehnte, die Arme über der Brust verschränkt und die in Stiefeln steckenden Füße an den Knöcheln gekreuzt. Ganz entschieden sagte er: »Ich glaube, von dieser Sache sollte ich wohl besser noch etwas mehr erfahren.«

Sie erklärte sie ihm so kurz wie möglich, obwohl sie schon, während sie sprach, bemerkte, wie verworren alles klang. Dennoch mußte sie trotz der mangelnden Logik bis zum Schluß alles erzählen. Die Schamröte stieg ihr in die Wangen, als sie den Unglauben in seinem habichtartigen Gesicht erkannte.

»Du glaubst also«, sagte er langsam, als sie geendet hatte, »daß dein Parfüm nicht nur Männer dazu bewegen kann, in einer Weise zu handeln, die völlig gegen ihre Natur ist, sondern daß es auch Krankheit und Tod bewirken kann?«

»Nicht einfach das Parfüm selbst, sondern irgend etwas, was darin ist. Es hat immer Gerüchte darüber gegeben, daß Gift hinter den Fähigkeiten der Voodoo-Priester und -Priesterinnen steht, die irgend jemandem den Tod wünschten. Ich weiß, daß es verrückt klingt, aber ich dachte, Devota hätte vielleicht – ich meine, daß sie sich vielleicht hat rächen wollen oder dafür bezahlt wurde, jene Todesfälle zu bewirken. Ich weiß eigentlich nicht, was ich genau dachte, aber ich mußte die Wahrheit erfahren. Es schien einfach eine Möglichkeit zu sein, die ich nicht außer acht lassen durfte.«

»Denn wenn es so wäre, wärest du mitverantwortlich.«

Sie machte eine schnelle, beschämte Geste und sah von ihm weg zu dem Moskitonetz, das über dem Bett aufgehängt war. »So ähnlich.«

»Du wärest schuldig, weil Devota deine Sklavin ist.«

»Ja, und weil ich für sie verantwortlich bin.«

Er löste sich vom Bett und kam zu ihr, nahm ihre Arme in seine Hände. Er zog sie so nah zu sich heran, daß sie die Hände gegen seine Brust legen mußte, um nicht gegen ihn zu fallen.

»Ein für allemal«, sagte er ruhig, »dein Parfüm hat keine magischen Kräfte, seien sie gut oder schlecht. Es ist ein angenehmer Duft, das ist alles.«

Sie hob den Kopf, um seinem klarblauen Blick begegnen zu können. »Woher willst du das wissen?«

»Ich weiß es. Das Verlangen nach dir, das ich spüre, kommt aus meinen Inneren, nicht von ein paar Tropfen Flüssigkeit aus einer Flasche. Es ist in meinem Herzen und in meinen Gedanken und in dem Teil von mir, der sich heiß und fest in dich senken will. Dein Parfüm ist keine Bedrohung für mich. Ich bin nicht der Sklave einer Frau, nicht einmal deiner, obwohl mein Verlangen nach dir jetzt, in diesem Augenblick, so groß ist, daß ich meine ganze Freiheit aufgeben würde, nur um eine Stunde in deinen Armen zu verbringen. Aber ich kann fortgehen von dir, wenn es nötig ist. Ich kann dich verlassen, nicht ohne Bedauern, aber ganz sicher, ohne mein Leben zu gefährden oder meine Seele so zu verstören, daß sie sich nicht mehr erholen kann. Ich brauche dich nicht, um zu leben.«

Seine Worte fielen in ihre Gedanken wie Säure, und sie

verzehrten ihren Stolz. Die Sicherheit im Klang seiner Stimme machte sie zornig. Ihre grauen Augen verdunkelten sich vor Schmerz und Verachtung, und sie sagte: »Wenn du so sicher bist, warum gehst du nicht einfach weg?«

»Das werde ich tun.«

»Was?« Sie stand so nah bei ihm, daß sie die Hitze seines Verlangens spüren konnte, die straffen Muskeln seiner Schenkel. Unter ihren auf seiner Brust ausgebreiteten Händen pochte wild sein Herz, eine stumme Verleugnung seiner ruhigen Worte.

»Ich werde beweisen, daß ich fortgehen kann. Sobald ich alle meine Sachen gepackt habe, werde ich nach Washington City aufbrechen, um dort die offiziellen Papiere für die doppelte Abtretung Louisianas zu holen. Ich gehe auf die Bitte Laussats hin, um diesen langen Prozeß des Übertritts zu beschleunigen, aber auch um dich davon zu überzeugen, daß ich es tun kann.«

»Also gut, dann geh doch!«

Sie versuchte sich aus seinem Griff zu befreien, aber es war sinnlos. Er zog sie noch fester an sich, schloß sie ein in seine feste Umarmung. Er ließ eine Hand über ihren Rücken hinuntergleiten, um die Rundung ihrer Hüfte zu umfassen, und senkte seinen Blick auf die dunkelrosafarbene, feuchte Oberfläche ihrer Lippen, die leicht geöffnet waren.

»O nein, nicht ohne einen letzten Hauch von Parfüm und einen richtigen, leidenschaftlichen Abschied. Wo wäre der Reiz ohne das? Wo wäre der Sieg?«

Das war eine Herausfordrung, und Elene verabscheute es, sie anzunehmen, aber ihr Herz konnte sie ihm nicht verweigern. Sie schmiegte sich an ihn, als er sie noch fester an sich zog, und stand auf den Zehenspitzen, um der Kraft seines Kusses zu begegnen. Ihre Lippen bebten, als sie auf sein Fordern trafen, aber sie ließ mit dem Druck ihres Mundes nicht nach, so daß der Kuß beinahe schmerzhaft wurde. Sie ließ ihre Hände zu seinem Kopf hinaufgleiten, griff mit den Fingern in sein Haar und hielt sich an der sehnigen Kraft seines Nackens fest. Sie drückte ihre Brüste an ihn, bis sie weh taten, und wand ihre Hüften in langsamem, drängendem Verlangen hin und her, so daß ihre erhitzte, weiche Weiblichkeit die harte Form seiner Männlichkeit umgab.

Er holte tief und rauh Atem. Mit Händen, die ihre gewöhnliche Geschicklichkeit verloren hatten, löste er die Knöpfe ihres Kleides und schob den Stoff dann zusammen mit dem weit ausgeschnittenen Unterhemd von ihren Schultern. Sie half ihm, ließ die Kleidung bis zu ihrer Taille rutschen, zog das Band ihrer weiten Unterwäsche und ihres Unterrocks aus und ließ alles zusammen zu Boden gleiten. Dann trat sie wieder ganz nah an ihn heran, zog sein Hemd aus der Hose und knöpfte sie vorn auf, während er sich mit einer kurzen Bewegung das Hemd über den Kopf zog. Während er sich seiner Stiefel entledigte, schleuderte sie ihre Hausschuhe von den Füßen. Dann warf sie sich auf das hohe Bett und begann, ihre Strumpfbänder zu lösen.

Ryan hinderte sie mit einer kurzen Geste daran, während er seine Kniehosen herunterzog und zur Seite warf. In herrlicher Nacktheit stellte er sich zwischen ihre Knie und breitete ihre Beine noch etwas weiter auseinander, während er die Strumpfbänder eines nach dem anderen löste, ihre seidenen Strümpfe über ihre Knie und Waden nach unten zog wie die dünne Schale einer Frucht. Jetzt kniete er sich auf den Boden, drückte seine Lippen auf die glatte Biegung ihrer Knie und zog dann ein feuchtes Band aus Feuer über die Innenseite ihrer Schenkel hinauf bis zu der Stelle, an der sie sich trafen. Er drückte ihren Oberkörper mit festen Griff nach hinten, während er seine Aufmerksamkeit auf diese Stelle richtete, und Elene ließ sich fallen, erfüllt von herrlich wollüstigem Vergnügen.

Sie hätte ihn abwehren sollen, etwas tun, um die Initiative zurückzuerlangen, aber sie verlor sich in Lust und fast schmerzhaftem Fatalismus. Wenn dies das letzte Mal war, und das konnte ohne weiteres sein, dann sollte es etwas Besonderes werden, etwas, woran sie voller Liebe zurückdenken konnte.

Seine Berührung setzte das Blut in ihren Adern in Brand, bis sie voller heißem, brausendem Verlangen war. Wie ein rauschender Wasserfall durchströmte es sie und versammelte sich in der Mitte ihres Seins zu einem Wirbel. Nichts bedeutete ihr mehr etwas, außer ihrem Bedürfnis, daß er es erfüllen sollte.

Als er aufstand, streckte sie die Arme nach ihm aus, aber er legte sich nicht zu ihr. Statt dessen trat er an den Tisch neben dem Bett und nahm eine der Parfümflaschen, die dort standen. Er zog den Stöpsel heraus und wandte sich wieder dem Bett zu.

Elenes Augen weiteten sich. Sie setzte sich hin, drehte sich zur Seite und zog die Beine auf das Bett. Mit rauher Stimme sagte sie: »Was tust du da?«

»Die Prüfung wäre ja nicht vollständig ohne dies, nicht wahr?« Er kippte die Flasche, so daß ein paar Tropfen über den Rand flossen. Sie tropften auf seine Finger und auf das Bettlaken, während der vertraute Duft in die Luft stieg.

Es war beunruhigend, daß er so darauf konzentriert sein konnte, während das Verlangen unkontrolliert und heiß unter ihrer Haut pulsierte. Sie befeuchtete ihre Lippen. »Ich denke, du hast recht.«

»Dann leg dich wieder hin.«

Sie tat, was er forderte. Er setzte sich auf das Bett. In dem Augenblick, als sie flach auf dem Rücken lag, ließ er das Parfüm auf sie heruntertröpfeln, er begann zwischen ihren Brüsten und hörte erst unten an ihren Knien wieder auf. Schnell und bevor die langsam fließenden Bächlein verrinnen konnten, massierte er die wertvolle Flüssigkeit mit kraftvollen Bewegungen in ihre Haut, rieb den Duft in die weißen Hügel ihrer Brüste, die schmalen Seiten ihrer Taille und die glatte Oberfläche ihres Bauches, in das feingesponnene goldene

Dreieck, an dem ihre Beine zusammenkamen, über die schlanke Wölbung ihrer Hüften und die zarte, weiße Haut innen an ihren Schenkeln. Elene bebte als Antwort darauf, und er lächelte sie mit klarer, zärtlicher Entschlossenheit an, bevor er seinen Körper langsam über sie senkte.

Sein Gewicht drückte sie in die moosgefüllte, weiche Matratze und war ihr willkommen auf ihrer so empfindlich gewordenen Haut. Ihre Konturen verbanden sich miteinander, hart und weich, in einer wenn auch noch nicht ganz vollständigen Vereinigung. Der Duft des Parfüms stieg um sie herum in die Luft. Der Duft ihrer Körper, männlich und weiblich, verband sich damit, und so entstand eine sinnenverwirrende Atmosphäre. Er bewegte sich auf ihr und rieb damit die duftenden Öle von ihrem Körper in seine Haut. Das Kitzeln der Haare auf seinem Körper, die festen Formen seiner Brust und straff gespannten Oberschenkel jagten lustvolle Schauder durch ihre Adern. Sie glitten aneinander entlang, neckten sich mit sanften Stößen, fasziniert vom uralten berauschenden Spiel der Liebe. Elene spürte das wilde Pochen seines Herzens, die strenge Kraft, mit der er sich Zurückhaltung auferlegte. Sie ertrug es, bewunderte ihn dafür, bis sie, in einem Augenblick höchsten Genusses, die Beine ausbreitete und ihn in einem herrlichen, feuchten Gleiten in sich aufnahm.

Der Schauder der fiebrigen Erregung durchströmte sie in Wellen. Sie wurde so davon überrollt, daß ein unterdrückter Schrei aus ihrer Kehle drang, als sie ihren Rücken emporwölbte, um sich gegen ihn zu heben. Er kam ihrem Drängen entgegen, drängte sich an sie, stieß mit endlos scheinender Kraft und unbeirrbarem Willen immer tiefer in sie hinein. Sie nahm die rhythmische Kraft seiner Stöße auf, und ihre Sinne weiteten sich. Ihr Atem ging rauh und dröhnte in ihren Ohren. Ihr Herzschlag pochte in schnellem Rhythmus. Und doch hielt er sie fest und sicher in den Armen.

Sie kam aus ihrem Innern, breitete sich in lebendigem,

feurigem Staunen in ihr aus, die scharlachrote Flutwelle der Auflösung. Elene ließ sie mit einem Schluchzer über sich hinwegströmen. Ryan spürte, wie sie sich in ihren seidigen Tiefen erhob und gab sich ihr verströmend hin. Fest vom Griff der Lust umfangen, verloren in seiner zauberhaften Pracht, blieben sie bewegungslos liegen. Und als sie die Augen wieder öffneten, sahen sie sich lange schweigend an.

Einen Augenblick später rollte er sich zur Seite, nahm sie mit sich, immer noch verschmolzen, untrennbar. Er schaukelte mit ihr voller schmerzlicher Zärtlichkeit hin und her, atmete den Duft ihres Haares, prägte sich ihre Körperformen und das Gefühl, das sie in ihm hervorrief, tief ein. Er suchte nach ihren Lippen, küßte sie einmal und noch einmal, dann, in einer Bewegung, als wären seine Muskeln verkrampft vor Widerwillen, legte er sie auf den Rücken und wandte sich ab.

Er stand auf, ging zum Waschbecken und wusch sich mit kaltem Wasser und Seife den intensiven Duft des Parfüms vom Körper. Dann trocknete er sich schwungvoll ab, warf das Handtuch über einen Stuhl und ging zum Schrank, aus dem er ein Paar lederne Reithosen nahm und einen groben Rock in ähnlicher Machart.

Schon wenige Minuten später war er angezogen bis auf einen schmalrandigen Hut, den er mit einer zusammengeschnürten Rolle Kleidung zum Wechseln in einer Hand hielt. Er trat zur Tür, legte eine Hand auf den Türknauf und drehte sich dann noch einmal um. Sein Blick wanderte über sie hinweg, über ihre hell schimmernde Haut. Mit einem unhörbaren Fluch verließ er die Tür und kam mit schnellen Bewegungen auf sie zu. Er beugte sich vor und kostete den stolzen Gipfel einer ihrer Brüste, dann drückte er ihr noch einen festen Kuß auf die Lippen.

Danach richtete er sich plötzlich wieder auf, ging zur Tür und öffnete sie. Indem er sich mit klarem Schmerz in den Augen noch einmal zu ihr umdrehte, sagte er: »Wenn dies ein Sieg ist, ziehe ich die Niederlage vor.«

Die Tür schloß sich hinter ihm.

17. Kapitel

Er war fort.

Elene lag da und starrte in die hochgebundenen, weichen Falten des Moskitonetzes, bis seine Schritte die Treppe hinunter verklungen waren. Sie rührte sich nicht, als die Stille und die völlige Bewegungslosigkeit zeigten, daß er nicht mehr im Haus war. Nach langer Zeit rollte sie sich langsam auf den Bauch und preßte ihr Gesicht in das Kissen.

Sie weinte nicht. Ihre Brust war eng, und sie atmete in kurzen, harten Stößen, aber die Tränen waren in ihrem Inneren eingeschlossen. Er hatte sie verlassen. Trotz des Parfüms. Trotz der Einheit ihrer Körper. Es hätte nicht möglich sein dürfen, aber es war geschehen. Es war geschehen, weil sie ihn liebte. Sie hatte es gewußt, hatte gespürt, daß das Gefühl für ihn in ihr wuchs. Devota hatte sie gewarnt. Wenn sie sich verliebte – hatte sie gesagt –, würde sie die Kontrolle über die Beziehung verlieren. Devota hatte aber noch etwas anderes gesagt, etwas über ein liebendes Herz, aber Elene konnte sich nicht mehr genau daran erinnern.

Ryan hatte geglaubt, er hätte den Zauber des Parfüms überwunden oder hätte zumindest bewiesen, daß er nicht davon betroffen war. Vielleicht war das wirklich so, sie wußte nicht mehr, was sie glauben sollte. Aber warum war er von ihr gegangen?

Es war nicht nötig, daß er sein Leben gefährdete, um zu beweisen, daß sie ihn nicht halten konnte. Er würde vielleicht auf dem langen Ritt nach Washington City ums Leben kommen. Er war Freibeuter, kein Kurier. Es war nur sein männlicher Stolz gewesen, der ihn dazu brachte, diesen langen, gefährlichen Ritt durch die Wildnis auf sich zu nehmen.

Nein, das stimmte nicht. Sie mußte ihm das zugestehen. Die Mission, die er erfüllen wollte, hatte nichts mit ihr zu tun. Er war ein Mann, der sich um die Zukunft Louisianas, seines Heimatlandes, kümmerte. Die großen Ereignisse, die der Kolonie bevorstanden, waren lebenswichtig für ihn, und er war wie in einen Strudel hineingezogen worden. Es war ein Teil seines Lebens, in dem sie keinen Platz hatte.

Es gab eigentlich keinen Grund, anzunehmen, daß sie überhaupt irgendeinen Platz in seinem Leben hatte. Er hatte ihr etwas von Verlangen und Bedürfnissen und Bewunderung erzählt, wobei einiges sicher nur eine durch das Parfüm ausgelöste Reaktion gewesen war. Er hatte niemals etwas von einfacher, vollendeter Liebe gesagt, außer als sie das Fieber hatte und er vermutlich glaubte, sie müsse es hören, um weiterzuleben.

Devota hatte ihr im Zusammenhang mit dem magischen Duft natürlich auch keine Liebe versprochen. Verlangen, ja. Eine völlige Unterwerfung des Fleisches. Bezauberung. Die Versklavung ihres Gefährten. Alle diese Dinge. Sie hatte sie vollständig erleben dürfen und hatte durch sie Erregung, ja sogar Verzückung kennengelernt. Aber wie flüchtig waren sie doch und wie leer ohne die Liebe.

Wie war es nur möglich, daß zwei Menschen sich so nah kommen, sich so völlig besitzen und uneingeschränkt Lust teilen konnten und daß sich trotzdem nur einer von beiden verliebte? War es möglich, daß sie durch den Betrug an ihm, und sei er auch unabsichtlich geschehen, die Chance vertan hatte, daß er sie liebte? Wenn sie während jener drei Tage in dem dunklen Loch unter Faviers Haus kein Parfüm getragen hätte, was wäre dann zwischen ihnen geschehen? Wären sie sich langsam nähergekommen und hätten sie dabei eine tiefere und dauerhaftere Zuneigung zueinander gefaßt, oder hätten sie einfach jeder in seiner Ecke gesessen und sich höflich unterhalten, sich nicht einmal berührt? Was wäre ihr lieber gewesen? Diese Leidenschaft erlebt zu haben, die sie verbunden hatte, oder überhaupt nichts?

Als Devota etwas später hereinkam, schloß Elene die Augen und atmete tief und gleichmäßig. Die Frau ging leise wieder hinaus. Als es Abend geworden war, brachte die Zofe ein Tablett mit einem leichten Abendessen aus gebratenem Huhn, knusprigem Brot und Wein und dazu eine Karamelcreme als Nachtisch. Elene zwang sich, ein paar Bissen zu essen, aber mehr war ihr nicht möglich. Sie schickte Devota fort und blies die Kerze aus.

Als der Morgen kam, war sie schwer und verwirrt vom vielen Schlaf, aber nicht sehr ausgeruht und hatte keine Lust aufzustehen. Sie hielt ihre Tasse mit dem Morgenkaffee in der Hand, sah dabei aber mit mattem Blick Devota zu, die sich im Zimmer zu schaffen machte, die Vorhänge öffnete und die verstreuten Kleider einsammelte. Elene ließ es zu, daß sie ihr ein Bad bereitete und die Bettwäsche wechselte, aber das hauptsächlich, weil ihr der Geruch des Parfüms zuwider war, nicht weil sie ein Bedürfnis nach Frische hatte. Sie wollte eigentlich gar nichts, außer ein stilles, dunkles Zimmer und das Vergessen des Schlafs.

»*Chère?* Möchtest du für immer in diesem Zimmer bleiben?« fragte Devota und stemmte die Hände in die Hüften.

Elene schob sich das Haar aus dem Gesicht und drückte sich eine Hand auf die Augen. »Ich weiß es nicht.«

»Du beunruhigst mich, *chère.* Ein solches Verhalten sieht dir überhaupt nicht ähnlich.«

»Was soll ich tun?«

»Irgend etwas, egal was. M'sieur Ryan hat Geld zum Einkaufen hiergelassen. Du kannst zum Markt gehen.«

»Das kann Benedikt tun.«

»Benedikt macht sich auch Sorgen um dich. M'sieur Ryan wird ihn dafür zur Verantwortung ziehen, wenn du krank bist, wenn er zurückkommt.«

»Meinst du wirklich?«

»Benedikt glaubt das.«

»Er irrt sich. Ich bezweifle sehr, daß Ryan sich dafür überhaupt interessiert.«

»Was meinst du damit? Natürlich interessiert er sich dafür!«

Elene sagte mit harter Stimme: »Er hat mich verlassen, Devota!« Dann wiederholte sie noch einmal leiser: »Er hat mich verlassen.«

»Er wird zurückkommen.«

»Du hast behauptet – du hast mir gesagt, er wäre mir verfallen, es wäre sein einziger Wunsch, mir Freude zu bereiten.«

»Willst du denn wirklich einen solchen Mann, einen Sklaven?«

Elene schluckte die Tränen hinunter, als sie schnell den Kopf schüttelte. »Aber ich hätte nie gedacht, daß er mich verlassen will. Ich dachte, er könnte es nicht.«

»Und deshalb ißt du so wenig und liegst den ganzen Tag im Bett?«

Elene schüttelte den Kopf und konnte nicht sprechen, weil sie einen solchen Kloß im Hals hatte vor Schmerz. Tränen füllten ihre Augen und liefen in nassen Spuren ihre Wangen hinunter. Schließlich flüsterte sie: »Ich muß fortgehen.«

Devota runzelte ihre weiche braune Stirn. »Fortgehen?«

»Fortgehen aus diesem Haus, mir einen anderen Ort suchen, an dem ich bleiben kann.«

»Aber – warum?«

Elene sah sie verzweifelt an. Wie konnte sie ihr etwas Unerklärbares plausibel machen? »Ich kann nicht bei einem Mann bleiben, der mich nicht liebt.«

»Wie kannst du sagen –«

»Er tut es nicht. Ich habe ihn eingefangen, aber jetzt hat er sich wieder befreit. Ich werde nicht einfach nur eine angenehme Nebenbeschäftigung für einen Freibeuter sein, der mich ausnutzt.«

»Du weißt doch, daß es viel mehr als das ist«, entgegnete Devota streng.

»Aber das Prinzip ist dasselbe.«

»Das ist ja wirklich verrückt! Du hast ihn bisher gebraucht, und du brauchst ihn jetzt auch noch. Das hat sich auf jeden Fall nicht geändert.«

»Ich werde ihn auch nicht für meine Zwecke ausnutzen.«

»Selbst wenn er das gern möchte? Selbst wenn ihr euch in gleicher Weise benutzt?«

»Selbst dann nicht. Ich weiß, daß meine Lage immer noch dieselbe ist; das sehe ich. Aber ich bin anders. Ich liebe ihn, aber da ist noch mehr als das. Mit Hilfe unseres Parfüms habe ich ihn anfangs für mich eingenommen und ihn jetzt vielleicht auch noch in etwas viel Schlimmeres verwickelt. Ich kann nicht bleiben und ihn die Folgen tragen lassen, wie immer sie auch aussehen mögen.«

»Du meinst die Morde. Das war nicht meine oder deine Schuld, ich schwöre es dir. Kannst du mir das nicht glauben?«

»Das Risiko kann ich nicht eingehen.«

»Diese Prinzipien, von denen du ja so viele hast – essen kannst du sie nicht. Wovon sollen wir leben? Wohin sollen wir gehen?«

»Ich weiß es nicht. Ich habe versucht, darüber nachzudenken, aber mir fällt nichts ein.«

»Dann fällt dir vielleicht auch nichts mehr ein, bis M'sieur Ryan wieder zurückkommt«, erwiderte die Frau in einer Mischung aus Ironie und Hoffnung.

Devota ging hinaus. Elene saß da, trank ihren Kaffee und knabberte langsam an einem der federleichten Brötchen. Jetzt, da sie die Entscheidung, die auf ihr lastete, in Worte gefaßt hatte, fühlte sie sich besser. Trotzdem blieb das Problem, daß sie nicht wußte, was sie tun konnte.

Sie hatte kein Geld und keine eigenen Mittel. Das hieß, daß sie sich auf ihre Bekannten verlassen mußte, zumindest für einige Zeit. Wenn Hermine noch am Leben gewesen wäre, hätte sie ihr Problem leichter lösen können, dachte sie; die Schauspielerin hätte sicher irgendwo einen Platz gefunden, wo Elene hätte wohnen können. Josie war nicht so erfinderisch und hatte nicht so viel Mitgefühl. Morven würde ihr vielleicht helfen können, aber sie fürchtete, daß seine Hilfe ohne Ryans Schutz ihren Preis haben würde. Er hatte nie ein Geheimnis daraus gemacht, daß er sie anziehend fand, auch wenn das keine besondere Ehre war. Es schien offensichtlich nur wenige Frauen zu geben, die ihn zurückwiesen. Auf jeden Fall gehörten die Zimmer, in denen die Schauspieltruppe wohnte, der Witwe Pitot, und Elene war nicht so sicher, ob sie sie gern bei sich sehen würde.

Es war unwahrscheinlich, daß M'sieur und Madame Tusard sie bei sich aufnehemn konnten. Erstens war da das Problem von Madame Tusards Stolz, der nicht zuließ, daß jemand erfuhr, daß sie keine Bediensteten hatte, aber das Paar hatte auch nur sehr knappe Mittel. Und dann war da noch die Tatsache, daß Madame Tusard eine ziemlich bürgerliche Einstellung hatte. Sie hatte sich zwar dazu herabgelassen, eine Frau zu besuchen, die von einem Mann ausgehalten wurde, aber möglicherweise wäre sie nicht allzu erfreut, wenn dieselbe Frau ein dauerhafter Gast in ihrem Haus war.

Gesellschaftsfähigkeit, so vermutete Elene, war auch für Flora Mazent äußerst wichtig. Außerdem hatte sie das junge Mädchen wegen des Parfüms enttäuscht und verärgert, das sie von ihr hatte kaufen wollen. Also konnte sie von Flora kaum erwarten, daß sie sie mit offenen Armen empfangen würde, selbst wenn sie Platz haben sollte. Noch dazu wäre es unannehmbar, sich dem jungen Mädchen während der Trauerzeit für ihren Vater aufdrängen zu wollen. Sie hätten sich vielleicht gegenseitig trösten können, weil Elene ebenfalls ihren Vater verloren hatte, aber Elene bezweifelte, daß

Flora ihrer beider Lage in irgendeiner Weise vergleichbar finden konnte.

Das bedeutete, es blieb nur noch Durant von denen, die aus Santo Domingo gekommen waren.

Ihre Überlegungen wurden durch Devotas Eintreten unterbrochen. Die Frau hatte die Hände in der Schürze versteckt, blickte verwirrt und zweifelnd um sich. Sie blieb stehen. »Ich muß dir etwas sagen.«

»Ja, was?« Elene ließ ihr Brötchen wieder auf den Teller fallen und stellte die Kaffeetasse ab.

Devota zögerte, die Unterlippe zwischen die Zähne geklemmt. Dann seufzte sie tief. Schließlich sagte sie ganz schnell: »Es ist wegen des Parfüms. Es hat keine besonderen Kräfte.«

»Was sagst du da?«

»Einfach nur das: das Parfüm, das ich gemischt habe, ist nur ein angenehmer Duft, sonst nichts.«

Elene starrte sie an. »Was sagst du da?«

»Ich habe dir etwas anderes erzählt, um dir ein wenig Selbstvertrauen und Mut für die Ehe mit Durant zu geben. Ich habe dir gesagt, daß es bei jedem Mann, der dich in die Arme nimmt, Begehren bewirken würde, weil ich weiß, daß eine Frau, die glaubt, begehrenswert zu sein, tatsächlich begehrenswert ist. Eine Frau, die glaubt, daß sie sich Männer untertan machen kann, kann das wirklich.«

»O Devota«, flüsterte Elene, und ihre Augen weiteten sich, als ihr langsam zu Bewußtsein kam, was das bedeutete.

»Du mußt einfach verstehen, daß das Parfüm überhaupt nichts damit zu tun haben kann, ob und wie M'sieur Ryan dich zu sich genommen hat, aber auch nichts mit Gift und Tod.«

Es wurde still. Elene schloß fest die Augen und öffnete sie dann wieder. »Wie soll ich dir das glauben?«

Devota richtete sich gerade auf: »Weil ich es dir sage.«

»Du hast mir schon einmal etwas Falsches gesagt, das behauptest du wenigstens gerade. Gegen dein Wort steht die Verhaltensweise von Ryan. Er hat mich geliebt, solange ich das Parfüm benutzte, und hat mich nicht berührt, als ich es nicht mehr tat.«

»Immer?«

Elene dachte an die letzten paar Wochen, seit sie den größten Teil des Parfüms vernichtet hatte. »Nein, nicht immer, aber oft genug. Aber wie es auch sei, wenn das stimmt, was du sagst, warum hast du mir nicht schon früher davon erzählt?«

Devota schüttelte langsam den Kopf. »Zuerst, weil ich dachte, du würdest die Kraft des Glaubens noch brauchen, und später, weil ich wußte, daß du an meinen Worten zweifeln würdest. So wie jetzt – du möchtest mir gern glauben, aber du läßt es einfach nicht zu.«

War das möglich? Könnte das wahr sein, was Devota ihr eröffnet hatte? Wenn es so war, dann hatte Ryan mit ihr geschlafen und sie in sein Haus gebracht, weil es ihm Freude machte, weil er ihre Nähe genoß. Und nicht nur das: Dann hatte er sie gebeten, seine Frau zu werden, weil er sie bei sich haben wollte.

Wo blieb die Erleichterung? Sie empfand nur Schmerz, Schmerz, daß sie ihm all das wieder vor die Füße geworfen hatte.

Aber immerhin war sie erleichtert, daß sie sich keine Sorgen mehr zu machen brauchte wegen der drei Todesfälle. Sie war in keiner Weise dafür verantwortlich, wenn das Parfüm keine besondere Wirkung hatte, und darüber hinaus konnte auch Devota nichts damit zu tun haben.

Elene befeuchtete ihre Lippen. »Es überrascht mich, daß dein Bekenntnis in diesem Augenblick erfolgt. Es kommt mir sehr gelegen, vielleicht zu gelegen.«

»Jetzt ist der Schaden, den ich damit anrichte, geringer als das Gute, das ich damit vielleicht bewirken kann.«

»Ich verstehe. Aber da ist noch etwas. Ich kenne dich mein

ganzes Leben lang und habe dir immer vertraut, Devota, und ich kann jetzt nicht damit aufhören, aber wir müssen der Tatsache ins Auge sehen, daß du mich von der Mitschuld an den Giftmorden freisprichst und damit auch dich selbst.«

Die andere Frau überlegte schweigend. Dann schüttelte sie den Kopf. »Als wir damals das Schiff nach New Orleans bestiegen, hätte ich nie geglaubt, daß es je zu so etwas kommen würde.«

»Ich auch nicht.« Elenes Brust hob und senkte sich in schweren Atemzügen. Tränen rollten aus ihren Augenwinkeln. Sie wischte sie mit dem Handrücken weg. »Ich glaube eigentlich nicht, daß du mir dies gesagt hast, um den Verdacht von dir abzulenken.«

»Ja, ich weiß. Du fürchtest, daß ich vielleicht lüge, um dir zu helfen.«

Elene lächelte sie mit feuchten Augen an. »Du hast mich immer schon zu gut gekannt. Bitte laß mich jetzt allein, damit ich nachdenken kann.«

Die Zofe zögerte, als wolle sie noch etwas sagen, aber schließlich tat sie, worum Elene sie gebeten hatte.

Es war eigentlich egal. Sosehr sie sich auch bemühte, konnte Elene doch nur wenige Gründe finden, Devotas Bekenntnis zu glauben, aber viele, um daran zu zweifeln. Und da sie jetzt sowohl dem Zweifel als auch dem Glauben mißtraute, war sie vollends verwirrt.

Nach einiger Zeit wurde ihr jedoch klar, daß Ryan, wenn Devota die Wahrheit gesagt hatte, nicht aus Gründen der Magie gezwungen gewesen war, bei ihr zu bleiben. Das war wirklich ein ganz neuer Aspekt. Es war möglich, daß er der Mann war, mit dem M'sieur Mazent die Hand seiner Tochter angeboten hatte, daß er derjenige war, den Flora als ihren Bräutigam bezeichnet hatte. Das würde erklären, warum Flora Elene seinen Namen nicht hatte verraten wollen. Vielleicht hatte sie sie verschonen wollen oder hatte befürchtet, daß Elene als seine Geliebte versuchen würde, die Heirat zu hintertreiben. Aber ganz sicher würde es erklären, warum das junge Mädchen angesichts seiner Heiratspläne so unruhig gewesen war.

Es war eigentlich nichts Ungewöhnliches, daß die bevorstehende Ankündigung der Verlobung durch den Tod von Floras Vater zurückgestellt worden war, aber was war danach geschehen? Dieser angebliche Bräutigam hätte zur Stelle sein müssen, bereit, das junge Mädchen zu unterstützen und zu lenken. Flora hatte ihr aber klar zu verstehen gegeben, daß seine Abwesenheit seine Entscheidung gewesen war und nicht ihre.

Warum sollte ihr Bräutigam jedoch jetzt kein Interesse mehr an ihr haben? War ihm klargeworden, daß er mit einer so farblosen Frau als Gattin nicht leben konnte? Oder war es etwas anderes, etwas, das mit Geld zu tun hatte? Die Mitgift war für viele mögliche Ehekandidaten bestimmt wichtig. Hatte der zukünftige Bräutigam herausgefunden, daß der Besitz der Mazents in Louisiana doch nicht so groß war, wie er erwartet hatte?

Andererseits: was war, wenn M'sieur Mazent etwas über seinen zukünftigen Schwiegersohn herausgefunden hatte, was ihm nicht gefiel? Und angenommen, das, was er in Erfahrung gebracht hatte, war derart unangenehm, daß er dem Mann verboten hatte, mit seiner Tochter darüber zu sprechen? War womöglich der zurückgewiesene Bräutigam so verärgert darüber gewesen, daß ihm ein Vermögen verlorenging, daß er sich M'sieur Mazents in aller Stille entledigt und dazu Gift gewählt hatte, weil sein Tod dann aussehen würde wie eine Folge seiner Magenprobleme, von denen ja jedermann wußte?

Ein Schauder überlief Elene. Nicht Ryan. Das konnte er nicht tun. Oder vielleicht doch?

Nein, bestimmt nicht. Aber selbst wenn er es hätte tun können, erklärte das noch nicht, warum auch Hermine und Serephine hatten sterben müssen. Es mußte eine Verbindung zwischen ihnen geben, sonst war das doch alles völlig sinnlos.

Hermine hatte Ryan schon vor ihrer Rettung aus Santo Domingo gekannt. Er und Morven waren Freunde, sie waren sich oft an den verschiedensten Orten begegnet. Es war möglich, daß Hermine irgend etwas über Ryan gewußt hatte, was Mazent nicht erfahren sollte. Vielleicht hatte sie ihn damit aufgezogen oder womöglich verlangt, er solle für ihr Schweigen bezahlen. Vielleicht hatte er die Schauspielerin getötet, um zu verhindern, daß sie ihm Schwierigkeiten machte.

Serephines Tod war schwieriger zu erklären. Ihr einziger Lebensinhalt war, so schien es, Durant gewesen.

Sie war natürlich schon seit Jahren ein fester Bestandteil von Durants Leben und hatte daher auch gewußt, was in Santo Domingo so alles geschah. Vielleicht hatte sie aus demselben Grund sterben müssen wie Hermine: wegen der Dinge, die sie wußte. Diese Theorie war jedoch äußerst unbefriedigend, vor allem weil es wirklich sehr unwahrscheinlich war, daß Serephine aus eigenem Antrieb jemanden bedroht hätte. Die einzige Tatsache, die der Theorie etwas Gewicht verlieh, war, daß sie vielleicht hätte versucht sein können, Durant zu erzählen, was sie wußte. Und Durant, da konnte man ziemlich sicher sein, hätte ohne zu zögern sein Wissen gegen Ryan eingesetzt.

Aber diese Reihe von Überlegungen beinhaltete einen Widerspruch: Durant hatte im allgemeinen genauso viel Zugang zum Klatsch auf den Inseln wie Serephine. Es schien Elene sehr unwahrscheinlich, daß Serephine etwas für Ryan Ungünstiges wußte, was Durant nie zu Ohren gekommen war.

Außer natürlich es war eine Angelegenheit, die Frauen betraf.

Männer klatschten untereinander, darüber gab es keinen Zweifel, aber sie gingen dabei nicht so sehr auf Einzelheiten ein wie Frauen. Außerdem gab es natürlich Schwierigkeiten und Intrigen, die Männer nie erfuhren, weil sie nicht von allgemeinem Interesse waren und nichts mit dem Gesetz oder der Medizin, den öffentlichen Straßen oder dem Bereich der Ehre zu tun hatten, die den Männern als Themen vorbehalten schienen. Vielleicht hatte die Geschichte etwas mit Schlafzimmern und Boudoirs, den Sklavenquartieren oder gar mit den nächtlichen Treffen und Riten des Voodoo zu tun.

Nein, das war nicht möglich. Der Mann, den sie kannte, der Mann, der sie in den Armen gehalten und sie gepflegt hatte, als sie schwer krank gewesen war, konnte unmöglich den gewaltsamen und erniedrigenden Tod von drei Menschen bewirkt haben. Wenn sie sich schon Geschichten über Geheimnisse und Erpressung ausdachte, dann konnte jeder der Passagiere auf der *Meerfee* schuldig sein, von dem armen alternden Claude Tusard bis hin zu der jungen Flora Mazent. Und es kamen auch all die anderen Personen in Frage, denen sie seit ihrer Ankunft in New Orleans begegnet waren, Bekannte wie zum Beispiel Rachel Pitot, Bedienstete, ein rachsüchtiger Stadtbewohner, der die Menschen von den Inseln nicht leiden konnte, und jeder andere Verrückte, der Zugang zu Gift hatte.

Sie mußte mit solchen Überlegungen aufhören. Sie würden ihr nicht helfen und hatten keinen anderen Zweck, als sie von dem abzuhalten, was sie eigentlich tun mußte.

Sie mußte sich jetzt entscheiden, wo sie hingehen konnte und was sie dort tun wollte. Genau darum ging es. Und nichts anderes war in diesem Augenblick wichtig, absolut nichts.

Aber angenommen, Ryan hatte niemanden getötet, sondern nur mit Mazent über die Ehe mit seiner Tochter gesprochen? Wann mochten wohl diese Verhandlungen stattgefunden haben, bevor oder nachdem er sie gebeten hatte, ihn zu heiraten – beziehungsweise nachdem sie ihn zurückgewiesen hatte? Vielleicht weil er gekränkt war über diese Ablehnung? Er hatte ihr seinen unerwarteten Heiratsantrag am gleichen Tag gemacht, als er vorgeschlagen hatte, zur Vauxhall-Bühne und zu der Feier zu gehen, die Mazent geplant hatte, daran erinnerte sie sich noch genau. Das Fest hatte drei Tage nach Ryans Antrag stattgefunden, und dort war zum ersten Mal von Floras Verlobung die Rede gewesen.

Dennoch war an jenem Abend nichts geschehen, was darauf hindeutete, daß sich Flora mehr um Ryan gekümmert hätte als sonst. Ihre Aufmerksamkeit war auf Durant konzentriert gewesen, der sie begleitet hatte. Wie lange diese Nacht schon vergangen zu sein schien, mit ihrem Duft nach Orangenblüten und dem vielen Gelächter. Und danach, im Innenhof –

Daran wollte sie jetzt nicht denken.

Sie mußte fort, sie mußte unbedingt fort. Aber wie sollte sie es schaffen? Ihre Schulbildung war durch ihren langen Aufenthalt in einem französischen Internat besser als die der meisten Mädchen, es mußte eigentlich möglich sein, daß sie eine Stellung als Gouvernante antreten konnte. Sie hatte allerdings schon festgestellt, daß in dieser Gegend gute Schulbildung nicht als Vorteil betrachtet wurde. Die einzige öffentliche Schule, die der spanische König eingerichtet hatte, war zusammen mit ein paar privaten Institutionen für die Erziehung von Jungen gedacht. Mädchen wurden bis zum Alter von etwa zwölf Jahren von den Ursulinerinnen erzogen, später hielt man jede weitere Bildung für störend bei der Aufgabe, eine gute Ehefrau und Mutter zu werden.

Was hatte sie sonst noch für Möglichkeiten? Die niederen Tätigkeiten wie Hausmädchen, Kindermädchen, Wäscherin oder Köchin wurden von Sklavinnen oder freien farbigen Frauen besetzt. Freie farbige Frauen waren auch in der Mehrzahl bei den Straßenverkäuferinnen, die Kleinigkeiten anboten: Bonbons und Gebäck, Sträußchen und Sonnenschirme. Sie würde vielleicht eine Anstellung bei einer Hutmacherin oder Schneiderin finden, aber höchstwahrscheinlich nur in Form von Akkordarbeit. Elenes Geschicklichkeit mit der Nadel war eigentlich ganz akzeptabel, trotzdem war sie bestimmt nicht schnell und ordentlich genug, um sich und Devota ernähren zu können, auch nicht mit Devotas Hilfe.

Es gab noch eine einzige andere Möglichkeit, und das war das Parfüm. Wenn es keine besonderen Kräfte hatte, dann waren all ihre Bemühungen, die verkauften Flaschen zurückzubekommen und ihr eiserner Versuch, den Rest zu vernichten völlig sinnlos gewesen. Aber sie hatte immer noch die leeren Fläschchen und ein paar der Essenzen, um einen neuen Duft zu mischen. Aber warum sollte sie nicht die ursprüngliche Mischung wieder herstellen, wenn sie dafür genug Geld bekommen konnte? Oder würden diese Bemühungen wertlos sein, da sie behauptet hatte, man könne durch das Parfüm Hautausschlag bekommen? Vielleicht dauerte es dann so lange, bis der Verkauf anlief, daß sie und Devota – umgeben von dem herrlichen Duft – verhungern mußten.

Egal wie, sie durfte nicht die Flinte ins Korn werfen.

Sie hatte immer noch ihre Ohrringe. Sie mußte sie verkaufen und mit dem kleinen Betrag, den sie einbrachten, konnte sie dann kleine Mengen von Blütenessenzen erstehen, die gerade ausreichen würden, um zwei oder drei Flaschen Parfüm herzustellen. Wenn sie die verkauft hatte, mußte sie genug Geld haben, um weitere fünf oder sechs Portionen mischen zu können. Es würde ein schwacher Anfang werden, viel schwächer, als sie es sich vorgestellt hatte, aber es mußte reichen. Und nach einiger Zeit, vielleicht schon bevor Ryan wieder zurück war, konnte sie genug Geld verdienen, um irgendwo für sich und Devota ein kleines Zimmer mieten zu können, ihr eigenes Zimmer.

Ganz flüchtig kam ihr der Gedanke, daß sie bestimmt ausreichend Geld bekäme, um weiterzumachen, wenn sie Devota verkaufte. Aber natürlich hätte sie genauso leicht ihre eigene Mutter verkaufen können, ganz abgesehen davon, daß die letzte Zutat für den richtigen Duft Devotas Geheimnis war. Sie ließ den Gedanken fallen, noch bevor er sich so richtig entwickelt hatte. Sie und ihre Zofe konnten es nur gemeinsam schaffen. Und je früher sie anfingen, desto besser.

Es dauerte beinahe eine Woche, bis sie den besten Preis für die Ohrringe ausgehandelt hatte, sechs Tage, in denen sie immer wieder von verschiedenen Juwelieren zu Putzmacherinnen und wieder zurück ging. Schließlich wurden sie ihr von einer eleganten Dame mit freundlichen Augen abgekauft, die hörte, wie Elene mit einem Goldschmied handelte. An jenem Abend zählten Elene und Devota sorgfältig das Geld und machten sogar noch sorgfältiger eine Liste von den Dingen, die sie brauchten, um das Parfüm wieder herzustellen.

Am folgenden Morgen kam ein Besucher – Durant. Elene vernahm die Nachricht seiner Ankunft mit Ungeduld, denn sie wollte gerade mit Devota ausgehen. Sie nahm ihre Haube wieder ab, glättete mit einer Hand ihr straff geflochtenes, zur Krone aufgestecktes Haar und ging auf die Galerie, um ihn zu begrüßen.

Durant beugte sich über ihre Hand. Sie murmelte etwas Höfliches. Es war ein schöner Tag, kühl und wohltuend und mit einem klarblauen Herbsthimmel. Sie bedeutete Benedikt mit einem Nicken, er solle die Erfrischungen auf der Galerie über dem Innenhof servieren. Sie führte Durant zu zwei Stühlen, die rechts und links von einem kleinen Tisch standen, und setzte sich.

In dem hellen Licht fiel ihr auf, daß er dünner geworden war, seit sie Santo Domingo verlassen hatten, als hätten die Hitze des Sommers in New Orleans und der Verlust seiner Geliebten seine Gestalt zusammenschrumpfen lassen. Sein verstörter Ausdruck war verschwunden, und an seine Stelle war so etwas wie Selbstdisziplin getreten. Durants Haltung zeigte jedoch immer noch Arroganz, und sein Blick, der auf ihr ruhte, wirkte gieriger.

»Wenn ich das richtig verstehe, ist Bayard weggegangen«, begann er.

»Ja, eine geschäftliche Angelegenheit.«

»Geschäfte für Laussat? Wir wollen hoffen, daß seine Reise nach Washington City sich nicht als zu gefährlich erweist.«

»Also ist Ryans Mission allgemein bekannt? Ich dachte, sie wäre geheim.«

»Ich weiß nicht, wie bekannt sie ist, ich selbst habe davon jedoch im Café des Réfugiés gehört. Vielleicht hat Bayard sich in diesem Zusammenhang nur ein wenig in den Vordergrund gedrängt? Denn schließlich braucht die einfache Reise eines Kuriers ja nicht unbedingt geheim zu bleiben, oder?«

Elene sah ihn gleichmütig an. »Ich glaube, es handelt sich um mehr als nur das.«

Durant zuckte desinteressiert mit den Schultern und wechselte das Thema, indem er nach ihrer Gesundheit fragte. Als sie antwortete, kam Benedikt mit dem Wein. Während der Diener anwesend war, setzten sie ihr Gespräch in jener oberflächlichen Weise fort, sprachen von den Fieberanfällen, die in letzter Zeit bekannt geworden waren und deren Anzahl langsam geringer wurde, während das kühlere Herbstwetter andauerte. Durant erzählte ihr, welche Familien von ihren Landaufenthalten angesichts des bekömmlicheren Klimas wieder zurückgekehrt waren und welche Festlichkeiten für den Herbst und Winter geplant waren, von denen eine ganze Anzahl sich um die erwartete Regierungsübergabe drehten.

Als Benedikt wieder gegangen war, sprachen sie vom Rückzug der Franzosen vor den Briten in Santo Domingo und von der wachsenden Macht des schwarzen Generals Dessalines.

»Es sieht langsam so aus, als gäbe es keine Hoffnung mehr, daß die Franzosen je zurückkehren werden«, sagte Elene. »Habt Ihr Euch schon entschieden, was Ihr tun werdet, wenn Ihr von Euren Besitztümern nichts wiedergewinnen könnt?«

»Tun?« fragte er mit hochgezogenen Augenbrauen.

»Welchen Beschäftigungen werdet Ihr nachgehen? Werdet Ihr Land kaufen und Zuckerrohr anbauen wie alle anderen oder vielleicht die Rechte studieren oder in den Handel einsteigen?«

»Ich habe nicht die Absicht, mir die Hände mit Handel schmutzig zu machen, das steht auf jeden Fall fest. Und Rechtslehre ist nur etwas für Pfennigfuchser, die sich gern mit anderen streiten.«

»Also werdet Ihr wieder Pflanzer werden?«

»Ich weiß es noch nicht«, sagte er und trank einen vorsichtigen Schluck von seinem Wein, »aber Eure Sorge um meine Zukunft schmeichelt mir. Was ist mit Euch? Ich habe schon die ganze Zeit damit gerechnet, daß Ihr heiratet.«

»Daß ich wen heirate?«

»Nun, Bayard. Serephine hatte vor einiger Zeit von Eurer Zofe erfahren, daß er Euch einen Antrag gemacht hat, obwohl sie es mir gegenüber erst kurz vor ihrem Tod erwähnt hat.«

Sie sah keinen Grund, warum sie sich vor Durant rechtfertigen sollte. »Ich lege keinen Wert darauf, zu heiraten, wie ich Euch ja schon auf dem Schiff erklärt habe.«

»Das könnte sich aber als ein Fehler erweisen.«

»Was meint Ihr damit?« In seiner Stimme war ein Klang, der ihr nicht gefiel.

»Ich nehme an, Euch gefällt Eure Position hier, als die ausgehaltene Geliebte eines reichen Mannes. Aber mir scheint, daß Ryan auf der Suche nach einer Frau für die Zukunft ist.«

»Die Zukunft?«

»Die Amerikaner, die jetzt bald an die Macht kommen, werden solchen ungeordneten Lebensverhältnissen gegenüber nicht so großzügig sein wie die Franzosen oder auch die Spanier. Sie werden auf einen Mann, der sich offiziell eine Geliebte hält, sehr strenge Blicke richten. Natürlich ist eine Geliebte im Geheimen nur ein Kavaliersdelikt, das einem ein Augenzwinkern und einen freundschaftlichen Schlag auf den Rücken einbringt.«

»Ich bezweifle, ob Ryan sich dafür interessiert, was die Amerikaner denken.«

»In diesem Punkt täuscht Ihr Euch. Er hat schon seit Jahren kleinere Geschäfte mit ihnen gemacht und erwartet zweifellos, daß er seinen Handel stark erweitern kann, wenn sie an die Macht kommen. Im Gegensatz zu uns, die wir eine kleine Trennung zwischen Geschäften und gesellschaftlichen Bekanntschaften machen, werden die Amerikaner erwarten, in seinem Haus empfangen zu werden. Und das wird er ohne eine Ehefrau nicht bewerkstelligen können.«

Elene sah ihn direkt an. »Wollt Ihr damit zum Ausdruck bringen, daß ich seinen Geschäften mit den Amerikanern im Wege bin?«

»Oh, ich bezweifle, daß Bayard das zulassen wird. Ich versuche unauffällig darauf hinzuweisen, daß die Verlobung, die Ihr vor einiger Zeit so freundlich mir zugeschrieben habt, möglicherweise von ihm eingegangen worden ist.«

»Ihr meint, mit Flora Mazent?« Ihre Stimme klang leer.

»Ist das so schockierend?«

»Nein, eigentlich nicht. Jemand anderes hat diese Möglichkeit auch schon erwähnt.«

»Solche Dinge haben die Tendenz, bekannt zu werden.«

»Ich habe nicht gesagt, daß ich es glaube.«

»Aber bedenkt doch nur: Da war zunächst ihr Vater, der bereit war, in Bayards Unternehmen zu investieren, dazu eine junge, beeindruckbare Frau, von der man erwarten kann, daß sie tut, was man ihr sagt, und die sich nicht aufregt, wenn er seine Geliebte in einer eigenen Wohnung unterbringen oder sie sogar mit unter dem gleichen Dach bei sich behalten möchte. Was hätte denn besser sein können?«

»Er würde so etwas nicht tun.« Sie konnte ihre Stimme nicht ganz unter Kontrolle behalten.

»Ach nein? Er ist ein Freibeuter, denkt daran, der es gewöhnt ist, die Dinge so zu arrangieren, daß sie ihm nützen, selbst wenn er dafür hier und da die Regeln etwas dehnen muß.«

War das möglich? Das Blut rauschte in Elenes Ohren, während sie versuchte, sich zu entscheiden. In Durants Worten lag eine gewisse Logik. Die Handelsinteressen waren Ryan sehr wichtig, nahmen einen großen Teil seiner Zeit in Anspruch und beschäftigten seine Gedanken sehr oft. Er hatte auch ganz deutlich gesagt, welche Vorteile seiner Meinung nach dadurch zu gewinnen waren, wenn Louisiana unter amerikanische Herrschaft kam. Immerhin hatte er den mühsamen Ritt nach Washington City aus diesem Grunde auf sich genommen.

Das bedeutete noch nicht, daß er den Amerikanern erlaubte, ihm seinen Lebensstil zu diktieren; trotzdem könnte es ihm vielleicht gefallen, wenn er den Eindruck erwecken könnte, daß er sich anpaßte, während er gleichzeitig seinen Haushalt zu seinem eigenen Vergnügen organisierte. Wenn er vorgehabt hatte, zu diesem Zwecke Flora zu heiraten, dann waren seine Pläne wohl schiefgegangen. Aber das war ihr nur recht, denn Elene hätte einer *ménage à trois* nie zustimmen können. Sie konnte ihm jedoch kaum einen Vorwurf machen, falls er es versucht haben sollte. Schließlich hatte er sie zuerst gebeten, ihn zu heiraten.

Die Vorstellung, daß sie Ryans Interessen vielleicht schadete, indem sie in seinem Haus wohnte, ohne mit ihm verheiratet zu sein, war ihr allerdings auch sehr unangenehm. Es wäre eine schändliche Wiedergutmachung dafür, daß er ihr zweimal das Leben gerettet hatte. Er hatte das Problem ihr gegenüber nie erwähnt, aber das würde er auch nie tun; das war nicht seine Art. Madame Tusard hatte versucht, sie zu warnen, aber sie hatte ja nicht darauf hören wollen. Und jetzt, zusammen mit der Tatsache, daß sie wußte, was für ein Durcheinander sie aus ihrer Beziehung gemacht hatte, und daß er sie bei sich behielt, ohne sie zu lieben, fiel es ihr leichter, die Entscheidung, die sie schon getroffen hatte, noch zu festigen.

Sie atmete tief ein. »Ihr braucht Ryans Charakter nicht vor mir schlechtzumachen. Ich habe sowieso die Absicht, ihn zu verlassen.«

Die Worte hingen schwer in der Luft. Einen Augenblick der Panik lang wünschte Elene, sie hätte sie nicht ausgesprochen.

Durant zog die Augenbrauen hoch. »Ihr meint – was werdet Ihr tun?«

»Ich werde mir irgendwo ein Zimmer suchen«, erwiderte sie mit absichtlicher Undeutlichkeit.

»Und was tun?«

»Ich werde wieder mein Parfüm herstellen. Ich muß eine eigene Beschäftigung haben, um mir meinen Lebensunterhalt selbst zu verdienen. Sonst werde ich immer eine ausgehaltene Frau sein, die für ihre Nahrung und Kleidung von irgendeinem Mann abhängig ist. Das kann ich nicht ertragen.«

»Euer Parfüm? Seid Ihr da sicher?«

Sie nickte fest. »Ich bin sicher.«

Er legte den Kopf leicht schief und sah sie zweifelnd an, sprach jedoch weiter: »Bayard wird Euch zurückholen, sobald er wieder da ist.«

»Das wird ihm nicht gelingen.« Sie hob das Kinn.

Er stand auf und ging zum Geländer. Über seine Schulter hinweg sagte er: »Es gab einmal eine Zeit, in der ich beinahe das Recht bekommen hätte, für Euch zu sorgen.«

»Ich bezweifle aber stark, daß Ihr damals einverstanden gewesen wärt, wenn ich Parfüm hätte herstellen wollen.«

»Sehr richtig«, entgegnete er trocken. »Ich finde es auch jetzt nicht gut. Serephine hat behauptet, es sei nicht nur ein Parfüm, sondern ein Hexengebräu, das Ihr mit Eurer Zofe zusammenmischt.«

»Und das glaubt Ihr natürlich?«

Er bewegte sich etwas, als fühle er sich unbehaglich. »Ich

habe auf der Insel schon von seltsameren Dingen gehört und sie auch gesehen. Ich habe Serephines Flasche weggeworfen, sobald sie mir davon erzählt hatte.«

»Nur für alle Fälle.« Sie hatte nicht gewußt, daß er an Voodoo glaubte. Serephine mußte ihm von dem Parfüm erzählt haben, nachdem sie sie besucht hatte, um es zurückzuholen.

»So ist es.«

»Ich vermute, Ihr wißt, daß Eure Mißbilligung keinen Einfluß auf mich hat.«

Er zuckte mit den Schultern, und sein Blick lag auf den sacht schaukelnden Blättern der Eiche. »Auf jeden Fall hoffe ich, daß Ihr mir gestatten werdet, schon der alten Zeiten wegen, Euch bei Eurem Umzug behilflich zu sein.«

Sie schwieg eine Weile überrascht. »Wenn Ihr mir Geld anbieten wollt, ist das sehr großzügig, aber ich ziehe es vor, allein zurechtzukommen.«

»Mein Gott, Elene«, rief er aus und wandte sich zu ihr um, »müßt Ihr denn immer so stolz sein? Ich erwarte keine Gegenleistung von Euch!«

»Das habe ich auch nicht angenommen.«

»Nicht? Na gut, ich habe auf dem Schiff ein paar Dinge gesagt, die ich nicht hätte sagen sollen und die ich auch nicht ernst gemeint habe.« Er fuhr sich mit den Fingern durch die Haare, sein Gesicht war finster. »Jetzt würde ich gern die Uhr zurückdrehen, jetzt wünschte ich, alles wäre wieder so, wie es war, wie es einmal zwischen uns gewesen ist.«

»Ihr müßt doch wissen, daß das unmöglich ist.«

»Ja, ist es das wirklich? Und angenommen, ich würde Euch vorschlagen, wieder bei mir zu leben?«

»Ich habe bisher noch nie bei Euch gelebt.« Ihr Protest war instinktiv und kraftlos, während sie nach einem Grund suchte, ihn zurückzuweisen, ohne seinen Stolz zu verletzen.

»Das ist eine Kleinigkeit. Wir waren so viel zusammen, daß es ohne weiteres auch hätte unter demselben Dach sein können.«

»Ich habe nicht die Absicht, einen Mann gegen den anderen zu tauschen. Und außerdem solltet Ihr ja wissen, daß ich... daß meine Zuneigung jemand anderem gehört.«

»Ich vermute, Ihr glaubt, Ihr würdet Bayard lieben. Das hat nur wenig Bedeutung.«

Eine Röte, die nicht nur von ihrem Ärger herrührte, stieg in ihre Wangen. »Für Euch vielleicht, aber nicht für mich. Auf jeden Fall brauche ich keinen Beschützer.«

»Ich glaube, da irrt Ihr Euch«, sagte er, und seine Kinnmuskeln wurden hart, »aber darüber will ich nicht mit Euch streiten. Wenn Ihr nicht zu mir kommen wollt, wohin wollt Ihr dann gehen? Habt Ihr schon eine Wohnung gefunden?«

»Noch nicht.« Sie hatte auch noch nicht danach gesucht, wollte ihm das aber nicht sagen.

»In dem Haus, in dem ich wohne, ist noch ein Zimmer frei.«

»Ich bin sicher, es wäre mir zu teuer.«

»Nein. Genaugenommen ist die Miete für mehr als einen Monat schon bezahlt, bis zum ersten Dezember.«

»Laßt mich raten«, sagte sie voller Mißtrauen. »Das Zimmer hat Serephine gehört, nicht wahr?«

»Was für eine Meinung habt Ihr nur von mir? Genaugenommen ist es ein Zimmer für Dienerschaft, das ich gemietet habe, weil ich nach einer Zofe für Serephine gesucht habe. Es ist klein, aber bequem möbliert und hat den Vorteil, daß es sicherer ist als irgendein Rattenloch am Rande der Stadt.«

»Weil Ihr in der Nähe seid?«

Er gab ein verärgertes Geräusch von sich. »Weil es in einer ordentlichen Straße liegt, die in der Nacht beleuchtet ist. Seid keine Närrin. Sagt ja, und ich werde mit meiner Vermieterin sprechen, damit sie es für Euch reserviert.«

Da sie ihn anstarrte, ohne zu antworten, sprach er weiter: »Ich bin doch kein menschenfressendes Ungeheuer, Elene. Unsere Väter waren Freunde und Nachbarn, Ihr habt mich immer schon gekannt. Ich möchte nur das Beste für Euch.«

So betrachtet, erschien es wirklich verrückt, darauf zu bestehen, daß sie sich selber eine Unterkunft suchte. Aber sie zögerte immer noch.

»Denkt daran«, sagte er in schmeichelndem Ton, »wenn Ihr für Eure Unterkunft nicht zu bezahlen braucht, werdet Ihr um so schneller mit Eurem Parfüm vorankommen.«

»Ich lege keinen Wert darauf, in einem Zimmer zu wohnen, das mit Eurem Geld bezahlt worden ist.«

»Das ist lächerlich!«

»Kann schon sein, aber so empfinde ich nun einmal.«

»Dann könnt Ihr mich ja dafür bezahlen, wenn Ihr Euch dann wohler fühlt, aber erst, nachdem Ihr schon angefangen habt, etwas zu verkaufen.«

Ihre Lippen wurden schmal. »Es ist doch seltsam, daß Ihr so versessen darauf seid, mir zu helfen. Ich dachte, Ihr verachtet den Handel.«

»Ich bin sicher, Ihr werdet es irgendwann leid sein«, antwortete er mit einem Lächeln. »Und dann, hoffe ich, werdet Ihr meinen Heiratsantrag vielleicht doch noch annehmen.«

»Wenigstens seid Ihr ehrlich, selbst wenn Ihr Euch irrt.«

»Beweist es.«

Wenn sie sich einverstanden erklärte, bedeutete das, sie könnte Ryans Haus sofort verlassen, ohne darauf warten zu müssen, daß sie Geld verdient hatte. Sie könnte sofort ihre Entscheidung verwirklichen, bevor sie schwach werden und nur noch träge darauf warten würde, daß er zurückkam.

»Zeigt mir, daß ich unrecht habe«, wiederholte Durant noch einmal drängend, und seine Augen verengten sich, als er den Ausdruck auf ihrem Gesicht beobachtete.

Sie mußte sich entscheiden. Sie nickte plötzlich. »Also gut. Ich werde Euren Vorschlag annehmen.«

»Das wird Euer Schaden nicht sein, *chère*.«

Seine Worte klangen glatt wie Satin, und der Ausdruck in seinen Augen war klar, aber der Griff, mit dem er ihre Hand nahm, als er sich von ihr verabschiedete, dauerte ein wenig zu lange, und der Kuß, den er darauf drückte, war leidenschaftlich.

18. Kapitel

»Ich komme nicht mit.« Elene war fast fertig mit Packen. Sie hatte sich entschlossen, sofort in ihr neues Zuhause zu ziehen. Wenn sie damit wartete, würde es ihr nur schwerer fallen. Es hatte auch nicht allzu lange gedauert, ihre Habseligkeiten zusammenzusuchen, denn es waren so wenige – kaum genug, um einen kleinen Koffer zu füllen. Sie hatte bei den Kleidern gezögert, aber da sie die Stoffe dafür mit Geld aus dem Verkauf ihrer Kette bezahlt hatte, schien ihr Recht darauf eigentlich ganz klar zu sein.

Sie hatte nie daran gedacht, daß sich Devota weigern könnte, sie zu begleiten. Ihre Zofe war eine Frau mit starkem Willen, aber die Wünsche ihrer Herrin waren schon so lange auch die ihren gewesen, daß Elene nicht der Gedanke gekommen war, es könnte jetzt anders sein. Sie hatte zwar nicht erwartet, daß Devota über ihren Entschluß erfreut sein würde, aber sie hatte bestimmt nicht daran gedacht, daß sie sich einfach weigern könnte, Bayards Haus zu verlassen.

»Sagst du mir, warum?« Elene richtete sich auf, denn sie war gerade dabei, ihr Nachthemd oben auf die anderen Dinge im Koffer zu legen, der auf dem Bett stand, und wandte sich ihrer Zofe zu.

»Ich habe hier einen Platz für mich gefunden. Ich möchte ihn lieber nicht verlassen.«

»Dein Platz ist bei mir!«

»Dein Platz, *chère*, ist auch hier.«

»Wie kannst du das sagen? Es gibt nichts, was mich hier hält, keine Verpflichtungen, keine Schwüre.«

Devota blieb hartnäckig. »Vielleicht keine, die ausgesprochen worden wären, aber sie sind trotzdem da.«

»Das weißt du doch gar nicht«, empörte sich Elene und wandte sich ab.

»Ich weiß eine ganze Menge, und dazu gehört auch, daß M'sieur Ryan sehr betroffen sein wird, wenn du nicht mehr hier bist. Aber vielleicht ist das genau das, was du erreichen willst.«

Elene ignorierte diese Bemerkung. Sie glaubte das nicht. Auf jeden Fall war es das letzte, was sie erwartete. »Ich verstehe immer noch nicht, warum du nicht mitkommen willst. Du kannst ja später wieder zurückgehen, wenn du dir so sicher bist, daß Ryan versuchen wird, uns zurückzuholen.«

An der offenen Tür bewegte sich etwas. Benedikt trat ein. »Vergebt mein Eindringen, Mademoiselle. Vergebt mir auch, wenn ich verantwortlich bin für die mangelnde Treue Eurer Dienerin; das war nicht meine Absicht, das schwöre ich Euch. Ich fürchte, sie möchte meinetwegen nicht von hier fortgehen.«

Ein Blick auf Devotas Gesicht, das ungerührt blieb, aber dennoch überströmt war von einer Röte, die sie an ihr nicht kannte, bewies ihr, daß der Diener recht hatte. Elene wurde klar, daß es schon einige Zeit her war, seit sie Devota über den Mann hatte schimpfen hören, und noch länger, seit sie sich mit scharfen Blicken angesehen hatten. Sie hatten genaugenommen beide angefangen, ziemlich vorsichtig miteinander umzugehen, seit sie in jener Nacht auf dem dunklen Innenhof zusammen Wache gestanden hatten.

Elene sah wieder zu Devota, und die silbernen Pünktchen in ihren grauen Augen wirkten matt. »Handelt es sich hier um eine echte Zuneigung – nicht wieder so etwas wie beim letzten Mal?«

»Du meinst, wie das mit Favier? Ich habe keine Geheimnisse vor Benedikt. Nein, es ist überhaupt nicht wie beim letzten Mal. Benedikt ist ein Mann, der, wenn das Parfüm wirklich Macht hätte, es wert wäre, wenn man es bei ihm anwenden würde.«

Elene hob bei diesem Lob eine Augenbraue. »Ich verstehe. Warum hast du mir das nicht einfach gesagt, anstatt dich mit Dingen herauszureden, die Ryan betreffen?«

»Das waren keine Ausreden, *chère*, glaube mir.«

Elene konnte Devota befehlen mitzukommen, und vermutlich würde sie ihr auch gehorchen. Sie ging nicht gern ohne sie. In Durants Gegenwart fühlte sie sich ohne ihre Tante bestimmt schutzlos. Aber sie hatte keine Lust, ihrer Zofe und Tante ihren Willen aufzuzwingen oder sich das Leben durch eine rebellische Gefährtin schwerzumachen.

Sie sagte: »Also dann bleibe, wenn du das wirklich willst.«

»Ich will, daß wir beide hierbleiben.«

Elene schüttelte den Kopf. »Das kann ich nicht, aber ich kann dir wünschen, daß du glücklich wirst.«

»Ach, *chère*«, seufzte Devota, ging zu ihr, legte die Arme um sie und schaukelte sie eine Weile hin und her. Als sie sie schließlich losließ, sagte sie: »Und was das Parfüm betrifft: Ich werde kommen und dir helfen, wann immer du nach mir schickst.«

»Es könnte sein, daß ich das tue«, erwiderte Elene müde, »aber ich habe ja die Notizen, die ich damals aufgeschrieben habe, und ich glaube, ich würde es gern einmal allein versuchen.«

»Das dürfte nicht allzu schwierig sein. Auf jeden Fall solltest du sicherheitshalber dies hier zum Vergleich mitnehmen.« Devota streckte die Hand aus und nahm das letzte Fläschchen vom Tischchen neben dem Bett. Sie steckte es in Elenes gepackten Koffer und schloß den Deckel.

»Aber natürlich ist da noch die Sache mit dem letzten Zusatz, den ich ja nicht kenne«, deutete Elene vorsichtig an.

Devota sah ihr eine Weile in die Augen und nickte dann. Sie lehnte sich vor und flüsterte etwas in ihr Ohr.

Benedikt bedachte sie mit einem beißenden Blick und murmelte lautlos etwas in sich hinein, bevor er um sie herumging und Elenes Koffer nahm. Er hob ihn auf seine Schulter. Mit großer Würde sagte er: »Da Ihr ja schon nicht bleiben wollt, Mademoiselle, werden wir mit Euch zu Eurer neuen Wohnung gehen, Devota und ich.«

Einen Augenblick spürte Elene in sich den flüchtigen Impuls, den Diener zu fragen, was sein Herr wohl tat, wenn er bemerkte, daß sie fort war. Und sie hätte ihn gern gefragt, warum er selbst nicht versuchte, sie zum Bleiben zu überreden. Gleichzeitig wußte sie aber auch, daß das nichts ändern würde. Sie nahm ihre Handschuhe, zog sie an und setzte ihre Haube auf, dann trat sie mit hoch erhobenem Kopf aus dem Schlafzimmer.

Die Zimmer, die Durant bewohnte, lagen im obersten Stockwerk eines dreistöckigen Hauses. Es gab einen Salon, ein Eßzimmer und daneben eine Anrichte, und zwei Schlafzimmer mit einem gemeinsamen Ankleidezimmer dazwischen. Er bestand darauf, daß Elene sie sich auch ansah, und führte sie mit einer entschuldigenden Bemerkung über die beschwerliche Treppe herum. Er entschuldigte sich auch dafür, daß seine Zimmer so klein waren und keinen schönen Ausblick boten – im Vergleich zu den Häusern, die er und Elene auf Santo Domingo bewohnt hatten.

Elene gab sich die größte Mühe, ihn zu beruhigen, indem sie betonte, wie angenehm sie die Ruhe und die frische Luft so hoch über der Straße fände und wie ansprechend die Zimmer eingerichtet worden wären. Während sie durch diese Zimmer gingen, war sie jedoch nicht von den Nachteilen überrascht, die er genannt hatte, sondern davon, wie sehr sie hier alles an Serephine erinnerte. Die Gegenwart dieser Frau wurde erkennbar in der Farbigkeit der Wandbehänge und der exotischen Fülle der Teppiche und in den wie Palmen geformten Fayencen, die das Kaminsims im Salon zierten. Besonders die Miniatur von dem kleinen Jungen, Serephines und Durants Sohn, die in dem zweiten Schlafzimmer über dem Bett hing, machte Serephines Gegenwart hier spürbar. Elene war überrascht, empfand das aber nicht als unangenehm.

Ihr Zimmer lag auf dem Stockwerk darunter und hatte einen eigenen Eingang hinter dem Treppenhaus. Es war klein und einfach möbliert mit nichts als einem Himmelbett, einem schmucklosen Ankleidetisch und einem Ohrensessel, aber es war genauso gemütlich, wie Durant es ihr angekündigt hatte. Und was das Beste war: zu diesem Zimmer gehörte ein Kämmerchen, das eigentlich für die Unterbringung von Koffern und Schachteln gedacht war. Dieses Kämmerchen wollte Elene als einen Arbeitsraum nutzen.

Die Mulattin, der das Haus gehörte, besaß auch noch ein Dutzend Sklaven, beides gehörte zur Hinterlassenschaft eines Mannes, dessen Geliebte sie zwanzig Jahre lang gewesen war. Ihre Bediensteten reinigten die Zimmer, und aus ihrer außerhalb des Hauses gelegenen Küche versorgte sie auch ihre Mieter mit Mahlzeiten. Nach Durants Meinung war das eine sehr angenehme Regelung, obwohl es bedeutete, daß die Diener nur dann Aufgaben ausführen konnten, wenn die Dame sie selbst gerade nicht brauchte, und daß das Essen manchmal nur noch lauwarm war, wenn es gebracht wurde. Es fehlte eigentlich nur noch jemand, der kleine Besorgungen machte und sich um persönliche Bedürfnisse kümmerte, deshalb hatte Durant seinerzeit in Betracht gezogen, eine Zofe für Serephine einzustellen.

Für die Zeiten zwischen den Mahlzeiten, in denen Durant manchmal Lust hatte, eine Kleinigkeit zu essen, verließ er sich auf die vielen Verkäuferinnen mit allen Arten von Fleischpasteten, Gebäck und Süßigkeiten, die auf den Straßen auf und ab gingen. Er sagte, er respektiere durchaus Elenes Wunsch, für ihren Unterhalt selbst zu bezahlen, falls sie allerdings je einen kleinen Betrag für einen derartigen Einkauf brauchen würde – aber natürlich auch für größere Ausgaben –, stünde immer eine Schale mit Münzen und Papiergeld aller Größenordnungen auf dem Tisch in der Mitte seines Salons bereit. Das sei schon im Hause seines Vaters auf der Insel so Sitte gewesen, und er leiste sich die Marotte, diese Tradition beizubehalten. Sie solle sich einfach nehmen, was sie brauche. Elene wies diese Großzügigkeit natürlich zurück, dankte ihm aber für die Geste.

Trotz Elenes Befürchtungen gab es nur wenig, worüber sie sich hätte beklagen können. Durant benahm sich immer sehr zurückhaltend und drängte sich ihr nur selten auf, indem er sie einlud, gemeinsam mit ihm zu Abend zu essen. Er fragte sie oft mit scheinbar echtem Interesse nach dem Fortschritt in ihrer Parfümproduktion, mischte sich aber ansonsten kaum in ihr Leben ein. Er kam und ging in seinen eigenen Angelegenheiten zu den verschiedensten Tages- und Nachtzeiten und störte Elene dabei fast überhaupt nicht.

Nur einmal, mitten in der Nacht, am Ende der ersten Woche, erwachte sie, weil der Türknauf ihrer Tür leise gerüttelt wurde.

»Elene?«

Es war Durant, und seine Stimme klang ziemlich undeutlich, weil er offensichtlich betrunken war. Sie lag still und horchte.

»Elene, laß mich herein!«

Sie konnte seinen schweren Atem hören. Der Türknauf wurde noch einmal gerüttelt, dann ertönte der dumpfe Schlag seiner Schulter gegen die Tür. Sie war fest verschlossen; darauf hatte sie geachtet. Er fluchte voller wilder Verärgerung, und nach einer Weile hörte sie dann, wie seine Schritte sich etwas unsicher wegbewegten und er mit langsamer Vorsicht die Treppe zu seiner eigenen Wohnung hinaufstieg.

Als sie sich beim nächsten Mal begegneten, wartete Elene darauf, daß er den Vorfall erwähnte oder vielleicht irgend etwas von ihr verlangte. Er tat nichts dergleichen. Es schien ihr auch am sinnvollsten, nicht darüber zu reden, weil sie damit nur die Auseinandersetzung bewirken würde, die sie ja gerade zu vermeiden versuchte. Falls allerdings noch einmal ein solcher Zwischenfall vorkam, würde sie sich gezwungen sehen, ihm klarzumachen, daß er keinerlei Recht auf ihr Bett hatte. Aber es passierte nichts Ähnliches mehr.

Der September wurde zum Oktober, und die Hitze des Sommers verblaßte schließlich zum Herbst. Die Tage wurden kühler, blieben aber sonnig und dunstig, gefärbt von dem Gelb und Rostrot der Blätter, die an den Bäumen festhielten, und den goldenen und lavendelfarbenen Tönungen der Goldrute, der Winden, der schwarzäugigen Susanne und des Wasserdostes in den Gräben. Der im Freien liegende Markt in der Nähe des Deiches begann sich mit Herbstgemüsen und mit Kürbissen und Süßkartoffeln zu füllen, aber es gab auch Feigen, Persimonen – eine Art kleiner Khakis – und glänzende Pekannüsse, in der kultivierten, süßeren Art, aber auch in der wilden, bitteren Variante, die manche Leute vorzogen.

Die Neuigkeiten aus der äußeren Welt drangen langsam, aber sicher auch nach New Orleans vor. Aus Santo Domingo hörte man nichts Gutes. Wie Ryan vorausgesagt hatte, hatten die Briten eine Blockade um die Insel errichtet. Die französischen Soldaten unter Rochambeau hielten noch die Stellung, aber man erwartete, daß sie in nicht allzu langer Zeit aufgeben würden. Von den Plantagenbesitzern und ihren Familien, die auf der Insel zurückgeblieben waren, hörte man bedrohlicherweise gar nichts.

Elene brauchte länger, als sie gedacht hatte, um sich die Zutaten für das Parfüm zu besorgen. Als sie sie alle zusammengetragen hatte, fing sie ganz vorsichtig an und mischte winzige Mengen der Essenzen zusammen, um damit zu experimentieren. Sie war eigentlich gar nicht sicher, ob sie die ›Nase‹ eines Parfümeurs hatte, jene besondere Fähigkeit, einzelne Düfte zu unterscheiden und sie zu herrlichen Mischungen zusammenzustellen. Genaugenommen schien ihr

Geruchssinn in letzter Zeit überhaupt etwas verrückt zu spielen, so daß ihr eine Mischung, die sie noch am Morgen wunderbar gefunden hatte, gegen Abend beinahe Übelkeit bereitete. In der Angst, wertvolle Essenzen zu verschwenden, wurde sie sehr vorsichtig. Mehr als einmal dachte sie daran, nach Devota zu schicken, aber das würde bedeuten, sich geschlagen zu geben, etwas, wozu sie absolut noch nicht bereit war.

Und sie war auch nicht bereit, Devotas Parfüm zu kopieren. Der Grund dafür war nicht nur ihr wachsendes Mißtrauen in ihren Geruchssinn, sondern auch ein seltsamer Widerwille, die besonderen Fähigkeiten des Parfüms noch einmal zu prüfen. Je länger sie darüber nachdachte, desto ängstlicher wurde sie. Aber sie wußte nicht, ob sie sich davor fürchtete, daß ihre Produkte keinen Absatz fanden, oder davor, daß sie neues Unheil heraufbeschwören könnte. Sie gebrauchte ihre sorgfältig gelagerten Bestände nicht, um die Düfte in vernünftiger Menge damit zu mischen, die sie schon zusammengestellt hatte. Sie konnte sich nicht entscheiden, welcher der beste war, wollte es nicht darauf ankommen lassen, ob die Frauen kauften, was sie gemischt hatte – sie wollte jedoch auch nicht ihre Energie in die Herstellung und den Verkauf eines Parfüms investieren, von dem sie schon wußte, daß es Männern gefiel und daß Frauen es unbedingt haben wollten.

Eines Tages nahm sie in einem Versuch, sich zu entscheiden, die letzte bebänderte kleine blaue Flasche, die Devota ihr aufgedrängt hatte, in die Hand und zog den Stöpsel heraus. Hervor kam nicht nur ein Duft, sondern auch ein Ansturm von Erinnerungen. Eine nach der anderen drängten sie sich in ihre Gedanken. Der Augenblick, als die beiden schwarzen Aufrührer im Wald in Santo Domingo über sie hergefallen waren. Das Gefühl von Ryans Armen in der Dunkelheit unter Faviers Haus. Hermines Freude über das Fläschchen, das sie ihr geschenkt hatte. Ryans letzte halb gewaltsame, halb zärtliche Inbesitznahme ihres Körpers und die Art, wie er sie angesehen hatte, als er sie zum Abschied geküßt hatte. Und zusammen mit diesen Bildern kam eine Woge von Furcht und Freude, Ekstase und Bedauern.

Ein kalter Schauder lief über ihre Haut, gefolgt von dem Prickeln einer Gänsehaut. Und plötzlich war sie sich gefährlich sicher, daß ein Duft, der solche machtvollen Reaktionen in einem einzigen Hauch bewirkte, magische Kräfte in sich barg.

Sie mußte verrückt sein. Es war nur ein Parfüm. Nichts anderes als ein Parfüm.

Aber eigentlich war ihr egal, was es wirklich war. Es noch einmal herzustellen würde bedeuten, kleine Mengen reinsten Schmerzes und wildester Lust zu mischen und in Flaschen zu füllen. Ob diese Konsequenzen in dem Parfüm oder in Elenes Gedanken ihren Ursprung hatten, war bedeutungslos. Sie konnte es einfach nicht tun; es würde sie krank machen. Selbst der Hauch von Duft, der jetzt noch im Raum hing, verursachte in ihr eine seltsame Übelkeit. Nein, sie konnte es nicht. Irgendwann demnächst vielleicht, aber nicht jetzt.

Sie drückte den Stopfen wieder in die Flasche und schob sie von sich bis an den hinteren Rand ihres Arbeitstisches. Sie verließ ihr Arbeitszimmerchen und schloß die Tür fest hinter sich.

Allerheiligen kam und ging vorüber, die Zeit des Gedenkens an die Toten, der Blumen und Kerzen auf den Friedhöfen. Elene besuchte die Gräber von Hermine und Serephine und selbst das von M'sieur Mazent. Wie erwartet hatten sich die Behörden keine besonderen Gedanken darüber gemacht, wer den Tod der drei Flüchtlinge bewirkt hatte.

Elene dachte immer noch von Zeit zu Zeit darüber nach, aber selbst für sie war durch die inzwischen vergangenen Wochen und die Unwahrscheinlichkeit, daß ihr Parfüm etwas damit zu tun hatte, die Notwendigkeit, den Mörder zu finden, weniger dringend. Aber dann und wann, als ziehe sie eine zu komplizierte Stickerei heraus, die sie beiseite geschoben hatte, versuchte sie, die Dinge, die sie wußte, in einen sinnvollen Zusammenhang zu bringen.

Es hatte keinen Zweck. Wenn das Parfüm als verbindendes Element zwischen diesen drei Personen ausfiel, blieb als einzig mögliche sonstige Verbindung zwischen ihnen nur die Tatsache, daß sie alle aus Santo Domingo gekommen waren. Aber trotzdem hatten sie sich dort nicht gekannt, waren sich nie begegnet, bevor sie die Insel an Bord von Ryans Schiff verlassen hatten. Es war möglich, daß auf dem Schiff selbst irgend etwas geschehen war, aber so viel Mühe sie sich auch geben mochte – Elene konnte sich einfach nicht vorstellen, was das gewesen sein könnte. Hermine und Mazent hatten nicht mehr als die üblichen höflichen Redensarten ausgetauscht, und Serephine hatte ohnehin kaum mit jemandem gesprochen.

In einem Anfall von Neugierde befragte Elene die Dienerin, die die Zimmer saubermachte, nach Serephines letztem Lebenstag. Sie wollte wissen, ob sie irgendwelche Besuche oder Nachrichten bekommen hatte oder ob sonst etwas Ungewöhnliches geschehen war. Sie erfuhr absolut nichts. Niemand war gekommen, und es waren keine Briefe oder sonst etwas abgegeben worden. Serephine war am späten Nachmittag zum Einkaufen gegangen, aber schon nach kaum mehr als einer Stunde zurückgekehrt, wobei sie nichts gekauft hatte außer einem halben Pfund Schokoladenbonbons. Durant hatte dann die Tote gefunden, als er zum Abendessen nach Hause gekommen war.

Es kam Elene noch einmal in den Sinn, ob Durant sich nicht vielleicht doch seiner Geliebten entledigt haben könnte. Er war derjenige, der sie am besten kannte, genaugenommen eigentlich der einzige, von dem man überhaupt sagen konnte, daß er sie gekannt hatte. Aber andererseits – warum hätte er sie mitbringen sollen, wenn er sich so wenig aus ihr machte, daß er sie dann später umbrachte? Und warum sollte er sie töten, wenn es so leicht für ihn gewesen wäre, sie einfach zu verstoßen? Es war vielleicht schon möglich, daß Durant im Zorn ab und zu zugeschlagen hatte, aber es schien ihr nicht sehr wahrscheinlich, daß er Gift anwenden würde. Und dann war da noch die unabänderliche Tatsache, daß es – selbst wenn sie einen Grund finden konnte, warum er Serephine den Tod gewünscht hatte – doch keinen vernünftigen Grund für ihn gab, die anderen zu ermorden. Manchmal fragte sie sich, ob die Wahrheit überhaupt je bekannt werden würde.

In der ersten Novemberwoche verließ Kolonialpräfekt Laussat, der sicher war, daß die offizielle Bestätigung, auf die er wartete, mindestens noch zwei weitere Wochen unterwegs war, New Orleans und machte eine Reise flußaufwärts, um mehr von dem Land zu sehen, das er bald verlassen mußte. Es hieß, daß Madame Laussat, deren Schwangerschaft schon recht fortgeschritten war und die nicht mehr öffentlich auftrat, damit anfing, Listen von den Dingen zusammenzustellen, die gepackt werden mußten, wenn sie Louisiana verließen.

Ein paar Tage später sah Elene Madame Laussat morgens auf dem Markt. Die Frau des Präfekten stand auf der einen Seite, während ihr Majordomus Rotbarsch kaufte und ihre kleinste Tochter mit einem Affen spielte, der von einem Seemann zum Verkauf angeboten wurde. Ihre Figur war, obwohl durch den Schnitt ihres Ausgehkleides gut versteckt, seit Elene sie das letzte Mal gesehen hatte, fülliger geworden; trotzdem sah sie in ihrem Zustand noch nicht unattraktiv aus.

Elene lächelte ihr zu und begrüßte die Frau im Vorübergehen, blieb jedoch nicht stehen. Es gab keinen Grund, warum die Frau des Präfekten sich von ihrer einen zufälligen Begegnung her noch an sie erinnern sollte, und sie wollte sich ihr nicht aufdrängen.

»Mademoiselle Larpent, nicht wahr? Guten Tag«, grüßte Madame Laussat.

Elene fühlte sich geschmeichelt, wie es den meisten Menschen in dieser Situation ergangen wäre. Sie fragte nach der Gesundheit der anderen Frau. Sie unterhielten sich eine Weile über unwichtige Dinge.

Schließlich sagte Madame Laussat: »Ich möchte Euch nicht weiter aufhalten. Ich möchte Euch nur noch sagen, wie leid es mir tut, daß mein Mann Euch M'sieur Bayard entführt hat. Ich hoffe, daß der Vorteil, den Louisiana daraus haben wird, diese Unbequemlichkeit aufwiegen kann.«

Elene spürte, wie die Röte heiß in ihre Wangen stieg. Madame Laussat wußte offensichtlich nicht, daß sie Ryans Haus verlassen hatte. Sie beeilte sich, etwas zu sagen, um ihr Beschämen zu verbergen und meinte: »Ich bin sicher, daß er sich gefreut hat, Eurem Mann diesen Dienst erweisen zu können.«

Madame Laussat lachte. »Daß er sich gefreut hat, kann ich nicht glauben. Die Notwendigkeit, uns verlassen zu müssen, schien ihm unangenehm zu sein. Aber er ist ein pflichtbewußter Bürger, und als solcher erfüllt er seine Aufgaben ohne Rücksicht auf sein eigenes Verlangen nach einem ungestörten Leben.«

Ob sie ihre Worte absichtlich so gewählt hatte? Elene, die noch einmal zurücksah zu der Frau des Präfekten, nachdem sie schon weitergegangen war, konnte sich nicht ganz sicher sein. Sie ging wieder einen Schritt weiter und sah sich noch einmal um. Madame Laussat war wirklich attraktiv in ihrer Schwangerschaft, ihre Haut wirkte gesund und blühend, ihr Gesicht heiter, ihre Haltung war von einer aufrechten und würdevollen Grazie. In wenigen Monaten würde sie ein Kind haben, das sie sich gewünscht hatte, welche Unbequemlichkeiten sein Entstehen auch für sie mit sich bringen mochte angesichts ihrer Reisepläne.

Ihr Kind dagegen –

Elene war schwanger. Sie hatte es schon seit einiger Zeit vermutet und sich eigentlich gewundert, daß Devota es nicht erraten hatte. Aber vielleicht hätte sie es ja auch erraten, wenn sie nicht mit ihrer eigenen Liebe so beschäftigt gewesen wäre.

Sie war verantwortlich für das Kind. Es war auch nicht unerwünscht oder ungeliebt, obwohl sie zugab, daß es ihr im Augenblick nicht gerade gelegen kam. Dann und wann erlaubte sie sich die Überlegung, was Ryan wohl denken würde, wenn er davon erfuhr. Sie hatten über diese Möglichkeit nie gesprochen und sich entschlossen, sie einfach nicht zur Kenntnis zu nehmen, als wäre eine Schwangerschaft nicht möglich. Das war dumm von ihnen gewesen, das mußte sie zugeben. Aber jetzt war es egal. Sie konnte nicht erwarten, daß ein Mann, der sie verließ, nur um seine Entschlossenheit zu beweisen, sich dafür interessierte, daß sie schwanger war mit seinem Kind.

Bald würde Durant es merken. Auf diesen Augenblick freute sie sich nicht besonders, aber sie hatte auch keine Angst vor ihm oder vor dem, was er vielleicht tun würde. Genaugenommen wußte sie eigentlich nicht so recht, was sie erwarten sollte. Früher hätte er sich vermutlich über sie lustig gemacht, jetzt war sie sich dessen nicht mehr so sicher. Er hatte sich geändert, seit er die Insel verlassen hatte, war in seinen peniblen Vorstellungen von korrekten Verhaltensweisen lockerer geworden, sowohl was ihn als auch was sie betraf. Sie hätte eigentlich froh darüber sein müssen, denn dadurch waren die vergangenen Wochen erträglicher geworden. Statt dessen fühlte sie sich aber nur noch unbehaglicher.

Und die joviale Stimmung, in der ihr Durant vier Tage später von seiner kommenden Soirée erzählte, war auch nicht gerade dazu angetan, ihr Mißbehagen zu vertreiben. Er machte einen erregten Eindruck und wirkte gleichzeitig reizbar. Er hatte jeden eingeladen, den er kannte: Männer, mit denen er trank und spielte, mehrere Plantagenbesitzer, die mit ihren Familien in der Stadt waren, und natürlich die Leute, die mit ihnen von der Insel gekommen waren. Er bestand darauf, daß Elene sein Ehrengast sein würde, und akzeptierte keinerlei Ausflüchte. Anstand interessierte ihn nicht, erklärte er ihr geradeheraus. Alle wußten, daß ihre Wohnungen im gleichen Haus waren. Und daß ihre Zimmer auf verschiedenen Stockwerken lagen, änderten an dem Klatsch gar nichts.

Irgendwann kam Elene einmal der Gedanke, sich zu fragen, wer eigentlich die Neuigkeit, daß sie im selben Haus wie Durant wohnte, verbreitet hatte, aber vielleicht hatte sogar Durant eine Bemerkung darüber fallenlassen. Sie selbst hatte niemandem davon erzählt, war kaum jemandem begegnet, dem sie es hätte sagen können. Sie warf es ihm jedoch nicht direkt vor, denn die Möglichkeit, daß die Geschichte von den Bediensteten verbreitet worden war, schien ihr genauso wahrscheinlich.

Elene hatte wenig Lust auf ausgelassene Fröhlichkeit. Es war ihr zwar morgens nie übel, so wie vielen anderen Frauen in ihrem Zustand, aber in letzter Zeit waren die Spätnachmittage und frühen Abende schwierig geworden, denn jeder vorbeiziehende Geruch konnte Wellen von Übelkeit nach sich ziehen. Parfüm zu mischen war jetzt so unangenehm geworden, daß sie fast aufgehört hatte, es zu versuchen. Vielleicht ging es ihr ja auch in ein paar Wochen besser, dann konnte sie einen neuen Anfang wagen.

Es dämmerte gerade, als sie begann, sich für die Abendgesellschaft herzurichten. Sie saß in ihrem Morgenmantel an ihrem Ankleidetisch und flocht ihr Haar, während sie auf Devota wartete, die heute abend kommen sollte, um ihr in ihr Kleid zu helfen. Als sie ein leises Kratzen an der Tür hinter sich hörte, rief sie der Zofe zu, sie solle hereinkommen. Die Tür öffnete und schloß sich wieder. Konzentriert auf ihre Beschäftigung sah Elene nicht auf, bis die besondere Art der Stille ihre Aufmerksamkeit weckte.

Im Spiegel des Ankleidetisches sah sie Durant. Er trug schon einen schwarzen Rock mit Schwalbenschwanz, dazu graue Kniehosen und ein blendendweißes Hemd. Sie wirbelte herum, um ihn anzusehen.

»Ich wollte Euch nicht erschrecken«, sagte er mit angespannter Stimme. »Ich bin nur gekommen, um Euch zu sagen, daß Eure Zofe sich durch einen Unfall in der Küche in Bayards Haus verspätet, und um Euch statt dessen meine Hilfe anzubieten.«

»Ich denke, ich komme schon allein zurecht, danke.«

Sein Blick lag nicht auf ihrem Gesicht, sondern war auf die Öffnung ihres Morgenmantels gerichtet und auf die Rundungen ihrer Brüste, die in der vergangenen Woche voller geworden waren. Als sie in einer schützenden Bewegung die Kanten des Morgenmantels aufnahm und zusammenhielt, trat er einen Schritt vor. »Fühlt Ihr Euch wohl?«

»Ja, natürlich.« Das stimmte nicht ganz, aber durch diese Lüge konnte sie ihn vielleicht loswerden.

»Ich habe festgestellt, daß Ihr in letzter Zeit abends ziemlich ruhig seid und auch keine allzu große Lust auf Euer Abendessen habt.«

»Ist das so?«

»Man könnte fast glauben, Ihr wäret krank.«

»Oh, das glaube ich nicht.«

»Ich auch nicht. Serephine hat sich so gefühlt, als sie in anderen Umständen war.«

Sie zwang sich zu lachen. »Was für eine ungewöhnliche Idee.«

»Oh, mir scheint sie ganz gewöhnlich bei einer jungen und gesunden Frau, die das Bett eines Mannes geteilt hat. Ich habe mich schon gefragt, wie lange es wohl dauert, bis die Symptome deutlich zu erkennen sind.«

Elene war es plötzlich leid, ihm etwas vorzuspielen. Sie sagte mit harter Stimme: »Jetzt wißt Ihr es also.«

Er lächelte. »Ja, genau. Wie bald können wir heiraten?«

»Heiraten!« Sie wußte nicht, was sie erwartet hatte, aber dies bestimmt nicht. Sie hätte angenommen, Durant wäre zu stolz, das Kind eines anderen Mannes als sein eigenes anzunehmen.

»Ihr braucht nicht überrascht zu sein. Es ist nur das, was schon vor Monaten geschehen wäre, wenn nicht der Aufstand und Bayard dazwischengekommen wären.«

»Die Dinge haben sich geändert.«

»Wir können sie wieder so machen, wie sie waren.«

Er hatte das schon einmal vorgeschlagen, als könnte die Tatsache, daß er sie heiratete, ihm seine frühere Position, den Reichtum und die Macht zurückbringen. Sie schüttelte den Kopf. »Sie werden nie wieder dieselben sein.«

»Aber ähnlich genug für meine Bedürfnisse.«

Stimmte das? Sie war nicht die einzige, die durch diese Entscheidung betroffen wäre; sie mußte auch an das Kind denken. Was für ein Vater würde Durant sein? Konnte er das Kind ihretwegen anerkennen, oder machte er ihr das Angebot nur, um sich an Ryan dafür zu rächen, daß er ihm weggenommen hatte, was er für sein Eigentum gehalten hatte?

»Warum tut Ihr das?« fragte sie leise und fast so, als würde sie mit sich selbst sprechen. »Ihr habt auf der Insel niemals vorgegeben, daß Ihr vor Liebe zu mir überströmt.«

»Sie wird wachsen, genau so, wie sie gewachsen wäre, wenn wir auf Santo Domingo geheiratet hätten, wie unsere Väter das wollten. Ihr seid die Braut, die für mich bestimmt ist. Was auch immer sich ändern mag, dies wird bleiben.«

Er hatte nicht behauptet, daß er sie liebte. In gewisser Weise war sie ihm dankbar dafür, aber es machte sie auch traurig. »Es wird nicht funktionieren.«

Verärgerung glitt über sein gutaussehendes Gesicht und verschwand wieder. »Ich denke, zum Wohl des Kindes könntet Ihr Euch anstrengen, damit es funktioniert.«

Sie sah ihn mit einem müden Lächeln an. »Das ist einer der Unterschiede zu früher.«

»Wenn es mir nichts ausmacht, warum sollte es Euch etwas ausmachen?«

Das war ein Argument, über das sie vielleicht nachdenken sollte. Schließlich sagte sie: »Ich werde darüber nachdenken.«

»Dafür ist nicht viel Zeit, wenn wir einen Skandal vermeiden wollen.«

Er meinte damit, daß sie nicht viel Zeit hatten, wenn er das Kind als seines anerkennen wollte. Konnte sie zulassen, daß er das tat, konnte sie Ryan das Wissen vorenthalten, daß er Vater eines Kindes geworden war? Die Antwort war nein. Sie würde warten, mindestens bis Ryan zurückkam. Wenn sie Durant irgend etwas bedeutete, mußte er ihr das zugestehen.

»Es ist Zeit genug«, sagte sie.

Durants Freunde waren gekommen, dachte Elene zwei Stunden später, weil sie Kartenspiele, etwas Essen, Wein und stärkere Getränke erwarteten. Und die Flüchtlinge von der Insel kamen in erster Linie aus Neugierde. Sie hatten von ihrem Umzug gehört und vermuteten, daß sie jetzt einen anderen Beschützer hatte, also konnten sie es nicht erwarten, zu sehen, wie sie und Durant sich verhielten und was sie sagten. Das einzige, was es für sie noch interessanter gemacht hätte, wäre Ryans Anwesenheit gewesen, dann hätten sie auch sehen können, wie er sich dazu stellte.

Devota kümmerte sich um das Eßzimmer und darum, daß dort alles bereit stand und ordentlich war – von der Fleckenlosigkeit des Kristalls bis zur korrekten Anordnung des lilienförmigen Nougats in der Mitte des Tisches, das in goldenen Herbstblättern angerichtet war, und sie achtete auch darauf, daß die Bedienung glatt lief und alles zur rechten Zeit serviert wurde. Germaine, die mit Flora Mazent ankam, half Devota dabei, und ab und zu hörte man ihre Stimmen leise murmeln.

Flora war aufgeblüht, man konnte es nicht anders nennen.

Sie trug immer noch Schwarz, aber der Schnitt ihres Kleides hatte Stil, ebenso der Fall der Falten und der cremefarbene Spitzenkragen, der auf der Rückseite etwas hochgestellt war und so ihr Gesicht und ihren Hals einrahmte. Ihr Haar war hübsch gesteckt, und sie hatte Locken auf der Stirn, und ihre Lippen und Wangen waren zart mit Karmin getönt. Und darüber hinaus lächelte und lachte sie in einer Weise, die man schon beinahe als kokett hätte bezeichnen können. Falls das erneute Zustandekommen ihrer Verlobung jedoch der Grund dafür war, ließ sie es sich in keiner Weise anmerken.

Morven, Josie und Madame Pitot kamen zusammen und als letzte. Morven überließ die beiden Frauen ihrem eigenen Schicksal, sobald sie hereingekommen waren. Gutaussehend wie immer und auch ebenso unverschämt charmant, bewegte er sich durch das Zimmer in einem Regen von Komplimenten, die er austeilte und bekam, bis er schließlich neben Elenes Sitz stehen blieb.

Er beugte sich über ihre Hand, sagte ihr, sie sehe glänzend aus, und meinte schließlich mitten in einem unauffälligen Gespräch: »Seid Ihr sicher, daß dies eine Verbesserung gegenüber Ryan darstellt?«

Seine Worte hätten sie nicht verletzen sollen, dachte sie, taten es aber. Es konnte sie nicht überraschen, daß der Schauspieler das Schlimmste annahm, da er es jedoch tat, verbot es ihr Stolz, ihn zu korrigieren. Sie zog eine Augenbraue hoch. »Mindestens so sehr, wie die Witwe eine Verbesserung gegenüber Hermine war.«

»Ah, ich verstehe, ein finanzielles Arrangement.«

»So könnte man es nennen.«

»Ich nahm an, Ryan sei nur auf Reisen, nicht bankrott. Wie bedauerlich, daß sein Dienst für den Kolonialpräfekten sich als so teuer erweisen wird.«

»Ich verstehe nicht, was Ihr meint.«

»Wirklich nicht? In der Vergangenheit war es immer

seine Art, große Gesten zu vermeiden. Ich frage mich, was ihn zu dieser veranlaßt haben könnte.«

»Große Gesten?«

»Wie zum Beispiel diese anstrengende Reise. Er kann doch eigentlich nichts davon haben außer Druckstellen durch den Sattel.«

»Und der Dank seines Landes?«

»Nun, das ist eine interessante Sache. Meint Ihr Spanien, Frankreich oder die Vereinigten Staaten?«

»Frankreich natürlich!« antwortete sie verärgert über seine immer wieder zum Vorschein kommende Ironie.

»Zweifellos nur wegen der Dankbarkeit. Wer kann ihn dazu überredet haben, daß es die Sache wert ist, seinen Hals dafür zu riskieren?«

Elene starrte Morven an. Sie hatte Ryan schließlich von der Wichtigkeit Frankreichs überzeugt, also war sie auch dafür verantwortlich, wenn ihm etwas passierte. Oder nicht? Sie war sicher gewesen, daß Ryan seine besonderen Gründe dafür gehabt hatte, diese Reise nach Washington City auf sich zu nehmen, Gründe, die nichts mit ihr zu tun hatten. Sie konnte sich natürlich irren.

Mit großer Höflichkeit fragte sie Morven: »Möchtet Ihr nicht ein Glas Wein trinken?«

Morven lachte und verstand. »Nun gut, ich werde das Thema wechseln. Ein wenig. Ich hatte gehofft, daß Ihr unglücklich seid. Ich habe wieder eine Stelle in meiner Truppe frei.«

»Eine Stelle? Für eine Schauspielerin?«

»Unsere junge Naive hat uns verlassen. Sie und Josie haben sich nicht miteinander verstanden.«

»Während Ihr Euch hervorragend mit ihr verstanden habt?«

Er lächelte sie mit glühendem Charme an. »Ich verstehe mich mit den meisten Frauen gut.«

»Das ist mir auch schon aufgefallen.«

»Ja, wirklich?« fragte er in lässiger Anerkennung ihrer bissigen Bemerkung. »Dann wird es Euch ja sicher nicht überraschen, daß ich fasziniert war, als ich hörte, Ihr hättet Ryan verlassen. Ich mische mich nicht in die Liebesangelegenheiten meiner Freunde ein, aber Gambier ist nicht mein Freund.«

Die beiläufige Erklärung seines Interesses an ihr zusammen mit der Annahme, daß ihr das angenehm sein müsse, verschlug ihr die Sprache. Nach einer Weile sagte sie: »Ich habe kein Talent als Schauspielerin.«

»Das Handwerk kann ich Euch beibringen, aber auch noch ein paar andere Dinge.«

»Nein, danke. Und außerdem bin ich auch keine junge Naive.«

»Dann gebe ich Euch die Hauptrolle. Ihr werdet sicher eine herrliche Tragödin.«

»Das wird Josie kaum zulassen.«

»Das wird sie sich nicht aussuchen können«, sagte er mit einem Schulterzucken. »Genaugenommen paßt sie nicht zu den Rollen, und sie wird auch langsam etwas zu mollig.«

»Ich könnte sie nicht von ihrem Platz verdrängen. Und außerdem ist da noch Durant.«

»Treue ist ein schöner Zug, aber seid Ihr sicher, daß sie bei Gambier nicht falsch angebracht ist?«

Elene sah ihn an, ohne das Lächeln zu würdigen, das seinen Mund umspielte. »Sagt mir doch«, meinte sie, »habt Ihr schon einmal das Gefühl gehabt, Ihr könntet für Hermines Tod mitverantwortlich sein?«

»Sollte ich das denn?« fragte er, ohne mit der Wimper zu zucken, aber in seinen dunklen Augen stand ein Schatten.

»Es scheint mir möglich, daß sie aus Liebe zu Euch gestorben ist, sei es nun durch ihre eigene Hand oder die eines anderen.«

Sein Gesicht wurde hart. »Ich ziehe mein Angebot für eine Stellung in meiner Truppe zurück. Ich fürchte, Ihr könntet in den Todesszenen zwischen uns einen wirklichen Dolch gebrauchen.«

Er neigte den Kopf und ging fort. Elene sah hinter ihm her und beobachtete ihn, bis er in eine Ecke zu Josie trat, die sich dort gerade mit Durant unterhielt.

Josie war tatsächlich etwas molliger geworden, aber noch nicht unangenehm. Ihr Gesicht, ihre Schultern, Brüste und Arme waren gerundet, die Haut rosa und weiß und fest, genau wie es manchen Männern gefiel. Eines Tages würde sie aufgedunsen und fett werden und verdrießlich aussehen, aber im Augenblick war sie eine ansehnliche Frau, die gerade genug Zungenfertigkeit besaß, um sich für jene interessant zu machen, die keine Klugheit erwarteten. War es einer solchen Frau möglich, daß sie Hermine getötet hatte, um ihre Stelle einzunehmen?

Madame Tusard und ihr Claude saßen allein da. Elene ging hinüber zu ihnen, und sie tauschten ein paar Banalitäten über das Wetter und verschiedene Gäste aus. Madame sah einmal zu Josie hinüber und bedachte sie mit einem hörbaren Schnüffeln, sagte jedoch nichts. Sie ließ ihre Hand jedoch keinen Augenblick vom Arm ihres Ehemannes. Das war Hinweis genug für Elene, um sich zu fragen, ob er wohl endlich wieder zur Vernunft gekommen war oder ob Josie einen anderen Geliebten gefunden hatte. Einen Augenblick später mußte sie über sich selbst lachen. Wenn sie nicht aufpaßte, würde sie genauso leicht empfänglich für alle Arten von Vermutungen werden wie Madame Tusard selbst.

Die extreme Neugier dieser Frau kam zum Vorschein, als sie begann, deutlichere Bemerkungen über Elenes neue Lebensumstände fallenzulassen. Da sie zu dieser Zeit gerade zu Durants zweiter Schlafzimmertür hinübersah, hielt Elene es für klüger, sie hinunterzuführen in das untere Stockwerk, um ihr ihre eigenen spartanischen Räumlichkeiten zu zeigen. Zu ihrer Überraschung gesellten sich noch mehrere andere Damen zu ihnen. Sie äußerten ihr Interesse daran, sich anzusehen, wo sie ihre Parfümexperimente machte, allerdings wurde bald deutlich, daß die meisten nur neugierig waren und die anderen einen ungestörten Ort suchten, wo sie ihre Kleidung in Ordnung bringen und ihren menschlichen Bedürfnissen folgen konnten.

Zum Abendessen waren sie zwanzig Personen. Die Köchin der farbigen Hausbesitzerin hatte sich selbst übertroffen, denn es gab eine herrlich leichte Austernsuppe, gefolgt von Täubchen in Weinsauce, denen wiederum gegrilltes Rindfleisch mit Kräuterreis und ein Kohlsoufflé folgten. Das Mahl wurde gekrönt von einem Dessert bestehend aus Crêpes gefüllt mit Pekannüssen und Sahne und flambiert mit Cognac. Durant hatte dieses Menü persönlich zusammen mit der Köchin ausgewählt. Daß seine Gäste mit seiner Auswahl zufrieden waren, bewies die relative Stille, die beim Essen herrschte.

Elene saß auf Durants rechter Seite und kostete tapfer von den Dingen, die vor sie gestellt wurden. Ein- oder zweimal begegnete sie Durants Blick, der auf sie gerichtet war, und es gelang ihr ein müdes Lächeln für ihn, aber sie war doch froh, daß M'sieur Tusard, der rechts von ihr saß, sich auf sein Essen konzentrierte, denn sie hatte keinerlei Lust auf Konversation.

Als schließlich die Dessertteller abgeräumt und Käse und Nüsse hereingebracht wurden, stand Durant auf. Er klopfte auf den Tisch, um sich Aufmerksamkeit zu verschaffen, und hob dann sein Weinglas.

»Meine Freunde«, sagte er, »ich sehe Euch mit Freude hier um meinen Tisch versammelt. Glück soll man teilen, und ich lade Euch ein, heute abend mit mir das Glück zu teilen, das ich angesichts meiner baldigen Hochzeit empfinde, die die Dame an meiner Seite und mich zu Mann und Frau machen wird. Meine Damen und Herren, ich trinke auf das Wohl der Frau, die schon einmal meine Braut war und die diesen Titel jetzt wieder hat. Auf die schöne Elene!«

19. Kapitel

Das donnernde Klopfen von harten Knöcheln an der Tür ihres Zimmers ließ Elene mit schwer klopfendem Herzen aufspringen. Es war schon spät. Sie hatte gedacht, Durant wäre heute abend ausgegangen. Auf der anderen Seite der Tür konnte aber auch irgendein Wüstling stehen, der einfach ins Haus hereingekommen war. Aber es gab noch eine andere Person, die es sein konnte.

Sie schluckte schwer, dann ging sie zur Tür. »Wer ist da?«

Die Stimme, die ihr antwortete, war rauh vor Zorn, aber schmerzlich vertraut. »Öffne sofort diese Tür, oder ich trete sie ein!«

Ryan.

Sie drehte den Schlüssel im Schloß um und mußte dann schnell aus dem Weg gehen, als er ins Zimmer stürmte. Der harte Ausdruck auf seinem Gesicht und der Anblick seiner geballten Fäuste weckten auch ihren Zorn.

Sie schob die Tür zu und drehte sich zu ihm um. Ihre Stimme war ätzend vor Ironie, als sie sagte: »Komm doch bitte herein!«

Ryan wandte sich um und starrte sie an, dann spürte er, wie die reine Wut, die ihn auf dem Weg hierher gepackt hatte, langsam nachließ. Ihr Gesicht war etwas voller, als es zu der Zeit seiner Abreise gewesen war, aber ihre Züge erschienen ihm klarer. Ihre Augen waren wie unergründliche graue Seen, und ihre Haut hatte die Farbe und den Glanz von Perlmutt. Sie war dabeigewesen, sich für die Nacht zurechtzumachen, denn ihr Haar lag in einem dichten Vorhang über ihren Schultern und glänzte im Licht eines Kerzenleuchters, der neben dem Bett stand.

Er bemühte sich, seinen Blick von ihr zu wenden. Dann drehte er sich energisch um und ging zu der Tür des Kämmerchens. Er stieß sie auf. Daß es leer war, konnte man auf einen Blick erkennen. »Wo ist Gambier?«

»Nicht hier, und er wird auch nicht hierherkommen. Dies hier sind meine Zimmer, und ausschließlich meine.«

Sein Gesichtsausdruck war nach wie vor unerbittlich, als er sich schwungvoll wieder zu ihr umdrehte. »Was, um Himmels willen, tust du hier?«

»Ich mußte ja irgendwo hingehen.« Sie hielt ihre Hände fest verschränkt und gab sich große Mühe, ihre Stimme ruhig klingen zu lassen.

»Mußtest du das? Was hat dir denn an dem Ort, an dem du warst, nicht gefallen?«

»Ich konnte nicht für immer dortbleiben. Ich will meiner eigenen Wege gehen, und es gab keinen Grund, es noch länger hinauszuzögern.«

»Und mit Gambier zu leben nennst du deiner eigenen Wege gehen?«

Elene hörte den Vorwurf in seiner Stimme und antwortete darauf: »Ich lebe nicht mit ihm, nicht so wie du das verstehst. Er hatte für dieses Zimmer bezahlt –«

»Oh, das gibst du immerhin zu?«

»Ich gebe gar nichts zu! Es ist nur ein Zimmer, in dem ich wohne, bis –«

»Bis ihr verheiratet seid.«

»Wir werden nicht heiraten!«

Er wandte sich ab von ihr. »Aber ich bitte dich, das Gerücht ist doch schon durch die ganze Stadt gegangen. Man hat es mir schon zweimal erzählt, bevor ich heute nachmittag mein Pferd vor Laussats Haus anbinden konnte, und dann noch zweimal, nachdem ich durch die Stadttore gekommen war.«

»Durant hatte es angekündigt. Das heißt nicht, daß ich zugestimmt habe.«

»Das eine folgt gewöhnlich auf das andere.«

»Er glaubte, er könnte sich dadurch mein Jawort erzwingen.«

Ryan spürte, wie die Erleichterung ihn in einer plötzlichen Hitzewelle überströmte. Er runzelte die Stirn, damit es ihr nicht auffiel. »Also wird es keine Hochzeit geben?«

»Das habe ich nicht gesagt«, korrigierte sie ihn.

»Ich verstehe dich nicht.«

Das war einzusehen; sie verstand sich eigentlich selbst nicht so recht. Sie war ziemlich verärgert gewesen, als Durant versucht hatte, ihren Zustand auszunutzen. Sie hatte ihm ganz deutlich erklärt, daß sie sich nicht drängen lassen würde, obwohl das seine Selbstsicherheit nicht eingeschränkt hatte. Genaugenommen fühlte sie sich eingesperrt zwischen verschiedenen unangenehmen Möglichkeiten, nämlich entweder einen Mann zu heiraten, den sie nicht liebte, oder ihr Kind allein zu erziehen. Wenn sie Ryan sagen würde, daß er Vater wurde, war es wahrscheinlich, daß er ihr noch einmal anbot, sie zu heiraten, aber wollte sie ihn aus diesem Grunde heiraten?

Sie hob eine Schulter. »Ich habe Durant gesagt, daß ich nur unter französischem Gesetz heiraten werde. Die Spanier haben zuviel Macht über ihre Frauen.«

»Dann könnt ihr ja jetzt das Datum festlegen. Die Übergabe der Kolonie von Spanien an Frankreich wird am Dreizehnten dieses Monats stattfinden.«

Sie hatte diese Ausrede nur benutzt, um Ryan zu schonen. Jetzt holte sie tief Luft und sagte: »So bald schon?«

»Laussat hat seine Gründe, sich zu beeilen. Seine Pläne sind schon seit Wochen fertig.«

Der Grund war die Schwangerschaft seiner Frau. Bildete sie es sich ein, oder war Ryans Blick, der über sie wanderte, wirklich prüfend? Sie wandte sich ab. »Ich bin mir nicht sicher, ob das noch von Bedeutung ist. Ich entschließe mich am Ende vielleicht doch für meine Unabhängigkeit. Es wird dich interessieren zu erfahren, daß ich mich noch einmal entschlossen habe, Parfüm herzustellen.«

»Mit Gambiers Unterstützung«, zischte er.

Ihre Augen funkelten, als sie sich ihm wieder zuwandte. »Auf keinen Fall! Mit meinem eigenen Geld.«

Ryan hörte sich auch noch die Geschichte von den Ohrringen an. Als sie fertig war, starrte er sie eine ganze Weile an. Er hatte vorgehabt, sie sich einfach in seine Arme zu nehmen und in sein Haus zu tragen. Seine Muskeln schmerzten, weil sein Bedürfnis, genau das zu tun, so groß war. Aber sie stand mit solcher Entschlossenheit und solcher Würde vor ihm, daß er es nicht übers Herz bringen konnte, sie zu verunsichern. Plötzlich sagte er: »Bei mir hättest du mehr Platz zum Arbeiten.«

Das kam der Bitte, zu ihm zurückzukommen, näher als alles andere, was er je sagen würde. Er war nicht der Typ, der bettelte. Aber sie war auch nicht die Art von Frau, die kleinlaut ihre Sachen packt und einem Mann folgt.

Sie hob eine Augenbraue. »Das ist wohl kaum ein respektables Angebot.«

»Respektabel? Wann hat mich das je interessiert?«

Das war in gewissem Sinne richtig. Sie sagte vorsichtig: »Bei den Leuten, mit denen du Handel treibst, bist du ein respektierter Geschäftsmann, und es gibt nichts, was dafür spricht, daß du diesen Ruf verlieren möchtest, wenn die Amerikaner kommen.«

»Was haben die Amerikaner denn damit zu tun?« Sie bemerkte seine Verwirrung, als er sie ansah. Er wußte, daß sie versuchte, ihm damit irgend etwas zu sagen, aber er verstand nicht, was das war.

»Du... du wirst eine Ehefrau brauchen, und ich möchte nicht –« Ihre Kehle wurde eng, und sie brachte einfach kein Wort mehr heraus. Sie senkte den Kopf und starrte auf ihre Hände.

»Ich weiß. Du willst nicht heiraten – zumindest nicht mich.«

»Und ich möchte auch nicht deine Geliebte sein, wenn du eine andere heiratest!«

»Ich verstehe nicht, wovon du sprichst. Verheiratet oder nicht – du bist die einzige Frau, die ich am Kopfende meines Tisches oder neben mir im Bett sehen will, wenn ich morgens wach werde. Da du das abgelehnt hast, ist es damit zu Ende. Also gehe deiner eigenen Wege, wenn du das wirklich willst.«

Sie spürte, wie seine Kraft an ihrer Fähigkeit, sich zu beherrschen, zerrte. Dadurch bekam ihre Stimme einen ablehnenden Klang. »Genau das will ich.«

Ryan fluchte leise und ging dann auf die Tür zu. Sein Bedürfnis, sich umzudrehen, sie zu ergreifen und doch noch mit sich zu nehmen, lag in seinem Innern im Kampf mit einer widerwilligen Anerkennung für ihre Standhaftigkeit. Er hätte sie seinem Willen unterordnen können, aber was konnte ihm das nützen, wenn er sich damit nur ihren Haß eintrug?

Mit rauher Stimme sagte er schließlich: »Dann werde ich dich deinem Willen überlassen.«

Die Tür schloß sich.

Elene machte einen Schritt hinter ihm her, dann blieb sie stehen. Es gab noch eine Menge Dinge, die sie hätte sagen können, aber ihr Stolz und ihre Furcht ließen das nicht zu. Und selbst wenn sie sich überwinden könnte, diese Dinge auszusprechen, konnte sie nicht sicher sein, daß er ihr auch wirklich zuhören würde. Also ließ sie ihn wieder gehen.

Nach drei Tagen war Elene endgültig klar, daß Ryan nicht zurückkommen würde. Sie hatte sich auch ein für allemal entschlossen, daß sie Durant nicht heiraten konnte. Falls sie noch irgendwelche Zweifel gehabt hatte, waren sie verschwunden, als sie Ryan wiedergesehen hatte. Sie hätte Durant ihre Entscheidung auch mitgeteilt, aber er war zu beschäftigt damit, an den Nachmittagen und Abenden mit seinen Freunden die baldige Übergabe zu feiern und die Nebenwirkungen davon an den Vormittagen auszuschlafen.

Elene konnte also ihre Ablehnung nicht loswerden und begann, an ihr Kind zu denken. Wenn sie die einzige sein würde, die für das Kind sorgte, mußte sie jetzt schon damit anfangen. Es wurde Zeit, Devotas Parfüm herzustellen, so schwer es ihr auch fallen mochte. Allerdings waren die Bänder an den Flaschen ruiniert worden, als sie sie geleert hatte, und deshalb brauchte sie neue. Sie entschloß sich, mit dieser kleinen Aufgabe anzufangen.

Der Kauf der Bänder dauerte nicht lange. Da sie noch keine rechte Lust hatte, wieder in ihr stilles Zimmer zurückzukehren, ging sie in Richtung Fluß noch etwas spazieren. Als sie im kühlen Wind auf dem Deich stand, starrte sie die geriffelte Oberfläche des unendlich weiterfließenden Wassers an. Sie dachte kurz an die vielen Frauen auf der Welt, die sich in ihrer Situation in einen Fluß geworfen hatten. Aber ein so einfaches Ende war für sie nicht interessant. Gut war ihr Leben nicht, aber es schien ihr doch noch mehr Freude als Schmerz zu versprechen. Sie dachte, daß es für sie wohl immer so bleiben würde. Nach einer Weile machte sie sich auf den Heimweg.

In der Nähe ihres Wohnhauses sah sie eine Konfektverkäuferin auf sich zukommen. Die Viertelnegerin sang ein lockendes Lied, in dem sie die Qualitäten des Konfekts anpries, das sie mit einem Tablett auf ihrer Hüfte bei sich trug. Sie schwang beim Gehen die Hüften hin und her, auf ihrem Gesicht unter ihrem roten Seidentignon lag ein anzügliches Lächeln, und von ihren Ohren baumelten große goldene Ohrringe. Ihre Pralinen waren von einem frischen weißen Tuch bedeckt, um die Fliegen abzuhalten, und als sie es hob, stieg satter Milchschokoladenduft daraus auf, der sich mit dem Geruch der abendlichen Feuer von den Kochstellen, dem leichten Gestank aus den Gräben und dem Parfüm der Viertelnegerin mischten.

Erstaunlicherweise verursachten die Düfte bei Elene keine Übelkeit, vielleicht weil die Abendluft so angenehm frisch war und sie nach ihrem Spaziergang Hunger hatte. Sie kaufte ein flaches, rundes Stück von dem Konfekt, das mit Stücken von Pekannüssen bestreut war. Die Viertelnegerin lächelte sie unter den Wimpern hervor glitzernd an und dankte ihr leise, dann ging sie singend weiter die Straße hinunter.

Elene knabberte an der Ecke des Konfekts, während sie die Treppe zu ihrem Zimmer hinaufging. Als sie ihre Haube und Handschuhe ausgezogen hatte, brach sie ein etwas größeres Stück mit einer halb darin eingebetteten Pekannuß ab und steckte es in den Mund.

Ein bitterer Geschmack traf auf ihre Zunge. Sie verzog das Gesicht. Wahrscheinlich war es eine wilde Nuß – das mußte es sein. Übelkeit stieg in ihr auf, und der Schweiß brach in kleinen Perlen auf ihrer Stirn aus. Sie ging schnell zum Bett hinüber, um den Nachttopf aus Porzellan hervorzuziehen, der darunter stand. Dann spuckte sie das Stück Konfekt aus. In einem unkontrollierbaren Schwall folgte plötzlich das kleine Stück, das sie vorher schon geschluckt hatte, zusammen mit ihrem ganzen Mittagessen. Sie fiel auf die Knie und wurde eine ganze Weile von Würgekrämpfen geschüttelt, die überhaupt nicht mehr aufhören wollten.

Schließlich ließen sie nach, aber der krampfhafte Schmerz in Elenes Magen blieb. Sie hatte Angst, das war verrückt, sie wußte das; es war einfach nur eine kleine Übelkeit. Seit Urzeiten hatten Frauen unter solchen kleinen Schwierigkeiten gelitten. Trotzdem hatte sie Angst. Sie hielt sich am Bett und an der Wand fest, wankte ins Treppenhaus und rief nach der Hausbesitzerin.

Devota kam sofort, und das Dienstmädchen, das man nach ihr geschickt hatte, stand mit weit aufgerissenen Augen hinter ihr. Die Zofe warf nur einen Blick auf Elena, die sich mit schweißfeuchtem Haar auf dem Bett hin und her wälzte, und schickte das Dienstmädchen los, um heißes Wasser und eine Tasse zu holen. Aus einer Tasche, die sie mitgebracht hatte, nahm sie getrocknete Kräuter und ein weißes und ein gelbes Pulver, die sie in kleinen Mengen in das heiße Wasser rührte. Dann stand sie neben Elene und bat sie, zu trinken und noch einmal zu trinken.

Die Krämpfe hörten auf. Elene konnte ihre Beine wieder strecken und leichter atmen. Sie ließ Devotas Hand jedoch nicht mehr los, bis der Abend kam und sie schließlich einschlief.

Als Elene erwachte, war es Morgen, und Devota war fort. Es regnete leicht; sie hörte das leise Trommeln auf den Dächern. Sie lag im Bett und starrte auf die Gazefalten des Moskitonetzes, das sie umgab, eine Hand hatte sie auf ihren Bauch gelegt. Das Baby in ihrem Innern, das noch so winzig war, lag dort still und sicher. Es hatte Augenblicke am vergangenen Abend gegeben, da hatte sie Angst um das Kind gehabt. Sie hatte nicht gewußt, daß die Übelkeit, die zur Schwangerschaft gehörte, so schrecklich sein konnte. Aber Devota hatte ihr wieder einmal mit ihrer Magie geholfen, und alles war wieder gut.

Aber eine andere Art von Magie hatte sich in ihrem Innern ereignet, denn plötzlich war das Kind Wirklichkeit für sie. Bis zu diesem Augenblick war ihr ihr Zustand vorgekommen wie eine Krankheit oder ein Problem, das irgendwie gelöst werden mußte. Sie hatte mit Devota über das Baby gesprochen, hatte manchmal an das Kind gedacht, aber in ihrer Vorstellung war es nicht mehr gewesen als ein kleiner Geist. Wenn sie es verloren hätte, wäre sie ebenso erleichtert wie traurig gewesen. Jetzt war es ihr Fleisch und Blut und auch ein Teil von Ryan, und ein unendlich kleiner Mensch, den sie mit aller Kraft beschützen mußte.

Das Kind verdiente es eigentlich auch, seinen Vater zu kennen.

Elene spürte, wie die Apathie, in die sie gefallen war, verschwand und einer Entschlossenheit wich. Sie hatte es den Umständen schon zu lange erlaubt, sie zu überwältigen, hatte viel zuviel Zeit damit verbracht, die Vergangenheit zu betrauern und das, was hätte sein können. Damit war jetzt

Schluß. Es war Zeit, daß sie sich genau überlegte, was sie wollte, und sich dann auch darum bemühte. Wenn sie es nicht einmal schaffte, ihr eigenes Leben zu ordnen, wie sollte sie dann je das Leben ihres Kindes ordnen können?

Sie mußte es Ryan sagen. Es war die reine Feigheit gewesen, daß sie es ihm nicht sofort erzählt hatte. Was er daraufhin tun würde, entzog sich ihrer Kontrolle, aber er sollte die Gelegenheit bekommen, zu reagieren. Sich mit dem Parfüm aufzuhalten, indem sie zum Beispiel Bänder dafür kaufte, mußte jetzt aufhören. Sie mußte sich jetzt mit den wirklich wichtigen Dingen beschäftigen.

Die Sache mit den Giftmorden war wieder etwas anderes. Sie nagte an ihr, und sie konnte sie einfach nicht vergessen. Trotzdem war das eigentlich eine Angelegenheit, mit der sich die Behörden beschäftigen sollten, nicht sie. Sie durfte sich nicht durch den Schatten, den diese Sache auf sie warf, ihre Zukunft verderben lassen. Sie hatte inzwischen fast den Verdacht, daß sie nur deshalb so intensiv über die Todesfälle nachgedacht hatte, um sich nicht mit ihren eigenen Schwierigkeiten auseinandersetzen zu müssen. Das war noch etwas, wovon sie sich jetzt trennen mußte.

Das Klappern eines Tabletts vor ihrer Tür kündigte ihren Morgenkaffee an. Das junge Dienstmädchen öffnete die Tür, streckte den Kopf durch die Tür, und als sie sah, daß Elene wach war, kam sie herein.

»*Bon jour*, Mademoiselle. Habt Ihr gut geschlafen? Eure Zofe, die gestern abend hier war, hat mir aufgetragen, Euch nicht zu wecken, bevor es später Vormittag geworden ist. Jetzt hat mich M'sieur Durant angewiesen, Euch zu sagen, daß sich die Menschen schon auf dem Place d'Armes versammeln. Er selbst wird in einer halben Stunde hingehen und möchte wissen, ob Ihr Euch schon wieder so wohl fühlt, daß Ihr mit ihm kommen wollt.«

Heute mittag sollte Louisiana in einer feierlichen Zeremonie von Spanien an Frankreich abgetreten werden. Natürlich mußte sie dort hingehen. Sie warf die Laken zurück. »Ja, ich werde mit M'sieur Durant gehen. Sage ihm, er möchte auf mich warten, und dann leg mir mein braunes Baumwollkleid und mein Umschlagtuch heraus.«

»Aber Euer Kaffee, Mademoiselle?«

»Stell ihn dort auf den Tisch. Beeil dich!«

Es regnete immer noch, ein stetiges silbernes Nieseln aus einem schweren, grauen Himmel. Die Menge auf dem Place d'Armes schützte sich davor, so gut sie konnte. Die Menschen standen im Eingangstor der Kirche des heiligen Ludwig und unter den Arkaden des Verwaltungsgebäudes, das ›Cabildo‹ genannt wurde, wo in einem der oberen Räume die offizielle Übergabe der Regierungsgewalt stattfinden würde. Viele drängten sich auch unter den wenigen Bäumen zusammen. Ein paar Damen hielten geölte Seidenschirme über ihre Köpfe oder bedeckten ihre Hauben mit ihren Umschlagtüchern, und die Herren standen daneben, während der Regen von den schmalen Krempen ihrer Hüte tropfte. Viele von ihnen trugen die französische Trikolore, ein farbenfrohes Symbol ihrer Treue.

Die spanischen Truppen waren in Formation auf einer Seite des Place d'Armes aufmarschiert. Ihre roten Uniformen und die weißen Kokarden auf ihren Zweispitzen boten ein eindrucksvolles Bild. Auf der gegenüberliegenden Seite, wo auf dem Flaggenmast immer noch die Löwen und die Burgen seiner Majestät des Königs von Spanien wehten, stand eine Bürgerwehr, die aus Bürgern der Stadt zusammengestellt war, Männer mit ungefähr einem Dutzend unterschiedlicher Nationalitäten. Viele von ihnen, so sagte man, hätten noch vor einigen Jahren unter dem spanischen Gouverneur Galvez gekämpft und heldenmütig Louisiana gegen die Briten verteidigt in einem Krieg, den die Amerikaner ihre Revolution nannten.

Als Salut donnerte ein Kanonenschuß vom Fluß herüber. Laussat kam zu Fuß über den Deich. Jetzt sah man, wie der

Kolonialpräfekt die Wachstube der Militärbaracken passierte, umgeben von einer Gruppe von vielleicht fünfzig oder sechzig Franzosen. Ein Trommelwirbel begann. Ein Befehl wurde gerufen, und die Truppen auf dem Place d'Armes, sowohl die Spanier als auch die Miliz, nahmen Haltung an. Laussat schritt mit hocherhobenem Kopf und ungerührter Miene einher, ein starker und kompetenter Vertreter Frankreichs. Der Trommelwirbel wurde lauter und lauter; dann, als Laussat und seine Eskorte im Cabildo verschwanden, wo die spanischen Beamten auf sie warteten, hörte er plötzlich auf.

Es war nur wenig zu hören außer dem leisen Murmeln der versammelten Menschen und dem Rauschen des Regens. Die Soldaten standen still und ausdauernd in ihrer Formation. Ein leichter Wind ließ die Fahne über ihren Köpfen flattern und raschelte durch die Blattwedel der Palmen, die neben der Kirche ihre dunklen grünen Kronen erhoben.

Langsam begann die Menge, auf den Place d'Armes hinauszutreten und versammelte sich unter dem Balkon des Cabildo. Elene und Durant waren ebenfalls unter ihnen. Sie hörten einen Ruf, und Elene sah Josie winken, die mit Morven im Schlepptau durch die Menge langsam auf sie zukam. Sie begrüßten sich. Dann entdeckte Josie, die sich in diese und jene Richtung suchend umdrehte, die Tussards und Flora Mazent und winkte auch ihnen zu.

In diesem Augenblick trat Laussat mit dem alten und weißhaarigen Gouverneur Salcedo und dem Stadtabgeordneten, dem leitenden Beamten Marquis de Casa Calvo, auf den Balkon vor ihnen. Wie auf ein Zeichen begann die spanische Fahne den Mast hinunterzugleiten und die französische Fahne wurde gehißt. Als die französische Trikolore die Spitze des Mastes erreicht hatte und sich im Wind ausbreitete, erklang ein lautes Freudengeschrei. Die Tauben auf den Hausdächern flogen erschreckt auf und segelten aufgeregt durch den grauen Regen. Das Freudengeschrei erstarb bald wieder. Ein spanischer Offizier nahm die Fahne seines Landes und trug sie vom Platz. Die spanische Truppe machte kehrt und marschierte hinter ihrem Offizier davon.

Elene spürte, daß sich Durant hinter ihr plötzlich ganz gerade aufrichtete. Sie sah ihn an und folgte dann der Richtung seines Blickes. Keine zehn Schritte entfernt drängte sich gleich hinter Flora Mazent Ryan durch die Menge.

Er kam auf sie zu, seine breiten Schultern schafften ihm eine Gasse. Sein Gesicht war zu einer harten Maske erstarrt, und seine Augen waren dunkelblau und unerbittlich. Elene befiel im ersten Moment Angst, die aber dann zu einer wartenden Ruhe verblaßte. Sie hob das Kinn.

Ryan bemerkte diese tapfere Geste, die ihm so vertraut war, und spürte, wie sich sein Herz zusammenzog, als wäre es in einen Schraubstock geklemmt. Er hatte versucht, sich von ihr loszusagen, hatte sich eingeredet, sie sei nur ein wankelmütiges, hartherziges Weib, und sich geschworen, auch ohne sie leben zu können, aber sein Haus war leer und leblos, seit sie fort war, und in seinem Bett fühlte er sich einsam. Er erinnerte sich an den Glanz ihres Haars, das jetzt unter der Haube versteckt war, und wie es auf seinen Kissen ausgebreitet gelegen hatte; er konnte in seiner Erinnerung noch die seidige Weichheit ihrer Haut fühlen und das volle Leuchten des befriedigten Verlangens in ihren Augen sehen. Sie hatte Anmut ausgestrahlt, war immer wieder eine neue Herausforderung für ihn gewesen und die süße, vollendete Befriedigung in weiblicher Form. Und darüber hinaus hatte sie ihm gehört, und sie würde auch wieder ihm gehören, solange er noch Kraft in seinem Körper hatte, das zu erzwingen.

Er nickte den anderen nur kurz zu und berührte die Krempe seines Huts, als er schließlich vor Elene stand. Ohne weitere Umschweife sagte er: »Ich habe gehört, daß es dir nicht gut gewesen ist.«

Devota hatte es ihm natürlich erzählt, allerdings bestimmt nicht den Grund dafür. Die Sorge, die aus seinen Worten sprach, auch wenn er sie hart geäußert hatte, kam so unerwartet, daß ihre Antwort kurz und tonlos war. »Nur eine Kleinigkeit.«

»Keine Magenverstimmung ist eine Kleinigkeit, nicht bei denjenigen, die aus Santo Domingo gekommen sind, und nicht nach allem, was geschehen ist.«

Ihr Blick war umwölkt, als sie verstand, was er meinte. Der Gedanke war ihr auch schon kurz gekommen, aber sie hatte ihn angesichts ihrer Schwangerschaft wieder beiseite geschoben. Konnte das sein? War es möglich?

»O Elene«, sagte Josie, und die Augen standen groß in ihrem Gesicht, als sie näher kam. Sie streckte die Hand aus und schob Elenes Haube zurück, die das Gesicht beschattete. »Es hätte mir schon vorher auffallen müssen. Ihr seht genau aus wie Hermine, wenn sie Arsen genommen hatte. Wirklich.«

Das Aussehen von Hermine. Jene bleiche Durchsichtigkeit der Haut. Arsen. Wenn sie starb, würde das Kind auch nicht überleben. Elene schwankte.

Plötzlich wirkten Ryans Augen besorgt. Er bewegte sich mit der flinken Schnelligkeit einer geschmeidigen Katze und schob Durant zur Seite wie eine lästige Mücke. Mit dem einen Arm hinter ihrem Rücken und dem anderen unter ihren Knien hob er sie hoch.

»Nein, nein«, protestierte sie. »Mir war nur etwas schwindlig. Ich habe nicht zu Abend gegessen und nicht gefrühstückt.«

Durant streckte den Arm aus und griff mit einer Hand fest nach Ryans Arm, wobei in seinem Gesicht der Ärger schwelte. »Nein, hat sie gesagt. Die Frau auf Eurem Arm ist meine Braut. Laßt sie los.«

Ryan wandte sich von ihm ab. »Ich glaube, wir haben diese Sache schon einmal auf der *Meerfee* besprochen und geregelt.«

»Kann sein. Aber das hier ist etwas anderes.«

Durant griff nach Elenes Arm und seine Finger gruben sich

in ihr Handgelenk, als wolle er sie dem Mann entreißen, der sie in den Armen hielt. Elene wehrte sich gegen seinen Griff und versuchte zu verhindern, daß sie wieder zum Zankapfel zwischen den beiden Männern wurde. Mit einem Teil ihres Gehirns bemerkte sie die interessierten Gesichter der Umstehenden. Ansonsten spürte sie nur den festen, sicheren Halt von Ryans Armen und war beschämt, wie unglaublich wohl sie sich fühlte.

»Hört auf«, rief sie. »Hört auf damit, alle beide! Stell mich sofort wieder auf die Füße.«

Durant packte ihre Schulter und rammte seinen Arm zwischen Elene und Ryan. Er war entschlossen, sie ihm zu entreißen. Über sie hinweg funkelte er Ryan drohend an. Durch zusammengebissene Zähne forderte er: »Gebt sie mir!«

Ryan lachte höhnisch und mit einer Spur von Rücksichtslosigkeit. Er trat einen Schritt zurück, hob eines seiner langen Beine, stemmte seinen Fuß gegen Durants Bauch und stieß ihn von sich.

Durant stolperte mit weit ausgebreiteten Armen rückwärts, schwankte in die Menge und fiel schließlich flach auf den Boden. Er stützte sich auf einen Ellenbogen; um seinen Mund war ein weißer Ring, und in seinen Augen stand wilder Zorn, als er Ryan anstarrte. »Dafür«, sagte er mit belegter Stimme, »werdet Ihr mich noch einmal treffen. Ich verlange Satisfaktion.«

»Nein«, flüsterte Elene und hörte das Echo der Schrekkensrufe, die von den in ihrer Nähe Stehenden ausgestoßen wurden. Undeutlich hörte sie Josies Seufzer und Floras dünnen Schrei.

Ryan achtete nicht darauf. Sein Blick strich über den Mann am Boden. »Treffen werden wir uns, aber ob Ihr damit zufrieden seid, wird sich weisen.«

»Ich bin leicht zufriedenzustellen. Das einzige, was ich verlange, ist Euer Leben.« Aus seinen Worten strömte Gift, als Durant sich aufrichtete und seine Ärmel zurechtrückte.

»Ihr könnt ja versuchen, es mir zu nehmen.« Ryan sah zu Morven. »Wirst du mein Sekundant sein?«

»Das werde ich. Wünschst du noch einen weiteren?« Als Ryan ihm einen Namen nannte, neigte er den Kopf. »Keine Sorge. Wir werden das arrangieren.«

Ryan nickte, dann drehte er sich auf dem Absatz um und drängte sich durch die um sie versammelten Leute, schritt ohne Mühe aus. Die Menge teilte sich und ließ ihm eine lange Gasse frei. Ryan ging, Elene an seine Brust gedrückt, hindurch. In der Straße in der Nähe der Einmündung zum Platz erschienen Devota und Benedikt und gingen hinter ihnen her.

In diesem Augenblick erhob sich auf dem Place d'Armes ein lautes Jubeln, als Laussat aus dem Cabildo kam. Kanonen donnerten und Salutschüsse aus Musketen wurden abgefeuert. Als der Lärm verhallte, begann der neue Gouverneur von Louisiana zu sprechen. Seine Stimme verhallte in der Ferne, als Ryan den Platz hinter sich ließ.

»Was tust du eigentlich?« fragte Elene atemlos. »Die Leute starren hinter uns her.«

Ryans Stimme vibrierte tief in seiner Brust, als er ihr antwortete. »Ich nehme mir, was ich will. Schließlich bin ich Bayard der Freibeuter; was kannst du da schon anderes erwarten?«

Ein seltsames Klingen schien ihre Adern zu erfüllen. Ihre Brust war plötzlich eng, und Tränen kitzelten in ihrer Nase. Seine Schulter und seine Brust, an die sie gelehnt war, fühlten sich steinhart an. Sein männliche Vitalität umgab sie und entzog ihr Kraft. »Ich bin ohne weiteres in der Lage zu gehen. Stell mich sofort auf den Boden!«

»Erst wenn ich dich dorthin gebracht habe, wo du sein solltest.«

Ein Schauder durchlief sie. Mit verkrampfter Stimme sagte sie: »Das ist wirklich unerträglich.«

»Jetzt schon? Das ist schlecht, es wird nämlich noch schlimmer werden.«

Es regnete immer noch, und der Regen benetzte ihre Gesichter mit feinen Tröpfchen, die an ihren Augenbrauen und Wimpern hingen und auf ihren Mündern glitzerten wie Diamanten. Das Wasser tropfte von Ryans Hutkrempe auf Elenes Schulter. Auf der Straße waren schon schlammige Pfützen entstanden. Sie näherten sich Ryans Haus, das still und unerschütterlich im Halbdunkel lag.

Das Geräusch der Regentropfen und die Feuchtigkeit hörten plötzlich auf, als Ryan in den tunnelartigen Eingang zum Hof trat. Er erreichte den Innenhof und stieg die Stufen zur Galerie hinauf. Als er oben war, drehte er sich um und sprach mit den beiden Bediensteten, die ihnen immer noch folgten.

»Geht zu diesem Haus. Holt ihre Sachen, alles.«

»Ich werde mit einem der Mädchen gehen«, rief Devota Benedikt zu und schenkte ihm einen bedeutsamen Blick. Benedikt nickte verstehend.

Ryan schien ihre Unterhaltung nicht bemerkt zu haben. Er drehte sich wieder um und ging zur offenen Tür seines Schlafzimmers, drängte sich mit den Schultern hindurch und trat sie mit dem Fuß hinter sich zu. Er schritt hinüber zum Bett und legte Elene nicht allzu sanft auf die nachgiebige Matratze.

Elene stützte sich auf die Ellenbogen. Bevor sie sich jedoch aufsetzen konnte, warf sich Ryan neben sie und beugte sich vor, so daß er einen Arm auf jede Seite ihrer Schultern legen konnte. Seine Stimme klang hart, aber auch schmerzerfüllt, als er sie fragte: »Sag es mir noch einmal: warum?«

»Warum was?« antwortete sie scharf, verärgert darüber, wie er seine Kraft einsetzte, um sie zu beherrschen, aber auch zornig, weil sie in ihrem Innern eine Spur von Dankbarkeit darüber spürte, daß er so klar und entschlossen gezeigt hatte, daß er sie bei sich haben wollte.

»Warum bist du mit Gambier gegangen?«

»Vielleicht war ich es leid, daß du alles für mich entscheidest! So wie jetzt zum Beispiel. Du kannst mich doch nicht einfach hierherschaffen und erwarten, daß ich bleibe.«

»Doch, das kann ich«, und seine Worte klangen grimmig und sicher. »Und ich werde dich hierbehalten, bis Eiszapfen an der Höllentür hängen, bis du mir einen guten Grund sagen kannst, warum du dieses Haus verlassen hast.«

Sie spürte plötzlich einen starken Impuls, ihn zu schlagen, aber mit ihm zu kämpfen wäre sinnlos, angesichts ihres Zustandes vielleicht sogar gefährlich. Sosehr ihr das auch gegen den Strich gehen mochte, sie mußte jetzt an ihr Kind denken. Und darüber hinaus waren da noch ein oder zwei Dinge, die zwischen ihnen geklärt werden mußten, sowohl um ihret- als auch um seinetwillen. Sie senkte die Wimpern und starrte den Pulsschlag an, der in der starken, braunen Säule seines Halses pochte. »Es schien mir das beste zu sein.«

»Das beste für wen?«

»Für uns beide.«

»Du hättest ja mit mir reden können, bevor du das für mich entscheidest«, spottete er mit bitterem Sarkasmus und verachtete sich dafür, weil er das Bedürfnis in sich bekämpfen mußte, den Regentropfen wegzuküssen, der von ihren dichten Wimpern auf ihre Wange hinunterfiel.

»Oh, also gut! Es war das beste für mich. Ich hatte das Gefühl, daß ich selbst gehen muß, bevor ich hinausgeworfen werde. Es gibt nur wenige Ehefrauen, die ihr Haus gern mit der Geliebten ihres Mannes teilen.«

Sein Gesicht wurde hart. »Du hast schon einmal so etwas gesagt. Ich glaube, das solltest du mir besser erklären.«

»Flora Mazent.«

Es war ihr gelungen, ihn wenigstens zu überraschen. Da sein Gesichtsausdruck verständnislos blieb, mußte sie weitersprechen. »Man hat angenommen, Flora sei verlobt gewesen, aber ihr Verlobter zog sich aus der Vereinbarung zurück, nachdem ihr Vater gestorben war. Jeder weiß, daß M'sieur Mazent dir ein lohnendes Geschäft vorgeschlagen hat.«

»Und dadurch werde ich zum Bräutigam? Gambier war viel öfter mit Mazent zusammen, sowohl bevor als auch nachdem wir hier ankamen.«

»Er hat bestritten, daß er der Auserwählte gewesen ist.«

»Und mehr braucht er nicht zu tun?«

»Ich habe keinen Grund, an seinem Wort zu zweifeln.«

»Angenommen, ich bestreite es auch.«

Tat er es, oder tat er es nicht? Sie konnte nicht sicher sein. »Aber es muß einer von euch beiden gewesen sein. Die Mazents kannten niemanden sonst.«

Mit neutraler Stimme sagte er: »Es gibt immer noch Morven oder einen von den Männern auf meinem Schiff.«

»Morven und Flora? Sei doch nicht lächerlich! Und was die Männer auf deinem Schiff betrifft: Ich glaube, M'sieur Mazent hätte einen Gentleman vorgezogen.«

»Für dieses Kompliment«, sagte er ironisch, »danke ich dir sehr.«

»Auf jeden Fall hast du nichts gesagt, als du gegangen bist, was darauf hingedeutet hätte, daß du mich noch hier haben willst, wenn du zurückkommst.«

»Eine unverzeihliche Sünde: Ich bin einfach davon ausgegangen und habe es für selbstverständlich gehalten.«

Sie warf ihm einen scharfen Blick zu. »Du bist losgeritten, ohne zurückzusehen oder an etwas zu denken.«

»Was hätte ich denn tun sollen? Dich meiner unsterblichen Liebe versichern und dich anflehen, daß du auf mich wartest?«

Sie antwortete nicht. Sie konnte es nicht. Und sie konnte ihn auch nicht ansehen.

»Aha«, sagte er weich, »ich fange langsam an, zu verstehen.«

Panik überfiel sie, daß er ihre Gründe erraten könnte, und sie hatte Angst vor dem, wie er reagieren würde. »Du brauchst nicht zu glauben, daß ich nur mit angehaltenem Atem darauf warte, daß du mir eine Liebeserklärung machst.«

»Nein, das würde ich niemals denken. Ich habe nicht vergessen, daß du eine ehrgeizige Frau bist.«

Sie biß die Zähne zusammen, eine Reaktion auf die große nervliche Anspannung, und verhinderte dadurch auch, daß ihre Lippen zitterten. Als sie wieder sprechen konnte, waren ihre Worte kurz. »Ist das denn so falsch?«

»Nein, gar nicht. Aber ich verstehe nicht, warum du nicht auch gleichzeitig die Frau sein kannst, die zu mir gehört.«

Seine tiefe Stimme und der zärtliche Blick machten ihr das Atmen schwer. Er bewegte sich etwas zur Seite, stützte sein Gewicht nur noch auf die eine Hand und löste mit der anderen das Band, das ihre feuchte Haube hielt, zog sie herunter und warf sie zur Seite. Er löste auch ihr Umschlagtuch, zog es unter ihr hervor und warf es ebenfalls zu Boden.

Als sie sah, daß sein Blick jetzt auf die Knöpfe ihres Kleides gerichtet war, befeuchtete Elene die Lippen und sagte hastig: »Die Frau an deiner Seite zu sein würde bedeuten, daß ich immer Angst haben müßte, dich zu verlieren.«

»Niemals, außer durch den Tod, und in Angst vor diesem Verlust zu leben bedeutet, der Freude des Lebens den Rükken zu kehren.« Er berührte ihre Wange, als bewundere er ihre Glätte, dann ließ er seine Finger sacht über die Kante an ihrem Unterkiefer bis zum Kinn gleiten.

Mit belegter Stimme sagte sie: »Ich kann nichts dagegen tun.«

»Nicht? Nur eine Frau, die keine Angst vor dem Tod hat, kann ihre Gesundheit riskieren, indem sie Arsen nimmt, selbst um eine so zarte Schönheit zu erzeugen.«

»Das habe ich nicht getan!« rief sie betroffen aus und befreite ihr Kinn mit einer Kopfbewegung aus seinem Griff. »Das würde ich nie tun! Es wäre zu gefährlich für –«

Es klopfte.

Ryan fluchte leise, dann richtete er sich auf, wandte sich von Elene ab und setzte sich ans Fußende des Bettes. Er rief demjenigen, der geklopft hatte, zu, er solle eintreten.

Benedikt kam ins Zimmer. »M'sieur Morven Ghent und ein anderer Herr sind hier wegen des Duells.«

»Morven handelt unverzüglich, obwohl er ein Schauspieler ist«, sagte Ryan mit trockener Anerkennung. »Sage ihm, ich komme gleich zu ihnen.«

Als Benedikt fortging, um den Befehl auszuführen, setzte sich Elene auf. Sie legte eine Hand auf Ryans Arm. »Es gibt keinen Grund, daß du dich noch einmal mit Durant duellierst. Bitte, kannst du nicht etwas tun, um das zu verhindern?«

»Durant hat die Herausforderung ausgesprochen.« Seine Stimme klang stahlhart.

»Weil du ihn beleidigt hast. Du könntest dich entschuldigen dafür, daß du ihn umgeworfen hast.«

»Ich bezweifle, daß er damit zufrieden wäre. Und dann ist da noch die kleine Angelegenheit, daß ich ihm seine Braut weggenommen habe.«

Ihre Lippen wurden schmal. »Ich sage es dir zum letzten Mal: Ich bin nicht seine Braut! Wenn du doch nur vernünftiger wärst!«

Ein Lächeln erschien auf seinen Lippen, das einen Strom Kälte bis in ihr Herz schickte. »Ich bin sehr vernünftig, solange niemand versucht, mir wegzunehmen, was mir gehört. Wenn Durant dich will, wird er mich zuerst töten müssen.«

Er gab ihr keine Gelegenheit, zu antworten, sondern sprang auf und ging mit schnellen Schritten aus dem Zimmer.

Eine kurze Zeit später verließ Ryan mit seinen Sekundanten das Haus. Sie sagten nicht, wohin sie gingen, aber man nahm an, daß ihr Fortgehen etwas mit dem Duell zu tun hatte.

Während ihrer Abwesenheit kam Devota mit Elenes Sachen zurück. Die Zofe fragte sie nicht, ob sie sie auspacken und wegräumen sollte, sondern ging eifrig im Schlafzimmer hin und her und legte alles wieder an den gewohnten Platz. Elene lag da und sah ihr zu und wunderte sich darüber, daß sie selbst so ruhig war.

Vielleicht war es die Wirkung des Giftes, falls sie tatsächlich welches zu sich genommen hatte? Oder die der Schwangerschaft? Oder daß sie einfach erstarrt war vor lauter Angst um Ryan und dem, was sie heraufbeschworen hatte?

Diese Erklärungen waren schon denkbar, aber sie wußte, daß es anders war. Sie blieb, wo sie war, weil das genau der Ort war, an dem sie sein wollte. Und weil immer noch ein paar unausgesprochene Dinge zwischen ihr und Ryan Bayard lagen. Daß sie vielleicht nie endgültig geklärt werden könnten, wollte sie sich nicht überlegen.

Devota hielt inne in ihrer Beschäftigung und sah Elene an. »Geht's dir wieder gut, *chère?*«

»Ja, prima.«

»Du siehst aber nicht prima aus.«

Elene zwang sich zu lächeln. »Du schmeichelst meiner Eitelkeit sehr.«

»Pff. Bist du sicher, daß du keine Magenkrämpfe mehr hast?«

»Bitte stell dich nicht so an, Devota.« Als die Zofe sich wieder abwandte und die letzten Sachen aus Elenes kleinem Koffer nahm, sagte sie noch: »Ich nehme an, jetzt bist du zufrieden.«

Devota sah sie nachdenklich an. »Das hängt davon ab.«

»Wovon?«

»Davon, was jetzt geschieht.«

Elene sah zur Seite. »Ja.«

»Er ist ein starker Mann. M'sieur Ryan wird nicht geschlagen werden.«

»Aber wenn Durant meinetwegen sterben muß, wie soll ich mit dem Gedanken leben?«

»Du wirst leben«, behauptete Devota und hielt noch einmal inne. »Die Herausforderung hat er nicht nur um deinetwillen gemacht, *chère*, hauptsächlich aber wegen seines Stolzes. Daß er alles verloren hat, dich und sein Haus, sein Inselreich, war zuviel für ihn.«

»Und noch Serephine. Ja, so wird es wohl sein.«

Devota wandte sich ohne Kommentar wieder ihrer Aufgabe zu. Nachdem der Koffer leer war, ging sie zu einer kleinen Holzkiste, aus der das Klirren von Glas zu hören war. Nach einem Augenblick richtete sie sich auf. »Ich dachte, du hättest die letzte Flasche von unserem Parfüm mitgenommen?«

»Habe ich auch. Hättest du sie für irgend etwas gebraucht?«

»Ich wollte sie für dich herausnehmen, bevor ich die restlichen Sachen in den Arbeitsraum bringe. Aber sie ist nicht hier drin.«

»Sie muß dabei sein. Sie stand auf dem Tisch in dem Kämmerchen, bei den ganzen anderen Sachen.«

»Da war sie nicht. Ich habe die Sachen selbst eingepackt.«

»Ich glaube, eigentlich ist es egal«, sagte sie tröstend, da es so aussah, als ob sich Devota ärgern würde.

»Jemand hat sie gestohlen.«

War das möglich? Elene runzelte die Stirn, während sie angestrengt nachdachte. Sie erinnerte sich, sie zum letzten Mal am Nachmittag vor Durants Fest gesehen zu haben. Wenn sie gestohlen worden war, war die Liste der möglichen Täter lang, von der farbigen Hausbesitzerin und ihren Bediensteten bis hin zu all den Männern und Frauen, die an jenem Abend in Durants Wohnung gewesen waren. Im weiteren Verlauf des Abends hatte es viel Kommen und Gehen gegeben.

»Es war doch nur Parfüm«, sagte sie schließlich.

Devota sah ihr von der anderen Seite des Zimmers her in die Augen, ihr Blick war düster.

»Aber da sind noch diejenigen, die das nicht wissen oder nicht glauben.«

Dem konnte sie nur zustimmen.

Elene stellte fest, daß ein Teil ihrer Unbeweglichkeit einfach auf Hunger und Erschöpfung zurückzuführen war. Benedikt hatte ihr ein leichtes Essen gebracht, als Ryan fortgegangen war. Nachdem sie es gegessen und Devota dabei zugesehen hatte, wie sie das Zimmer wieder in Ordnung brachte, konnte sie kaum noch die Augen offenhalten. Als sie jedoch zwei Stunden später wieder erwachte, fühlte sie sich nur wenig erfrischt und war zu unruhig, um noch länger im Bett liegenzubleiben.

Der Regen hatte vor nicht allzu langer Zeit aufgehört. Die immergrünen Blätter im Hof glänzten, und es plätscherte immer noch Wasser vom Dach herunter auf das Steinpflaster. Die kühle Brise, die über die Galerie wehte, war schwer vor Feuchtigkeit, und ab und zu erhoben sich kalte Böen. Die träge Grauheit des Tages erweckte den Anschein, als sei es schon später, als es wirklich war, und unten aus der Küche, wo das Abendessen zubereitet wurde, drang schon das Licht von Lampen.

Die Leute kamen wieder auf die Straßen. Durch die Hofeinfahrt hörte sie einen Pferdewagen vorbeifahren und Hunde bellen, die auf der Jagd waren nach etwas, das sich wie ein streunendes Schwein anhörte. Das Lied einer Konfektverkäuferin, die ihre Waren anpries, ertönte. Und dann hörte sie noch Schritte, die näher kamen, gleichmäßig und bestimmt.

Elene lächelte ein wenig. Sie würde diesen Schritt überall erkennen. Sie stand auf, ging bis zum oberen Treppenabsatz und wartete, daß Ryan in den Hof kam.

Er kam nicht sofort. Sie hörte das leise Murmeln eines Gesprächs. Es dauerte nur einen Augenblick, dann begannen seine Schritte durch die Hofeinfahrt zu hallen.

Sein Kopf war gebeugt, als er den Hof betrat, so daß das

schwache Licht auf den nußbraunen Wellen seines Haars glänzte. Er betrachtete etwas, das er in der Hand hielt. Dann brach er ein Stück ab und steckte es in den Mund, begann, es zu kauen.

»Was hast du da?« Die Worte brachen aus Elene heraus, ohne daß sie es so recht wollte, angespornt von einer undeutlichen Idee, einer schwachen Erinnerung.

Ryan sah mit einem Lächeln auf den Lippen zu ihr auf, als er begann, die Stufen heraufzusteigen. Er schluckte, bevor er sprach. »Nur ein Stück Konfekt. Die Pekannüsse sind bitter, aber das stört mich nicht. Durch die ganzen Angelegenheiten, die zu erledigen waren, habe ich mein Mittagessen verpaßt. Möchtest du auch ein Stück?«

Er brach noch ein Stück von dem Konfekt ab, und der Geruch strömte zu Elene herüber, nach Milch und Süße, und ihr wurde übel. Sie stürzte auf ihn zu. »Nein, tu es nicht!« schrie sie. »O nein!«

Seine Augen weiteten sich erschreckt, aber er hob schon das nächste Stück Konfekt zu seinem Mund. Und dann hatte sie ihn erreicht, stieß seine Hand zur Seite, so daß das Konfekt hinunterfiel, riß ihm den Rest auch aus der Hand und schleuderte ihn in den Hof hinunter.

Sie starrte Ryan mit vor Angst geweiteten Augen an, suchte nach den ersten Anzeichen in seinem Gesicht und flüsterte voller Grauen: »Gift. Es war vergiftet!«

20. Kapitel

»Wird es ihm bald wieder bessergehen?«

Elene fragte das so leise wie möglich. Sie wollte Ryan nicht stören, der endlich schlief und seine Hand zwischen ihre beiden Hände gelegt hatte. Es war schwierig gewesen und anstrengend, das Gift aus seinem Körper zu befördern, aber Devotas Kräuter und Pulver hatten es schließlich geschafft.

»Ich habe es dir doch schon gesagt, *chère*«, sagte die Frau, »er ist stark. Morgen früh wird er sich kaum noch daran erinnern, daß er krank war.«

Elene seufzte leise und schauderte dann. »Stell dir vor, ich wäre nicht auf der Galerie gewesen! Was wäre wohl passiert, wenn er das ganze Konfekt gegessen hätte, bevor ihn jemand sah?«

»Dann wäre er jetzt tot. Aber er ist es nicht, und er wird auch nicht sterben. Denke nicht daran. Du solltest jetzt gehen und zu Abend essen und dich danach schlafen legen.«

»Aber nicht hier«, sagte Elene und deutete auf Ryans Bett, das sie so viele Wochen geteilt hatten. »Ich . . . ich möchte ihn nicht stören.«

Devota nickte. »Benedikt kann ein anderes Zimmer für dich herrichten lassen, während du ißt.«

»Es wird mir ein Vergnügen sein«, sagte der Diener von der anderen Seite des Bettes aus, wo er gestanden hatte.

Elene machte keine Bewegung, um fortzugehen, stand aber dann nur da und starrte auf Ryan, auf die durch den Schmerz hervorgebrachten tiefen Augenhöhlen und die Blässe seiner Haut. Ansonsten hatte er sich nur wenig verändert. Seine innere Kraft war ganz deutlich auf seinen Zügen zu erkennen, und doch lag in der weichen Form seines Mundes Zärtlichkeit und auch Leidenschaftlichkeit.

Sie sagte: »Das Duell wird abgesagt werden müssen.« Da Devota und Benedikt weiterhin schwiegen, sah sie zu ihnen auf. »Oder nicht?«

Benedikt schüttelte den Kopf. »Das glaube ich kaum. Es ist eine Ehrensache.«

»Aber so kann er sich doch bestimmt nicht schlagen. Dazu wird er viel zu schwach sein.«

»Das muß er selbst entscheiden«, meinte Devota. »Aber mach dir keine Sorgen. Das ist nicht gut für dich.«

»Wie könnte ich das nicht tun? Devota, kann man nicht irgend etwas tun, um es zu verhindern?«

Devota sah Elene über das Bett hinweg in die Augen, ihr Blick war unglaublich verständnisvoll und wissend. Sie schürzte die Lippen. »Es könnte eine Möglichkeit geben.«

Elene holte schnell und hoffnungsvoll Atem. Sie sah zu Benedikt hinüber, der plötzlich die beiden vergessen zu haben schien, als wäre er taub, während er sich im Zimmer mit Aufräumen beschäftigte. Leise fragte sie: »Aber ohne jemanden zu verletzen?«

Devota kam zu ihr herüber. Sie nahm Ryans Hand und legte sie auf das Laken, dann faßte sie Elenes Schultern und drehte sie zur Tür. »Geh und iß etwas, *chère,* und hab keine Angst. Es mag sein, daß etwas geschehen kann, was dieses Duell aufhält, aber falls es das nicht tut, mußt du dich mit dem abfinden, was geschieht, denn es gibt im Leben Dinge, die wir nicht ändern können.«

Elene saß allein im Eßzimmer und stocherte in dem Essen, das für sie zubereitet worden war. Sie hatte keinen Hunger. Devota hatte leicht reden, wenn sie ihr riet, keine Angst zu haben – ihre Zofe hatte vermutlich keine genaue Vorstellung davon, wie sie sich fühlte. Es erfüllte sie mit Schrecken, zu sehen, daß es Ryan schlecht ging. Da es so bald nach ihrer Rückkehr in sein Haus geschehen war, mußte sie wohl dafür verantwortlich sein, sie war daran schuld. Genauso wie sie schuld war an dem Duell.

Ihre Gedanken drehten sich im Kreis. Es lenkte sie von ihrer Angst um seine Gesundheit und von dem, was morgen früh geschehen würde, ab, über den Giftmörder nachzudenken. Es kam ihr fast so vor, als wäre es klar, wer etwas so Schreckliches mit anderen Menschen tat, wenn man herausfand, warum Ryan ein Opfer hätte werden sollen.

Also was war genau geschehen? Zunächst war er nach New Orleans zurückgekehrt. Er hatte sie Durant weggenommen und wieder in sein Haus gebracht. Und schließlich hatte er Durants Herausforderung angenommen.

War es möglich, daß Durant versucht hatte, ihn zu töten, um sicherzugehen, daß das Duell nicht stattfand und daß trotzdem Ryans Tod, den er sich so sehr wünschte, damit erreicht wurde?

Da war noch die Konfektverkäuferin. Welche Rolle spielte sie dabei? Es war dieselbe gewesen, die auch ihr das Konfekt verkauft hatte, denn Ryan hatte sie beschreiben können. War sie nichts anderes als eine hübsche freie Farbige, die dafür bezahlt wurde, vergiftetes Konfekt an ausgewählte Opfer zu verkaufen? Oder war sie selbst die Mörderin?

Elene legte ihre Gabel weg und lehnte sich zurück. Sie schloß die Augen. Langsam stellte sie sich den Abend vor, an dem sie selbst Konfekt gekauft hatte; die ruhige Straße, den kühlen Wind, den bunten Rock der Viertelnegerin mit dem Tablett auf der Hüfte. Sie konnte beinahe das rote Seidentignon sehen, das die Frau getragen hatte, geschickt gebunden, und die goldenen Reifen der Ohrringe, die von ihren Ohren hingen, von denen unter dem Tignon nur die Ohrläppchen zu sehen waren. Sie war nicht groß gewesen, nicht einmal ganz so groß wie Elene, und ihre Hände hatten ziemliche kurze Finger gehabt. Aber ihre Züge waren in ihrer Erinnerung nur undeutlich. Die Viertelnegerin hatte ihren Kopf nach unten gehalten, fast so, als wolle sie nicht so genau angesehen werden – obwohl die Leute eigentlich nur selten die Straßenverkäuferinnen wirklich ansahen, da sie sich ja mehr für ihre Waren interessierten. Aber dann war da noch der Geruch von gekochten Meeresfrüchten und Küchenfeuern gewesen, und der Milch-und-Zucker-Duft des Konfekts. Milch und Zucker, und die Haut des jungen Mädchens so durchscheinend und doch cremefarben mit den goldenen Ohrringen –

Elene öffnete plötzlich die Augen. Natürlich. So war es gewesen. Wie hatte sie das nur übersehen können? Und dann war da noch das andere Mal gewesen. Sie wußte es. Mein Gott, sie wußte es. Es war unglaublich, aber sie wußte, daß sie jetzt die eine Person kannte, die eine Verbindung herstellte von einem Opfer oder Beinahe-Opfer zum nächsten. Die einzige Person.

Elene sprang auf. Wenn sie recht hatte, dann mußte sie etwas unternehmen, jetzt, noch heute abend. Denn wenn sie es nicht tat, würde bestimmt noch ein Mordversuch gegen Ryan unternommen werden, und der könnte dann vielleicht erfolgreich sein.

Die Nacht war nach dem Regen kälter geworden, und ein beißender Wind fegte durch die Straßen. Auf einen solchen Wetterwechsel war sie nicht eingerichtet, und sie zog sich ihr Umschlagtuch fest um die Schultern. Dafür war sie wirklich dankbar. Es war wirklich reine Glückssache gewesen, daß sie gesehen hatte, wie Devota die Tücher, die sie heute mittag getragen hatte, zum Trocknen über die Wäscheleine in der Waschküche gelegt hatte. Denn sie hätte sich keines aus Ryans Schlafzimmer holen können. Devota war immer noch dort, und ihre Zofe hätte bestimmt mit aller Kraft versucht, sie an ihrem Vorhaben zu hindern. Sie hatte einen Zettel auf ihr Kopfkissen gelegt, um Devota zu beruhigen, falls sie bemerkte, daß sie fort war, aber sie betete, daß sie zurück sein würde, bevor man ihn fand.

Die Straßen waren dunkel und nur beleuchtet von den Straßenlaternen. Aber ihr Weg war nicht weit, und bald sah sie das Gasthaus vor sich.

Germaine öffnete die Tür, als sie geklopft hatte. Elene lächelte die Viertelnegerin so freundlich wie möglich an. »Darf ich hereinkommen?«

»Es ist schon recht spät, Mademoiselle – für einen Besuch.«

»Es dauert nicht lange.«

Sie konnte das Gesicht von Flora Mazents Zofe kaum erkennen, denn das Licht kam von dem Leuchter im Zimmer hinter ihr, dennoch glaubte, Elene erkennen zu können, daß die Knochen in ihrem Gesicht deutlicher hervortraten als beim letzten Mal. In den Bewegungen der Frau war ein gewisser steifer Widerstand, als sie zurücktrat und den Kopf neigte, aber auch eine Spur von Resignation.

Flora Mazent erhob sich vom Sofa, auf dem sie mit einem Buch gesessen hatte. »Oh, Elene«, sagte sie freundlich, »wie nett, Euch zu sehen.«

»Bitte vergebt mir die Störung, aber ich komme wegen einer wichtigen Angelegenheit, und ich denke, daß Ihr mir vielleicht helfen könnt.«

»Wirklich?« Das junge Mädchen deutete auf einen Sessel gegenüber vom Sofa und setzte sich wieder, während sie ihren Gast mit Interesse und erwartungsvollem Gesicht ansah.

Wie sollte sie anfangen? Elene hatte sich keinen Plan zurechtgelegt. Die einzige Lösung, die ihr einfiel, war, direkt zur Sache zu kommen. »Ihr habt mir einmal erzählt, daß Euer Vater eine Heirat für Euch arrangiert hatte, bevor er starb. Ich habe mich gefragt, ob Ihr mir den Namen des Bräutigams preisgeben würdet.«

Das junge Mädchen wurde rot. Sie öffnete den Mund, als wolle sie antworten, dann sah sie sich um und sprang auf. »Ich habe Euch noch keine Erfrischung angeboten, nicht wahr? Wo ist Germaine? Sie wird uns Kaffee bringen, vielleicht auch Tafia oder Wein. Was möchtet Ihr gern?«

»Nichts. Vielen Dank.«

»O bitte, Ihr müßt etwas Wärmendes zu Euch nehmen, Ihr seht verfroren aus.«

»Also Kaffee mit Milch.« Hauptsache, sie konnte wieder über das Thema reden, das sie beschäftigte.

»Ja, das klingt gut. Germaine!«

Die Zofe hatte das Zimmer verlassen und war im Schlafzimmer verschwunden. Flora wartete nicht darauf, daß die Frau auf ihren Ruf antwortete, sondern ging selbst, um nach ihr zu sehen. Elene hörte das leise Geräusch ihrer Stimmen durch die offene Tür, und einen Augenblick später kam Flora zurück.

Das junge Mädchen hatte während seiner Abwesenheit die Fassung zurückgewonnen. Als Flora sich wieder hinsetzte, sagte sie: »Wo waren wir – ach ja, mein Bräutigam. Eure Frage ist ziemlich persönlich. Vielleicht könntet Ihr mir sagen, warum Ihr das wissen wollt?«

»Ich glaube, es könnte etwas mit den Todesfällen der Flüchtlinge aus Santo Domingo zu tun haben.«

»O Gott!« Das junge Mädchen wartete mit im Schoß gefalteten Händen wie ein Kind, dem man gute Manieren beigebracht hatte.

»Ich bin fast sicher, daß dieser Mann direkt etwas damit zu tun hat. Es würde mir sehr helfen, wenn Ihr mir seinen Namen sagen könntet.«

Flora starrte sie an, bis ihre Augen tränten, dann sah sie langsam zu Boden. Sie sprach ruhig. »Es ist – war – Durant Gambier.«

Erleichterung überspülte Elene in einer Welle. Sie hatte geahnt, daß es so sein mußte, dennoch war noch ein kleiner Zweifel dagewesen.

Durant hatte gelogen oder zumindest die Wahrheit falsch dargestellt. Es war möglich, daß er sich nicht gebunden gefühlt hatte, weil es keine Verlobungsfeier vor Zeugen gegeben hatte und kein Vertrag unterschrieben worden war. Es war jedoch ganz klar, daß Flora anders dazu stand.

Elene holte tief Atem und richtete sich auf. »Heute abend hat jemand versucht, Ryan zu ermorden. Eine Konfektverkäuferin hat ihm vergiftete Nußschokolade verkauft. Der Grund dafür ist, glaube ich, daß er sich mit Durant Gambier duellieren wollte.«

»Das ist ja schrecklich! Meint Ihr, M'sieur Gambier –«

»Nein. Durant ist zu stolz, um zu solchen Mitteln zu greifen. Ich glaube, das geschah, weil jemand fürchtete, Ryan könnte Durant mit dem Degen schlagen, wie er es schon einmal getan hat, oder ihn vielleicht töten.«

Flora blinzelte. »Es ist so – so unwahrscheinlich. Menschen tun doch solche Dinge nicht.«

»Manche schon, besonders diejenigen, die festgestellt haben, daß der Tod eine einfache Lösung ist. Denkt doch nur an Serephine.«

»Ihr meint die Frau, die mit M'sieur Gambier hierhergekommen ist?«

»Seine Geliebte, ja.«

»Aber was... was hat sie denn damit zu tun?«

»Durant hat sie gern gehabt, vielleicht mehr, als er selbst wußte. Sie waren schon seit vielen Jahren zusammen, hatten einen Sohn, der jetzt in Frankreich in die Schule geht. Wenn es ein Problem mit Durants Heiratsplänen gab, dann vielleicht deshalb, weil Serephine auch ein Hinderungsgrund für diese Ehe war. Und deshalb mußte Serephine sterben.«

»Ich kann nicht glauben –«

»Und dann war da noch Euer Vater.«

»Bitte nicht«, flüsterte Flora, und ihr Gesicht verzog sich vor Unbehagen. »Davon möchte ich lieber nicht sprechen.«

»Ich fürchte, das müssen wir aber, obwohl mir eigentlich der Grund für seinen Tod nicht ganz klar ist. Ich kann nur vermuten, daß er Eure Heiratspläne durchkreuzen wollte. Möglicherweise hatte Euer Vater irgend etwas herausgefunden oder etwas zu Durant gesagt, was schließlich dazu führte. Ich kann mir nicht vorstellen, was es gewesen sein könnte, aber für mich scheint das nur ein schlechter Grund für einen Mord zu sein. Aber immerhin ging es dabei um eine große Summe Geld. Durants Reichtum war auf dem Schiff nicht zu erkennen, zeigte sich aber zu der Zeit, als diese Verhandlungen um Eure Heirat mit ihm begannen. Es hat den Anschein, daß er sich nicht auf seine Besitzungen Geld geliehen, sondern vielleicht einen Kredit von Eurem Vater angenommen hat wegen der Sicherheit der zukünftigen Verbindung. Auf jeden Fall scheint es mir fast sicher, daß die Magenbeschwerden Eures Vaters eine gute Vorgabe waren, um eine Möglichkeit zu finden, ihm den Mund zu schließen, bevor er noch mehr sagen oder sich womöglich rächen konnte.«

Floras helle Augen waren weit geöffnet und starrten sie an. Als sie das Geräusch der Tür hörte, die sich öffnete, weil Germaine mit dem Kaffee hereinkam, sprang sie mit so offensichtlicher Erleichterung auf, daß Elene Mitleid empfand.

Die nächsten paar Minuten waren sie damit beschäftigt, den dampfendheißen Kaffee einzugießen und für Elene heiße Milch und für Flora Milch und Zucker hinzuzufügen. Der Duft des Getränks in der kühlen Luft war herrlich. Elene schloß ihre kalten Hände um die Tasse und setzte sich wieder. Sie empfand einen gewissen Widerwillen, ihn zu trinken, aber der Kaffee und die Milch sowohl für sie als auch für Flora waren beide aus derselben Kanne gekommen, also war es unwahrscheinlich, daß sie eine Gefahr darstellten. Als sie einen kleinen Schluck trank, fand sie den Kaffee mild und angenehm, ohne jede Spur von Bitterkeit. Sie vermied es jedoch, von dem Gebäck zu essen, das zum Kaffee gebracht worden war.

Flora nahm einen großen Schluck Kaffee, als brauche sie seine Kraft. Sie trank noch einmal. »Alles, was Ihr gesagt habt, scheint Eurer Phantasie entsprungen zu sein. Ihr könnt doch nicht erwarten, daß jemand auf Euch hört, wenn Ihr keinen Beweis habt.«

»Das ist wahr, und ich habe auch keinen. Ich werde natürlich zu den Behörden gehen müssen, aber ich habe keine Ahnung, ob sie etwas unternehmen werden. Meine größte Hoffnung ist, daß die Morde vielleicht ein Ende haben, wenn der Täter bemerkt, daß er verdächtigt wird.«

»Wie unglaublich großzügig.«

Die Stimme des jungen Mädchens klang angestrengt, aber schließlich war ihr Vater ermordet worden. Als Antwort auf die in den Worten zum Ausdruck gebrachte Kritik sagte Elene: »Ich möchte vor allem andere davor schützen, die vielleicht auch zu Opfern werden könnten, besonders diejenigen, die ich liebe.«

»Ihr habt wirklich Glück. Ich denke ... ich denke, daß Durant Gambier vielleicht doch nicht der richtige Mann für mich gewesen wäre.«

Darauf schien es keine Antwort zu geben. Elene trank noch einen kleinen Schluck von ihrem Kaffee, um das Schweigen zu überbrücken. Etwas später sagte sie dann: »Und dann ist da noch der Tod von Hermine.«

Flora seufzte und richtete sich auf. »Ja, was ist damit?«

»Ich glaube ... ich bin fast sicher, daß sie sterben mußte, weil sie an dem Abend, als wir alle bei der Vauxhall-Bühne waren, etwas gesagt hat. Falls Ihr Euch daran erinnert, sie sprach davon, daß sie Arsen nähme, um ihre Haut hell zu erhalten. Während sie sprach, sah sie eine der anderen anwesenden Frauen an, und zwar in einer Weise, als wüßte sie, daß sie beide ein gemeinsames Geheimnis hätten. Ich glaube, das war auch so. Ich glaube, aus dem Blick in Hermines Gesicht schließen zu können, daß sie wußte, daß die andere Frau ebenfalls Arsen verwendete.«

Flora sah von ihrer Tasse auf. »Ihr sprecht von –«

»Ich werde Euch etwas erzählen«, unterbrach Elene sie. »Ich war gestern nachmittag beim Einkaufen und hatte in der Abendluft einen Spaziergang am Fluß entlang gemacht. Als ich zurückging zu dem Haus, in dem Durant und ich wohnten, traf ich eine Konfektverkäuferin, eine hübsche Viertelnegerin. Sie war gekleidet mit so einem bunten, billigen Chic, mit einem roten Turban und goldenen Ohrringen. Ihr Gesicht war mit weißer Bleifarbe geschminkt, und auf ihren Lippen und Wangen leuchtete Karminrot, aber ihre Haut darunter war cremeweiß und zart, fast hell genug, um die Haut einer Weißen zu sein. Und dann war da noch etwas an ihr, was ich erst nicht bemerkte wegen des Geruchs der

Straße und des Konfekts – und vielleicht auch, weil es mir so vertraut war. Es war ihr Parfüm. Sie trug mein Parfüm, den Duft, den Devota und ich hergestellt haben.«

Flora antwortete nicht. Sie saß nur da und hörte zu, beobachtete Elene unter ihren Wimpern hervor mit scharfem Blick. Elene trank den Rest von ihrem Kaffee und stellte die Tasse weg. Sie sprach weiter: »Später, genaugenommen heute abend, fiel mir dieser Duft wieder ein. Ich erinnerte mich auch an eine Frau, die mich eindringlichst gebeten hatte, ihr etwas davon zu verkaufen, eine Frau, die ich enttäuschen mußte. Zu diesen Erinnerungen kam noch die Tatsache, daß am Abend von Durants Fest die letzte Flasche von diesem ungewöhnlichen Parfüm gestohlen worden war.«

»Wirklich schlau von Euch.«

»Nein, gar nicht. Ich habe nur etwas erkannt, was andere übersehen haben.« Elenes Stimme klang ausdruckslos. Sie wartete.

Flora schürzte die Lippen. »Ich verstehe. Gehe ich recht in der Annahme, daß Ihr zu irgendeinem Schluß gekommen seid?«

»Ja. Ich vermute, Flora, daß die Viertelnegerin, die das Konfekt verkauft hat, Ihr selbst gewesen seid.«

Das junge Mädchen machte ein Geräusch zwischen einem Lachen und einem Stöhnen. »Oh, aber ich dachte – das ist ja lächerlich!«

»Ihr habt geglaubt, daß ich Germaine verdächtige. Ihr hattet auch gehofft, daß das jeder andere tun würde, wenn die Konfektverkäuferin zur Rechenschaft gezogen würde.«

»Aber ich bin keine Viertelnegerin!«

»Nein, nicht direkt.« Elene sah Flora mit klarem, festem Verstehen an. Elene kam von den Inseln, wo es immer möglich war, daß jemand gemischtes Blut hatte, eine Möglichkeit, die aus tausend kleinen Dingen zu erkennen war: die vollen Lippen oder der breite Nasenrücken, die Beschaffenheit von Haut oder Haaren oder dem Klang einer Stimme.

Die Summe solcher kleinen Hinweise bedeutete viel für diejenigen, die sich damit auskannten, diejenigen, die Grund hatten, danach zu suchen.

Flora richtete sich auf, und ihre lässige Haltung fiel von ihr ab wie ein Schleier. Ein Lächeln verzog ihre weichen Lippen, das ihnen einen grausamen Zug gab und sie viel älter aussehen ließ. Sie klopfte auf den Knoten ihres blonden Haars mit seinen kleingelockten Wellen und lachte mit einem leisen Geräusch von wilder Befriedigung, das Elene das Haar im Nacken zu Berge stehen ließ. Floras Bewegungen waren plötzlich fließend und nicht mehr gehemmt, gelassen in ihrer Grazie, und sie stellte ihre Kaffeetasse ab, streckte die Hand aus, um sich einen Keks zu nehmen, und biß mit sinnlichem Genuß hinein.

»Ich kann es Euch eigentlich auch erzählen«, sagte das junge Mädchen. »Ich bin eine Achtelnegerin, fast so weiß wie Ihr. Germaine ist meine Mutter. Also, was dieser törichten Hermine zugestoßen ist – dafür ist sie selbst verantwortlich. Sie kannte meinen Vater aus Santo Domingo, und ich bin sicher, daß sie auch von mir gewußt hat. An jenem Abend bei der Vauxhall-Bühne hat sie sich über mich lustig gemacht, hätte mir fast vor allen anderen gesagt, daß sie mein Geheimnis kannte. Es war lächerlich einfach, sie umzubringen; ich mußte sie nur besuchen und ihr das Arsen in ihre Schokolade mischen. Natürlich mußte ich ihr mehr geben, als bei jemand anderem nötig gewesen wäre, denn sie war ja daran gewöhnt, aber es hätte sich auch nie jemand etwas dabei gedacht, wenn bekannt wurde, wodurch sie gestorben war. Aber es wurde nicht bekannt. Sie wurde als Selbstmörderin begraben, nicht wahr?«

»Aber Ihr habt auch Euren eigenen Vater getötet! Wie konntet Ihr das tun?« Das war die Frage, die Elene verfolgt hatte, die ihr ihren Verdacht so unmöglich hatte erscheinen lassen.

»Papa war ein Ehrenmann, nur leider zu sehr. In Santo Domingo bin ich schon zweimal verlobt gewesen – Männer finden mich attraktiv, also war das leicht zu arrangieren. Jedesmal nahm Papa den Mann, der mich heiraten wollte, vor der Hochzeit beiseite und erzählte ihm die Wahrheit. Die Männer zogen ihr Eheversprechen zurück, und wer kann ihnen das übelnehmen? Ich konnte doch nicht zulassen, daß das noch einmal geschah, nicht wahr? Ich hatte Schritte unternommen, um das zu verhindern, schon bevor wir die Insel verließen. Papas Magenbeschwerden, wißt Ihr, der Grund dafür war Arsen, ein langsamer und sicherer Tod, der keinen Verdacht erregt. Ich nahm dazu mein Pulver, das ich selbst jede Woche einnehme. Dann kam Durant. Er war so gutaussehend, so ganz ein Gentleman. Ich konnte nicht riskieren, daß Papa ihm von meiner Herkunft erzählte, ich konnte es einfach nicht.«

»Und dann war auch noch die arme Serephine im Weg.«

Floras Gesicht wurde hart. »Ich hatte sinnloserweise das Risiko auf mich genommen, Papa schnell zu töten. Als er tot war, sagte mir Durant, er wolle mich doch nicht heiraten. Ich glaube, er hat sich von Papa Geld geliehen, was er jedoch bestritt. Auf jeden Fall hatte er, was er wollte, also warum hätte er mich noch heiraten sollen? Er erwähnte seine Zuneigung zu seiner Geliebten, aber ich glaube, das war nur eine Ausrede. Ich denke, daß er tatsächlich nur Euch heiraten wollte. Das wurde mir klar, als Ihr in Durants Haus gezogen seid, sofort nachdem Bayard Euch verlassen hatte. Es war also nötig, sowohl Serephine als auch Euch zu töten.«

»Also habt Ihr Serephine Schokoladenbonbons verkauft.«

»Und Euch Konfekt. Ich brauchte eine Weile, um mir zu überlegen, wie ich Euch das Gift verabreichen könnte, da Ihr Schokolade nicht so gern mögt. Es hat lange nicht so gut funktioniert, den Geschmack zu überdecken, nicht wahr? Das war mein Fehler.«

Der lockere Gesprächston, in dem die junge Frau sprach, ließ Elene die Haare zu Berge stehen. Indem sie der Frage auswich, sagte sie: »Aber selbst wenn ich gestorben wäre: warum glaubtet Ihr, Durant würde wieder zu Euch zurückkommen?«

»Wegen des Parfüms. Ihr hattet recht, ich habe es bei dem Fest gestohlen. Germaine sagte, es hätte die Macht, Männer verrückt vor Verlangen nach einer Frau zu machen. Wenn ich es noch einmal bei Durant anwende, wird er mir gehören. Und wenn er mich besessen hat, wird er mich sowieso heiraten – ich sagte Euch ja schon, Männer finden mich attraktiv.«

In der bunten Verkleidung der Pralinenverkäuferin hatte Flora sehr verführerisch ausgesehen, sogar erstaunlich hübsch. Aber die Art, in der sie sich kleidete und ihr Haar trug, die ausgewaschenen Farben, die sie als Mazents Tochter bevorzugt hatte, ließen sie so langweilig aussehen, daß ihr Urteil über ihr Äußeres komisch wirkte und ihre Sicherheit in bezug auf ihre Anziehungskraft sich anhörte wie ein grausiger Irrtum. Elene hatte das auch schon erlebt, ohne es klar zu erkennen, als Flora an jenem Abend bei der Vauxhall-Bühne darauf bestanden hatte, daß die Amerikaner sie beobachteten. Und das war wohl Josie genauso gegangen. Deshalb hatte die Schauspielerin wohl auch über sie gelacht. Eigentlich war es ein Wunder, daß Josie noch lebte.

Elene stand auf und legte sich ihr Umschlagtuch, das sie von ihren Armen hatte herunterrutschen lassen, wieder um die Schultern. »Ich glaube kaum, daß es noch viel mehr zu sagen gibt. Nur eines: es ist Euch nicht gelungen, Ryan zu töten, genau wie es Euch nicht gelang, mich zu vergiften. Das Duell wird morgen früh stattfinden, und wahrscheinlich genau wie geplant. Es gibt keine Möglichkeit, daß Ihr Ryan jetzt noch schaden könntet, denn wir alle werden auf ihn aufpassen. Ich würde Euch raten, Euch nicht einzumischen, sondern das geschehen zu lassen, was geschehen wird.«

»Ein guter Rat, das bezweifle ich nicht«, sagte das junge Mädchen entschieden. »Wie bedauerlich, daß Ihr nie erfahren werdet, wie es ausgeht.«

Elene wollte sich gerade abwenden. Sie wirbelte sofort herum. »Was meint Ihr damit?«

»Germaine, wie Ihr ja schon so sorgfältig herausgefunden habt, ist meine Mutter. Sie hat erst vor kurzem bemerkt, was ihre Tochter getan hat, erst nach dem Tod von Serephine, aber sie hat immer noch meine Interessen im Sinn. Ich habe ihr gesagt, sie solle Arsen in Eure Kaffeetasse tun. Sie hat die Angewohnheit, mir immer zu gehorchen, wißt Ihr – so wie eine Dienerin ihrer Herrin gehorchen muß.«

Es war eine ganz natürliche Bewegung, daß Elene die Hand auf den Bauch legte, wo ihr Kind lag. In dieser Gegend spürte sie tatsächlich ein gewisses leichtes Unwohlsein, aber um diese Tageszeit war ihr meist ein wenig übel.

»Warum?« fragte sie verwirrt. »Ihr müßt doch wissen, daß ich nicht mehr bei Durant wohne. Ihr habt doch gesehen, daß mich Ryan heute morgen mitgenommen hat.«

»Es ist schließlich immer noch möglich, daß Durant Ryan tötet und sich Euch wieder zuwendet. Außerdem glaube ich, daß Ihr bisher noch keinem gesagt habt, was Ihr wißt, auch nicht Devota oder Ryan, sonst wären sie mit Euch hierhergekommen. Ihr solltet also nicht die Möglichkeit bekommen, die –«

Flora verstummte, als sich eine Tür öffnete. Ihr Gesicht gefror zu einer Maske der erschreckten Überraschung, als Germaine ins Zimmer kam, gefolgt von Ryan und Durant. Sie sprang auf und schwankte.

»Setz dich, Liebes«, sagte Germaine, ging zu ihr hinüber, nahm ihre Hand und zog sie wieder auf das Sofa.

Ryan kam mit schnellen Schritten zu Elene und nahm sie in seine Arme. Sie schlossen sich warm und sicher um sie. Sie stand eine ganze Weile so da, lehnte sich an seine starke Brust und genoß seinen Trost, dann trat sie einen Schritt zurück und sah in sein Gesicht. »Der Kaffee, es war –«

»Es war nichts in deinem Kaffee«, beruhigte er sie mit tiefer, sicherer Stimme.

»Du verstehst nicht, ich muß nach Hause, nach Hause zu Devota –«

»Es war nichts in dem Kaffee«, wiederholte er, »auf jeden Fall nicht in deinem.«

Elene starrte in das tiefe Blau seiner Augen. Langsam drehte sie den Kopf zu Flora. Flora starrte sie aus aufgerissenen Augen an, ließ ihren Blick dann zu Ryan wandern und hinter ihn zu Durant, der in steifem Ärger und mit gerötetem Gesicht dastand. Ganz, ganz langsam drehte sich die junge Frau zu ihrer Mutter um.

Dann schrie sie.

In Germaines Zügen lag unglaublicher Schmerz, als sie ihre Tochter in die Arme nahm und sie sanft wiegte. Ein Schluchzen war in ihrer Stimme. »Ich konnte nicht zulassen, daß du das tust, mein Liebes, nicht noch einmal, nie mehr. Es war falsch, so falsch. Wir haben einen Fehler gemacht, dein Papa und ich, als wir dich in diese Welt gebracht haben, aber es war ein Fehler, der aus Liebe begangen wurde. Du hättest ihn nicht töten dürfen. Ich habe ihn so geliebt. Genauso wie ich dich liebe. Genauso wie ich dich liebe.«

Es wurde still im Zimmer. Plötzlich wurde Flora steif und warf ihren Kopf nach hinten.

»Devota«, rief Elene schrill, »jemand mußt Devota holen!«

Ryan schüttelte den Kopf. »Dazu ist es, glaube ich, zu spät. Genauso wie es für dich zu spät gewesen wäre.«

Wie lange hatten sie sich unterhalten, sie und Flora? Lange genug. Elene flüsterte: »Wir müssen doch etwas tun.«

Germaine sah sie über die Schulter ihrer Tochter an. Mit belegter, verzweifelter Stimme sagte sie: »Laßt sie bei mir, ich bitte Euch. Nur – laßt sie bei mir.«

»Komm.« Ryan drehte Elene zur Tür. Ihre Muskeln waren so steif, daß sie sich kaum bewegen konnte. Sie hatte immer noch das Bedürfnis, irgend etwas zu tun. Ein Teil ihres Gehirns war verblüfft über die Wendung, die die Dinge genommen hatten. Sie hatte nicht gewollt, daß so etwas geschah, sie hatte das ganz bestimmt nicht gewollt.

Durant trat einen Schritt vor und versperrte ihnen den Weg. Er nahm keine Notiz von Ryan und sprach nur zu Elene: »Ich muß mit Euch reden, Elene.«

»Es gibt nichts, worüber wir reden könnten.« Elene wollte weitergehen, aber er gab den Weg nicht frei. Sie blieb wieder stehen.

Ryans Worte klangen hart und rauh. »Das ist nicht der richtige Zeitpunkt, Durant.«

Der andere Mann sah ihn an. »Wann denn dann? Vielleicht töten wir uns morgen früh gegenseitig.« Er wandte sich wieder Elene zu. »Ich weiß, daß ich Fehler gemacht habe. Ich hätte die Angelegenheit mit Mazent nie so weit treiben dürfen. Aber ich brauchte seinen Kredit, und ich habe nicht gemerkt, wie sehr ich mich schon verstrickt hatte, bis es zu spät war. Er war ein alter Fuchs, aber im Grunde seines Herzens ein ehrlicher Mann. Da man mich getäuscht hatte, fühlte ich mich nicht an einen Vertrag mit einem Toten gebunden.«

»Ihr schuldet mir keine Erklärung«, sagte Elene und versuchte, seinen Wortschwall zu bremsen.

»Doch, ich muß es Euch sagen. Ich schwöre, daß ich nicht gewußt habe, was Flora getan hat oder vorhatte, um zu bekommen, was sie wollte. Ich habe immer nur an Euch gedacht. Ihr wart wie ein Traum vor meinen Augen, seit wir Santo Domingo verlassen haben, ein Traum von dem Glück, das ich nicht erreichen konnte. Ich habe gelebt für das Leben, das wir zusammen geplant hatten, Ihr und ich. Ich habe versucht, geduldig zu sein und zu warten, bis Ihr bereit seid, damit anzufangen. Warum kann das nicht jetzt sein?«

Wie verzweifelt die Menschen doch die Liebe brauchten. Es gab kaum etwas, was sie nicht tun würden, um sie von jenen zu bekommen, die sie begehrten. Aber Verlangen war nur ein kleiner Ersatz für das, was sie eigentlich zu suchen vorgaben. Manche Leute schienen niemals zu verstehen, daß man erst lieben muß, bevor man geliebt werden kann. Und selbst dann konnte man Liebe nicht erzwingen, bekam man sie nicht garantiert. Das hatte Elene schon erfahren.

»Es tut mir leid«, sagte sie.

»Das ist nicht genug. Ihr müßt –«

Ryan trat vor. »Sie muß gar nichts, jetzt nicht und überhaupt niemals. Es war ein anstrengender Abend. Wenn Ihr Euch irgend etwas aus ihr macht, laßt Ihr sie jetzt nach Hause gehen.«

»Ich will, daß sie mich versteht.«

»Dann wartet bis morgen. Wenn Ihr bei unserer Begegnung der Sieger seid, werdet Ihr alle Zeit der Welt haben, sie zu überzeugen. Wenn nicht, ist es egal.«

Ryan schob sich an Durant vorbei und zog Elene mit sich. Durant trat zur Seite, obwohl der Blick, mit dem er Ryan bedachte, bittere Feindschaft zum Ausdruck brachte. Dann waren sie draußen in der sauberen, kühlen Nachtluft.

Devota erwartete sie, und ihr Gesicht war voller Sorge, als sie zu Hause ankamen. Hinter ihr stand Benedikt so ungerührt wie immer, aber seine Hände verkrampften sich ineinander, und er machte unwillkürlich einen Satz nach vorn, als er Ryan sah.

Es wurde etwas von Kaffee erwähnt, um sie aufzuwärmen, aber schon der Gedanke daran ließ Elene erschauern. Sie tranken statt dessen ein Glas goldenen Sherry, während sie an dem kleinen Feuer im Schlafzimmerkamin saßen und Ryan den beiden anderen erzählte, was geschehen war.

Als er ausgeredet hatte, schüttelte Devota den Kopf. »Armes, wirres Geschöpf.«

»Sie war eine mehrfache Mörderin – nur um ihre Herkunft zu verheimlichen und ihre Ziele zu erreichen«, erwiderte Ryan hart. »Sie war sich ihrer eigenen Überlegenheit so sicher, daß kein anderer Mensch mehr zählte.«

»Ihr irrt Euch, M'sieur Ryan«, widersprach Devota. »Sie hatte so viele Zweifel an ihrem Wert, daß sie auch das Leben der anderen Menschen nicht schätzen konnte.«

Er hob eine Augenbraue, als er darüber nachdachte. »Vielleicht hast du recht.«

Elene beteiligte sich jetzt auch mit einem Blick auf den Mann an ihrer Seite an dem Gespräch. »Ich verstehe nicht, wie es dazu kam, daß ihr, du und Durant, in das Gasthaus gekommen seid. Als ich das Haus verließ, hast du geschlafen.«

»Die Unruhe, die entstand, als Devota feststellte, daß du weg warst, hat mich geweckt. Du und Devota, ihr habt mich so schnell von dem Arsen befreit, daß mir nichts fehlt, was nicht durch eine ordentliche Mahlzeit kuriert werden könnte.«

Was er meinte, aber nicht aussprechen wollte, war, daß er sich wegen seiner Kraft so schnell erholt hatte. Elene gestattete sich ein Lächeln, sagte aber nichts dazu, als er weitersprach.

»Auf deinem Zettel stand, du würdest zu Flora Mazent gehen, aber Devota fürchtete, das sei ein Trick und daß du versuchen wolltest, Gambier davon zu überzeugen, daß er das Duell aufgeben muß. Ich wußte, wo die Mazents wohnten, denn ich war einmal dort, um etwas Geschäftliches mit ihm zu besprechen, aus dem dann nichts geworden ist – die Angelegenheit, die du für eine geplante Verlobung gehalten hast. Ich ging dorthin, während Benedikt bei Gambier nach dir schauen sollte. In dem Gasthaus wurde ich von Germaine abgefangen. Ich denke, Gambier hat vielleicht mehr erraten, als er jetzt zugibt, denn er kam kurz nach mir dort an und sah aus, als erwarte er, eine Leiche zu finden. Germaine führte uns in das Schlafzimmer, wo wir alles hören konnten. Wir beide fanden unsere Lage als Lauscher nicht sehr angenehm, aber schon nach ganz kurzer Zeit waren wir zu sehr auf das konzentriert, was gesprochen wurde, als daß es noch wichtig gewesen wäre.«

Devota schüttelte den Kopf und runzelte die Stirn. »Germaine ist eine starke Frau, stärker als ich in ihrer Situation gewesen wäre. Was wird ihre Strafe für diese Tat sein, könnt Ihr Euch das vorstellen?«

»Ich glaube, Floras Tod wird auch als unglücklicher Unfall deklariert werden, der letzte in einer Reihe von Todesfällen, die etwas mit Arsen zu tun hatten. Ich persönlich meine auch, daß es Strafe genug für Germaine ist, daß sie etwas so Furchtbares tun mußte. Es gibt eigentlich keinen Grund, die Behörden zu informieren, besonders jetzt, da gerade die Regierung gewechselt hat.«

Elene bemühte sich, ein Gähnen hinter den Fingerspitzen zu verstecken, und Benedikt stieß Devota sanft an und deutete mit dem Kopf in ihre Richtung.

Devota sah sie an und stand dann auf. »Ich glaube, *chère*, es ist Zeit, daß du ins Bett kommst. Laß mich dir noch bei deinem Kleid helfen, und dann bringe ich dir vielleicht noch ein Glas warme Milch?«

»Wir brauchen dich jetzt nicht mehr«, sagte Ryan und hob abwehrend die Hand. »Ich werde ihr helfen.«

»Sie braucht Ruhe.« Devotas Blick wirkte besorgt.

»Wirklich, Devota«, versicherte Elene ruhig, »ich komme schon zurecht.«

»Ich kümmere mich darum, daß sie Ruhe bekommt«, versprach Ryan, stand auf und ging auf die Tür zu, um sie aufzuhalten.

Devota hätte noch mehr gesagt, aber Benedikt berührte ihren Arm und glitt aus dem Zimmer. Seine Geste, mit der er ihr andeutete, sie solle ihm folgen, war höflich, aber beherrschend.

Ryan lächelte die Zofe an, als sie noch einmal zu ihm hinüberschaute. »Ich werde nie etwas tun, was ihr schadet.«

Devota nickte fest, als wolle sie sagen, daß sie ihn beim Wort nehmen würde. Schließlich schloß sich die Tür hinter ihr.

Ryan kam zum Feuer zurück und stellte sich mit dem Rükken davor. Er sah auf Elene herunter, auf das flackernde Glänzen des Feuerscheins, das sich auf ihrem blassen Gesicht spiegelte und in ihrem Haar tanzte, auf die Schatten der Erschöpfung unter ihren Augen. Dann beugte er sich mit plötzlicher Entschlossenheit vor, hob sie in seine Arme und ging mit ihr zum Bett.

Sie hätte protestieren und ihm klar sagen müssen, daß sie nicht in seinen Armen liegen wollte, aber das wäre eine Lüge gewesen. Bald würde der Morgen kommen, und mit ihm das Duell. Gegen eine solche Bedrohung hatten Versprechen und Bitten um zukünftige Absichten keinen Stellenwert. Vielleicht hatten sie nur noch diese gemeinsame Nacht, an die sie sich später erinnern konnte.

Er löste ihr Haar, breitete die Fülle aus geschmolzenem Gold über ihre Schultern aus, knöpfte ihr Kleid auf und zog es ihr dann zusammen mit den Unterröcken, Schuhen und Strümpfen aus. Dann legte er seine eigenen Kleider ab, löschte die Kerzen und legte sich zu ihr auf das Bett. Sie streckte ihre Arme aus, und er zog sie an sich. Ihre Körper schmiegten sich eng aneinander, Herz an Herz, die Beine ineinander verschlungen. Zärtlich wiegten sie sich.

Zu Hause, ich bin wieder zu Hause, dachte Ryan. In den Armen dieser wunderbaren Frau, die immer nach Blumen duftete und die seine Seele mehr füllte als alle anderen Menschen. Was immer auch geschehen mochte, sie war für eine Zeitlang sein gewesen und war es jetzt wieder, wenigstens für diese eine Nacht.

Für Elene waren die Wärme und die Kraft seines Körpers wie ein Zufluchtsort, sie wollte ihn gern umgeben, aber zeitig auch von ihm umgeben sein. Nichts war wichtig außer dieser Nähe.

»Liebe mich«, flüsterte sie. »Es ist schon so lange her.«

Er hielt die Luft an. »Bist du sicher?«

»Ich war in meinem Leben noch nie so sicher.«

Sie berührte ihn voller Bewunderung, ermutigend. Die Lust blühte strahlend auf, vertraut und doch seltsam neu. Die Liebe sprudelte durch ihre Adern. Sie war leidenschaftlich und unersättlich und hatte sich nicht mehr unter Kontrolle, aber das war ihr egal. Sie glitt über seine Härte, nahm ihn, gab sich ihm. Dieser Austausch war ein Geheimnis, das ihr Freude, Schmerz und am Schluß Trost war.

Sie spürte, daß er mit der beginnenden Morgenröte, die durch die Fensterläden kroch, aus dem Bett glitt. Sie hörte, daß er seine Kleider aus dem Schrank holte und das Zimmer verließ. Sie lag still, starrte mit trockenen Augen in das Halbdunkel und legte eine Hand auf ihre Brust, um den Schmerz zurückzudrängen. Der Drang, aufzuspringen und ihm zu folgen, war fast unerträglich. Aber sie konnte nur hierbleiben und warten. Sie durfte sich bei dem Duell nicht einmischen, ohne sich zum Narren zu machen oder die Sekundanten dazu zu zwingen, sie von den beiden Männern wegzuziehen und dabei leise vor sich hin zu fluchen über die hysterischen Weibsbilder, die keinen Sinn für den Ehrenkodex hatten. Und wenn sie bleich und verzweifelt am Rande stehen würde, konnte das eine Ablenkung sein, die nicht erlaubt werden durfte. Sie hätte sich anziehen, sich auf die Galerie setzen und geduldig auf Ryans Rückkehr warten müssen, beziehungsweise auf die Nachricht, daß er nie mehr kommen würde. Das war würdevolles und tapferes Benehmen.

Aber das konnte sie nicht tun.

Sie warf die Laken zurück und stand auf. Sie bewegte sich ganz vorsichtig, um Devota oder Benedikt nicht auf ihre Absicht aufmerksam zu machen, und begann, sich anzuziehen.

Das Duell würde höchstwahrscheinlich im St. Antoniusgarten hinter der Kirche des heiligen Ludwig stattfinden. Das war der traditionelle Ort für Auseinandersetzungen mit Degen, und Duelle mit Pistolen wurden außerhalb der Stadt ausgetragen, wo der Lärm und die Pistolenkugeln weniger störten. Der St. Antoniusgarten war jedoch nicht sehr weit von Ryans Haus entfernt. Die Straße, an der er wohnte, führte zur Kirche.

Elene verlangsamte ihre Schritte, als sie näher kam. Der Garten hatte die Form eines großen Rechtecks, in dessen Mitte eine kleine Statue des heiligen Antonius stand, und war umgeben von Gebüsch, das schon deutlich höher war als ein Mensch, aber die unteren Äste waren nur spärlich beblättert. Sie blieb hinter dieser Hecke stehen.

Die Männer waren schon auf einer Grasfläche vor der Statue versammelt. Die Sekundanten maßen die Längen der Degen, und der Arzt prüfte seine Notfalltasche. Es gab ein paar Zuschauer in Abendkleidung, die aussahen, als wären sie gerade auf dem Heimweg von einem Fest gewesen, das Gouverneur Laussat in der vergangenen Nacht zur Feier der Übergabe gegeben hatte. Sie unterhielten sich leise über das bevorstehende Duell, die Beteiligten und über die Kühnheit der beiden Männer. Elene glaubte, daß sie sogar Wetten abschlossen, welcher Duellant siegen würde.

Ryan stand in der Nähe und hatte ihr den Rücken zugewandt. Er hatte seinen Rock ausgezogen und ordnete gerade seine Hemdärmel. Durant stand Ryan gegenüber auf der anderen Seite der Grasfläche. Er betrachtete seinen Gegner und begann ebenfalls, seinen Rock auszuziehen.

Einer der Rockschöße schaukelte schwer gegen Durants Knie. Er griff hinunter, um in die Tasche des Rockschoßes zu fühlen, und ein verwirrter Ausdruck trat auf sein Gesicht. Er steckte seine Hand hinein und zog sie wieder heraus mit einem Ding, das aussah wie eine Puppe. Er starrte sie einen Augenblick lang an, stieß einen Fluch aus und warf sie von sich.

Die Puppe landete im Gras vor der Statue des heiligen Antonius. Es war die kleine Wachsfigur eines Menschen. Auf ihrem Kopf war ein Stückchen Pelz, das genau die Farbe von Durants Haar hatte, und sie trug eine winzig kleine Ausgabe eines schwarzen Rocks mit langen Schößen. Aus ihrer Brust ragte ein winziger Messingdegen. Durant starrte die Puppe an, sein Gesicht war totenblaß.

Auch Elene starrte die Figur an. Ihre Kehle wurde eng, und ihr Herz pochte laut in ihren Ohren, als sie an Devotas Versprechen dachte und daran, daß Benedikt in der vergangenen Nacht zu Durants Haus gegangen war, angeblich mit der Absicht, nach ihr zu suchen. Das war also die Antwort. Wie erschreckend das Ding aussah, dort in dem taufeuchten Gras, ein grauer Klumpen mit verbogenen und verdrehten Beinen. Das kleine, scharfe Schwert glitzerte in den ersten Strahlen der aufgehenden Sonne.

Ryan schien seinen Blick auf die Wachsfigur geheftet zu haben, und mit ihm ein paar der Zuschauer. Die Sekundanten, unter ihnen Morven, waren mit ihren Aufgaben beschäftigt; keiner von ihnen achtete auch nur im geringsten auf das, was hier geschah. Einige Augenblicke später, als sie ihre Diskussionen und Streitigkeiten beendet hatten, drehten sie sich um und näherten sich den Duellanten. Der Schauspieler, der wie gewöhnlich die führende Rolle übernahm, war ihr Sprecher. Mit einer meisterlichen Verbeugung fragte er in formellen Worten zum letzten Mal, ob es nicht möglich wäre, daß sie ihre Differenzen friedlich beilegten.

Durant hob seinen Blick von der grauen Puppe im Gras. Einen Augenblick lang war sein Blick leer, als habe er vergessen, wo er war und was er vorhatte. Trotz der Kühle des Morgens standen Schweißtropfen auf seiner Stirn. Schließlich schüttelte er den Kopf. Da Ryan herausgefordert worden war, mußte er wohl oder übel dasselbe tun.

Den beiden Männern wurden die Degen gezeigt. Sie erklärten sich mit ihnen einverstanden. Ryan wählte einen aus.

Die andere Klinge wurde Durant gegeben. Die Sekundanten traten zur Seite, und jeweils ein Paar stellte sich hinter den zu ihm gehörenden Fechter. Ryan und Durant nahmen die Anfangshaltung ein und sahen sich an.

Stille sank herab, die nur vom leisen Rascheln einer Brise in der Hecke und dem leisen Gurren von Tauben auf den Steinvorsprüngen der Kirche über ihnen unterbrochen wurde. Die Sonne, die langsam höher stieg, glitzerte auf dem Gras, auf den Klingen in den Händen der beiden Männer und auf dem Knauf des kleinen Schwerts, das die Wachsfigur durchbohrte.

»Grüßen!«

Die Degen schwangen gleichzeitig hoch und wieder herunter.

»En garde!«

Ryan stellte sich in Fechtposition, das rechte Bein vor, leicht gebeugt, die linke Hand hinter dem Rücken, den Degen in der rechten Hand. Durant bewegte sich nicht. Er sah von dem Figürchen im Gras zu Ryan und wieder zurück.

Ryan stellte sich mit einer geschmeidigen Bewegung seiner festen Muskeln wieder gerade hin. Er wandte sich den Sekundanten zu. »Hier scheint irgendein Abfall auf dem Boden zu liegen. Vielleicht könnte man ihn wegräumen, bevor wir noch darüber stolpern.«

Elene hörte seine Worte mit einem unterdrückten Verzweiflungslaut. Sie hatte schon fast gehofft, Durant würde sich aufgrund der Puppe zurückziehen. Ryans Handlungsweise war völlig korrekt und deshalb bewundernswert.

Morven trat vor. Er hob die Wachsfigur auf und drehte sie neugierig herum. »Woher ist das gekommen? Ich versichere Euch, wir haben den Platz vorher gründlich abgesucht.«

»Es... es ist aus meiner Rocktasche gefallen«, antwortete Durant mit einem Krächzen in der Stimme.

Morven lächelte ihm freundlich zu. »Ich weiß so viel von den Inseln, um sagen zu können, daß Euch jemand nichts Gutes wünscht. Besser Euch als mir.«

Der Schauspieler trat zurück auf seinen Platz hinter Ryan. Er betrachtete die Puppe noch einmal und befühlte den kleinen Degen, bewegte ihn vor und zurück und gab ihm dann einen kleinen Stoß, durch den er noch tiefer in das weiche Wachs geschoben wurde.

Durant schnappte laut nach Luft und griff mit einer Hand nach seinem Herzen. Die Spitze seines Degens deutete ins Gras.

Morven sah mit einer hochgezogenen Augenbraue auf und warf dann mit überlegener Verachtung die Puppe zur Seite. Durant schwankte.

»Gentleman, seid Ihr bereit, fortzufahren?« fragte der Schauspieler.

Ryan gab seine Zustimmung. Durant schwieg. Er sah sich in dem Garten um, als suche er etwas oder jemanden. Sein Blick traf auf Elene, und seine Augen verengten sich, als er sie erkannte. Ein weißer Ring erschien um seinen Mund herum.

Murmelnde Kommentare erhoben sich unter den Männern, die als Zuschauer in der Nähe standen. Durant sah wieder zu den Sekundanten, zu Ryan, zum klaren Morgenhimmel über ihnen. Er nahm den Degen fester in die Hand und ließ ihn dann wieder sinken.

Er befeuchtete seine Lippen. Mit gepreßter Stimme sagte er schließlich: »Ich glaube, wir müssen diese Begegnung verschieben. Ich... ich fühle mich nicht wohl.«

Durants Sekundanten, Männer, mit denen er regelmäßig Karten spielte, sahen einander angesichts der Regelwidrigkeit seiner Bitte mit hochgezogenen Augenbrauen an. Einer von ihnen trat auf Ryan zu und räusperte sich. »Ist das für Euch annehmbar, mein Herr?«

Elene konnte Ryans Gesicht nicht erkennen. Sie sah nur

die gerade Linie seiner breiten Schultern und die stolze Haltung seines Kopfes. Sie fragte sich, was er wohl dachte, wenn er erfuhr, was sie getan hatte. Sie wünschte sich plötzlich, sie hätte Devota nicht gebeten, etwas zu unternehmen, wünschte, sie hätte mehr Vertrauen in seine Fähigkeit gehabt, Durant zu übertreffen. Sie wußte ja, daß er es konnte, denn sie hatte schon einmal dabei zugesehen. Aber das war gewesen, bevor ihn das Gift geschwächt hatte, bevor ihr klargeworden war, daß sie ihn liebte. Es gab Risiken, die man einfach nicht eingehen durfte.

Ryan wartete lange, bevor er antwortete. Als er schließlich sprach, klangen seine Worte leise und gleichmäßig. »Es ist nicht annehmbar.«

Nicht annehmbar. Er wies Durants Rückzug ab. Der Zorn darüber fühlte sich an wie Feuer in ihrem Gehirn.

»Was wünscht Ihr dann zu tun, mein Herr?«

»Ich möchte wieder anfangen«, sagte Ryan scharf, »vom Präsentieren der Degen und der Frage nach einer möglichen Beilegung.«

Bevor der Sekundant antworten konnte, warf Durant seinen Degen zu Boden. Das Gesicht verzogen zu einer Maske aus Furcht und Zorn, starrte er Ryan an. »Also gut. Ich werde in dieser Angelegenheit die Schuld auf mich nehmen und versichern, daß die Ehre wiederhergestellt ist.«

»Danke sehr.« Ryan neigte den Kopf in einer Verbeugung. »Bitte nehmt meine Entschuldigung an für jede eventuelle Verletzung Eures Selbstwertgefühls, die ich verursacht haben könnte.«

Das war eine höfliche Geste zugunsten von Durants Stolz. Die Tatsache, daß Durant den Ehrenkodex verletzt hatte, war sehr ärgerlich für ihn gewesen, das war ganz offensichtlich, aber seine Furcht war größer gewesen als sein Widerwille davor, genauso wie die Angst vor der Armut seinen Widerwillen überwunden hatte, Geld von Floras Vater anzunehmen.

Elene spürte, als Ryans Worte verklangen, das plötzlich

brennende Aufwallen von Liebe und unglaublicher Erleichterung. Sie wäre am liebsten sofort zu Ryan gelaufen, nur um sich davon zu überzeugen, daß er in Sicherheit war. Statt dessen wartete sie, bis nur noch Ryan, Durant und Morven in dem Garten waren, bevor sie zu ihnen ging.

Durant, der immer noch in ihre Richtung gewandt war, sah sie herbeikommen. Seine Lippen wurden schmal und seine schwarzen Augen wurden matt, bevor er sagte: »Seid Ihr gekommen, um Euch an meiner Niederlage zu weiden?«

»Nein.« Ihre Stimme klang sehr ruhig, als sie ihm antwortete. »Nur um zu sehen, was ihr beide euch antut.«

»Euretwegen? Wer hätte schon ein größeres Anrecht zuzusehen. Ich hoffe, Ihr wart zufrieden, so wie ich es jetzt sein muß.«

»Ja, ich glaube schon.« Als sie an Ryans Seite gekommen war, blieb sie stehen. Er sah sie an, während er seinen Rock anzog. In seinen Augen stand genausoviel Sorge wie Verwirrung, und noch etwas anderes, das sie bis in den Kern ihres Innern wärmte.

»Also habt Ihr Eure Entscheidung getroffen, oder wurde Euch das abgenommen?« Durant sah auf ihre schlanke Gestalt herab. »Die Natur hat Mittel und Wege, bei solchen Dingen nachzuhelfen.«

Morven, der den finsteren Ausdruck in Ryans Gesicht erkannte, verabschiedete sich. Als er bemerkte, daß sich niemand mehr für ihn interessierte, nachdem Ryan ihm für seine Bemühungen gedankt hatte, verbeugte er sich und schlenderte von dannen.

Elene betrachtete Durant und erkannte zum ersten Mal die kleinliche Bosheit und eifersüchtige Besitzgier in seinem Gesicht. Er war so vieler Dinge beraubt worden seit der Zeit auf der Insel, daß ein seltsames Mitleid für ihn in ihr aufkam. Ihr Vater hatte diesen Mann für sie ausgewählt, ihr toter Vater, und vielleicht hatte er ein Recht auf eine gewisse Beachtung. Selbst Ryan hatte ihm das zugestanden.

Sie sah ihm direkt in die Augen und fragte: »Sag mir die Wahrheit: Liebst du mich?«

Ryan nahm ihren Arm. »Bitte tu das nicht«, sagte er mit rauher Stimme, »nicht hier und nicht jetzt.«

Ihre grauen Augen waren unergründlich und sicher, als sie sich zu ihm umdrehte. »Es wird niemals einen besseren Ort und eine bessere Zeit dafür geben als hier und jetzt. Und deshalb frage ich dich auch: Liebst du mich?«

Durant, der einen möglichen Vorteil für sich witterte, eine mögliche Wende seines Schicksals, falls er schnell antwortete, trat einen Schritt vor. Mit angespannter Stimme sagte er: »Ja, Elene, ich liebe dich.«

Ryan hielt ihren Blick fest, seine Augen brodelten in tiefem Dunkelblau. »Ich habe dich geliebt, seit ich dich das erste Mal, von Mondlicht vergoldet, in dem dunklen Wald stehen sah, seit ich dich in den drei Tagen unseres lebendigen Begrabenseins in meinen Armen hielt. Dein Duft und dein Geschmack und das Gefühl deiner Haut verzaubern mein Herz und werden mir auch ins Fegefeuer folgen, in das ich sicher kommen werde, weil ich dich über alles andere stelle. Aber wenn dies nur ein Trick ist, Durant zu einer ähnlichen Erklärung zu bewegen, dann schwöre ich –«

»Wenn ich dich bitten würde, mich zu ihm gehen zu lassen, würdest du es zulassen?«

Der Garten war still, die Sonne schien strahlend und trocknete den Tau auf dem Gras. Ryan starrte sie an, und sein Blut schien in den Adern zu gefrieren und sammelte sich in kalter, zäher Schwere in seiner Brust. Auch der quälende Schmerz sammelte sich dort und breitete sich langsam aus, bis er jede Faser seines Seins erfaßt hatte. Um ihn nicht so zu spüren, hielt er den Atem an und schloß dann die Augen, als er sich dem Schicksal ergab. Er hob die Lider mit entschlossener Mühe und sagte: »Wenn du mir schwören würdest, daß du ihn liebst und nur ihn und keinen anderen lieben könntest dein Leben lang, dann würde ich es zulassen.«

Sie wandte sich Durant zu. »Und du, würdest du mich zu Ryan gehen lassen, wenn ich dich darum bitten würde?«

»Nein, um Himmels willen!« antwortete er verärgert. »Wenn du mir gehörtest, würde ich dich niemals gehen lassen, zu keinem anderen Mann.«

Ein müdes Lächeln huschte über ihren Mund. »Dann ist es vielleicht auch besser, daß ich nicht dir gehöre.« Sie wandte Ryan ihr Gesicht ohne jede Verstellung zu. Sie wirkte so offen und verletzlich. »Bitte«, sagte sie, »bringst du mich nach Hause?«

Devota und Benedikt waren entsetzt, daß Elene fortgegangen war, um sich das Duell anzusehen. Sie schimpften und bestanden darauf, daß sie sich auf die Galerie setzte und sich ausruhte, während sie ein besonderes Frühstück bereiten wollten, um den erfreulichen Ausgang der frühmorgendlichen Begegnung zu feiern. Devota ließ sich nicht durch ein Lob für ihren Beitrag zu dem Ereignis ablenken, auch nicht durch Ryans Fragen, warum sie sich eingemischt hatte. Sie habe sich nicht um ihn Sorgen gemacht, sondern um Elene, falls ihm irgend etwas zustieße.

Als Devota und Benedikt in Richtung Küche verschwunden waren, stellte sich Ryan vor Elenes Stuhl an das Geländer. Er kreuzte bedächtig die Arme über der Brust, aber seine Stimme klang leicht, als er sagte: »Mir scheint, jeder bemüht sich hier schrecklich um deine Gesundheit, sogar Benedikt. Ich weiß, daß man dich fast vergiftet hätte, aber mich auch, und mit mir geben sie sich nicht solche Mühe. Kann es sein, daß da etwas ist, was ich wissen sollte?«

Sie hob den Blick von dem Wasser des glitzernden Springbrunnens im Hof und überlegte, ob sie ihm in der gleichen, lockeren Art antworten und einen Scherz aus der Angelegenheit machen sollte, aber ihre wachsende Zuneigung zu dem Leben in ihrem Innern ließ es nicht zu. Ruhig sagte sie: »Ich werde ein Kind bekommen. Unser Kind.«

»Unser Kind«, wiederholte er, als prüfe er den Klang. »Ist es wirklich nötig, dazuzusagen, daß es meines ist?«

»Ich wollte nicht, daß du fragen mußt.«

Er beugte sich zu ihr und legte seine Arme auf die Rückenlehne ihres Stuhls. »Mein Gott, Elene, ich habe dir doch gesagt, daß ich dich liebe. Glaubst du, ich wüßte nicht, daß es mein Kind ist, auch ohne daß du es mir sagst?«

»Nach der Art, wie ich dich zwingen mußte, zuzugeben, daß du mich liebst –«

»Was ich niemals getan hätte, wenn nicht jedes Wort wahr gewesen wäre! Ich sage dir eins: Schon in dem Augenblick, als ich dich auf dem Platz in die Arme nahm und nach Hause trug, habe ich gewußt, daß du mein Kind in dir trägst. Wie könnte es auch anders sein, denn ich kenne jedes noch so kleine Stückchen an dir so gut wie meine eigene Hand. Ich gebe zu, daß du nicht sehr viel Zeit hattest, mir zu sagen, daß ich Vater werde, aber ich hätte doch nicht gedacht, daß ich dich zwingen muß, es zu verraten, oder daß du damit umgehen würdest, als wäre es ein Todesurteil.«

»Ein Todesurteil?« wiederholte sie.

Er kniete sich zu ihren Füßen und nahm ihre Hand. »Ich weiß, daß ein Kind mit Schmerzen und wenig Rücksicht auf die Würde der Mutter zur Welt kommt, und das tut mir so leid, daß ich es kaum ausdrücken kann, aber freust du dich denn gar nicht auf die Aussicht, es im Arm zu halten? Liebst du denn nicht wenigstens das Kind, wenn du mich schon nicht liebst?«

»Natürlich liebe ich es«, sagte sie erstaunt. »Aber wie kommst du auf die Idee, daß –«

Er ließ sie nicht ausreden. »Warum willst du mich dann nicht heiraten? Wenn du meine Liebe annimmst, warum dann nicht auch meinen Namen? Wie oft muß ich dich fragen, bevor du ja sagst?«

Sie öffnete den Mund, um es ihm zu erklären, aber sie fand keine Worte. Sie hatte ihn beim ersten Mal zurückgewiesen, weil sie geglaubt hatte, sie würde ihr Leben selbst bestimmen wollen. Sie hatte jedoch herausgefunden, daß sich das Leben wie der Tod dem eigenen Willen entzog. Was man mit seiner Zeit anfing, wohin man ging und wann, hatte nichts mit Selbstbestimmung zu tun, sondern einfach nur damit, sich selbst und seinen Zielen treu zu sein. Und das konnte sie jetzt tun, ob sie verheiratet war oder nicht. Auf jeden Fall verstand sie jetzt auch, daß nicht Selbstbestimmung das Wichtige war, sondern die Notwendigkeit, die Angst vor dem Verlust zu überwinden – und die Angst davor, verlassen zu werden. Also brauchte sie die Sicherheit des Liebens und Geliebtwerdens, und die hatte sie jetzt, würde sie immer in ihrem Herzen haben, selbst wenn der Tod sie beenden würde.

Sie befeuchtete die Lippen und fand endlich die richtige Antwort. »Zweimal. Du wirst mich zweimal fragen müssen.«

»Vorher und –«

»Und jetzt. Oder um die Sache zu vereinfachen: Ich werte das, was du gerade gesagt hast, als Heiratsantrag.«

Er breitete die Arme aus, stand auf und nahm ihre Handgelenke, um sie hochzuziehen, so daß sie ihm in die Augen sehen konnte. Seine Stimme war unerbittlich in seiner Entschlossenheit, eine richtige Antwort zu bekommen, als er fragte: »Warum jetzt?«

»Was?« Sie starrte ihn verwirrt an, während sich in ihrem Innern langsam und pulsierend das Bedürfnis ausbreitete, von ihm fest in die Arme genommen und geliebt zu werden. Sie wollte sich nie wieder von ihm trennen.

»Ich denke, du wolltest mich beim letzten Mal nicht heiraten, weil zuwenig Liebe da war. Warum jetzt?«

Sie schluckte schwer, um nicht zu weinen. »Es war niemals zuwenig Liebe da.«

»Auf meiner Seite, meinst du.«

»Nein«, sagte sie mit einem schnellen Kopfschütteln. »Auf meiner Seite. Ich liebe dich, Ryan.«

»Du meinst, schon die ganze Zeit –?«

»Schon die ganze Zeit.« Die Tränen standen in ihren Augen und rollten über ihre Wangen. »Aber ich hatte Angst.«

»Du brauchst keine Angst zu haben. Ich werde immer bei dir sein. Immer.«

Ein tränenfeuchtes Lächeln huschte über ihre Lippen. »Und dann war da noch das Parfüm. Ich wollte, daß du mich nicht nur deswegen begehrst.«

Er drückte sie an seine Brust, umfaßte sie zärtlich und doch mit dem sicheren Griff dessen, der festhält, was ihm geschenkt wurde. »Es war niemals das Parfüm, das schwöre ich dir! Es hat mir gefallen, ja, aber von dir war ich noch mehr bezaubert, von dem, was du bist und was du sein kannst.«

»Das weiß ich jetzt.« Sie legte ihre Arme um seine Taille und ließ sie über seine straffen Rückenmuskeln gleiten und schmiegte sich ganz dicht an ihn.

Er strich mit etwas unsicheren Fingern über ihr Haar und beugte den Kopf hinunter, um ihren Mund zu kosten. Stille sank herab, die nur noch vom leisen Plätschern des Springbrunnens und dem Klappern von Besteck aus der Küche unter der Galerie unterbrochen wurde. Schließlich hob Ryan den Kopf. Seine Worte waren voller Verheißung, als er sagte: »Andererseits, wenn du heute abend dein Parfüm tragen würdest, wäre ich ein williger Sklave.«

»Es ist keines mehr übrig«, murmelte Elene.

Er seufzte. »Wie bedauerlich.«

»Aber ich habe die Essenzen dafür hier, und es dauert noch lange, bis es dunkel wird.«

»Zu lange«, sagte Ryan und wandte sich mit ihr zum Haus.

Epilog

Zwanzig Tage später standen Ryan und Elene wieder auf der Place d'Armes. In einer Zeremonie, die fast genauso ablief wie die im vergangenen Monat, erschien Kolonialpräfekt Pierre Clement de Laussat auf dem Balkon des Calbildo nach der Übergabe von Louisiana an die Vereinigten Staaten. Doch dieses Mal waren die Bevollmächtigten an seiner Seite Amerikaner, ein jüngerer und vornehm aussehender Herr mit dem Namen William C. C. Clairborne, der der neue Gouverneur werden sollte, obwohl er kein Französisch verstand, und General James Wilkinson, der untersetzt und glatt wirkte und die Sprache des neuen Territoriums leidlich sprach.

Am Fahnenmast in der Mitte des Platzes senkte sich die französische Trikolore langsam, und die roten und weißen Streifen mit dem Kreis aus Sternen auf blauem Grund, die Fahne der Vereinigten Staaten wurde gehißt. Als sich die Flaggen auf halber Höhe begegneten, entstand eine kleine Pause, in der die Leute unten an den Bändern zerrten, fast so, als wolle die französische Fahne nicht weichen. Die kleine Pause wurde einen Augenblick später noch betont durch das Donnern der Kanonen von den Befestigungen und Batterien der Stadtmauern und von den Schiffen im Hafen, die das Land grüßten, das sich zurückzog, und auch das, das jetzt die Regierungsgewalt übernahm.

Dann glitt das amerikanische Banner in die Höhe und wurde am Ende der Fahnenstange von der Brise erfaßt, so daß ihr Sternenkreis und die rotweißen Streifen in der Sonne leuchteten. Ein wilder Jubel erhob sich. Er kam hauptsächlich von den Amerikanern, manche gekleidet wie Gentlemen, manche in der rauhen Lederkleidung und den Waschbärmützen der »Kaintucks« aus den Hinterwäldern, aber auch von kleinen Jungen. Die Franzosen standen schweigend da, ernst, weil sie jetzt keine zivilisierte Regierung mehr hatten und sicher, daß sie an Barbaren übergeben worden waren.

Elene hatte nur wenige derartige Vorurteile. Ihr war klargeworden, daß Ryan doch recht hatte. Sollten die Amerikaner ruhig kommen mit ihrem Schwung und ihrem Vergnügen am Handel und mit ihrem Geld. Die Frauen dieser Männer würden genauso Parfüm brauchen wie die Französinnen.

Sie wartete schon ungeduldig darauf, wieder zurück zu ihrem Arbeitsraum zu kommen, wo sie angefangen hatte, einen neuen Duft zu mischen, den sie ›Garten von Louisiana‹ nennen wollte. Und sie mußte Devota helfen, wieder eine frische Mischung von ›Paradies‹ herzustellen, denn sie hatte den Rest der letzten Abfüllung und selbst ihre eigene Flasche gerade verkauft, bevor sie hierhergekommen war. Sie umgab sich gern mit dem Duft – das war immer noch das Parfüm, das Ryan am besten gefiel. Heute abend würde es einen großen Ball geben, den die Laussats aus Anlaß der Übergabe und zur Feier von Präfekt Laussats Versetzung nach Martinique veranstalteten. Es würden viele schöne Damen anwesend sein, nicht wenige von ihnen auch Amerikanerinnen. Eine Frau, deren Schwangerschaft jeden Tag deutlicher erkennbar wurde, brauchte jede denkbare Hilfe, um der Konkurrenz standhalten zu können. Außerdem war jedes Parfüm in der Hitze des Tanzes deutlicher zu riechen. Es würde eine besonders gute Gelegenheit sein, diskret für ihren Duft zu werben.

Hinter Elene stand Devota und hielt Benedikts Arm. Die

braunhäutige Frau betrachtete das Paar vor sich mit genußvollen Blicken. Der Duft von Parfüm zog mit einem Windhauch zu ihr herüber, und sie atmete ihn tief ein, während ein zufriedenes Lächeln über ihre weichen Lippen huschte.

Elene drehte sich genau in diesem Augenblick um und sah noch den warmen, fast verschwiegenen Ausdruck in ihren braunen Augen und die zufriedene Freude auf ihrem Gesicht. Sie lächelte ebenfalls. »Was ist los? Habe ich etwas verpaßt?«

»Nein, nein, *chère*. Es ist nur ein Hauch von ›Paradies‹ zu mir herübergeweht, und ich dachte, wie vollendet dieser Duft doch ist.«

»Vollendet?«

»Ja, der Name ›Paradies‹.«

Der Schatten eines Verdachts überflog Elene. Sie hob die Hand, um die Kamee ihrer Mutter an ihrem Hals festzuhalten – sie war eines der vielen Brautgeschenke von Ryan vor ihrer Hochzeit gewesen. Es war eigentlich ohne weiteres möglich, daß Devota sie doch angelogen hatte, was das magische Parfüm und vor allem die Wirkung auf sie selbst anbelangte. Hatte sie das denn nicht schon einmal getan? Oder konnte das doch nicht sein?

Elene wollte es nicht mehr wissen. Das Parfüm war etwas Besonderes, das stand für sie endgültig fest. Es gab viele Frauen, die es schnell zu lieben gelernt hatten und die von seinem Duft schon beinahe abhängig waren. Falls das doch irgendeine schädliche Wirkung haben sollte, war davon zumindest nichts zu erkennen. Nein, sie wollte es nicht wissen.

»Ja, wirklich vollendet«, sagte sie und wandte sich wieder dem Schauspiel zu.

Devota lächelte noch einmal und zwang dann ihre Züge zur Undurchsichtigkeit, als Benedikt seinen Kopf schief legte und zu ihr heruntersah. Aber er sagte nur mit weicher Stimme: »Vollendet für dich.«

Laussat war auf den Platz heruntergekommen, um mit der

französischen Bürgerwehr zu sprechen. Jetzt nahmen er und der amerikanische Bevollmächtigte die Parade bei den Truppen der Vereinigten Staaten ab, die in einer eindrucksvollen Formation aufgestellt waren. Im nächsten Augenblick war die Übergabe Louisianas von Frankreich an die Vereinigten Staaten abgeschlossen, und sie konnten alle wieder nach Hause gehen. Viele Männer und Frauen strömten schon in alle Richtungen auf die Straßen und in die Cafés und Bars, wo sie die augenblickliche Lage besprechen und auf die Vergangenheit trinken wollten.

Ryan atmete Elenes Duft tief ein, und seine Lippen zuckten in ironischer Anerkennung des Verlangens, das es immer in ihm bewirkte. Er drückte ihren Arm an seine Seite. »Sollen wir jetzt gehen, *chéri?*«

»Mit dir gehe ich bis ans Ende der Welt«, antwortete sie und sah lächelnd in seine Augen, während ihre Augen silbergrau in der Wintersonne glitzerten.

ANMERKUNG DER AUTORIN

Das Hissen der amerikanischen Fahne auf der Place d'Armes in New Orleans am 20. Dezember 1803 war der Höhepunkt des phantastischsten Immobilienverkaufs der Geschichte. Für einen Betrag von schätzungsweise sechs Pfennigen pro Morgen erhielten die Vereinigten Staaten fast eine Million Quadratmeilen Land, das auch das größte und wertvollste Flußgebiet der Welt enthielt; es war ein Gebiet, das im Westen begrenzt wurde durch die Rocky Mountains, im Norden durch den Missisippi in Minnesota und im Süden durch den Red River und den Golf von Mexiko (also viel größer als Louisiana heute ist). Dieser Kauf vergrößerte die jungen Vereinigten Staaten um mehr als das Doppelte und schuf so eine Basis für das Entstehen einer starken und dauerhaften Nation.

Eines der erstaunlichsten Dinge an dem Übergang dieses riesigen Gebietes von einem Land an das andere ist die Tatsache, daß das ohne Krieg vonstatten ging, ohne Abkommen, ohne irgendeine Art von Kompromiß oder Streit. Er war das Ergebnis verschiedener ruhiger und geschickter diplomatischer Bemüungen – ein echter Glückskauf. Der Wunsch der Vereinigten Staaten, einen ungehinderten Zugang zum Golf von Mexiko zu haben, traf erfreulicherweise genau zusammen mit Napoleons Ablenkung durch europäische Angelegenheiten und seinem dringenden Bedarf an Geld. Die amerikanischen Gesandten waren gleich einverstanden, als entschieden wurde, Land gegen Geld zu tauschen, und schon war es geschehen. Möglicherweise war das einer der größten Fehler, die Napoleon je gemacht hat. Aber es wird immer eine Frage bleiben, was er eigentlich genau vorhatte, als er im Abkommen von San Ildefonso den Spaniern Louisiana abrang, und was geschehen wäre und was Louisiana heute wäre, wenn er seinen Ehrgeiz auf die Neue Welt gerichtet hätte anstatt nach Europa.

Der Kauf Louisianas und die Einsetzung einer amerikanischen Regierung in New Orleans waren also keine dramatischen Ereignisse mit Blutvergießen und dem Krachen von Kanonen. Sie waren genaugenommen genauso ruhig und zeitraubend, wie in »Ein Hauch von Paradies« beschrieben wird. Der Sommer und der Herbst bis zur Übergabe waren so, wie es hier erzählt wird, einschließlich der vierzig Tage Regen, der Gelbfieberepidemie, die beinahe das Leben des Kolonialpräfekten Laussat gekostet hätte, der Schwangerschaft seiner Frau, die ihre Abreise erschwerte, und der unerklärbaren und beschämenden Verzögerung bei der Bestätigung der Abtretung durch Napoleon. Auch so geht der Gang der Geschichte – langsam, aber sicher.

Auch die Ereignisse in Santo Domingo waren so, wie sie hier Elene erlebt hat. General Jean Baptiste Rochambeau, der nach dem Tode Leclercs das Kommando übernommen hatte, ergab sich den Briten im November 1803. Am 1. Januar 1804 erklärte der schwarze General Dessalines die Unabhängigkeit Santo Domingos und gab ihm den Namen Haiti. Die meisten der Weißen, die sich zu jener Zeit auf der Insel aufhielten, wurden getötet. Das Eigentum der ehemaligen französischen Grundbesitzer wurde ohne Gegenleistung von der neuen Regierung übernommen.

Die junge schwarze Republik, die mit so viel Blutvergießen begründet worden war, hat seitdem eine unruhige Geschichte erfahren, einschließlich einer langen Zeit der Diktatur unter der Familie Duvalier in diesem Jahrhundert. Sie ist auch jetzt alles andere als stabil, aber sie bemüht sich, ihre Autonomie als schwarze Nation zu erhalten.

Ich habe viele Veröffentlichungen bei meinen Forschungen konsultiert, aber keine war so wertvoll dafür wie *Memoirs of my Life* (Erinnerungen aus meinem Leben) von Pierre Clement de Laussat. Ich schulde vielen Menschen Dank für ihre Hilfe bei der Rettung der modernden Manuskripte dieser Memoiren aus dem Turm eines französischen Châteaus und für ihre Bemühungen um ihre Veröffentlichung.

Die Menschen, die in diesem Buch erwähnt werden und die es wirklich gegeben hat, sind zahlreich. In Santo Domingo war das der schwarze Generalgouverneur Toussaint und sein Nachfolger Dessalines, ebenso Napoleons Schwager General Leclerc und sein Nachfolger Rochambeau. In Louisiana waren das der Kolonialpräfekt Laussat mit seiner Frau und drei Töchtern, der spanische Gouverneur Salcedo, der Intendant Morales und der Bevollmächtigte Marquis de Casa Calvo. Etienne de Bore machte mit Zuckerrohranbau ein Vermögen und wurde der erste amerikanische Bürgermeister von New Orleans. Bernard Marigny gründete später einen Vorort von New Orleans, in dem es Straßen gibt, die ›Desire‹ (Verlangen), ›Bon Chance‹ (Glück) und ›Good Children‹ (liebe Kinder) heißen. William C. C. Clairborne war ein fähiger Gouverneur, der in Louisiana eine halbblütige Frau heiratete und während der Schlacht von New Orleans einige Jahre später mit dem Piraten Jean Lafitte und General Andrew Jackson zusammenarbeitete. General Wilkinson kam zu Ehren in seinem Dienst für die Vereinigten Staaten auf dem neuen Territorium, starb aber, während getuschelt wurde, er sei in eine undurchsichtige Affaire um Hochverrat verwickelt. Alle anderen Figuren sind frei erfunden.

Und bedauerlicherweise auch das Parfüm mit dem Namen »Paradies«.

Jennifer Blake

Utta Danella

Vergiß, wenn du leben willst
9424

Tanz auf dem Regenbogen
9437

Jovana
9589

Gestern
oder Die Stunde nach
Mitternacht 9789

Alle Sterne vom Himmel
9797

Die Frauen der Talliens
9617

GOLDMANN

Jennifer Blake

Nacht über Louisiana
9647

Träume des Südens
9467

Mitternachtswalzer
9675

Der Kreole
9684

Bitteres Paradies
9812

Strom der Sehnsucht
9814

GOLDMANN